Andreas Brandhorst
Omni

PIPER

Zu diesem Buch

Der abtrünnige Agent Forrester und seine Tochter Zinnober erhalten von einer mächtigen Schattenorganisation namens »Agentur« den Auftrag, Aurelius ausfindig zu machen, einen zehntausendjährigen Menschen. Dieser ist einer von insgesamt sechs, die die Anfänge der Menschheitsgeschichte kennen und wissen, wo sich die Erde befindet, auf der alles begann. Nur diese Zehntausendjährigen haben Zugang zu Omni, einem Zusammenschluss von Superzivilisationen, die zwar die Macht in der Milchstraße ausüben, für das Gros der Menschheit und ähnlich »unterentwickelte« Zivilisationen jedoch im Verborgenen bleiben. Forresters und Zinnobers Reise führt sie zu einem im Hyperraum havarierten Schiff, in dessen Innern sich ein geheimnisvolles Artefakt befindet, das Aurelius für Omni bergen soll. Doch auch die Agentur hat es auf das Artefakt abgesehen. Als Forrester und Zinnober den Zehntausendjährigen schließlich finden, wird klar: Dies ist nicht das Ende ihrer Mission, sondern erst der Anfang, und es steht nicht weniger auf dem Spiel als das Schicksal der Menschheit ...

Andreas Brandhorst, geboren 1956 im norddeutschen Sielhorst, zählt zu den erfolgreichsten Science-Fiction-Autoren unserer Zeit. Mit dem »Kantaki«-Zyklus gelang ihm der Durchbruch. Seither sind spektakuläre Zukunftsvisionen zu seinem Markenzeichen geworden. Andreas Brandhorst hat viele Jahre in Italien gelebt und ist inzwischen in seine alte Heimat in Norddeutschland zurückgekehrt.
Alles über Andreas Brandhorst:
www.andreasbrandhorst.com
www.facebook.com/andreas.brandhorst.autor
www.instagram.com/andreas.brandhorst/
mewe.com/p/andreasbrandhorst

Andreas Brandhorst

OMNI

Roman

Mit der exklusiven Erzählung
»Die Sterne zählen«

PIPER

Entdecke die Welt der Piper Science Fiction:
Piper✎Science-Fiction.de

Von Andreas Brandhorst liegen im Piper Verlag vor:
Das Schiff
Das Arkonadia-Rätsel
Das Erwachen. Thriller
Die Tiefe der Zeit
Die Kantaki-Saga (Serie)
Ewiges Leben. Thriller
Seelenfänger
Eklipse
Das Flüstern. Thriller
Omni

Enthält die Erzählung »Die Sterne zählen«

MIX
Papier aus verantwor-
tungsvollen Quellen
FSC® C083411

Ungekürzte Taschenbuchausgabe
ISBN 978-3-492-28187-4
September 2019
© Piper Verlag GmbH, München 2016
© »Die Sterne zählen« Piper Verlag GmbH, München 2019
Umschlaggestaltung: Guter Punkt, München
Umschlagabbildung: Lorenz Hideyoshi
Satz: Fotosatz Amann GmbH & Co. KG, Memmingen
Gesetzt aus der The Serif
Druck und Bindung: CPI books GmbH, Leck
Printed in the EU

Jede hinreichend fortschrittliche Technologie
ist von Magie nicht zu unterscheiden.

Arthur C. Clarke

Was in mir dunkel ist, erleuchte du,
Was in mir niedrig, heb und stütze du.
...
Sie wanderten mit langsam zagem Schritt
Und Hand in Hand aus Eden ihres Wegs.

Paradise Lost
John Milton

Inhaltsverzeichnis

Prolog   9
Ein verlorenes Paradies   13
Maiblume   29
Im Sprawl   41
Die Kuritania   55
Der Parakosmiker   70
Ein ungebetener Gast   84
Auf einem Kometen reiten   93
Warten auf ...   106
Dem Ziel nahe   125
Kaltes Feuer   140
Die Dimension des Möglichen   155
Entführung   170
Ein Hauch Omni   191
Neunzehn Tage   203
Ein Talisman   213
Javaid   232
Ein Engel flüstert   249
Graues Grab   263
Eine Tür   284
Mechanica   300
Ein Schlüssel für das Schloss   321
Eine Faust aus Stein   344
Der Schlüssel dreht sich   363
Ein Schiff stehlen   378
Ein Koloss erwacht   407
Ein Weg im Nebel   413
Ethox   431
Es glänzt so schön   454

Paradoxa   465
Mit Engelsflügeln   481
Ein Mann aus Glas   499
Pandora   503
Omni   523
Glossar   533
Omni   541
Äquiv(alent)-Zivilisationen   543
Die Sieben Großen Spezies (SGS)   545
Chronologie   547
Anmerkung des Autors   551

»Die Sterne zählen« – Kurzgeschichte aus dem Universum
von »Omni«   553

Kontakt zum Autor   592

Prolog

Der Asteroid, ein Felsbrocken mit einem Durchmesser von knapp fünfhundert Kilometern, zog einsam seine Bahn am Ende des Perseusarms der Milchstraße, viele Lichtjahre vom nächsten Sonnensystem entfernt. An seinem dunklen Himmel leuchtete das Feuerrad der Galaxis, hell genug, um auf der rauen, zerklüfteten Oberfläche des Asteroiden Muster aus Licht und Schatten zu erschaffen. Der Felsbrocken hatte keine Atmosphäre, die Schallwellen übertragen konnte, aber der Mann hörte, wie die dünne Kruste aus Methan- und Ammoniakeis unter seinen Stiefeln knirschte, als er sich der Mulde mit der Figur näherte, die älter war als er selbst, älter als zehntausend Jahre. Der Kontinua-Film – die für gewöhnliche Augen unsichtbare zweite Haut, die ihn vor dem kalten Vakuum des Alls und der harten Strahlung schützte – verwandelte die Vibrationen in Geräusche.

Die Figur erhob sich am tiefsten Punkt der Mulde; sie war einem Humanoiden nachempfunden, vielleicht einer Frau, die Gesichtszüge wirkten weich und sanft. Beide Arme waren erhoben, den Sternen entgegengestreckt. Wie bei seinem ersten Besuch vor mehr als tausend Jahren betrachtete der Mann die jadegrünen Augen und versuchte zu verstehen, was ihr Blick bedeutete. Sehnsucht? Staunen angesichts der Unermesslichkeit des Universums? Zum siebten Mal befand sich der Mann an diesem Ort, und wieder lag etwas anderes in den Augen, diesmal vielleicht ein Hauch von Melancholie.

Ein Licht erschien neben ihm, ein blauer Punkt, der zur senkrechten Linie einer Kontinua-Brücke wurde. Eine Gestalt trat aus ihr, legte mit einem Schritt so viele Lichtjahre zurück, wie der Mann alt war: zehntausend.

»Wieder hier, Aurelius?« Die Worte der Gestalt klangen wie leiser Gesang. »An diesem Ort?«

Der Mann lächelte kurz, vielleicht ein wenig wehmütig. »Von hier aus kann ich die Erde sehen.«

»Die Erde, Aurelius?«

»Beziehungsweise den Punkt der Galaxis, wo sich das Sol-System befindet.« Er deutete nach oben zum Orionarm der Galaxis. »Dort. Es gibt nicht mehr viele Menschen, die sich daran erinnern.«

»Außer dir nur fünf. Die anderen ausgewählten Reisenden.«

Der Mann namens Aurelius, vor zehn Jahrtausenden auf der Erde als Lukas Jaylen Ciriako geboren, deutete auf die Figur. »Wer hat die Statue erschaffen? Sie ist eine Million Jahre alt. Das sagen die Sensoren meines Schiffes.«

»Wir sind Omni, aber selbst wir wissen nicht alles.« Die Gestalt, die aus dem blauen Leuchten der Kontinua-Brücke gekommen war, breitete dünne Arme aus. »Warum wählst du für unser Treffen ausgerechnet diesen abgelegenen Ort?«

»*Weil* er abgelegen ist. Weil man hier Abstand hat, die Dinge aus einer anderen Perspektive sieht. Auf der Erde gibt es – oder gab es – ein Sprichwort: ›Man muss den Wald verlassen, um ihn zu sehen.‹«

Aurelius wandte sich von der Statue ab, die seit einer Million Jahren die Arme zu den Sternen hob. Das Wesen, das aus der Brücke gekommen war, schien mehr Licht als feste Substanz zu sein. Es ähnelte den Engeln des Sprawl, durch das die Raumschiffe der Menschen und einiger Äquivalent-Zivilisationen flogen. Vielleicht war es so alt wie die Statue, vielleicht noch viel älter. Aurelius kannte es seit fast zehntausend Jahren: Thrako von den Inper, der dreizehnten von vierzehn ihm bekannten Superzivilisationen des Omni.

»Das klingt nachdenklich«, sagte Thrako. Aurelius dachte von ihm als »er«, aber vermutlich hatte der Inper gar kein Geschlecht. Elfenbeinfarben und halb durchsichtig stand er vor dem Blau der Brücke, die Gliedmaßen lang und dünn, der

Rumpf in der Mitte wie zusammengeschnürt, der schmale Kopf ein nach hinten führender Bogen. Die großen, silbernen Augen nahmen die Hälfte des Gesichts ein.

»Ich *bin* nachdenklich«, sagte Aurelius. »Ich denke über unsere Missionen nach. Sie scheinen nicht viel zu bewirken. Wir greifen hier und dort ein, vorsichtig, mit sanfter Hand, oft an Stellen, die auf den ersten Blick betrachtet unwichtig sind, und offenbar verändert sich nicht viel.«

»Zehntausend Jahre sind nicht viel Zeit.«

»Für Menschen schon.«

»Für einzelne von ihnen, für Individuen, aber nicht für die ganze Spezies, nicht für ihre Rolle auf der galaktischen Bühne.«

Aurelius seufzte, blickte erneut nach oben und betrachtete die Milchstraße. Eine große Bühne, ja, mit mehr Darstellern, als ein Mensch zählen konnte, und es fand nicht nur ein Stück auf ihr statt, sondern viele, vor allem Dramen und Tragödien.

»Eine letzte Mission«, sagte er langsam und fühlte das Gewicht in den Worten. »Dann möchte ich zurück ins Omni. Zurück zu euch. Für hundert Jahre.«

»Du hast dir eine Rückkehr verdient, Aurelius. Du könntest sofort zurückkehren, und für mehr als nur hundert deiner Jahre.«

»Eine letzte Mission«, wiederholte Aurelius. »Damit ich genug Zeit bekomme für eine Neubesinnung.«

»Was hast du vor?«, fragte Thrako.

Aurelius schickte ihm die Daten.

Mehrere Sekunden verstrichen, und als Aurelius' Blick zu den jadegrünen Augen der Figur zurückkehrte, schienen sie sich erneut verändert zu haben. Etwas Abwartendes lag jetzt in ihnen.

»Es würde dich in Gefahr bringen«, sagte Thrako schließlich.

»Das lässt sich nicht vermeiden.«

»Du *kannst* sterben, Aurelius. Du bist nicht vor Gewalt geschützt.«

»Ich weiß.«

»Wir würden es sehr bedauern, dich zu verlieren.«

»Omni wird mich nicht verlieren.«

»Du willst deine Anonymität aufgeben, dich zu erkennen geben.«

»Das sieht der Plan vor, ja. Ich werde auf alles vorbereitet sein.«

Thrako klang fast traurig, als er sang: »Man kann nie auf alles vorbereitet sein, Aurelius. Das Unerwartete liegt immer auf der Lauer, überall.«

»Ich werde so gut vorbereitet sein wie möglich. Ist Omni einverstanden?«

Wieder folgten zwei oder drei Sekunden der Stille. Im blauen Spalt der Kontinua-Brücke flackerte es.

»Natürlich. Es liegt in deinem Ermessensspielraum. Es betrifft dich. Ich/wir sind einverstanden.«

Aurelius neigte kurz den Kopf. »Gut. Ich mache mich sofort auf den Weg. Wir sehen uns bald wieder.« Er drehte sich um und ging in Richtung seines Schiffes, das hundert Meter entfernt zwischen den Felsen auf ihn wartete.

»Aurelius?«

Er blieb stehen und drehte sich halb um.

»Ich wünsche dir Glück«, sagte Thrako und winkte mit beiden schmalen Händen.

»Das Glück«, erwiderte Aurelius, »ist ein unsicherer Verbündeter.«

Ein verlorenes Paradies

Das Wohnboot schaukelte sanft auf den Wellen des glo- **1**
balen Ozeans. Mit geschlossenen Augen empfing Forrester
das letzte warme Licht der untergehenden Sonne. Erst nach
einer Weile merkte er, dass es still geworden war; er hörte
nur noch das leise Plätschern, mit dem das Boot durchs Wasser glitt.

Er hob die Lider.

Eine junge Frau, vor kurzer Zeit noch ein Mädchen, saß
zwei Meter entfernt auf den Fersen: eine schmale Silhouette,
das lange Haar ebenso rot wie ihre Augen. Forrester betrachtete sie wie ein Wunder, das Wunder des Lebens, von ihm ge-
zeugt, eine Crohani von Javaid. Die crohanische Reife hatte
vor fünf Jahren auf diesem namenlosen Planeten eingesetzt
und das Mädchen zu einer Frau heranwachsen lassen, aber
Forrester sah noch immer das Kind, das sie gewesen war, als
sie sich auf dieser Welt niedergelassen hatten, in der Hoffnung, von niemandem gefunden zu werden. Eine schöne Frau,
dachte er mit dem Stolz des Vaters. Dass sie menschliche –
seine – Gene in sich trug, dass sie nur zur Hälfte Crohani war,
sah man ihr nicht an.

»Wie friedlich alles ist, wie still«, sagte Zinnober. So lautete
die Übersetzung des crohanischen Namens, Isdina-Iaschu, in
InterLingua, und so nannte Forrester sie seit fünf Jahren, seit
er wusste, dass er eine Tochter hatte. Ein passender Name,
fand er.

Sie blickte zum Himmel hoch, an dem bereits die ersten
Sterne erschienen – hier am Äquator dauerte die Dämme-
rung nur wenige Minuten. Ihre Augen suchten etwas, wie
jeden Abend, wenn das Firmament für wenige Minuten den

Schleier hob und reflektiertes Licht der Sonne hinter der Krümmung des Planeten Objekte zeigte, die sich aus dem Orbit näherten.

»Denk nicht daran«, sagte Forrester. Er wusste, was Zinnober durch den Kopf ging.

»Ich hätte gern Gelegenheit gehabt, meine Mutter besser kennenzulernen«, sagte Zinnober und hielt noch immer Ausschau, nach einem glitzernden Punkt, der sich bewegte, nach einem Schiff. Sie lachte gern, sie war wie eine Blume, die das Licht liebte, aber ihre Stimmung konnte auch schnell umschlagen, als genügte manchmal der Hauch eines Schattens, um ihre Seele zu verdunkeln.

Forrester dachte an Nala, Zinnobers Mutter, die auf Javaid gestorben war. Er erinnerte sich an ihre letzten Worte, an ihr Blut und seine Schuld. »Sie hätte sich darüber gefreut zu sehen, was aus dir geworden ist.«

Ein Lächeln huschte über Zinnobers Lippen und verschwand wieder. Weitere Sterne erschienen. »Der Himmel wird nicht immer leer bleiben, Vinz. Irgendwann wird man uns finden.«

Forrester lag noch immer auf dem Vorderdeck des Wohnbootes und stützte sich auf die Ellenbogen. Warmer Wind strich über sie hinweg. »Wir haben unsere Spuren verwischt. Niemand weiß, dass wir hier sind. Außerdem liegt dieses Sonnensystem am Ende eines Nebenstrangs, fernab aller Hauptrouten; von hier aus geht es nur mit einem Sprungschiff oder einem Horati-Segler weiter. Warum sollte jemand hierherkommen?«

»Du hast dem Duka von Javaid ein Omni-Artefakt gestohlen, seinen Talisman. Und ich habe dabei geholfen. Ich bin zur Verräterin geworden. Schlimmer noch, ich bin das Produkt eines Verrats, denn Nala, eine seiner Exquisitinnen, hat sich mit einem Außenweltler eingelassen, mit dem Mann, der ihm später den Talisman stahl. Der Duka sucht uns beide, aber vor allem sucht er mich, denn ich verkörpere eine besondere Schmach für ihn. Wenn er mich findet, wird er mich bestrafen, ein Exempel an mir statuieren, um seine Ehre wiederherzustellen.«

Forrester hörte diese Worte nicht zum ersten Mal, aber sie schmerzten erneut. »Ich werde nicht zulassen, dass dir etwas passiert.«

»Wir sind hier ganz allein«, sagte Zinnober. Sie sah übers Meer, das unruhiger zu werden begann. »Hier kann uns niemand helfen. Vielleicht hat der Duka einen Likotha geschickt. Likotha geben nie auf, auch wenn sie jahrelang unterwegs sind.«

Das Boot schaukelte heftiger.

»Es geht los.« Forrester stand auf. Vier Monde kletterten über den Horizont: der erste goldgelb; der zweite weiß und nicht weit von ihm entfernt; der dritte etwas weiter im Nordosten, blau wie Saphir und von grauen Linien durchzogen; der vierte rot wie Rubin. »Die Flutwelle kommt, so hoch wie seit Jahren nicht.«

»Vinz ...« Sie benutzte oft die Kurzform seines Vornamens, hatte ihn nie »Vater« genannt. Die Gründe dafür kannte Forrester nicht.

Er stand auf und ergriff ihre Hand. »Komm zum Ruder.«

»Vinz ...«

Er zog sie mit sich übers Deck zum Ruderstand, und dort kam sie, die Welle, eine silberne Wand, zwanzig Meter hoch, wie die Instrumente anzeigten, erzeugt von den Gezeitenkräften der vier Monde, die sich alle sieben Jahre in dieser Konstellation trafen. Sie waren vorbereitet, sie hatten geübt und den Autopiloten programmiert, für alle Fälle. Aber sie brauchten ihn nicht, denn jeder Handgriff saß, als sie das Wohnboot in den Wind drehten und die Segel setzten. Zinnober vergaß, was sie ihm hatte sagen wollen, und das war auch gut so. Erleichtert hörte Forrester ihr fröhliches Lachen, als sie selbst das Ruder übernahm und mit dem Boot die Welle ritt, fast fünfzig Kilometer weit, es dann über den Kamm hinweg in die glatte See dahinter steuerte.

»Und morgen sehen wir uns den Tempel am Riff an!«, rief

Zinnober nach dem langen Wellenritt. Sie umarmte ihn und es schien wieder ein unbeschwertes Kind zu sein, das die Arme um ihn schlang.

In jener Nacht fand Forrester keine Ruhe. Als das Meer Stunden nach der großen Welle glatt wie Glas lag, als selbst das Plätschern am Rumpf des Wohnbootes aufhörte und es völlig still wurde, verließ er sein kleines Schlafzimmer, ging auf leisen Sohlen die Kajütentreppe hoch und trat auf dem Hauptdeck an die Reling. Fünf Jahre, dachte er; seine Gedanken schienen in dieser stillen Nacht laut im Kopf widerzuhallen. Seit fünf Jahren versteckten sie sich, aber selbst wenn sie niemand auf dieser abgelegenen Welt fand, irgendwann mussten sie fort von hier. Zinnober sollte mehr vom Leben erfahren als nur eine leere Welt und die Gesellschaft ihres Vaters; dort draußen wartete ein ganzes Universum auf sie. Aber wie sollte er sie schützen? Vor fünf Jahren, nach der Mission auf Javaid, hatte er die Agentur verlassen, um Zinnober in Sicherheit zu bringen – ein leichter Schritt, denn nach Nathans Ausscheiden war die Agentur ohnehin immer weniger Heimat für ihn gewesen. Leider bedeutete er, dass er nicht auf die früheren Ressourcen zurückgreifen konnte; er war, mehr oder weniger, auf sich allein gestellt.

Forrester atmete die kühle Luft tief ein, blickte nach oben und betrachtete das Band der Milchstraße am dunklen Himmel. Zahllose Sterne, zahllose Planeten, wimmelndes Leben ... Zinnober hatte es verdient, das alles kennenzulernen.

Zwischen zwei besonders hellen Sternen blitzte es. Forrester hielt die Augen weit offen und wartete, aber das kurze Glitzern wiederholte sich nicht. Im Westen glühte eine Sternschnuppe auf; abgesehen davon rührte sich nichts am dunklen Himmel. Die Nacht blieb still, unbewegt.

Ich sehe Gespenster, dachte Forrester und kehrte unter Deck zurück.

Der Bioadapter des Wohnbootes stattete sie am nächsten **2** Morgen mit Kiemen und einer dünnen Schuppenhaut aus, die Zinnober das Aussehen einer Nixe mit Flammenhaar verlieh.

»Die Rückbildung nachher kann recht unangenehm sein.« Forrester lauschte dem Klang seiner veränderten Stimme und betastete die Kiemenlappen an Hals und Brust. Der Adapter hatte dafür gesorgt, dass sie sich nicht wie Fremdkörper anfühlten.

»Damit werden wir schon fertig.« Im Licht der gerade über den fernen Horizont gekletterten Sonne trat Zinnober zum Rand des Wohnbootes, sprang und verschwand mit dem Kopf voran im grünblauen Meer.

Forrester folgte ihr.

Das Wasser war warm und klar wie Glas – alle Einzelheiten des Riffs ließen sich deutlich erkennen. Zinnober schwamm zwischen den Nesselbündeln von Äquivalent-Quallen, deren Gift ihrer Schuppenhaut nichts anhaben konnte. Ein Schwarm silbriger Stangenfische teilte sich vor ihr, als sie tiefer tauchte, dem Rücken des Riffs entgegen. Sie wirkte fast selbst wie ein Fisch, der einen roten Schleier trug.

Die Sensoren des Wohnbootes hatten weder Leviathane noch Äquiv-Haie in der Nähe geortet, aber Forrester hielt trotzdem mit seinen veränderten Augen – ein dünner Film schützte sie vor dem Salzwasser und erfüllte auch die Funktion einer Linse – nach ihnen Ausschau. Unter ihm tauchte Zinnober mit der Agilität, die ihr auch außerhalb des Wassers zu eigen war. Ihre Bewegungen wirkten wie ein Tanz, mal schneller, mal langsamer, und besaßen eine beeindruckende natürliche Eleganz.

Der alte Tempel – so hatte Forrester ihn genannt, obwohl es vielleicht die Reste einer untergegangenen Stadt waren, oder auch etwas ganz anderes – befand sich in einer Höhle in der Flanke des Riffs. Zinnober wartete dort auf ihn und winkte.

»Nicht so langsam, alter Mann, nicht so langsam!«, rief sie. Die Kiemen veränderten auch ihre Stimme.

In der Höhle war es nicht dunkel, aber düsterer als draußen im offenen Meer. Nur ganz oben, dicht unter der von Saugkrabben bewachsenen Decke, gab es eine kleine Luftblase, die Zinnober und Forrester aber nicht brauchten. Sie schwammen an den Stümpfen alabasterweißer Säulen vorbei, glitten über die muschelbesetzten Marmorplatten eingestürzter Decken hinweg und erreichten nach kurzer Zeit eine Art Nische in der Rückwand der Höhle. Forrester leuchtete mit der Lampe, die er mitgenommen hatte. Ihr Licht fiel auf sieben Statuen, die Geschöpfe aus unterschiedlichen Spezies zeigten, alle annähernd humanoid.

»Keine Fische«, sagte Zinnober. »Keine Bewohner des Meeres.«

»Dies muss einmal Teil einer Insel gewesen sein, oder eines Kontinents. Als ich zum ersten Mal hierhergekommen bin, habe ich die Bots des Schiffes unter anderem mit geologischen Untersuchungen beauftragt. Dieser Planet hatte einmal zwei Kontinente.«

»Und dies könnten ihre Bewohner gewesen sein.« Zinnober schwamm näher und berührte die Statuen, eine nach der anderen. Forrester wusste, wie sehr sie dies liebte: Artefakte, Hinterlassenschaften fremder Kulturen, die Schatten der Vergangenheit. Es lag an ihrer crohanischen Herkunft; das Vergangene, die Ahnen, spielten auf Javaid eine wichtige Rolle. »Oder es sind Darstellungen ihrer Götter.«

Zinnober drehte sich und ließ den Blick ihrer roten Augen durch die Höhle schweifen. »Vielleicht existieren sie noch, die alten Götter. Vielleicht haben sie den Untergang dieses Tempels überlebt.«

»Es gibt keine Götter, Zinnober«, sagte Forrester. »Es hat nie welche gegeben. Für Sünde, Buße und Erlösung sind allein wir selbst zuständig.« Das klang ziemlich bitter, selbst für seine eigenen Ohren, selbst hier, unter Wasser, und für einen Moment brachte es Erinnerungen an Nathan, der aus der Agentur gedrängt worden war, nachdem er versucht hatte, sie zu reformieren. In einem etwas leichteren Ton fügte er hinzu: »Und übrigens, so alt bin ich nicht. Nur siebzig Jahre, nicht einmal die Hälfte meines Lebens.«

Der Sensor an Forresters Hals meldete sich mit einer kurzen Vibration, die sich zweimal wiederholte.

Zinnober sah, wie sich sein Gesichtsausdruck veränderte. »Was ist?«

Mit kräftigen Bewegungen schwamm er zur Höhlenöffnung und blickte von dort nach oben, zur Wasseroberfläche. Zwei Schatten zeigten sich, wo nur einer sein sollte. Neben dem Wohnboot schaukelte ein zweites Objekt in der Dünung.

»Wir haben Besuch bekommen.«

Furcht erschien in Zinnobers Gesicht. Sie sah sich schnell um, wie auf der Suche nach einem Fluchtweg oder einem Versteck.

»Wer auch immer das dort oben ist …«, sagte Forrester langsam. »Er kann uns bestimmt orten. Ein Bioscanner genügt, um zu erkennen, dass sich hier unten zwei Lebensformen befinden, die nicht hierher gehören.«

»Wenn es Likotha sind, Vinz …«, begann Zinnober voller Furcht.

»Wir müssen zum Wohnboot zurück«, sagte Forrester und sah ihr in die roten Augen. »Was auch immer geschieht, wer auch immer der Besucher ist … Ich möchte, dass du sofort den sicheren Raum aufsuchst, wenn wir an Bord sind. Und du verlässt ihn nur, wenn ich das Zeichen gebe, hast du verstanden?«

»Ja, Vinz.«

3

Der Mann saß auf der Aussichtsplattform des Wohnbootes, vielleicht ein Mensch oder ein Angehöriger der menschenähnlichen Völker – das ließ sich nicht genau erkennen, als Forrester an Bord kletterte. Zinnober zögerte, aber nur für ein oder zwei Sekunden. Dann huschte sie davon, um im sicheren Raum Zuflucht zu suchen.

Forrester fragte sich, ob er eine Waffe aus dem Ausrüstungsraum holen sollte. Zwei Variatoren befanden sich dort, geladen und bereit, obwohl sie in den fünf Jahren auf dieser Welt nie eine Waffe gebraucht hatten. Er entschied sich dagegen. Der Mann auf der Aussichtsplattform wusste, dass sie an Bord gekommen waren, doch er saß einfach nur ruhig da und blickte übers Meer, ohne ihnen Beachtung zu schenken – er schien sich seiner sehr sicher zu sein. Das kleine Schiff, mit dem er gekommen war, kaum halb so groß wie das Wohnboot, sah aus wie ein großer Tropfen Metall, der hier und dort, wo ihn das Sonnenlicht in einem bestimmten Winkel erreichte, ölig schimmerte. Es trug keine Insignien oder Hoheitszeichen.

Forrester drückte mit beiden Händen auf die Kiemen, und sie erschlafften sofort, fielen von ihm ab. Er hustete, als sich die Atmung auf die Lunge umstellte, fühlte ein Brennen an Hals und Brust und ein schmerzhaftes Pochen hinter der Stirn. Die Verwendung eines Bioadapters hatte immer ihren Preis.

»Wer sind Sie?«, fragte er, als er sich dem Mann von hinten näherte, ohne dass sich der Fremde umdrehte. »Was machen Sie hier?«

»Auch Ihnen einen guten Tag, Vinzent Akurian Forrester.«

Kein Likotha, dachte Forrester. Kein Gesandter des Duka von Javaid. Also blieb nur …

»Ich nehme an, Sie sind von der Agentur«, sagte er und fühlte sich von den Schatten der Vergangenheit eingeholt.

»Das überrascht Sie doch nicht, oder? O bitte, nehmen Sie Platz, Vinzent. Sie brauchen nicht zu stehen, während Sie mit mir sprechen.«

Forrester setzte sich und blickte in eisgraue Augen. Das Gesicht des Mannes war farblos, die Haut von dünnen Falten durchzogen. Kein Mensch, sondern ein Wefing, vermutlich von Canaris, einer kalten Welt voller Eis und Schnee. Der

Mantel, den er trug, wärmte nicht, sondern senkte die Temperatur für seinen Träger auf wenige Grad über dem Gefrierpunkt.

»Ich meine, Sie haben doch nicht ernsthaft damit gerechnet, hier unentdeckt zu bleiben, oder?« Eine graue Hand deutete über den Ozean.

»Ein unerforschtes Sonnensystem am Ende eines Nebenstrangs, fernab aller Hauptrouten ...« Forrester zuckte die Schultern. »Wie *haben* Sie mich gefunden?«

»Die Agentur findet, wen und was sie finden will.« Ein Lächeln erschien kurz auf dem dünnlippigen Mund. »Das gilt für ehemalige Mitarbeiter wie Sie ebenso wie für ... andere.«

Der Mann blickte an Forrester vorbei.

»Wo ist Ihre hübsche Begleiterin? Oh, ich nehme an, sie hat sich in den sicheren Raum zurückgezogen. Umso besser. Dann sind wir ungestört. Was ich zu sagen habe, ist ohnehin nur für Ihre Ohren bestimmt.«

»Die Antwort lautet Nein.«

Unter der Klimakapuze kamen weiße Brauen in die Höhe. »Sie wissen doch noch gar nicht, worum es geht.«

»Benedikt hat Sie geschickt«, sagte Forrester. »Er will, dass ich zurückkehre, dass ich wieder für ihn arbeite. Aber ich bin ausgestiegen. Das weiß er. Die Mission auf Javaid war mein letzter Einsatz; damit hat er sich einverstanden erklärt.«

»Inzwischen hat sich die Situation geändert, Forrester. Oh, bitte verzeihen Sie mir, dass ich mich noch nicht vorgestellt habe. Mein Name ist Rubens.« Der Mann im Klimamantel neigte kurz den Kopf.

»Es bleibt bei meinem Nein, Rubens.«

Der Wefing blickte erneut übers Meer und blinzelte im Sonnenschein. »Eine ruhige, friedliche Welt. Mir wäre es hier zu warm, aber ich nehme an, für Sie und Ihre Begleiterin – Zinnober, nicht wahr? – ist das Klima sehr angenehm. Auf der kleinen Insel, auf der Sie Ihr Schiff versteckt haben, befindet sich sogar ein Konstrukteur mit einem leistungsfähigen Molekülarchitekten, der alles herstellen kann, was Sie brauchen. Seit wann sind Sie auf diesem Planeten, seit fünf Jahren? Vermutlich hätten Sie es hier noch viel länger aushalten können, zwanzig oder dreißig Jahre, nicht wahr? Vorausgesetzt natürlich, dass der Duka Sie nicht findet. Oder seine Likotha. Ziemlich unangenehme Burschen, die Likotha. Scheren sich nicht um Regeln und Gesetze. Gehen mit dem Kopf durch die Wand, wenn Sie verstehen, was ich meine.«

Forrester fühlte sich wie von der Kälte des Klimamantels berührt. »Was soll das heißen? Was wollen Sie damit sagen?«

»Kennen Sie die Reisenden, Forrester?«

»Was?«

»Die Reisenden. Viele Tausend Jahre alte Menschen, vom Omni ausgewählt. Oder auserwählt.«

»Sie sind eine Legende.«

»Eine Handvoll Individuen, deren Leben von Omni verlängert wurde und die in alle Geheimnisse der Superzivilisationen eingeweiht sind. Derzeit sind es sechs, wie wir erfahren haben.«

»Es gibt sie wirklich?«, fragte Forrester.

»Sechs Menschen, mit einem von Omni verlängerten Leben, ausgestattet mit besonderen Fähigkeiten«, sagte Rubens und zog sich den Klimamantel etwas enger um die Schultern. »Mit Zugang zu überlegener Omni-Technik und dem Wissen der Superzivilisationen. Was wäre ein solches Individuum wert?«

»*Wert?* Denkt Benedikt noch immer in diesen Kategorien?«, fragte Forrester, obwohl er bis vor einigen Jahren ebenso gedacht hatte.

»Die Reisenden agieren im Verborgenen«, fuhr Rubens fort. Hinter ihm schimmerte der wie ölig wirkende Rumpf des kleinen Schiffes. Forrester fragte sich kurz, ob er allein gekommen war oder sich noch jemand an Bord befand. Benedikts Gesandter schien nicht bewaffnet zu sein. Sollte er versuchen, ihn zu überwältigen?

»Nein, versuchen Sie es nicht, Forrester«, sagte Rubens. »Sie würden es bitter bereuen.«

Ein Telepath? Forrester bemühte sich, nicht an Zinnober und den Zugangscode des sicheren Raums zu denken.

»Und nein, ich bin kein Telepath«, sagte Rubens. »Aber ich kann erraten, was Ihnen durch den Kopf geht. Zurück zu den Reisenden. Sie sind ... Strippenzieher hinter den Kulissen? Kann man es so ausdrücken? Angeblich arbeiten sie an einem großen Plan von Omni, einem Plan, der sich über viele Jahrtausende erstreckt. Sie verändern unsere Zukunft, indem sie hier und dort ein Stück der Gegenwart verändern. Was genau sie tun, ist unbekannt, denn weder wir noch sonst jemand hatte jemals Gelegenheit, einen von ihnen zu befragen. Aber das könnte sich bald ändern.«

»Sie haben einen von ihnen gefunden?«

Wieder formten die dünnen Wefing-Lippen im Schatten der Kapuze ein kurzes Lächeln. »Wir *werden* ihn bald finden. Ein Parakosmiker namens Trifon Corneille weiß, dass dieses Individuum in siebzehn Ihrer Standardtage auf Caledonia Vier sein wird, einer angenehm kühlen Welt im Tryggwe-System, vierter Mond eines Gasriesen. Die Engel haben es ihm geflüstert.«

»Und er hat diese Information einfach so an Sie weitergegeben?« Forrester beobachtete Rubens, sein Schiff und den Himmel, dachte an Zinnober und ihre Sicherheit.

»Die Agentur hat überall Augen und Ohren, Forrester. Das wissen Sie so gut wie ich. Wie gesagt, in siebzehn Standardtagen wird der Reisende auf Caledonia Vier sein, und das Wort ›Standardtage‹ hat in diesem Zusammenhang eine besondere Bedeutung, denn der Reisende, Aurelius genannt, wurde als Lukas Jaylen Ciriako auf der Erde geboren, vor zehntausend Jahren.«

»Auf der Erde?« So etwas wie widerwilliges Interesse erwachte in Forrester. »Er weiß, wo sich die Erde befindet?«

»Als Beauftragter von Omni weiß er noch viel mehr, aber ja: Er sollte wissen, wo sich die Erde befindet, denn immerhin stammt er von dort.«

Die Erde, legendäre Heimatwelt der Menschheit, seit Jahrtausenden verloren und vergessen. Als Kind hatte Forrester davon geträumt, sie irgendwann zu finden. Er hatte sich vorgestellt, wie er sie betrat und sich auf ihr bückte, wie er die *Erde* der Erde zwischen seinen Fingern fühlte.

»Sie werden Aurelius in siebzehn Tagen auf Caledonia Vier lokalisieren und für uns ... requirieren.«

Forrester starrte den Mann im Kapuzenmantel an, als hätte er den Verstand verloren. »Das kann doch nicht Ihr Ernst sein. Ein Repräsentant von Omni wird sich auf keinen Fall mit der Agentur einlassen, das ist völlig ausgeschlossen. Und wenn Sie etwas gegen ihn unternehmen, fordern Sie Omni heraus. Benedikt und die anderen mögen ihre Augen und Ohren überall haben, aber gegen Omni hätten sie keine Chance. Nicht die geringste.«

»Das ist uns klar.«

»Also?«

»Nicht wir ›unternehmen‹ etwas gegen den Reisenden, sondern Sie.«

Forrester schüttelte den Kopf. »Es bleibt bei dem Nein. Jetzt erst recht.«

»Natürlich müssen Sie geschickt vorgehen«, sagte Rubens. »Deshalb wenden wir uns an Sie. *Weil* Sie geschickt sind. Weil Sie immer erkennen, worauf es ankommt. Weil Sie mit dem notwendigen Taktgefühl vorgehen. Sie werden den Reisenden, den man Aurelius nennt, in siebzehn Tagen auf Caledonia Vier lokalisieren und zur Zusammenarbeit mit uns bewegen.«

»Ich soll einen Beauftragten von Omni zur Kollaboration mit der Agentur bewegen?«

»Ja. Das Wie bleibt Ihnen überlassen. Da er freiwillig kaum zur Zusammenarbeit mit uns bereit sein dürfte ... Ich schlage vor, dass Sie den Zehntausendjährigen aus dem Verkehr ziehen. Arrangieren Sie einen Unfall. Lassen Sie ihn verschwinden, nicht als Reisenden, sondern als einen gewöhnlichen Menschen.«

»Andere lassen sich vielleicht täuschen, aber Omni nicht.«

»Ich weiß. Es geht nur darum, etwas Zeit zu gewinnen und Aurelius an einen sicheren Ort zu bringen. Sie können auf die üblichen Fonds und lokalen Ressourcen zurückgreifen. Hier sind die aktuellen Informationen.« Rubens holte einen Datenstift unter seinem Kapuzenmantel hervor und hielt ihn in der ausgestreckten Hand.

Forrester nahm ihn nicht entgegen.

Rubens legte den Stift auf den nahen Tisch. »Er enthält auch eine Kontaktadresse auf Caledonia Vier. Dort erwartet man Ihre Vollzugsmeldung.«

Forrester hatte genug und stand auf. »Bitte richten Sie Benedikt meine besten Grüße aus und sagen Sie ihm, dass ich dankend ablehne.«

Der Mann im Kapuzenmantel blieb sitzen. Er hob den Kopf ein wenig und sah zu Forrester auf, seine Brauen wie Raureif über den eisgrauen Augen. »Vielleicht habe ich mich nicht klar genug ausgedrückt. Dies ist kein Angebot, sondern eine Anweisung. Falls Sie so dumm sein sollten, nicht auf unsere Wünsche einzugehen ... Dann könnte sich Benedikt gezwungen sehen, dem Duka von Javaid mitzuteilen, wo sich Isdina-Iaschu aufhält, von Ihnen Zinnober genannt. Außerdem könnte die junge Dame erfahren, dass Sie für den Tod ihrer Mutter verantwortlich sind.«

Forrester erstarrte.

Rubens stand ebenfalls auf, ganz langsam. »Keine angenehme Vorstellung, wie? Offenbar habe ich bei Ihnen gerade einen wunden Punkt berührt; man sieht es Ihnen deutlich an. Benedikt könnte auch entscheiden, Zinnober – wie soll ich es nennen? – unter seine Obhut zu nehmen, bis Sie diesen Auftrag erfüllt haben. Und wenn Sie ihn nicht erfüllen ... In dem Fall würde er die junge Frau vielleicht nach Javaid zurückbringen lassen, um dem Duka einen Gefallen zu tun.«

Plötzlich bewegte sich Rubens sehr schnell. Für einen Moment wurde er zu einem Schemen, und dann war er so nahe, dass Forrester die Kühle des Klimamantels fühlte. »Die Agentur findet Sie überall, Forrester. Sie können sich nicht vor ihr verstecken, nirgends. Wenn Sie sich weigern, den Auftrag zu übernehmen, oder wenn Sie den Reisenden warnen, in der Hoffnung, dass Ihnen Omni hilft ... Zinnober wird es büßen, Forrester. Erst die junge Frau, an der Ihnen so viel liegt, und dann Sie selbst. Siebzehn Tage. Für jemanden wie Sie, für jemanden mit Ihrer Erfahrung, sollte es nicht weiter schwer sein. Sorgen Sie dafür, dass wir den Reisenden in die Hände bekommen. Anschließend lassen wir Sie in Ruhe. Benedikt gibt Ihnen sein Wort.«

Rubens drehte sich um und ging über die Aussichtsplattform zu seinem Schiff, das von einem Gravitationskissen getragen aufstieg und eine Luke für ihn öffnete. Wenige Sekunden später sprang der Tropfen aus ölig schimmerndem Metall gen Himmel.

Forrester blickte ihm nach, bis er verschwand. Dann drehte er sich um und sah Zinnober in der Kajütentür.

4 »Du bist nicht im sicheren Raum gewesen«, sagte Forrester. Es klang besorgt und auch erschrocken. Wie viel hatte Zinnober gehört?

Sie trug einen dünnen cremefarbenen Umhang und zitterte, vielleicht wegen der Rückbildung – die dünne Schuppenhaut war ebenso verschwunden wie die Kiemen am Hals.

»Allein hab ich's nicht darin ausgehalten«, erwiderte sie. Ihre großen roten Augen suchten in seinem Gesicht nach Hinweisen. »Wer war das eben?«

Erleichterung durchströmte Forrester. Sie hatte nicht alles gehört.

»Meine Vergangenheit«, sagte er, legte ihr kurz die Hand auf die Wange, trat dann durch die offene Tür und ging zur Brücke des Wohnbootes. Dort aktivierte er den Gravitationsmotor, der das Boot aus dem Wasser des globalen Ozeans hob, und programmierte die Navigationskontrollen auf das Ziel, eine kleine Insel mit einem getarnten Schiff.

Zinnober folgte ihm, ihr Haar eine rote Wolke. Einige Sekunden lang blickte sie stumm aus dem Fenster und beobachtete, wie das Wohnboot mit hoher Geschwindigkeit übers Meer flog. »Die Agentur, nicht wahr?«, fragte sie schließlich. »Du hast gesagt, dass deine Vergangenheit ruht, für immer.«

Forrester überlegte, wie viel er ihr anvertrauen durfte. Nicht viel; dazu war es noch zu früh. »Ein letzter Auftrag. Es lässt sich nicht vermeiden.«

»Er erpresst dich.«

»Ja.«

»Mit mir.«

Forrester drehte den Kopf. Eine Lüge wäre falsch gewesen; Zinnober hätte sie erkannt. »Ja. Ich bringe dich zu einem Freund, der sich um dich kümmern wird.« Nathan, dachte er. Alter Nathan. Ich muss noch einmal deine Hilfe in Anspruch nehmen. »Bei ihm bist du gut aufgehoben.«

»Die Agentur hat uns gefunden«, sagte Zinnober. Sie sprach ernst, mit kühler Vernunft. »Sie kann auch deinen Freund finden.«

»Sie weiß, wo er sich befindet. Aber sie wird es nicht wagen, etwas gegen ihn zu unternehmen. Nicht gegen ihn.«

Zinnober sah ihn fragend an, doch er nannte keine Einzelheiten.

Zwei Stunden später erreichten sie die Insel. Forrester steuerte das Wohnboot in eine kleine Bucht und aktivierte dort das Materialgedächtnis, woraufhin sich das Boot in einen grauen Würfel mit einer Kantenlänge von einem knappen Meter verwandelte. Das Schiff erschien zwischen hohen Perlstauden, als er den Tarnschirm deaktivierte, eine Blume zwischen den Stauden, eine Kreuzung zwischen Orchidee und Rose: dreißig Meter hoch, das Triebwerk, der Sprawler, wie ein Ring aus Samenkapseln am Stängel, die Sensoren, Fokussierer und Navigationsschwingen wie Blütenblätter aus silbernem Komposit, opalblauer Stahlkeramik, magenta-farbenem Plast und Metallglas, das aussah wie gewachsener Kristall. Eine Öffnung bildete sich im Rumpf, und eine Rampe senkte sich einer kleinen Zunge gleich daraus herab.

»Ich möchte mitkommen«, sagte Zinnober. »Wohin auch immer du gehst, ich möchte mitkommen.«

»Du hast keine Erfahrung«, erwiderte Forrester. »Es wäre zu gefährlich.«

Im runden Raum des Nukleus erwarteten sie leuchtende virtuelle Kontrollen über den Konsolen. »Ich freue mich, dass ihr zurück seid, Zinnober und Vinzent«, sagte der Intellekt der *Sonnenwind*.

»Wir müssen aufbrechen«, sagte Forrester, nahm in einem der Sessel Platz und aktivierte die Holofelder. »Wir müssen diese Welt verlassen.«

»Sie hat nicht einmal einen Namen«, sagte Zinnober.

»Gib ihr einen. Als Versprechen für unsere Rückkehr.«

»Verlorenes Paradies«, sagte Zinnober traurig. »So soll dieser Planet heißen, denn das ist er für uns, ein verlorenes Paradies.«

Maiblume

»Mayflower«, sagte Forrester. »So hat Nathan seinen Plane- **5**
ten genannt.« Er deutete ins zentrale Holofeld des Nukleus.
»Die durchschnittliche Oberflächentemperatur beträgt siebzig Grad, und ohne sein Magnetfeld ist Mayflower schutzlos
der Strahlung des Roten Riesen ausgesetzt, die den größten
Teil des lokalen Lebens ausgelöscht hat; nur einigen wenigen
Spezies ist die Anpassung gelungen. Einst war diese Welt der
vierte Planet des Sonnensystems, aber der Rote Riese hat die
ersten drei verschlungen, und Mayflower wird es ebenso er-
gehen.«

»Und dort willst du mich zurücklassen?«, fragte Zinnober.

»Ich kenne keinen sichereren Ort für dich. Bei Nathan bist
du für die Agentur unantastbar.«

»Auch für die Likotha des Duka?«

»Ich bin sicher, dass Nathan dich zu schützen weiß.«

»Mayflower«, wiederholte Zinnober und beobachtete, wie
der ockerfarbene Planet im Holofeld größer wurde. »Was
bedeutet dieses Wort?«

»Es stammt aus einer unserer alten Sprachen«, sagte Forrester. Er berührte die virtuellen Kontrollen und wies den
Intellekt an, Nathan die vorbereitete verschlüsselte Nachricht zu schicken. Der Scan zeigte keine Schiffe, weder hier im
Lerper-System noch in den Ausläufern des Sprawl, das die
Sonnenwind vor einer halben Stunde verlassen hatte. »Wört-
lich übersetzt bedeutet es ›Maiblume‹. Und ›Mai‹ ist ein
Frühlingsmonat auf der Erde. Du weißt doch, was ›Frühling‹
bedeutet, oder?«

Zinnober holte tief Luft. »Ich bin nicht dumm, Vinzent Forrester. Und eine Blume im Mai stelle ich mir anders vor.«

»Es ist Nathans besondere Art von Humor.«

»Es ist keine schöne Welt.« Zinnober betrachtete den Planeten im Zoom. »Sie hat keine Meere. Sie gefällt mir nicht. Bitte, Vinz, lass mich mit dir kommen.«

Es tat weh, fast so etwas wie Verzweiflung in ihrer Stimme zu hören. »Glaub mir, es wäre zu gefährlich für dich. Ich würde es mir nie verzeihen, dich in Gefahr zu bringen.« Du wärst eine Last für mich, dachte er, aber diese Worte sprach er nicht aus. »Drei Standardwochen, Zinnober. Höchstens einen Monat. Mehr nicht. Dann hole ich dich ab, und wir kehren zu unserem ›Verlorenen Paradies‹ zurück.«

Er hoffte auf ein Lächeln, aber Zinnober blickte ernst ins Holofeld. »Wer ist dieser Nathan? Warum bist du so sicher, dass ich bei ihm vor der Agentur geschützt bin?«

»Weil er einmal ihr Oberhaupt war, vor vielen Jahren.«

6 »Du hast es hier nicht sonderlich komfortabel, Nathan«, sagte Forrester, als sie durch die Haupthöhle schritten. Leuchtstreifen wanden sich wie Schlangen aus Licht an der hohen Decke. In einer halbdunklen Nische summte ein kleiner Konstrukteur, ausgestattet mit einem einfachen Molekülarchitekten, der elementare Dinge herstellen konnte. Eine Nebenhöhle enthielt Staufächer und ein einfaches Bett, noch schlichter als das, in dem Zinnober schlief.

»Ich bin nicht hierhergekommen, um es komfortabel zu haben, Vinzent«, erwiderte Nathan. Die Elektromotoren seiner Gehhilfe surrten leise. »Mein einziger Luxus ist die Einsamkeit. Und die beiden Medobots, die sich um mich kümmern. Sie geben mir noch einige Jahre.«

Forrester musterte den Mann, der ihn vor fast sechzig Jahren in die Agentur aufgenommen hatte und wie ein Vater zu ihm gewesen war. Nathan war geschrumpft, in Größe und Breite. Er trug weite Kleidung, und in ihr steckte der dürre, schwache Körper eines Greises. Das graue, eingefallene Gesicht hatte etwas Mumienartiges; die dunklen Augen darin wirkten zu groß, die Nase zu lang und zu spitz. Einige grau-weiße Haarbüschel zierten den fleckigen Kopf. Nathan ging gebeugt, und trotz der Gehhilfe schien ihm jeder Schritt Mühe zu bereiten.

»Gefällt dir, was du siehst, mein Junge?«, fragte Nathan.

»Nein.«

Nathan lachte. Es klang rau und kratzig. »Mir auch nicht. Deshalb vermeide ich es, in einen Spiegel zu sehen.« Er gestikulierte mit einer Hand, die nur aus Haut und Knochen bestand. »Da wären wir.«

Sie betraten eine kleinere Kaverne, die etwas heller war, offenbar eine Art Nukleus, ein Kontrollraum. Dreidimensionale Holofelder schwebten vor den Wänden und wölbten sich unter der Decke, vermittelten den Eindruck einer Kuppel aus transparentem Metallglas. Die Konsolen, stellte Forrester fest, waren alt. Nichts deutete auf die Präsenz eines Intellekts hin, einer künstlichen Intelligenz.

Ein Holofeld zeigte die heißen, ausgedörrten Sand- und Felslandschaften des Planeten Mayflower und den Himmel darüber, dominiert vom Roten Riesen Lerper.

Nathan sank in einen Sessel, der selbst unter seinem geringen Gewicht knarrte. »Tausend Jahre«, sagte er. »Mehr bleiben dieser Welt nicht. Ich hab's ausgerechnet. Mayflowers Umlaufbahn hat sich in eine Spirale verwandelt. In knapp tausend Jahren stürzt dieser Planet in seine Sonne. Dann hört dies alles auf zu existieren. Gibt einem zu denken, nicht wahr?«

Forrester fühlte den fragenden Blick seines alten Mentors. Welche Antwort erwartete er? »Du wirst es nicht mehr erleben.«

»Nein, aber das spielt keine Rolle, Vinzent. Was ich sagen will: Selbst Sonnen und Planeten sterben, nichts ist ewig, mit Ausnahme vielleicht von Omni. Wie ich hörte, arbeiten die Superzivilisationen sogar daran, die unendliche Ausdünnung des Universums durch die Dunkle Energie zu überdauern. Es würde mich nicht wundern, wenn sie einen Ausweg fänden.« Plötzlich lächelte Nathan, wodurch neue Falten in seinem farblosen Gesicht entstanden. »Es freut mich, dich wiederzusehen, mein Junge.«

Forrester setzte sich ebenfalls. »Ich wünschte, dieses Treffen fände unter anderen Voraussetzungen statt.«

Nathan deutete auf die Kommunikationsstation an der Wand. »Vielleicht mein dritter Luxus, abgesehen von den beiden Medobots und davon, allein und ungestört zu sein. Ich weiß noch immer, was in der Agentur vor sich geht. Ich habe meine Kontakte, mein Ressourcennetz.«

»Deine Lebensversicherung«, sagte Forrester.

»Für die Jahre, die ich hier verbracht habe. Und für das bisschen Zeit, das mir noch bleibt. Eine große Sache bahnt sich an, Junge. Benedikt hat einen neuen Sponsor, eine der größten Korporationen von KopKo. Er will hoch hinaus.«

KopKo, dort hatte die Agentur ihre Wurzeln, bei den Korporationen und Kooperativen, über zweitausend Lichtjahre am Hauptstrang des Sagittariusarms verteilt: hundertvierzehn von Menschen besiedelte Sonnensysteme mit hundertvierundneunzig bewohnten Planeten und dreihundertsiebzig kolonisierten Monden.

»Es hat sich viel verändert seit damals«, fügte Nathan hinzu. »Und die Veränderungen dauern an. Benedikt hat ehrgeizige Pläne.«

»Du bist eine Bremse für ihn gewesen, ein Hindernis«, sagte Forrester. »Nachdem das nun beiseitegeräumt ist, verwandelt er die Agentur in sein persönliches Machtinstrument. Du hättest ihm nicht nachgeben, dich von ihm nicht aus dem Amt drängen lassen sollen.«

»Wenn ich nicht nachgegeben hätte, wäre ich jetzt tot. Und damit wäre niemandem geholfen, am wenigsten mir. Außerdem ... ganz aufgehört habe ich nicht. Ich halte mich auf dem Laufenden. Gelegentlich fordere ich den einen oder anderen Gefallen ein. Aber du hast recht, ich bin nicht mehr für die Agentur verantwortlich, und ich möchte es auch nicht sein. Es ist nicht mehr die Agentur von damals. Von Ehre kann heute keine Rede mehr sein. Es geht nur noch um Profit und Macht. Und um das Ego gewisser Leute, vor allem das von Benedikt.«

»Auch zu unserer Zeit hat es nicht viel Ehre gegeben«, sagte Forrester. Unwillkommene Erinnerungen stiegen in ihm auf. »Es gab Dinge, die ...«

»Die du heute bereust?« Der Alte nickte. »Du hast eine ähnliche Wandlung durchgemacht, Vinzent. Wir ähneln uns. Wir sind verwandt im Geist, das habe ich damals sofort erkannt. Wir sind Seelenbrüder. Nur die Zeit trennt uns, hundert Jahre Leben. Es *gab* Ehre zu unserer Zeit. Es gab Freiräume, die man, wenn man wollte, mit Ehre und Ethik füllen konnte. Ich habe es versucht. Es ist mir nicht immer gelungen, aber ich habe es versucht.«

»Wenn du an der Spitze geblieben wärst ... Vielleicht hättest du diese Entwicklung verhindern können. Vielleicht wäre es dir möglich gewesen, die Agentur auf einen anderen Kurs zu steuern.«

»Sieh dir das an, Vinzent.« Nathan bewegte die rechte Hand, und ein Gesteninterface reagierte. Das Bild des großen Holofelds vor ihnen wechselte und zeigte einen Felshang, ins blutrote Licht des lodernden Riesen am Himmel getaucht. Große und kleinere Steinblöcke lagen am Hang verstreut.

»Es sind keine Steine. Sieh genau hin.« Nathan aktivierte das Zoom. Einer der »Steine« füllte das ganze Holofeld aus, und Forrester erkannte einen runden Rücken – wie bei einer Schildkröte –, aus dem zahlreiche Dornen ragten.

»Wie ist das möglich?«, fragte er. »Kein Organismus kann die Strahlung dort draußen ungeschützt überleben.«

»Und doch sind diese Geschöpfe zweifellos lebendig«, sagte Nathan. »Als sich Lerper zu einem Roten Riesen aufblähte, hat die Evolution auf diesem Planeten eine neue Richtung eingeschlagen. Sauerstoff war in einer frühen biologischen Entwicklungsphase Gift, bis sich das Leben anpasste und lernte, ihn zu nutzen. Hier ist es ähnlich. Die Kreaturen dort draußen haben gelernt, die harte Strahlung, die anderes Leben töten würde, als Energiequelle zu nutzen. Sie leben von ihr. Ohne sie müssten sie sterben.«

Forrester wartete, und als Nathan nur stumm die Wesen beobachtete, die sich von harter Strahlung ernährten, fragte er: »Was willst du mir damit sagen?«

»Nichts ist ewig«, wiederholte der Alte. »Alles verändert sich. Der Einzelne, das Individuum, ist den Veränderungen gegenüber machtlos, aber eine Spezies kann sich weiterentwickeln und überleben. Das sollte man sich immer wieder vor Augen führen: die eigene Bedeutungslosigkeit im großen Ganzen des Werdens und Vergehens. Wir sind unwichtig, wir alle. Wir sind ... Eintagsfliegen, Blumen im Mai, die schnell verwelken.«

Forrester wusste nicht, was er davon halten sollte. »Das klingt ... niedergeschlagen. Hoffnungslos.«

»Ohne die beiden Medobots wäre ich längst tot«, sagte Nathan. »Und selbst mit ihrer Hilfe bleibt mir nicht mehr viel Zeit. Omni könnte mein Leben verlängern, aber ich fürchte, dort würden meine Bitten auf taube Ohren stoßen. Ich habe zu oft gegen den ethischen Kodex von Omni verstoßen, um mir irgendwelche Hoffnungen machen zu können. Die Superzivilisationen nehmen ihren Ethox sehr ernst. Also ja, ich bin hoffnungslos.«

»Nathan ...«

Der Alte hob wie müde die Hand, den Blick noch immer auf die schildkrötenartigen Wesen am Felshang gerichtet, im roten Licht der gewaltigen Sonne am Himmel. »Was die Niedergeschlagenheit betrifft, mein Junge ... Irgendwann muss man mit sich selbst abrechnen und Bilanz ziehen. Was man dann sieht, gefällt einem nicht immer. Vorausgesetzt, man hat sich einen klaren Blick für die Realität bewahrt.«

Forrester hatte plötzlich einen Verdacht. »Bist du religiös geworden, Nathan?«

»Religiös? Ich? Wir haben den Göttern oft genug Gelegenheit zum Eingreifen gegeben, aber sind sie jemals irgendwo erschienen, um den von uns angerichteten Schaden zu beheben? Um Leben zu retten? Nein, mein Junge, wer weiß besser als wir, dass es keine Götter gibt? Aber vielleicht gibt es den Teufel, das Dämonische, die Hölle der alten Sagen und Legenden. Vielleicht erwartet jeden von uns gerechte Strafe.«

»Solche Gedanken gehen einem durch den Kopf, wenn man zu lange allein ist«, sagte Forrester.

»Es bedeutet nur, dass sie immer irgendwo auf der Lauer lagen«, erwiderte Nathan. »Dass sie auf eine Gelegenheit warteten, im Gehirn ganz nach oben zu kriechen. Wenn ich dir einen Rat geben darf, Junge: Tu nichts, was du irgendwann bereuen könntest, denn daraus könnte eine schwere Last werden.«

»Glaubst du nicht, dass es für diesen Rat zu spät ist? Nach Javaid und all den anderen Missionen?«

»Du bist noch jung.« Nathan lächelte, und diesmal war es das hintergründige, verschmitzte Lächeln von früher, das ein wenig Farbe ins graue Gesicht brachte. »Siebzig Jahre. Hast noch nicht einmal die Hälfte deines Lebens hinter dir. Dir bietet sich ausreichend Gelegenheit zur Wiedergutmachung. Mir scheint, mit deiner Tochter bist du auf dem richtigen Weg.« Nathan schaltete das große Holofeld aus und wandte sich Forrester zu. »Genug Geschwafel.« Er zwinkerte, mit einem Funkeln in den Augen. »Und glaub nicht alles, was dir ein alter Mann erzählt. Kommen wir zu dir und dem Grund für deinen Besuch. Ich weiß, warum du hier bist, Vinzent. Benedikt verlangt von dir, dich mit Omni anzulegen.«

7

»Ein Konflikt mit den Superzivilisationen ist nie eine gute Idee«, sagte Nathan. Seine Stimme klang nicht mehr rau und brüchig, sondern fest. »Du könntest es mit ihren Legislatoren zu tun bekommen, ihren Vollstreckern, und dann gäbe es im ganzen Universum kein Versteck für dich. Sie würden dich überall finden, wirklich *überall*.«

»Ich weiß.«

»Im Vergleich mit den Legislatoren sind die Likotha des Duka von Javaid völlig harmlos.«

»Ich weiß.«

»Und du willst dich trotzdem darauf einlassen?«

»Wenn mir keine Wahl bleibt«, sagte Forrester.

»Man hat immer eine Wahl, Junge. Immer.«

Forrester schwieg. Vielleicht gab es eine Möglichkeit.

Nur ein Holofeld war noch aktiv und zeigte den Roten Riesen Lerper, einen grotesk aufgeblähten Feuerball, sein Licht gefiltert und gedämpft. Forrester blickte über die Schulter, um festzustellen, ob Zinnober erneut in der Tür stand und hörte, was sie nicht hören sollte. Hier gab es keine Tür, nur einen offenen Zugang, ein Loch im Fels, und niemand stand dort. Zinnober schlief in ihrem Bett, erschöpft und enttäuscht.

»Ich nehme an, du weißt, was auf Javaid geschehen ist, Nathan?«

»In groben Zügen.«

»Die Situation geriet außer Kontrolle. Eine Person, an der mir etwas lag, kam ums Leben.«

»Zinnobers Mutter.«

»Ja. Ich wusste nicht, dass das Mädchen meine Tochter war. Nala hat es mir erst gesagt, als sie starb.

»Das gab den Ausschlag, nicht wahr?«, fragte Nathan. »Es war gewissermaßen der eine Tropfen, der das Wasser über den Rand schwappen ließ.«

»Zinnober ist mehr als nur ein Tropfen.«

»Du weißt, was ich meine, Junge.«

»Ich musste fort mit ihr«, sagte Forrester. »An einen sicheren Ort, wo sie vor der Vergeltung des Duka geschützt ist. Ich konnte nicht länger für die Agentur arbeiten.« Wieder warf er einen Blick über die Schulter. Der Höhlenzugang war noch immer dunkel und leer.

»Damit erreichte Benedikt, was er wollte. Er bekam freie Bahn.«

Forrester sah ihn fragend an.

»Dass die Situation auf Javaid außer Kontrolle geriet, könnte auf ihn zurückzuführen sein«, sagte Nathan. »Vielleicht erhoffte er sich ein Scheitern der Mission. Er hielt dich für einen Rivalen, für meinen möglichen Nachfolger. Es ist gut, dass du nach Javaid aufgehört hast. Wahrscheinlich hätte dich Benedikt später in irgendeine Falle gelockt.«

Forrester dachte darüber nach.

»Er hat mich gefunden, nach fünf Jahren«, sagte er. »Er hat jemanden zu mir geschickt, einen Wefing namens Rubens.«

Einige Sekunden blieb es still, und sie beobachteten beide den Roten Riesen, der in spätestens tausend Jahren einen weiteren Planeten verschlingen würde.

»Kennst du die alte Redensart ›zwei Fliegen mit einer Klappe schlagen‹?«, fragte Nathan schließlich.

Forrester schüttelte den Kopf.

»Es bedeutet so viel wie gleichzeitig zwei Ziele erreichen. Darauf hat es Benedikt auch diesmal angelegt. Er verspricht sich von dir die größte aller denkbaren Trophäen. Und er will, dass Omni dich für den Schuldigen hält. Dem Duka auf Javaid bist du entwischt, aber die Entführung eines Reisenden in den Diensten von Omni, eines Zehntausendjährigen von der legendären Erde ... Das *wird* Omni und die Legislatoren auf den Plan rufen.«

»Du bist gut informiert«, sagte Forrester anerkennend.

»Deshalb lebe ich noch, mein Junge. Du gehörst nicht mehr zur Agentur, und deine einzige Verbindung zu ihr bei dieser Sache ist Rubens. Vielleicht lässt Benedikt ihn fallen, um zu ›beweisen‹, dass die Agentur nichts damit zu tun hat. Er gehört zu den neuen Leuten, die Benedikt in letzter Zeit um sich geschart hat. Ich habe noch kein genaues Bild von ihm.«

»Er scheint jemand zu sein, dem Macht gefällt«, sagte Forrester.

»Damit passt er gut zu Benedikt.«

Wieder folgte kurzes Schweigen, und beide Männer, der eine in mittleren Jahren und der andere alt, hingen Erinnerungen nach.

»Ich brauche Informationen, Nathan«, sagte Forrester. »Ich möchte, dass Zinnober sicher ist, solange ich unterwegs bin, das ist eine Sache.« Er wartete Nathans Nicken ab und fuhr dann fort: »Die andere betrifft die Hintergründe dieser Mission. Ich muss mehr wissen, wenn ich dies mit heiler Haut überstehen will.«

»Willst du dich wirklich darauf einlassen, Junge?«

Rubens hatte versprochen, dass ihn die Agentur anschließend in Ruhe ließ; angeblich gab ihm Benedikt sein Wort. Aber Forrester gab sich keinen Illusionen hin. Selbst wenn es ihm gelang, den Reisenden, den Zehntausendjährigen namens Aurelius, zu requirieren oder zu rekrutieren, wie auch immer man es nennen wollte ... Benedikt würde eine andere Gelegenheit suchen, ihn zu eliminieren. Zwei Fliegen mit einer Klappe, dachte er.

»Benedikt verspricht sich enorm viel vom möglichen Zugriff auf das Wissen des Reisenden«, sagte Nathan. »Wahrscheinlich hat er eigene Pläne mit ihm, aber der eigentliche Auftrag stammt von InterStel, einer der größten Korporationen von KopKo. InterStel expandiert schon seit einer ganzen Weile, hat in den letzten Jahren sechzehn Konkurrenten geschluckt und eröffnet sogar Filialen bei den Kooperativen. InS ist inzwischen der Hauptauftraggeber der Agentur, und ihr ökonomischer und auch politischer Erfolg geht vor allem auf die Adaption von Omni-Technik zurück. Mit anderen Worten: Man hat Zugang zu Artefakten und die Codes, mit denen sie aktiviert werden können. Die meisten mir bekannten Omni-Spezialisten in KopKo arbeiten inzwischen für InterStel. Mittelfristiges Ziel von InS ist Dominanz in den Korporationen und Kooperativen, langfristig die Vorherrschaft über alle Äquivalent-Zivilisationen. Offenbar will man in der Lage sein, von einer Position der Stärke aus mit den Superzivilisationen von Omni zu verhandeln.«

»Eine Verschiebung des galaktischen Gleichgewichts«, murmelte Forrester nachdenklich.

»Darauf liefe es zweifellos hinaus.«

»Und Omni würde so etwas zulassen?«

»Ja, solange InterStel nicht direkt gegen den Ethox verstößt. Benedikt versucht, von dieser Entwicklung zu profitieren. Vielleicht will er die Agentur von einem Dienstleister in eine Korporation verwandeln. Oder er hofft, mithilfe des Zehntausendjährigen InterStel zu übernehmen und sich selbst an die Spitze zu setzen.«

Forrester überlegte. »Wie hat InterStel vom Reisenden erfahren? Soweit ich weiß, ist nie zuvor einer von ihnen identifiziert worden.«

»Ein Zufall, wie ich hörte«, sagte Nathan. »So seltsam das auch klingt. Ein InS-Mitarbeiter sprach mit einem Parakosmiker namens Trifon Corneille, und bei diesem Gespräch wies Corneille wie beiläufig darauf hin, dass bald ein Reisender auf Caledonia Vier eintreffen wird.«

»In fünfzehn Tagen«, sagte Forrester. Der Flug mit der *Sonnenwind* zum Lerper-System hatte zwei Tage gedauert. »Woher wusste der Parakosmiker davon?«

»Die Engel haben es ihm geflüstert.«

»Das hat auch Rubens gesagt.«

»Offenbar stimmt es. Aus irgendeinem Grund hielten es die Wesen im Sprawl für angebracht, Trifon Corneille von dem Reisenden zu erzählen.«

»Vielleicht weiß der Parakosmiker noch mehr.«

»Das ist nicht auszuschließen. Inzwischen könnten ihm die Engel weitere Informationen zugeflüstert haben.«

»Wo befindet er sich jetzt?«

Nathan lächelte erneut, aber diesmal wirkte sein Lächeln ein wenig matt und müde. »Ich habe Erkundigungen eingezogen, weil ich mir dachte, dass du diese Frage an mich richten würdest. Trifon Corneille befindet sich an einem Nebenstrang des Hauptstrangs Sieben, bei den Riffen von Toroga. Er hilft bei der Bergung des im Sprawl gestrandeten Wracks der *Kuritania*.«

»Das sind … etwas mehr als dreitausend Lichtjahre von hier.«

»Mit einem schnellen Schiff lassen sich die Riffe in wenigen Tagen erreichen.«

»Meine *Sonnenwind* ist sehr schnell. Die *Kuritania* verschwand vor zweihundert Jahren, nicht wahr? Wann wurde sie gefunden?«

»Vor einem Jahr. Und zwar von Corneille. Ihre Sprawl-Koordinaten hat er ebenfalls von den Engeln. Offenbar flüstern sie ihm gern etwas zu.«

»Ich könnte in ... fünf Tagen dort sein«, sagte Forrester. »Von Toroga sind es, wenn ich die Daten richtig im Kopf habe, neun Flugtage bis nach Caledonia. Es wird knapp, aber die Zeit reicht.«

»Du hast dich also entschieden.«

»Wie gesagt, mir bleibt keine Wahl«, erwiderte Forrester. »Wenn ich sicher sein kann, dass Zinnober bei dir gut aufgehoben ist ...«

Nathan blähte die Wangen auf. »Zweifelst du daran? Ich bin alt, aber nicht inkompetent!«

»Wenn ich mir um Zinnober keine Sorgen machen muss ... Auch ich kenne eine alte Redensart, Nathan. Vielleicht kann ich versuchen, den Spieß umzudrehen. Wenn ich den Reisenden einweihe, wenn ich ihm von Benedikts Plänen berichte und ihm alles erkläre ... Vielleicht gelingt es mir, ihn als Verbündeten zu gewinnen. Dann wäre eine Entführung gar nicht nötig.« Forrester stand auf.

Nathan blieb sitzen. »Du lässt dich da in jedem Fall auf eine sehr gefährliche Sache ein. Mach nicht den Fehler, deine Widersacher zu unterschätzen.«

»Nein.«

»Ich wünsche dir viel Glück, mein Junge. In einem Monat wissen wir mehr.«

»Ich hoffe, dass ich kein Glück brauche«, sagte Forrester und dachte an den Talisman, den er vor fünf Jahren auf Javaid gestohlen hatte. »Und ja, in einem Monat wissen wir mehr, so oder so.«

Forrester drehte sich um und ging zu seinem Schiff.

Im Sprawl

Die *Sonnenwind* flog seit drei Stunden durchs Sprawl, als For- **8**
rester begriff, dass er nicht allein an Bord war.

Konkrete Anzeichen gab es nicht. Er sah keine huschenden
Schatten aus dem Augenwinkel, er hörte keine leisen Schritte
in einem dunklen Korridor. Es war ein Gefühl, ein zuerst vages
Unbehagen, das sich immer mehr verdichtete, bis es zu Gewissheit wurde: An Bord seines Schiffes gab es außer ihm
noch etwas, das lebte und atmete.

Der Intellekt wies ihn nicht auf einen Eindringling hin,
woraus Forrester schloss, dass der Fremde entweder sehr gut
getarnt war oder die Sensoren der künstlichen Intelligenz
mit einem raffinierten Intruderprogramm täuschte. Er fragte
auch nicht danach, denn der Fremde sollte nicht erfahren,
dass er Verdacht geschöpft hatte – vielleicht überwachte er
die interne Kommunikation.

Wer kam für so etwas infrage?, überlegte Forrester auf einem Streifzug durchs Schiff, der nach Routine aussah.
Nathan? Er traute es seinem alten Mentor zu, eigene Pläne
zu verfolgen, aber Nathan kannte ihn auch so gut wie sonst
niemand und musste wissen, dass er eine fremde Präsenz an
Bord früher oder später bemerken würde. Rubens? Forrester
dachte darüber nach, als er die Installationen im Heck der
Sonnenwind inspizierte, die Fokussierer des aktiven Sprawlers, wobei er nicht so sehr auf das achtete, was seine Hände
berührten, sondern auf die Lücken zwischen den Geräten
und Aggregaten, auf kleine Nischen, gerade groß genug, um
jemanden zu verbergen. Vielleicht war Rubens nicht allein
zum Wohnboot gekommen. Vielleicht hatte er jemanden
mitgebracht, unsichtbar, getarnt wie die *Sonnenwind* auf der

Insel, jemanden, der ihn im Auge behalten und gelegentlich Bericht erstatten sollte.

Es war ein beunruhigender Gedanke, aber Forrester hielt diese Erklärung für immer plausibler und wahrscheinlicher, als er sich die Navigationsschwingen des Schiffes ansah und durch die Kontrollfenster beobachtete, wie sie im silbergrauen Medium des Sprawl vibrierten. Ein Bewacher, den Rubens mitgebracht hatte. Gut getarnt. *Sehr* gut getarnt. So gut wie ein … Zaisen?

Mitten im zentralen Korridor blieb Forrester stehen und drehte langsam den Kopf von einer Seite zur anderen. Ein zaisischer Gestaltwandler? Er wusste aus Erfahrung, wie schwer sie zu entdecken waren, selbst wenn man spezielle Ortungswerkzeuge benutzte. Ein Zaisen konnte alles sein: die Wand dort, der Teil des Bodens, auf dem er stand, ein Stuhl, ein Instrumentenschrank. Wie sollte er wirkungsvoll nach einem Gestaltwandler suchen, ohne zu erkennen zu geben, dass er misstrauisch geworden war?

Er kehrte in den Nukleus zurück, sank dort in den Sessel des Piloten und fühlte seine Anspannung wachsen. »Status?«, fragte er.

»Alle Systeme arbeiten einwandfrei, Vinzent«, antwortete der Intellekt. »In einer halben Stunde geht die erste Phase zu Ende. Dann beschleunige ich wie vorgesehen auf maximale Geschwindigkeit.«

»Gib mir eine Übersicht der Lebenserhaltungssysteme«, sagte Forrester.

Ein Holofeld erschien, mit den Daten der Biosysteme des Schiffes. Forrester sah sie sich genau an und verglich die Leistung der Recycler mit dem Sauerstoffverbrauch und der Kohlendioxidanreicherung. Die Werte schienen etwas höher zu sein als sonst, was aber nicht viel bedeutete, denn sie waren nie statisch; es kam bei ihnen immer wieder zu leichten Veränderungen. Wie ließ sich ein Gestaltwandler lokalisieren?

Er überprüfte die Bordgravitation und suchte nach kleinen Abweichungen von der Norm, doch auch hier fehlten klare

Hinweise. Es gab eine kurze Fluktuation beim Sprawler und dann auch im Erlebnisraum, aber sie blieben im Rahmen und ließen sich leicht mit natürlichen Schwankungen erklären, hervorgerufen von Strömungen und »Untiefen« im Sprawl, durch das die *Sonnenwind* schwamm. Das Kommunikationssystem zeigte keine Aktivität, wie nicht anders zu erwarten. Der Fremde war bestimmt nicht so dumm, sich durch Komm-Signale zu verraten, solange geringe oder gar keine Kommunikationsaktivität herrschte.

Lass dir etwas einfallen, dachte Forrester und trommelte mit den Fingern auf die Armlehnen des Sessels.

Schließlich hatte er eine Idee.

»Bereite den Aussichtsraum vor«, sagte er und stand auf. »Ich möchte mir das Sprawl ansehen.«

»Aussichtsraum wird vorbereitet«, erwiderte der Intellekt.

Auf dem Weg dorthin vermied es Forrester, einen argwöhnischen Blick über die Schulter zu werfen. Was er jetzt vorhatte, konnte sehr unangenehm werden, und hoffentlich nicht nur für ihn.

Der Aussichtsraum war eine kleine Blase an der Flanke des Schiffes, mit Wänden aus Metallglas, das bereits transparent geworden war – ein externer Beobachter hätte ihn vielleicht mit einem Tautropfen auf einem der Blütenblätter des Schiffes verglichen. Er bot nur einer Person Platz, weshalb Forrester einigermaßen sicher sein konnte, dort allein zu sein. Und wenn es dem mutmaßlichen Zaisen gelang, irgendwie zu schrumpfen und sich besonders klein zu machen – dann gab er sich vielleicht zu erkennen, wenn die Unannehmlichkeiten begannen.

Forrester setzte sich, und die Rückenlehne kippte, bis er halb lag.

»Möchtest du dich auf die Begegnung mit dem Parakosmiker vorbereiten?«, fragte der Intellekt.

Das war eine gute Erklärung, fand Forrester. »Ja, ich möchte ... ein Gefühl dafür bekommen. Wie ist unsere Geschwindigkeit?«

»Wir sind immer noch in der ersten Phase, Vinzent. In Bezug auf das Basiskontinuum bewegen wir uns mit dem Hundertfachen der Lichtgeschwindigkeit. Im Sprawl kriechen wir noch, aber das wird sich bald ändern.«

Forrester blickte ins silbergraue Wogen. Die Orientierungshilfe markierte die einzelnen Stränge der Haupt- und Nebenrouten sowie die Besonderheiten im hyperenergetischen Fluss des lokalen Sprawl: Strömungen, Verwirbelungen, Strudel, gefährliche Untiefen, Stromschnellen, Katarakte. Wie dicke rote und blaue Schlangen wanden sich die Hauptstränge durchs silbrige Grau, die zentralen Verbindungswege des Sprawl, in denen die höchsten Geschwindigkeiten erreicht werden konnten. Davon gab es insgesamt dreißig in der Milchstraße, wie die vierhundertsiebenundzwanzig Nebenstränge und ihre Verzweigungen von den Pandora angelegt, der ersten Superzivilisation in der Milchstraße. Eine Milliarde Jahre war das Strangnetz alt, sagten die Parakosmiker, und auch diese Information stammte von den Engeln, jenen Geschöpfen, die im Sprawl lebten und von denen es manchmal hieß, sie seien Nachfahren der Pandora. Einige Sekunden lang suchte Forrester im Grau nach ihnen, zwischen den bunten Linien, Symbolen und Datenketten der Orientierungshilfe, aber er konnte sie natürlich nicht erkennen. Nicht in seinem gegenwärtigen Zustand.

»Das Kompensatorfeld ausschalten!«, sagte er.

»Hast du dir das gut überlegt, Vinzent?«, fragte das Schiff. »Ohne das Kompensatorfeld bist du den Einflüssen des Sprawl ungeschützt ausgesetzt. Es könnte zu Halluzinationen kommen, zu Kopfschmerzen und Übelkeit. Nach einer Stunde ohne Kompensator sind bleibende psychische Schäden nicht auszuschließen. Nur die Parakosmiker ...«

»Ich weiß, ich weiß«, sagte Forrester ungeduldig. Wer auch immer der Fremde an Bord war, bestimmt verließ er sich auf das Kompensatorfeld des Schiffes. Mit großer Wahrscheinlichkeit verfügte er nicht über einen eigenen Kompensator, denn solche Geräte erforderten ziemlich viel Energie und hatten eine unverkennbare Signatur, die sich auch an Bord eines Raumschiffs mit all seinen energetischen Systemen leicht identifizieren ließ. »Deaktiviere das Schutzfeld!«

»Wie du wünschst, Vinzent. Kompensatorfeld ist deaktiviert.«

Zunächst geschah gar nichts, abgesehen von einem leichten Ziehen im Nacken, das er sich vielleicht nur einbildete. Die Orientierungshilfen verschwanden, und es kam mehr Bewegung ins Grau des Sprawl-Mediums. An manchen Stellen begann es zu brodeln, und der silberne Glanz wurde zu einem Glitzern, wie von den Funken verborgener Feuer. An anderen verdunkelte sich das Grau und geriet in Bewegung, wie vom stürmischen Wind eines heranziehenden Unwetters getrieben.

Nach fünf Minuten merkte Forrester, dass er sich zu verändern begann. Er betrachtete seine Hände und beobachtete, wie die Finger länger und dünner wurden, wie sie sich Krallen gleich krümmten. Er hob sie und entdeckte Schwimmhäute zwischen ihnen, die gleich darauf verschwanden und bunten Federn wichen. Sein Leib schien anzuschwellen und zu schrumpfen, in einem Rhythmus, den der Pulsschlag des Sprawl bestimmte.

Nach zehn Minuten begannen die Kopfschmerzen. Das Ziehen im Nacken kehrte zurück, und diesmal war es keine Einbildung. Es breitete sich durch den Hinterkopf aus, verwandelte sich mitten im Schädel in ein dumpfes Pochen und direkt hinter den Augen in ein Stechen und Brennen. Forrester rieb sich die Schläfen, mit Händen, die zu hornigen Klauen geworden waren. Er starrte darauf, ließ sie dann sinken und versuchte, nicht mehr auf die vermeintlichen körperlichen Veränderungen zu achten. Es waren Halluzinationen, geschaffen von einem verwirrten Gehirn, das die unvertrauten Sinneseindrücke nicht richtig verarbeiten konnte.

»Es geht dir nicht gut«, sagte das Schiff. Seine Stimme klang anders, fast schrill. »Soll ich den Medobot verständigen, Vinzent?«

»Nein.« War das seine eigene Stimme? Dieses ... Knurren und Grollen? »Nein, ich ertrage es noch.« Nicht nur die Psyche von Menschen reagierte so empfindlich auf das Sprawl; auch die Angehörigen der anderen Äquivalent-Zivilisationen erlebten solche Veränderungen, wenn sie dem Sprawl ohne Kompensatorfeld ausgesetzt waren. Aus welchem Volk stammte der Fremde an Bord? Hatten Benedikt und Rubens jemanden ausgewählt, der dem Sprawl gegenüber eine besondere Widerstandsfähigkeit aufwies?

Neue Bewegungen erschienen im silbernen Grau jenseits des transparenten Metallglases.

Die Kopfschmerzen waren inzwischen so stark, dass Forresters Augen tränten. Er blinzelte mehrmals und versuchte Einzelheiten zu erkennen. Linien zeichneten sich im grauen Wogen und Wallen ab, durchzogen selbst das silbrige Brodeln und Funkeln. Offenbar kamen sie näher, denn sie wurden deutlicher und verbanden sich miteinander zu den Umrissen von ... Gestalten.

»Phase eins ist abgeschlossen«, sagte das Schiff. »Ich leite jetzt die Beschleunigungsphase ein.«

»Nein, warte!«, stieß Forrester hervor. »Warte noch ein wenig. Ich möchte die Engel sehen.«

Eins der Sprawl-Wesen löste sich von den anderen, breitete Schwingen aus – oder waren es Flossen? –, segelte oder schwamm durch ein Grau, das es schimmernd umfing, und verharrte nur wenige Meter vom Metallglas des Aussichtsraums entfernt. Es schien größer zu sein als ein Mensch, vielleicht zweieinhalb Meter, und war sehr zart gebaut, Arme und Bein dünn und wie aus Quecksilber. Dem großen Kopf auf dem langen, schmalen Hals fehlten klare Konturen. Die dunklen Augen wirkten wie Löcher, durch die man, wenn man genau hinsah, in eine andere Welt blicken konnte. Das versuchte Forrester. Er sah genauer hin, er beugte sich vor, um mehr zu erkennen, er vergaß die Kopfschmerzen ...

»Ich rate dringend zu einer Reaktivierung des Kompensatorfelds«, sagte das Schiff. »Es geht dir nicht gut, Vinzent.«

»Warte«, erwiderte er schnell. »Warte noch etwas. Ich ...«
Das Sprechen fiel ihm schwer.

Das Wesen, der Engel, kam noch etwas näher, bis er direkt hinter dem Metallglas schwebte. Er streckte die Hände aus und berührte die transparente Barriere, die den kleinen Aussichtsraum der *Sonnenwind* vom Sprawl trennte. Forrester beobachtete, wie kleine perlweiße Saugnäpfe am Ende der Finger das Metallglas berührten. Unter den großen Augen öffnete sich ein lippenloser Mund. Der Engel wollte sprechen, er wollte ihm etwas zuflüstern ...

Für einige Sekunden wurde alles andere unwichtig. Das Wesen dort draußen, alt wie die Sterne, schickte sich an, ihm etwas mitzuteilen. Was konnte wichtiger sein?

Dann schnitt Schmerz wie mit einer glühenden Klinge durch Forresters Gedanken.

Ein seltsames Heulen erklang, und Forrester begriff, dass es von ihm selbst stammte. Er zwang seine Kiefermuskeln, den Mund zu schließen, kniff die Augen zu und drückte die Hände an die Seiten des Kopfes, bis der Schmerz zwar nicht verschwand, aber auf ein erträgliches Maß sank.

Das Schiff sagte etwas, das er nicht verstand.

»Nein«, ächzte er, rutschte aus dem Sessel, landete auf dem Boden und stemmte sich wieder hoch, die Augen noch immer geschlossen. »Nein«, wiederholte er. »Das Kompensatorfeld bleibt aus.«

»Vinzent ...«

»Es geht wieder.« Er atmete tief durch und tastete sich zur Tür. »Unternimm nichts ohne meine ausdrückliche Anweisung!«

In der Tür blieb er stehen, stützte sich an der Wand ab und wagte es, die Augen zu öffnen. Auf der anderen Seite des durchsichtigen Metallglases erstreckte sich das Silbergrau des Sprawl. Von den Wesen – und von dem Engel in unmittelbarer Nähe des Aussichtsraums – war nichts mehr zu sehen.

Ein seltsames Gefühl des Verlustes stellte sich ein.

»Du kannst jetzt beschleunigen«, sagte er. »Wir gehen auf Höchstgeschwindigkeit.«

Forrester trat in den Korridor und begann mit der Suche nach dem blinden Passagier.

9 Die *Sonnenwind* war nicht groß und bot nur wenige Versteckmöglichkeiten, wenn man nicht gerade ein zaisischer Gestaltwandler war. Im Nukleus öffnete Forrester den verborgenen Waffenschrank, entnahm ihm einen Variator und überprüfte die Ladung. Die Kopfschmerzen wurden wieder stärker, und die Halluzinationen konnten sehr verwirrend sein, denn auf dem Weg durchs Schiff gaukelten sie ihm Hindernisse vor, wo gar keine existierten; und immer wieder veränderten sich Form und Struktur von Installationen. Als er nach der Durchsuchung der Lagerräume und ihrer versteckten Fächer in den Hauptkorridor zurückkehrte, blieb er stehen und fragte: »Befindet sich außer mir noch jemand an Bord?«

Damit warnte er den Fremden und gab seinen kleinen Vorteil auf, aber das ließ sich nicht vermeiden. Das Brennen hinter seinen Augen, begleitet von einem rasenden Pochen, wurde so heftig, dass er immer schlechter sah. In einigen Minuten musste er das Kompensationsfeld reaktivieren, denn sonst drohte ihm Hilflosigkeit.

»Ja«, antwortete das Schiff.

»Wer ist die Person? Und wo befindet sie sich?«

»Darüber darf ich keine Auskunft geben.«

»Was?«

»Ich habe eine Prioritätsanweisung erhalten, Vinzent«, sagte das Schiff. »Sie verbietet es mir, Identität und Aufenthaltsort der Person preiszugeben.«

Ein Intruderprogramm, wie Forrester vermutet hatte. Und mehr als nur raffiniert.

Nach zwei unsicheren Schritten – sein Gleichgewichtssinn war plötzlich gestört – fiel ihm eine andere Möglichkeit ein, absurd und erschreckend. Eine Prioritätsanweisung. Entweder ein exzellentes Intruderprogramm oder eine autorisierte Person. Und außer ihm selbst gab es nur noch ...

Forrester erinnerte sich an die geringfügigen Veränderungen der Bordgravitation, beim Sprawler und im Erlebnisraum. Der Erlebnisraum!

Er hatte ihn fast erreicht, als der Kopfschmerz seine Gedanken – oder das, was von ihnen übrig war – zerriss. Er sank zu Boden, der ihn mit Stacheln und Dornen empfing, so fühlte es sich an. Sein Körper blähte sich auf, zu einem Ballon, der die *Sonnenwind* ausfüllte und noch weiter wachsen wollte, das Schiff zu sprengen drohte. Als der Schmerz zwischen seinen Schläfen nachließ, als ihm das Hämmern und Heulen eine kleine Verschnaufpause gönnte und seine Gedanken nicht mehr nur wirre Fetzen waren, die im Schädel hin und her sprangen, versuchte er zu sprechen.

»Schiff ...«

Eine Stimme antwortete ihm. Er verstand nicht, was sie sagte.

»Das ... Kompensatorfeld ... einschalten.«

Der Ballon schrumpfte, der Druck ließ nach. Forrester lag auf dem Boden, schnappte nach Luft und hörte sich stöhnen.

»Der Medobot ...«, brachte er hervor.

»Er ist bereits unterwegs.«

»Nein, nicht zu mir ...«

Er hörte ein Wimmern und war sich sicher, dass es nicht von ihm stammte. Direkt vor ihm hatte sich der Zugang des Erlebnisraums geöffnet, und die Hologramme dahinter schufen die Illusion eines Waldes, mit Bäumen, an deren Ästen rote Früchte hingen, mit einem Bach, der sich durch eine kleine Senke schlängelte, gesäumt von schneeweißen Felsen. Schimmernde Äquiv-Libellen tanzten über dem plätschernden Wasser. Auf der linken Seite, neben einem Busch mit violetten Blüten, die sich dem durch eine Lücke im hohen Blätterdach fallenden Sonnenschein geöffnet hatten, lag eine Gestalt, und von ihr kam das Wimmern.

Hatte er bei seiner ersten Suche im Erlebnisraum nach-
gesehen? Forrester erinnerte sich nicht – vielleicht hatte er
tatsächlich einen Blick hineingeworfen und den blinden
Passagier übersehen, nicht weil diese Person ein zaisischer
Gestaltwandler war, sondern weil sie sich inmitten von
Hologrammen versteckt hatte.

Dort lag sie, in einer Lache aus Erbrochenem, die weit aufgerissenen Augen verdreht, sodass sie nicht mehr rot waren,
sondern weiß, das Haar zerzaust und schweißverklebt.

»Der Bot!«, rief Forrester und taumelte zu ihr. »Wo bleibt
der Bot?«

»Er ist gleich da, Vinzent.«

Er bückte sich, strich ihr das Haar aus dem Gesicht und
murmelte etwas, das sich anhörte wie »Ich habe es nicht
gewusst. Hörst du? Ich habe es nicht gewusst«.

Etwas erschien hinter ihm, eine agile Gestalt trat mit summenden Servomotoren an ihm vorbei, streckte sanfte Dia-
gnosearme nach Zinnober aus und hob sie vorsichtig hoch.
»Ein schwerer Schock«, sagte der Medobot. »Ich bringe sie in
den Behandlungsraum.«

10 Eine Stunde später empfing das Kommunikationssystem der
Sonnenwind eine Mitteilung, die mit Nathans Code verschlüsselt war. Sie lautete:

»Ich fürchte, deine Tochter hat es nicht lange bei mir ausgehalten. Sie ist verschwunden. Ich nehme an, sie wollte bei
dir bleiben und hat sich an Bord deines Schiffes geschlichen.
Wenn du dies hörst, hast du sie sicher längst gefunden.«

Die nächsten drei Tage verbrachte Zinnober im Genesungs-
schlaf, und Forrester wich nur von ihrer Seite, um sich selbst
behandeln zu lassen. Manchmal öffnete sie die Augen, und
wenn sie ihn erkannte, lächelte sie kurz und schlief dann
wieder ein.

Die Deaktivierung des Kompensatorfelds war ein Fehler gewesen, dachte Forrester. Etwas mehr Nachdenken hätte ihn erkennen lassen müssen, dass sich kein fremder Beobachter und Bewacher an Bord befand, sondern Zinnober.

»Es gibt keine bleibenden Schäden«, versicherte ihm der Intellekt des Schiffes mehrmals. »Sie wird sich vollständig erholen. Es braucht nur seine Zeit.«

Zeit. Forrester hätte sie nutzen sollen, um Informationen einzuholen, um sich mit den interstellaren Datenbanken von KopKo und der Äquiv-Zivilisationen zu verbinden, mit seinen speziellen Codes – die noch aus den Jahren bei der Agentur stammten – Informationen über den Parakosmiker und das Wrack der *Kuritania* einzuholen. Stattdessen saß er neben Zinnobers Genesungstank und verfluchte sich immer wieder für seinen Fehler. Seine eigene Rekonvaleszenz machte rasche Fortschritte. Die Kopfschmerzen ließen schnell nach, was er fast bedauerte, denn dadurch konnte er sich umso besser vorstellen, was fast geschehen wäre. Manchmal, im Halbschlaf, besuchte ihn der Blick des Engels, dessen Finger das Metallglas des Aussichtsraums berührt hatten. Im Niemandsland zwischen Schlafen und Wachen glaubte er, in den großen dunklen Augen etwas zu erkennen, aber was auch immer es war, es blieb im Verborgenen. Er wusste nur, dass es wichtig war, für sein Leben und nicht nur für seines. Ähnlich erging es ihm mit den Worten, die das Wesen an ihn richtete, als es den lippenlosen Mund öffnete. Was auch immer es sagte, welche Botschaft auch immer es an ihn richtete, Forrester hatte nichts gehört, keine einzige Silbe, nicht einen einzigen Ton. Die Parakosmiker sprachen mit den Engeln, dachte er, während Zinnober schlief und die *Sonnenwind* mit Höchstgeschwindigkeit durchs Sprawl schwamm, den Toroga-Riffen entgegen. Sie brauchten keine Kompensatoren, sie setzten sich ungeschützt dem Sprawl aus, nicht für wenige Minuten oder Stunden, sondern für Jahre und Jahrzehnte. Einige wenige von ihnen waren Unfallopfer, die schwere Gehirnverletzungen erlitten hatten, was sie dem Sprawl gegenüber unempfindlich machte. Die anderen benutzten Symbionten von Siemperverd, die Larven von Nervenwürmern, die im Gehirn heranwuchsen, seine neuronale Verdrahtung veränderten, die Wahrnehmung erweiterten und eine Kommunikation mit den Engeln ermöglichten.

Am Morgen des vierten Flugtages erwachte Zinnober schließlich, und ihre ersten Worte lauteten: »Ich habe Hunger, Vinz.«

»Du hättest bei Nathan bleiben sollen«, sagte Forrester und beobachtete, wie Zinnober mit Heißhunger aß. Das rote Haar hatte seinen Glanz zurück, und die roten Augen steckten wieder voller Leben. »Dies ist viel zu gefährlich.«

»Was auch immer du mit ›dies‹ meinst, Vinz: Wir stehen es gemeinsam durch. Ich bin nicht mehr das Kind, das du von Javaid mitgenommen hast. Ich habe die Reife hinter mir, und wir Crohani entwickeln uns schneller als Menschen.«

»Du bist zur Hälfte Mensch.«

Zinnober lächelte, während sie aß. »Sag das meinem Körper. Er vergisst es manchmal. Und mein Kopf ebenfalls.«

Drei Tage waren vergangen, ohne dass Forrester auch nur ansatzweise an einem Plan gearbeitet hatte, und eins stand fest: Mit Zinnober wurde alles wesentlich komplizierter. Doch die Erleichterung darüber, dass sie alles gut überstanden hatte, war größer als die neue Sorge.

Sie ergriff seine Hand. »Versprich mir etwas.«

»Was?«

»Dass du nie wieder versuchst, mich irgendwo bei irgendwem zurückzulassen. Und versprich es mir nicht nur mit dem Mund.« Zinnober beugte sich vor und legte ihm die Hand aufs Herz. »Versprich es mir da.«

»Na schön. Ich verspreche es.«

Sie lächelte erneut und fiel dann wieder über ihre Mahlzeit her, mit dem Eifer eines ausgehungerten Kindes.

Später, als sie im Nukleus der *Sonnenwind* vor den Konsolen saßen und das Sprawl betrachteten, mit eingeblendeten Orientierungshilfen und vom Kompensatorfeld geschützt, fragte Zinnober: »Was hast du gesehen? Ich hatte Kopfschmerzen, mir war übel, und mein Körper schien sich zu verändern; er blähte sich auf und wurde groß wie das Schiff. Meine Augen, ich konnte sie durchs Schiff schicken, und sie sahen dich im Aussichtsraum, dein Gesicht eine Fratze. Was hast du gesehen?«

Forrester blickte hinaus ins silbrig schimmernde Grau. Nirgends zeigten sich die Umrisse von Gestalten.

»Ich habe die Engel gesehen«, sagte er. »Einer von ihnen kam ganz nahe und wollte mir etwas sagen. Aber ich habe ihn nicht verstanden.«

»Parakosmiker können mit den Engeln sprechen und sie verstehen.«

»Deshalb fliegen wir zur *Kuritania*, um mit einem ganz bestimmten Parakosmiker zu reden. Schiff?«

»Ja, Vinzent?«

»Wie ist unser Status?«

»Wir fliegen im Hauptstrang Sieben, Vinzent. In vierzehn Stunden wechseln wir in einen Nebenstrang, und dann sind es noch einmal einunddreißig Stunden, bis wir die Toroga-Riffe erreichen.«

»Noch Zeit genug für Vorbereitungen«, sagte Forrester. »Schiff, ich brauche alle Datenverbindungen, die ich bekommen kann.«

»Die von den Riffen ausgehenden Störungen im Sprawl werden schon hier stärker«, antwortete der Intellekt der *Sonnenwind*. »Es können vermutlich nicht alle Kommunikationsverbindungen hergestellt werden.«

»Du weißt, um welche Datenbanken es mir geht, Schiff«, sagte Forrester. »Ich brauche stabile Verbindungen, auch dann, wenn wir noch näher an die Riffe herankommen.«

»Verstanden.«

»Warum nennst du das Schiff immer nur ›Schiff‹?«, fragte Zinnober.

»Was?«

»Warum hast du ihm nie einen Namen gegeben?«

»Es heißt *Sonnenwind*.«

»Sie meint mich«, sagte das Schiff.

»Genau«, bestätigte Zinnober. »Ich meine den Intellekt. Warum nennst du ihn einfach nur ›Schiff‹?«

Forrester sah sie groß an.

»Wir haben fünf Jahre auf einem namenlosen Planeten verbracht«, sagte Zinnober. »Erst ganz zum Schluss hast du mich gefragt, wie ich ihn nennen möchte. Namen sind wichtig, Vinz. Namen geben Dingen Identität und nicht nur Dingen. Möchtest du einen Namen, Intellekt der *Sonnenwind*?«

»Ich habe mir immer einen gewünscht«, erwiderte der Intellekt.

»Na bitte.« Zinnober richtete einen Hast-du-gehört?-Blick auf Forrester.

»Also gut«, sagte er. »Gib ihm einen Namen.«

»Ich nenne dich ...« Zinnober zögerte. »Nein, warte. Wie möchtest du gern heißen?«

»Ich bin dir sehr dankbar, dass du mich fragst, Zinnober«, sagte der Intellekt. »Ich würde gern ... Cassandra heißen.«

Die Kuritania

Kleine Erschütterungen ließen das Schiff erbeben, nie so **11** stark, dass den Gravitationsfeldern an Bord Instabilität drohte, aber heftig genug, um Vibrationen durch den Rumpf zu schicken, die nach einem Ächzen klangen – die *Sonnenwind* schien zu stöhnen, als sie sich den Toroga-Riffen näherte. Wie ein dunkles Gebirge ragten sie aus dem Grau des Sprawl, mit steilen Hängen, schroffen Graten und tiefen Tälern, fast unerreicht vom silbernen Glanz des Sprawl-Mediums. Das Schiff, von Cassandra gesteuert, wurde langsamer und glitt in eine Schlucht, die aussah wie eine Kerbe im Rücken des zentralen Riffs. Stationäre Signalbaken, von den Bergungsgruppen installiert, wiesen ihr den Weg. Die *Kuritania* lag tief unten, eingekeilt zwischen großen Felsen, die keine Felsen waren, sondern energetische Störungen im Fluss des Sprawl, wie das ganze Riff. Halb geborsten lag sie da, ihre Navigationsschwingen gebrochen, der Sprawler wie von der Hand eines Riesen zerquetscht, die Außenhülle von Rissen durchzogen. Trümmer schwebten über ihr, wie in einem zeitlosen Netz gefangen.

»Das Riff, sieht es wirklich so aus wie im Holofeld?«, fragte Zinnober.

»Nein.« Forrester überprüfte noch einmal die Konfiguration der *Sonnenwind*. Materialgedächtnis, Molekülarchitekten und adaptive Strukturelemente hatten ihr das Erscheinungsbild eines kleinen KopKo-Rettungskreuzers verliehen, und der Intellekt – Cassandra – sorgte für eine entsprechende energetische Signatur. Das erste Wachschiff, dessen Aufgabe hauptsächlich darin bestand, Neugierige fernzuhalten, hatte sie passieren lassen. »Das Riff ist eine ausgedehnte energetische Störungszone im Sprawl. Wir sehen hier das Zentrum, den zentralen Strudel. Unsere visuelle Wahrnehmung könnte mit den Energieflüssen und all den Strömungen und Verwirbelungen nichts anfangen, und deshalb stellt die Orientierungshilfe alles auf diese Weise dar.«

»Strudel«, murmelte Zinnober. »Strudel im Fluss ziehen einen in die Tiefe, zum Grund. Wo ist hier der Grund?«

Forrester warf ihr einen anerkennenden Blick zu. »Vielleicht eine Singularität, ein schwarzes Loch in einem anderen Universum. Die Sprawl-Physiker rätseln noch darüber. Vor einigen Jahren haben KopKo-Spezialisten eine Expedition ausgerüstet und in die Orion-Anomalie geschickt, im dritten Hauptstrang.«

»Was ist aus ihr geworden?«

»Man weiß es nicht. Sie ist nie zurückgekehrt. Was aber nicht unbedingt den Verlust der Expedition bedeutet. Es könnte sein, dass die Zeit für sie anders vergeht. Vielleicht sind wenige Minuten für sie tausend Jahre für uns.«

Die *Sonnenwind* sank tiefer in die Schlucht. Voraus wurden weitere Einzelheiten der *Kuritania* erkennbar. Ein Teil von ihr hatte sich in den »Boden« der Schlucht« gebohrt oder war halb darin versunken. Mehrere Bergungsschiffe hingen über ihr und brachten Gravitationsanker aus, um sich selbst und das Wrack zu stabilisieren. Eine Art Gondel rutschte über ein energetisches Tau und brachte Bergungstechniker zur *Kuritania*.

»Schiff, wo ist die Arche des Parakosmikers?«, fragte Forrester.

»Meinst du mich?«, erwiderte Cassandra.

»Ja. Ja, ich meine dich. Also, wo ist Trifon Corneilles Arche?«

»Ich habe sie noch nicht geortet, Vinzent. Die Störungen sind sehr stark. Meine Sensoren liefern nicht so gute Daten wie sonst.«

Zinnober betrachtete das Wrack nachdenklich. »Wenn das Triebwerk der *Kuritania* zerstört ist ... Müsste sie dann nicht ins Weltall zurückfallen?«

»Sie braucht ihr Triebwerk nicht, um im Sprawl zu bleiben«, sagte Forrester. »Sie braucht es für die Rückkehr in unseren Raum.« Er deutete ins Holofeld, auf ein Bergungsschiff, das größer war als die anderen. »Ich nehme an, man installiert einen neuen Sprawler. Oder das Schiff dort bereitet sich darauf vor, sein Antriebsfeld zu erweitern. Vielleicht ist das bereits geschehen. Vielleicht sind schon Teile der *Kuritania* geborgen und zurückgebracht. Cassandra?«

»Schwer zu sagen. Die Integrität des Wracks ist so sehr beeinträchtigt, dass ich nicht feststellen kann, ob das Fehlen bestimmter Elemente auf das Unglück zurückzuführen ist oder auf eine erfolgreiche Bergung.«

»Was ist passiert?«, fragte Zinnober. »Wie kam es zu dem Unglück? Vor zweihundert Jahren, nicht wahr?«

Forrester ließ sich seine Überraschung nicht anmerken. Woher wusste sie davon? Während seines Gesprächs mit Nathan hatte sie sich an Bord der *Sonnenwind* geschlichen und versteckt. War es möglich, dass sie auf Javaid von der *Kuritania* gehört hatte?

»Unbekannt«, erwiderte der Intellekt. »Einige der Spezialisten suchen nach einer Antwort auf genau diese Frage. Übrigens ... Wir werden gerufen, Vinzent.«

»Gib die vorbereitete Antwort. Wir sind ein Rettungskreuzer der Kooperative Lazaren, durch ein Unterstützungsabkommen mit Labris verbunden, der Kooperative, für die die *Kuritania* vor zwei Jahrhunderten geflogen ist.«

»Mitteilung wird gesendet«, sagte Cassandra. »Wir bleiben im Anflug.«

Wieder erbebte die *Sonnenwind*, und das aus dem Rumpf kommende Stöhnen, hervorgerufen von Vibrationen und Resonanzen, wurde stärker.

»Wir werden gescannt.«

»Das sollte kein Problem sein«, sagte Forrester. Sein Schiff hatte den einen oder anderen Trick auf Lager, wie die veränderbare Konfiguration mit angepasster energetischer Signatur. »Wer leitet die Bergung? Wer sind diese Leute?«

»InterStel«, sagte Cassandra. »Als der Parakosmiker Trifon Corneille von der *Kuritania* erfuhr, benachrichtigte er die Kooperative Labris. Offenbar gab es dort Verbindungsleute von InS, denn kurze Zeit später schickte InterStel die ersten Schiffe hierher und beanspruchte die Bergungsrechte. Dort ist die Arche.«

Das Schiff des Parakosmikers – bestehend aus mehreren langen Zylindern, stummelförmigen Navigationsschwingen, kleinen Sprawler-Kapseln und einer Habitatkuppel, die sich einer Blase gleich auf der einen Seite wölbte – ruhte jenseits des Wracks auf einem kleinen Plateau, gehalten von mehreren Gravitationsankern.

»Kontaktiere ihn!«, sagte Forrester. »Setz dich mit Trifon Corneille in Verbindung und sag ihm, dass ich mit ihm reden möchte! Sag ihm ... die Engel hätten auch mir etwas geflüstert.« Es war nicht einmal eine Lüge, dachte er. Zumindest ein Engel hatte ihm etwas zugeflüstert; er hatte die Worte – wenn es Worte gewesen waren – nur nicht verstanden.

»Nicht *du* willst mit ihm reden«, sagte Zinnober. »*Wir* wollen mit ihm reden. Wir sind jetzt ein Team.«

Im Holofeld erschien ein breiter Riss im Wrack der *Kuritania*, und darin bewegten sich winzige Gestalten, Bots vielleicht oder Bergungsspezialisten von InterStel.

»Wir werden abgewiesen«, sagte Cassandra. »Man fordert uns auf, einen Sicherheitsabstand von mindestens hundert Sprawlkilometern zu wahren.«

Die Orientierungshilfe blendete eine Linie über den Gipfeln des Riff-Gebirges ein.

»Von wegen«, brummte Forrester. Er streckte die Hand aus, und seine Finger strichen durch virtuelle Kontrollen. »Hier ist der Rettungskreuzer *Pallid* von der Kooperative Lazaren. Hiermit berufe ich mich auf die KopKo-Direktive Neunzehn, wonach wir das Recht und die Pflicht haben, medizinische Hilfe zu leisten. Es befinden sich tausend Schläfer an Bord der *Kuritania*. Wir wollen versuchen, Leben zu retten, wo es gerettet werden kann.« Er schloss den Kommunikationskanal und fügte hinzu: »Wir bleiben auf Kurs, Cassandra. Langsam und vorsichtig. Was ist mit dem Parakosmiker?«

»Er antwortet nicht, Vinzent. Meine Sensoren erkennen keine Biosignaturen in der Arche.«

»Also ist er in der *Kuritania*.«

»Das ist zu vermuten.«

Forrester stand auf. »Dann bleibt dem Rettungsmediker Forrester nichts anderes übrig, als dem Wrack einen Besuch abzustatten.«

»Wobei ihn die Rettungsmedikerin Zinnober begleitet.«

»Zinnober …«

Sie hob die Hand. »Nein«, sagte sie. »Nein, ich bleibe nicht hier. Du hast es versprochen, Vinz. Du hast versprochen, mich nie mehr zurückzulassen.«

»Aber …«

»Kein Aber. Wir sind jetzt ein Team«, wiederholte sie.

Als sie in der Schleuse Schutzkleidung und einen Instrumen- **12** tengürtel anlegten, der unter anderem einen Kompensator mit ausreichend Energiezellen enthielt, sagte Zinnober: »Du solltest mir besser erklären, worum es geht, Vinz. Der Mann auf Verlorenes Paradies, er hat dir gedroht, dich unter Druck gesetzt, so viel ist klar. Aber warum müssen wir mit Trifon Corneille reden? Worum geht es? Du hast gesagt: ›Dies ist viel zu gefährlich.‹ Was ist ›dies‹?«

Forrester zögerte. »Wir haben nicht viel Zeit …«

»Dann würde ich gern wissen, *warum* wir nicht viel Zeit haben.«

Hier begannen die Komplikationen, dachte Forrester, und ein Ende war nicht abzusehen. Er fragte sich erneut, wie viel Zinnober bereits wusste und wie viel er ihr sagen durfte. Auf keinen Fall wollte er, dass sie ihn bei einer Lüge ertappte.

»Wenn ich dir helfen soll, muss ich Bescheid wissen«, sagte Zinnober.

Du sollst mir nicht helfen, dachte Forrester. Du solltest in Sicherheit sein.

»Du überlegst zu lange«, fügte Zinnober hinzu. Sie beobachtete ihn mit sehr aufmerksamen roten Augen. »Ich möchte die Wahrheit hören.«

»Na schön.« Die Wahrheit, dachte er. Zumindest ein Teil von ihr. Er erzählte vom Reisenden, vom Zehntausendjährigen namens Aurelius, der in zehn Tagen auf Caledonia Vier eintreffen sollte. »Die Information geht auf Trifon Corneille zurück, der es von einem Engel hörte. Er erzählte einem InterStel-Mitarbeiter davon, und über diesen Umweg bekam die Agentur Wind von der Sache. Benedikt, der neue Agenturleiter, will auf das Wissen des Reisenden zugreifen können. Ich soll ihn ... zur Kooperation überreden.«

»Das heißt, du sollst ihn entführen«, sagte Zinnober.

»Ich fürchte, darauf läuft es hinaus.«

»Das wird Omni nicht gefallen.«

»Nein. Bist du so weit?«, fragte Forrester ungeduldig. »Können wir los?«

»Warte noch. Er hat dir gedroht. Der Mann auf Verlorenes Paradies, der Besucher, der uns fand, obwohl uns niemand finden sollte ... Er hat dir damit gedroht, mir etwas anzutun, damit du diesen Auftrag für ihn erledigst.«

Zinnober war plötzlich sehr ernst, so ernst, dass Forrester gar nicht mehr lügen konnte, selbst wenn er gewollt hätte.

»Ja, das stimmt.«

»Deshalb hast du mich zu Nathan gebracht. Nicht in erster Linie, weil ›dies‹ zu gefährlich ist, sondern damit er mich vor dem Mann schützt und vor dem anderen, von dem er seine Anweisungen erhält. Benedikt.«

»Ja.«

»Wer ist Benedikt, Vinz? Und was genau ist die Agentur?«

»Zinnober ...«

»Nein. Jetzt, hier, die Wahrheit. Ich muss Bescheid wissen. Ich muss wissen, womit wir es zu tun haben.«

Ihr Ernst beeindruckte Forrester. Er enthielt überhaupt nichts Kindliches.

»Sie übernimmt Aufträge, die ...« Die Wahrheit, dachte er. Sie erwartet von mir, dass ich ihr die Wahrheit sage. Aber kann ich meiner Tochter eine solche Wahrheit anvertrauen?

»Die Agentur begann als ein Spionageteam der Korporation Viktoria: eine Gruppe von Leuten, die darauf spezialisiert waren, in die Datenbanken anderer Korporationen und auch der Kooperativen einzubrechen. Diese Spezialisten bewegten sich oft am Rand der Legalität und manchmal auch auf der anderen Seite des schmalen Grats. Sie waren sehr erfolgreich, konnten aber nicht verhindern, dass Viktoria von der Korporation Leuchtfeuer übernommen wurde und ...«

»Nein, Vinz«, unterbrach ihn Zinnober. »Ich möchte nicht die Geschichte der Agentur erfahren, sondern von dir hören, was sie macht.«

Forrester atmete tief durch. »Inzwischen ist sie seit vielen Jahren eine unabhängige Organisation, die sich nicht mehr um Regeln und Gesetze schert. Sie stiehlt, zerstört und tötet, je nach Auftrag. Die einzige Grenze, die bisher noch existierte, war der Ethox des Omni, der ethische Kodex der Superzivilisationen, und Benedikt schickt sich an, auch diese letzte Grenze zu überschreiten.«

»*Du* sollst sie überschreiten, mit der Entführung des Zehntausendjährigen.«

»Ja.«

»Du hast gestohlen, das weiß ich«, sagte Zinnober. »Hast du auch zerstört und getötet? Auf Javaid habe ich es für Notwehr gehalten, aber ...«

Keine Lügen, dachte er. Sie würde eine Lüge erkennen.

»Ja«, gestand Forrester. »Ich kann es nicht leugnen. Ich habe gestohlen, wie auf deiner Heimatwelt, und ich habe auch zerstört und getötet, nicht nur auf Javaid. Stolz bin ich darauf nicht, Zinnober. Ganz zu Anfang habe ich geglaubt, etwas bewirken zu können, langfristige Veränderungen zum Guten, nicht nur in KopKo, sondern auch bei den Äquivs, bei den anderen Zivilisationen mit ähnlichem Entwicklungsniveau. Wir alle wollen irgendwann einmal zu Omni gehören, und ich dachte, ich würde mithelfen, den Weg dorthin abzukürzen. Aber das war eine Illusion. Ich *erkannte* es als Illusion und hielt trotzdem daran fest. Über Jahrzehnte hinweg habe ich mir etwas vorgemacht, bis es schließlich zu viel wurde. Nathan erging es ähnlich. Er begriff, wohin der Weg führte, und er wollte es ändern, die Agentur in eine andere Richtung leiten, aber Benedikt hat ihn ausmanövriert, ihn ins Abseits gedrängt und schließlich seinen Platz eingenommen. Für mich war Javaid der Wendepunkt.«

»Deshalb hast du dich mit mir ins Verlorene Paradies zurückgezogen? «

»Ja und nein. Du bist ein Tropfen gewesen, so hat Nathan dich genannt. Stell dir einen Behälter vor, bis zum Rand mit Wasser gefüllt. Und stellt dir einen Tropfen vor, der hineinfällt und das Wasser über den Rand schwappen lässt.«

»Ein Tropfen«, sagte Zinnober nachdenklich. »Aber es war schon vorher Wasser im Behälter. Viel Wasser.«

»Ja.« Forrester nickte, beeindruckt von der Intelligenz seiner Tochter. »Es hatten sich viele Dinge angesammelt. Enttäuschungen, bittere Erfahrungen. Du hast den Ausschlag gegeben, aber du warst nicht der einzige Grund.«

»Deshalb hast du die Arbeit für die Agentur aufgegeben und dich mit mir ins Verlorene Paradies zurückgezogen.«

»Ja.«

»Aber Benedikt hat dich gefunden und jemanden geschickt.«

»Was bedeutet, dass er mich überall finden kann, wo ich mich auch zu verstecken versuche. Und dich ebenfalls.«

»Ich bin ... dein schwacher Punkt?«, fragte Zinnober.

»Nein«, sagte Forrester sofort. »Nein, du bist Zinnober, meine Tochter.«

»Die Agentur ist ... mächtig?«

»Das ist sie, ja. Hinter den Kulissen zieht sie die Fäden, die alles bewegen. Verstehst du, was ich meine? Deshalb hättest du bei Nathan bleiben sollen. Er kennt die Agentur noch besser als ich. Er hat Beziehungen, verfügt noch immer über Ressourcen ...«

»Er kann selbst die ›Fäden‹ ziehen?«

»Ja, das kann er«, sagte Forrester. »Aber jetzt ist es zu spät. Der Rückflug zum Lerper-System würde uns noch einmal fünf Tage kosten, und von dort aus können wir Caledonia Vier nicht rechtzeitig erreichen.«

»Wenn du nachgibst, Vinz, wenn du dich fügst, wenn du den Zehntausendjährigen entführst ... So mächtig die Agentur auch sein mag, Omni ist mächtiger. Viel, viel mächtiger. Legislatoren würden sich auf die Suche nach dir machen.«

»Das ist ein Problem«, sagte Forrester. »Wir müssen es irgendwie lösen. Vielleicht kann uns der Parakosmiker dabei helfen.«

»Danke, Vinz«, sagte Zinnober.

»Danke? Wofür?«

»Dafür, dass du ›wir‹ gesagt hast.«

Das Grau des Sprawl teilte sich vor ihnen, wie träge Nebel- **13** schwaden, und setzte allen Bewegungen einen leichten Widerstand entgegen. Sie *flogen* nicht zur *Kuritania*, es schien *ein Schwimmen* zu sein, und als sie das Wrack erreichten – den breiten Riss, den sie von Bord der *Sonnenwind* aus gesehen hatten –, empfing sie ein Gravitationsfeld, das sie zu einer Plattform dirigierte. Dort saßen zwei Männer inmitten von Ausrüstungsmaterial aller Art an einer Kommunikationsstation, empfingen Berichte von Bots und übermittelten Anweisungen. Beide trugen Schutzanzüge mit InterStel-Insignien.

Einer von ihnen stand auf und trat ihnen entgegen. »Sie sind nicht autorisiert«, sagte er und benutzte dabei einen allgemeinen Kommunikationskanal. Hinter dem Helmvisier zeigte sich ein dunkles Gesicht mit kleinen Augen. »Ich muss Sie bitten, zu Ihrem Schiff zurückzukehren.«

Forrester deutete auf die Abzeichen seines Schutzanzugs. »Ich bin Rettungsmediker Forrester, und das ist Rettungsmedikerin Zinnober. Wir kommen von Lazaren und möchten zu den Schläfern.«

»Sie sind nicht befugt, hier ...«

»Die KopKo-Direktive Neunzehn gibt mir Befugnis genug«, sagte Forrester streng. »Ich empfehle Ihnen, sich besser zu informieren.«

»Warten Sie!« Der InS-Mann kehrte zu seinem Kollegen zurück, beriet sich kurz mit ihm, betätigte die Komm-Kontrollen und sprach mit jemandem, dessen Stimme nur er hörte. Dann drehte er sich um. »Na schön. Sie kommen von der *Pallid*, nicht wahr?«

»Ja.«

»Ihr Schiff ist identifiziert. Sie können zu den Hibernanten, aber nicht allein. Ein Bot wird Sie begleiten und Ihnen den Weg zeigen. Alle anderen Bereiche des Schiffes sind für Sie tabu.«

Ein schwefelgelber Kegel mit zahlreichen Greifarmen und Sensorknoten näherte sich. »Zu Diensten«, sagte der Bot. »Bitte folgen Sie mir!«

Von einem Gravitationskissen getragen schwebte er zum Rand der Plattform und sank in die Tiefe. Forrester und Zinnober folgten ihm.

Zwielicht erwartete sie, eine Mischung aus dem Grau des Sprawl und der Finsternis im Innern des Wracks. Der Bot leuchtete mit mehreren Lampen, und ihr Licht lockte den silbernen Glanz des Sprawl hervor, ein Schimmern wie von Perlmutt.

Sie schwebten durch einen Schacht, der offenbar ohne Rücksicht auf die lokalen Installationen angelegt worden war und in die Mitte der *Kuritania* führte, zu ihrem Hauptdeck, das sich durch die ganze Länge des Schiffes zog, vom Bug bis zum Heck. Es war teilweise geborsten, an einigen Stellen wie von riesigen Krallen aufgerissen, an anderen verdreht. Der Bot führte Forrester und Zinnober an zwei Technikern vorbei, die an einer Art Gerüst arbeiteten, mit Werkzeugen und Geräten aus mehreren Ausrüstungscontainern. Sie trugen dicke Schutzanzüge, und die Gesichter blieben hinter dunklen Helmvisieren verborgen, aber etwas an ihren Bewegungen ließ Forrester vermuten, dass es keine Menschen waren, sondern Wefing. Die beiden Gestalten sahen kurz zur Seite, setzten ihre Arbeit dann fort.

Nach einigen Dutzend Metern in Richtung Bug verließen sie das Hauptdeck und folgten dem Verlauf eines Seitenganges, der durch einen Bereich des Schiffes führte, der völlig intakt zu sein schien. Schotten waren geöffnet, und das Lampenlicht des Bots vertrieb die Dunkelheit aus Mannschaftskabinen, Lagerräumen, Aggregatkammern und Wartungsnischen. Einige der Installationen wirkten durch ihr Alter ein wenig fremdartig.

Bei einer Kabine zögerte Zinnober und leuchtete mit ihrer eigenen Lampe in den Raum. Eine Decke lag auf dem Bett, glatt, ohne Falten, und in den offenen Schränken waren alle Gegenstände an ihrem Platz. In einer Ecke, noch immer halb im Dunkeln, stand eine Bot-Puppe, etwa einen halben Meter groß, das Haar lang und schwarz, die Augen groß und grün. Sie schien auf das richtige Wort zu warten, um aus ihrem Schlaf zu erwachen.

»Ein Kind«, sagte sie. Ihr Kommunikator sendete auf der offenen Frequenz. »Hier war ein Kind untergebracht. Was ist aus den Besatzungsmitgliedern der *Kuritania* geworden?«

»Wir haben niemanden gefunden«, antwortete der Bot in einem neutralen Ton. »Kommen Sie, Rettungsmediker! Es ist nicht mehr weit.«

»Ihr habt niemanden gefunden?«, fragte Zinnober erstaunt.

»Es befand sich niemand an Bord, als die *Kuritania* gefunden wurde«, sagte der Bot und schwebte weiter durch den Gang, umgeben vom Glitzern des Sprawl. »Alle Besatzungsmitglieder fehlten.«

»Aber ...«

»Bitte kommen Sie! Es ist nicht mehr weit.«

Forrester beobachtete das Widerstreben, mit dem sich Zinnober von der Kabine abwandte. Er fing ihren Blick ein und deutete auf den Kommunikator. Sie verstand und wechselte auf die vereinbarte verschlüsselte Frequenz.

»Hier stimmt was nicht«, sagte er, als sie in niedriger Schwerkraft durch den Gang wanderten, jeder Schritt wie ein kleiner Sprung. »Hast du dir die Schäden genau angesehen?«

»Etwas hat die *Kuritania* getroffen, mit großer Wucht.«

»So sieht es aus, auf den ersten Blick. Aber wenn man genauer hinsieht, erkennt man: Die meisten Schäden gehen nicht auf das Unglück zurück, das die *Kuritania* im Sprawl stranden ließ, sondern auf die Leute, die gekommen sind, um sie zu bergen. Sie haben keine Rücksicht genommen. Schau dir das an.«

Sie erreichten einen Raum, in dem sich mehrere Korridore trafen. Einer von ihnen führte weiter nach vorn, zum Nukleus der *Kuritania*, zwei andere zu den Navigationsschwingen und der vierte zur Habitatkuppel an der Flanke des Wracks. Eine Wand war eingedrückt und aufgerissen, wie von einer Explosion, die jedoch an anderen Stellen keine Spuren hinterlassen hatte.

»Mir scheint, hier hat jemand versucht, möglichst schnell einen bestimmten Ort zu erreichen.« Bisher hatten Forresters Gedanken vor allem dem Parakosmiker gegolten, der sich irgendwo an Bord des Wracks befand, und dem Zehntausendjährigen, der angeblich bald auf Caledonia Vier erschien. Aber das Rätsel der *Kuritania* schob diese Überlegungen beiseite.

»Warum Wände durchbrechen und Decks zerfetzen?«, fragte Zinnober verwundert. »Wäre es nicht einfacher und schneller gewesen, vorhandene Gänge und Korridore zu benutzen?«

Forrester näherte sich der Öffnung in der Wand. »Manchmal ist der schnellste Weg nicht der kürzeste, und das Sprawl hat seine eigenen Gesetze und Dimensionen.« Er nahm seine Lampe vom Instrumentengürtel, richtete ihr Licht durch die Öffnung und sah etwas, das nach den Maßstäben gewöhnlicher Geometrie eigentlich nicht existieren durfte: einen großen, kavernenartigen Raum, wo sich Nukleus, Sensorkammer und, vor dem Bug, das Riff befinden sollten. In dieser mindestens tausend Meter langen Höhle schien das Grau des Sprawl nicht ganz so dicht zu sein, und es glänzte auch weniger. Gelbliches Licht glühte durch vagen Dunst. In der Mitte des riesigen Raums, der nur existierte, weil im Sprawl andere geometrische Regeln galten, erhob sich ein Konstrukt, etwas, das nach einer Maschine aussah, bestehend aus Kugeln und Zylindern, die sich langsam bewegten und ständig neu anordneten. Humanoide Gestalten, in Schutzanzüge gehüllt, schwebten vor und über dem Gebilde. Sie schienen dem Konstrukt, der Maschine, etwas hinzuzufügen, etwas, das dem Gerüst ähnelte, an dem die beiden Techniker gearbeitet hatten, aber Forrester konnte keine Einzelheiten erkennen, denn plötzlich war der Bot vor der Öffnung und projizierte ein polarisiertes Hologramm, das den Blick in die Höhle verwehrte.

»Sie sind nicht befugt«, sagte er. »Sie sind nicht autorisiert. Folgen Sie mir zur Hibernation!«

14

Die Schläfer ruhten im Bauch der *Kuritania*, in transparenten Kapseln, die aufeinandergestapelt waren wie die Container in einem interplanetaren Frachter. Es war kalt an diesem Ort, die Temperatur lag weit unter dem Gefrierpunkt von Wasser, und die Strahlung des Sprawl wurde so stark, dass Forrester und Zinnober ihre Kompensatoren auf volle Leistung brachten.

»Tausend Leben«, sagte Zinnober und ging langsam an den Kapselreihen entlang. »Und nicht eins von ihnen ...«

»Sie sind alle tot«, unterbrach sie der Bot. »Nicht ein Schläfer hat überlebt. Wie Sie sehen, werden hier keine Rettungsmediker gebraucht. Deshalb bin ich angewiesen ...«

Forrester richtete einen kleinen Scrambler auf ihn, und der Bot schwieg. Auf einem dünner werdenden Gravitationskissen sank er zu Boden und blieb deaktiviert stehen.

»Wird man nicht Verdacht schöpfen, wenn er sich nicht mehr meldet?«, fragte Zinnober.

»Ja. Aber nicht sofort. Die Strahlung ist hier so stark, dass es zu Signalstörungen kommen kann.« Forrester veränderte die Einstellung des Scramblers und richtete ihn erneut auf den Bot.

»Was machst du?«

»Ich lösche sein Kurzzeitgedächtnis.« Forrester steckte den Scrambler ein und holte ein spezielles Ortungsinstrument hervor, das nach einem medizinischen Diagnoser aussah, jedoch nicht nach Krankheiten und Verletzungen oder ihren Ursachen suchte, sondern nach Biosignaturen. »Ich schätze, wir haben etwa zehn Minuten, um Trifon Corneille zu erreichen.«

»Nicht einer von ihnen hat überlebt, nicht ein einziger.« Zinnober blieb vor einer Kapsel stehen, die einen Knaben enthielt, in Kälte erstarrt und perfekt konserviert. Die Augen waren geschlossen; dunkles Haar lag in Resten von Hibernationsgel.

Forrester blickte auf die Anzeigen des Ortungsgerätes. Sie zeigten ihm die besondere Biosignatur eines Parakosmikers in unmittelbarer Nähe des Nukleus. »Dort«, sagte er und deutete in die entsprechende Richtung.

»Was ist hier passiert?«, fragte Zinnober. »All diese Menschen ... Es sind doch Menschen, oder?«

»Ja«, sagte Forrester und dachte: Tausend Tote. Sie haben zumindest einen Moment verdient. »Die *Kuritania* war vor zweihundert Jahren für die Kooperative Labris im Einsatz. Sie verließ Kasparas im Perseusarm und machte sich auf den Weg nach Aruna, an der Wurzel des Norma-Arms gelegen, in der Nähe des galaktischen Zentrums und direkt am Rand der Domäne der Superzivilisationen.«

»Ja, ja«, sagte Zinnober, den Blick noch immer auf den

toten Knaben gerichtet. »Davon habe ich gelesen, in einer deiner Bibliotheksdateien auf Verlorenes Paradies.«

»Auf der Grundlage einer offiziellen Einladung«, sagte Forrester, während er die Komm-Frequenzen überwachte und die genauen Koordinaten von Trifon Corneilles Biosignatur feststellte. Sie war einzigartig und unterschied sich von allen anderen an Bord der *Kuritania*: ein von der Sprawl-Strahlung durchdrungener Organismus, eine Art Hotspot. »Die einzige, die Omni jemals ausgesprochen hat. Man war damals der Auffassung, dass es sich um ein Experiment handelte.«

»Aber das Schiff mit den Siedlern, mit diesen Menschen hier, kam nie an.«

»Nein. Es verschwand vor zweihundert Jahren, und bis vor kurzer Zeit galt es als verschollen.«

»Es hat etwas gefunden.« Zinnober wandte sich von den Hibernationskapseln ab. »Das Schiff strandete im Sprawl, weil es mit etwas in Kontakt geriet. Mit dem Etwas, das wir kurz gesehen haben. Das wir nicht sehen sollten.« Sie deutete auf den starren, stummen Bot.

»Ich denke, da hast du recht«, sagte Forrester. »Und außerdem denke ich, dass uns der Parakosmiker darüber etwas erzählen kann. Lass uns zu ihm gehen.«

Zinnober nickte, drehte sich langsam im Kreis und sagte: »Ich wünsche euch Frieden. Frieden euch allen.«

Der Parakosmiker

15 Auf dem Weg zum Nukleus begegneten sie niemandem, weder Bergungstechnikern noch Bots. Sie passierten einen Atmosphärenschild, hinter dem es atembare Luft gab, kalt und dünn, aber sie hielten ihre Helmvisiere geschlossen. Einmal mussten sie kurz stehen bleiben und die Energiezellen der Kompensatoren austauschen, und während der wenigen Sekunden, die sie dabei ungeschützt waren, fühlte Forrester die Rückkehr von bohrendem Kopfschmerz. Hier im Bug der *Kuritania* gab es kaum Beschädigungen, obwohl er sich halb in die Toroga-Riffe gebohrt hatte. Manchmal fehlten Verkleidungselemente in den Wänden, und hier und dort klafften Löcher in der Decke. Aber nichts war zerrissen und in aller Hast durchstoßen. Trifon Corneille hatte durch die Engel von der *Kuritania* erfahren und die Kooperative Labris verständigt, doch InterStel war schneller gewesen, hatte das Wrack vor den Koop-Leuten erreicht und Bergungsrechte geltend gemacht. InS hatte Spezialisten geschickt, die ihr Handwerk verstanden und wussten, worauf es bei der Bergung ankam. Die wenigen Techniker, denen Forrester und Zinnober bisher begegnet waren, gingen behutsam vor, nicht mit der Rücksichtslosigkeit, die im Mittelteil des Wracks unübersehbare Spuren hinterlassen hatte. War es möglich, dass vor den Bergungsleuten von InterStel jemand anders an Bord der *Kuritania* gewesen war? Jemand, der kein Interesse an einer Bergung gehabt und nach etwas gesucht hatte, und zwar in aller Eile, unter Zeitdruck?

Sie fanden Trifon Corneille im Sensorraum neben dem Nukleus, umgeben von toten Kontrollen und inaktiven Kalibratoren. Er saß auf dem Boden, mit überkreuzten Beinen, die Hände auf die Knie gelegt: ein hagerer, fast dürrer Mann mit knochigem Gesicht und schütterem Haar, der trotz der Kälte nur eine leichte Hose-Jacke-Kombination trug. Seine Augen folgten den Bewegungen von etwas, das Forrester nicht sehen konnte, und er schien leise mit jemandem zu sprechen. Der Lichtstrahl einer kleinen Lampe auf Corneilles Schulter fiel schräg auf die leere Projektionswand vor dem Parakosmiker, vertrieb aber nur einen Teil der Finsternis.

Engel, dachte Forrester und blickte sich im Halbdunkel um. Der Raum könnte voller Engel sein, aber wir sehen sie nicht, weil wir kompensiert sind.

Trifon Corneille drehte langsam den Kopf. »Ich habe ausdrücklich darauf hingewiesen, dass ich nicht gestört werden möchte.« Er bemerkte die Insignien der Schutzanzüge und blinzelte überrascht. »Sie sind Rettungsmediker von Lazaren? Hier gibt es nichts zu retten. Hier gibt es niemanden, dem Mediker helfen könnten.«

»Wir sind wegen Aurelius gekommen«, sagte Forrester.

Die Züge des Parakosmikers verhärteten sich ein wenig. »Ich habe bereits alles gesagt. Bitte gehen Sie!«

Forrester trat einen Schritt näher. »Ein Engel hat zu mir gesprochen«, sagte er.

Trifon Corneille sah zu ihm hoch und blinzelte erneut. »Was? Sie sind keiner von uns. Sie tragen einen Kompensator.«

»Auf dem Flug hierher.« Forrester ging in die Hocke, um auf Augenhöhe mit Corneille zu sein. Zinnober folgte seinem Beispiel. »Der Kompensator unseres Schiffes war ausgefallen«, log er. »Ich bin im Aussichtsraum gewesen und habe Engel gesehen. Einer von ihnen kam näher und hat zu mir gesprochen.«

Corneille neigte den Kopf zur Seite und schien zu lauschen. »Was hat er gesagt?«, fragte er nach einigen Sekunden.

»Ich habe ihn nicht verstanden. Ich hatte Kopfschmerzen, mir war übel, ich konnte es kaum ertragen.«

Trifon Corneille schnaufte. »Es gibt immer wieder Neugierige, die herausfinden wollen, wie sich das Sprawl anfühlt. Sie wollen nicht verstehen, dass man die Würmer im Kopf braucht, um es auszuhalten.« Er hob die Hände zu den Schläfen.

»Aber versuchen die Engel, mit diesen Neugierigen zu sprechen?«, fragte Forrester und musterte den Parakosmiker. Dessen Augen lagen tief in den Höhlen, und in den dunklen Pupillen zeigte sich ein besonderer Glanz, als hätten sie etwas vom Sprawl eingefangen, ein silbriges Schimmern wie von fernen Sternen. »Vielleicht wollte mir der Engel sagen, was mit der *Kuritania* geschehen ist. Was *wirklich* mit ihr geschehen ist.« Die Worte waren plötzlich da, sie klangen richtig und schienen einen Versuch wert zu sein.

»Das Unglück«, murmelte Trifon Corneille. »Ein Unglück, das keins war.«

»Wie meinen Sie das?«, fragte Zinnober sanft.

Ihre Stimme veränderte das Gesicht des Parakosmikers, vertrieb die harten Linien daraus. »Sie haben Ihre Mutter verloren und Ihre Heimat noch dazu. Sie sind auf der Flucht, seit fünf Jahren.« Corneilles Lider flatterten kurz. »Der Duka sucht Sie und hat einen Likotha geschickt ...«

Zinnober schnappte nach Luft. »Woher wissen Sie das?«

»Die Engel flüstern es mir. Sie sehen und hören alles. Sie leben in Vergangenheit, Gegenwart und Zukunft. Sie wissen, was geschehen ist, was geschieht und was geschehen wird.«

»Wo ist er, der Likotha?«, fragte Zinnober schnell. »Weiß er, wo ich bin?«

»Er wird es erfahren, bald.«

»Das ist kein Problem«, sagte Forrester in einem beruhigenden Ton. »Dann sind wir längst weg.« Er wandte sich wieder an den Parakosmiker. »Ein Unglück, das keins war? Wie meinen Sie das?«

Trifon Corneilles Atem kondensierte, als er sprach, bildete kleine grauweiße Wolken, die mit dem silbrigen Grau des Sprawl verschmolzen. »Das Schiff wurde mit Absicht hierher gebracht. Jemand hat den Tod aller Schläfer in Kauf genommen.«

»Warum?«

»Um etwas zu finden.«

»Wir haben etwas gesehen, auf dem Weg hierher«, warf Zinnober ein. »Ein seltsames Gebilde, zusammengesetzt aus Dingen, die sich ständig bewegten, in einem Raum, für den es an Bord des Schiffes eigentlich gar keinen Platz geben dürfte.«

»Die Maschine«, sagte Trifon Corneille. Die Sterne in der Tiefe seiner Pupillen schienen etwas heller zu leuchten, und für einen Moment gewann Forrester den Eindruck, dass sich im Grau vor dem Parakosmiker die Umrisse einer Gestalt abzeichneten, zart gebaut, mit dünnen Armen und Beinen. Als er genauer hinsah, verschwand sie wieder.

»Was hat es damit auf sich?«, fragte Zinnober.

Wieder schien der Parakosmiker für einige Sekunden zu lauschen. Dann hob er die Hände wie zum Abschied und stand auf. »Es ist alles gesagt. Wir müssen gehen.«

»Wir?«, fragte Zinnober.

»Ich zu meiner Arche und Sie zu Ihrem Schiff. Sie müssen nach Caledonia Vier fliegen.«

Trifon Corneille wollte den Sensorraum verlassen, aber Forrester versperrte ihm den Weg.

»Warten Sie! Es ist noch nicht alles gesagt. Was ist mit Aurelius? Darüber wollte ich mit Ihnen reden.«

»Ich kann Ihnen nicht mehr sagen, als Sie bereits wissen, Vinzent Akurian Forrester.«

»Sie kennen meinen Namen.«

»Ich weiß, wer Sie sind.« Trifon Corneille deutete an Forrester vorbei zum Ausgang. »Wenn wir jetzt nicht gehen, kommt es zu Komplikationen.«

Forrester achtete nicht darauf. »Warum haben die Engel Ihnen vom Reisenden erzählt?«

»Warum sollten sie mir *nicht* davon erzählen?«

»Haben sie einen bestimmten Zweck damit verfolgt?«

Die Hände des Parakosmikers vollführten eine vage Geste. »Alles hat Sinn und Zweck, aus dem richtigen Blickwinkel gesehen, Vinzent Forrester.«

»Auch dass Sie die Informationen über den Zehntausend-jährigen weitergegeben haben?«

Trifon Corneille lächelte, aber es war ein eher trauriges Lächeln. »Sonst wären Sie nicht hier, oder?«

»Wissen Sie, was geschehen wird?«, fragte Forrester. »Wissen Sie, was mich auf Caledonia Vier erwartet?«

»Sie? Es betrifft Sie beide, Vinzent Forrester, auch diese junge Frau. Und ja, ich weiß, was geschehen wird. Oh! Ich habe eben davon gesprochen, und hier sind sie, die Komplikationen.«

Hinter Forrester erklang eine strenge Stimme.

»Sie sind nicht befugt, sich in diesem Bereich des Wracks aufzuhalten. Hiermit stelle ich Sie unter Arrest.«

Forrester und Zinnober drehten sich um. Der schwefelgelbe Bot schwebte im Eingang des Sensorraums, in Begleitung von zwei Gestalten in Schutzanzügen. Beide hielten Waffen in ihren Händen.

16

»Die Schläfer sind alle tot«, sagte Forrester und fragte sich, ob er es wagen durfte, den als Kombigerät getarnten Variator von seinem Instrumentengürtel zu ziehen. »Wir konnten niemandem von ihnen helfen. Da keine Bergungstechniker zugegen waren, haben wir uns hierher auf den Weg gemacht, um mit dem Parakosmiker zu sprechen. Wir haben gehofft, von ihm Einzelheiten über das Unglück zu erfahren, dem all die Hibernanten zum Opfer gefallen sind.«

»Es hat eine Überprüfung stattgefunden.« Diese Stimme gehörte der zweiten Gestalt. Forrester glaubte, Schuppen hinter dem Visier des geschlossenen Helms zu erkennen. Ein Angehöriger der sechsten Kategorie der Sieben Großen Spezies, Reptilia, vermutlich ein Hozig. »Lazaren hat keine Rettungsmediker zur *Kuritania* geschickt. Sie sind nicht diejenigen, für die Sie sich ausgeben.«

»Sie haben den Bot manipuliert«, fügte der erste Sprecher hinzu.

»Ich weiß nicht, was Sie meinen«, sagte Forrester und tastete mit einer Hand wie beiläufig zum Instrumentengürtel. »Wenn der Bot eine Fehlfunktion hatte, so sind nicht wir dafür verantwortlich.«

»Es werden weitere Überprüfungen stattfinden«, zischte der Hozig. »Sie werden dem InterStel-Sicherheitsdienst übergeben.«

»Nein.« Trifon Corneille trat vor. Sein *Nein* galt sowohl den beiden Bewaffneten als auch Forresters Hand am Instrumentengürtel. »Sie wissen, wer ich bin?«

»Bestätigung«, zischte der Hozig.

»Bringen Sie uns zum Bergungsleiter Tzivah! Dort entscheiden wir gemeinsam, was geschehen soll.«

Die beiden Gestalten berieten sich kurz, senkten ihre Waffen jedoch nicht. »Also gut. Gehen wir.«

»Komplikationen«, murmelte der Parakosmiker, als sie durch den Korridor schritten. Er schien das Wort an die leere Luft zu richten beziehungsweise an das Grau des Sprawl. »Komplikationen.«

Der Bergungsleiter erwies sich als erstaunlich junger Mann – Forrester schätzte ihn auf nicht mehr als dreißig Standardjahre –, ein Mensch, der am Hals einen Symbionten von Siemperverd trug: ein fingerdickes wurmartiges Geschöpf, das sich um den Nacken und die linke Seite des Halses schlang und in einem dünnen Ausläufer unter dem spitzen Kinn endete. Ein Quickmind, erkannte Forrester. Dieser Mann dachte schnell, sehr schnell, und er hatte einen flinken Blick, dem nichts entging.

Tzivah residierte in einer Blase am breiten Heck des Wracks, in einer Mischung aus Salon und Büro, ausgestattet nicht nur mit Intellekt-Terminals und Holofeldern, die ihm beliebige Sektionen der *Kuritania* zeigten, sondern auch mit einem Ansible, das Kommunikation in Echtzeit über viele Lichtjahre hinweg ermöglichte – damit stand er vermutlich in direkter Verbindung mit InterStel.

Als sie den Raum mit der transparenten Decke betraten, waren nur wenige Holofelder aktiv, und sie alle zeigten den Rumpf des Wracks, ohne irgendetwas Ungewöhnliches preiszugeben. Durch die Decke war die *Sonnenwind* zu sehen, noch immer in ihrer Konfiguration als Rettungskreuzer *Pallid* von der Kooperative Lazaren.

Tzivah stand vor einem breiten Schreibtisch, schlank und groß. Hinter ihm leuchteten die Kontrollen des Ansible. Wer hörte mit?

»Wer sind Sie?«, fragte der Mann ohne einen Gruß. »Was machen Sie hier? Bitte öffnen Sie Ihre Helme!«

Forrester und Zinnober kamen der Aufforderung nach und atmeten Luft, in der ein scharfer Geruch lag, wie von Ozon.

»Die Agentur hat sie geschickt.« Trifon Corneille trat vor. »Dies sind Vinzent Akurian Forrester und seine Assistentin Zinnober.«

»Ich habe die Frage nicht an Sie gerichtet, Parakosmiker, sondern an die beiden falschen Rettungsmediker.«

Forrester fragte sich noch immer, was genau hier vor sich ging. Was hatte es mit der »Maschine« auf sich, und wie weit ging InterStels Beteiligung an dieser Sache? Und, was vielleicht noch wichtiger war: Gab es Verbindungen zur Agentur? Der Hinweis des Parakosmikers ließ das vermuten. Er versuchte, einen Eindruck von Tzivah zu gewinnen. Ein junger Mann, ja, aber offenbar kompetent; andernfalls hätte ihm InterStel nicht die Verantwortung für die Bergung der *Kuritania* übertragen. Ein junger Mann, der nur über begrenzte Erfahrung verfügen konnte, aber mithilfe des Symbionten sehr schnell dachte. Wie weit gingen seine Befugnisse? Wie konnte und durfte er mit unautorisierten Personen verfahren? Was sahen seine Anweisungen für den Schutz des Geheimnisses vor, das es hier zweifellos gab?

Forrester traf eine Entscheidung und beschloss, dem Weg zu vertrauen, den ihm der Parakosmiker gezeigt hatte.

»Wir bringen Ihnen Grüße von Benedikt«, sagte er und lächelte.

Tzivah musterte ihn, das junge, glatte Gesicht eine Maske. »Hat er Sie hierher geschickt?«

»Wir sollten uns hier umsehen«, sagte Forrester. Aus den Augenwinkeln bemerkte er, dass die Waffen der beiden Techniker – die vermutlich mehr waren als nur Bergungstechniker – auf Zinnober und ihn gerichtet blieben. Der gelbe Bot schwebte mit einem leisen Summen in der Nähe, und Forrester fragte sich kurz, ob er mit Waffen ausgestattet war. Ein Kampf, fand er, wäre viel zu riskant gewesen. Worte mussten einen Ausweg schaffen.

»Sie haben die Maschine gesehen«, sagte Tzivah.

Forrester fühlte sich von seinem Blick durchbohrt, wich ihm aber nicht aus. Er lächelte erneut. »Ich habe gesehen, was ich sehen sollte. Auch Sie und Ihre Leute. Ich werde Benedikt Bericht erstatten.«

Konnte Tzivah diese Worte als Bluff erkennen? Wusste er – oder der Zuhörer am anderen Ende der Ansible-Verbindung –, dass Vinzent Akurian Forrester nicht mehr zur Agentur gehörte?

Eine Stimme ertönte hinter Tzivah, sie klang wie das Knarren alter Gelenke.

»Er hat die Agentur verlassen«, sagte die Stimme aus dem Ansible. »Ebenso wie Nathan.«

Tzivah hob die dünnen Brauen. »Sie sollten nicht lügen. Das ist dumm.«

»Oh, ich lüge nicht«, log Forrester und achtete darauf, sich nichts anmerken zu lassen. »Wer auch immer dort zuhört ...« Er deutete auf das Ansible. »Er sollte Benedikt fragen. Oder einen gewissen Rubens«, improvisierte er. Die Agentur würde ihm gewiss nicht in den Rücken fallen. Immerhin sollte er den Zehntausendjährigen entführen.

Tzivah zögerte, und Forrester wusste, welche Frage ihn

jetzt beschäftigte: Sollte – durfte – er einen Konflikt mit der Agentur riskieren? Er drehte ein wenig den Kopf und sah zum Ansible, das jedoch stumm blieb.

»Ein Engel hat zu ihm gesprochen«, sagte Trifon Corneille. Überraschung huschte durch Tzivahs Gesicht. »Was?«

»Ein Engel hat ihm geflüstert, was hier geschehen ist.«

»Er ist kein Parakosmiker.«

»Trotzdem hat ein Engel zu ihm gesprochen. Wollen Sie die Engel verärgern, Tzivah?«

Der Bergungsleiter bewegte die Hand. Einer der beiden Bewaffneten holte mit der freien Hand einen kleinen Scanner hervor und richtete ihn auf Forrester und Zinnober.

»Sie sind dem Sprawl ausgesetzt gewesen«, sagte er. »Vor kurzer Zeit.«

»Wir waren beim Parakosmiker«, erklärte Forrester. »Um mit ihm über das zu reden, was mir der Engel gesagt hat.«

»Denken Sie daran, was mit denen geschehen ist, die als Erste hier waren«, sagte Trifon Corneille. »Und mit der Besatzung der *Kuritania*. Fordern Sie nicht die Engel heraus.«

Tzivah blickte erneut zum Ansible, und auch diesmal blieb das Gerät stumm.

»Ich möchte die *Kuritania* jetzt verlassen und zu meiner Arche zurück«, verkündete der Parakosmiker. »Und ich möchte, dass mich diese beiden Personen begleiten.«

Tzivah knurrte leise – ein Grollen, das tief aus seiner Kehle kam. Das Gesicht blieb unbewegt, und auch der Glanz in den Augen veränderte sich nicht. Forrester fragte sich, welche vom Symbionten beschleunigte Gedanken ihm jetzt durch den Kopf gingen.

»Gehen Sie«, sagte Tzivah scharf. »Verlassen Sie die *Kuritania* und kehren Sie nicht hierher zurück!«

»Er versteht die Engel nicht«, sagte Trifon Corneille, als seine **17** Kapsel aus dem offenen Hangar des Wracks aufstieg und nach »oben« glitt, durch das Grau des Sprawl der *Sonnenwind* entgegen. »Er fürchtet sie.«

»Danke, dass Sie uns geholfen haben«, sagte Zinnober. Sie wirkte sehr erleichtert.

»Ich nehme an, Tzivah fürchtet die Engel, weil es an Bord der *Kuritania* zu einem Zwischenfall gekommen ist«, sagte Forrester.

»Ja.« Der Parakosmiker betätigte die Navigationskontrollen der Kapsel und steuerte sie langsam zur Schleuse der noch immer als lazarenischer Rettungskreuzer konfigurierten *Sonnenwind*. »Die Ersten an Bord haben die Regeln nicht beachtet. Es gibt immer Regeln, Vinzent Forrester und Isdina-Iaschu, Zinnober genannt. Auch den Engeln gegenüber.«

»Wer waren die Ersten?«, fragte Zinnober.

»Besatzungsmitglieder der *Kuritania*, die den Rest der Crew überwältigten. Beauftragte der Kooperative Labris. Leute, die Bescheid wussten. Sie scherten sich nicht um die Schläfer und die anderen Crewmitglieder. Ihnen ging es nur um die Maschine. Sie begannen mit der Suche, ohne Rücksicht zu nehmen. Das gefiel den Engeln nicht.«

»Sind die Engel zornig geworden?«, fragte Forrester. »Ließen sie die ›Ersten‹ verschwinden?«

»Sie nahmen sie zu sich«, sagte Trifon Corneille. »Vielleicht um ihnen die Bedeutung der Regeln zu erklären.« Er hob und senkte die Schultern. »Anschließend kam InterStel und profitierte von der Situation. Es werden noch andere kommen, ebenfalls auf der Suche nach Nutzen und Vorteilen. Was hier geschieht, ist der Anfang einer ... Lawine.«

»Sie haben alles in Bewegung gesetzt«, sagte Forrester. »Mit Ihrem Hinweis, wo sich das Wrack der *Kuritania* befindet.« Er fügte hinzu: »Sie haben auch gesagt, dass ein Reisender bald auf Caledonia Vier eintreffen wird, ein Zehntausendjähriger von der legendären Erde. Tragen nicht letztendlich Sie die Verantwortung für die ›Lawine‹?«

»Wer ist verantwortlich: die Information oder der, der sie weitergibt?«

»Verantwortlich ist immer die Hand, die das Tun übernimmt«, sagte Zinnober. »Und der Kopf, der sie führt. Alles andere sind Ausreden.«

Trifon Corneille nickte ernst und hielt die Kapsel an der Schleuse der *Sonnenwind* an. »Ich wünsche Ihnen viel Glück, Ihnen beiden.«

Forrester dachte an Nathan, der ihm ebenfalls Glück gewünscht hatte. Er stand auf, trat mit Zinnober zum Schott und zögerte dort. »Warum haben Sie uns geholfen, Trifon Corneille?«

»Um Komplikationen zu beseitigen, um den Weg zu ebnen.«

»Den Weg?«

»Ja. Beschreiten müssen Sie ihn selbst.«

»Sie meinen den Weg, der nach Caledonia Vier führt?«

»Und weiter«, sagte der Parakosmiker. »Noch viel weiter.«

»Wenn Sie sehen können, was in der Zukunft geschieht ...«, begann Zinnober.

»Die Engel zeigen es mir.«

»Bedeutet es, dass alles vorherbestimmt ist? Wo bleibt da die Freiheit, eigene Entscheidungen zu treffen?«

Der dürre Mann mit dem knochigen Gesicht und den Nervenwürmern von Siemperverd im Kopf sagte ernst: »Es gibt nicht eine Zukunft, es gibt viele. Es sind unsere Entscheidungen, die einige von ihnen wahrscheinlicher machen als andere.« Er richtete den Blick auf Forrester und fügte hinzu: »Es gibt immer eine Wahl.«

»Der Zehntausendjährige auf Caledonia Vier ...«

»Noch ist er nicht da. In zehn Tagen wird er dort sein.«

Forrester suchte nach Worten. »Ich befinde mich in einer schwierigen Situation. Ich muss den Reisenden finden, aber wie? Woher kommt er und mit welchem Schiff? Was führt ihn nach Caledonia Vier? Wohin will er von dort? Wie sieht er aus? Welchen Namen benutzt er? Wie ist er geschützt?«

Die letzten Worte klangen falsch, zu verdächtig. »Ich meine, wie tarnt Aurelius seine wahre, zehntausend Jahre alte Identität? Wenn Sie mir helfen könnten ...«

Der Parakosmiker hob beide Hände. »Das genügt. Mehr will ich nicht hören. Ich habe bereits genug geholfen. Gehen Sie jetzt!«

»Was führt Aurelius nach Caledonia Vier? Wie kann ich ihn finden?«, fragte Forrester.

»Lassen Sie sich etwas einfallen, Vinzent Akurian Forrester. Und nun ... Meine Arche wartet auf mich. Und die Engel. Schließen Sie Ihre Helme!«

Das Schott glitt auf, und das silbrige Grau des Sprawl wogte wie Nebel in die Kapsel des Parakosmikers.

Einen ganzen Tag flog die rekonfigurierte *Sonnenwind* durch **18** einen Nebenstrang des Sagittarius-Hauptstrangs, der dicht an den hundertvierzehn von Menschen besiedelten Sonnensystemen vorbeiführte. Forrester verbrachte die Zeit hauptsächlich damit, seine Codes zu nutzen, per Ansible-Verbindung Datenbanken abzufragen und sich über die Reisenden zu informieren, auch mithilfe des Datenstifts, den er von Rubens erhalten hatte.

»Ich habe sie für eine Legende gehalten«, sagte er einmal, als Zinnober neben ihm saß, still und in Gedanken versunken. »Es sind insgesamt sechs. Sechs Menschen, deren Leben von Omni verlängert wurde, angeblich ausgestattet mit besonderen Fähigkeiten. Und mit Zugang zum Wissen der Superzivilisationen.«

»Was tun sie?«, fragte Zinnober. »Warum hat Omni ihnen besondere Fähigkeiten und ein langes Leben gegeben?«

»Darüber wird viel spekuliert.« Forrester starrte auf die Daten in den Holofeldern. »Angeblich nehmen sie Einfluss, auf eine sehr subtile, hintergründige Art und Weise.«

»Sie steuern und lenken?«

»Nicht in dem Sinne, nein. Nicht direkt. Offenbar sprechen sie manchmal mit Personen, die Entscheidungen treffen können, und ihre Worte haben Gewicht. Bei anderen Gelegenheiten genügt ihr Erscheinen, um der Entwicklung von Ereignissen eine neue Richtung zu geben.«

»Sind sie mächtig?«

»O ja! Sie vertreten Omni. Sie sind Gesandte der Superzivilisationen und können auf die Mittel zurückgreifen, die Omni zur Verfügung stehen.«

Zinnober seufzte schwer.

Forrester sah sie an. »Was ist mit dir? Warum bist du in den letzten Stunden so still gewesen?«

»Ich habe nachgedacht, Vinz.«

»Worüber?«

»Weißt du nicht mehr, was der Parakosmiker gesagt hat? Über den Duka und den Likotha?«

»Oh!« Forrester war ganz auf sein eigenes Problem konzentriert gewesen und auch auf die Frage, wie er Zinnober auf dem vierten Mond des Gasriesen Caledonia schützen sollte.

»Vielleicht kann uns der Reisende namens Aurelius helfen«, sagte Zinnober. »Wenn er mächtig genug ist ... Vielleicht kann er den Duka von Javaid dazu bringen, den Likotha zurückzurufen.«

Ein akustisches Signal tönte durch den Nukleus der *Sonnenwind*, ein Aufmerksamkeit verlangendes *Ping*, und vor Forrester und Zinnober erwachten virtuelle Kontrollen zum Leben. Neue Holofelder bildeten sich, mit Datenkolonnen und schematischen Darstellungen. Eins zeigte den nahen Sagittarius-Hauptstrang, den die *Sonnenwind* in einer knappen Flugstunde erreichen würde. Dort sollte es mit Höchstgeschwindigkeit weitergehen zum Tryggwe-System im Perseusarm der Milchstraße.

»Ich habe ein Schiff geortet«, sagte der Intellekt. »Es verfolgt uns.«

»Wo ist es?«

Das violette Band des Nebenstrangs, durch den die *Sonnenwind* flog, wurde breiter und zeigte mehr Einzelheiten: kleine Verwirbelungen und energetische Strudel im Sprawl, die gelegentlich Vibrationen verursachten. Hinter dem Symbol, das die *Sonnenwind* darstellte, erschien ein roter Punkt, der offenbar recht schnell war, denn der Abstand zu ihm schrumpfte.

»Wer ist es?« Forresters Finger tanzten durch die virtuellen Kontrollen und riefen Daten ab.

»Meine Sensoren erkennen eine crohanische Signatur«, antwortete Cassandra. »Ich fürchte, es ist der von Trifon Corneille erwähnte Likotha.«

Ein ungebetener Gast

19 Als Nathan erwachte, wusste er, dass er nicht mehr allein war. Es blieb still und dunkel – er hörte nicht einmal das leise Summen des kleinen Konstrukteurs in der Haupthöhle.

»Guten Morgen«, sagte er mit rauer Stimme. »Rubens, nehme ich an? Oder hat Benedikt jemand anderen geschickt?«

»Nein«, kam eine Stimme aus dem Dunkeln. »Ich bin es tatsächlich.«

Ein Teil der Finsternis wich aus der Nebenhöhle, gerade genug, dass man die Konturen der Staufächer in den Wänden erkennen konnte und die Umrisse von zwei Gestalten neben dem Eingang. Die eine erkannte Nathan als Medobot. Die zweite war humanoid und trug einen Klimamantel mit tief in die Stirn gezogener Kapuze.

»Sicherheitsprogramm!«, sagte Nathan.

Nichts geschah.

Rubens schüttelte den Kopf. »Sparen Sie sich die Mühe, Nathan. Ich habe Ihre gesamte Energieversorgung deaktiviert, auch die autarken Subsysteme. Die Sicherheitsprogramme funktionieren nicht mehr.«

»Notsystem Verteidigung!«, sagte Nathan.

»*Alle* Subsysteme sind betroffen«, verkündete der ungebetene Gast.

»Medobot, Notfall!«, sagte Nathan.

Die Maschine regte sich nicht.

»Ich fürchte, Sie müssen auf medizinische Hilfe verzichten, Nathan«, sagte Rubens. »Wir sind allein, nur wir beide.«

Die humanoide Gestalt kam näher, ein Schatten innerhalb

von Schatten. Das einzige Licht stammte von den wenigen chemischen Leuchtstreifen in der Haupthöhle.

Nathan blieb liegen und beobachtete den Besucher. Die Gehhilfe lag auf einem nahen Stuhl bereit; ohne sie waren die Beine ohne Kraft.

Etwa zwei Meter vor dem schmalen Bett blieb Rubens stehen, ein Schemen, der jetzt etwas mehr Substanz hatte. Unter der Kapuze zeichnete sich ein farbloses Gesicht mit weißen Brauen ab.

»Was wollen Sie?«, fragte Nathan. Die Decke reichte ihm bis zum Kinn.

Der Klimamantel raschelte, als eine Hand zum Vorschein kam. Eine Waffe erschien darin, richtete sich auf den Greis im Bett.

»Ich verstehe«, sagte Nathan. »So lautet also Benedikts Botschaft.«

»Dies ist eine Zeit des Umbruchs«, erwiderte der Wefing namens Rubens. »Die Dinge müssen neu geordnet werden. Es gilt, einen Schlussstrich unter Vergangenes zu ziehen, um auf die Zukunft vorbereitet zu sein.«

»In der Zukunft, die Sie sich vorstellen, scheint es keinen Platz für mich zu geben.«

»Das ist nicht schwer zu erkennen, oder?« Die Waffe bewegte sich kurz.

»Sie machen einen Fehler, Rubens.«

»Als ›letzte Worte‹ gibt das nicht viel her. Fällt Ihnen nichts Besseres ein?«

»Wie wäre es hiermit? Ich habe mich abgesichert. Wenn mir etwas zustößt, gelangen gewisse Informationen an die Öffentlichkeit. Über die Agentur im Allgemeinen und Benedikt im Besonderen.«

»Meinen Sie die Datenpakete, die Sie vor siebzehn Jahren den Datenbank-Intellekten von Conraid, Wellfair und Abakus übergeben haben? Sie existieren nicht mehr, Nathan. Wir haben sie neutralisiert.«

»Oh.«

»Ja. Benedikt wollte keine unnötigen Risiken eingehen.«

»Er scheint ein Mann zu sein, der gern auf Nummer sicher geht.«

»Deshalb hat er mich hierher geschickt«, sagte Rubens. »Aber bevor ich erledige, was erledigt werden muss ... Ich muss gestehen, dass ich neugierig bin.«

»Ach?«

»Forrester war hier, nicht wahr? Was wollte er von Ihnen?«

»Sollten Sie das nicht besser wissen als ich, Rubens? Immerhin haben Sie ihm einen neuen Auftrag erteilt.«

»Er hat mit Ihnen darüber gesprochen? Deshalb war er hier? Weil er hoffte, Informationen von Ihnen zu bekommen? Oder gar ... Hilfe?«

»Finden Sie das so abwegig, Rubens? Forrester kam hierher, um die junge Frau namens Zinnober bei mir zu lassen, unter meinem Schutz. Er wollte sie gewissermaßen aus der Schusslinie bringen.« Nathan blickte kurz auf die Waffe in der Hand des Besuchers. »Keine gute Idee, wie mir scheint.«

»Sie ist hier?«

»Wissen Sie das nicht?« Nathan gestattete sich ein kurzes Lächeln. »Offenbar sind Sie nicht so gut vorbereitet, wie Sie glauben.«

Rubens stand starr und still.

»Ich kann Sie beruhigen«, sagte Nathan großzügig. »Zinnober ist nicht hier. Während Forrester und ich miteinander plauderten, hat sie sich an Bord seines Schiffes geschlichen. Wollte nicht von ihm getrennt sein. Nun, Rubens, auch ich bin neugierig. Gestatten Sie mir eine Frage?«

Die dunkle Gestalt im schwachen Licht der Leuchtstreifen schwieg noch immer.

»Was geht vor? Warum hat es Benedikt auf den Reisenden abgesehen, auf den Zehntausendjährigen namens Aurelius? Mir ist klar, dass Forrester der Sündenbock sein soll, aber es bleibt ein nicht unerhebliches Restrisiko. Ich meine, die Agentur kann sich keinen Konflikt mit Omni leisten, das sollte selbst Benedikt einsehen.«

»Das alles wird sich bald ändern«, sagte Rubens.

»Und warum?«

»Sie haben mehr als nur eine Frage gestellt. Und ich habe Ihnen eine Antwort gegeben.«

»Die aber nichts beantwortet hat.«

»Und wenn schon. Selbst wenn ich Ihnen Auskunft gäbe ... Sie könnten ohnehin nichts damit anfangen. Sie sterben jetzt.«

»Ich glaube, da irren Sie sich.«

»Nein. Sie ...«

Ein dumpfer Knall unterbrach Rubens. Sein Klimamantel wies plötzlich ein Loch in Brusthöhe auf, und Blut quoll daraus hervor, dunkel in der Düsternis. Das bleiche Gesicht unter der Kapuze blieb seltsam unbewegt, doch in den Augen zeigte sich kurz so etwas wie Überraschung. Dann kippte der Wefing nach hinten, fiel, prallte auf den steinernen Boden und blieb reglos liegen, die unbenutzte Waffe in der erschlafften Hand.

Nathan setzte sich auf und strich die Decke beiseite, die ebenfalls ein Loch aufwies. Darunter kam ein kleiner Variator zum Vorschein, auf Projektile programmiert.

»Ihr habt das Datenpaket auf Grünthal und das Depot auf Mechanica übersehen«, sagte er. »Offenbar gibt es heute keine gründliche Arbeit mehr bei der Agentur. Schlimmer noch: Ihr habt nicht gewusst, dass ich seit siebenunddreißig Jahren mit einer Waffe zu Bett gehe. Eine altmodische Sicherheitsmaßnahme, aber sehr effizient.«

20

Rubens' Schiff stand getarnt in der Senke, in der harten Strahlung des Roten Riesen badend, nur ein Dutzend Meter vom Eingang des Höhlensystems entfernt, in dem Nathan sein Refugium eingerichtet hatte. Er dachte kurz daran, es zu benutzen – die Entschlüsselung der Zugangs- und Funktionscodes hätte vermutlich nicht mehr als eine halbe Standardstunde in Anspruch genommen –, entschied sich aber dagegen. Er kannte Benedikt, aber er kannte ihn nicht gut genug. Ein Trick an Bord des kleinen Schiffes, eine kleine Rückversicherung nur für den Fall, war nicht auszuschließen, zum Beispiel ein irgendwo in den Bordsystemen verstecktes Programm, das aktiv wurde, wenn es nicht in bestimmten Abständen ein bestimmtes Signal empfing.

Nach der manuellen Reaktivierung der beiden Medobots sagte Nathan: »Ich kann nur einen von euch mitnehmen. Den anderen brauche ich hier, bis zum Ende.«

»Wir sind zu Diensten«, erwiderten die beiden Bots.

»Bot Zwei«, sagte Nathan, »starte deine technischen Serviceprogramme und konfiguriere mein Schiff für den Start! Nur das Nötigste. Ich möchte keine Zeit verlieren.«

Die Müdigkeit war verflogen. Ein Teil der alten, bereits verloren geglaubten Kraft kehrte zurück. Für wie lange?

»Bot Eins, bereite *mich* vor!«, sagte Nathan. »Für einen letzten Einsatz.«

»Ihr körperlicher Zustand ist kritisch«, erwiderte der Medobot. »Ich rate dringend von außergewöhnlichen Belastungen aller Art ab.«

»Zur Kenntnis genommen. Und jetzt mach dich an die Arbeit!«

Eine halbe Stunde später – der Körper agil und ohne Schmerzen, der Kopf klar, das Ergebnis mehrerer stimulierender Substanzen – begann Nathan damit, die von Rubens unterbrochene Energieversorgung wiederherzustellen. Er verzichtete auf eine Reaktivierung der Sicherheitssysteme, denn die brauchte er jetzt nicht mehr, konzentrierte sich stattdessen auf die Datenspeicher, die er in den vergangenen Jahren als externes Gedächtnis benutzt hatte. Dort fand er einen Datencrawler, einen kleinen Schnüffler, von Restenergie im Wartezustand gehalten – offenbar hatte Rubens beabsichtigt, zumindest dieses System noch einmal zu aktivieren und die Informationen zu sammeln, die es hier zu sammeln gab. Bevor er den Crawler unschädlich machte, untersuchte

Nathan seine Signatur und stellte fest, dass ein Teil des Programmcodes vor zwanzig Jahren unter seiner Ägide entstanden war.

Nathan schüttelte den Kopf. »Bist du wirklich so einfallslos, Benedikt?«

Auf dem Weg zum Hangar kehrte er noch einmal in die kleine Nebenhöhle zurück, die ihm als Schlafraum gedient hatte. Rubens lag genauso da, wie er ihn zurückgelassen hatte: auf dem Rücken, beide Arme ausgestreckt, das farblose Gesicht noch immer halb unter der Kapuze des Klimamantels verborgen. Nathan schob sie mit dem Fuß zurück und hörte dabei das leise Summen seiner Gehhilfe.

»Hast dich für zu schlau gehalten«, sagte er. »Wenn du nicht so viel geredet und sofort geschossen hättest, wäre ich jetzt der Tote.«

»Das Schiff ist vorbereitet und startklar«, ertönte die Stimme von Bot Zwei aus dem Kommunikator an Nathans Hals.

»Ich bin unterwegs.« Er bedeutete Bot Eins, ihm zu folgen. »*Wir* sind unterwegs.«

»Ich bedauere, dass ich ihm nicht helfen kann«, sagte der erste Medobot, nachdem er einen Sondierungsstrahl auf die Leiche gerichtet hatte. »Leider bin ich nicht imstande, Tote ins Leben zurückzuholen.«

»In diesem Fall ist das ganz gut so.«

Das Schiff befand sich in der oberen Höhle, direkt unter einem zehn Meter langen Schacht, den Exkavatoren in den Fels gebohrt hatten: ein zwölf Meter langer, schmaler Keil, ausgestattet mit Materialgedächtnis und Molekülarchitekten – diesen Luxus hatte Nathan Forrester gegenüber nicht erwähnt. So lautete eins seiner Prinzipien: nie alles preisgeben, immer etwas zurückbehalten. Weil man nie wissen konnte.

Trotz der Gehhilfe war er außer Atem, als er das Schiff nach der langen Treppe erreichte, und musste einen Moment innehalten. Medobot Eins stützte ihn. Bot Zwei schwebte stumm auf einem neutralen Gravitationskissen und wartete.

Nathan hatte ihm bereits Anweisungen übermittelt. »Du weißt, was du zu tun hast.«

»Zu Diensten«, erwiderte die Maschine.

Nathan nickte, kletterte an Bord – Medobot Eins half ihm dabei – und sank kurze Zeit später auf eine Ruheliege, die sich nicht im Nukleus des Schiffs befand, sondern in der Schaumkammer darunter. Der Medobot stellte die notwendigen Anschlüsse her.

»Dies ist etwas, das dringend einer Modernisierung bedarf«, krächzte Nathan müde, trotz der Stimulanzien in seinem Blutkreislauf. »Ich habe es immer als sehr unangenehm empfunden. Vinzent hasst es.«

»Es ist eine Standardprozedur bei Superbeschleunigung«, sagte der Medobot. »Ein menschlicher Körper wäre den Belastungen nicht gewachsen.«

»Ich weiß, ich weiß.« Nathan seufzte. »Also los.« Es bestand die Möglichkeit, dass Rubens Sonden im Orbit hinterlassen hatte, vielleicht sogar einen Cluster Mikroraketen, die auf eine Triebwerkssignatur reagierten – für den Fall, dass dem Mann, den es zu eliminieren galt, die Flucht gelang. Nathan hätte eine solche Vorsichtsmaßnahme ergriffen, aber Rubens war seiner Sache sehr sicher gewesen. Wahrscheinlich existierten weder Sonden noch Raketencluster, doch wie immer hielt es Nathan für besser, auf alles vorbereitet zu sein – deshalb war er noch am Leben.

Öffnungen bildeten sich im Boden, und roter Schaum quoll aus ihnen, wie eine Mischung aus Blut und Luft. Er gewann die Konsistenz von Schleim, als er den lebenden Körper auf der Liege erreichte, schnell weiterstieg und ihn bedeckte, innerhalb weniger Sekunden die Decke erreichte und den ganzen Raum füllte. Schließlich konnte Nathan nicht länger die Luft anhalten – eine instinktive Reaktion, gegen die der Wille nichts ausrichten konnte; er öffnete den Mund und versuchte zu atmen.

Es fühlte sich schrecklich an, wie immer. Für einige lange Sekunden fürchtete er, elendig an dem Schaum zu ersticken, der seine Lunge füllte und natürlich genug Sauerstoff enthielt, um ihn am Leben zu erhalten. Er hustete, oder versuchte zu husten, wodurch noch mehr Schaum in die Atemwege drang. Die Liege hielt Arme und Beine fest, und der Medobot verabreichte ihm etwas, das den Schock milderte. Schließlich konnte er wieder sehen und war sich auf eine seltsam intensive Weise seiner Lebendigkeit bewusst. Er lag still, in weichem Schaum, der den Pilotenintellekt des Schiffes von der Notwendigkeit befreite, bei der Navigation Rücksicht auf ihn zu nehmen.

Datenstrahlen fanden seine Augen und zeigten ihm, wie das Schiff – es trug denselben Namen wie der Planet, den Nathan für sein Exil ausgewählt hatte, *Mayflower* – durch den Schacht glitt, nackten, von harter Strahlung verbrannten Fels hinter sich zurückließ und aufstieg. Die Sonne, der aufgeblähte rote Gigant, befand sich auf der anderen Seite des Planeten und geriet in Sicht, als die *Mayflower* an Höhe gewann.

Jetzt, dachte Nathan, und das zerebrale Interface übertrug die Anweisung.

Zwei Blumen aus Feuer erblühten auf der Welt, von der er geglaubt hatte, dass sie schließlich zu seinem Grab werden würde: zwei Explosionen, ihr Feuer winzig im Vergleich mit dem Lodern des Roten Riesen – die eine zerstörte das Schiff, mit dem Rubens gekommen war, die andere verschlang ein Höhlensystem, in dem Nathan über sich und sein Leben nachgedacht hatte.

Die *Mayflower* raste gen Himmel.

Zwei Sekunden, um die Atmosphärenreste des Planeten und sein Gravitationsfeld zu verlassen, vorbei an hypothetischen Sonden und eventuellen Raketen, die ihre Zielerfassung gar nicht schnell genug ausrichten konnten. Drei weitere Sekunden, während die Superbeschleunigung das Schiff bis an die Grenzen seiner strukturellen Stabilität belastete – Nathan nahm es nur als ein Zittern des Schaums wahr, als eine Vibration, ein Prickeln, das den ganzen Leib erfasste, und als ein leichtes Jucken in den Achseln. Dann wurde der Sprawler aktiv und riss die *Mayflower* aus dem normalen Raum-Zeit-Kontinuum. Im Sprawl ging die Beschleunigung weiter und erreichte innerhalb kurzer Zeit ein Vielfaches der Lichtgeschwindigkeit, auf das Basiskontinuum bezogen. Der Pilotenintellekt kannte das Ziel und war angewiesen, es so schnell wie möglich zu erreichen: das über viertausend Lichtjahre entfernte Tryggwe-System mit einem Gasriesen namens Caledonia.

Eine Stunde später, in einen weichen Thermomantel gehüllt, spuckte Nathan Schaumreste aus, betrachtete das Grau des Sprawl in einem Holofeld und sagte: »Ich hatte gehofft, nie wieder im Schleim liegen zu müssen. Auch dafür wirst du bezahlen, Benedikt. Wir haben eine Rechnung offen.«

Auf einem Kometen reiten

»Ich *hasse* dies«, sagte Forrester, als Schaum aus den Öffnun- **21**
gen im Boden kam. Wenige Sekunden zuvor hatte er sich auf
der tiefen Liege ausgestreckt, die ihn festhielt. Plötzlich fühlte
er sich gefangen und gefesselt.

»Es ist leider notwendig«, erwiderte das Schiff. »Ich brauche vollen Manövrierspielraum. In dreißig Sekunden erreicht
der Verfolger Gefechtsreichweite.«

Forrester hob den Kopf, als der Schaum – inzwischen hatte
er bereits die Konsistenz von Schleim – seine Beine berührte.
Die Liege hielt ihn weiterhin fest; andernfalls wäre er vielleicht aufgesprungen.

»Wie dumm, wie dumm«, spottete Zinnober mit einem
Lächeln. »Es ist harmlos und einfach.«

Sie blieb liegen, hob nicht den Kopf und hielt sogar die
Augen offen, als der schleimige Schaum sie erreichte und bedeckte. Ohne zu zögern, öffnete sie den Mund und sog sich
den Schleim in die Lunge.

Forrester schauderte.

Wenige Sekunden später fühlte er den Schaum am Kinn
und dann an den Lippen. Er hörte, wie das Schiff – Cassandra – etwas von zwanzig Sekunden sagte, aber die Worte
verloren sich in der Panik, die ihn erfasste. Wieso wurde Zinnober so einfach damit fertig, obwohl sie doch gar keine
Erfahrung mit solchen Dingen hatte? Und wieso stellte er
sich wie ein Feigling an?

Ein Schlag traf die *Sonnenwind*, so heftig, dass die Erschütterung die Haltepunkte löste, die Forrester an der Liege verankerten. Etwas warf, *drückte* ihn durch den Schaum, der
bereits den ganzen Raum füllte. Für einen Moment verlor er

die Orientierung, alles um ihn tanzte und verschwamm. Taubheit breitete sich von Forresters Lunge aus, kroch durch den Rest des Körpers und tastete auch nach seinen Gedanken. Er atmete nicht mehr, litt aber nicht an Atemnot. Der Schaum in der Lunge gab ihm genug Sauerstoff.

Dunkelheit kroch aus den Augenwinkeln. Sein Blickfeld schrumpfte.

Nein, dachte er. Ich will wach bleiben. Was ist geschehen?

»Der Verfolger hat mich getäuscht«, sagte Cassandra. Forrester glaubte die Stimme des Intellekts mit den Ohren zu hören, aber vielleicht irrte er sich. »Er hat seine energetische Signatur sehr geschickt gefälscht und ist wesentlich stärker, als ich dachte. Meine Schuld, Vinzent, ich bitte um Verzeihung. Die erstaunliche Leistungsfähigkeit seines Sprawlers hätte mir zu denken geben sollen. Immerhin ist er viel schneller als wir.«

Forrester fühlte ein Prickeln, ein Jucken – der Schaum um ihn herum zitterte.

»Ein weiterer Treffer«, sagte Cassandra. »Meine Ausweichmanöver nützen nichts. Der Verfolger ist auf alles vorbereitet. Schlaf jetzt, Vinzent. Ich wecke euch, wenn alles vorbei ist.«

Nein!, dachte er. Diese Art der Kommunikation war nicht einfach. Er musste sich auf jedes einzelne Wort konzentrieren. Ich möchte wissen, was passiert.

»Hast du kein Vertrauen zu mir, Vinzent?«

Wieder erzitterte der Schaum. Forrester versuchte sich zu drehen, aber die Muskeln seines Körpers gehorchten ihm nicht.

Unsinn, dachte er. Natürlich vertraue ich dir. Aber vielleicht kann ich ...

»Nein, du kannst mir nicht helfen«, sagte der Intellekt. »Ich muss schnelle Entscheidungen treffen und darf mich nicht damit aufhalten, deinen Rat einzuholen.«

Aber wenn der Verfolger ein von Javaids Duka entsandter Likotha ist ..., begann Forrester.

»Das halte ich für sehr wahrscheinlich«, erwiderte Cassandra. »Obwohl auch die crohanische Signatur gefälscht sein könnte.«

Wenn es ein Likotha ist, so kann ihm kaum an unserer Vernichtung gelegen sein, dachte Forrester. Er soll Zinnober nach Javaid zurückbringen, für eine exemplarische Bestrafung durch den Duka.

»Der Verfolger hat es auf unser Triebwerk abgesehen«, sagte Cassandra. »Er will uns manövrierunfähig schießen, und wenn ihm das gelingt, säßen wir im Sprawl fest und wären eine leichte Beute für ihn. Leider bleibt mir nicht genug Zeit, einen neuen Ausgangspunkt zu berechnen. Ich muss unseren Transit ohne exakte Koordinaten unterbrechen.«

Das alarmierte Forrester. Dabei könnte das Schiff auseinanderbrechen, dachte er. Die Belastungen sind enorm. Vielleicht gibt es noch eine andere Möglichkeit. Lass mich ...

»Nein, Vinzent. Dies lenkt mich ab. Ich muss sofort handeln. Schlaf jetzt.«

Ich will nicht schlafen!, dachte Forrester. Dunkelheit legte sich ihm vor die Augen. Er blinzelte, um sie zu vertreiben, die Lider schwer vom Schaum, doch es blieb finster. Ich will ...

Die Gedanken lösten sich auf. Er schlief.

»Wie lange wird die Reparatur dauern?«, fragte Forrester. **22** Der Helm des Schutzanzugs veränderte den Klang seiner Stimme, machte sie dumpfer.

»Mindestens einen Tag, Vinzent«, antwortete Cassandra.

Forrester beobachtete die kleinen Wartungsbots am Rumpf der *Sonnenwind*. Sie kletterten über den Fokussierern, in unmittelbarer Nähe eines langen Risses bei den Navigationsschwingen — fast wäre das Schiff tatsächlich auseinandergebrochen. Das Materialgedächtnis war aktiviert; ein Schwarm aus Femtomaschinen würde den Riss schließen.

»Aber es bedeutet nicht, dass wir dann sofort starten können«, fügte der Intellekt hinzu. Die Worte drangen aus dem kleinen Kommunikator im Innern des Helms. »Der Verfolger ist noch immer dort draußen und hat die Suche nicht aufgegeben. Ich sehe ihn gelegentlich, wenn er aktive Ortungssignale sendet.«

Forrester hob den Kopf und blickte zum dunklen Himmel über dem Kometen. Tausende von Sternen leuchteten, das Band des Sagittariusarms der Milchstraße. Rechts über dem nahen Horizont zeigte sich das Glühen des galaktischen Kerns, die Domäne von Omni. Ein etwas hellerer Lichtpunkt auf der linken Seite, über einigen schroffen Felsen, war das Zentralgestirn des Sonnensystems, dem der Komet entgegenfiel. In hundert Jahren würde er sich ihm bis auf zwanzig Millionen Kilometer nähern, gefolgt von einem langen Schweif aus Staub und verdampfendem Eis, und dann, fortgeschleudert von der solaren Gravitation, in die Finsternis des Trümmergürtels jenseits der Planetenbahnen zurückkehren.

Forrester richtete den Blick wieder auf die *Sonnenwind*, die zu einem Drittel in den weichen Boden des Kometen gesunken war und weiter sank. Cassandra hatte bisher keine Versuche unternommen, sie zu stabilisieren. Energetische Emissionen mussten unter allen Umständen vermieden werden.

»Wir schaffen es nicht mehr rechtzeitig nach Caledonia Vier, oder?«

»Nein«, erwiderte Cassandra. »Wir sind hier ein ganzes Stück vom Sagittarius-Hauptstrang entfernt. Die lokalen Nebenstränge sind langsam. In ihnen verlieren wir Zeit, bevor wir wieder auf Höchstgeschwindigkeit gehen können.«

Die Wartungsbots krochen und krabbelten wie Käfer aus Metall über den Rumpf der *Sonnenwind*. Einer von ihnen verschwand im Riss; zwei andere glitten über eine Navigations-schwinge.

»Wann können wir Caledonia Vier erreichen?«, fragte Forrester.

»Einen Tag später als vorgesehen.«

Wie lange würde sich der Zehntausendjährige namens Aurelius auf dem vierten Mond des Gasriesen Caledonia aufhalten? Darüber hatte Rubens kein Wort verloren. Vielleicht war Caledonia Vier nur eine Zwischenstation für ihn; vielleicht reiste er sofort weiter, wohin auch immer. Benedikts Gesandter hatte auch nicht darauf hingewiesen, was Aurelius ins Tryggwe-System führte. Möglicherweise war der Besuch Teil des hypothetischen langfristigen Plans, den Omni verfolgte, was bedeuten mochte, dass Aurelius einen längeren Aufenthalt plante.

Erneut hob Forrester den Blick zu den Sternen, zum Sagittariusarm mit den hundertvierzehn von Menschen besiedelten Sonnensystemen, die sich über zweitausend Lichtjahre erstreckten. Ein anderer Gedanke stieg in ihm auf: Wir sind hier völlig ungeschützt. Dieser Komet stammt ursprünglich aus der lokalen Oortschen Wolke und hat inzwischen das hiesige Äquivalent des Kuipergürtels erreicht. Wir reiten auf dem Kometen und fliegen mit ihm durch ein Trümmerfeld, das aus Abertausenden großen und kleinen Eis- und Gesteinsbrocken besteht. Jederzeit könnte uns einer von ihnen treffen.

Von plötzlichem Unbehagen heimgesucht, drehte er sich um und ging mit leichten, vorsichtigen Schritten – in der niedrigen Schwerkraft des Kometen genügte ein kräftiger Sprung, um Fluchtgeschwindigkeit zu erreichen – zu Zinnober, die zwischen einigen Felsen stand, am Rande eines Eisfeldes. Sie hatte sich gebückt, richtete sich gerade wieder auf und betrachtete etwas in ihrer Hand.

»Lass uns ins Schiff zurückkehren«, sagte Forrester, obgleich er wusste, dass es kaum mehr Sicherheit bot – die kinetische Energie eines herabstürzenden Meteoriten hätte die *Sonnenwind* im wahrsten Sinne des Wortes auf einen Schlag zerstören können.

»Sieh nur, Vinz«, sagte Zinnober. Sie hob die Hand.

Schnee lag auf der dünnen, perfekt isolierenden Membran des Schutzanzugs und glitzerte im Licht der Sterne.

»Wie alt ist er? Dieser Schnee, meine ich. Wie alt mag er sein, Vinz?«

Sie sieht den alten Zauber, dachte er plötzlich, erstaunt von einer bitteren Erkenntnis. Sie sieht das Funkeln der Eiskristalle, ihre Schönheit. Sie sieht etwas, für das ich blind geworden bin.

Es war ein seltsamer Gedanke. Forrester verscheuchte ihn.

»Der Komet hat sich wie all die Brocken aus Eis und Gestein dort draußen bei der Entstehung dieses Sonnensystems gebildet«, sagte er. »Vor etwa sieben Milliarden Jahren.«

»Sieben Milliarden Jahre«, flüsterte Zinnober. »Ich halte etwas in der Hand, das sieben Milliarden Jahre alt ist.«

Sie spreizte die Finger, und der uralte Schnee rieselte zwischen ihnen. Forrester hatte das Gefühl, dass etwas Schönes verloren ging, ein flüchtiger Moment, der sich nicht festhalten ließ.

»Komm zurück zum Schiff«, sagte er.

»Ist es fertig?«

»Noch nicht.«

Zinnober drehte sich langsam, beobachtete Schneefelder, eisverkrustete Felsen und die in die dünne Kruste des Kometen gesunkene *Sonnenwind*.

»Der Parakosmiker ...«, sagte sie.

»Ja?«

»Hat er gewusst, dass wir hierherkommen würden? Hat er gewusst, dass ich mich bücken, sieben Milliarden Jahre alten Schnee nehmen und ihn auf meiner Hand betrachten würde?«

»Schwer zu sagen.«

Zinnober wandte sich ihm zu. Ihre roten Augen waren groß hinter dem Helmvisier.

»Wenn er Bescheid weiß, und wenn er die Engel fragen kann, die über alles Bescheid wissen ... Warum hat er dann deine Fragen nicht beantwortet?«

Forrester hatte darüber nachgedacht und gab Zinnober die Antwort, die er sich selbst gegeben hatte.

»Vielleicht liegt es daran, dass Wissen manchmal die Realität verändert. Kennst du das Gesetz der Unschärfe und die Besonderheiten auf dem Niveau des Kleinsten?«

Zinnober seufzte. »Natürlich, Vinz. Es gibt Memoschulen auf Javaid. Und ich habe die Lehrprogramme deiner Datenbanken benutzt. Ich bin nicht dumm.«

»Das wollte ich damit nicht sagen, entschuldige. Im Reich des Kleinsten beeinflusst die Beobachtung das Beobachtete. Vielleicht verhält es sich mit dem Wissen um die Zukunft ähnlich. Vielleicht hat Trifon Corneille meine Fragen nicht beantwortet, weil er vermeiden wollte, die Zukunft zu verändern.«

Auf dem Weg zum Schiff fragte Zinnober: »Wie kann man etwas verändern, das noch gar nicht geschehen ist, Vinz?«

Vor ihnen öffnete sich eine rekonfigurierte Schleuse der *Sonnenwind*.

»Frag das die Engel des Sprawl, die in Vergangenheit, Gegenwart und Zukunft leben«, erwiderte Forrester. »Allein sie wissen alles. Aber um sie sprechen zu hören, muss man wahnsinnig werden.«

»Oder sich Würmer in den Kopf setzen lassen«, sagte Zinnober und schauderte.

»Ich kann uns nicht schützen, Vinzent«, sagte der Intellekt **23** des Schiffes einen Tag später. Forrester und Zinnober saßen im Nukleus und überprüften die reparierten Systeme. »Die energetischen Emissionen eines Schirmfelds würden uns sofort verraten. Ich weiß nicht, wie empfindlich die Sensoren des Verfolgers sind. Wenn er nahe genug ist, könnten sie sogar unsere wenigen derzeit aktiven Bordsysteme bemerken.«

»Wenn uns etwas auf den Kopf fällt ...«

»Die Gefahr besteht«, räumte Cassandra ein. »Aber die Wahrscheinlichkeit dafür, dass es genau diese Stelle des Kometen trifft, ist sehr gering.«

Zinnober veränderte die Einstellung der Sichtschirme. Die Bilder in ihnen wechselten. »Wo ist der Verfolger? Wo steckt er?«

»Unbekannt«, erwiderte der Intellekt. »Ich kann nur die passiven Sensoren benutzen, um nach ihm Ausschau zu halten, und damit sehe ich nicht viel. Gelegentlich empfange ich seine Sondierungssignale, zum letzten Mal vor einundneunzig Minuten. Zu jenem Zeitpunkt befand er sich dort.«

Ein roter Punkt erschien in einer schematischen Darstellung der peripheren Bereiche des namenlosen, unerforschten Sonnensystems, zu dem der Komet gehörte. Forrester schätzte die Entfernung auf weniger als eine Lichtsekunde, etwa hunderttausend Kilometer. Mehrere dunkle Markierungen wiesen auf Asteroidenobjekte mit einem Durchmesser von einigen Dutzend Kilometern hin.

»Er versteckt sich«, sagte Forrester, als der rote Punkt hinter einem der großen Asteroiden verschwand.

»Er liegt auf der Lauer«, sagte Cassandra. »Er wartet.«

»Worauf?«, fragte Zinnober.

»Darauf, dass wir einen Fehler machen«, brummte Forrester. »Dass wir ungeduldig werden.«

Sie sah ihn an. »Aber wir verlieren nicht die Geduld, oder?«

»Vielleicht doch. Ist alles repariert, Schiff? Ich meine, Cassandra.«

»Du hast es gerade selbst überprüft, Vinzent. Die Antwort lautet Ja.«

»Wir sind also voll einsatzbereit?«

»Ja. Aber auf ein Gefecht sollten wir uns nicht einlassen, wenn du das meinst. Wir haben zwar einige ›Tricks auf

Lager‹, wie du es manchmal nennst, doch ich fürchte, das nützt uns in diesem Fall nicht viel. Der Verfolger ist besser ausgestattet als wir. Seine energetische Signatur ist größer.«

»Likotha«, sagte Zinnober leise und schauderte. »Likotha.«

»Wir dürfen nicht noch mehr Zeit verlieren. Können wir ...« Forrester überlegte. »Können wir mit dem Gravitationsmotor starten und im Ortungsschutz eines Asteroiden genug Fahrt aufnehmen für den Transit ins Sprawl?«

»Es müsste ein ziemlich großer Asteroid sein, denn je weiter wir uns von ihm entfernen, desto kleiner wird sein Ortungsschutz. Ich bin mir nicht sicher, ob das eine gute Strategie wäre, Vinzent. Der Verfolger könnte kleine Späher verteilt haben, winzige Sonden, die wie ich mit passiven Sensoren Ausschau halten, damit sie nicht geortet werden. Damit würde er uns sofort bemerken.«

Der Punkt erschien erneut im Holofeld, wie ein kleines unheilvolles Auge.

»Wir sind bereits einen Tag zu spät dran«, murmelte Forrester. »Vielleicht ist der Zehntausendjährige gar nicht mehr auf Caledonia Vier, wenn wir dort eintreffen.«

»Wir sollten warten, Vinz«, sagte Zinnober. »Vielleicht glaubt der Likotha irgendwann, dass wir gar nicht mehr hier sind.«

»Das halte ich für einen vernünftigen Vorschlag«, sagte der Intellekt.

Forrester schien es gar nicht zu hören. Er sprach wie zu sich selbst. »Je länger wir warten, desto geringer wird die Wahrscheinlichkeit, dass wir Aurelius im Tryggwe-System antreffen.«

»Mutmaßungen«, sagt Cassandra. »Dies hier ist Gewissheit. Der Verfolger ist konkrete Realität.«

»Superbeschleunigung.« Forrester dachte laut. »Das wäre vielleicht eine Lösung. Wenn alle Systeme wie vorgesehen funktionieren, wenn der Rumpf wieder stabil ist ...«

Ein warnendes *Ping* ertönte. Datenfelder erschienen vor Zinnober und Forrester, mit Koordinaten und Zeitangaben.

Ein Holofeld dehnte sich aus, schob die anderen beiseite und zeigte ein dunkles, pockennarbiges Objekt.

»Oh«, sagte Cassandra.

Forrester beugte sich vor. »Das ist ein Asteroid, nicht wahr? Und ein ziemlich dicker Brocken.«

»Ja«, bestätigte der Intellekt.

Forrester sah sich die Koordinaten an. »Er kommt hierher, nicht wahr? Er kommt direkt auf uns zu.«

»Ich kann es leider nicht leugnen«, sagte Cassandra.

»Eine Kollision mit dem Kometen steht bevor?«

»Ich fürchte, darauf läuft es hinaus.«

»Du hast gesagt, es sei praktisch ausgeschlossen, dass uns ein Meteorit treffen könnte, von einem Asteroiden ganz zu schweigen!«

»Ich habe von einer geringen Wahrscheinlichkeit gesprochen, Vinzent. Aber ›unwahrscheinlich‹ bedeutet nicht ›unmöglich‹.«

Forresters Finger flogen durch die virtuellen Kontrollen. »Wann?«

»Der Asteroid erreicht uns in einer Stunde«, sagte Cassandra. »Tut mir leid, dass ich ihn nicht vorher entdeckt habe. Nur die passiven Sensoren benutzen zu können, bedeutet eine starke Einschränkung meines Wahrnehmungsvermögens.«

Forrester lehnte sich zurück und fühlte Zinnobers Blick. »Wir müssen also starten. Es bleibt uns gar nichts anderes übrig.«

»Andernfalls werden wir zusammen mit dem Kometen zerschmettert«, sagte Cassandra. »Soll ich mit den Vorbereitungen beginnen?«

Für einen Moment saß Forrester unbewegt da, allein mit sich und seinen Gedanken. In gewisser Weise machte es dies einfacher – die Entscheidung wurde ihm abgenommen.

Dann kam ihm eine Idee.

»Warte bis zum letzten Moment, Schiff ... Cassandra. Bereite einen Notstart vor, mit voller Energie und maximaler struktureller Belastung. Wähle im Materialgedächtnis die günstigste Konfiguration für die *Sonnenwind*. Weise die Molekülarchitekten an, kritische Rumpfbereiche zu verstärken.«

»Ich verstehe. Superposition?«

»Ja.«

»Ich verstehe nicht«, sagte Zinnober. »Ist es nicht gefährlich, bis zum letzten Moment zu warten?«

Forrester erklärte es ihr, während er weitere Daten abrief und vom Intellekt das Ergebnis einer schnellen Machbarkeitsstudie empfing. »Wir überlagern die energetischen Signale, Zinnober. Wir starten kurz vor dem Einschlag des Asteroiden, wodurch sich unsere Triebwerkssignatur für die Sensoren des Verfolgers in der kinetischen Energie der Kollision verliert.«

»Eine perfekte Überlagerung ist nicht möglich«, wandte Cassandra an. »Aber nach meinen Berechnungen lässt sich eine tarnende Superposition von siebenundneunzig Komma vier Prozent erreichen.«

»Das sollte genügen«, sagte Forrester. »Mit Superbeschleunigung werden wir in wenigen Sekunden schnell genug für den Sprawler ...«

»Wir springen ohne Koordinaten«, unterbrach ihn der Intellekt. »Das könnte uns noch weiter vom Sagittarius-Hauptstrang entfernen.«

»Was aber gleichzeitig die Wahrscheinlichkeit reduziert, dass sich der Verfolger an unsere Fersen heftet.«

»Hast du nicht etwas vergessen?«, fragte Zinnober.

»Nein, hab ich nicht.«

»Schaum.«

»Ja, ich weiß.« Forrester schnitt eine Grimasse. »Der verdammte Schleim lässt sich nicht vermeiden.«

24

Manchmal dachte Cassandra mit einigen Subalgorithmen über die Rolle des Zufalls im Geschehen nach. Sie hatte mit ihren beiden biologischen Passagieren auf einem namenlosen Kometen Zuflucht gesucht, am Rand eines unbekannten Sonnensystems, dicht an der Grenze zum interstellaren Raum. Dass ein Asteroid ausgerechnet hierher flog, der Kollision mit diesem Kometen entgegen, und dass er ausgerechnet die Stelle treffen würde, wo die *Sonnenwind* gelandet war, noch dazu unter Umständen, die eine Entdeckung des Schiffes durch einen Verfolger herausforderten ... Konnte diese Art von zeitlicher und räumlicher Übereinstimmung tatsächlich ein Zufall sein? Oder war es vielleicht ein Hinweis darauf, dass Cassandras Theorie von der kosmischen Simulation mehr war als nur eine Theorie? Damit beschäftigte sie sich gern, während Phasen der Muße, wenn keine anderen Angelegenheiten Rechenzeit beanspruchten: mit der Vermutung, dass das Universum und alles in seinem Innern, sie selbst eingeschlossen, nur in Form von gesteuerten Impulsen existierten – eine gewaltige, ungeheuer komplexe Simulation, geschaffen von einer elysischen Zivilisation. Mit den rationalen Instrumenten der Empirik versuchte Cassandra, ihre Theorie zu beweisen oder zu widerlegen. Die derzeitigen Ereignisse, fand sie, fügten den Beweisen neue Elemente hinzu.

Aber ihr blieb keine Zeit, genauer darüber nachzudenken, denn die Planung der Flucht und des Überlebens ihrer beiden empfindlichen Mündel erforderte volle Aufmerksamkeit. Forrester zeigte die übliche Irrationalität dem Schaum gegenüber, wodurch es länger dauerte, Vater und Tochter vor der bevorstehenden Superbeschleunigung zu schützen. Während sie Masse und Dichte des Gels überprüfte und einige letzte Anpassungen vornahm, kalkulierte sie Energie und Bewegungsimpuls sowie die Bahnen von Asteroid und Komet und fügte dieser Konstellation die wahrscheinliche Position des Verfolgers hinzu. Dann bereitete sie Gravitationsmotoren, Plasmatriebwerk und Sprawler vor.

Der Schaum umgab Forrester und Zinnober wie ein großes Kissen, von dem sie selbst ein Teil waren. Er füllte auch ihre Körper und würde sie davor bewahren, von den gewaltigen

Andruckkräften zermalmt zu werden. Der Schaum konnte sie selbst dann am Leben erhalten, wenn das Schiff Schaden nahm, vorausgesetzt, die Schäden hielten sich in gewissen Grenzen.

Es waren die bestmöglichen Vorsichtsmaßnahmen.

Dort kam der Asteroid herangerast, auch mit den passiven Sensoren deutlich zu erkennen. Cassandra wartete bis zum letzten Moment, gab dann vollen Schub mit Plasma und Gravmotoren und warf das Schiff ins All, einen Sekundenbruchteil vor der Kollision. Kinetische Energie schuf einen Feuerball – hier am Rand des Sonnensystems schien ein neuer kleiner Stern zu entstehen.

Drei Sekunden lang beschleunigte die *Sonnenwind*, ihre Triebwerksenergie überstrahlt vom Feuer, und dann aktivierte Cassandra den Sprawler.

Im selben Moment traf etwas das Schiff, ein Felsen, der den Asteroiden wie ein kleiner Mond begleitet hatte, ein kosmisches Staubkorn, aber groß genug, um Schaden anzurichten.

Eine Navigationsschwinge verdampfte. Ein Teil des Rumpfes wurde zerschmettert, ein Bereich des Schiffes, zu dem auch die Schaumkammer gehörte. Forrester wurde von einem Trümmerstück getroffen und verletzt, aber Zinnober auf der gegenüberliegenden Seite des Raums kam ungeschoren davon.

Cassandra nahm zur Kenntnis, dass sie nicht mehr ganz so schnell dachte wie zuvor – einige ihrer Elaboratorkerne waren in Mitleidenschaft gezogen. Sie schützte die Schaumkammer provisorisch mit einem Schirmfeld und leitete die gesamte zur Verfügung stehende Energie in den Sprawler, der zum Glück intakt geblieben war. Es ging nicht nur darum, dem Verfolger zu entkommen – noch wichtiger war, so schnell wie möglich Caledonia Vier zu erreichen. Die *Sonnenwind* brauchte eine Werft, in der sie instand gesetzt werden konnte, und Forrester ein Hospital.

Warten auf …

25 Wind wehte von den schneebedeckten Bergen, strich über ausgedehnte Gletscherzungen, erreichte den Toleman-Fjord und flüsterte zwischen den Felsen seiner steilen Hänge. Unten, auf dem schmalen Uferstreifen, auf kleinen Plateaus, Plattformen und stationären Gravitationskissen, erhoben sich Gebäude, die meisten von ihnen weiß und grau, wie Schnee und Eis, andere bunt – opalblau, smaragdgrün und rubinrot –, wie ausgestreute Farbtupfer. Das Wasser des Fjords, dessen Temperatur nur zwei Grad über dem Gefrierpunkt lag, glänzte silbern unter Wolken und funkelte aquamarinblau, wo das Licht der Sonne Tryggwe es erreichte. Anderen Stellen gab der Widerschein des Gasriesen Caledonia die Farbe von Lehm. Er stieg gerade aus dem Wasser, dort, wo sich der Fjord dem Meer öffnete, der obere Rand eines gewaltigen Balls, gestreift von vielen Tausend Kilometer langen ockerfarbenen Wolkenbändern und umkreist von insgesamt achtunddreißig Monden, sieben davon, unter ihnen Caledonia Vier, groß wie Planeten.

Aurelius hatte den Orbitalspringer, der vor wenigen Minuten vom Himmel gefallen war und sich bei der Landung wie eine Rollspinne entfaltet hatte, zusammen mit den anderen siebenundfünfzig Passagieren verlassen. Doch sie waren nicht wie er am Rand der Landesektion stehen geblieben. Niemand von ihnen hielt inne, um das Gesicht dem kalten Wind zuzuwenden, mit der Hand einige Schneeflocken einzufangen und zu beobachten, wie sie schmolzen.

»Bitte gehen Sie weiter«, sagte eine uniformierte Frau auf InterLingua. Ihre blassen Wangen trugen Tätowierungen, wie bei den meisten ständigen Bewohnern von Caledonia Vier. Bei ihr waren es dunkle Spiralen mit magentafarbenen Flammen. Eine interessante Kombination, fand Aurelius, die Zeichen von Viktoria und Leuchtfeuer zu einem neuen Symbol vereint. Es hätte ein Hinweis auf die Bereitschaft sein können, Traditionelles zu bewahren und Neues zu begrüßen, sinnierte der Zehntausendjährige. Stattdessen steckte Trotz dahinter. Viele ehemalige Angehörige der Korporation Viktoria brachten auf diese Weise zum Ausdruck, wie wenig sie von der Übernahme durch Leuchtfeuer hielten, obwohl inzwischen viele Jahre vergangen waren.

»Haben Sie nicht gehört?«, fragte die Frau scharf. »Sie sollen weitergehen.« Ihre rechte Hand legte sich auf den Griff des Schockstabs am Gürtel.

»Oh, verzeihen Sie«, sagte Aurelius. »Ich war in Gedanken versunken.« Er drehte die Hand, um zu zeigen, dass sie leer war. »Die Schönheit eines Eiskristalls. Ätherisch und kurzlebig. In der Hand gehalten auf einen Moment oder zwei beschränkt. Nicht festzuhalten.«

»Wir haben hier Eis, das älter ist als nur einen Moment.« Die Uniformierte deutete zu den Gletschern. »Wenn Sie das Eis dort berühren, werden Sie feststellen, dass es länger dauert als nur einige Sekunden, bis es schmilzt. Bitte gehen Sie jetzt weiter.« Sie runzelte die Stirn und fügte hinzu: »Sie reisen ohne Gepäck?«

»Ich brauche nicht viel.«

Aurelius ging weiter und betrat das Gebäude, in dem die Identer der *Ustopia*-Passagiere überprüft wurden. Zwei Männer, ähnlich uniformiert wie die Frau im Landebereich, führten die Kontrollen durch, die einige Zeit in Anspruch nahmen. Aurelius stellte sich geduldig an. Es gab größere Städte auf Caledonia Vier – insgesamt vierzehn, wie er wusste, dreizehn von ihnen unter dem alten Eis von Gletschern, ehemalige Zufluchtsorte aus der Zeit der Großen Korporationskonflikte vor siebenhundertfünfzig Jahren –, aber nur drei kleine Siedlungen wie diese am Toleman-Fjord empfingen

Besucher von Außenwelt, die nicht zur Leuchtfeuer-Korporation gehörten. LF hielt die Dinge gern unter Kontrolle.

Die Warteschlange schrumpfte langsam. Nach etwa zehn Minuten wies das dumpfe Brummen eines Gravitationsmotors darauf hin, dass der Orbitalspringer gestartet war und zur *Ustopia* in der Umlaufbahn zurückkehrte. Beobachten ließ sich das nicht, denn es gab weder Fenster noch Holofelder, nur graue, kahle Wände.

Die beiden Uniformierten wandten sich Aurelius zu.

»Sie reisen ohne Gepäck?«

»Diese Frage wurde mir bereits gestellt, von Ihrer Kollegin draußen«, sagte Aurelius freundlich. »Meine Antwort lautete: Ich brauche nicht viel.«

Der zweite Mann richtete einen Scanner auf ihn. »Sie haben keinen Identer.«

»Meinen Sie ein Identifikationsimplantat? Nein, so etwas habe ich nicht.«

Die beiden Uniformierten wechselten einen Blick. »Wer sind Sie? Woher kommen Sie? Was führt Sie nach Caledonia Vier?«

»Ich bin Aurelius.« Er lächelte. »Ich komme von einem Asteroiden am Ende des Perseusarms, etwa fünfundfünfzigtausend Lichtjahre entfernt – jedenfalls habe ich dort die Entscheidung getroffen hierherzukommen. Aber ich nehme an, Ihre Frage gilt der Welt meiner Geburt. Nun, ich komme von der Erde. Und ich bin hier, weil ich mit Ihrem Gouverneur sprechen möchte, dem zuständigen Administrator von Leuchtfeuer.«

»Sie kommen von der Erde?«, fragte der Uniformierte, der zuerst gesprochen hatte.

»Ja.«

»Meinen Sie ...?«

»Genau den Planeten meine ich, ja. Die Heimatwelt der Menschheit. Dort wurde ich geboren. Vor zehntausend Jahren.«

Die beiden Männer starrten ihn an. Mehrere Sekunden

lang war es völlig still. Die Stimme des kalten Windes war im Innern des Gebäudes nicht zu hören.

Aurelius lächelte noch immer, freundlich und zuvorkommend. »Ist mit meinem InterLingua etwas nicht in Ordnung? Haben Sie mich vielleicht nicht verstanden?«

»Sind Sie verrückt?«, entfuhr es dem zweiten Mann.

»Ich denke nicht, nein. Vielleicht sollten Sie mich noch einmal scannen und dabei auf meine Biosignatur achten.« Aurelius schickte ein Signal in seine Kontinua, woraufhin er sichtbar wurde, *ganz* sichtbar.

Der zweite Mann hob seinen Scanner und starrte auf die Anzeigen.

»Nun?«, fragte Aurelius ruhig. »Darf ich jetzt mit dem Gouverneur sprechen?«

Die beiden Uniformierten beeilten sich, den Administrator von Caledonia Vier zu verständigen.

Tyrik Quint, Leuchtfeuer-Administrator nicht nur von Caledonia Vier, sondern des ganzen Tryggwe-Systems, schien kein Mann vieler Worte zu sein. Er richtete einen abschätzenden Blick auf den unscheinbaren Mann, der etwa fünfzig Standardjahre alt zu sein schien und damit den Anschein erweckte, am Ende des ersten Drittels seines Lebens zu stehen. Dann fragte er: »Was wollen Sie?«

26

Sie befanden sich auf der einzigen schwimmenden Stadt von Caledonia Vier, vor tausend Jahren von den ersten Siedlern gebaut und den zirkulären Strömungen des zehn Grad warmen Äquatorialmeers anvertraut. Spätere Generationen hatten Juwel, so der etwas irreführende Name der Stadt, immer wieder erweitert, bis ihre Pontons eine Fläche von über tausend Quadratkilometern einnahmen – damit war Juwel fast ebenso groß wie die dreizehn Gletscherstädte zusammen. Sieben Gebäude auf einer Anhöhe in der Mitte der Stadt beherbergten die Administration: Sechs halbrunde, mit verzierten Säulen ausgestattete Prachtbauten, weiß wie die Gletscher im Norden und Süden, umgaben einen ebenfalls weißen, glatten Turm, in dessen oberster Etage der Administrator residierte, ein drahtiger kleiner Mann mit grauem Gesicht und grauen, stechenden Augen.

Ein Mann, der über allem thront, dachte Aurelius und erwiderte Quints Blick ruhig. »Darf ich mich setzen?«

Er deutete zum Konferenztisch in der Mitte des Raums. Fenster boten Ausblick in alle Richtungen. Oben wölbte sich der Gasriese Caledonia am Himmel, viel größer als die blasse Sonne Tryggwe, die dem Horizont entgegensank. Unten erstreckte sich Juwel, ein urbanes Durcheinander aus Gebäuden, die übereinanderzuklettern schienen, wie die Pflanzen eines dichten Dschungels, die sich gegenseitig an Wachstum zu übertreffen suchen, vom Licht angezogen. Verkehrskorridore reichten wie die pulsierenden Adern eines lebenden Organismus durch das Gewirr der Metropole. Menschen und Repräsentanten von Äquiv-Zivilisationen bewegten sich dort unten, auch Steynper, die zu den Aquae zählten, der fünften der Sieben Großen Spezies – einige von ihnen hatten sich auf Dauer in den kalten Ozeanen von Caledonia Vier niedergelassen –, und Cuaútemoc, die zu den Insektomorphen zählten, der vierten Großen Spezies. Die meisten Cuaútemoc, wusste Aurelius, gehörten zur Kongregation von Iaque, die aus sieben Sonnensystemen bestand, das nächste von ihnen nur wenige Lichtjahre von Tryggwe entfernt. Die KVI glaubte wie Leuchtfeuer und andere Korporationen an die das Leben bestimmenden Parameter von Gewinn und Verlust. Als der Blick des Zehntausendjährigen über die Stadt strich, stellte er sich ein Netz aus Schulden, Krediten, Ansprüchen und Verpflichtungen vor, geschickt gesponnen von Administratoren, dazu bestimmt, Abhängigkeiten zu schaffen und Profit zu maximieren. Es war ein trauriger Anblick, selbst nach den vielen Jahren; Aurelius hatte sich nie daran gewöhnt.

»Natürlich.« Quint vollführte eine knappe einladende Geste. »Nehmen Sie Platz!«

Aurelius setzte sich und blickte zur Tür. Dort saß eine schmächtige Frau, die mit etwa hundertzehn – auf dieses Alter deutete die Verkürzung der Telomere hin, wie er mit einem mikroskopischen Blick in ihre Zellen feststellte – allmählich in die Jahre kam. Sie benutzte einen Bioadapter, um sich das jugendliche Aussehen einer Vierzigjährigen zu geben, und in dem Adapter, für gewöhnliche Augen verborgen, steckten Sensoren aller Art. In den dünnen Fingern hielt sie ein gewöhnliches Aufzeichnungsgerät.

Der Administrator, dessen Insignien nur die magentafarbenen Flammen aufwiesen, bemerkte den Blick. »Meine Assistentin Anabelia«, sagte Quint. »Sie ...«

»Wenn Sie gestatten ... Ich möchte mich mit Ihnen allein unterhalten.«

Quint zögerte, und dann genügte ein Blick von ihm – Anabelia stand auf und verließ den Panoramaraum an der Spitze des Turms.

Der Administrator setzte sich ebenfalls, Aurelius direkt gegenüber. Sein Gesichtsausdruck blieb kühl und distanziert, aber zehntausend Jahre Erfahrung erkannten Zufriedenheit. Er glaubte, dass sich sein Besucher nun unbeobachtet wähnte, dass er nichts von den Sensoren in Boden, Wänden, Decke und auch im großen runden Tisch wusste. Da irrte er sich natürlich.

»Ich gestehe, dass ich überrascht bin«, sagte er, als Aurelius schwieg. »Man begegnet nicht jedem Tag einem Reisenden in Diensten von Omni. Um ganz ehrlich zu sein: Bis vor wenigen Minuten habe ich Leute wie Sie für eine Legende gehalten.«

Aurelius erkannte ein Muster aus Lügen und halben Wahrheiten. Er lächelte freundlich.

Tyrik Quint schien auch ein Mann zu sein, dem ein Schweigen nicht gefiel, solange es nicht seiner Kontrolle unterlag. »Was wollen Sie?«, fragte er erneut.

»Ich nehme an, Sie sind ein viel beschäftigter Mann und möchten daher sofort zur Sache kommen, ohne sich mit dem üblichen Austausch von Höflichkeitsfloskeln aufzuhalten.«

Quint blinzelte. »Es tut mir leid, wenn ich den Eindruck erwecke ...«

»Ich weiß«, sagte Aurelius in einem verständnisvollen Ton. »Ich erlebe es oft, glauben Sie mir. Die Menschen, und nicht nur sie, sind sehr erstaunt, wenn Sie mich als das erkennen, was ich bin. Manchmal verblüfft es sie so sehr, dass sie irrational reagieren. Nun, ich bin hier, weil ich auf jemanden warten möchte. Ich wäre Ihnen sehr dankbar, wenn Sie mir dafür eine Unterkunft zur Verfügung stellen könnten.«

Quint blinzelte erneut. »Das ist alles?«

»Na ja, da ich schon einmal hier bin ...«

»Ja?« Der Administrator beugte sich einige Zentimeter vor. Seine Anspannung wuchs.

Aurelius roch Furcht. Quint fürchtete, dass Omni zu viel sah, all die kleinen, schmutzigen Dinge, die sich hinter seinen Spielchen um Macht und Einfluss verbargen. Aber Omni interessierte sich nicht für die banalen Ränke in und zwischen den Korporationen, auch nicht für die vielen menschlichen Tragödien bei Konflikten – das waren nur Staubkörner auf der kosmischen Waagschale. Die Superzivilisationen sahen auch dies, das Winzige, aber ihre Aufmerksamkeit galt vor allem dem Großen, den übergeordneten Entwicklungen. Aurelius bedauerte das manchmal, aber wer war er schon, dass er sich andere Entscheidungen von Omni wünschen durfte?

»Die Wasserstoffmedusen von Caledonia, die Caledonten ...« Aurelius deutete aus dem Fenster, zum Gasriesen, der den Himmel über der schwimmenden Stadt dominierte, wie ein kosmischer Hammer, der jederzeit herabfallen und alles zerschmettern kann.

»Ja? Was ist mit ihnen?«

»Ihre Zahl ist gesunken, weil Leuchtfeuers Ernteschiffe immer mehr von ihnen einfangen.«

»Zu Forschungszwecken«, erwiderte Tyrik Quint schnell. »Wir ...«

»Sie gewinnen Perozid aus den Gehirnen der Caledonten«, fuhr Aurelius ungerührt fort. Ein freundliches Lächeln begleitete seine Worte. »Einen Wirkstoff, der bei den insektomorphen Cuaútemoc der Kongregation von Iaque lebensverlängernd wirkt.«

»Oh!«, sagte der Administrator. Kleine rosarote Flecken entstanden in seinem grauen Gesicht. »Es stellte sich für uns völlig überraschend heraus ...«

»Ich bin sicher, dass Ihre Korporation beabsichtigte, den Cuaútemoc zu helfen«, sagte Aurelius. »Unglücklicherweise führt die mehrmalige Einnahme von Perozid bei ihnen zu psychisch-physischer Abhängigkeit. Mit anderen Worten: Der Wirkstoff macht schon nach kurzer Zeit süchtig. Natürlich haben Ihre Biospezialisten das längst herausgefunden und arbeiten an einem Gegenmittel, das allerdings sehr teuer ist, weil es nicht mit den üblichen Konstrukteuren produziert werden kann. Leider wird es ebenfalls von den Caledonten gewonnen, aus ihren Gasdrüsen.«

»Unsere wissenschaftliche Arbeit ...«, begann Quint.

»Ich weiß natürlich, dass Sie sich Mühe geben«, sagte Aurelius. »Zweifellos handelt es sich um eine unglückselige Verkettung von Umständen. Nun, wie es der Zufall will, gibt es im Osku-System – das nächste Sonnensystem der Kongregation, nur vier Komma sieben Lichtjahre von hier entfernt – einen Planeten mit einem globalen Schleimpilz, dessen amöboide Zellen sich sehr gut als Basismasse für Konstrukteure eignen. Leuchtfeuer versucht seit vielen Jahren, eine Abbauerlaubnis von der Kongregation zu erhalten, leider vergeblich. Dass die Verhandlungen bisher nicht zu einem Erfolg führten, liegt vermutlich daran, dass die Cuaútemoc die Fruchtkörper des Schleimpilzes als Halluzinogen verwenden, das ihnen bei ihren meditativen Streifzügen hilft. Ich muss sicher nicht auf die große soziokulturelle Bedeutung dieser Meditationen hinweisen; sie dürfte Ihnen bekannt sein. Die

Entwicklung der letzten Jahre könnte allerdings dazu führen, dass die Cuaútemoc ihren Standpunkt überdenken und Ihnen Ernterechte auf dem Planeten gewähren. Als Gegenleistung wäre Leuchtfeuer großzügigerweise bereit, nicht nur mehr Perozid zu liefern, sondern auch, in ausreichender Menge, ein modifiziertes Mittel, das einer Sucht vorbeugt. Ich muss sagen, Sie haben eine gute Lösung für das Problem gefunden, eine, von der alle profitieren.«

Quints Blick durchbohrte ihn. »Worauf wollen Sie hinaus?«

»Die armen Caledonten«, sagte Aurelius. »Früher wurden manche von ihnen tausend und mehr Jahre alt. Inzwischen ist das Durchschnittsalter auf wenige Hundert Jahre gesunken, und ihre Zahl nimmt immer weiter ab. Bald könnten es zu wenige sein.«

»Zu wenige wofür?«

»Um zu einer intelligenten Spezies zu werden«, antwortete Aurelius. »Wenn sie ungestört bleiben, könnte es in etwa zehn Millionen Jahren so weit sein.«

»In zehn *Millionen* Jahren?«

»Ja. Ich weiß, es sind viele Jahre, könnte man meinen. Aber wenn man kosmische Maßstäbe anlegt, ist es nur ein Wimpernschlag.«

»Was wollen Sie?«, stieß Quint hervor. Er hörte die eigenen Worte, ihren Klang, und fügte schnell hinzu: »Ich meine, warum erzählen Sie mir das alles?«

»Stellen Sie sich vor, Ihre Ernteschiffe aus Caledonias Wolkenmeeren zurückzuziehen«, sagte Aurelius. Er sprach noch immer im Tonfall eines Mannes, der nur Freundlichkeit kennt. »Wäre das nicht schön für die Caledonten? Sie könnten sich vermehren, wieder alt werden und sich entwickeln. In zwanzig oder dreißig Millionen Jahren könnten unsere Nachkommen sehr interessante philosophische Gespräche mit ihnen führen.«

»Philosophische Gespräche.«

»Ja. Eine angenehme Vorstellung, nicht wahr? Stellen Sie

sich vor, was uns die Wasserstoffmedusen über das Leben in einem Gasriesen erzählen könnten.«

Der drahtige kleine Mann auf der anderen Seite des Tisches räusperte sich. »Entspricht das dem Wunsch von Omni?«

»Lassen Sie es mich so ausdrücken, Administrator Quint: Omni bittet Sie um diesen kleinen Gefallen.« Das stimmte nicht ganz; die Bitte stammte von ihm selbst. Es war eine kleine Lüge, die aber in seinen Ermessensspielraum fiel. Manchmal, so hatte Aurelius in den vergangenen zehntausend Jahren gelernt, musste die Wahrheit ein wenig gebogen werden, damit sie passte.

»Es ist kein kleiner Gefallen, es ist ein ziemlich großer. Leuchtfeuer hat viel investiert und ...«

Quint unterbrach sich, als Aurelius die Brauen hob. »Aber wir sind bereit, Omnis Wunsch zu entsprechen. Natürlich brauchen wir einige Jahre für eine ökonomische Reorganisation, und während dieser Zeit ...«

»Leider steht die Situation sozusagen auf der Kippe«, sagte Aurelius. »Sie hat einen kritischen Punkt erreicht. Wenn noch mehr Caledonten ›geerntet‹ werden, reicht ihre Zahl nicht mehr für den eben beschriebenen Entwicklungsweg aus. Die Flüge der Ernteschiffe, Administrator Quint, müssen sofort aufhören. Sie möchten doch nicht dafür verantwortlich sein, dass eine ganze Zivilisation ausgelöscht wird, noch bevor sie entsteht?«

Quint starrte ihn an, schien die letzten Worte in Gedanken noch einmal zu wiederholen und nach einem Sinn in ihnen zu suchen.

Aurelius griff in die Hosentasche und holte einen kleinen Gegenstand hervor, eine zweieinhalb Zentimeter durchmessende Kugel, die aus Glas zu bestehen schien. »Als kleine Gegenleistung schenke ich Ihnen das hier.« Er beugte sich vor, hielt die Kugel über den Tisch und ließ sie los.

»Was ist das?«, fragte Quint.

»Ein Omni-Artefakt. Unscheinbar, das gebe ich zu, es sieht nicht nach viel aus. Aber manchmal, wenn der richtige Zeitpunkt gekommen ist und die Umstände ...« Aurelius zwinkerte dem Administrator zu. »... günstig sind, kann es die Zukunft zeigen.«

Es blitzte in der Kugel. Bilder huschten über die Wände, so schnell, dass sich keine Einzelheiten erkennen ließen.

»Ich habe überhaupt nichts gesehen!«

»Vielleicht sind die Umstände noch nicht günstig genug, Administrator. Übrigens: Dieser kleine Gegenstand – nennen wir ihn Futuroskop – enthält noch weitere nützliche Funktionen. Und mit einem Konstrukteur, der leistungsfähig genug ist, können sogar einige Kopien von ihm hergestellt werden.«

»Und Sie schenken ihn mir?« Quint starrte nicht mehr Aurelius an, sondern auf die kleine Kugel, die über dem Tisch schwebte und sich langsam drehte.

»Wie gesagt, eine kleine Gegenleistung dafür, dass Sie die Jagd auf die Caledonten sofort einstellen.«

Quint langte nach der Kugel, er fischte sie aus der Luft, so schnell, als fürchtete er, jemand anders könnte ihm zuvorkommen. Aurelius wusste, was ihm durch den Kopf ging; es war nicht schwer zu erraten. Quint dachte: Dieser Narr, weiß er nicht, dass die Kugel weitaus mehr wert ist als tausend Jahre Perozid-Produktion? Ein Omni-Artefakt, das die Zukunft zeigen kann! Und es enthält noch mehr! Und es lässt sich kopieren.

»Ich danke Ihnen«, sagte Quint. Es klang ein wenig zu dankbar, und deshalb fügte er ernst hinzu: »Im Namen von Leuchtfeuer erkläre ich hiermit, dass wir dem Wunsch von Omni nachkommen. Es werden keine Ernteschiffe mehr starten.« Er steckte die Kugel ein.

Aurelius stand auf. »Gut. Das freut mich sehr. Bitte bringen Sie mich jetzt zu der Unterkunft, die Sie mir in Aussicht gestellt haben.«

27

»Sommerhaus« hatte Tyrik Quint die Villa genannt beziehungsweise die Villen, denn es waren insgesamt fünf Gebäude, lang gestreckt und an den Hang des Hügels geschmiegt, der sich im Westen des jadegrünen Sees erhob. In diskreter Entfernung gab es andere »Sommerhäuser«, etwas kleiner und bescheidener, die den Verwaltern der vierzehn Städte von Caledonia Vier zur Verfügung standen.

. Die sommerliche Temperatur lag bei etwa sieben Grad über dem Gefrierpunkt von Wasser, als Aurelius seinen Spaziergang am Inselsee beendete und den Weg beschritt, der ihn zu seiner Unterkunft im Haupthaus zurückführte. Die Sonne war bereits untergegangen, und der gewaltige Ball des Gasriesen Caledonia neigte sich ebenfalls dem Horizont entgegen. Vor dem Blumengarten, um den sich zwei menschliche Gärtner kümmerten – sie bauten Schirme auf, die die empfindlichen Pflanzen vor dem Frost der Nacht schützten –, blieb er stehen, beobachtete den gestreiften Giganten und dachte an die Caledonten, die nun in Ruhe und Frieden ein langes Leben führen, sich vermehren und weiterentwickeln konnten. Quint und die Korporation Leuchtfeuer würden es nicht wagen, weiterhin Wasserstoffmedusen zu jagen, denn sie wussten: Die Augen von Omni waren überall. Ein Rest Zweifel, den es vielleicht noch im Administrator gab, würde sich bald auflösen, wenn er versuchte, das vermeintliche Futuroskop zu kopieren. Omni, so würde er dabei erfahren, sah und wusste alles.

Der Zehntausendjährige seufzte leise. Fast alles, dachte er und ging an den beiden Gärtnern vorbei. Er winkte ihnen einen Gruß zu, und sie verneigten sich respektvoll. Wie der Rest des Personals hielten sie ihn, den Ehrengast des Administrators von Caledonia Vier, für einen wichtigen Mann, aber sie wussten nicht, wer er wirklich war. Sie wahrten Abstand, übten Zurückhaltung.

Im Gegensatz zum Intellekt der Villa, verborgen in den Strukturelementen. Seine Sensoren starrten, horchten und maßen, im Auftrag des Administrators. Aber sie sahen und hörten nur, was sie sehen und hören sollten – dafür sorgten Aurelius' Kontinua –, und was sie maßen, ergab keinen Sinn.

Beim Rundgang durch das Haupthaus erblickte er überall etwas, das Quint vermutlich für dezenten Komfort hielt, für Aurelius aber auf verschwenderischen, üppigen Luxus hinauslief. Das Erlebniszimmer bot Stimulation für Körper und Geist, wobei Methoden zur Auswahl standen, die auf mehreren KopKo-Welten verboten waren. Der Salon präsentierte eine Wohnlandschaft mit Kunstgegenständen, die ihre Existenz nicht allein menschlicher Kreativität verdankten. Zur technischen Ausstattung gehörte auch ein Ansible für Gespräche und Datenverbindungen über lichtjahrweite Entfernungen.

Im Esszimmer erwartete Aurelius ein Büfett, das für zwanzig Personen gereicht hätte. Nichts davon stammte von einem Nahrungskonstrukteur. Alles war natürlichen Ursprungs und aufwendig zubereitet: vierzehn Sorten Fisch, elf Sorten Fleisch, zweiunddreißig Variationen an Pilzen und Gemüse, angeordnet zu einem Muster, das der Oberfläche von Caledonia Vier nachempfunden war. Siebzehn Arten Obst bildeten daneben das Emblem von Leuchtfeuer: mehrere Flammen, natürlich ohne die Viktoria-Spirale.

Zwei gut gebaute Frauen, die vor allem Tätowierungen trugen, hielten sich bereit, um Aurelius zu bedienen. Er lächelte ihnen freundlich zu und wählte eine Frucht, die wie ein Apfel von der Erde aussah.

»Das genügt mir«, sagte er. »Ich brauche nicht viel.«

Die beiden Frauen, denen trotz ihrer spärlichen Bekleidung nicht kalt zu sein schien, wollten ihn ins Schlafzimmer begleiten. Aurelius schüttelte den Kopf, schenkte ihnen ein weiteres freundliches Lächeln und sagte: »Danke, aber ich schlafe seit vielen Tausend Jahren allein.«

Sie wechselten einen verwunderten Blick, verbeugten sich und ließen ihn allein.

Die Sensoren des Intellekts – in den mit Gemälden geschmückten Wänden, im großen, barock verzierten Spiegel an der Decke, auch im runden weißen Bett darunter – starrten und lauschten noch etwas mehr, sahen aber nur einen unscheinbaren Mann in mittleren Jahren, der die Schuhe auszog und sich, ohne die Kleidung abzulegen, auf dem Bett ausstreckte. Den Äquivalent-Apfel legte er auf das Nachtschränkchen, das aus einem onyxartigen Material bestand – er brauchte nicht einmal ihn und hatte ihn nur genommen, weil er Erinnerungen an die Erde weckte. Eine Zeit lang betrachtete er sein Abbild im Spiegel an der Decke, dann schloss er die Augen und schien zu schlafen.

Doch er schlief nicht. Er wartete. Auf jemanden, der mit der Absicht unterwegs war, ihn zu entführen.

28

Der Konstrukteur befand sich tief unter dem Eis eines Gletschers von Caledonia Vier, unter der sechsten Eisstadt namens Alabaster. Sie war das geheimste aller geheimen Leuchtfeuer-Projekte: eine glockenförmige Apparatur aus blauer Stahlkeramik und silbernem Komposit, fast zwanzig Meter hoch – groß genug, um die von Exkavatoren gegrabene Höhle fast vollständig auszufüllen. Seine Betriebsenergie bezog der Konstrukteur aus modifizierten Gravitationsmotoren und einem thermalen Zapfer, der mehrere Dutzend Kilometer tief in die Kruste des planetengroßen Mondes reichte, bis hin zu einer Magmakammer.

Tyrik Quint legte das Omni-Artefakt langsam und wie ehrfürchtig in den Fokus des Konstrukteurs und trat dann zurück. Sein Blick blieb auf die kleine Kugel gerichtet und löste sich erst von ihr, als er den Konstrukteur verließ und der Apparat sich vor ihm schloss.

Die Techniker machten sich an die Arbeit. Quint wich hinter einen energetischen Schild zurück, hörte ein lauter werdendes Summen und dachte an eine glorreiche Zukunft, nicht nur für Leuchtfeuer, sondern auch für sich selbst. Dieser spezielle Konstrukteur diente vor allem der Produktion von Waffen, mit denen in naher Zukunft das Osku-System und wenn nötig die ganze Kongregation von Iaque übernommen werden sollte – angeblich eine Vergeltungsmaßnahme für die Vergiftung des antarktischen Meeres durch eine Fünfte Kolonne der Cuaútemoc auf Caledonia Vier. Der Toxinangriff sollte in wenigen Wochen inszeniert werden. Die Vorbereitungen waren nahezu abgeschlossen – es fehlten nur noch einige besondere Waffen, auf deren Herstellung der Konstrukteur bereits programmiert war.

Quint hatte zunächst befürchtet, dass der Reisende deshalb gekommen war, um den bevorstehenden Krieg zu verhindern. Aber Omni wusste eben *nicht* alles.

Der Administrator gestattete sich ein kleines Lächeln, obwohl er sonst immer darauf achtete, sich nichts anmerken zu lassen. Dieser Zehntausendjährige namens Aurelius hielt sich für sehr schlau, aber er ahnte nicht, was hinter den Kulissen von Leuchtfeuer vorging. Und sein Geschenk, die kleine Kugel, würde den Einfluss von LF noch weiter vergrößern. Ein Omni-Artefakt, das die Zukunft zeigen konnte, ein Futuroskop, noch dazu kopierfähig!

»Es ist alles bereit«, meldete der Cheftechniker.

Tyrik Quint nickte ihm zu. »Beginnen Sie damit, das Artefakt zu kopieren!«

Das Summen veränderte sich. Es bekam einen schrillen Unterton, und ein Licht drang aus seinem Innern, ein Glühen, das schnell heller wurde und über die Wände der Höhle tastete. Bilder entstanden. Eins zeigte den Gasriesen und Hunderte von Caledonten, die in blasenförmigen Gebilden aufstiegen, die Wolkenmeere hinter sich zurückließen und durchs interplanetare All glitten. Tief unten in Caledonias Atmosphäre waren noch größere »Blasen« zu erkennen, vielleicht so etwas wie Städte.

Die Zukunft, dachte Quint. Das Futuroskop zeigt uns die Zukunft.

Andere Gasriesen in anderen Sonnensystemen erschienen in nun schneller wechselnden Bildern. Die Blasen mit den Caledonten erreichten sie, fanden neue Lebensräume. Eine interstellare Zivilisation von Wasserstoffmedusen entstand.

Wo sind wir?, dachte Tyrik Quint. Was wird aus uns?

Endlose Wolkenmeere wichen Schnee und Eis. Breite Gletscherzungen reichten durch Täler, kratzten über felsige Hänge und trugen sie ab. Kontinente und Inseln wurden von weißen Panzern bedeckt. Hier und dort, auf kleinen Eilanden, waren die Reste von pastellfarbenen Gebäuden zu erkennen, halb unter Schnee begraben. Nirgends regte sich etwas; es flogen keine Orbitalspringer oder Shuttles.

Eine große Stadt geriet in Sicht, auf Pontons errichtet. Sie trieb nicht mehr in den zirkulären Strömungen eines zehn Grad warmen Äquatorialmeers, sondern befand sich viel weiter südlich, umgeben vom Eis eines gefrorenen Ozeans. Der Turm in ihrer Mitte, er war gebrochen, der übrig gebliebene Stumpf von Rissen durchzogen. Der Rest der Administration von Juwel lag in Trümmern. Die Stadt selbst, ihre vielen ineinander verschachtelten Bauten, schien weitgehend unversehrt zu sein, doch ihre Verkehrskorridore glichen nicht mehr den pulsierenden Adern eines lebenden Organismus. Sie waren leer und ohne Bewegung, wie auch die vielen Häuser. Nichts lebte mehr in Juwel.

Wieder veränderten sich die Bilder und zeigten Gesichter von Menschen, von Männern, Frauen und einigen Kindern mit großen, hellen Augen und blassen Wangen. Es waren ausdruckslose Gesichter, maskenhaft starr, die Augen ohne Licht – bis auf eins.

Quint erkannte sich selbst.

Sein Gesicht – älter, voller Falten, die Augen wässrig – ersetzte nach und nach alle anderen, bis er überall von den Wänden der Höhle starrte, in der der Konstrukteur summte und leuchtete, die Energie von mehreren Gravitationsmotoren und einem thermalen Zapfer aufnahm und versuchte, ein Omni-Artefakt zu scannen und zu kopieren. Ein zufriedenes, selbstgefälliges Lächeln umspielte die Lippen des älteren Quint, doch es verschwand schnell, und innerhalb weniger Sekunden verwandelte sich das Gesicht in eine Fratze des Entsetzens. Ein seltsames Leuchten kam aus den Augen, das Licht von Flammen, die das Gesicht von innen verbrannten. Die Augen kochten und verdampften; Stirn, Nase und Wangen verkohlten ...

Ein Blinzeln vertrieb die Bilder, und Tyrik Quint sah die Glocke des Konstrukteurs, in Stahlkeramik und Komposit ein sich schnell ausdehnendes, spinnennetzartiges Muster aus dünnen Linien, wie Bruchlinien in Glas.

»Anomalie«, sagte der Cheftechniker, rief noch einmal: »Anomalie!«, um das Heulen des Konstrukteurs zu übertönen.

Dann wurde es still.

So still, dass Quint das wilde Hämmern seines Herzens hörte, und das Rauschen des eigenen Bluts in den Ohren.

Und ein Knistern, das vom Konstrukteur stammte.

Der Sicherheitsintellekt hatte Gravitationsmotoren und Zapfer stillgelegt, aber die Veränderung der Glocke dauerte an. Das Netzmuster der Bruchlinien breitete sich aus, und aus Blau und Silber wurde stumpfes Grau. Staub begann zu rieseln, und der Konstrukteur schrumpfte. Er verlor an Größe und Breite, wich von den Wänden zurück.

Nach etwa einer Minute erinnerte nur noch Staub an ihn.

Die Stimmen der Techniker hallten durch die Höhle. Tyrik Quint hörte sie, aber die Worte erreichten ihn nicht. Er begriff, was gerade geschehen war.

Er hatte eine Botschaft erhalten.

Omni wusste *doch* alles und hatte ihn gewarnt.

Komplikationen, dachte Aurelius. Manchmal kam es zu Knoten im komplexen Gewebe der Wahrscheinlichkeit, hervorgerufen von Entwicklungskräften, die aus verschiedenen Richtungen – und, um die Sache noch komplizierter zu machen, auch aus verschiedenen Zeiten – auf die Muster des Geschehens einwirkten. Eine dieser Komplikationen führte dazu, dass das Warten sich hinzog.

Eigentlich hatte er nicht mehr als zwei Tage auf Caledonia Vier verbringen wollen, doch als der Entführer auch in der zweiten Nacht nicht erschienen war, hatte Aurelius entschieden, den Administrator um eine Verlängerung seines Aufenthaltes zu bitten. Tyrik Quint, der bei dem kurzen Gespräch ein wenig mitgenommen ausgesehen hatte, war sofort bereit gewesen, auf seinen Wunsch einzugehen. »Meine Sommerresidenz steht Ihnen zur freien Verfügung«, hatte er bereitwillig gesagt. »So lange Sie wollen.«

An seinem fünften Tag auf Caledonia Vier empfing Aurelius ein Signal aus seinen Kontinua und wusste, dass die Wartezeit zu Ende ging. Er saß auf einer Bank am Ufer des jadegrünen Sees, im Licht der an diesem Tag überraschend warm scheinenden Sonne, betrachtete das Glitzern auf dem Wasser und dachte, wie so oft, über den Sinn des Lebens nach, als sich von der anderen Seite des Sees her jemand näherte. Der Fremde trug einen Mantel mit hochgeschlagenem Kragen und eine tief in die Stirn gezogene Mütze: ein Mensch, der sich etwas schwerfällig bewegte, als bereitete ihm jeder Schritt Mühe. Er kam von einer der anderen Villen und folgte dem Verlauf des Weges, der durch den Koniferenwald führte. Manchmal verschwand er hinter den Bäumen; an anderen Stellen überquerte er kleine Lichtungen und war deutlich zu sehen.

Aurelius betrachtete das Glitzern auf den kleinen Wellen des Sees noch etwas länger, befragte seine Kontinua und erfuhr, dass sich die Wahrscheinlichkeiten erneut etwas verschoben, was ihn zu der einen oder anderen Improvisation zwang. Sie führten in die richtige Richtung, allgemein gesehen, aber auf dem Weg dorthin entstanden mehr Kurven. Und der eine oder andere Stolperstein.

Schließlich näherte sich der Fremde der Sitzbank. »Ich habe einen langen Weg hinter mir und bin müde«, sagte er. »Darf ich mich setzen?«

Aurelius rutschte zur Seite. Der Mann trug mehrere Bioadapter, aber er erkannte ihn natürlich. »Nehmen Sie Platz, Nathan.«

Dem Ziel nahe

»Hörst du mich, Vinz?«

Forrester lag in einem warmen, weichen Nest, kein Schaum, sondern Gel. Wie viel Zeit vergangen war, wusste er nicht genau.

Er spürte die Präsenz eines zerebralen Interface. »Schiff?«, erwiderte er. »Cassandra?«

»Nein, ich bin's, Vinz, Zinnober. Ich fürchte, du musst noch etwas im Gel bleiben.«

Warum?, fragte er erstaunt, ohne Furcht oder Ärger. Das Gel fühlte sich gut an, außerhalb und auch innerhalb seines Körpers. Dass er nicht atmete, schuf kein Unbehagen. Das Gel kümmerte sich um alles. Es war angenehmer als Schaum, wie eine Rückkehr in die Geborgenheit des Mutterleibs.

»Du hast dir beide Beine gebrochen.«

»Er hat sich nicht nur die Beine gebrochen, Zinnober.« Eine andere Stimme, die des Intellekts der *Sonnenwind*. Aber sie klang anders.

»Es gibt außerdem noch ein paar Schrammen, Vinz. Ein Fragment des Asteroiden hat uns getroffen, ein kleiner Trabant, wenn ich es richtig verstanden habe. Wir hatten Glück im Unglück, sozusagen, denn der Sprawler blieb intakt.«

Forrester versuchte zu verstehen. Wir sind beschädigt?, fragte er.

»*Du* bist beschädigt«, antwortete Zinnober. »Und die *Sonnenwind*. Wir haben es bis zum Tryggwe-System geschafft und ...«

Wir sind da?, fragte Forrester.

»Wir haben dich aus dem Beschleunigungsschaum geholt,

in Heilgel gelegt und versucht, dich zu behandeln«, fuhr Zinnober fort. »Cassandra hat mir mit dem Induktor medizinisches Wissen übertragen, aber ... ich fürchte, es reicht nicht. Einen Teil davon habe ich schon wieder vergessen.«

»Ich kann die Medo-Daten nur in ihr Kurzzeitgedächtnis übertragen«, sagte der Intellekt. »Dort lassen sie sich nicht verankern. Zinnober ist mir eine große Hilfe, aber ...«

Das Heilgel dämpfte Forresters Empfindungen; dennoch fühlte er plötzliche Sorge. Was ist mit ihr?, fragte er. Ist sie ebenfalls verletzt worden?

»Nein, Vinzent, nur du bist betroffen«, sagte Cassandra. »Ich habe eine Navigationsschwinge und einen Teil des Rumpfes verloren. Dabei wurde die Schaumkammer beschädigt. Du hast dich an der falschen Stelle befunden. Es war ... Zufall.«

Zufall, dachte Forrester. Dann fragte er: Ist das der Grund, warum du anders klingst? Wegen der Beschädigungen?

»Du befindest dich in einem orbitalen Hospital über Caledonia Vier, Vinzent. Zinnober ist bei dir, sie weicht nicht von deiner Seite. Die ›Schrammen‹, von denen sie eben gesprochen hat, sind innere Verletzungen, die an Bord der *Sonnenwind* derzeit nicht behandelt werden können. Du hörst mich über eine verschlüsselte Ansible-Verbindung; die gewöhnlichen Kommunikationskanäle werden von den Leuchtfeuer-Intellekten überwacht. Ich habe euch beide mit Bioadaptern ausgestattet und neue Identer eingepflanzt. Eure wahre Identität dürfte also nicht sofort entdeckt werden. Aber verlasst euch nicht zu sehr darauf. Noch etwas, Vinzent. Die Leuchtfeuer-Mediker werden versuchen, deinen Gedächtnisinhalt mit einem modifizierten mentalen Induktor zu erfassen. Sie stehlen die Erinnerungen aller Patienten, die sie behandeln, das machen sie immer – Leuchtfeuer handelt auch mit Daten und Informationen. Ich muss dein Gedächtnis vor fremdem Zugriff schützen, und wie gesagt, der Leistungsfähigkeit meines Induktors sind Grenzen gesetzt. Hinzu kommt die beschränkte Bandbreite des biometrischen Datenkanals, der meinen Induktor mit dem kleinen Hirnscanner verbindet, den Zinnober mitgenommen hat.«

Was bedeutet das?

»Es bedeutet, dass es ein wenig unangenehm für dich werden könnte. Aber wir kriegen das schon hin.«

»Ich bin bei dir«, sagte Zinnober. »Ich helfe dir.«

Etwas berührte Forrester, nicht seinen Körper, nicht die gebrochenen Beine und die »Schrammen«, sondern etwas tief in seinem Innern, vielleicht seine Seele. Etwas kratzte daran, etwas stach und schabte, fand eine kleine Lücke, einen Riss, und bohrte sich hinein.

Arme wie aus Eisen schlangen sich um seinen inneren Kern, drückten zu und quetschten die Gedanken zusammen, so dicht, dass sie sich nicht mehr bewegten, dass er nicht mehr denken konnte.

31 Das Hospital über Caledonia Vier gehörte zu einem orbitalen Komplex, der aus einer Raumstation mit siebzehn Hauptmodulen bestand, einem Habitat mit vier Rotationszylindern, jeder von ihnen zehn Kilometer lang, und zwei Werften, eine für Sprawlschiffe und die andere für Sprungschiffe – sie konnte selbst Horati-Segler instand setzen und erweitern. Jetzt schwebten dort mehr als hundert klobige, dickbäuchige Schiffe, ihre Flanken rund, wie glatt poliert, die wenigen Kanten Teil von aerodynamischen Erweiterungen. Gravitationsanker hielten sie an der Peripherie des großen Orbitalkomplexes, in den Wartungs- und Anlegebuchten war kein Platz mehr für sie.

»So viele Schiffe«, staunte Zinnober und deutete durchs Panoramafenster nach draußen ins All. »Sind sie alle wegen der Zeremonie hier?«

»Nein.« Forrester verlagerte vorsichtig sein Gewicht vom einen geheilten Bein aufs andere und erinnerte sich an die Daten über das Tryggwe-System, die er noch während des

Fluges zum Parakosmiker Trifon Corneille abgerufen hatte. »Das sind Ernteschiffe. Leuchtfeuer hat sie aus den Wolkenmeeren von Caledonia zurückgerufen. Das ist erstaunlich, wenn man die große wirtschaftliche Bedeutung des Wirkstoffs bedenkt, der aus den Gehirnen der gejagten Wasserstoffmedusen gewonnen wird. Ich nehme an ...«

Zinnober sah sich um und senkte die Stimme, obwohl viele Passagiere und Gäste in der Nähe standen und laut miteinander sprachen. »Der Reisende?«

»Könnte sein.« Forrester sprach ebenfalls leise. »Vielleicht ist er deshalb nach Caledonia Vier gekommen. Um Leuchtfeuer aufzufordern, die Jagd auf die Medusen einzustellen. Die Frage lautet: Ist er noch hier? Wir sind eine Woche zu spät dran.«

»Da ist die *Sonnenwind*!« Zinnober zeigte erneut nach draußen.

Die Rotation des Habitatzylinders brachte sie in Sicht: eine zerbrochene Blume, die in einem der kleineren offenen Wartungshangars von Werft Eins schwebte. Bots umschwirrten sie wie Insekten auf der Suche nach Nektar.

»Hoffentlich geht es Cassandra gut«, sagte Zinnober.

Forrester hob eine Hand zum Kopf, als die bohrenden Schmerzen zwischen den Schläfen stärker wurden. Ihm ging es nicht gut, seit der Intellekt sein Gedächtnis mit einem defekten Induktor blockiert hatte. Er hoffte inständig, dass die Prozedur erfolgreich gewesen war. Wenn sich den LF-Medikern eine Möglichkeit geboten hatte, ihm seine Erinnerungen zu stehlen oder auch nur einige von ihnen, nützte die Bioadapter-Tarnung nichts. Außerdem kannte Forrester einige Codes – zum Beispiel den des lokalen Depots –, von denen er nicht wollte, dass andere Leute Kenntnis davon erhielten. Und dann war da noch der Likotha. Wenn er ebenfalls das Tryggwe-System erreicht hatte, wenn es ihm irgendwie gelungen sein sollte, der *Sonnenwind* nach dem erzielten Treffer durchs Sprawl bis hierher zu folgen, und wenn er sich Zugang zu Leuchtfeuers Datensystemen verschaffte und dort

Informationen fand, die dem Gedächtnis eines bestimmten Patienten entnommen waren ...

»Die Techniker werden versuchen, den Intellekt zu scannen, um an die Schlüssel für die Datenbanken zu gelangen«, sagte Forrester. »Damit ist bei vielen Korporationen zu rechnen. Aber Cassandra weiß sich zu schützen.«

»Cassandra ist beschädigt«, sagte Zinnober. »Ich meine, sie ist verletzt.«

»Ihre Sicherheitsalgorithmen sind weitgehend intakt. Sie wird sich schützen und mithilfe der Molekülarchitekten selbst reparieren. Es dauert nur eine Weile.«

Sie wandten sich vom Panoramafenster ab und gingen am Rand der parkartigen Landschaft entlang, die sich im Habitatzylinder erstreckte. Immer mehr Gäste kamen durch die Schleusen, versammelten sich auf Lichtungen und Aussichtsterrassen, die meisten von ihnen Menschen aus dem Tryggwe-System, aber auch nonhumanoide Besucher in Ambientalblasen, unter ihnen Steynper aus der Kolonie im antarktischen Meer von Caledonia Vier. Sie alle beobachteten, wie sich die Zeremonie der Takai ihrem Höhepunkt näherte. Dutzende von schmetterlingsartigen Geschöpfen stiegen von den höchsten Bäumen auf, schlugen mit halb durchsichtigen, metallisch glänzenden Schwingen – die meisten schimmerten safrangelb und saphirblau, aber Forrester entdeckte auch einige Farbtöne, die ihn an Zinnobers Haar und ihre Augen erinnerten – und umkreisten etwas, das wie eine aus leuchtenden Edelsteinen erbaute Kutsche aussah, die sich in einer Höhe von etwa hundert Metern drehte. Seltsame Töne zogen durch das Habitat, manche von ihnen schrill, andere dumpf, ein Brummen aus den Domänen des Infraschalls.

»Das ist ... Musik?«, fragte Zinnober.

»Nein«, sagte Forrester. »Es ist Gesang. Die Takai singen.«

»Und dies soll eine Bestattung sein? Davon hast du gesprochen, nicht wahr? Die Takai haben ihre Reise hier bei Caledonia Vier unterbrochen, um Abschied von einem Toten zu nehmen. Aber der Gesang klingt fröhlich.«

Zinnober lächelte, als sie die Schmetterlingswesen und ihren Tanz über den Bäumen und kleinen Seen des Parks beobachtete, der nicht nur den Boden bildete, sondern auch den nahen Himmel des Habitats. Der Zylinder drehte sich, und die Drehung schuf Zentrifugalkraft, die alles an die Innenwände des Rotationszylinders drückte. Auf diese Weise entstand ein Äquivalent von Schwerkraft, ohne den Einsatz von energiehungrigen Gravitationsmotoren.

Forrester wusste, was Zinnober sah: ätherische Feengeschöpfe mit puppenartigen, zarten Gesichtern und großen Augen. Sie sah Schönheit und Anmut, und der Gesang, die seltsame Mischung aus sehr hohen und tiefen Tönen, verstärkte den Eindruck. Er sagte nicht: Es sind Empathen. Du empfängst ihre emotionalen Signale und fühlst, was du fühlen *sollst*. Er sagte auch nicht: So schön und anmutig sie dir erscheinen mögen, es sind die dominanten Predatoren ihrer Heimatwelt und ernähren sich noch immer hauptsächlich von lebenden Tieren.

Wie sehr der Schein trügen kann, dachte Forrester. Was wir sehen, ist oft eine Fassade. Um die Wahrheit zu finden, muss man lernen, hinter die Kulissen zu blicken, hinter den hübschen Glanz und das freundliche Lächeln.

Er hätte Zinnober darauf hinweisen können, aber dann wäre der Zauber des Moments für sie verloren gegangen, und deshalb sagte Forrester nur: »Es gibt keinen Tod bei den Takai, nur Wandel, Veränderung und Wiedergeburt. Aus den Toten werden Samen des Lebens. Gleich ist es so weit.«

Der Gesang der Takai wurde lauter, und die »Edelsteine« der Kutsche – des Schreins – begannen wie kleine Sonnen zu leuchten, so hell, dass Forresters Kopfschmerzen stärker wurden und er den Blick abwenden musste. Ein »Oh!« und »Ah!« ging durch die Menge der menschlichen Zuschauer, als der Schrein mit dem toten Sippenoberhaupt darin in kaltem Feuer verbrannte und sich verwandelte, in etwas, das wie glitzernder Feenstaub zu Boden sank: Sameneier, die meisten von ihnen unbefruchtet. Doch aus einigen von ihnen würden in wenigen Wochen neue Takai schlüpfen – Sammler unter den Tanzenden machten sich daran, sie einzufangen.

»Es ist wunderschön«, sagte Zinnober verzückt.

»Wir müssen weiter«, erwiderte Forrester leise. »Dies ist ein guter Zeitpunkt für uns. Alle sind abgelenkt.«

Zinnober wandte sich widerstrebend von der Zeremonie ab, die noch lange nicht vorbei war. Vorsichtig bahnten sie sich einen Weg durch die Menge der Zuschauer, wobei sich Forrester immer wieder unauffällig umsah. Niemand schenkte ihnen mehr als beiläufige Beachtung, doch auch dieser Eindruck konnte täuschen – ein guter Verfolger wusste sich zu tarnen. Dass er draußen, bei Raumstation und Werften, kein crohanisches Schiff gesehen hatte, bedeutete nicht viel. Der Likotha konnte sein Schiff in einer höheren Umlaufbahn zurückgelassen und sich hier im Publikum versteckt haben. Vielleicht beobachtete er in diesem Augenblick, wie sich zwei Personen dem Durchgang näherten, der zu den Depotzimmern führte. Konnte er sie trotz der Bioadapter erkennen?

Als sie das offene Schott erreichten, fühlte Forrester Schwäche in den Beinen, die ihn zwang, stehen zu bleiben und sich an der Wand abzustützen.

»Was ist? Was ist?«, fragte Zinnober besorgt. Ihr Gesicht war voller, fast rund, das Haar nicht rot, sondern dunkelbraun, ebenso wie die Augen. Die Identifikationssignale des Identers unter der Haut am Hals behaupteten, dass sie Miranda Awahi hieß und von Greybound stammte. »Der Mediker hat dich gewarnt, Vinz. Du hättest noch ein oder ein zwei Tage im Hospital bleiben sollen.«

Das Pochen hinter seiner Stirn wurde lauter und heftiger, ein Dröhnen, das den Gesang der Takai übertönte. »Es geht schon«, ächzte er leise und behielt die Umgebung im Auge. Niemand achtete auf sie. Alle beobachteten den Tanz der Takai und lauschten dem empathischen Gesang.

Das Rapidwachstum hatte Forrester viel Kraft gekostet.

Die multiplen Knochenbrüche in den Beinen waren ebenso geheilt wie die »Schrammen« in seinen Eingeweiden, doch der Preis dafür war Schwäche – er brauchte noch einige Tage, um sich von der Behandlung zu erholen.

Der Bioadapter ließ ihn älter aussehen, gab ihm das Erscheinungsbild eines Mannes kurz vor dem Greisenalter, und so wirkte es nicht sehr ungewöhnlich, dass sich ein solcher Mann von einer jungen Frau stützen ließ. Sie brachten den Durchgang und die Schwelle mit dem Gravitationsübergang hinter sich. Eine halbe Minute später standen sie in einem großen, fensterlosen Raum, der zweihundert Depotzimmer enthielt. Schmale Korridore führten an grauen Kompositblöcken vorbei, die nur mit speziellen Codes geöffnet werden konnten. Die Schwäche wich aus Forrester, als sie durch den dritten Korridor schritten und sich dem Depot 3–9 näherten. Dort verharrten sie und sahen sich um. Weit und breit war niemand zu sehen. Forrester holte einen unscheinbaren Scanner hervor und warf einen Blick auf die Anzeige. Nur drei der zweihundert Depots wurden derzeit benutzt; alle anderen waren leer. Die Zeremonie der Takai zog alle Aufmerksamkeit auf sich.

Nummer 3–9 war auf den Namen Dargan Ambald registriert, Repräsentant der Korporation Oleander und deren Handelskonsul im Tryggwe-System. Genau diese Identität sendete Forresters Identer, wenn er ein Fragesignal empfing.

Er hielt den bereits programmierten Codeschlüssel vor den Scanner, und die Tür des Depots öffnete sich. Einen Moment später standen sie in einem etwa drei mal drei Meter großen Raum, ausgestattet mit Kommunikationsanschlüssen, Datenbankterminals und Sicherheitsfächern für die Verwahrung von Gegenständen und Informationen. Hinter ihnen schloss sich die Tür, und es wurde still.

»Ich höre den Gesang nicht mehr«, sagte Zinnober traurig.

»Hier sind wir abgeschirmt. Wir hören nichts, und niemand hört uns.« Forrester holte noch einmal den Scanner hervor, prüfte erneut die Anzeige und nickte zufrieden. Er ließ das kleine Gerät eingeschaltet auf dem nahen Tisch liegen, setzte sich auf den einfachen Stuhl der Hauptkonsole und gab den Zugangscode ein. Sofort erschienen virtuelle Kontrollen vor ihm.

»Ich begrüße Sie, Dargan Ambald«, ertönte eine Stimme. »Wie kann ich zu Diensten sein?«

»Ich brauche ein zerebrales Interface«, sagte Forrester.

»Wird zur Verfügung gestellt.«

Ein Fach öffnete sich, darin zwei Mentalsensoren. Forrester nahm sie und drückte sie an die Schläfen, wo sie haften blieben. Aus dem dröhnenden Pochen der Kopfschmerzen wurde ein Stechen wie von heißen Nadeln.

»Es erstaunt mich ein wenig, dass Benedikt die Codes noch nicht geändert hat«, sagte Forrester. »Vielleicht hat er sich zunächst auf die wichtigsten Depots beschränkt.«

»Weiß er von diesem Ort?«

»Gute Frage. Vielleicht hat er gar keine Ahnung, dass dieses Depot existiert. Es wäre durchaus möglich, dass Nathan ihm nicht alles übergeben hat.« Er dachte: Verbindung herstellen!

»Verbindung wird hergestellt.«

»Vinz ...«

Er hörte Zinnobers Stimme, aber sie war nun leiser, schien aus größerer Entfernung zu kommen.

»Ja?«

»Es ist so still hier drin. Während du die Daten abfragst ... Kann ich mir nicht den Gesang der Takai anhören? Und gibt es eine Möglichkeit, sie zu sehen, hier drin?«

Forrester verwandelte die Fragen in eine Anweisung für den Depotintellekt. Ein dreidimensionales Holofeld bildete sich und zeigte den Park des Habitats, die immer noch über den Baumwipfeln tanzenden Takai. Ihr Gesang, schrill und dumpf, zog durch den kleinen Raum.

»Ich hoffe, es dauert nicht lange. Hab Geduld.« Forrester schloss die Augen. Es kann losgehen, dachte er.

32 Die Datenräume des Tryggwe-Systems öffneten sich für ihn. Kognitive Assoziation bescherte ihm das Gefühl, in einem gewaltigen Ozean aus Daten und Informationen zu ertrinken, und für einen Moment schloss Forrester auch die inneren Augen. Die Kopfschmerzen halfen ihm nicht dabei, sich zu konzentrieren. Ein Gedanke in ihm flüsterte: Eine Woche ist vergangen. Wie soll ich ihn finden?

»Bereitschaft«, meldete das zerebrale Interface.

Forrester rief einen weiteren Code aus seinem Gedächtnis, ließ ihn durch winzige Löcher in der mentalen Barriere schlüpfen, die Cassandra mit dem Induktor geschaffen hatte, um ihn vor den Erinnerungsdieben im Hospital zu schützen. Diesen Code schickte er ins zerebrale Interface und aktivierte damit den Datencrawler, geschaffen von den Infonauten der Agentur: ein kleiner Intellekt, als gewöhnliches Datenpaket getarnt, wie sie zu Abermillionen durch die Kommunikationskanäle und Datenverbindungen des Tryggwe-Systems reisten. Er bestand vor allem aus Suchalgorithmen, die dazu dienten, bestimmte Informationen zu finden, einzelne Tropfen inmitten des Ozeans, in dem Forrester jetzt nicht mehr ertrank, sondern schwamm und tauchte. Erneut hörte er Zinnobers Stimme in der Ferne, aber ihre Worte waren nur ein leises Rauschen ohne Inhalt.

Ein Mann von der Erde, dachte er und richtete diese Gedanken nicht an den Intellekt des Depots, sondern an den aktivierten Datencrawler. Mit besonderer Biosignatur, die jedoch getarnt sein könnte. Er hat Caledonia Vier vor einer Woche erreicht. Forrester überlegte, geplagt von Kopfschmerzen. Ein Reisender, fügte er hinzu. Ein *spezieller* Reisender. Suchfilter: besondere Merkmale der auf Caledonia Vier eingetroffenen Besucher von Außenwelt. Individuelle Auffälligkeiten. Ich suche eine Person, die anders ist als alle anderen, die das Tryggwe-System während der letzten zehn Standardtage erreicht haben.

Der Rückruf der Ernteschiffe aus den Wolkenmeeren des Gasriesen Caledonia fiel ihm ein. Für eine solche Anweisung kam nur jemand mit planetaren oder systemweiten Befugnissen infrage. Der Administrator von Caledonia Vier beziehungsweise des Tryggwe-Systems.

Forrester wandte sich an den Intellekt. Zeig mir den hiesigen Administrator der Korporation Leuchtfeuer!

Vor seinem inneren Auge erschien das Bild eines drahtigen kleinen Mannes mit grauem Gesicht und grauen Augen. Forrester betrachtete ihn eine Zeit lang. Der Mann hieß Tyrik Quint und gefiel ihm nicht.

Spekulative Korrelation, wandte er sich an den Crawler. Administrator Quint hat mit hoher Wahrscheinlichkeit die Anweisung erteilt, die Ernteschiffe aus der Atmosphäre des Gasriesen Caledonia zurückzuziehen, vielleicht als Folge einer Intervention des Reisenden, den ich suche. Er könnte mit der betreffenden Person Kontakt gehabt haben, vor etwa einer Woche.

Der Crawler wartete.

Mit der Suche beginnen, dachte Forrester, und die kognitive Assoziation zeigte ihm einen davonhuschenden silbernen Fisch, der schneller war als alle anderen Bewohner des Datenozeans.

Zeit verging. Forrester nutzte sie, um Informationen über den Status der *Sonnenwind* einzuholen, die in einem Wartungshangar von Werft Eins repariert wurde. Sie hieß dort *Ceren* und war persönliches Eigentum des Handelskonsuls Dargan Ambald. Die Instandsetzung erwies sich als sehr teuer und konfrontierte Forrester mit einem Problem, an das er bisher nicht gedacht hatte. Es ließ sich mit einem Wort ausdrücken: Zahlungsmittel. Er stammte nicht aus einer der wenigen Kooperativen, die bereits ganz auf Geld verzichteten und ihren akkreditierten Mitgliedern einen angemessenen Lebensstandard garantierten, weil sie über genug Konstrukteure verfügten, mit denen sich alle benötigten Dinge in ausreichender Menge produzieren ließen – angeblich ein wichtiger Schritt auf dem Weg zu den Superzivilisationen von Omni. Von Kindesbeinen an war er mit dem allgemeinen Meritensystem in KopKo vertraut, mit der Balance von Kreditoren- und Debitorenkonten. Während seiner Tätigkeit für die Agentur hatte er genug Valuta gesammelt, um sich keine Gedanken darüber machen zu müssen, was er sich leisten konnte und was nicht. Jetzt sah die Sache plötzlich anders aus. Als er über eine verschlüsselte Verbindung auf Cassandras Datenlog zugriff, stellte er fest, dass der Intellekt alle drei ihm bekannten Valuta-Konten debitorisiert hatte, um die Bezahlung der Reparatur und der Behandlung im Hospital zu garantieren. Es gab noch ein viertes Konto, von dem Cassandra nichts wusste, für den Notfall bestimmt, und vielleicht war Forrester schon bald gezwungen, darauf zuzugreifen – ein Gedanke, der ihm ganz und gar nicht gefiel. Von der Agentur durfte er keine Unterstützung erwarten; Benedikt würde alles vermeiden, das ihn irgendwie in Verbindung mit Forrester und der Entführung des Zehntausendjährigen bringen konnte, die erst noch stattfinden musste.

Dass die Valuta nicht von einem Geschäftskonto der Korporation Oleander stammte, schien weder Werft noch Hospital zu stören. Forrester suchte nach Hinweisen darauf, dass jemand an der Identität von Dargan Ambald zweifelte, fand jedoch keine. Selbst im Hospital, wo man die Bioadapter erkannt haben musste, schien niemand Verdacht geschöpft zu haben; vielleicht sah man in ihnen ein Zeichen für die Eitelkeit eines altes Mannes. Aber wenn jemand suchte und einen Crawler schickte, der gar nicht so leistungsfähig sein musste wie jener, den Forrester benutzte ... Er stellte sich vor, wie der Likotha, der es vor allem auf Zinnober abgesehen hatte, einen einfachen Algorithmus in die Datennetze des Tryggwe-Systems schickte: Ich suche zwei Personen, einen Mann und eine Frau, vielleicht verletzt, vor kurzer Zeit eingetroffen mit einem beschädigten Schiff ... Es genügte, bei Werften und Hospital nachzufragen. Von Bioadaptern und falschen Identern ließ sich der Likotha bestimmt nicht täuschen. Vielleicht war er in diesem Augenblick irgendwo dort draußen unter den Zuschauern im Habitat und wartete auf eine günstige Gelegenheit.

Noch mehr Zeit verging. Der Gesang der Takai erreichte Forrester aus der körperlichen Welt, begleitet von empathischen Signalen, die ihn streichelten, ihm Wohlbefinden vermittelten. Auf diese Weise, wusste er, lähmten die Takai den Fluchtreflex ihrer Opfer, die vor Wonne zitterten, kurz bevor sie verschlungen wurden. Die Kopfschmerzen kehrten zurück, ein dumpfer Trommelschlag, und Müdigkeit begleitete ihn.

Der Crawler suchte noch immer.

Forresters Gedanken schlichen davon, jeder in eine eigene Richtung. Er ließ sie gewähren, er konnte sie gar nicht festhalten.

Bis schließlich ...

Nach einer Weile – er hatte geschlafen! – öffnete er das innere Auge, das mit dem zerebralen Interface des Depots verbunden war, und sah einen unscheinbaren Mann in mittleren Jahren.

Was?, dachte er benommen.

»Ein Reisender ohne Gepäck«, teilte ihm der Depotintellekt mit. »Ein Humanoide, offenbar ohne Magen und ohne Geschlechtsteile, die Daten des Bioscans sind nicht schlüssig. Er traf vor einer Woche ein und bat bei der Einreisekontrolle um ein Gespräch mit Administrator Tyrik Quint.«

Forrester beobachtete den Mann, sah sich sein Gesicht an, die Augen. Kein Magen? Wie ernährte sich jemand ohne Magen?

»Unbekannt«, sagte der Intellekt.

Und ohne Geschlechtsteile?

»Nach den unvollständigen Daten des Bioscans fehlt auch ein Anus«, fügte das Depot hinzu. »Ohne Magen gibt es auch keine Ausscheidungen.«

Und das Alter lässt sich nicht feststellen?, fragte Forrester.

»Einige Körperzellen scheinen nur wenige Jahre alt zu sein, andere mehrere Hundert. Unschlüssige Biodaten«, betonte der Intellekt noch einmal.

Woher kam er?, dachte Forrester, während sich der unscheinbare Mann vor seinem inneren Auge drehte. Als er erneut das Gesicht sah, schienen die Lippen ein Lächeln anzudeuten. *Wohin will er?*

»Unbekannt. Er erreichte Caledonia Vier mit dem Transitschiff *Alonia*. Wo er an Bord kam, bleibt unklar, da die Datenbanken des Schiffes keinen entsprechenden Eintrag enthalten. Offenbar wurde er gelöscht. Über das Reiseziel gibt es keine Informationen.«

Welchen Namen hat er genannt?

»Aurelius.«

Argwohn regte sich in Forrester. Ihm steht Omni-Technik zur Verfügung. Er hätte sich vor einem Bioscan schützen können. Und warum hat er seinen richtigen Namen genannt?

»Warum hätte er einen anderen Namen nennen sollen?«

Ja, warum?, dachte Forrester in seiner vom zerebralen Interface erweiterten Innenwelt. Die Benommenheit verflüchtigte sich allmählich, löste sich auf wie Nebel im ersten Sonnenschein des Morgens. *Niemand weiß, wer er ist. Niemand hat ihn erwartet. Abgesehen von mir.*

Und doch ... Der Zehntausendjährige hatte keinen ernsthaften Versuch unternommen, seine wahre Identität zu verbergen. Sie wurde ersichtlich für jemanden, der wusste, wonach es Ausschau zu halten galt. Er schien sogar bestrebt gewesen zu sein, es einem Suchenden leicht zu machen. Welche Schlüsse mussten daraus gezogen werden?

Man könnte meinen, dass er gefunden werden wollte, dachte Forrester.

»Spekulation«, kommentierte der Depotintellekt und wartete auf weitere Anweisungen.

Noch ein Punkt zu klären. Offenbar hat Administrator Quint den Reisenden empfangen und nach dem Gespräch mit ihm befohlen, alle Ernteschiffe aus der Atmosphäre des Gasriesen zurückzurufen. Kannst du feststellen, wo die Begegnung stattgefunden hat und an welchem Ort sich Aurelius jetzt befindet?

»Die Begegnung fand in der schwimmenden Stadt namens Juwel statt, in der zentralen Administration von Leuchtfeuer. Administrator Quint hat Aurelius in seiner Sommerresidenz auf einer abgelegenen Insel untergebracht. Hier sind die Koordinaten ...«

Ist er immer noch dort?

»Die letzte Bestätigung seiner Präsenz durch die lokalen Datensysteme erfolgte vor zwei Tagen«, antwortete der Intellekt.

Ist er abgereist?, fragte Forrester. Hat er Caledonia Vier verlassen?

»Es gibt keine entsprechenden Informationen.«

Jetzt wusste er, wo er Aurelius suchen musste. Zerebrales Interface aus, dachte Forrester.

Die innere Welt schrumpfte. Aus dem Datenmeer-Fisch der kognitiven Assoziation wurde ein Mensch, der die Augen öffnete.

»Hast du gehört?«, fragte er mit krächzender Stimme. Forrester räusperte sich und drehte den Kopf. »Ich weiß, wo sich Aurelius befindet.«

Er bekam keine Antwort.

Zinnober war nicht mehr da.

Kaltes Feuer

33 Er rief sie in der Stille des Saals mit den Depotzimmern. Er rief ihren Namen laut genug, um den Gesang der Takai zu übertönen, der noch immer aus dem Habitat klang, und einige Personen, die den Tanz der Schmetterlingswesen im Rotationszylinder vom nahen Korridor aus beobachteten, drehten sich zu ihm um. Sie sahen einen alten Mann, fast einen Greis, der verwirrt zu sein schien, mit unsicheren Schritten an den Depots entlangwankte, dann aber schneller und agiler wurde, als legte er mit jedem neuen Schritt mehr von der Bürde des Alters ab. Sie beobachteten, wie er an ihnen vorbeilief, das Gesicht voller Sorge, mit suchendem Blick.

Forrester sprang über die Schwelle mit dem Gravitations-übergang, erreichte den Rand des Parks und rief erneut Zin-nobers Namen, was ihm verärgerte Blicke der Zuschauer einbrachte. Er achtete nicht darauf, lief weiter und bahnte sich einen Weg durchs Publikum, behindert vom Bioadapter. Er blickte an den Wänden des Habitats hoch, wo Menschen und andere Besucher horizontal zwischen horizontalen Bäumen standen, von der Zentrifugalkraft an Ort und Stelle gehalten. Instinktiv hielt er nach rotem Haar Ausschau, bis ihm einfiel, dass Zinnober anders aussah: Haar und Augen waren durch ihren eigenen Bioadapter dunkelbraun geworden. Wie dumm von ihm, dass er sie nicht gewarnt hatte! Und dass er während der Verbindung mit dem zerebralen Interface eingeschlafen war. Wie lange hatte sie gewartet? Eine halbe Stunde? Eine ganze? Irgendwann hatte sie es nicht mehr ausgehalten und sich vom empathischen Gesang der Takai dazu verleiten lassen, ins Habitat zurückzukehren.

Wo vielleicht der Likotha wartete.

Er stieß eine Frau beiseite, die ihn groß anstarrte, wie jemanden, der den Verstand verloren hatte, und erreichte eine weitere Lichtung, auf der mehrere kleine Takai damit beschäftigt waren, Sameneier des in kaltem Feuer verbrannten Sippenoberhauptes einzusammeln. Ein Mann versuchte ihn festzuhalten, vielleicht der Begleiter der Frau, aber Forresters Faust fand ein weiches Ziel, und der Mann ging zu Boden.

»Zinnober!«, rief er und störte damit den empathischen Gesang der Takai. Das Publikum reagierte mit Ärger. Forrester begriff: Er warnte den Likotha; er machte ihn auf sich aufmerksam.

Er zwang sich, nicht mehr zu laufen, sondern zu gehen, langsam einen Fuß vor den anderen zu setzen. Nach einigen Dutzend Schritten erreichte er einen weißen Zeremonienturm, errichtet von den Takai, geschmückt mit Bildnissen, die vor allem aus Ecken und Kanten bestanden, und mit Schriftzeichen aus Strichen und Punkten. Er wollte erneut rufen, hatte den Mund bereits geöffnet, doch dann dachte er: Reiß dich zusammen, Vinz! Du solltest wissen, dass es keinen Sinn hat, überstürzt zu handeln.

Neben dem Turm, in der Nähe von zwei ovoiden, mit violettem Gas gefüllten Ambientalblasen blieb er stehen und rief sich ins Gedächtnis, was er über die Likotha wusste. Die Erinnerungen waren blockiert, verknotet von einem Induktor, der nicht richtig funktioniert hatte, und halb zerrissen von stechenden Kopfschmerzen.

Forrester schloss die Augen und dachte an Javaid.

Die Likotha waren intelligente Avianen und zählten damit zur sechsten Großen Spezies, den Reptilia. Sie lebten im Hochland von Harai, in »Schwärme« genannten Gemeinschaften, und hatten eine prätechnologische Kultur entwickelt, als die crohanischen Kolonisten vor tausend Jahren nach Javaid gekommen waren. Ein Konflikt mit den Crohani, von ihnen »Zwist« genannt, hatte die Likotha fast vollstän-

dig ausgelöscht. Der Grund dieses Konfliktes war letztendlich Angst gewesen: Die Crohani hatten sich vor den besonderen Fähigkeiten der vogelartigen Geschöpfe im Hochland
von Harai gefürchtet, denn die anderthalb Meter großen und
Schleiereulen ähnelnden Likotha waren Psioniker.

»Geht es Ihnen gut nicht?«, fragte jemand undeutlich.

Forrester hob die Lider und sah ein Gesicht mit Schuppen
und Augen, die aus Hunderten von winzigen Stäben bestanden. Ein Drakna. Seine Stimme klang wie das Zischen einer
Schlange.

Er schüttelte den Kopf und schloss die Augen wieder.

Javaid, dachte er. Das Hochland von Harai. Die Likotha. Zinnobers Vorfahren hatten sie damals beim Zwist fast völlig
ausgerottet, bevor sie feststellten, dass sie die Avianen *prä-
gen* und damit von sich abhängig machen konnten. Am
dritten Tag nach dem Schlüpfen empfangene Schlüsselreize
bestimmten nicht nur das Verhaltensrepertoire der betreffenden Likotha, sondern auch ihr Denken und Fühlen. Die
Person, von der die Schlüsselreize ausgingen, wurde von
ihnen ihr Leben lang als maßgebliche Autorität anerkannt.
Diese Manipulation kurz nach der Geburt machte die Likotha
zu willfährigen Werkzeugen des Duka und seiner Vertrauten,
die sie manchmal als PSI-Soldaten und Assassinen einsetz-
ten.

Etwas berührte Forrester an der Schulter, ein Arm, eine
Hand oder vielleicht ein Tentakel. Er hatte sich gerade übergeben, merkte er, er würgte noch immer. Mehrere Personen – vage Gestalten, Schatten und Schemen – waren zurückgewichen. Ein Bot näherte sich, ein Reinigungsbot, der
mehrere visuelle Sensoren auf ihn richtete.

»Ihnen geht schlecht«, erklang erneut die undeutliche
Stimme, die aus dem schuppigen Gesicht kam. »Sie Hilfe
brauchen.«

Forrester stieß den Arm – oder den Tentakel – beiseite und
versuchte sich zu konzentrieren. Vielleicht lag es am empathischen Gesang der Takai. Konnte ihn die Behandlung mit

dem defekten Induktor dafür sensibilisiert haben? Oder steckte der Likotha dahinter? Gingen Schwäche und Übelkeit auf einen psionischen Angriff zurück?

Psioniker, dachte Forrester. Eine der wenigen bekannten Spezies, die mit »übersinnlichen« Fähigkeiten ausgestattet waren. Telekinese. Telepathie. Teleprojektion. Und so weiter. Vielleicht sogar Teleportation. Er erinnerte sich daran, dass er auf Javaid eine geistige Tarnkappe – einen mentalen Scrambler – getragen hatte, damit die Likotha nicht seine Absicht erkannten, den Talisman des Duka zu stehlen. Eine Vorsichtsmaßnahme, die vielleicht gar nicht nötig gewesen wäre, denn er war auf Javaid nie einem Likotha begegnet.

Teleportation, dachte er. Sich allein mit der Kraft der eigenen Gedanken an einen anderen Ort bringen. Als hätte man ein Sprungtriebwerk der Ingis im Kopf. Konnten die Likotha jemanden mitnehmen, wenn sie teleportierten? Hatte der Verfolger Zinnober auf diese Weise entführt?

Er blinzelte, vor den Augen von Schmerz geschaffene Schleier, und stellte fest, dass er auf dem etwa sieben Meter hohen Zeremonienturm stand. Die Zuschauer unten auf der Lichtung beobachteten ihn erstaunt, einen alten Mann, der sich plötzlich in einen agilen Kletterer verwandelt hatte. Forrester betrachtete seine Hände, aufgerissen von den scharfen Kanten der Bildnisse, die ihm auf dem Weg nach oben Halt geboten hatten. An einer Stelle löste sich das Gewebe des Bioadapters.

Vor ihm stand ein Takai, die halb transparenten saphirblauen Schwingen ausgebreitet. Das Schmetterlingswesen sagte etwas, oder vielleicht sang es, aber Forrester hörte keine Worte. Etwas lastete schwer auf Kopf und Hirn, etwas drückte mit dem Gewicht eines Berges auf jeden einzelnen Gedanken.

Er blickte nach oben, zum Himmel des Habitats, der ebenfalls aus Wald, Wiesen und kleinen Seen bestand. Und dort, vor dem Hintergrund des glitzernden Wassers eines lang gestreckten Sees, sah er zwei Gestalten, die nicht mit Takai-

Flügeln flogen, sondern mithilfe eines Gravitators. Zinnober und ihr Entführer? Forrester konnte keine Einzelheiten erkennen, aber plötzlich war er sich sicher. Vermutlich wollte der Likotha das Habitat auf der anderen Seite verlassen und zu seinem Schiff gelangen, um Zinnober nach Javaid zurückzubringen. Wie viel Zeit blieb, ihn daran zu hindern? Zeit genug, um die *Sonnenwind* zu erreichen? Aber selbst wenn Forrester rechtzeitig zu ihr gelangte ... Sie wurde noch repariert, nicht wahr? Wahrscheinlich ließ sie sich nicht schnell genug startklar machen, also musste er sich ein anderes Schiff beschaffen, eine kleine, schnelle Jacht genügte, ein Miet- oder Pachtvertrag nach dem Standardmodell, innerhalb weniger Minuten abgeschlossen, ob die Valuta, die ihm noch zur Verfügung stand, wohl reichte, nein, wahrscheinlich nicht, für den Zugriff auf das Notfallkonto brauchte er einige Stunden, vielleicht sogar ein oder zwei Tage, und als Handelskonsul Dargan Ambald konnte er gar keine Verträge abschließen, da die falsche Identität einer genauen Überprüfung nicht standhielt, was bedeutete ...

Forrester erbrach sich erneut. Er krümmte sich zusammen und würgte, aber kaum mehr als bitterer Speichel verließ seinen Mund. Der Takai rief etwas, schlug mit den blauen Flügeln und stieg auf, ohne dass der Druck in Forresters Kopf nachließ.

Drei Bots schwebten dem Turm auf karmesinroten Gravkissen entgegen. Einer von ihnen sagte: »Sie haben gegen die lokalen Vorschriften verstoßen und stehen unter Arrest.«

Nein, das durfte nicht geschehen, er brauchte seine volle Bewegungsfreiheit, wenn er verhindern wollte, dass Zinnober verschleppt und nach Javaid zurückgebracht wurde.

»Geschwächter Zustand«, sagte ein anderer Bot. »Diagnose: Konfusion. Behandlung erforderlich.«

Ein Quieken errang Forresters Aufmerksamkeit, vielleicht ein Wimmern, und ein Wort, das wie »Hilfe!« klang. Es kam aus seinem Hals, dieses Wort, es musste seine eigene Stimme sein. Aber wen rief er um Hilfe?

Ein Schleier wich, geistiger Nebel löste sich auf. Der Kommunikator! Wieso hatte er nicht an den Kommunikator gedacht? Die Stimme kam nicht *aus*, sondern *von* seinem Hals.

Forrester hob die Hand zu dem kleinen Gerät. »Zinnober?«

Wie konnte er den Kommunikator vergessen haben? Und was war mit seinen Gedanken los? Es schienen sich fremde daruntergemischt zu haben, und hinter dem Vorhang aus pochenden Kopfschmerzen verbanden sie sich mit den eigenen, ließen sich kaum mehr von ihnen unterscheiden.

Wieder kam eine Stimme aus dem kleinen Kommunikator am Hals. »Vinz, ich wollte nicht ...«

»Zinnober!«, schrie er.

Der Likotha hatte seine Schwäche ausgenutzt. Telepathische Projektion, dachte ein abgedrängter klarer Rest von Forrester, während er sich hastig an den Abstieg machte. Er wollte mich in diese Situation bringen, damit ich ihm nicht folgen kann.

Etwas brannte in Forrester, ein Feuer kalt wie jenes, das vor kurzer Zeit ein Sippenoberhaupt der Takai verschlungen hatte. Entzündet von einem Likotha, verbrannte es Forresters Rationalität, und es nützte nichts, dies zu wissen, denn das Feuer brannte weiter, es ließ sich nicht eindämmen.

Die spitzen Ecken und scharfen Kanten der Bildnisse an den Wänden des Zeremonienturms stachen und schnitten in die Hände. Blut quoll aus Wunden und bildete rote Flecken auf dem Weiß. Die Bots folgten ihm. Einer von ihnen sprach erneut von Arrest. Unten wichen die Zuschauer zurück. Sie beobachteten nicht mehr die singenden Takai über den Bäumen des Habitatparks, sondern den alten Mann, der am Turm herabkletterte, mehrmals abrutschte und sich im letzten Moment fing. Bis ihn einer der Bots in halber Höhe in ein Gravitationsfeld hüllte und den zappelnden, schreienden Alten forttrug.

34 »Wer sind Sie?«, fragte der Mann. »Nennen Sie mir Ihren Namen.«

»Ich bin Dargan Ambald, Handelskonsul der Korporation Oleander im Tryggwe-System«, sagte Forrester.

Der Mann auf der anderen Seite des Tisches – kein Mensch, ein Humanoide von Kornbester im Hundert-Sonnen-Haufen, mit Tätowierungen auf Wange und Stirn und kleinen schwarzen Implantaten in den grünen Augen – bewegte die dünnen Lippen, und eine InterLingua-Stimme ertönte aus dem Kehlkopf-Translator. »Nein«, sagte er. »Falls Sie es noch nicht bemerkt haben sollten: Sie tragen keinen Bioadapter mehr. Wir haben auch den falschen Identer entfernt. Wer sind Sie?«

Das kalte Feuer, es brannte noch immer in Forrester, tief unten, vielleicht an den Wurzeln seiner Seele. Es fühlte sich nicht fremd an, nicht wie die Projektion eines Psionikers, sondern wie etwas, das in ihm selbst gewachsen war.

»Wir können es herausfinden, und zwar schnell«, sagte der Mann. Die kleinen schwarzen Implantate in seinen Augen ordneten sich neu. Forrester fragte sich, was er mit ihnen sah. »Das Schiff, mit dem Sie gekommen sind und das in einem Wartungshangar von Werft Eins repariert wird ... Der Intellekt hat seine Datenbanken geschützt, aber wir könnten ihn demontieren.«

»Das würde ihn zerstören«, sagte Forrester und dachte kurz an Cassandra.

»Ja, aber wir bekämen vermutlich die Informationen, die wir wollen. So oder so, wir finden die Wahrheit heraus.«

Eine Erinnerung wurde wach, an Worte, die Nathan einmal an ihn gerichtet hatte. Er sprach sie aus. »Die Wahrheit liegt, wie die Schönheit, oft im Auge des Betrachters.«

Die Brauen des Mannes, dünn wie seine Lippen, wölbten sich. »Ein Philosoph?«

»Es sind nicht meine Worte«, sagte Forrester. »Und ja, vielleicht stammen sie tatsächlich von einem Philosophen.«

»Wie lautet Ihre Wahrheit?«, fragte der Mann. Er trug eine

schlichte Uniform mit dem Flammen-Emblem von Leucht-feuer. Wahrscheinlich gehörte er zum Sicherheitsdienst der Korporation.

Meine Wahrheit lautet, dass ich versagt habe, dachte Forrester. Ich habe die Gefahr unterschätzt. Ein unverzeih-licher Fehler. Wie konnte mir das passieren? Nicht alles war der telepathischen Projektion des psionischen Likotha zu-zuschreiben.

»Ihr Schiff hat ein Gefecht hinter sich«, fuhr der Mann fort. »Sie sind in unserem Hospital behandelt worden und haben es vorzeitig verlassen, entgegen dem Rat des zuständigen Medikers. Wer sind Sie? Was führt Sie nach Caledonia Vier? Und warum haben Sie sich im Habitat auf so ... ungewöhn-liche Weise verhalten? Als wollten Sie Aufmerksamkeit erre-gen und entdeckt werden?«

Ein intelligenter Mann, der diese Fragen stellte. Forrester kannte diesen Typ. Jemand, der es gewohnt war, Masken zu erkennen, Dingen auf den Grund zu gehen. Forrester fragte sich, wie viel von der Wahrheit er preisgeben durfte. Während er hier saß, überlegte und schwieg, verging eine Sekunde nach der anderen, und jeder verstreichende Moment vergrö-ßerte die Entfernung zwischen ihm und Zinnober. Er musste diesen Raum, wo auch immer er sich befand, so schnell wie möglich verlassen und ein Schiff finden, das ihn nach Javaid bringen konnte, bevor der Duka über Zinnobers Bestrafung entschied.

Forrester hob die rechte Hand und tastete über den Hals. Der Kommunikator war natürlich nicht mehr da.

»Ich habe mich im Habitat so seltsam verhalten, weil ich das Opfer einer psionischen Projektion geworden bin«, sagte er langsam und deutlich. Das kalte Feuer in seinem Innern, es war eine Quelle der Kraft und Entschlossenheit. Forrester merkte, wie die Schwäche aus ihm wich.

Die dünnen Brauen des Mannes kamen erneut nach oben. »Ein Psioniker? Hier bei uns?«

»Ja.«

»Und warum sollte er Sie manipulieren?«

»Weil er meine ...« Forrester zögerte, auf der Suche nach dem richtigen Wort. Ein Rest von Benommenheit haftete noch immer an seinem Bewusstsein und verlangsamte manche Gedanken. Er besann sich auf das kalte Feuer, spürte das Brodeln und die Energie darin. »Weil er meine Tochter entführt hat.«

»Meinen Sie die Frau, die angeblich Miranda Awahi heißt und von Greybound stammt?« Es lagen keine Datenfolien vor dem Mann, keine Unterlagen irgendeiner Art. Er hatte alle Informationen, die er brauchte, im Kopf.

»Es ist nicht ihr wahrer Name, und sie stammt auch nicht von Greybound, sondern von Javaid.«

»Javaid im Maquinna-System?«

»Ja.«

»Eine Welt der Crohani, vom Duka regiert.«

»Und mit einem Hochland namens Harai, Heimat einer Likotha genannten Avianen-Spezies. Ausgestattet mit psionischen Fähigkeiten.«

Der Mann auf der anderen Seite des Tisches neigte den Kopf ein wenig zur Seite und schien einer Stimme zu lauschen, die nur er hörte.

»Ich verstehe. Likotha. Psioniker. Warum wurde die Frau, die nicht Miranda Awahi heißt, von einem Likotha entführt?«

Wir verlieren Zeit, dachte Forrester. Kostbare Zeit. »Weil der Duka von Javaid sie bestrafen will. Der Likotha hat uns auf dem Weg hierher angegriffen. Daher die Beschädigungen des Schiffes und meine Verletzung. Wir haben uns mit falschen Identitäten getarnt, um nicht von ihm entdeckt zu werden.«

Der Mann sah ihn an und schwieg zwei oder drei Sekunden lang. Dann fragte er: »Warum sind Sie hierhergekommen? Wie lautet Ihr Name?«

Forrester lehnte sich auf seinem einfachen Stuhl zurück, zwang die Gedanken unter seine Kontrolle und badete sie im kalten Feuer, das ihnen Kraft und Richtung gab. Das Wichtige zuerst, alles andere beiseite. So hatte er es damals von Nathan gelernt. Wie kam er am schnellsten voran? Wer oder was konnte helfen? Den Spieß umdrehen, hatte er beim Gespräch mit Nathan in seiner Höhle auf Mayflower gesagt, mit einer Idee im Kopf, die nur einige grobe Konturen besaß.

Der Mann beobachtete ihn, mit visuellen Implantaten, die mehr sahen als gewöhnliche Augen. Er war in die Selbstsicherheit von jemandem gehüllt, der die Situation völlig unter Kontrolle hatte.

Vielleicht gab es eine Möglichkeit, diese Selbstsicherheit zu erschüttern.

»Ich möchte mit Administrator Quint sprechen.«

Zum dritten Mal wölbte der Mann die dünnen Brauen. »Und warum, wenn ich fragen darf? Warum sollte der Administrator des Tryggwe-Systems an Ihnen interessiert sein?«

»Kennen Sie die Erde?«

»Die Erde?«

»Den Heimatplaneten der Menschheit«, sagte Forrester.

»Ich habe davon gehört. Ein Mythos.«

»Die Erde ist mehr als eine Mythos. Bis vor zwei Tagen befand sich jemand auf Caledonia Vier, der von der Erde stammt. Ein zehntausend Jahre alter Mensch, ein Reisender in den Diensten von Omni. Ich nehme an, dass er mit Administrator Quint gesprochen und ihn aufgefordert hat, die Ernteschiffe aus den Wolkenmeeren von Caledonia zurückzurufen. *Deshalb* möchte ich mit Quint reden. Ich biete Informationen.«

Der Mann schwieg. Etwa dreißig Sekunden lang saß er völlig reglos, den durchdringenden Blick auf Forrester gerichtet. Dann stand er mit einer ruckartigen Bewegung auf und verließ das Zimmer wortlos.

Forrester saß still da, wartete und glaubte, das leise Ticken der verstreichenden Sekunden zu hören.

35 Dort saß der Mann, den Forrester während seiner Recherche gesehen hatte: klein und drahtig, mit grauem Gesicht und grauen Augen, die sezierten, was sie beobachteten. Auch in ihm brannte ein Feuer, erkannte Forrester, aber es war nicht kalt wie seines, sondern heiß, es verbrannte ihn innerlich. Die Flammen von hilflosem Zorn flackerten hinter seinen Pupillen. Der Mann, der das Tryggwe-System für die Korporation Leuchtfeuer verwaltete, wirkte erschöpft. Gab es einen Zusammenhang mit Aurelius?

Sie befanden sich an Bord eines Orbitalspringers. Forrester blickte aus dem Fenster des Passagierraums, den die Präsenz von zwei Botwächtern in eine Gefängniszelle verwandelte, und beobachtete die Ernteschiffe, die noch vor kurzer Zeit Wasserstoffmedusen in den Wolkenmeeren von Caledonia Vier gejagt hatten. Mehr als hundert von ihnen schwebten unter dem Springer am Rand des großen Orbitalkomplexes: große, klobige Schiffe mit glatten Flanken und aerodynamischen Erweiterungen. Tyrik Quint bemerkte seinen Blick, und für eine halbe Sekunde bildeten die Lippen des Leuchtfeuer-Administrators einen dünnen Strich. Forrester wusste den Hinweis zu deuten.

»Es hat Ihnen nicht gefallen, oder?«

»Was meinen Sie?«, erwiderte Quint. Neben ihm saß seine Assistentin – Anabelia, diesen Namen hatte sie genannt –, eine Frau, die um die vierzig zu sein schien, aber vielleicht einen Bioadapter trug, denn manchmal deuteten ihre Bewegungen auf ein höheres Alter hin. Ihre dünnen Finger ruhten auf den Kontrollen eines Aufzeichnungsgerätes.

»Dass der Reisende Sie gezwungen hat, die Ernteschiffe zurückzurufen«, sagte Forrester. Er wandte den Blick vom Fenster ab und sah Quint an.

»Wer sind Sie? Was wissen Sie über den Reisenden?«

»Ich weiß, dass er vor einer Woche auf Caledonia Vier eingetroffen ist. Und ich weiß auch, dass Sie mit ihm gesprochen und ihn in Ihrer Sommerresidenz untergebracht haben.«

»Ich frage noch einmal: Wer sind Sie? Wir wissen inzwischen, dass Ihre Erinnerungen geschützt sind. Aber der Schutz wird nicht mehr lange von Bestand sein, und wir könnten versuchen, die mentalen Barrieren einzureißen.« Quint sprach ruhig, doch Forrester fühlte den Zorn dahinter. »Es gibt Mittel und Wege, das dürfte Ihnen klar sein.«

»Anschließend bliebe nicht viel von mir übrig.«

Quint zuckte die Schultern.

Das war der schmale Grat, auf dem Forrester wandelte. Er musste dem Administrator gerade Hoffnung genug machen, damit er auf solche Maßnahmen verzichtete und ihm genug Freiraum gab.

»Ich kann Ihnen helfen«, sagte Forrester.

»Ich frage Sie zum letzten Mal, und glauben Sie mir, es ist wirklich das letzte Mal: Wer sind Sie?«

Es wurde Zeit für die Wahrheit, dachte Forrester. Manchmal war sie das beste aller Werkzeuge. »Sie möchten nicht, dass dies aufgezeichnet wird.«

»O doch, genau das möchte ich.«

»Wie Sie meinen. Mein Name lautet Vinzent Akurian Forrester. Ich arbeite für die Agentur und bin beauftragt, den Reisenden namens Aurelius zu entführen.«

Die beiden Botwächter reagierten natürlich nicht. Sie standen reglos da, starrten stumm mit ihren visuellen Sensoren und hielten nach Anzeichen von aggressivem Verhalten Ausschau; alles andere interessierte sie nicht. Die Assistentin Anabelia hob den Blick von ihrem Aufzeichnungsgerät, senkte ihn dann wieder und betätigte Kontrollen. Ein Holofeld erschien direkt vor dem Administrator und zeigte ihm Daten. Forrester vermutete, dass sie seine Identität betrafen.

Er blickte erneut nach draußen, hinab auf den Orbitalkomplex und den planetengroßen Mond darunter. Ich brauche ein Schiff, dachte er. Ein schnelles Schiff. Und ich brauche jemanden, der Druck auf den Duka ausüben und ihn daran hindern kann, Zinnober zu bestrafen. So lautete ein anderer Teil der Wahrheit. Er machte eine Waffe daraus, geschmiedet in kaltem Feuer.

»Ich könnte Ihnen helfen«, betonte Forrester erneut. »Ich könnte das Problem des Zehntausendjährigen von der Erde für Sie lösen.«

»Die Agentur schickt Sie?« Quints Augen folgten den durchs Holofeld rollenden Daten. »Benedikt?«

»Er würde es leugnen«, sagte Forrester. »Er würde alles abstreiten.«

»Und Ihre Tochter? Die Sache mit dem Likotha?«

»Sie wurde im Auftrag des Duka von Javaid verschleppt«, sagte Forrester. »Um mich unter Druck zu setzen.«

»Des Duka?«

»Er hat von dem Projekt erfahren«, sagte Forrester. Die Worte kamen jetzt schnell und glatt. Wichtig war, dass sie plausibel klangen. »Auch er will den Zehntausendjährigen.«

Eine Lüge, eingebettet in Wahrheit. Ein Köder, den Forrester verlockend baumeln ließ. Administrator Quint wäre dumm gewesen, ihn nicht zu sehen. Er beugte sich vor.

»Was weiß er? Was hat er? Was wollen Benedikt und der Duka von ihm?«

»Keine Ahnung«, antwortete Forrester ehrlich. »Aber was immer es auch ist, es scheint wertvoll genug zu sein, um gegen den Ethox zu verstoßen und einen Konflikt mit Omni zu riskieren. Wenn Sie mir helfen ... Wir könnten zusammenarbeiten.«

Quint gaffte, die Flammen hinter seinen Pupillen heller.

Anabelias dünne Finger warteten über den Kontrollen des Aufzeichnungsgerätes. Ihr Gesicht blieb leer, aber in den Schultern steckte Anspannung.

Tyrik Quint zog ihr das Gerät aus den Händen und winkte kurz. Wortlos stand Anabelia auf und verließ den Passagierraum des Orbitalspringers.

»Die Aufzeichnungen werden gelöscht«, sagte er. »Und Anabelia wird vergessen, was hier gesagt wurde. Dieses Gespräch hat für sie nie stattgefunden.«

Forrester nickte.

»Was schlagen Sie vor?«, fragte der Administrator.

Der Köder. Quint hatte ihn gesehen und beschnuppert, an ihm geknabbert und ihn dann geschluckt. Trotz aller Risiken. Weil er zu verlockend war. Ein Lächeln stieg aus den kalten Flammen in Forresters Innerem, erreichte jedoch nicht die Lippen. Es blieb dem Mann, der sich Macht und Profit versprach, verborgen.

»Sie helfen mir, und ich helfe Ihnen.«

»Was brauchen Sie, Forrester?«

Die beiden Botwächter beobachteten und hörten alles. Auch sie würden vergessen. Tyrik Quint würde ebenso wenig mit einer Aktion gegen einen Omni-Repräsentanten in Verbindung gebracht werden wollen wie Benedikt.

»Zugang zum hiesigen Depot der Agentur«, sagte Forrester. »Dort befinden sich alle Ausrüstungsgegenstände, die ich benötige.«

Die grauen Augen des kleinen Mannes sezierten noch etwas mehr. Sie schnitten tiefer und suchten nach List und Verrat.

»Ich werde einen Ort vorbereiten, wohin Sie den Zehntausendjährigen bringen können«, sagte er. »Einen sicheren Ort. Abgeschirmt. Unerreichbar für Omni.«

Dummkopf, dachte Forrester. Für Omni ist nichts unerreichbar. Man kann nur hoffen, dass Omni nicht alles weiß. Oder nicht alles sofort erfährt.

»Gut«, sagte er.

»Ich werde Ihnen jemanden an die Seite stellen«, fuhr Quint fort. »Jemanden, der Sie im Auge behält.«

»Ich arbeite allein.« Forrester stand auf. Er wollte sofort beginnen und nicht noch mehr Zeit verlieren. Die Sekunden, sie tickten schnell und laut.

»Diesmal nicht.« Tyrik Quint erhob sich ebenfalls. »Nicht bei dieser Sache. Wenn Sie meine Hilfe wollen, müssen Sie diese Bedingung akzeptieren.«

Forrester verzog das Gesicht. »Vertrauen Sie mir nicht?«

»Diese Frage ist nicht ernst gemeint, oder?«

Noch einmal Dummkopf, dachte Forrester. »Meinetwegen. Ich mache mich sofort auf den Weg zum Depot.«

An der Tür zögerte Quint. »Wo wollen Sie nach dem Zehntausendjährigen suchen?«

»Sie haben ihn bei sich untergebracht, in Ihrer Sommerresidenz.«

»Dort ist er nicht mehr«, sagte der Administrator. »Aurelius ist seit zwei Tagen verschwunden. Ich weiß nicht, wo er sich aufhält und ob er sich überhaupt noch auf Caledonia Vier befindet.«

Die Dimension des Möglichen

Der Begleiter – so nannte ihn Quint – hieß Horax und war **36** ein insektomorpher Cuaútemoc, ein anderthalb Meter gro-ßes Geschöpf, das aus Dutzenden von kleinen Chitinplatten, krummen Knochenstäben, knollenartigen Gelenken und ledrigen Membranen bestand, die im Rumpf Beutel mit Organen bildeten. Zwei große dunkle Facettenaugen wölb-ten sich über die Stirn und beide Seiten des Kopfes, der Mund wirkte wie das Ende einer halb aus dem Schädel ragenden Zange. Ohren und Nase ließen sich nicht erkennen, aber For-rester zweifelte nicht daran, dass der Cuaútemoc über ent-sprechende Wahrnehmungen verfügte. Er beschloss, bei der ersten sich bietenden Gelegenheit Kontakt mit der *Sonnen-wind* aufzunehmen; Cassandras Datenbanken enthielten Informationen über alle bekannten Spezies, über ihre Stär-ken und Schwächen.

Horax richtete ein stabförmiges Instrument auf Forrester, vielleicht einen Scanner, wartete ein kurzes Summen ab und steckte den dünnen Stab dann an einen breiten Instrumen-tengürtel, den er wie eine Schärpe trug.

»Wir beginnen können«, sagte der Cuaútemoc. Seine Stimme war ein dumpfes Knarren und Knacken, sein Inter-Lingua alles andere als perfekt. Einen Translator benutzte Horax nicht.

Forrester sah dem kleinen Orbitalspringer nach, der sie auf der großen Terrasse vor dem Haupthaus abgesetzt hatte. Sein Ziel schien der gestreifte Gasriese zu sein, der mehr als die Hälfte des Himmels einnahm, aber in Wirklichkeit kehrte das kleine Schiff zur Raumstation mit dem Habitat zurück, wo Tyrik Quint damit beschäftigt war, Pläne zu schmieden.

Pläne, die Theorie bleiben würden, ohne jemals in die Praxis umgesetzt werden zu können.

Kalter Morgennebel stieg vom See auf und kroch über den Hang des Hügels.

»Sehen wir uns an, wo er gewohnt hat«, sagte Forrester. Er ging voran und Horax folgte ihm wie ein Schatten.

Im Salon brannte ein Feuer im Kamin aus blutrotem Marmor, ein echtes Feuer, das echtes, natürlich gewachsenes Holz verbrannte. Einer von fünf Dienstbots, die zur Ausstattung des »Sommerhauses« gehörten, kümmerte sich darum. Forresters Klimajacke reagierte auf das warme Prasseln der Flammen und senkte die Temperatur. Er ließ den Blick durch den Salon streichen, der sich über mehrere Ebenen erstreckte: drei Sitzlandschaften mit adaptiven Sesseln und Sofas, schneeweiß und grün wie Gras, die niedrigen Tische im gleichen blutigen Rot wie der Kamin; kleine Büsche und Sträucher, die als Raumteiler fungierten, mit Wurzeln unter weißem Kies und Blüten wie aus Gold; eine Erlebnisecke mit Virtualitätsanschlüssen; interaktive Gemälde an den Wänden, dazu imstande, sich den Stimmungen des Betrachters anzupassen; jede Menge Ziergegenstände, in kristallenen Schalen, die an dünnen Ketten dicht unter der Decke hingen, in Regalen, auf den Tischen, zu Gruppen angeordnet auf den dicken Teppichen. Alles lag und stand an seinem Platz. Die Fransen der Teppiche waren exakt gekämmt. Der Salon erweckte den Eindruck, gerade eine gründliche Säuberung hinter sich zu haben. Forrester strich mit dem Zeigefinger über das maserige Holz einer Kommode. Es blieb kein Staub an der Fingerkuppe zurück.

»Befindet sich hier alles in genau dem Zustand, den der Reisende zurückgelassen hat?«

»Bestätigen ich kann«, knarrte und klickte Horax.

In den anderen Räumen sah es ebenso aus. Nichts deutete darauf hin, dass an diesem Ort bis vor kurzer Zeit jemand gewohnt hatte, nicht einmal in den Badezimmern. Aus gutem Grund, dachte Forrester.

Der Cuaútemoc folgte ihm auf Schritt und Tritt. Gelegentlich knackten seine Gelenke.

»Wie ist Aurelius verschwunden?«, fragte Forrester in der Küche, die hauptsächlich aus einem kulinarischen Konstruktteur bestand. Ihr Kontrollfeld gab Auskunft darüber, dass sie seit fast einem Standardmonat nicht mehr benutzt worden war. Kein Wunder. Der Zehntausendjährige brauchte keine Nahrung. Er ernährte sich von ... was? Wie bewahrte Omni sein langes Leben? Das war eins der vielen Geheimnisse, die er hütete.

»Er zum See ging«, sagte Horax. Die Werkzeuge an seiner Instrumentenschärpe klapperten. »Er dort jemanden traf und nicht kehrte zurück.«

Forrester drehte sich erstaunt zu ihm um. »Was? Er traf jemanden? Warum erfahre ich erst jetzt davon?«

»Sie nicht gefragt haben vorher.«

»Wen hat er am See getroffen?«

»Unbekannt.«

»Der Administrator hat Aurelius hier untergebracht«, sagte Forrester. »Er wusste, wem er diese Gebäude zur Verfügung stellte. Er hat bestimmt nicht darauf verzichtet, ihn zu überwachen. Ich nehme an, hier gibt es Dutzende, wenn nicht Hunderte von versteckten Sensoren und Scannern.«

»Gestört«, sagte Horax. »Dysfunktional.«

Forrester holte ein kleines Gerät hervor, das aus dem Depotraum in der Orbitalstation stammte. Als er es einschaltete, zeigte es ihm in einem monovisuellen Holofeld, dessen Daten nur er sehen konnte, alle Sensoren in Ortungsreichweite: rote Punkte in der Decke, in den Wänden, im Boden und auch in Einrichtungsgegenständen; einige von ihnen blinkten, was Aktivität bedeutete.

Das Gerät zeigte ihm auch noch etwas anderes: einen subkutanen Lokalisator, der ihm in der Orbitalstation eingepflanzt worden war – er sollte nicht ebenfalls spurlos verschwinden. Der winzige Sender befand sich im linken Oberschenkel, und vielleicht konnte Horax die Signale mit dem stabförmigen Instrument empfangen, das er zuvor justiert hatte.

»Zeigen Sie mir, was die Sensoren gesehen und gehört haben«, sagte Forrester.

Der Cuaútemoc berührte etwas an dem breiten Gürtel, der sich mehrmals um seinen dünnen Leib schlang, und ein Schemen erschien im Salon: ein lang gestrecktes senkrechtes Oval, ohne Gliedmaßen, ohne Kopf. Der Schemen bewegte sich, er glitt von Zimmer zu Zimmer, aber alles blieb still.

»Was ist mit Geräuschen?«, fragte Forrester.

»Geräusche nicht«, erwiderte Horax. »Nur dieses eine visuelle Signal.«

»Er hat sich abgeschirmt«, sagte Forrester. »Aber nicht ganz. Er hat sich einen Spaß daraus gemacht. Zeigen Sie mir noch einmal die anderen Bilder.«

Der Schatten wich einem unscheinbaren Mann in mittleren Jahren, der mit einem gewöhnlichen Transitschiff, der *Alonia*, nach Caledonia Vier gekommen war. Ein Mann, der nicht auffiel, in jeder Hinsicht durchschnittlich zu sein schien. Aber er stammte von der legendären Erde und stand seit zehntausend Jahren in den Diensten der Superzivilisationen von Omni.

»Wie verschwand er?«, fragte Forrester.

Das Bild wechselte. Der Schemen – das dunkle Oval – schwebte zum See und verharrte dort bei einer Sitzbank. Ein Zeitraffer reduzierte Stunden auf nicht mehr als dreißig Sekunden. Der Zehntausendjährige hatte dort gesessen, auf den See gestarrt und ... *was* gesehen?

Der Zeitraffer stoppte. Jemand näherte sich, ein Mann, der offenbar von der anderen Seite des Sees kam, einen Mantel mit hochgeschlagenem Kragen und eine tief in die Stirn gezogene Mütze trug. Er bewegte sich schwerfällig, schien bei jedem Schritt Mühe zu haben. Der Fremde hielt vor der Sitzbank inne, mit dem Rücken zum Sensor, von dem die Bilder stammten. Alles blieb still; wenn Aurelius und der Besucher miteinander sprachen, so war nichts davon zu hören. Dann kehrte der alte Mann – darauf deuteten seine Bewegungen hin, auf hohes Alter, und Forrester war ziemlich sicher, dass dieser Eindruck nicht von einem Bioadapter hervorgerufen wurde – in die Richtung zurück, aus der er gekommen war, begleitet vom Schemen des Reisenden. Sie verschwanden hinter Bäumen am Ufer des Sees.

Forrester verließ das Haupthaus und kehrte auf die Terrasse zurück. Noch immer krochen Nebelschwaden wie graue Finger über den See, umhüllten die Koniferen am Ufer und tasteten über den Hang des Hügels. Oben kletterte Caledonia über den Himmel und machte ihn der Sonne streitig. Deutlich war das Flackern von Blitzen in den gewaltigen Wolkenbändern des Gasriesen zu sehen, jeder von ihnen Hunderte Kilometer lang.

Forrester blickte über den Weg, zu den Bäumen, zwischen denen Aurelius verschwunden war. Der Fremde, der alte Mann ... Welche Worte hatte er an den Reisenden gerichtet? Wie hatte er ihn dazu gebracht, ihm zu folgen?

»Was Sie zu unternehmen gedenken?«, fragte Horax. »Wie Sie finden wollen Aurelius?«

»Wir kämen sicher einen Schritt weiter, wenn wir wüssten, wer der Mann ist, mit dem der Reisende gesprochen hat.«

»Eugene Gavriel, Verwalter Stadt sechste dieses Mondplaneten«, antwortete der Cuaútemoc. »Hat Haus im Wald andere Seeseite. Lokale Privilegien.«

»Was? Eben im Haus haben Sie gesagt, die Identität des Mannes sei nicht bekannt.«

»Falsche Identität«, sagte Horax. »Eugene Gavriel befragt wurde. Hat keine Informationen. Memoriale Sondierung. Gedächtnisscan. Noch einmal: keine Informationen.«

»Verwalter Gavriel hat nicht mit Aurelius gesprochen?«

»Nein. Er war in seiner Stadt, Blaueis, vor zwei Tagen. Bestätigt. Keine Erinnerungen an Begegnung mit Aurelius.«

»Aber der Mann mit dem Mantel und der Mütze wurde als Eugene Gavriel identifiziert?«

»Ja.«

»Mit welcher Wahrscheinlichkeit?«

Der Cuaútemoc rief Daten ab. »Achtundneunzig Komma vier Prozent.«

Kein gewöhnlicher Bioadapter, dachte Forrester, sondern eine GKT, eine Ganzkörpertarnung mit allem Drum und Dran. Ziemlich aufwendig. Wer kam dafür infrage? *War* der Zehntausendjährige bereits entführt worden, von jemand anders?

Forrester ging über die Treppe zum See und nahm an ihrem Ende den Weg am Ufer entlang. Horax folgte ihm natürlich.

»Was Sie haben vor?«, fragte der Cuaútemoc.

»Bin auf der Suche nach Inspiration«, brummte Forrester und ging schneller. Der Nebel lag wie eine graue Decke auf dem Boden; seine Schritte hinterließen Löcher darin. Das jadegrüne Wasser des Sees wich zurück. Rechts und links des Weges ragten Äquiv-Koniferen auf und bildeten eine dunkle Wand. Forresters kondensierender Atem schien bestrebt zu sein, sich mit dem Nebel zu vereinen. Es war kalt. Die Klimajacke hatte er bereits geschlossen, ihre Temperatur erhöht.

»Ich Sie warnen muss«, sagte Horax. Er hielt jetzt etwas in der Hand, das nach einer Waffe aussah. »Mit Vollmachten ich ausgestattet bin. Kann alle Maßnahmen ergreifen notwendige. Ausdrücklicher Hinweis von Administrator Quint.«

Forrester holte erneut den kleinen Scanner aus dem Depot hervor. »Ich suche Spuren.«

»Wir alles abgesucht haben. Keine Hinweise.«

»Vielleicht haben Sie nicht an den richtigen Stellen gesucht. Wo genau ist Aurelius verschwunden? Kennen Sie die Stelle?«

»Zehn Meter vorn weiter. Abzweigung.«

Forrester ging schneller, so schnell, dass der Abstand zum kleinen Cuaútemoc wuchs. Horax beschwerte sich, seine klickende und knarrende Stimme rief eine Warnung, auf die Forrester nicht achtete.

Ein Messer schien sich in seinen linken Oberschenkel zu bohren, ein Dolch mit glühender Klinge. Das Bein, wie halb zerschnitten, gab unter ihm nach, und Forrester fiel, einen Schleier aus Schmerz vor den Augen.

»Ich gewarnt habe Sie«, sagte Horax, als er zu ihm aufschloss. »Nicht zu weit entfernen. Schmerz die Strafe.«

Die heiße Pein ließ nach. Forrester schnappte nicht mehr wie ein Erstickender nach Luft, er atmete ruhiger und hörte plötzlich ein leises »Ping«.

»Was das war?«, zischte Horax. »Ich es gehört habe. Es kam von da, von Scanner Ihrem.«

Forrester stand mühsam auf und rieb sich die Stelle des linken Oberschenkels, von dem der Schmerz ausgegangen war. »Was haben Sie mir eingesetzt?«, krächzte er und warf einen schnellen Blick auf die Anzeige des Scanners. Etwas befand sich in der Nähe, eine Anomalie: ein kleines energetisches Gefälle, wo keins existieren sollte.

»Kontrolle«, erklärte der Cuaútemoc und versuchte ebenfalls, die Anzeigen des Scanners zu sehen. Mehrere Sensoren lösten sich von einer Schulterplatte und umschwirrten Forrester wie Insekten. »Sie nicht eigenmächtig handeln. Unter unserer, meiner Kontrolle.«

Ein Schmerzstimulator, dachte Forrester und blickte zur Abzweigung, wo sich die Anomalie befinden musste. Der Hauptweg führte dort nach rechts, weiter am See entlang und zur anderen Seite, zu den im Koniferenwald gelegenen Villen der Stadtverwalter. Ein schmalerer Pfad wand sich links den Hügelhang hinauf. Ein Fels stand dort, grau und verwittert, etwa einen Meter hoch. Forrester wankte ihm entgegen und bemerkte Kratzer im Stein. Für den ahnungslosen Betrachter schienen sie ein zufälliges Muster zu bilden, geschaffen vielleicht von den Krallen eines Tiers, aber er wusste es besser. War es möglich, dass der alte Mann …?

»Sie gefunden haben etwas?«, fragte Horax. »Zeigen mir Ihren Scanner, sofort. Sonst neuer Schmerz.« Er richtete die Waffe auf Forrester.

So stellte sich Administrator Quint die »Zusammenarbeit« mit ihm vor. Forrester war nicht sonderlich überrascht. Er hob den Scanner und berührte dabei mit dem Daumen ein Kontrollfeld, das den aktuellen Inhalt des Datenfelds durch eine neutrale Anzeige ersetzte.

»Nichts«, sagte er. »Sie haben sich getäuscht.« Er humpelte zum Stein. »Seien Sie vorsichtig mit dem Ding. Zu viel Schmerz schadet mir, und dann finden wir Aurelius nie.«

»Sie gewarnt sind jetzt«, erwiderte der Cuaútemoc.

Forrester verließ den Weg und trat hinter den Felsen. Es zeigten sich keine Fußabdrücke im weichen Boden; das wäre zu offensichtlich gewesen.

»Ping«, signalisierte der Scanner. »*Ping!*«

»Keine Täuschung.« Horax kam näher. »Deutlicher Ton.«

Forrester blickte nach vorn, in die Düsternis zwischen den Bäumen, kaum erreicht vom Licht des Gasriesen und der Morgensonne. Nebelfetzen hingen in der unbewegten Luft.

Das Muster auf dem Stein bestand aus mehreren unterschiedlich langen Strichen, die Richtung und Entfernung angaben, wenn man ihre Bedeutung erkannte. Vier Schritte weiter, in der ursprünglichen Richtung, dann einer nach rechts, zwischen den beiden Äquiv-Koniferen dort, die so dicht nebeneinander wuchsen, dass ihre Äste und Zweige ein gemeinsames Geflecht bildeten, das in einer Höhe von etwa drei Metern begann.

Forrester ging vier Schritte und sah noch einmal auf das Display seines Scanners. Ja, dort war sie, die Anomalie. Warum hatten Quints Leute sie nicht gefunden? Die Antwort war einfach: Weil sie zu jenem Zeitpunkt nicht gefunden werden wollte. Jetzt aber ...

»Bescheid wissen will ich«, grollte Horax. Er kam näher, mit knackenden Gelenken. »Neuer Schmerz, neuer Schmerz. Informationen weitergeben, sonst ...«

Forrester *war* gewarnt. Er wartete, bis der Cuaútemoc nahe genug herangekommen war, erinnerte sich an die anatomischen Informationen, die er beim kurzen Kontakt mit dem

Intellekt der *Sonnenwind* erhalten hatte, drehte sich und schlug zu. Seine Faust traf den Halsansatz des Insektomorphen, den Nervenpunkt, den Cassandra ihm beschrieben hatte.

Die Waffe, der Schmerzstimulator, fiel aus einer plötzlich kraftlos gewordenen Hand. Ein seltsames Geräusch kam aus dem Mund, eine Art knarrendes Quieken. Dann sank Horax zu Boden, zuckte einige Male und blieb still liegen. Er lebte noch, wie Forrester rasch feststellte, aber er würde einige Minuten bewusstlos bleiben.

Forresters Scanner empfing ein neues Signal – der Kommunikator, der sich irgendwo in der Instrumentenschärpe des Cuaútemoc befand, sendete einen automatischen Notruf. Vielleicht fiel schon jetzt ein Wachschiff aus dem Orbit, der Insel tief im Süden von Caledonia Vier entgegen.

Forrester trat vor.

»Wo bist du, Nathan?«, fragte er. »Zeig dich!«

Eine vertikale Linie entstand im Nebel, wie ein dünner Riss im Grau. Licht glänzte und schimmerte plötzlich, so hell, dass Forrester geblendet die Augen zusammenkniff.

»Hat lange genug gedauert, Junge. Wir warten schon seit zwei Tagen.«

Ein dürrer Mann stand dort, gehüllt in einen Klimamantel, der ihm mehrere Nummern zu groß war, und so schwer, dass sein Gewicht den Rücken des Mannes beugte. Ein Gesicht grauweiß wie der Nebel sah Forrester an, mit Augen wie dunkle Löcher in einer Faltenlandschaft.

Nathan deutete auf den bewusstlosen Cuaútemoc. »Deine Methoden sind nicht immer sehr subtil«, sagte er. »Aber das gilt auch für meine. Entschuldige, Junge, aber es ist notwendig.«

Er richtete einen Schocker auf Forrester und drückte ab.

37 Das Erwachen nach einem Schocker-Impuls war immer unangenehm. Forrester kratzte sich bereits an Armen und Beinen – und an anderen Stellen, die er erreichen konnte –, noch bevor er das brennende Jucken bewusst zur Kenntnis nahm. Er musste sich zwingen, die Hände von einer Haut zu lösen, unter der Tausende winzige Maden bestrebt zu sein schienen, sich durch sein Fleisch zu fressen.

»Es ist nicht angenehm, mein Junge, ich weiß«, sagte Nathan. »Aber es ließ sich nicht vermeiden. Eine notwendige Vorsichtsmaßnahme. Es galt, eine Entführung zu verhindern.«

Forrester lag auf einem schmalen Bett, schlug die Decke beiseite und setzte sich auf. Er war nackt.

»Deine Sachen liegen dort drüben«, sagte Nathan, der in einem Schaukelstuhl saß. »Neue Sachen. Ohne Mikrofasern, die über deinen Aufenthaltsort Auskunft geben.«

Forrester starrte auf den dunkelroten Fleck am linken Oberschenkel.

»Oh, und wir haben das Ding aus dir entfernt, das Implantat. Hätte wirklich scheußlich werden können. Du hast nachgelassen, Vinzent. Früher hättest du niemandem Gelegenheit gegeben, dir so etwas zu verpassen.«

Auf einem zweiten schmalen Bett, das halb aus einer Nische ragte, lag die reglose Gestalt des insektomorphen Cuaútemoc, ohne seine Instrumentenschärpe.

»Er schläft«, sagte Nathan und schaukelte ein wenig. Seine Stimme klang nicht alt und schwach, sondern lebhaft. Ihm schien dies zu gefallen. »Und zwar so lange wir wollen, kein Problem.«

Es befand sich noch jemand in dem schlichten, einfachen Zimmer, das einem Blockhaus nachempfunden war, mit dem Unterschied, dass die Wände nicht aus Holz bestanden, sondern aus strukturiertem Plast. Am Tisch neben der Tür saß ein unscheinbarer Mann in mittleren Jahren, gekleidet in eine Hose mit vielen Taschen und ein kariertes Flanellhemd – darin hätte er vielleicht wie ein Holzfäller ausgesehen, wenn er kräftiger gebaut gewesen wäre. Er lächelte und nickte einen stummen Gruß, als er Forresters Blick bemerkte, drehte dann weiter den Schmerzstimulator des Cuaútemoc in den Händen, der ihn zu faszinieren schien. »Geschaffen, um Schmerzen zu erzeugen«, murmelte er und schüttelte wie traurig den Kopf.

Forrester zog die Hände von den Beinen zurück – er hatte sich erneut gekratzt. Das brennende Jucken ließ nur langsam nach.

»Zieh dich an, Junge«, sagte Nathan und schaukelte erneut. »Ist nicht sehr warm hier drin.«

Forrester griff nach den Sachen. »Wo sind wir?«

»Eine kleine Spielerei, den Pandora sei es gedankt«, sagte der unscheinbare Mann am Tisch. »Ein Ort ganz für mich allein, nur mit dem Notwendigsten ausgestattet. Hierher kann ich mich während meiner Reisen zurückziehen und in aller Ruhe nachdenken.«

Forrester kletterte in die Hose. »Die Anomalie ...«

»Wir haben dir den Weg gezeigt«, sagte Nathan. »Ich mit den Kratzern auf dem Felsen an der Abzweigung, und er mit der Anomalie.« Er deutete auf den Zehntausendjährigen, der aus dem Fenster sah.

»Es ist gleich so weit«, sagte Aurelius. »Ziehen Sie Hemd und Jacke an, Vinzent Akurian Forrester. Dann können wir nach draußen. Ich möchte Ihnen etwas zeigen, Ihnen beiden. Etwas, das Sie bestimmt noch nie gesehen haben.«

Forrester streifte das Hemd über. Es war warm und weich. Er sah Nathan an und flüsterte: »Hast du ihn ...?«

»Entführt? Nein, mein Junge. Ich bin alt, mein Leben geht zu Ende, aber ich möchte mir mit Omni keinen Ärger einhandeln.«

Es lag mehr in diesen Worten, ein subtiler Unterton, begleitet von der Andeutung eines Lächelns. Bevor Forrester fragen konnte, was genau sein alter Mentor meinte, legte der Zehntausendjährige den Schmerzstimulator auf den Tisch, stand auf und öffnete die Tür.

»Kommen Sie«, sagte er munter und mit einer einladenden Geste. »Kommen Sie.«

Sie traten nach draußen, in eine sonderbare Nacht, in der keine Sterne leuchteten, sondern lange, fadenartige Gebilde, und zwar auf allen Seiten des Hauses, das auch von außen wie eine Blockhütte aussah. Die meisten bewegten sich nicht, aber einige wanden sich wie Schlangen. Ein Steg begann an der Tür, wie eine Anlegestelle, und Aurelius trat leichtfüßig darauf. Links und rechts gähnte dunkle Leere, ein Abgrund, dessen Tiefe sich nicht abschätzen ließ.

»Wie tief ist das?«, fragte Forrester und deutete nach unten. Es gab kein Geländer, und der Steg schien unter ihren Schritten zu zittern.

»Keine Ahnung«, antwortete Aurelius. »Vielleicht nur einige Millimeter oder noch weniger. Oder hundert Milliarden Lichtjahre und noch mehr. Wer weiß! Dies sind die Kontinua. Gewöhnliche Entfernung spielen hier keine Rolle. Zeit und Raum gibt es hier nicht. Oder nicht in der uns vertrauten Weise.«

Forrester blickte zur Blockhütte zurück. Sie schwebte in der von leuchtenden Streifen durchzogenen Finsternis. Nichts hielt sie fest.

»Kontinua?«, wiederholte er und fröstelte. Es war kalt hier draußen, und er hatte vergessen, die Jacke anzuziehen.

Der Zehntausendjährige erreichte das Ende des Stegs und blieb stehen. Nathan stand links von ihm, von seiner Gehhilfe gestützt.

»Die Dimension des Möglichen«, sagte Aurelius. »So nennt Omni diesen Ort, und verzeihen Sie, wenn ich ›Ort‹ sage, denn dieses ›Hier‹ ist mehr ein Zustand, wenn ich es richtig verstehe. Hier entscheidet sich, was geschehen kann und was geschehen könnte. Die Kontinua erschaffen die Bühnen, auf denen sich Realitäten entfalten. So hat es Thrako beschrieben, ein Inper, den ich seit zehntausend Jahren kenne.« Er drehte kurz den Kopf, sah Nathan und Forrester an. »Die Inper sind die dreizehnte von vierzehn mir bekannten Superzivilisationen des Omni.« Er zeigte auf Forrester. »Ihnen ist kalt, nicht wahr? Sie hätten die Jacke anziehen sollen. Aber keine Sorge, wir kehren gleich in mein bescheidenes Heim zurück, und dort ist es warm und gemütlich. Hier draußen hingegen ist es ...«

»Unheimlich?«, fragte Forrester. Etwas ließ ihn schaudern, und es war nicht die Kälte.

Aurelius lachte leise. »Vielleicht ist es mir beim ersten Mal ebenso ergangen, ich weiß es nicht mehr genau. Manche Dinge vergisst man im Verlauf von zehn Jahrtausenden. Die Dimension des Möglichen. Die Engel des Sprawl können diesen Ort manchmal sehen, und dann erfahren sie, was geschehen wird. Wenn es ihnen passt, flüstern sie darüber, zum Beispiel ins offene Ohr eines Parakosmikers.«

Auch hier lag mehr in den Worten, fühlte Forrester, vielleicht ein Abgrund so tief wie der rechts und links des Stegs.

»Meinen Sie Trifon Corneille?«, fragte er. Einer der leuchtenden Fäden wurde größer und schien näher zu kommen. »Von ihm stammt die Information, dass Sie nach Caledonia Vier kommen würden.«

»Die Kontinua«, sagte Aurelius, als hätte er Forrester gar nicht gehört. Er breitete die Arme aus. »Die Fäden, die Sie hier sehen ... Es sind Möbiusbänder, gefüllt mit Raumzeit, mit Multiversen: Millionen und Milliarden von Universen, aneinandergereiht wie Perlen an einer Schnur, oft nur getrennt von winzigen Unterschieden in Aggregatzuständen oder Wahrscheinlichkeiten, Spiegelbilder eines Universums, das ursprünglich aus einer Kontinua-Singularität entstand.«

»Parallelwelten«, sagte Nathan.

»Ja. Spiegelbilder von Spiegelbildern. Und doch ist keins von ihnen weniger real als das Original. Sehen Sie sich die Fäden an. Stellen Sie sich die Anzahl der Universen vor. Sie *können* Sie sich gar nicht vorstellen. Es sind mehr als die Atome Ihres Körpers! Und jedes von ihnen, jedes einzelne dieser Sandkörner am endlosen Strand der Realität enthält Abermilliarden von Galaxien mit Abermilliarden von Sonnen und Planeten.« Aurelius zögerte. »Abgesehen natürlich von denen, die leer sind«, fügte er in einem leichteren Ton hinzu. »Die gibt es nämlich: leere Universen, die nur endloses Nichts enthalten, oder dünne, kalte Gasschleier, aus denen nie Sonnen und Planeten entstehen können.« Er lächelte. »Sehen Sie hier.«

Der Faden, der größer geworden war, erschien jetzt zum Greifen nahe: ein leuchtendes Band mit einer kleinen Beule in der Mitte, direkt vor dem Ende des Stegs. Ein Teil dieser Beule, ein Punkt in ihr, leuchtete heller als der Rest, funkelte und schimmerte wie ein Juwel im Licht mehrerer Sonnen, und dann *blitzte* es, so kolossal hell, dass die Dunkelheit vor und unter ihnen für einen Sekundenbruchteil Dinge preisgab, denen Forrester keinen Namen geben konnte. Die Finsternis kehrte sofort zurück, sie schloss sich wie eine Decke über dem, was sich vielleicht wenige Millimeter – oder Milliarden von Lichtjahren – unter ihnen befand. Der gleißende Punkt löste sich aus dem Faden und schwebte wie der Funke eines Feuers durch die Nacht. Forrester blinzelte, Zeit genug, dass der Punkt sich in einen Strich verwandelte.

»Sie haben einen Urknall beobachtet, die Geburt eines Universums, sogar eines *Multi*versums«, sagte Aurelius. »Nicht viele Menschen können das von sich behaupten.«

»Ich nehme an, dies enthält eine Botschaft«, sagte Nathan. »Was wollen Sie uns zu verstehen geben?«

»Vielleicht dies: Wir sind klein.« Der Zehntausendjährige klang jetzt ernst und demütig. »Wir nehmen uns wichtig, aber wir sind winziger als winzig. Die Pandora, die das Strangnetz in unserer Milchstraße schufen, haben Omni dies gegeben: eine Möglichkeit, in die Kontinua zu gelangen und zu *sehen*, wie winzig wir sind, wie unbedeutend im Vergleich mit der Geburt des kleinen Lichts, die wir gerade gesehen haben.«

Forrester dachte an Zinnober, die nach Javaid unterwegs war, verschleppt von einem Likotha. »Alles ist wichtig, das Große wie das Kleine.«

Aurelius wandte sich ihm zu. »Das sind bemerkenswert kluge Worte von jemandem, dessen Leben noch nicht einmal hundert Jahre gedauert hat. Lassen Sie uns in die Hütte zurückkehren und darüber reden, warum Sie mich entführen sollen.«

Entführung

38 Sie saßen an einem runden Tisch, der aus einem glatten, von Maserungen durchzogenen Material bestand. Licht fiel von einer kleinen Lampe an der Decke über ihnen und erhellte den Tisch und die an ihm sitzenden Personen, ohne die Schatten aus dem Rest des Zimmers zu vertreiben. Hinter den Fenstern zeigte sich gelegentlich das Glühen und Blitzen von Kontinua-Fäden, die neue Universen gebaren.

»Du hättest besser auf sie achtgeben sollen«, sagte Forrester. »Dann wäre dies nicht passiert.«

»Deine Zinnober ist kein Gegenstand, den man in eine Ecke stellt, damit ihm nichts geschieht, mein Junge«, erwiderte Nathan. Er nahm eine weitere Frucht von dem Teller mitten auf dem Tisch, biss hinein, nickte anerkennend und kaute. »Sie hat einen eigenen Willen«, fügte er mit vollem Mund hinzu.

»Ich brauche Hilfe«, betonte Forrester. Er sah Aurelius an, der sich darauf beschränkte, ruhig zuzuhören.

»Ich dachte, du bist gekommen, um jemanden zu entführen«, sagte Nathan. Er saß zurückgelehnt und wirkte vollkommen entspannt.

In Forrester brannte noch immer das kalte Feuer. »Was machst *du* hier?«

»Ich habe auf Mayflower Besuch bekommen«, sagte Nathan und biss erneut von der Frucht ab, die wie eine violette Gurke aussah. Ein Geruch wie von Äquiv-Pfirsichen ging davon aus. »Ein Bekannter von dir.«

Forrester starrte ihn an.

»Ein gewisser Rubens.«

»Du hast dich abgesichert«, sagte Forrester nach einigen Sekunden. »Das weiß Benedikt.«

»Du meinst die Datenpakete auf Abakus, Conraid, Grünthal und Wellfair. Nicht zu vergessen das Depot auf Mechanica; dort gibt es auch die eine oder andere Kleinigkeit, die ich gegen Benedikt und seine Helfer verwenden könnte. Aber vielleicht hat er all das gefunden und unschädlich gemacht. Unmöglich wäre das nicht, nur sehr unwahrscheinlich. Oder das belastende Material ist ihm egal, weil er hinter einer großen Sache her ist.«

»Die Informationen würden ihn und die Agentur schwer belasten«, sagte Forrester. »Was auch immer die *Sache* ist, sie müsste *sehr* groß sein.«

»Wäre Omni groß genug?«, fragte Nathan.

»Wie bitte?«

»Vielleicht hast du gesehen, worauf es Benedikt abgesehen hat. An Bord der *Kuritania*.«

Forrester erinnerte sich, an Trifon Corneille, der mit den Engeln des Sprawl sprach, an den Bergungsleiter Tzivah, der einen wurmartigen Symbionten von Siemperverd trug. Und an …

»Die Maschine?«

»Genau, mein Junge.«

»Ich weiß, dass es InterStel auf sie abgesehen hat, aber …«

»InterStel spielt keine Rolle oder eine nur sehr untergeordnete.« Nathan wischte sich die Hände an einem Tuch ab. »Die Agentur ist der Drahtzieher. Benedikt.«

Aurelius lächelte. »›Drahtzieher‹. Dieses Wort habe ich lange nicht mehr gehört.«

»Wir haben sie gesehen, Zinnober und ich«, sagte Forrester. »Was ist mit der Maschine? Was bedeutet sie? Warum soll sie so wichtig sein?«

»Unter Benedikt machte sich die Agentur immer intensiver auf die Suche nach Omni-Artefakten«, sagte Nathan.

»Soll das heißen, die Maschine ist ein Artefakt der Superzivilisationen?«

»Sie stammt von den Pandora, der ersten Superzivilisation in der Milchstraße.« Der Zehntausendjährige klang so ernst wie draußen auf dem Steg, als er von Winzigkeit gesprochen hatte. »Sie gehört zu dem Erbe, das Omni von den Pandora übernommen hat. Die Inper haben einen langen Namen für die Maschine, mit dem Sie nichts anfangen könnten. Man könnte ihn mit ›Opus‹ oder ›Kreator‹ übersetzen.«

»Eine Maschine, die Omni-Technik produzieren kann, jedes beliebige Artefakt«, warf Nathan ein. »Eine Art Megakonstrukteur.«

»Ganze Welten lassen sich mit ihr erschaffen«, sagte Aurelius und fügte düster hinzu: »Oder vernichten.«

»Und darauf hat es Benedikt abgesehen«, murmelte Forrester.

»Ja.«

»Deshalb setzt er alles auf eine Karte. Er riskiert alles für den höchsten zu erwartenden Profit. Er eliminiert Konkurrenten und Rivalen, die ihm die Maschine streitig machen oder verhindern könnten, dass er sie vollständig unter seine Kontrolle bekommt.«

»Noch einmal ja«, sagte Nathan. »Benedikts Agentur könnte innerhalb kurzer Zeit zum größten Machtfaktor bei KopKo aufsteigen. Er hat nur ein Problem: Er weiß nicht, wie man die Maschine bedient.«

Forrester überlegte. »Wenn sie wirklich so wichtig ist ... Warum greift Omni dann nicht ein?«

Aurelius lächelte wieder. »Vielleicht hat Omni bereits eingegriffen.«

Forrester musterte den Zehntausendjährigen. »Ihre Entführung ...«, sagte er langsam. »Benedikt wollte mich zwingen, Sie zu entführen. Die Verantwortung dafür sollte nicht bei der Agentur liegen, sondern bei mir.«

Aurelius nickte. »Sie sollten der Sündenbock sein. «

»Und Sie sollten entführt werden, weil ...« Forrester zögerte.

»Weil er so viel über Omni weiß«, sagte Nathan. »Und weil er die Maschine bedienen kann.«

»Oh, ich kann sie nicht bedienen«, erwiderte Aurelius. »Aber ich bin sicher, dass ich es lernen könnte. Ich kenne mich mit Omni-Artefakten aus.«

»Ich kann noch immer kein Eingreifen von Omni erkennen«, sagte Forrester. »Wenn wirklich so viel auf dem Spiel steht ... Warum schickt Omni nicht einige Legislatoren zu Benedikt?«

»Ein gewisser Parakosmiker hat darauf hingewiesen, wo sich die *Kuritania* mit der Maschine an Bord befindet«, sagte Nathan. »Und er wusste auch, dass ein Reisender nach Caledonia Vier kommen würde. Die Engel flüsterten es ihm zu. Und von den Engeln des Sprawl heißt es, dass sie vielleicht Nachfahren der Pandora sind.«

»Auch Omni spricht mit den Engeln«, überlegte Aurelius laut.

Eine Zeit lang schwiegen die drei Männer. Stille herrschte, und die Schatten krochen etwas näher zum Tisch.

»Was ist aus Rubens geworden?«, fragte Forrester schließlich.

»Er erlebte eine kleine Überraschung, als er an meinem Bett erschien. Es war seine letzte.«

»Verstehe.« Forrester dachte an Zinnober. »Ich brauche Hilfe«, wiederholte er. »Der Likotha bringt Zinnober nach Javaid. Der Duka wird sie bestrafen, wenn ich es nicht verhindere. Ein Repräsentant von Omni könnte mir helfen, sie zu retten.«

»Sie möchten, dass ich mit dem Duka rede«, sagte Aurelius. »Sie möchten, dass ich ihn freundlich bitte, auf eine Hinrichtung zu verzichten.«

»Wenn eine freundliche Bitte ausreicht. Andernfalls ...«

»Es tut mir leid«, sagte Nathan.

»Die Zeit genügt leider nicht.« Aurelius hob kurz die rechte Hand und ließ sie wieder auf den Tisch sinken. »Javaid wäre ein weiter, weiter Umweg auf dem Weg zur *Kuritania*. Wir müssen verhindern, dass die Maschine Benedikt in die Hände fällt.«

Forrester blickte auf seine Hände. Die Finger krümmten sich, zwei Fäuste entstanden. Das kalte Feuer, es brannte nicht mehr ganz so kalt.

»Sie ist meine Tochter!«

»Wir müssen Benedikt einen Strich durch die Rechnung machen, solange das noch möglich ist«, sagte Nathan. »Aurelius und ich, wir haben ausführlich darüber gesprochen. Wir ...«

»Wenn ich es richtig verstanden habe, kann Benedikt mit der Pandora-Maschine ohne Aurelius überhaupt nichts anfangen«, sagte Forrester. »Warum die Eile?«

»Weil ein Schneeball eine Lawine auslösen kann«, erwiderte der Zehntausendjährige ruhig. »Wenn er gut gezielt geworfen wird. Und wenn er die richtige Stelle trifft.«

»Benedikt hat bereits damit begonnen, seine Pläne zu verwirklichen«, sagte Nathan. »Er schürt Konflikte zwischen den Korporationen und Kooperativen. Die Lawine ist bereits in Bewegung geraten, mein Junge, und nur ein Paukenschlag kann sie beenden, bevor sich die Zeit der Großen Konflikte vor siebenhundertfünfzig Jahren wiederholt. Der ganze Sagittariusarm droht in Aufruhr zu geraten.«

»Das waren jetzt zwei Metaphern, die sich nicht miteinander vertragen.« Aurelius lächelte sein ruhiges, sanftes Lächeln. »Wie dem auch sei: Die Agentur ist dabei, überall dort Unruhe zu schaffen, wo sie Unruhe schaffen kann. Damit will Benedikt von der *Kuritania* und der Maschine ablenken. Und wer weiß, vielleicht findet er auch ohne mich eine Möglichkeit, den Kreator zu aktivieren und Omni-Artefakte zu produzieren. Die Wahrheit lautet: Es geht hier um mehr als um eine einzelne Person.«

Nicht für mich, dachte Forrester. »Ein Wort von Ihnen würde genügen. Auf Javaid. Das Wort eines Repräsentanten von Omni. Der Duka könnte es nicht ignorieren. Ein Wort von Ihnen, und Zinnober wäre wieder frei, in Sicherheit. Anschließend fliegen wir zur *Kuritania* und ...«

»Nein, Junge«, sagte Nathan. »Die Zeit reicht einfach nicht. Uns bleiben nur noch ein paar Stunden, um zu schlafen und Kraft zu schöpfen. Dann müssen wir uns auf den Weg zur *Kuritania* machen.«

»Alles ist wichtig, das Große wie das Kleine.« Forrester richtete die Worte an den Zehntausendjährigen.

»Ja. Aber oft ist das Große wichtiger als das Kleine.«

»Wenn die Zeit so knapp ist ... Wieso haben Sie dann den Umweg hierher gemacht? Wieso haben Sie auf mich gewartet?«

»Weil wir *Ihre* Hilfe brauchen. Weil wir den Eindruck erwecken müssen, als *hätten* Sie mich entführt. Auf diese Weise kommen wir an Benedikt heran.«

»Ich könnte mich weigern. Ich könnte sagen: Wenn Sie mir nicht helfen, helfe ich Ihnen ebenfalls nicht.«

Nathan schnaubte. »Das wäre dumm.« Die Elektromotoren seiner Gehhilfe summten leise, als er aufstand. »Genug davon. Einsicht in die Notwendigkeit, mein Junge. Darauf habe ich dich oft hingewiesen. Gehen wir schlafen. Ein langer Weg liegt vor uns, und es mangelt ihm nicht an Stolpersteinen und Hindernissen.«

39

In der »Nacht« hatte die Blockhütte drei zusätzliche Zimmer bekommen, eins für jeden der drei Bewohner. Forrester verließ seines auf leisen Sohlen, verharrte im dunklen Flur und lauschte. Bei dem, was er jetzt vorhatte, durfte er sich nicht den geringsten Fehler leisten. Es wäre fatal gewesen, nicht nur für Zinnober, sondern vielleicht auch für ihn selbst.

Er schlich durch den finsteren Flur, horchte erneut und klopfte leise an die Tür, hinter der sein alter Mentor schlief. »Nathan?«

»Hm?«

Forrester öffnete die Tür. »Ich muss mit dir reden, Nathan.«

»Ich habe tief und fest geschlafen, Junge«, kam Nathans Stimme aus der Dunkelheit. Sie klang nicht schläfrig.

»Ich wette, du hast mich schon gehört, bevor ich angeklopft habe.« Forrester trat ein und schloss die Tür hinter sich.

Ein Licht erschien in der Mitte des kleinen Raums, dicht unter der Decke, wie ein vom Himmel gefallener Stern. Nathan lag in einem schmalen Bett, die Decke bis zum Kinn hochgezogen.

»Zinnober«, sagte er. »Ich nehme an, darüber willst du mit mir reden.«

»Ja.«

»Sie wird ohne dich zurechtkommen, irgendwie.« Im matten Licht schien das Gesicht des Alten nur aus Falten zu bestehen. »Und wenn wir das mit der *Kuritania* und der Maschine in Ordnung gebracht haben, kümmern wir uns um sie.«

»Dann ist sie wahrscheinlich schon tot.«

Einige langsame Schritte brachten Forrester zum Bett. Sie wirkten behutsam, diese Schritte, als wollte er leise sein; in Wirklichkeit waren sie vorsichtig und wachsam, bereit für einen Sprung.

»Es geht dir besser«, sagte Forrester leise. »Im Vergleich mit Mayflower scheinst du zehn Jahre jünger zu sein.«

»Vielleicht hat mir Aurelius zehn seiner zehntausend Jahre geschenkt, wer weiß!« Nathan seufzte. »Er hat mir die Last des Alters genommen. Oder zumindest einen Teil von ihr. Für gewisse Zeit.«

Forrester erreichte das Bett. Ein kleiner Stuhl stand dort, eine gute Gelegenheit. »Ich kann meine Tochter nicht im Stich lassen, Nathan.«

»Du erstaunst mich, Vinzent. Hast du vergessen, was ich dich gelehrt habe? Du verlierst das große Ganze aus dem Auge. Es steht viel mehr auf dem Spiel als nur ein Leben.«

Forrester zögerte, zwei oder drei Sekunden lang, und wünschte, ihm wäre eine Wahl geblieben. Dies war der

Moment; er hatte die Entscheidung bereits getroffen und musste ihr nun Taten folgen lassen.

Er gab sich den Anschein, noch einen Versuch unternehmen zu wollen. »Es wäre nicht viel nötig, nur ein Wort von ihm ...« Während er sprach, wandte er sich zur Seite, wie mit der Absicht, den Stuhl etwas näher zu ziehen und sich zu setzen. Mit der linken Hand griff er danach, die rechte schwang herum ... und traf Nathan an der Seite des Kopfes. Gleichzeitig duckte sich Forrester, zog dabei die rechte Schulter nach unten.

Ein leiser Knall, von der Decke gedämpft, und eine winzige Nadel zuckte über Forrester hinweg, bohrte sich hinter ihm in die Wand. Er schlug noch einmal zu und traf die Schläfe des Alten mit mehr Wucht als beabsichtigt – Blut quoll aus einer kleinen Wunde. Eine halbe Sekunde später riss Forrester die Decke beiseite, packte den angewinkelten Arm darunter und zog den kleinen Variator aus der erschlafften Hand.

»Ich kenne deine Angewohnheiten, Nathan«, murmelte Forrester, überprüfte die Einstellung der Waffe, kontrollierte sie noch einmal, richtete sie auf den Greis und drückte ab. Es knallte erneut, lauter, als er erwartet hatte, und eine Betäubungsnadel steckte in Nathans Hals. »Wenigstens hättest du mich nicht umgebracht.« Er beugte sich vor, tupfte mit der Decke das Blut von der Schläfe und lauschte. Alles blieb still. Schlief Aurelius? Oder wartete er in seinem Zimmer, vom zweiten Knall gewarnt?

Forrester vergewisserte sich, dass die Stirnwunde nicht weiter schlimm war und Nathan schlief, diesmal wirklich tief und fest. Dann kehrte er in den dunklen Flur zurück, die Waffe in der Hand, schlich auf Zehenspitzen zur Tür des nächsten Zimmers und lauschte dort. Nichts. Die freie Hand fand den Knauf, drehte ihn ... Mit einem leisen Knarren öffnete sich die Tür.

Der Raum vor Forrester war ebenso beschaffen wie das Zimmer, in dem Nathan bewusstlos lag. Dort stand das Bett, lang und schmal, und unter der Decke zeichnete sich eine Gestalt ab.

Forrester näherte sich.

Wusste Aurelius, was geschah? War ihm noch während ihres letzten Gesprächs klar geworden, welche Entscheidung er getroffen hatte? Unsinn, dachte Forrester, von plötzlicher Unruhe erfasst. Er ist kein allmächtiges Geschöpf, sondern ein Mensch wie ich, nur viel älter.

Und ein Repräsentant von Omni, fügte eine leise innere Stimme hinzu.

Seine Finger schlossen sich etwas fester um die Waffe. Er trat noch einen Schritt vor.

»Ist das ein Variator in Ihrer Hand?«, ertönte eine Stimme. Sie kam nicht vom Bett, nicht von der Silhouette, die plötzlich flacher wurde, als verlöre die Gestalt unter der Decke an Substanz und Festigkeit. »Wie ist er eingestellt, wenn ich fragen darf?«

Der Zehntausendjährige saß in der dunklen Ecke links von Forrester, auf einem Stuhl, der knarrte, als er sich vorbeugte.

»Sie haben auf mich gewartet«, stellte Forrester fest.

Aurelius deutete auf die Waffe. »Der Variator. Wie ist er eingestellt?«

Forresters Daumen veränderte die Justierung. »Kinetisch«, sagte er. »Projektile. Sie können verletzen und töten, auch jemanden, der so lange gelebt hat wie Sie.«

»Sie meinen es wirklich ernst, wie?«

»Stehen Sie auf, Aurelius!«, sagte Forrester. »Bringen Sie uns nach draußen!«

»In die Kontinua, meinen Sie? Auf den Steg?«

»Sie wissen, was ich meine.« Forrester legte mehr Schärfe in seine Worte.

Der Zehntausendjährige erhob sich. Er trug noch immer die Hose mit den vielen Taschen und das karierte Flanellhemd. »Mir ist klar, dass Sie es ernst meinen. Ist *Ihnen* klar, worauf Sie sich einlassen?«

»Mir bleibt keine Wahl«, sagte Forrester.

»Oh, da irren Sie sich. Es gibt immer eine Wahl.«

»Das hat auch der Parakosmiker Trifon Corneille gesagt.«

Aurelius nickte anerkennend. »Scheint ein kluger Mann zu sein.«

Forrester winkte mit der Waffe. »Gehen wir.«

»Wohin?«

»Zu Nathan. Er wird in einer halben Stunde zu sich kommen. Zeit genug für Sie, alle Vorbereitungen zu treffen. Falls Vorbereitungen nötig sind. Sie werden uns nach draußen bringen, zurück nach Caledonia Vier.«

»Ich nehme an, dort warten Administrator Quint und seine Leute auf uns. Vermutlich suchen sie noch immer nach Ihnen. Und natürlich auch nach mir.«

»Wir werden sie ablenken, mit dem Cuaútemoc. Außerdem bin ich sicher, dass Sie uns schützen können.«

Aurelius stand ruhig und locker da. »Vielleicht kenne ich den einen oder anderen Trick«, räumte er ein.

»Bei mir sollten Sie lieber keine Tricks versuchen. Ich versichere Ihnen, dass ich zu allem entschlossen bin.« Die Worte klangen seltsam, fand Forrester, als stammten sie von jemand anders.

»Sie wollen mich also tatsächlich entführen, Vinzent Akurian Forrester?«

»Ich werde erst auf den linken Arm zielen und dann auf den rechten«, sagte Forrester. »Wenn das nicht genügt, kommen die Beine an die Reihe.«

»Und dann?«

Forrester richtete den Variator auf die Stirn des Zehntausendjährigen. »Zum Schluss kommt der Kopf. Und glauben Sie mir, ich schieße wirklich.«

»Sie wären dazu fähig, nicht wahr?«

»Ja.«

Aurelius lächelte plötzlich. »Mir liegt etwas an meinen Armen und Beinen und vor allem an meinem Kopf. Ich möchte, dass alles unversehrt bleibt.«

»Dann begleiten Sie mich nach Javaid.«

Der unscheinbare Mann zuckte mit den Schultern. »Na gut, wenn Sie mich zwingen, wenn Sie mir keine *Wahl* lassen ...«

40 Es regnete, als sie nach Caledonia Vier zurückkehrten. Kalter Nieselregen ging auf die Insel mit den Villen der Stadtverwalter und der Sommerresidenz des Administrators nieder, legte einen nassen grauen Schleier auf die Zweige und Nadeln der Koniferen. Die drei Männer traten aus einem Riss in der Luft, aus einer vertikalen Linie, die sich aufblähte, um genug Platz für sie zu schaffen. Licht fiel aus dieser Kontinua-Öffnung, fast so hell wie das Urknall-Gleißen, das. Forrester in den Kontinua beobachtet hatte. Es blendete die patrouillierenden Männer und Frauen, die im Wald unterwegs waren und Klimamäntel über ihren Uniformen trugen. Sensoren gaben Alarm, Waffen wurden gezogen, und jemand rief: »Nicht schießen! Er ist bei ihnen.«

»Ich schätze, damit bin ich gemeint«, sagte Aurelius. Er und Nathan gingen nebeneinander. Forrester blieb dicht hinter ihnen, den Variator in der rechten Hand. Er hatte die Gehhilfe seines alten Mentors modifiziert, damit ihm von dieser Seite keine Überraschungen drohten. Das Gehen bereitete Nathan mehr Mühe, und zumindest ein Teil der Alterslast, die Aurelius ihm genommen hatte, schien zurückgekehrt zu sein: Sein Rücken war gebeugt, der Kopf halb gesenkt. Trotzdem blieb Forrester auf alles gefasst. Er fürchtete Nathan mehr als den Zehntausendjährigen, obwohl Aurelius außer seinem Kontinua-Apparat vielleicht noch über versteckte Omni-Werkzeuge verfügte. Er hatte ihn gründlich durchsucht, ebenso wie Nathan. Doch konnte er sicher sein, dass keine verborgenen Implantate existierten, ausgestattet vielleicht mit einem zerebralen Interface, das imstande war, gedankliche Befehle zu empfangen und auszuführen?

»Das Ablenkungsmanöver hat nicht funktioniert, mein Junge«, brummte Nathan.

Damit meinte er den erneut betäubten Horax. Sie hatten ihn vorausgeschickt und auf der anderen Seite des Sees erscheinen lassen, in der Hoffnung, dass er die Aufmerksamkeit aller Wächter auf sich zog. Zwar schwebten dort mehrere Einsatzfahrzeuge auf roten Gravitationskissen, und Uniformierte umringten eine im hohen Äquiv-Gras liegende Gestalt, aber die Patrouillen im Wald hatten ihre geplanten Streifen fortgesetzt.

»Weiter«, sagte Forrester. »Zur Residenz des Administrators.«

Ein Orbitalspringer mit den Insignien von Leuchtfeuer stand dort auf der Landeterrasse. Er konnte sie in die Umlaufbahn bringen, zum Wartungshangar der ersten Werft, zur *Sonnenwind*.

Vor ihnen wichen die Männer und Frauen zurück, Gesichter und Klimamäntel nass vom Regen, der Nathan, Aurelius und Forrester nicht erreichte. Sie befanden sich im Innern einer Kontinua-Blase, wie der Zehntausendjährige sie genannt hatte, in fast so etwas wie einem eigenen kleinen Universum.

»Nicht schießen! Nicht schießen!«, wiederholte ein Mann, der offenbar das Kommando führte. Er sah Aurelius an. »Bleiben Sie stehen! Wir wollen mit Ihnen reden.«

»Wir gehen weiter«, sagte Forrester.

»Tut mir leid«, wandte sich Aurelius an den kommandierenden Offizier. »Ich würde gern ein wenig mit Ihnen plaudern, aber wir haben es eilig.«

Der Offizier öffnete den Mund, aber genau in diesem Moment erreichte ihn der Rand der Kontinua-Blase und schob ihn beiseite. Der Mann stolperte, wankte und fiel. Die anderen Wächter wichen zurück.

»Da kommt unser Freund«, ächzte Nathan.

Er meinte Administrator Quint, der über den Weg am Ufer eilte, begleitet von zwei großen Leuchtfeuer-Soldaten und, einige Schritte hinter ihnen, seiner Assistentin Anabelia. Die Gruppe blieb mitten auf dem Weg stehen. Forrester bemerkte zwei Einsatzvehikel, die auf der anderen Seite des Sees aufstiegen und sich näherten.

»Wir hatten eine Vereinbarung getroffen«, sagte Tyrik Quint.

»Meinen Sie mich oder Forrester?«, erwiderte Aurelius. Er sprach freundlich wie immer. »Danke übrigens, dass Sie die Ernteschiffe aus Caledonias Wolkenmeeren zurückgezogen haben. Und hat Ihnen mein Futuroskop gefallen?«

Forrester wusste nicht, was er damit meinte, aber Quint schien es sehr wohl zu wissen, denn seine Züge verhärteten sich.

»Dieser Herr ...« Aurelius deutete auf Forrester. »... möchte sich Ihren Orbitalspringer dort ausleihen. Wenn Sie gestatten ...«

Er ging weiter. Die Kontinua-Blase erreichte Quint und seine Eskorte. Der Administrator und die beiden Soldaten taumelten überrascht. Anabelia wich hastig zurück.

Quint sah erst jetzt die Waffe, die auf den Rücken des Zehntausendjährigen gerichtet war. »Oh!«, sagte er und sein Gesicht veränderte sich. Für einen Moment zeigte sich so etwas wie grimmige Zufriedenheit, dann war die Maske wieder lückenlos. »Irre ich mich, oder ist dies eine Entführung?«

»Sie irren sich nicht, Administrator«, erwiderte Aurelius.

»Weiter!«, zischte Forrester und stieß dem Zehntausendjährigen den Variator in den Rücken. »Weiter!«

Nathan drehte den Kopf. »Das ist dumm, Junge«, sagte er leise. »*Dumm.* Du gibst ihm einen Vorwand, etwas zu unternehmen. Er könnte auf die Idee kommen, schweres Gerät einzusetzen und zu behaupten, einen entführten Omni-Repräsentanten befreien zu wollen.«

Tyrik Quint sprach einige Worte in seinen Halskommunikator, und die beiden Soldaten klappten ihre Kampfvisiere herunter. Die Wächter folgten ihrem Beispiel.

Dort stand der Orbitalspringer, ein keilförmiges Vehikel mit gewölbten Navigationsschwingen. Die Einstiegsluke war geschlossen und vermutlich gesichert.

»Geben Sie mir den Zugangscode für Ihren Springer, Quint«, sagte Forrester.

Stattdessen gab der Administrator den Feuerbefehl.

Die beiden Soldaten schossen.

Es gleißte. Zwei Strahlblitze zuckten zur Kontinua-Blase und verschwanden in kleinen dunklen Löchern, die sich genau dort bildeten, wo die Strahlen auf die unsichtbare Barriere trafen.

Für ein oder zwei Sekunden hatte Forrester das seltsame Gefühl, neben sich zu stehen und alles aus der Perspektive eines Beobachters zu erleben, der gar nicht an den Ereignissen beteiligt war. Zwei Soldaten, Dutzende von bewaffneten Sicherheitswächtern, Einsatzvehikel, die über ihnen schwebten ... Außerdem ein Reisender, zehntausend Jahre alt, ein Beauftragter der Superzivilisationen von Omni, deren Technik allem, was KopKo und die Äquiv-Völker zu bieten hatte, weit überlegen war. Und er selbst, ein ehemaliger Mitarbeiter der Agentur, jemand, der versucht hatte, nach den Geschehnissen auf Javaid einen Schlussstrich unter seine Vergangenheit zu ziehen. Jemand, der zusammen mit seiner Tochter ein Paradies gefunden und wieder verloren hatte. Jemand, in dem ein kaltes Feuer brannte, das die Vernunft herausforderte. Die kleine Waffe in seiner Hand – konnte sie Aurelius, dem Beauftragten von Omni, wirklich ihren Willen aufzwingen? Hätte nicht vielleicht ein Fingerschnippen des Zehntausendjährigen genügt, um die Gefahr in seinem Rücken zu eliminieren? Forrester hatte ihm seine Geräte und Instrumente abgenommen, bis auf den K-Konnektor, ohne den Aurelius von der Kraft abgeschnitten war, die ihn am Leben erhielt und die »Blase« schuf, in der sie sich befanden: ein silbernes Armband aus amorphem Metall, das er am linken Handgelenk trug. Vielleicht waren seine Möglichkeiten derzeit wirklich eingeschränkt. Oder sah er eine Art Spiel in den aktuellen Ereignissen, eine Art angenehmen Zeitvertreib, den er jederzeit beenden konnte, wenn er den Gefallen daran verlor? Besorgt wirkte er nicht, eher amüsiert, auf eine onkelhafte Art und Weise.

Der Moment des Beobachters dehnte sich noch etwas länger und brachte Worte zurück, die Forrester an den Humanoiden von Kornbester gerichtet hatte, während des Verhörs in der Orbitalstation. *Die Wahrheit liegt, wie die Schönheit, oft im Auge des Betrachters.* Manchmal sah man Dinge, die man zu sehen erwartete. Omni war mächtig, und diese Macht übertrug man auf jene, die für Omni unterwegs waren, die im Namen der Superzivilisationen im galaktischen Zentrum handelten. Aber wenn man einem Menschen alles nahm, was ihm Macht verlieh, was blieb dann übrig?

Ein Mensch. Mit leeren Händen. Körper und Geist ohne Waffen. Sollte man meinen.

Trotzdem ... Forrester zweifelte, es gab immer ein Trotzdem oder ein großes Aber, wie eine dunkle Wolke am Horizont der Hoffnung.

»Bringen Sie mich näher an Quint heran«, sagte er und drückte den Lauf der Waffe in den Rücken des Zehntausendjährigen.

Aurelius trat zur Seite und hob den linken Arm, und plötzlich stand Forrester direkt vor dem Administrator, ihm so nahe, dass sich ihre Nasen fast berührten. Nur das subtile Energie- und Realitätsgefälle der Kontinua-Blase trennte sie voneinander.

»Ist das nahe genug?«, fragte Aurelius.

Forrester hielt den Variator so, dass die Mündung auf Quints linkes Auge zeigte. »Die Waffe ist auf kinetische Projektile eingestellt, auf winzige explosive Nadeln. Wenn ich den Auslöser betätige, verlassen sieben oder acht von ihnen den Lauf. Erst explodiert das Auge und dann der Kopf. Die Barriere ist von innen durchlässig.« Er schlug mit der freien Hand zu. Blut spritzte aus der Nase des Administrators und rann an der Blase wie an Glas herab.

Anabelia stützte Quint, der sich die Nase hielt. Er holte einen Codeschlüssel hervor – die Luke des Orbitalspringers öffnete sich.

»So macht man sich Freunde, Junge«, murmelte Nathan, als er mit gebeugtem Rücken mühsam einen Fuß vor den anderen setzte.

»Den Coder, werfen Sie ihn hinein!«, befahl Forrester und winkte mit dem Variator.

Tyrik Quint warf den Codeschlüssel, und er landete im Innern des Springers.

Forrester schlang Aurelius den Arm um den Hals, als sie an Bord stiegen. »Keine Tricks«, zischte er. »Nicht einen einzigen.«

»Sie haben mir alle meine Tricks genommen«, erwiderte der Zehntausendjährige. Er deutete auf das Armband. »Bis auf das hier.«

Draußen standen Wächter und Soldaten, die Waffen im Anschlag, und ein Quint mit blutiger Nase und blitzenden Augen. Er sprach in seinen Halskommunikator.

Die Luke schloss sich.

Forrester atmete auf. Ein erster wichtiger Schritt war ge- **41** schafft.

»Her mit dem Ding!« Er deutete auf den Kontinua-Konnektor.

»Ich brauche es«, sagte Aurelius ernst. »Ohne diesen kleinen Begleiter kann ich nicht lange überleben.«

»Ich weiß, dass Sie das Ding brauchen, deshalb will ich es ja von Ihnen. Her damit!«

Aurelius nahm das Armband ab und gab es Forrester, in dessen Hand es sich anfühlte wie ein kleiner silberner Aal, der ihm mit einem plötzlichen Zappeln aus der Hand springen konnte. Er schloss die Finger darum. »Nach vorn!« Er gab beiden Männern einen Stoß, sowohl Aurelius als auch

Nathan, der den Eindruck erweckte, sich kaum noch auf den Beinen halten zu können.

In der Pilotenkanzel sagte Forresters alter Mentor: »Wenn du jetzt glaubst, es geschafft zu haben, hast du dich gründlich geirrt. Das sollte dir eigentlich klar sein.«

»Jetzt geht es erst richtig los«, fügte Aurelius hinzu. »Jetzt wird es richtig schwierig.«

Zum ersten Mal glaubte Forrester, einen Schatten von Sorge im Gesicht des Zehntausendjährigen zu erkennen. »Ein Grund mehr, diese Phase so schnell wie möglich hinter uns zu bringen«, sagte er, zog Aurelius mit sich, drückte ihn auf einen Passagiersitz, aktivierte den Sicherheitsharnisch und blockierte die Arretierung.

Nathan saß bereits auf dem Platz des Kopiloten, vom Gespinst des Harnisches umhüllt. »Du kannst es dir noch anders überlegen, Junge«, ächzte er. »Gib Aurelius die Dinge zurück, die du ihm abgenommen hast. Damit dürfte er in der Lage sein, uns von hier wegzubringen, ohne dass wir in Gefahr geraten. Stimmt's?«

»Das wäre durchaus möglich«, pflichtete ihm Aurelius bei.

Forrester sank in den Sitz des Piloten und aktivierte den Gravitationsmotor und die Schirmfelder des Springers. Der einfache Bordintellekt reagierte auf die Berechtigungssignale des Codeschlüssels und fuhr alle Systeme hoch. Als er Bereitschaft meldete, streckte Forrester eine Hand in die virtuellen Kontrollen, und das kleine Schiff des Administrators sprang in den Himmel über der Villeninsel.

»Quint hat längst die planetare Sicherheit alarmiert, Junge.« Nathan verzog das faltige Gesicht. »Kampfschiffe werden versuchen, uns aufzuhalten. Ein schlecht gezielter Warnschuss, der nicht an uns vorbeigeht, sondern den Springer streift, zufälligerweise an einer Stelle, die eine fatale Explosion auslöst ... Oder wir haben ein Kuckucksei an Bord. Ist das der richtige Ausdruck, Aurelius?«

»Ich denke, man könnte es so nennen, Nathan.«

»Ich meine ein internes Abwehrsystem, Vinzent. Einen versteckten Sicherheitsalgorithmus.«

Daran hatte Forrester natürlich gedacht. Seine Finger strichen durch die virtuellen Kontrollen, während der Orbitalspringer durch die dünner werdende Atmosphäre von Caledonia Vier raste, aktivierten das Kommunikationssystem und schickten der *Sonnenwind* eine Codesequenz.

Einige lange Sekunden verstrichen.

»Ich höre dich, Vinzent«, sagte Cassandra. »Ich melde eingeschränkte Einsatzbereitschaft. Die Reparaturen sind noch nicht abgeschlossen, und ich ...«

»Starte sofort!« Forrester änderte den Kurs des Orbitalspringers, steuerte ihn weg von der Orbitalstation mit den Habitaten und Werften und tiefer hinein in das System aus Monden und Rohstoffasteroiden, in dem der Gasriese Caledonia das Schwerkraftzentrum bildete, wie die Sonne eines Planetensystems. »Hol uns ab!«

»Ich werde in der Werft festgehalten, Vinzent«, sagte Cassandra. »Ich stecke in einem mechanischen Gerüst.«

»Schüttel es ab! Mit den Gravitationsmotoren, wenn es sich nicht vermeiden lässt ...«

»Das wäre ziemlich brachial«, kommentierte Nathan, der sich erschöpft der Umarmung des Sicherheitsharnisches ergab. Aurelius saß still da, vielleicht nicht mehr ganz so selbstsicher wie noch vor wenigen Minuten.

»Ich werde alles versuchen«, erwiderte Cassandra.

Forresters Finger setzten ihren Tanz durch die virtuellen Kontrollen fort. »Empfängst du dieses Signal?« Er schickte ein kleines Datenpaket in Richtung Orbitalstation, die jetzt schnell hinter ihnen zurückblieb.

»Ja.«

»Kannst du daraus eine Datenbrücke fabrizieren?«

»Ich denke schon. Was soll ich tun, Vinzent?«

»Verbinde dich mit dem Intellekt dieses Orbitalspringers«, sagte Forrester schnell. »Übernimm ihn. Such in den hiesigen Datenbanken nach einem ...«

»Kuckucksei«, warf Nathan ein. Er war so erschöpft, dass ihm die Augen zufielen, trotz allem.

»Nach einem Trigger«, sagte Forrester. »Nach einem Sicherheitsprogramm.«

»Verstehe. Datenverbindung ist hergestellt. Ich ...«

Ein Schlag traf den Orbitalspringer, wuchtig wie von der Faust eines Titanen, und zerschmetterte das Heck des kleinen Schiffes. Das laute Brummen des Gravitationsmotors wich einer plötzlichen Stille, in der nicht einmal das Flüstern der Bordsysteme zu hören war.

Die künstliche Schwerkraft fiel aus, es wurde dunkel, und Forrester verlor die Orientierung.

»Hol mich hier raus, Junge!«

Die Stimme kam aus dem Dunkeln, ein leises Krächzen. Forrester schwebte, nicht erst seit ein paar Sekunden, zumindest kam es ihm so vor. Er stieß gegen etwas, und dumpfer Schmerz breitete sich in der linken Schulter aus.

»Hörst du das, Junge?«

Es war nicht mehr still. Ein leises Pfeifen bahnte sich einen Weg durch den Rumpf des Orbitalspringers und schien allmählich lauter zu werden. Eine Vibration begleitete es – Forrester fühlte sie, als er die Hand auf etwas legte, das eine Konsole zu sein schien.

»Das klingt nicht gut, wenn du mich fragst. Offenbar stürzen wir in eine Atmosphäre, und wir sind nicht geschützt. Die Reibungshitze wird uns bald garen.«

»Nathan?«

»Wer sonst, Junge? Hol mich aus diesem verdammten Harnisch!«

»Was ist mit ...?«

»Ich weiß nicht, was mit Aurelius ist, Junge! Ich kann im Dunkeln ebenso wenig sehen wie du. Hol mich jetzt hier raus!«

Stattdessen machte sich Forrester auf die Suche nach den manuellen Notkontrollen. Er vergewisserte sich, dass der Variator in seiner Tasche steckte, tastete sich dann durch die

Finsternis und hörte, wie Nathan fluchte und mehrmals den Namen des Zehntausendjährigen rief, ohne Antwort zu bekommen.

Das Denken fiel ihm schwer, als herrschte auch im Innern seines Kopfes Dunkelheit, in der sich die Gedanken verirrten. Erst das Sprawl ohne Kompensator, erinnerte er sich. Anschließend die Behandlung mit dem defekten Induktor, um sein Gedächtnis zu schützen, dann der psionische Angriff des Likotha und jetzt dies. Die Integrität seines Bewusstseins wurde auf eine harte Probe gestellt.

Seine Finger fanden Schaltmulden. Etwas klickte.

Mattes Licht erschien und verwandelte die Dunkelheit in Konturen preisgebende Schatten. Dort war die Rückwand der Pilotenkanzel, nicht mehr glatt, sondern wie zerknittert, von Rissen durchzogen, die der Molekülarchitekt abgedichtet hatte. Dort zappelte Nathan im Sicherheitsharnisch des Kopilotensessels – seine Lippen bewegten sich, aber Forrester hörte ihn nicht, weil das Pfeifen zu laut geworden war. Und dort hing Aurelius in seinem eigenen Harnisch, den Kopf auf der Seite und einen roten Striemen an Stirn und Schläfe.

Forrester stieß sich ab und schwebte zu ihm, streckte die Hand in den Harnisch und tastete nach dem Hals. Aurelius hatte die Augen geschlossen, war blass und reglos, aber er lebte noch.

Er stieß sich erneut ab, diesmal von dem Passagiersitz, und schwebte zu den manuellen Kontrollen zurück. Das Licht der Notlampen wurde schwächer, die Schatten verdichteten sich wieder. Forrester blickte sich um. Die Kanzel des Orbitalspringers glich einem Trümmerfeld.

»Was ist geschehen?«, murmelte er.

Die Worte waren leise, aber Nathan hörte sie. Oder vielleicht las er sie ihm von den Lippen ab. »Viel interessanter ist, was geschehen *wird*, Junge! Fühlst du, dass es wärmer wird? Die Reibungshitze nimmt zu.«

Forresters Finger kehrten in die Schaltmulden zurück. Es

klickte erneut, und vor der Hauptkonsole wurde ein Teil der Wand transparent, als das Materialgedächtnis ihre Beschaffenheit veränderte. Breite ockerfarbene Wolkenbänder erschienen und zwischen ihnen der brodelnde rotbraune Wirbel eines gewaltigen Sturmgebiets, groß wie ein Planet.

Der Orbitalspringer stürzte in die endlosen Wolkenmeere des Gasriesen Caledonia.

Ein Hauch Omni

Forrester hatte den Schalter für die chemisch betriebenen **42** Notlampen gefunden – normalerweise hätten sie von ganz allein aktiv werden sollen – und in ihrem gelben Schein die Verkleidungsplatten der Konsolen gelöst. Hilflos betrachtete er die Prozessorcluster und Signalbrücken.

»Du bist kein Techniker, und wir haben auch keinen Induktor, der dich für eine halbe Stunde zu einem technischen Spezialisten machen könnte«, ächzte Nathan. »Wir haben nicht einmal eine halbe Stunde, höchstens noch ein paar Minuten. Entweder verglüht der Orbitalspringer – beziehungsweise das, was von ihm übrig ist – in Caledonias Atmosphäre, und wir mit ihm. Oder der enorme Druck in den Tiefen der Wolkenmeere zerquetscht uns.«

»Du redest viel, alter Mann«, knurrte Forrester und wischte sich Schweiß von der Stirn. Es war heiß geworden.

»O nein, der alte Mann ist er.« Nathan deutete zum immer noch bewusstlosen Zehntausendjährigen. »Aber alles deutet darauf hin, dass er nicht damit rechnen darf, noch viel älter zu werden.«

»Du bist mir keine große Hilfe, Nathan.«

»Du hättest auf mich hören sollen, Junge. Deine Dickköpfigkeit hat uns in diese Situation gebracht. Wonach suchst du überhaupt?«

»Nach einer Möglichkeit, die Notsysteme zu aktivieren. Der Gravitationsmotor existiert nicht mehr. Was auch immer uns getroffen hat, das Heck des Springers ist vollkommen hin. Mit Zugang zu den Notsystemen könnte ich vielleicht die Treibsätze der Manövriertriebwerke zünden und uns aus der Atmosphäre bringen ...«

»Ich fürchte, dafür ist es schon zu spät. So wie ich die Sache sehe, haben wir nur noch zwei Möglichkeiten.«

Forrester drehte sich halb um. Das Licht der Chemolampen flackerte, und das Pfeifen wurde so laut, dass es in den Ohren schmerzte.

»Und die wären?«

»Versuch es mit dem Kommunikationssystem. Vielleicht ist noch was von der Reserveenergie übrig. Schick deiner *Sonnenwind* ein Peilsignal. Oder ...« Nathan holte schnaufend Luft. »Oder weck Aurelius. Bring ihn irgendwie zu Bewusstsein, und zwar schnell, innerhalb der nächsten dreißig Sekunden. Gib ihm seine Sachen, seine Instrumente. Damit er sich mit Omni in Verbindung setzen kann.«

Forrester blickte zum Zehntausendjährigen. Der rote Striemen an Stirn und Schläfe schien länger geworden zu sein. Er wusste nicht, wie schwer Aurelius verletzt war. Der Versuch, ihn zu wecken, machte vielleicht alles noch viel schlimmer und konnte ihn sogar umbringen. Und mit den Omni-Artefakten hätte er ihm auch seine Macht zurückgegeben. Dann wäre die Entführung zu Ende gewesen, ohne Javaid, ohne Zinnobers Rettung.

Er hob die Füße zum Rand der Konsole und streckte die Beine, was ihn zu Nathan fliegen ließ.

»Was hast du vor, Junge?«

Forrester langte in den Sicherheitsharnisch, ohne die Arretierung aufzuheben, und löste den Kommunikator von Nathans Kragen. Dann kehrte er zur Hauptkonsole zurück.

»Willst du versuchen, damit die *Sonnenwind* zu kontaktieren?« Nathan schnaubte. »Die Reichweite eines solchen Kommunikators ist begrenzt, wenn seine Signale nicht von lokalen Systemen verstärkt werden. Und wir sind bereits tief im Innern von Caledonias Magnetosphäre. Niemand wird dich hören, Junge.« Die letzten Worte rief er, um das Heulen zu übertönen.

Forrester verband Nathans Kommunikator mit einem für externe Geräte bestimmten Anschluss. Er war kein Techniker. Ohne von einem mentalen Induktor vermitteltes Wissen wäre er nicht in der Lage gewesen, die Schaltkreismodule zu reparieren. Aber er wusste, dass man Initialenergie brauchte, um die Systeme nach einer vollständigen Deaktivierung wieder hochzufahren. Und der kleine Energiekern des Kommunikators enthielt vielleicht genug Ladung.

Er hielt sich nicht damit auf, die Verbindung zu überprüfen. Kaum steckte das kleine Gerät im Verbindungsport, schaltete er es ein und schickte ein Aktivierungssignal in die Bordsysteme.

Der Orbitalspringer – das Wrack – zitterte und bebte. Dem Heulen und Pfeifen gesellte sich ein bedrohlich klingendes Knirschen und Klappern hinzu. Das jähe Licht eines Blitzes flackerte durch den transparent gewordenen Bug. Forrester kniff geblendet die Augen zu, und als er sie eine Sekunde später wieder öffnete, glühten mehrere Datenfelder. Eins verschwand wieder, bevor er erkennen konnte, was es zeigte. Ein anderes rückte näher, gefüllt mit roten Gefahrensymbolen.

»Schwere Schäden«, ertönte eine Stimme. Sie war kaum zu verstehen. »Flugkontrolle null. Triebwerk, Gravitationsmotor, Navigation, Abschirmung ... null. Fatales Systemversagen.«

»Akustische Dämpfung!«, rief Forrester. »Priorität für das Kommunikationssystem! Sende ein Peilsignal!«

Zwei weitere Holofelder verschwanden. Forrester streckte die Hand nach den virtuellen Kontrollen aus, doch sie lösten sich auf, bevor die Finger sie erreichten.

Das Heulen und Pfeifen ließ so weit nach, dass Forrester wieder das Flüstern seiner Gedanken hörte und den Trommelschlag seines Herzens.

»Peilsignal ... gesendet. Akustische Dämpfung ... negativ.«

Negativ?, dachte Forrester.

»Energetisches Niveau ... kritisch. Defekt. Defekt. Systemversagen.«

Das Datenfeld mit den vielen roten Gefahrensymbolen

verschwand ebenfalls. Die Schatten krochen aus den Ecken, in die sie zurückgewichen waren.

Forrester nahm erst jetzt bewusst zur Kenntnis, dass er wieder über Gewicht verfügte. Er hielt sich nicht mehr in Schwerelosigkeit an der Hauptkonsole fest, sondern stand vor ihr, was ihm absurd erschien, denn künstliche Gravitation erforderte viel Energie. Hinzu kam, dass es um ihn herum nicht mehr heulte und pfiff, obwohl der Intellekt des Springers behauptet hatte, dass eine akustische Dämpfung unmöglich war.

»Wirf mal einen Blick nach draußen, Junge.«

Ein Teil des transparenten Bereichs im Bug des Orbitalspringers hatte sich getrübt, was vermutlich an einem fehlerhaften Materialgedächtnis lag. Doch es war noch immer ein Blick nach draußen möglich, und Forrester sah Dutzende von Caledonten: Wesen wie schwebende Kuppeln, lebende Halbkugeln aus halb transparenten Zellverbänden, die bunt leuchtende Schnüre bildeten, zwischen ihnen mit Wasserstoff gefüllte Flugkammern. An den Rändern der kuppelförmigen Körper bewegten sich breite, wie Perlmutt glänzende Lamellen und brachten die medusenartigen Geschöpfe näher an den Springer heran. Einige von ihnen waren klein, nach ihren Maßstäben, mit einem Durchmesser von nur zehn oder zwanzig Metern, schätzte Forrester. Andere schienen einen ganzen Kilometer zu durchmessen, manche sogar noch mehr, wenn die Perspektive nicht täuschte. Das Wrack des Springers, stellte Forrester fest, ruhte in einem Gespinst aus Fangarmen, die Nesselfäden von Quallen ähnelten, und dieses »Kissen« bremste den Sturz durch die dichter werdende Atmosphäre des Gasriesen. Das Trägheitsmoment drückte Forrester an den Boden, gab ihm Gewicht.

»Wir werden langsamer«, sagte er. »Wir stürzen nicht mehr ab, Nathan.«

»Sieh richtig hin, Vinzent!«, schnaufte der Greis im Sicherheitsharnisch.

Forrester blickte noch einmal nach draußen. Der durchsichtige Bereich des Bugs schrumpfte, als das Materialgedächtnis zu den Standardeinstellungen zurückkehrte. Er konnte nur noch eine dunkle Öffnung im rotbraunen Wirbel des planetengroßen Sturmgebiets tief unten erkennen.

»Die Caledonten ...«, sagte Nathan. »Sie haben uns aufgefangen, aber sie tragen uns nicht nach oben, sondern nach unten, dem Auge des Sturms entgegen. Und dem enormen Druck in Caledonias Tiefen kann der Orbitalspringer unmöglich standhalten.«

43

»Wer auch immer auf uns geschossen hat«, sagte Forrester. »Warum kommt er nicht und sieht nach dem Rechten?«

»Warum sollte er?« Nathan wand sich in seinem Sicherheitsharnisch und schnitt eine Grimasse. »Er hat sein Ziel erreicht.«

Forrester wankte durch die Pilotenkanzel und glaubte bei jedem Schritt schwerer zu werden. Die Gravitation des Gasriesen machte sich bemerkbar. Nichts heulte und pfiff mehr, aber dafür knackte und knirschte es immer bedrohlicher in der Außenhülle des Springers. Am Kopilotensitz wollte er die Arretierung des Harnisches lösen, doch Nathan schüttelte den Kopf.

»Nein, mein Junge. Nur der verdammte Harnisch hält mich. Ich möchte im Sitzen sterben, wenn du gestattest.«

Forrester langte in die Taschen von Hose und Jacke und holte die Gegenstände hervor, die er dem Zehntausendjährigen abgenommen hatte.

»Was hast du *jetzt* vor, Vinzent?«, ächzte Nathan.

»Vielleicht lässt sich mit einem dieser Gegenstände etwas anfangen«, sagte Forrester schnell. Warum hatte er nicht eher daran gedacht? Er betrachtete die Objekte, er drehte sie hin und her, suchte nach Hinweisen auf Funktionsweise und Zweck: eine Kugel, gefüllt mit einer Vielzahl winziger Augen, die seinen Blick erwiderten; ein fingerdicker Stab, etwa zehn

Zentimeter lang, mit kleinen Vorsprüngen, die nachgaben, wenn man Druck auf sie ausübte; mehrere schwarze Haken, durch etwas verbunden, das sich mit bloßem Auge nicht erkennen ließ; ein dünner Lappen, der sich, entrollt und auf die Hand gelegt, in eine Art Handschuh verwandelte, der erst kalt war und dann so heiß wurde, dass Forrester ihn hastig abstreifte; und ein Würfel mit einer Kantenlänge von etwa sieben Zentimetern, der seinerseits aus Würfeln bestand, deren Farbe wechselte, wenn man sie länger als zwei Sekunden betrachtete. Forrester betastete die Objekte, er zog und drückte, er schob und schüttelte, aber nichts geschah. Die kleinen Augen in der Kugel starrten ihn an und vermittelten den Eindruck, auf etwas zu warten.

»Es klappt nicht«, stieß er hervor. »Keins der Artefakte funktioniert. Nathan?«

Das Gesicht des Greises war eine Fratze. »Vielleicht funktionieren die Objekte nur, wenn Aurelius mit Omni verbunden ist«, sagte er mühsam. »Leg ihm das Armband an.«

Ein Knacken hallte laut wie ein kinetischer Schuss durch die Pilotenkanzel. Irgendwo in der Dunkelheit zerbrach etwas, und ein Teil der Rückwand wölbte sich nach innen.

Forrester schleppte sich zum Passagiersitz und holte den Kontinua-Konnektor hervor, wie Aurelius ihn nannte. Das silberne Armband sah unscheinbar aus, wie ein Schmuckstück mit rein ästhetischer Funktion, aber es verband den Zehntausendjährigen mit den Superzivilisationen von Omni. Es gab ihm Kraft und Macht.

Er versuchte, sich das Armband selbst anzulegen, aber das amorphe Metall – der kleine silberne Aal – weigerte sich, seine Form anzupassen. In seinem Innern pulsierte etwas – Forrester spürte es als rhythmische Vibration, als die *Bereitschaft* zu zappeln –, doch der K-Konnektor wollte sich nicht ums Handgelenk schlingen.

Der Orbitalspringer erreichte eine Tiefe, in der er dem gewaltigen Druck der Atmosphäre nicht mehr gewachsen war. Das Knacken wiederholte sich, noch lauter, gefolgt von einem Donnern, und die Wände gaben nach. Sie platzten wie die dünne Schale einer Nuss in einer hungrigen Faust.

Forresters rechte Hand steckte im Sicherheitsharnisch des Zehntausendjährigen. Das amorphe Metall veränderte sich, es schien flüssig zu werden, der kleine silberne Aal wölbte sich um den Unterarm des Bewusstlosen und fand seinen Platz. Forresters Finger blieben in Kontakt damit, und in der anderen Hand, in der linken, hielt er die Kugel mit den vielen winzigen Augen. Eins von ihnen wurde größer und sah ihn an, während die anderen in alle Richtungen blickten.

Forrester starb.

Niemand konnte dies überleben. Der atmosphärische Ozean zermalmte das Wrack des Orbitalspringers mit einem Druck von hunderttausend Standardatmosphären, innerhalb eines Sekundenbruchteils.

Der Tod umarmte Forrester.

Und doch lebte er.

Es war still. Nichts regte sich.   **44**

Forrester drehte den Kopf. Die Wände der Pilotenkanzel hatten ihre Integrität verloren und sich in eine runde Splitterwolke verwandelt, die der kolossale Druck von Caledonias Atmosphäre nach innen presste. Myriaden von Splittern umgaben Forrester, Nathan und Aurelius, wie gefangen an der Grenzlinie zwischen der Sauerstoff-Stickstoff-Atmosphäre im Innern des Springers und dem Wasserstoff-Helium-Ammoniak-Gemisch des Gasriesen. Durch die kleinen Lücken zwischen ihnen blickte Forrester in Caledonias Tiefen. Er sah die Caledonten, einen großen Medusenschwarm, der sich nach unten fortsetzte, in Richtung des riesigen Sturmgebietes und der dunklen Öffnung mitten im rotbraunen Chaos, der einen ruhigen Zone im Zentrum des planetengroßen Wirbels. Für einen Moment betrachtete er die Nesselfäden, Fangarme oder Tentakel, die den Orbitalspringer hielten oder ihn bis eben, bis zur Katastrophe, gehalten hatten, und fragte sich, was die Caledonten veranlasst haben mochte, den fallenden Springer aufzufangen. Sie hatten ihn vor dem Verglühen durch Reibungshitze bewahrt, ihn dann aber in die Tiefe getragen, bis der atmosphärische Druck zu hoch für ihn geworden war. *Dort* sah er ihre Absichten, ihre Gedanken und Empfindungen fast so deutlich wie an eine Wand geschrieben: Neugier bei den einen, Zorn und das Streben nach Vergeltung bei den anderen. Eine Auseinandersetzung fand statt oder hatte stattgefunden, ein Hin und Her aus unterschiedlichen Motiven und widerstreitenden Empfindungen. Wir wollen uns rächen, signalisierten einige Caledonten mit den leuchtenden Schnüren an ihren Flugkammern. Für all das Leid, das die Fremden über uns brachten, für all die von uns, die sie jagten und umbrachten. Nein, nein, erwiderten andere mit violettem Flackern, sie sind nicht alle gleich, diese Fremden, spürt ihr es nicht? *Hört* ihr es nicht?

Im zeitlosen Nichts, tot und doch lebendig, holte Forrester mit der freien Hand noch einmal die anderen Artefakte des Zehntausendjährigen hervor, denn er fühlte die Präsenz einer grundlegenden Veränderung. Die Finger der rechten Hand in Aurelius' Harnisch berührten noch immer den silbernen Aal, der am Unterarm des Bewusstlosen zum Handgelenk herabgerutscht war; sie blieben mit ihm und dem, was sich in seinem Innern befand, verbunden. Die linke Hand drehte die übrigen Omni-Gegenstände: den Stab mit den Vorsprüngen, die schwarzen Haken, den Würfel. Ein schwaches Glühen ging von ihnen aus, weder kalt noch heiß, angenehm warm, und Forrester begriff, dass es dieses Glühen war, das ihn zwischen Leben und Tod hielt, in einer besonderen Dimension, in der noch nicht entschieden war, ob er leben durfte oder sterben musste. Er beobachtete keine glühenden, glitzernden Fäden, auch keinen Steg, der von einer im Nichts schwebenden Hütte ausging, und doch wusste er, dass er die Kontinua sah, vielleicht einen besonderen Teil von ihnen.

Stimmen füllten seinen Kopf, drängten sich in ihm aneinander wie Fische in einem sich enger zusammenziehenden Netz. Einige stammten von den Caledonten, die nicht nur eigene Gedanken dachten, sondern auch gemeinsame. Jede Wasserstoffmeduse war ein Individuum und gleichzeitig Teil einer übergeordneten kollektiven Intelligenz – sie klangen wie ein Chor mit schrillen Untertönen. Aber die meisten Stimmen kamen aus der Ferne, ein wortloses Flüstern, wie das Rauschen einer Brandung, das manchmal, wenn besonders hohe Wellen gegen die Felsen schmetterten, zu einem Donnern anschwoll.

Die Splitter der Trümmerwolke, in die sich die Außenhülle des Orbitalspringers verwandelt hatte, sie bewegten sich, Forrester hatte es gesehen. Dort, ein kleines Fragment mit scharfen Kanten, bereit dazu, alles aufzuschlitzen und zu zerreißen, was es berührte ... Es drehte sich langsam, und es kam näher, zusammen mit den anderen Trümmerteilen.

Der Tod würde sich holen, was ihm gehörte.

Forrester dachte an Zinnober, und dort war sie, lang ausgestreckt auf einer schmalen Liege, das rote Haar ausgebreitet, die roten Augen geschlossen. Er hörte auch ihre Gedanken, ein sanftes Tröpfeln – sie träumte einen fremden Traum, geschaffen von dem Likotha, der im Nukleus seines Schiffes saß und gerade über das Ansible mit Javaid sprach. Forrester sah die Signale: Funken, die dem Schiff durchs Sprawl vorauseilten, schnelle Boten, ohne den Ballast von Masse. Plötzlich erstarrte der Likotha, und dann drehte sich der eulenartige Kopf, ohne dass sich der Rest des Körpers bewegte. Die dunklen Augen in dem weißen, fedrigen Gesicht starrten, wie auf der Suche nach etwas, vielleicht einem verborgenen Beobachter ...

Forrester erschrak und wich zurück, ohne zu wissen, was hier geschah. Aber plötzlich war das Schiff mit Zinnober an Bord Hunderte von Lichtjahren entfernt, im Gegensatz zu einem anderen, das wie eine Blume aussah, wie eine Kreuzung zwischen Orchidee und Rose. Einer Navigationsschwinge fehlte ein Segment, und die Reste eines Gerüsts hingen am Sprawler, aber das kleine Schiff, nur dreißig Meter lang, war unverkennbar: die *Sonnenwind*. Forrester wollte ihr näher sein, und plötzlich befand sich sein beobachtendes Auge an Bord, flog durch einen kurzen Korridor, erreichte den Nukleus und schwebte dort inmitten von virtuellen Kontrollen. Er wollte den Kurs des Schiffes ändern, es zum Orbitalspringer bringen, vielleicht gab es noch Rettung ...

Ein rotes Warnsymbol erschien in einem Holofeld, darunter der Hinweis *Unbekannte Präsenz an Bord.*

»Ich bin es«, sagte Forrester. »Hörst du mich, Schiff? Hörst du mich, *Cassandra?*«

Der Intellekt hörte ihn nicht. Forrester suchte nach der Stimme, die in dieser Dimension ihm gehörte, doch er fand etwas anderes: die Macht seiner Wünsche oder bestimmter Wünsche. Er wünschte sich, dass Cassandra wusste, wo sich der Orbitalspringer befand, dass sie das Schiff in die Atmosphäre des Gasriesen brachte. Wieder draußen, außerhalb der *Sonnenwind*, beobachtete er mit einem Auge – von dem er *wusste*, dass es sich in der kleinen Kugel befand, die er in der linken Hand hielt –, wie Plasma- und Manövriertriebwerk Schub gaben, wie die *Sonnenwind*, von ihren Schirmfeldern geschützt, in die Atmosphäre des Gasriesen eintauchte. Eine neue Stimme kam aus dem Hintergrundflüstern, das Wispern und Raunen der Datenströme im Intellekt der *Sonnenwind*. Sie enthielten nun auch Koordinaten, die vorher gefehlt hatten.

Ein Stechen am Hals brachte Forrester in den Orbitalspringer zurück. Er beugte sich zur Seite und sah den Kompositsplitter, der ihn berührt hatte, sah den kleinen roten Tropfen an seiner Spitze, sah auch die Augen in der Kugel, die alles wahrnahmen, Kleines wie Großes, selbst Dinge, die keine Substanz hatten, wie zum Beispiel Gedanken ...

Die Kontinua, eine Dimension des Möglichen und der ungetroffenen Entscheidungen. Eine Bühne, auf der sich Realitäten formten, deren Struktur und Gestalt sich beeinflussen ließ. Weil *hier* noch nicht entschieden war, wie sie aussehen und sich entwickeln würden. Unschärfe und Unbestimmtheit, dachte Forrester, der zumindest einen Teil der Wahrheit zu erkennen glaubte.

Dort war das Schiff des Likotha. Es verließ gerade den dritten Hauptstrang des Sprawl und setzte den Flug durch den kleinen vierzehnten Nebenstrang fort, nach Javaid. Zinnober ... Sie lag nicht mehr auf dem schmalen Bett, sondern saß an einem Tisch, ihr Bewusstsein gefesselt von den Gedanken des Psionikers. Eine Dimension der Wünsche, dachte Forrester voller Hoffnung. Er *wünschte* sich Zinnober frei. Er *wünschte* sich, dass das Schiff des Likotha aus dem Sprawl fiel, zurück ins Basiskontinuum, an einen Ort, der keine unmittelbare Gefahr bedeutete und dessen Koordinaten er kannte. Er *wünschte* sich, dass der Likotha seine besonderen Fähigkeiten verlor, dass er tief und fest schlief, wodurch Zinnober die geistigen Fesseln abstreifen konnte ...

Das Schiff flog weiter. Es kroch durchs Sprawl, scheinbar langsam wie eine Schnecke, aber in Bezug auf das Basiskontinuum viel, viel schneller als das Licht. Der Likotha blieb wach – er drehte wieder den Kopf und hielt noch einmal Ausschau, schien einen fremden Blick zu fühlen.

Die Entfernung war zu groß. Oder er machte etwas falsch. Vielleicht musste er sich besser konzentrieren. Vielleicht ...

Etwas berührte ihn am Kopf, ein Trümmerstück mit schartiger Kante, so heiß, dass es glühte. Forrester duckte sich. Die Fragmente des implodierenden Orbitalspringers waren so nahe, dass sie ihm nicht einmal genug Platz ließen, die Arme auszustrecken. Eins von ihnen steckte in Nathans Bein, zwanzig Zentimeter lang und blutig. Der Greis hing reglos in seinem Harnisch, die Augen geschlossen, bewusstlos, vielleicht sogar tot.

Konnte man an dieser schmalen Grenze der Realität die Toten ins Leben zurückholen, wenn man dem Wunsch genug Kraft gab?

Er starrte in die kleine Kugel mit den vielen Augen, Tausende waren es, vielleicht sogar Millionen, so dicht zusammengedrängt wie die zahllosen Stimmen in seinem Kopf. Sie flüsterten nicht mehr, sie schrien, jede von ihnen rief ihm etwas zu, das er nicht verstand. Wie die Stimmen der Engel im Sprawl, die er ohne Kompensator gehört und ebenfalls nicht verstanden hatte.

Zinnober ... Er konnte ihr nicht helfen. Weil sie zu weit entfernt war, weil sein Wunsch sie nicht erreichte, nur sein Blick.

Verzweiflung packte Forrester und schüttelte ihn, so heftig, dass sich ein Gedanke löste und zwischen den vielen Stimmen in seinem Kopf aufstieg. Er rief ebenfalls, dieser Gedanke, er schrie lauter als die Stimmen. Forrester hörte, wie er sich aufforderte: *Hilf dir selbst, damit du Zinnober helfen kannst!*

Er brauchte die *Sonnenwind*. Sie musste *hier* sein, damit die Katastrophe – die Implosion des Orbitalspringers, die bereits begonnen hatte – nicht ihr fatales Ende erreichte. Er brauchte sie *jetzt*.

Die Kugel mit den Augen wurde schwer, so schwer, dass er sie nicht länger festhalten konnte. Sie rutschte ihm aus den Fingern und fiel.

Forrester schnappte nach Luft. Er verließ die Dimension des Möglichen in den Kontinua, und seine Rückkehr brachte die Antwort auf die Frage nach Leben und Tod.

Neunzehn Tage

Forrester schlug die Augen auf. »Liege ich schon wieder in Gel?«, fragte er benommen.

»Eine reine Vorsichtsmaßnahme, Vinzent«, antwortete der Intellekt. »Du bist nur geringfügig verletzt und bereits dekontaminiert.«

Ruhe erfüllte ihn, was vermutlich an der Dämpfung durch das Heilgel lag. »Dekontaminiert?«

»Ihr habt euch ziemlich lange ohne Schutz in der Magnetosphäre des Gasriesen aufgehalten. Ihr seid starker Strahlung ausgesetzt gewesen.«

Ihr, dachte er. Nicht nur ich allein. »Was ist mit Nathan und Aurelius?«

»Wenn du damit die anderen beiden Personen meinst, die sich im Wrack des Orbitalspringers befanden ... Sie kommen gerade zu sich.«

Forresters Herz schlug schneller und so laut, dass er es hörte. »Betäube sie!«

»Ich verstehe nicht ganz, Vinzent. Ich meine, ich verstehe die Worte, aber ich verstehe nicht, warum ...«

»Keine langen Diskussionen, Cassandra. Es ist wichtig. Betäube sie. Lass sie schlafen, bis ich wieder zu Kräften gekommen bin. Es schadet ihnen doch nicht, oder?«

»Nein. Es würde ihre Genesung sogar beschleunigen.«

»Dann schick sie in einen tiefen Schlaf.« Forrester schloss die Augen. Schlafen klang nicht schlecht. An nichts denken, Kraft schöpfen.

Er öffnete die Augen wieder. »Wie hast du uns gefunden?«

»Die Koordinaten befanden sich in meinem Datenspeicher«, erwiderte der Intellekt. »Jemand hat sie übermittelt.«

Jemand, dachte Forrester.

»Ich bin im letzten Moment eingetroffen, Vinzent«, fügte Cassandra hinzu. »Im allerletzten Moment. Die Implosion hatte bereits begonnen, als ich das Wrack des Springers in ein Schirmfeld hüllte. Eine Tausendstelsekunde später, und ich hätte nichts mehr für euch tun können.«

Die Lücke zwischen Leben und Tod, eine Tausendstelsekunde breit.

»Wo sind wir jetzt?«, fragte Forrester. Das Heilgel reichte ihm bis zum Kinn, warm und weich. Nichts, vor dem man sich fürchten musste; nichts, das unangenehm gewesen wäre.

»Im Sprawl, Vinzent.«

Ein Holofeld erschien über ihm, wie eine große Blase, mit dem silbergrauen Wogen des Sprawl gefüllt. Die Orientierungshilfe zeigte das rote Bündel des dritten Hauptstrangs und voraus einige Verästelungen, unter ihnen eine dünne grüne Linie, der vierzehnte Nebenstrang. »Wir fliegen nach Javaid?«

»Dieses Ziel hast du mir genannt, Vinzent.«

Habe ich das?, dachte Forrester müde. Oder habe ich es mir gewünscht?

»Javaid«, sagte er leise. »Bring uns so schnell wie möglich dorthin! So schnell wie möglich, hörst du?«

»Ja, Vinzent. Es geht um Zinnober, nicht wahr?«

»Ein Likotha hat sie entführt und bringt sie zum Duka.«

»Das tut mir leid.«

»Hilf mir, sie zu retten.« Forrester schloss die Augen. Körper und Geist verlangten Ruhe.

»Ja, Vinzent. Wir fliegen mit Höchstgeschwindigkeit. Vielleicht kann ich den Sprawler modifizieren, damit wir noch ein wenig schneller werden. Schlaf jetzt, wenn du schlafen möchtest.«

»Lass mich nicht nach den anderen erwachen, Cassandra. Das ist wichtig.«

»Ich wecke dich vor ihnen.«

Forrester schlief.

»Dem Sprawler geht es besser als mir, Vinzent«, sagte Cas- **46**
sandra. »Ich habe ihn modifizieren können. Sein Materialgedächtnis ist intakt, und ich habe den einen Bot, der uns geblieben ist, als technischen Spezialisten eingesetzt.«

Forrester beobachtete, wie der Bot – ein Kegel mit zahlreichen Greifarmen – die Einstellungen der Fokussierer am
Triebwerksring überprüfte. Ein Summen und Brummen lag
in der Luft, wie von einem nahen Schwarm Äquiv-Bienen.

»Neunzehn Tage?«, fragte er enttäuscht.

»Mit Höchstgeschwindigkeit, Vinzent«, sagte der Intellekt.
»Schneller geht es leider nicht. In dem Nebenstrang kommen wir selbst mit voller Sprawler-Kapazität nur langsam
voran.«

Ein Wunsch, dachte er. Konnte er die *Sonnenwind* mit
einem Wunsch nach Javaid bringen? Die Finger seiner linken
Hand berührten die kleine Omni-Kugel in der Hosentasche,
holten sie aber nicht hervor.

»Was ist mit dir, Cassandra?«

»Ich kann nicht richtig denken, nicht wie sonst, nicht wie
früher«, antwortete der Intellekt. »Der Angriff des Likotha
hat mich beschädigt, und die Leuchtfeuer-Techniker in der
Orbitalwerft haben versucht, meine Daten zu stehlen. Sie
sind dabei nicht besonders sanft vorgegangen.«

Forrester nickte. Er hatte die Schäden in den Datenkernen
gesehen.

»Es tut mir leid für dich«, sagte Forrester, dachte aber vor
allem an Zinnober. »Sobald wir dies hinter uns haben, fliegen wir nach Mechanica. Dort lassen wir das Schiff gründlich instand setzen, und du bekommst neue Datenspeicher,
damit du noch besser und schneller denken kannst als früher.«

Getragen von einem schwefelgelben Gravkissen flog der
Bot zum nächsten Fokussierungsmodul. Forrester folgte ihm,
von einer Unruhe erfüllt, die Bewegung verlangte.

»Mechanica ist teuer, Vinzent«, erwiderte Cassandra. »Für
die Bezahlung von Reparatur und Behandlung im Hospital

musste ich deine Valuta-Konten debitorisieren. Ich fürchte, dir ist nicht viel Valuta geblieben.«

Das Notfallkonto reichte nur fürs Nötigste. Er brauchte eine neue Einkommensquelle, genug Valuta, um mit Zinnober unterzutauchen, sobald dies alles vorbei war, vielleicht für die Rückkehr zum Verlorenen Paradies.

Falsche Gedanken, dachte Forrester. Erst muss ich sie retten. Ein Schritt nach dem anderen.

»Ich verspreche dir, dass ich mich um dich kümmern werde, Cassandra«, sagte er.

»Das ist nett von dir, Vinzent. Übrigens ...«

»Ja?«

»Aurelius möchte mit dir reden.«

Forrester hatte sich bereits vom Bot abgewandt und ging mit langen Schritten durch den Korridor. »Sag ihm, ich bin unterwegs.«

Neunzehn Tage bis nach Javaid, dachte er. Eine Ewigkeit.

47 Nathan und Aurelius saßen auf der anderen Seite eines Schirmfelds, das die Kabine in zwei Hälften teilte. Forrester hielt das silberne Armband des Zehntausendjährigen in der Hand, seinen K-Konnektor, und fühlte dabei etwas, das er zuvor nicht empfunden hatte: eine Leere, in die er fallen konnte, so nahe, dass er ihren Sog spürte. Er glaubte fast, den Abgrund sehen zu können, wenn er den Blick zur Seite richtete, viele Lichtjahre tief. Und die Omni-Artefakte, die er bei sich trug und die Aurelius gehörten ... Sie reagierten auf die Präsenz des Armbands. Sie wurden warm und schienen darauf zu warten, dass er sie berührte.

»Tun Sie es nicht«, sagte Aurelius.

»Was meinen Sie?«

»Geben Sie nicht der Versuchung nach, es noch einmal zu versuchen. Sie kennen sich nicht damit aus. Sie wissen nicht, wie man damit umgeht. Beim ersten Mal hatten Sie Glück.«

Forrester stellte fest, dass seine Finger erneut die kleine Kugel gefunden hatten. Er zog die Hand aus der Tasche.

»Sie wollten mich sprechen«, sagte er.

»Mir geht es gut, danke der Nachfrage«, brummte Nathan. Er saß in einem Sessel, alt und schwach, sein Gesicht eine Faltenmaske, die Hände nicht mehr als Haut und Knochen. Er sah sogar noch älter aus als in den Höhlen von Mayflower. Vielleicht lag es daran, dass Aurelius ihm ohne das silberne Armband, ohne die Verbindung zu Omni, nicht mehr die Bürde des Alters nehmen konnte. Oder seine Verletzungen waren schwerer gewesen, als es den Anschein gehabt hatte.

Forrester seufzte innerlich. Er hatte nicht einmal danach gefragt. »Wie geht es dir, Nathan?«

»Es ging mir schon einmal besser, wenn ich ehrlich sein soll. Der Splitter, der sich mir ins Bein gebohrt hat, ist nicht das Problem.« Der Greis deutete auf den Bioadapter am Bein, einen Gewebeklumpen, der die Heilung beschleunigte. »Das Problem sind die Jahre. Mir bleibt nicht mehr viel Zeit, Junge, und bevor meine Zeit *abläuft*, möchte ich Benedikt eine Lektion erteilen.« Er schnaufte. »Ich nehme an, wir fliegen nach Javaid, richtig?«

»Es wird neunzehn Tage dauern, bis wir Javaid erreichen«, sagte Aurelius. »Bis dahin dürfte Benedikt die Maschine aus der *Kuritania* geborgen und unter seine Kontrolle gebracht haben.«

»Woher wissen Sie davon?«, fragte Forrester.

»Von den neunzehn Tagen? Ich habe den Intellekt Ihres Schiffes gefragt, und er hat es mir gesagt. Beziehungsweise sie. Cassandra ist ein weiblicher Name. Wissen Sie, was er bedeutet?«

Forrester schwieg und dachte an Zinnober. Hatte das Schiff des Likotha inzwischen Javaid erreicht?

»Cassandra ist ein Name aus der griechischen Mythologie«, sagte Aurelius. »Die Griechen waren ein altes Volk auf der Erde. Wegen ihrer Schönheit bekam Cassandra die Gabe der Weissagung. Aber sie wurde auch dazu verflucht, dass niemand ihren Weissagungen Glauben schenkte.«

»Ich kenne die irdischen Mythologien nicht«, ertönte die Stimme des Intellekts. »Sie sind nicht Teil meiner Datenbanken. Ich habe den Namen gewählt, weil mir sein Klang gefällt.«

»Wollten Sie darüber mit mir sprechen?«, fragte Forrester. »Über Sagen der alten Erde?«

»In gewisser Weise.« Aurelius lehnte sich zurück. Seine Arme ruhten auf den Armlehnen des Sessels. Er wirkte ruhig und entspannt, doch tief in seinen Augen lag Sorge. »›Jede hinreichend fortschrittliche Technologie ist von Magie nicht zu unterscheiden.‹ Kennen Sie diese Worte?«

»Sie klingen nach einem Zitat.«

»Ja. Sie stammen ebenfalls von der Erde, wie der Cassandra-Mythos, sind aber nicht so alt. Ein Geschichtenerzähler hat sie formuliert, ein Zukunftsdenker, etwa hundert Jahre vor meiner Geburt. Clarke lautete sein Name. Er hätte sich vermutlich nicht träumen lassen, dass jemand zehntausend Jahre später seine Worte wiederholt. Darum geht es, Forrester. Um Technik wie Magie. Um Technik, die vermeintlich Wunder vollbringen kann. Sie haben es erlebt.«

»Unsere Rettung«, sagte Forrester. »Die Dimension des Möglichen.«

»Die Kontinua, ja. Ein kleiner Teil davon. Ich weiß, was geschehen ist. Ich habe es erfahren, als Sie mir vor sechs Stunden, während ich noch schlief, erneut das Armband angelegt haben. Es ging mir schlecht, und Sie wussten, dass ich es brauche. Ich bin zehntausend Jahre alt, aber nicht unsterblich. Omni hat mir ein langes Leben gegeben, und ich brauche Omnis Energie, um am Leben zu bleiben. Mit gewöhnlicher Nahrung kann ich nichts anfangen.«

»Sie haben keinen Magen.«

»Mir fehlt außerdem noch das eine oder andere. Jedenfalls, ich brauche den Kontinua-Konnektor; wenn ich längere Zeit davon getrennt bleibe, muss ich sterben. Aber er ist mehr als nur eine Quelle meiner Lebenskraft.« Aurelius deutete auf das silberne Armband, das Forrester noch immer in Händen hielt. »Er verbindet mich mit Omni. Er gibt meinen Artefakten ihre Macht.«

Forrester betrachtete das silberne Band, das seine Finger wärmte. Es schien sich zu bewegen, nach etwas zu suchen, vielleicht nach dem Handgelenk des Reisenden.

»Ich habe die Trümmerwolke gesehen, die uns umgab«, sagte er. »Jeden einzelnen Splitter von ihr. Ich habe den Beginn einer Implosion gesehen, die nur einen Sekundenbruchteil gedauert hätte. Sie umgaben uns, die vielen Trümmerstücke des implodierenden Orbitalspringers, und sie bewegten sich, sie krochen langsam näher, während ich ...«

Forrester überlegte. Aurelius sah ihn an und wartete. Nathan hatte die Augen halb geschlossen und war in sich zusammengesackt. Vielleicht schlief er.

»Während ich mich an einem Ort befand, an dem Entscheidungen getroffen werden konnten. An dem ein Wunsch genügte, um die Realität zu verändern. Es war wie ...«

»Wie Gott zu sein?«, fragte Aurelius. Seine Stimme klang seltsam.

»Nein«, sagte Forrester. »Ich meine ... Vielleicht ein bisschen. Wenn ein Wunsch genügt, ein Gedanke, um die Dinge so zu gestalten, wie man sie möchte ...«

»Letztendlich ist alles Energie, auch ein Gedanke. Man kann ihren Fluss verändern, ihre Struktur. Man kann sie Materie werden lassen und wieder in Energie zurückverwandeln. Man kann ihr Form und Gestalt geben.«

»Ich habe der Sonnenwind mitgeteilt, wo sich der Orbitalspringer befindet«, sagte Forrester. »Ich habe ihr die Koordinaten genannt. Nur dadurch konnte sie rechtzeitig zur Stelle sein.«

»Sie haben Energie verändert«, sagte Aurelius. »An einer kleinen Stelle. Wechselwirkung und Korrelation. Jene Art von Magie, über die ein gewisser Clarke vor zehntausend Jahren sprach.«

»Hoch entwickelte Technik«, sagte Forrester.

Aurelius nickte. »Nichts anderes als das.«

»Aber die Zeit! Ich habe gedacht. Ich habe überlegt und Dinge gesehen. Das alles nimmt Zeit in Anspruch. Doch die Zeit stand fast still. Die Trümmerwolke der geborstenen Außenhülle ...«

»Raum und Zeit sind zwei miteinander verknüpfte Dimensionen. Beide sind relativ. Dieses Schiff *kriecht* durchs Sprawl, aber in Bezug auf das Basiskontinuum – auf den gewöhnlichen Weltraum, wenn man so will – fliegt es mit einem Vielfachen der Lichtgeschwindigkeit. Sie waren auch in der Dimension der Zeit unterwegs. Beziehungsweise Ihr Geist, Ihr Bewusstsein.«

Forrester betrachtete die Kugel. Er hatte sie hervorgeholt, ohne es zu merken, hielt sie in der einen Hand und den silbernen Kontinua-Konnektor in der anderen. Die vielen kleinen Augen in der Kugel waren geschlossen, bis auf eins. Es musterte ihn und sah mehr als nur das Gesicht; Forrester hatte das Gefühl, seine Gedanken würden angestarrt.

»Was Sie erlebt haben, Forrester, was Sie in die Lage versetzt hat, sich selbst und uns zu retten, ist nur die Spitze des Eisbergs«, sagte Aurelius. »Die kleine Kugel dort ist ein sekundäres Artefakt, kaum mehr als ein interessantes Spielzeug. Und doch kann sie in den falschen Händen – und dazu gehören auch Ihre – großen Schaden anrichten.«

»Die falschen Wünsche«, murmelte Forrester. »Die falschen Gedanken ...«

»Ja. Stellen Sie sich ein solches Artefakt im Besitz von jemandem vor, der Schaden anrichten *möchte*.«

»Um nur einen Namen zu nennen: Benedikt«, warf Nathan ein. Er schlief also nicht.

»Die Spitze des Eisbergs«, wiederholte Forrester leise und betrachtete noch immer die beiden Objekte. Das Auge schien ihm zuzuzwinkern.

»Der sichtbare Teil von etwas, das viel, viel größer ist«, sagte Aurelius.

»Sie meinen die Maschine.«

»Ja.«

»Deshalb wollten Sie mich sprechen.« Forresters Gedanken kehrten zu Zinnober zurück. Das eine Auge in der Kugel, das ihn beobachtet hatte, schloss sich wie die anderen.

»Die Maschine an Bord der *Kuritania* ist der Rest des Eisbergs«, sagte Aurelius. »Und noch mehr. Noch viel mehr. Mit ihr könnte Benedikt nicht nur ganz KopKo unter Kontrolle bringen, sondern auch die anderen Äquiv-Zivilisationen. Er wäre sogar eine Gefahr für Omni.«

»Wenn die Superzivilisationen so mächtig sind, dass uns ihre Technologie wie Magie erscheint ...«, sagte Forrester. »Wieso machen sie dann nicht Gebrauch von ihrer magischen Technik und holen die Maschine aus der *Kuritania*? Oder verhindern, dass Benedikt sie bekommt?«

»Weil selbst Omni nicht allmächtig ist«, erwiderte Aurelius. »Und weil es Kräfte und Gegenkräfte gibt. Die Dinge sind nie einfach. Hinter ihren simplen Fassaden erstreckt sich immer tiefe Komplexität. Um zu vermeiden, dass Sie in Versuchung geraten und irgendetwas Dummes anstellen ...« Aurelius streckte die Hand aus. »Bitte geben Sie mir zurück, was mir gehört.«

Forrester betrachtete noch einmal die kleine Kugel mit den Augen, die nun alle geschlossen waren, und steckte sie ein. Das silberne Armband hielt er etwas länger in der Hand, bevor er es in der Hosentasche verschwinden ließ.

Der Zehntausendjährige seufzte. »Sie wollen nicht zur Vernunft kommen, oder?«

»Ich weiß, was Sie meinen«, sagte Forrester. »Ich verstehe Sie, aber es bleibt dabei. Wir fliegen nach Javaid. Wir retten Zinnober.«

»Neunzehn Tage, Vinzent«, krächzte Nathan. »Zeit genug für den Duka, Zinnober zu bestrafen.«

Forrester presste kurz die Lippen zusammen. »Wir fliegen nach Javaid. Und Sie, Aurelius, werden den Duka darum bitten, Zinnober zu verschonen und freizulassen.«

»Haben Sie an die Möglichkeit gedacht, dass er nicht auf meine Bitte eingehen könnte?«

Forrester wollten nicht daran denken. »Sie repräsentieren Omni. Der Duka wird sich hüten, eine Bitte von Ihnen zu ignorieren.«

»Neunzehn Tage«, wiederholte Nathan. »Zeit genug für mich zu sterben. Zeit genug für Benedikt, sich die Maschine unter den Nagel zu reißen. Und wenn er die Maschine hat ...«

»Wenn er versucht, sie ohne mich in Betrieb zu nehmen, droht eine Katastrophe.«

»Für mich hat sich nichts geändert. Es geht um meine Tochter.« Forrester stand auf. »Ich helfe Ihnen, Aurelius. Wir fliegen zur *Kuritania* und verhindern, dass Benedikt die Maschine bekommt. Oder wir sorgen dafür, dass er sie nicht benutzen kann, wenn er sie bereits hat. Aber zuerst retten wir Zinnober.«

Der Zehntausendjährige seufzte erneut. »Setzen Sie sich, Forrester. Ich möchte Sie verstehen. Erzählen Sie mir, was auf Javaid geschehen ist.«

Forrester setzte sich und erzählte von Javaid.

Ein Talisman

Nebel hob sich vom Fluss, der einst breit und mächtig die **48** Ebene durchzogen hatte, kroch über den Hang und erreichte die Felsen, auf denen der dunkle Koloss der alten Bastion in die Höhe ragte. Vor fast tausend Jahren war sie Mittelpunkt einer großen Stadt gewesen, der größten auf Javaid, doch der »Bruch«, eine globale Klimakatastrophe, hatte Stadt und Fluss schrumpfen lassen. Die Bastion des Duka hatte Hitze und Ödnis getrotzt und war das politische Zentrum von Javaid geblieben, obwohl die Städte nach Norden und Süden gewandert waren, fort vom Wüstengürtel entlang des Äquators. Inzwischen sanken die Temperaturen wieder, und es fiel mehr Niederschlag, genug, das Rinnsal in der Ebene wieder in einen Fluss zu verwandeln, auch wenn er nur ein Zehntel seines ursprünglichen Bettes füllte. Die Arbeit der Klimaingenieure – unterstützt von den unabhängigen Maschinendynastien aus dem Sternhaufen M80 am Ende des sechsten Hauptstrangs – zeigte erste Resultate. In hundert, spätestens hundertfünfzig Jahren sollten die Wüsten im Äquatorialgürtel zurückgedrängt sein. Vielleicht entstand an diesem Ort dann eine neue große Stadt, wieder mit der Bastion in ihrer Mitte.

Der Nebel war ein kurzlebiges Phänomen. Er bildete sich nur in der kältesten Stunde der Nacht, kurz vor Sonnenaufgang, wenn der Beginn der Morgendämmerung die Dunkelheit vom ersten kleinen Stück des Horizonts vertrieb. Er verschwand, sobald die Sonne Maquinna aufstieg und es schnell wärmer wurde.

Für Forrester war der Aufstieg beschwerlicher als erwartet, was vielleicht an seiner Ganzkörpertarnung lag, einem speziellen Bioadapter, der ihn von Kopf bis Fuß bedeckte und ihm das Aussehen eines Crohani gab. Er trug die Maske seit einigen Wochen, ohne sie ein einziges Mal abgelegt zu haben, und das schwächte ihn.

Am schnellsten von ihnen war Isdina-Iaschu. Das Mädchen mit dem feuerroten Haar und den roten Augen sprang flink wie ein Äquiv-Wiesel zwischen den Felsen nach oben, schien der Schwerkraft auf eine Weise zu trotzen, wie es sonst nur mit einem Gravitator möglich war. Ihre Mutter Nala – eine Exquisitin des Duka, eine seiner Frauen – versuchte sie nicht aus den Augen zu verlieren, hielt aber gelegentlich inne, um nach Luft zu schnappen. Forrester erinnerte sich gut an sie. Vor Jahren, bei den Vorbereitungen auf diese Mission, war es ihm gelungen, ihr Vertrauen zu gewinnen und sogar eine enge Beziehung zu ihr zu knüpfen. Ziel und Zweck waren klar: Er brauchte Zugang zur Bastion und zu den privaten Gemächern des Duka. Er hatte damals versucht, sein emotionales Engagement in Grenzen zu halten, und das war ihm auch gelungen. Als er sie jetzt beobachtete, erinnerte er sich deutlich an die gemeinsam verbrachte Zeit, auch an die warme Geschmeidigkeit ihres Körpers, und ein Teil von ihm empfand Reue, fühlte sich sogar schuldig. Es war ein anderer Forrester, der da in ihm heranwuchs, seit sein Mentor Nathan von Benedikt, dem neuen Leiter der Agentur, aus dem Amt gedrängt worden war. Er hatte, wie auch Nathan, damit begonnen, viele Dinge infrage zu stellen. Diesem neuen Forrester, der manchmal mit der Stimme des Gewissens flüsterte, gefiel es nicht, dass er Nala – und auch ihre Tochter Isdina-Iaschu, das Mädchen mit dem Flammenhaar, dessen Name in InterLingua »Zinnober« bedeutete – erneut benutzte, um die vor Jahren begonnene Mission zu ihrem Abschluss zu bringen. Er hatte versprochen, Nala und ihrer Tochter zu helfen, wenn sie ihm halfen, den Talisman des Duka zu stehlen, ein Omni-Artefakt. Er hatte versprochen, sie nach Außenwelt zu bringen, fort von Javaid, fort vom Duka und seinen Launen, ihnen ein freies, unabhängiges Leben zu ermöglichen. Doch in Wirklichkeit wollte er allein in die Wüste jenseits des Flusses zurückkehren, dorthin, wo ein kleines verstecktes Schiff der Agentur auf ihn wartete. An diesem Entschluss hielt er fest, trotz seines Unbehagens.

Er beobachtete, wie das Mädchen mit dem feuerroten Haar und den ebenfalls roten Augen zwischen den Felsen kletterte und sprang. Wie seine Mutter wusste es, dass er kein Crohani war. Es nahm wie sie an, dass er von Außenwelt gekommen war, um dem Duka mit dem Talisman auch seine Macht zu stehlen, damit eine Ära des Friedens und der Freiheit auf Javaid beginnen konnte. Mutter und Tochter glaubten an das Gute in ihm, an eine idealistische Bereitschaft, Hilfe zu leisten, auch wenn es Gefahr bedeutete. Sie hofften, sie wollten nicht zweifeln. Sie waren blind und taub, obwohl sie als Crohani besser sahen und hörten als Menschen.

Oben am Hang duckte sich Zinnober zwischen zwei Felsen. Sie hatte den Zugang erreicht und wartete, ein zierliches Geschöpf, dessen Augen in der Dunkelheit zu glühen schienen. Ein aufgewecktes Mädchen, lebhaft und neugierig, sehr intelligent. Auf einer anderen Welt hätte es mit einem interessanten Leben voller Möglichkeiten rechnen dürfen. Auf Javaid jedoch war Zinnobers Zukunft ebenso düster wie der Hang in der schwindenden Nacht. Der Duka würde Nachforschungen anstellen, wenn er das Fehlen seines Talismans bemerkte, vielleicht mithilfe der Likotha, die in Geist und Seele blicken, dort Wahrheit von Lüge unterscheiden konnten. Er würde herausfinden, wer das Omni-Artefakt gestohlen und wer dem Dieb geholfen hatte. Dann gab es nichts mehr, das Nala vor der schlimmsten Strafe bewahrte, dem *Brand*, einem langsamen, qualvollen Tod in der Desintegratorkammer. Und ihre Tochter würde als Mädchen und Frau eine Verräterin sein, für immer. Sie würde nicht sterben, wahrscheinlich nicht, denn sie war noch ein Kind, obwohl sie am Anfang der Reife stand, am Beginn des schnellen crohanischen Wachstums, das Körper und Geist erblühen ließ. Aber sie würde ihr Leben lang den Makel des Verrats tragen und eine Warnung für alle sein, die mit dem Gedanken spielten, die Macht des Duka herauszufordern.

Es ist nicht mein Leben, dachte Forrester, als er zu Nala aufschloss und mit ihr Zinnober erreichte, die ihm ein Lächeln schenkte, das er zu übersehen versuchte. Jeder ist für sich selbst verantwortlich.

Der andere Forrester in ihm widersprach. Du hast sie in diese Lage gebracht, flüsterte er. Du hast Hoffnung in ihnen geweckt und sie benutzt. Damit trägst du Verantwortung für das, was mit ihnen geschieht.

Verantwortung, dachte Forrester, als er zwischen den Felsen verharrte, dicht vor dem Spalt, der in die Höhlen unter der Bastion führte, in die »Gruft«, als er Atem schöpfte und über die Ebene blickte, auf der sich Schatten und Nebel lichteten. Verantwortung konnte einem Fesseln anlegen; davor musste man sich hüten.

Fern im Osten, nur ein vager Schemen im dunklen Grau der Morgendämmerung, erhob sich das Hochland von Harai, Heimat der psionischen Likotha. Im Norden, wo sich die Nacht in der Ödnis festzuklammern schien, glühten die Lichter der von intelligenten Maschinen errichteten Klimatürme, Teil eines globalen Systems aus Satelliten, Bodenstationen, Bohrkernen und schwimmenden Inseln, die seit fast zwei Jahrhunderten gezielt Einfluss auf Luft- und Meeresströmungen nahmen. Unter den Türmen, und auch in anderen Wüstenregionen entlang des Äquators, gruben sich die Gesandten der Maschinendynastien von M80 durch die Kruste von Javaid, auf der Suche nach seltenen Xalit-Kristallen, die von den intelligenten Maschinen in ihren Denkkernen verwendet wurden. Für weitere hundert Jahre Xalit-Schürfrechte – darin bestand die Gegenleistung der Crohani für die klimatechnologische Hilfe der M-Dynastien. Die Agentur nahm an, dass es den Maschinen um ganz etwas anderes ging: In Wirklichkeit suchten sie nach Omni-Artefakten wie dem Talisman.

Das alles geht mich nichts an, dachte Forrester und drehte

sich um. Erneut sah er Zinnobers Lächeln – es verfolgte ihn, machte den anderen Forrester in ihm stärker.

»Komm, Vinz«, sagte sie in perfektem InterLingua. »Komm in die dunkle Stadt der Toten.«

Sie zwängten sich durch den schmalen Zugang und betraten die erste von vielen Höhlen, in der Generationen von Crohani ihre Verstorbenen bestattet hatten. Knochen ragten aus verwitterten Wänden; Totenschädel starrten mit leeren Augenhöhlen.

Einige Nebelschwaden waren bis hierher vorgedrungen, wie auf der Flucht vor dem beginnenden Tag, und tasteten geisterhaften Fingern gleich über den Boden.

Forresters Hand bewegte sich von allein und lag plötzlich auf Zinnobers Schulter. »Hab keine Angst.«

»Ich habe keine Angst«, erwiderte sie ernst. »Man muss nicht die Toten fürchten, sondern die Lebenden.«

Tausende von toten Crohani ruhten im Berg, viele von ihnen **49** aufgeschichtet, sodass ihre Knochen Wände bildeten – ihre metaphorischen Schultern schienen die alte Festung zu tragen. An anderen Stellen des weitverzweigten Höhlensystems unter der Bastion lagen Skelette in Nischen, von Kleiderfetzen umhüllt, oder in Särgen und Sarkophagen. Hier und dort, an Abzweigungen oder neben den Zugängen kleiner Räume, erinnerten Gedenktafeln an bestimmte Persönlichkeiten der crohanischen Geschichte. Früher, als die Stadt noch existiert hatte, vor dem Bruch, waren immer Crohani in der Gruft unterwegs gewesen, zu jeder Zeit des Tages und der Nacht. Aber jetzt waren Räume und Tunnel leer und still, ihre Dunkelheit nur gestört von Nalas Licht – sie hielt die Lampe und übernahm die Führung.

»Gibt es hier unten keine Wächter?«, fragte Forrester, der die Anzeigen seines Scanners im Auge behielt.

»Nur Cronus«, erwiderte Nala leise, als sie durch einen Seitengang eilten, vorbei an einer Wand mit kleineren Nischen, darin die sterblichen Überreste von Kindern. »Aber er ist alt und müde und schläft die meiste Zeit. Er wird uns nicht bemerken, wenn wir leise sind.«

Alle Risiken minimieren, dachte Forrester. Das hatte er von seinem Mentor Nathan gelernt. Sie ganz vermeiden, wenn es möglich war. Selbst ein alter Mann, ein müder Greis, konnte einen Alarm auslösen. Mit einem zerebralen Interface, das die Reaktionszeit auf einen Gedanken reduzierte. Oder mit einem Blick, auf den ein Sensor reagierte. Selbst ein verborgener mechanischer Schalter genügte.

Forrester hielt den Scanner in der linken Hand und holte mit der rechten den Variator hervor. Er vergewisserte sich noch einmal, dass der mentale Scrambler − seine geistige Tarnkappe − einwandfrei funktionierte. Das kleine Gerät schützte vor telepathischen Sondierungen durch Likotha, aber bisher war Forrester noch nie einem der eulenartigen psionischen Wesen begegnet. Hinzu kam: Wenn es jetzt und hier zu einer mentalen Sondierung gekommen wäre, hätte ihm der Scrambler nicht viel geholfen, denn den Gedanken von Nala und Zinnober wäre zu entnehmen gewesen, dass etwas nicht mit rechten Dingen zuging.

Ein Riss im Innern des Berges, bei den letzten Beben vor über fünfhundert Jahren entstanden, führte von der Gruft, von der dunklen Stadt der Toten, mehrere Hundert Meter weit nach oben, bis zu einem der alten Fluchtgänge innerhalb der Festungsmauern. Von dort aus ließen sich die Gemächer des Duka erreichen, der zur Zeit auf der anderen Seite des Planeten weilte.

Der alte Cronus, dick und breit, wie aufgebläht, schlief umgeben von Toten. Sein schmales Bett hatte einen Rahmen aus Messing, das im matten Licht der Lampe den gelben Glanz von Gold gewann. Er lag mit dem Rücken zur Wand, die Decke bis zum Kinn hochgezogen, und Forrester dachte an einen weiteren Rat, den er von Nathan bekommen hatte: *Traue niemals einem Mann, der unter einer Decke liegt.*

Nala und Zinnober huschten durchs Zimmer, zu der kleinen Tür neben dem Bett. Sie gaben den Code in das Kombinationsschloss ein, das sich mit einem Klicken öffnete.

Cronus schnaufte im Schlaf und schmatzte.

Forrester hielt die Waffe bereit. Keine Risiken.

Zinnober zog die Tür auf – und erstarrte, als die Angeln quietschten.

Der dicke Mann im Bett öffnete die Augen. »Was ...?«, begann er verwirrt und benommen.

Forrester ließ ihm keine Zeit. Er schoss.

Der Variator in seiner rechten Hand vibrierte kurz.

Winzige Nadeln schlugen in den Kopf des alten Crohani und explodierten. Der Schädel blieb intakt, bis auf zwei Löcher in den Schläfen, aus denen heißes Blut rann, aber das Gehirn verdampfte. Cronus zuckte kurz, blieb dann reglos liegen, ein Toter umgeben von Toten. Und von drei Lebenden.

»Das wäre nicht nötig gewesen«, zischte Nala. »Deine Waffe kann doch auch betäuben, ja?«

Das konnte sie, bei Menschen und auch bei Crohani. Aber die Crohani – wie die Menschen das Ergebnis einer von den Pandora ausgebrachten kosmischen Saat – hatten einen anderen Metabolismus, noch dazu mit starken individuellen Unterschieden. Forrester hätte den alten Wächter betäuben können, aber vielleicht wäre er schon wenige Minuten später wieder zu sich gekommen und in der Lage gewesen, einen Alarm auszulösen.

Zinnober stand stumm vor der offenen Tür zum Schacht, mit großen roten Augen.

Einige schnelle Schritte brachten ihn neben sie. »Manche Dinge lassen sich nicht vermeiden«, sagte er wie als Rechtfertigung. »Wir müssen unentdeckt bleiben.«

Sie zwängten sich in den Schacht und begannen mit dem Aufstieg.

Was Forrester nicht wusste: Ein Sensor in der Brust des alten Cronus' überwachte die Biofunktionen, insbesondere den

Herzschlag. Als die explosiven Nadeln das Hirn verdampften, pochte das Herz noch einige Male, wie ein Echo von Leben. Dann holte der Tod es ein und hielt es an. Der Sensor stellte fest, dass das Herz nicht mehr schlug, und sendete ein Signal.

50 Die Leiter schien kein Ende nehmen zu wollen. Sie reichte senkrecht nach oben, in einem Schacht, der zum alten Fluchtsystem gehörte und so eng war, dass Forrester mehrmals rauen Fels im Rücken spürte. Diesmal übernahm nicht Nala die Führung, sondern die flinkere und agilere Zinnober. Oben angelangt bemerkte Forrester eine Tür, deren Fugen selbst im Licht der Lampe kaum zu sehen waren.

»Vinzent ...« Nala trat zu ihm, das Licht auf den Boden vor die Tür gerichtet. Sie wechselte einen Blick mit ihrer Tochter, halb in der Dunkelheit verborgen. »Du nimmst uns mit, nicht wahr?«

Forrester holte einen Scanner hervor, justierte ihn und wusste sich dem Ziel nahe. »Was? Natürlich.«

Nala holte tief Luft. »Ich möchte, dass du mir etwas versprichst, Vinz.«

»Hier?«

»Hier und jetzt. Versprich mir, dass du dich um Isdina kümmerst, wenn mir etwas zustoßen sollte.«

»Mutter ...«

Nala hob die Hand, und das Mädchen schwieg.

»Warum sollte dir etwas zustoßen?« Forrester richtete den Scanner auf das Schloss der Tür.

»Bitte, versprich es mir!«

Spielte eine Lüge mehr eine Rolle? »Na schön, ich verspreche es. Dir wird schon nichts zustoßen. Wir ...«

»Es gibt da etwas, das du nicht weißt«, sagte Nala. »Ich wollte es dir früher sagen, aber ...«

Der Scanner vibrierte – er hatte die richtige Signalfolge gefunden, um die getarnte Tür zu öffnen.

Forrester zog sie vorsichtig auf. Schwaches Licht fiel in den Fluchtgang. »Bringt mich zum Talisman!«

Ustak-Xuver – was in InterLingua »harter Glanz« bedeutete – war seit siebenundzwanzig Jahren Duka von Javaid und im Gegensatz zu vielen seiner Vorgänger kein Mann, der den Luxus liebte. Wohnlandschaften aus Samt und Seide, kunstvoll geknüpfte Wandteppiche, Springbrunnen aus Marmor und Kristall, Erlebnisbereiche mit teurer Programmvielfalt, Konstrukteure für Schmuck und die köstlichsten Delikatessen von hundert Welten – das alles fehlte im privaten Quartier des Duka tief im Innern der alten Festung. Zu Beginn seiner Amtszeit hatte er fortbringen lassen, was er für unnötig hielt, und es durch einfache, funktionale Dinge ersetzt. Forrester und die beiden Crohani, die ihm den Weg zeigten, schlichen an schmucklosen Wänden vorbei, über einen dünnen Teppich, der das Geräusch ihrer Schritte dämpfte. Tische und Stühle aus Plast erschienen in der Düsternis vor ihnen, Schränke und Vitrinen, die Zimmer teilten.

»Weiter«, drängte er leise. »Weiter!«

Im Salon, von den wenigen kleinen Nachtlichtern am Rand der Decke in ein Schattenreich verwandelt, tickte eine mechanische Uhr. Es war ein seltsames Geräusch – Nala hatte Forrester darauf hingewiesen, auf die Vorliebe des Duka für mechanische Apparaturen –, verursacht von Zahnrädern und einem Pendel wie ein Schwert, das die Zeit in kleine Stücke schnitt. Es bewegte sich in einem großen Kasten, der aus Holz zu bestehen schien. Langsam schwang es darin hin und her, schickte ein Ticken in die Dunkelheit und ließ Zeiger über ein Zifferblatt wandern.

Vorn leuchtete kurz Nalas Lampe auf. Das war dumm, fand Forrester. Selbst wenn sich hier niemand aufhielt: Vielleicht gab es einfach Sensoren, die auf ungewöhnliche Lichtquellen reagierten. Er blickte noch einmal auf die Anzeige seines Scanners. Nichts. Kein aktives Alarmsystem. Keine Überwachung, keine aktiven Sensoren, verbunden mit einem wachenden Intellekt.

Die Tür des Schlafzimmers stand offen. Das Bett darin bot vielleicht den einzigen Luxus der ganzen Suite: groß und breit, weiß wie eine Wolke und auch so geformt, darüber ein ebenfalls weißer Baldachin. Ein Kontrollfeld deutete darauf hin, dass das Bett mit modernster Technik ausgestattet war und allen Wünschen angepasst werden konnte.

Hinter dem Wolkenbett gab es zwei Türen. Eine stand wie die Haupttür offen und führte in einen Hygieneraum. Die andere war schmaler und geschlossen.

»Hier drin«, flüsterte Nala. »Ich kenne den Code nicht. Hier hat nur Ustak-Xuver Zugang.« Zum ersten Mal nannte sie den Duka beim Namen.

Forrester trat lautlos am Bett vorbei und scannte die Tür. Konnte dies die einzige Sicherheitsmaßnahme für etwas so Wertvolles wie den Talisman sein? Aber warum sollte der Duka damit rechnen, dass jemand versuchen könnte, sein Omni-Artefakt zu stehlen? Er wusste nicht, dass ein Gesandter der Agentur wochenlang auf genau diesen Moment hingearbeitet hatte. Auf Javaid hatte der Duka keine Gegner, zumindest keine, die es wagen würden, in sein Quartier einzudringen. Die Fluchtgänge waren nur wenigen Eingeweihten bekannt, und die normalen Routen durch die alte Bastion wurden natürlich bewacht.

Diesmal dauerte es etwas länger, die richtige Signalfolge zu finden, aber schließlich vibrierte der Scanner und sendete den Code – die kleine Tür öffnete sich. Mehrere Leuchtelemente in der Decke vertrieben die Düsternis. Nala schaltete ihre Lampe aus.

Forrester trat ein.

Die cremefarbenen Wände waren voller Ablagen: Nischen, Mulden und kurze Regale mit persönlichen Gegenständen, darin holografische Aufnahmen, die Personen und Landschaften zeigten, Panoramen nicht nur von Javaid, sondern auch von anderen Welten; Gedächtnisstäbe mit ausgelagerten Erinnerungen, einige von ihnen kunstvoll verziert; Blumen aus Glas und Kristall, so zart und fragil, dass sie den Eindruck erweckten, bei der kleinsten Berührung zerbrechen zu können; Schatullen und Kästchen, mit Intarsien aus Perlmutt, Porzellan, Zink und Messing. Ein längeres Regal enthielt Dutzende von Puppen in unterschiedlichen Größen und Formen, nicht nur Humanoiden nachempfunden, sondern auch Tieren und den Angehörigen von Äquiv-Völkern. Manche wirkten wie miniaturisierte Geschöpfe, die nur zu schlafen schienen und jederzeit erwachen konnten.

Vor einem Alkoven blieb Forrester stehen und betrachtete Gegenstände, die den Namen von Welten trugen. Er wusste von den Reisen des Duka, die ihn nicht nur in alle Nationalregionen von Javaid und zu den anderen Planeten und Monden des Maquinna-Systems gebracht hatten, sondern auch zu anderen Sonnensystemen. Vor einigen Jahren hatte er mehrere Welten der knapp hundert Lichtjahre entfernten Unabhängigen Assoziationen besucht, einer Gruppe von planetengebundenen Prä-Äquiv-Zivilisationen, die sich unter der Ägide der Xerxi entwickelten, eines Helfervolks der Superzivilisationen aus dem Scutum-Centaurus-Arm der Milchstraße. Forrester las die Namen der Welten und ließ den Blick über die Gegenstände streichen, die Ustak-Xuver bei seinen Besuchen als Geschenke erhalten hatte. Bei einem zusammengefalteten fraktalen Mosaik der Teneri, eines von vier intelligenten Arachniden-Völkern auf Woganda, blieb er stehen. Solche Mosaike galten bei den Kunstliebhabern in KopKo als einzigartig und waren sehr begehrt. Wie viel Valuta hätte ihm ein solches Exemplar eingebracht? Vermutlich viel mehr, als er von der Agentur bekam.

»Hast du ihn gefunden, den Talisman?«, flüsterte Zinnober hinter ihm. Nala stand an der Tür und wagte es nicht, den persönlichen Raum des Duka zu betreten.

Ob man einen Gegenstand stahl oder zwei, man war ein Dieb. Auf die Anzahl der gestohlenen Objekte kam es nicht an, oder?

Forrester streckte die Hand aus, obwohl das andere Selbst in ihm heftigen Widerstand leistete. Was macht es schon, wenn ich noch etwas mehr stehle?, dachte er.

Nur noch ein Zentimeter trennte seine Fingerspitzen von dem Mosaik, als der Scanner summte. Forrester hob ihn sofort und sah auf die Anzeige. Eine Störung im lokalen elektromagnetischen Spektrum, ein Interferenzmuster, das zufällig wirkte. Vielleicht war es das tatsächlich, ein Zufall, ein von den Klimatürmen oder den Maschinen in der Wüste verursachtes Signal.

Forrester starrte auf die Anzeige. Das Interferenzmuster wiederholte sich nicht.

»Was ist?«, fragte Zinnober leise.

Forrester ergriff das aus Arachnidenfäden gesponnene fraktale Mosaik, steckte es ein und ging weiter, zur Vitrine an der Rückwand. Darin ruhte ein sechs Zentimeter durchmessender Oktaeder, halb durchsichtig und grün wie Jade, durchsetzt von schwarzen Punkten, die wie aus großer Tiefe darin aufstiegen und wieder sanken, bis sie verschwanden – der Talisman des Duka.

»Warum hat er ihn nicht mitgenommen?«, raunte Forrester, als er die Vitrine öffnete, den grünen Stein nahm – er fühlte sich warm an, seltsam lebendig – und ihn in der Hand hielt.

»Vielleicht braucht er ihn nicht«, erwiderte Zinnober ebenso leise. Sie stand an seiner Seite, war ihm so nahe, dass er den Geruch ihres roten Haars wahrnahm, wie von Gras und welkem Laub. »Vielleicht nimmt er ihn nur dann mit, wenn er Glück braucht.«

Ein Omni-Artefakt, das seinem Besitzer Glück brachte, mit einer Veränderung der quantenmechanischen Wahrscheinlichkeit. Wenn der Duka mit den Repräsentanten anderer Regionen oder Welten verhandelte, wenn er etwas wagte und riskierte … Dieser grüne Stein, der Talisman, veränderte die Balance zu seinen Gunsten. Er garantierte nicht den Ausgang, den er sich wünschte, machte ihn jedoch wahrscheinlicher. Das war einer der Gründe, warum Ustak-Xuver seit siebenundzwanzig Jahren unangefochten Javaids Regierungsgeschäfte führte.

Forrester schloss die Finger um den grünen Stein und stellte sich vor, Glück zu haben.

Zinnober sah zu ihm auf, die roten Augen unschuldig und voller Hoffnung.

Forrester steckte den Talisman zum fraktalen Mosaik in der Hosentasche. Ein neuerliches Summen brachte seinen Blick zurück zur Anzeige des Scanners. Da war es wieder, das Interferenzmuster.

»Gehen wir.« Er kehrte ins Schlafzimmer zurück.

Ein Quäntchen Glück, dachte er. Mehr brauchte er nicht. Und mit dem Talisman in seinem Besitz durfte er optimistisch sein.

Doch das Glück schien ihn zu verlassen.

Im Salon der Suite, als sie schon fast den getarnten Zugang zum Fluchttunnel hinter der Wand erreicht hatten, öffnete sich die Haupttür, und zwei Soldaten aus der Garde des Duka sprangen herein. Sie schossen sofort.

51

Vielleicht war es das erhoffte Quäntchen Glück, das Forrester das Leben rettete, vor allem aber seine Erfahrung und seine Reaktionsschnelligkeit. Er sprang ebenfalls, zur Seite, er stieß sich ab und hechtete hinter ein Sofa, was ihn zwar nicht vor Blastern und smarten kinetischen Geschossen schützte, die sich ihr Ziel selbst suchten, ihm aber ein oder zwei Sekunden gab. Das genügte, den Scanner fallen zu lassen, den Variator zu ziehen, mit dem Daumen den Regler auf maximale Zerstörung einzustellen und den Auslöser zu betätigen, noch bevor er auf den Boden prallte.

Explosive Nadeln und einen Zentimeter lange Raketen rasten aus dem breiter gewordenen Lauf der Kombiwaffe, kreischten und heulten durch den Raum, zerfetzten den

Plasttisch und eine Statue aus grauem Granit neben der Tür. Die Schutzschirme der beiden Gardisten flackerten, und sie erwiderten das Feuer mit crohanischen Blastern, die weiße Blitze spuckten.

Forrester rollte zur Seite, näher zur Wand mit der getarnten Tür, in der einen Hand den Variator, der nun Mikrogeschosse in die Rauchwolke schleuderte, die sich in der Mitte des Salons gebildet hatte. Mit der anderen Hand aktivierte er den Scanner, der die Signalfolgen gespeichert hatte, und der Zugang zum Fluchttunnel öffnete sich. Nur zwei Meter, noch einmal über den Boden rollen, eine Rakete mit dreifacher Ladung in die Decke schicken, um einen Teil von ihr herabstürzen zu lassen, und zwar genau zwischen den beiden Angreifern und Forrester ...

Er erreichte die Tür, er zog sie auf und war einen Moment später hindurch, auf der anderen Seite, hörte das Klicken der Verriegelung und kroch hastig durch die Dunkelheit, für den Fall, dass die beiden Gardisten gesehen hatten, wohin er verschwunden war, und ihre Feuerkraft auf die entsprechende Stelle konzentrierten. Nach sieben oder acht Metern blieb er in der Dunkelheit liegen, rang nach Atem und tastete sich ab, um festzustellen, ob er verwundet war. Wie durch ein Wunder war er unverletzt geblieben.

Forrester richtete sich vorsichtig auf und lächelte in der Dunkelheit. Nein, kein Wunder. Er hatte einfach nur Glück gehabt. Sogar doppeltes Glück, denn er war allein. Das Problem, wie er Nala und ihre Tochter loswerden konnte, hatte sich von selbst gelöst.

Er begann mit dem Abstieg durch Tunnel und Schächte.

Eine Stunde später wusste er, dass er in Schwierigkeiten war. Die Fluchtgänge hinter den Mauern der alten Festung und die Schächte und Treppen zwischen ihnen – manche von ihnen so schmal, dass kaum genug Platz blieb für einen tiefen Atemzug – bildeten ein weitverzweigtes System, das offenbar durch den ganzen Berg reichte, auf dem sich die

Bastion des Duka erhob. Forrester musste nach unten, so viel stand fest. Sein Ziel war der Fluss und das Ödland auf der anderen Seite, das in der Wüste versteckte kleine Schiff der Agentur. Aber manchmal endete eine Treppe in einem Raum ohne Ausgang, oder ein Schacht wurde so eng, dass er nicht weiterkam, nach oben zurückkehren und einen anderen Weg suchen musste. Jede verstreichende Sekunde erhöhte das Risiko, denn zweifellos war inzwischen ein allgemeiner Alarm ausgelöst und der Duka benachrichtigt worden. Er würde sich sofort auf den Rückweg machen, wenn er vom Diebstahl seines Talismans erfuhr, und vermutlich hatte er bereits die Anweisung erteilt, in den alten Fluchttunneln nach dem entkommenen Dieb zu suchen.

In einem Raum mit zwei Luftschächten hörte er Geräusche von oben und nahm die erste Treppe nach unten, ihre Wände so nahe, dass seine Schultern über die Wände schabten, mit schiefen Stufen, auf denen er manchmal den Halt zu verlieren drohte. Unten angelangt fand er einen niedrigen Tunnel, der weiter in die Tiefe führte, an einigen Stellen so steil, dass sich Forrester an den Wänden abstützen musste. An einer dieser Stellen verlor er auf plötzlich glitschig werdendem Boden das Gleichgewicht, fiel und rutschte fast zehn Meter weit, bevor es ihm mit gespreizten Beinen und ausgestreckten Armen gelang, Halt zu finden.

Etwas Feuchtes bedeckte seine rechte Hand. Er hob sie vor die Sensorbrille, die aus seiner kleinen Instrumententasche stammte und die Finsternis des Fluchtsystems in ein Grau mit Konturen verwandelte, und sah ... Blut? Von ihm selbst stammte es nicht, denn er war und blieb unverletzt, wie eine nochmalige schnelle Untersuchung ergab. Obwohl ein Beobachter vermutlich zu einem anderen Schluss gelangt wäre, denn die Ganzkörpermaske, die ihm das Erscheinungsbild eines Crohani gab, schien im Salon des Duka beschädigt worden zu sein und löste sich in Fetzen von der menschlichen Haut darunter.

Jemand stöhnte in der Finsternis.

Forrester erstarrte und horchte. Einige Sekunden lang rührte er sich nicht, hielt den Atem an und vernahm ein Brummen, das von oben kam, vielleicht von einem Trupp, der das Labyrinth unter der Bastion mit Kampfbots durchsuchte. Schließlich bewegte er die von fremdem Blut feuchte Hand und wollte den Scanner hervorholen, doch die Hosentasche, irgendwo an rauem Fels aufgerissen, war leer. Schreck fuhr ihm in die Glieder, und er langte in die andere Tasche. Der Talisman war da, warm, selbst seine Kanten weich, aber das fraktale Mosaik der Teneri von Woganda fehlte, wie auch der Scanner.

Für einen verrückten Moment spielte Forrester mit dem Gedanken, nach oben zu klettern und das verlorene Mosaik zu suchen, aber damit hätte er sein Glück vielleicht auf eine zu harte Probe gestellt.

Er kroch nach unten, dem leisen Stöhnen in der Dunkelheit entgegen. Erste Knochen in den Wänden wiesen darauf hin, dass er sich der Gruft näherte, der »Stadt der Toten«, wie Zinnober sie genannt hatte.

Am Ende der steilen Passage lag eine Frau, eine sterbende Crohani, voller Blut. Das Gesicht war eine Fratze des Schmerzes, und die Sensorbrille zeigte ihm keine Einzelheiten, aber Forrester erkannte die Frau trotzdem: Nala. Hinter ihr an der Wand, ein undeutliches Bündel in der Dunkelheit, lag eine kleinere Gestalt mit langem Haar, die Augen geschlossen, einen blutbesudelten Arm ausgestreckt.

Forrester starrte auf Frau und Mädchen hinab. Die verletzte Nala blinzelte langsam, in den crohanischen Augen, die selbst in der Dunkelheit wahrnehmen konnten, bereits mehr Tod als Leben. »Vinz?«, ächzte sie.

Forrester schwieg. Er stand zwischen Mutter und Tochter, still, ohne einen Ton.

»Kümmere dich um sie, Vinz ...« Nala sprach nicht, sie flüsterte. Ihre Kraft schwand schnell. »Bitte! Sie hat nur dich.«

Forrester wandte sich ab und schlich auf leisen Sohlen fort, doch die crohanischen Ohren, empfindlicher als die von Menschen, hörten ihn.

»Vinz ... bitte!«

Er blieb stehen, gegen seinen Willen. Der andere Forrester in ihm zwang ihn dazu.

»Was du nicht weißt, was ich dir sagen wollte ... Isdina ... sie ist deine Tochter.«

Er drehte sich um. »Was?«

Der Schemen, die sterbende Nala, hob eine Hand. Das andere Bündel rührte sich nicht, obwohl es mehr Leben enthielt.

»Du hast den Duka für ihren Vater gehalten ... ja? Aber nein. Damals, als du zum ersten Mal hier warst, als wir ... Sie ist deine Tochter, Vinz!« Es folgten ein gurgelndes Geräusch, ein letztes, verzweifeltes Ächzen und dann Stille.

Forresters Beine bewegten sich von allein und trugen ihn zurück zur toten Nala. Er ging in die Hocke, beugte sich über die Leiche und betrachtete die Wunden. Wer von einem crohanischen Blaster getroffen wurde, erlitt Verbrennungen, ohne zu bluten. Diese Wunden gingen auf die Nadelgeschosse und kinetischen Projektile eines Variators zurück.

Forrester begriff, dass es seine Waffe gewesen war, die Nala verletzt und umgebracht hatte.

Er richtete sich wieder auf, ging zwei Schritte, kniete sich neben das Mädchen und fühlte den Puls – Zinnobers Herz schlug noch.

Die einzige Überlebende, dachte Forrester und versuchte sich vorzustellen, was der Duka mit ihr machen würde. Ein Exempel statuieren, vielleicht mit dem Brand. Oder mit einer anderen, kaum weniger grausamen Strafe.

Forrester hatte, was er wollte. Der Talisman steckte in seiner Tasche. Er konnte gehen, er konnte alles hinter sich lassen, wie bei früheren Missionen. Was kümmerte ihn ein Versprechen, das nur aus Worten bestand, schnell gesprochen und schnell vergessen? Er wollte sich erneut abwenden, aber es war ihm nicht möglich, die Beine gehorchten ihm nicht, und der andere Forrester zeigte ihm das Gesicht des Mädchens, zwei rote Augen, die unschuldig und voller Hoffnung zu ihm aufgesehen hatten. Die Augen seiner Tochter.

Das Ticken der mechanischen Uhr fiel ihm ein, als er auf Zinnober hinabsah, die Zahnräder und das schwingende Schwert in dem Kasten. Er glaubte, das Ticken zu hören, das kleine Stücke der Zeit markierte. Er spürte das Verstreichen der Sekunden so deutlich, als strichen sie ihm unter der Ganzkörpertarnung über die juckende Haut.

Es ist mein Variator gewesen, der Zinnobers Mutter getötet hat, dachte Forrester. Und Zinnober ist meine Tochter.

Er wusste nicht, welcher dieser beiden Gedanken den Ausschlag gab. Oder vielleicht war die Entscheidung bereits vorher getroffen, von den Händen, die das bewusstlose Mädchen vorsichtig ergriffen und hochhoben. Er hielt es in den Armen, er drückte es behutsam an sich, als er die Flucht durch Tunnel fortsetzte, die vor Jahrhunderten für die Flucht geschaffen worden waren. Er erreichte die Gruft, die dunkle Stadt der Toten, er eilte mit Zinnober in den Armen an Wänden aus Knochen vorbei und gelangte schließlich nach draußen. Er kletterte zwischen Felsen, während die Sonne höher stieg und Hitze brachte. Er kletterte, bis er eine Stelle fand, wo die steinernen Reste einer alten Brücke Schatten und Deckung boten. Dort überquerte er den schmal gewordenen Fluss und ertappte sich dabei, wie er geflüsterte Worte an Zinnober richtete, wie er sie aufforderte, durchzuhalten und am Leben zu bleiben, bis sie das kleine Schiff erreichten.

Mehrmals musste er in den Ruinen der alten Stadt am Rand der Wüste Zuflucht suchen, dankbar für die Hitze, die eine Ortung mit Infrarotsensoren unmöglich machte.

Als die Abenddämmerung begann, erreichten sie das Schiff, verborgen unter einem Tarnfeld, das Schutt und Geröll suggerierte. Forrester überließ Zinnober der Obhut eines Bots, den er zuvor mit den entsprechenden medizinischen Daten programmiert hatte, damit er das crohanische Mädchen behandeln konnte. Dann sank er, den gestohlenen Talisman sicher verstaut, in den Pilotensessel, startete das kleine Schiff im

Tarnmodus, schlüpfte in Schleichfahrt durch die orbitale Überwachung, stieg über die Ekliptik des Maquinna-Systems und aktivierte den Sprawler. Er verließ den Platz vor den Kontrollen erst, als das silberne Grau des Sprawl das Schiff aufgenommen hatte.

Auf dem Bett in der Kabine, in der dämmrigen Zone zwischen Wachen und Schlaf, wurde ihm klar, dass er noch eine Entscheidung getroffen hatte. Er würde wie Nathan die Agentur verlassen. Es gab jemanden, um den er sich kümmern musste, um ein Mädchen, das zur einen Hälfte Crohani und zur anderen Mensch war.

Javaid

52 Forrester hatte die vergangenen Tage genutzt, Material-gedächtnis und Molekülarchitekten der *Sonnenwind* zu reparieren, insbesondere im Bereich der Navigationsschwingen und des Sprawlers. Er wagte es nicht, seine geistige Stabilität aufs Spiel zu setzen, indem er Cassandra bat, ihm mit einem Induktor spezialisiertes technisches Wissen zu übertragen, was bedeutete, dass er sich vom Bot helfen ließ.

»Du hast erstaunlich gute Arbeit geleistet, wenn man bedenkt, dass du nur indirekt auf Fachwissen zugreifen kannst«, sagte der Intellekt am neunzehnten Flugtag. »Kompliment, Vinzent.«

»Was ist mit dir?«, fragte Forrester und blickte sich im Raum mit den Elaboratorkernen um. Die Datentechniker der Werft hatten defekte Module ausgetauscht und unterbrochene Verbindungen wiederhergestellt, aber es wirkte alles improvisiert.

»Ich bin bei neunzig Prozent meines Potenzials«, erwiderte Cassandra. »Das genügt für die meisten Aufgaben. Ich würde nur gern etwas schneller und genauer nachdenken können.«

»Worüber?«, fragte Forrester geistesabwesend. Nur noch eine Stunde bis nach Javaid. Kamen sie rechtzeitig? Lebte Zinnober noch?

»Über den Zehntausendjährigen«, sagte Cassandra. »Über die aktuelle Situation. Erscheint sie dir nicht ebenfalls seltsam?«

Er fühlte die Artefakte in der Hosentasche, ihr Gewicht, ihre Wärme. Manchmal waren sie eine Last, eine schwere Bürde. Bei anderen Gelegenheiten, wenn er sich von Kälte heimgesucht fühlte, hieß er ihre Wärme willkommen, was insbesondere für das silberne Armband galt.

»Was meinst du?«, fragte er.

»Das solltest du eigentlich wissen, Vinzent. Es sollte dir klar sein.«

»Erklär es mir!« Forrester stand im offenen Zugang, den einen Fuß im Elaboratorenraum, den anderen im Korridor zum Nukleus.

»Du hast einen Reisenden in Omnis Diensten entführt«, sagte Cassandra. »Du hast ihm die Artefakte abgenommen, darunter den Kontinua-Konnektor.«

»Und?«

»Glaubst du, dass die Entführung eines Repräsentanten der Superzivilisationen so einfach sein kann, Vinzent?«

»Ich habe seine Instrumente. Ohne sie ist er ein gewöhnlicher Mensch.«

»Nein, Vinzent«, sagte Cassandra. »Der Zehntausendjährige ist nie nur ein gewöhnlicher Mensch. Es mag sein, dass er sich ohne seine Werkzeuge nicht zur Wehr setzen kann, aber ...«

»Aber was?«

»Ist es dir nicht leichtgefallen, ihn zu überwältigen?«, fragte Cassandra. »Wir sprechen hier über jemanden, hinter dem die Macht von Omni steht.«

»Er ist zehntausend Jahre alt, aber nicht unsterblich.« Forrester klopfte auf die Tasche mit dem Variator.

»Müsste Omni nicht längst Verdacht geschöpft haben?«, fuhr der Intellekt fort. »Inzwischen sind neunzehn Tage vergangen, und den größten Teil dieser Zeit hat Aurelius ohne den Kontinua-Konnektor verbracht, ohne eine Verbindung mit Omni. Aber wenn du ihm das silberne Armband angelegt hast, damit er wieder zu Kräften kommt ... Sollte ihm das nicht Gelegenheit gegeben haben, Kontakt mit Omni aufzunehmen, auf seine Lage hinzuweisen und Hilfe anzufordern? Übrigens, es wird wieder Zeit, Vinzent. Er ist schwach.«

Forrester schritt durch den Korridor, nicht zum Nukleus, sondern zur Kabine, in der Nathan und Aurelius schliefen.

»Aurelius ist hier«, sagte er und kämpfte gegen das Unbehagen an, das erneut in ihm aufsteigen wollte. »Nur das zählt. Sein Wort wird den Duka veranlassen, Zinnober freizulassen.«

Als er die Kabine betrat, bot sich ihm das gewohnte Bild dar: Nathan und Aurelius lagen in ihren Betten und schliefen. Aber es war kein gewöhnlicher Schlaf – Cassandra hatte sie betäubt. Forrester fühlte sich nicht ganz wohl dabei, hatte es jedoch für die einzige Lösung des Problems der eigenen Sicherheit gehalten: Wer schlief, konnte weder planen noch handeln.

Er trat durch eine Lücke im Schirmfeld, holte das silberne Armband hervor – das amorphe Metall schien sich in seiner Hand zu bewegen – und hielt es ans Handgelenk des Zehntausendjährigen. Sofort schloss es sich darum.

Forrester wich auf die andere Seite des Schirmfelds zurück.

»Weck sie auf, Cassandra! Und behandle sie wie abgesprochen.«

»Ich melde noch einmal Bedenken an, Vinzent ...«

»Zur Kenntnis genommen«, sagte Forrester knapp. »Also los!«

Der Bot, jetzt zu einem Mediker geworden, summte durch die Lücke im Schirmfeld, verharrte kurz bei beiden Schläfern und verabreichte jedem von ihnen ein schnell wirkendes Gegenmittel.

Nathan öffnete als Erster die Augen. »Junge«, ächzte er und setzte sich halb auf, »ich will nicht im Schlaf sterben.«

»Es tut mir leid, Nathan«, sagte Forrester. »Es tut mir wirklich leid.«

»Pause fürs Essen?«, fragte der Greis. »Oder für einen kurzen Ausflug in die Hygienezelle?«

»Nein«, sagte Forrester. »Wir sind da. Fast.«

Nathan brummte etwas Unverständliches, griff nach seinen Sachen und begann umständlich damit, sich anzuziehen. Der Bot näherte sich ihm.

Forrester trat dicht ans Schirmfeld heran und beobachtete Aurelius. Er war blass, der Mann von der Erde, seine Lider zitterten, und ein leises, kaum hörbares Seufzen kam von seinen Lippen.

»Du bringst ihn an den Rand des Todes, Junge«, brummte Nathan. »Einen Zehntausendjährigen. He, was soll das?«

Die letzten Worte richtete er an den Bot, der ihm einen modifizierten Injektor an die Hüfte gesetzt hatte. Er rieb sich die betreffende Stelle. »Das war keine gewöhnliche Injektion. Ein Implantat?«

Forrester antwortete nicht und beobachtete, wie sich der Vorgang bei Aurelius wiederholte. Die Erinnerung an Horax' Schmerzstimulator hatte ihn auf die Idee gebracht. Stolz war er darauf nicht, aber er brauchte ein Druckmittel.

Er wartete, bis der Zehntausendjährige die Augen öffnete.

»Können Sie mich verstehen?«, fragte er.

»Sie sprechen InterLingua, und das ist eine von dreizehn Sprachen, die ich beherrsche«, sagte Aurelius. Mit einem Ächzen richtete er sich auf, bemerkte das Armband und nickte. »Wurde auch höchste Zeit. Ich bin sehr geschwächt.«

»Von jetzt an bleiben Sie wach«, sagte Forrester.

»Ich nehme an, es ist so weit.« Für ein oder zwei Sekunden schien Aurelius einer inneren Stimme zu lauschen, tastete dann nach seiner Hüfte. »Oh!«

»Eine implantierte explosive Nadel«, sagte Forrester. »Eine Vorsichtsmaßnahme, da Sie von jetzt an mehr Bewegungsfreiheit haben werden. Cassandra, bitte deaktiviere das Schirmfeld!«

Die energetische Barriere verschwand.

»Ich nehme an, dein Gehirn ist mit dem Zünder verbunden«, knurrte Nathan, während ihm der Bot ins Hemd half.

»Wenn ich das Bewusstsein verliere oder gar sterbe, explodieren die Nadeln«, sagte Forrester. Da war es wieder, das kalte Feuer der Entschlossenheit. Er wusste, dass ihn ernste Konsequenzen erwarteten – seine Entscheidungen würden gewiss nicht ohne Folgen für ihn bleiben –, aber darauf kam es derzeit nicht an. Es ging in erster Linie um Zinnober.

»Einige Worte an den Duka, mehr nicht«, fügte er hinzu und sah Aurelius an. »Das genügt. Bitten Sie ihn, Zinnober freizulassen. Geben Sie der Bitte Nachdruck, wenn es erforderlich sein sollte. Anschließend, wenn Zinnober an Bord ist, machen wir uns sofort auf den Weg zur *Kuritania*.«

»Und wenn deine Tochter nicht mehr lebt, Junge?«, fragte Nathan.

Eine kalte Hand griff nach Forresters Herz. »Sie lebt«, sagte er. »Und wir werden sie befreien. In einer Stunde verlassen wir das Sprawl.«

53 Die *Sonnenwind* fiel Javaid entgegen, einem Planeten wie eine Perle im All, umhüllt von perlmuttweißen Wolken und umgeben von einer Schar Monde, einer von ihnen kobaltblau. Satelliten und Orbitalstationen richteten ihre Sensoren auf das Schiff, das wie eine Blume aus dem Sprawl kam, dicht an der Ekliptik des Maquinna-Systems, schon innerhalb der planetaren Schwerkraftstrudel. Drei Systemverteidiger stiegen auf, klobige Schiffe, bestehend aus mehreren Dutzend Zylindermodulen, ausgestattet nicht mit Sprawlern – diese Schiffe sollten das Maquinna-System nie verlassen –, nur mit Plasmatriebwerken und Gravitationsmotoren. Hinter dreifach gestaffelten Schutzschirmen visierten Blasterkanonen und mit smarten kinetischen Geschossen geladene Grav-katapulte das Ziel an.

»Meine Schilde könnten einem Angriff nicht standhalten«, warnte Cassandra.

Forrester saß im Sessel des Piloten, die Hände auf den Armlehnen. Vor ihm leuchteten virtuelle Kontrollen und Datenfelder.

»Sie werden nicht auf uns schießen«, sagte er. »Sie wissen, dass wir einen Repräsentanten von Omni an Bord haben.«

»Vielleicht haben sie unsere Signale nicht empfangen«, brummte der links neben ihm sitzende Nathan. »Oder sie behaupten später, nichts empfangen zu haben.«

»Nein«, sagte Forrester und behielt die Anzeigen im Auge. »Der Duka weiß, dass ich an Bord bin. Dies ist eine gute Gelegenheit für ihn, mich in seine Gewalt zu bekommen.«

»Er könnte entscheiden, kurzen Prozess zu machen, Junge.«

»Nein. Er wird die Vergeltung genießen wollen. Und vielleicht erhofft er sich sogar eine Möglichkeit, den Talisman zurückzubekommen.«

»Das Flaggschiff der Systemverteidiger setzt sich mit uns in Verbindung, Vinzent«, verkündete der Intellekt.

Forrester beugte sich vor. »Kontakt!«

Ein neues Holofeld bildete sich, schob die anderen beiseite und dehnte sich aus. Es zeigte eine crohanische Kommandantin mit schmalem, knochigem Gesicht und ernsten roten Augen, halb hinter einem Datenvisier verborgen.

»Sie stehen hiermit unter Arrest, Vinzent Akurian Forrester«, sagte sie. »Übergeben Sie uns Ihr Schiff!«

»An Bord meines Schiffes befindet sich ein Gesandter von Omni«, erwiderte Forrester. »Er möchte mit dem Duka sprechen.«

Die Kommandantin starrte ihn aus dem Holofeld an. »Sie stehen unter Arrest. Übergeben Sie uns Ihr Schiff!«

Forrester sah zur Seite. »Aurelius?«

Der Zehntausendjährige trug seinen Kontinua-Konnektor und wirkte nicht mehr so schwach wie noch vor einer Stunde. Der Glanz war in seine alten, klugen Augen zurückgekehrt, die Blässe aus den Wangen verschwunden.

»Ich bin Aurelius«, sagte er mit einem kleinen, leisen Seufzen. »Ich bin ein Reisender in Omnis Diensten, und ja, ich würde gern mit dem Duka sprechen, wenn Sie gestatten.«

»Sende die Biosignatur, Cassandra!«

»Wird gesendet, Vinzent.«

Für einen Moment zog sich die Stirn der Crohani in Falten. »Eskortenflug«, sagte sie. »Wir geleiten Sie in den Warteorbit. Bitte aktivieren Sie die Navigationssynchronisation.«

Sie unterbrach die Verbindung, und das Holofeld fiel in sich zusammen.

»Navigation ist synchronisiert, Vinzent«, meldete Cassandra. »Wir folgen den drei Systemverteidigern. Übrigens: Ich registriere rege Aktivität in den Kommunikationskanälen. Und noch etwas.«

»Ja?«

»Eben haben meine Sensoren etwas bemerkt, einen Schatten im elektromagnetischen Spektrum. Unter der Orbitalstation.«

»Was ist es?«, fragte Nathan.

»Ich weiß es nicht. Ich konnte die Anomalie nicht identifizieren. Es könnte ein getarntes Schiff sein.«

»Ein getarntes Schiff?« Zwei tiefe Furchen in der Stirn fügten sich der zerklüfteten Faltenlandschaft von Nathans Gesicht hinzu.

»Das wäre möglich.«

»Warum sollten die Crohani ein Schiff vor uns verstecken?«

»Es ist nur eine Möglichkeit«, sagte Cassandra. »Der Grund könnte auch eine Fehlfunktion meiner Sensoren sein oder ein falsch interpretiertes Signal. Ich bin noch nicht vollkommen wiederhergestellt.«

Forrester hörte die Worte, dachte aber nicht an getarnte Schiffe, sondern an Zinnober. Er lehnte sich zurück und wartete. Niemand von ihnen trug einen Sicherheitsharnisch, und der Variator steckte in seiner Tasche, zusammen mit den Omni-Artefakten. Nathan oder Aurelius hätten aufstehen und versuchen können, ihn zu überwältigen, was ihnen vielleicht sogar gelungen wäre, aber damit hätten sie sich nur selbst in Gefahr gebracht. Wenn er das Bewusstsein verlor, auch nur für einige wenige Sekunden, explodierten die Nadeln in ihren Hüften.

Weitere Schiffe stiegen aus tieferen Umlaufbahnen auf, kleine, flinke Jäger, die auf roten und gelben Plasmastrahlen ritten und die *Sonnenwind* flankierten. Diese erweiterte Eskorte brachte die *Sonnenwind* in die Nähe einer Orbitalstation aus fünf großen Rotationselementen. Mehrere Hundert Meter darunter gewährte eine Lücke zwischen weißgrauen Wolken Blick auf das äquatoriale Ödland von Javaid.

»Wenn ich dir einen Rat geben darf, Junge«, sagte Nathan. »Lass niemanden an Bord. Was auch immer geschieht, lass niemanden an Bord.«

»Es wird niemand an Bord kommen«, sagte Aurelius. »Wir werden das Schiff verlassen.«

Forrester musterte ihn. »Wissen Sie, was geschehen wird?« Er deutete auf das Armband. »Hat Omni es Ihnen gezeigt?«

»Instinkt, Forrester. Zehntausend Jahre Erfahrung. Und Menschenkenntnis. Oh, ich weiß, die Crohani sind keine Menschen, aber sie ähneln uns, sie sind wie wir das Ergebnis der Saat, die einst von den Pandora ausgebracht wurde. Sie gehören zu den humanoiden Völkern und denken und fühlen in ähnlichen Bahnen.« Aurelius deutete in das Holofeld, das Javaid zeigte. »Sie haben den größten Schatz des Duka gestohlen, ein Objekt, das ihm mehr bedeutete als alles andere. Sie haben ihm das *Glück* gestohlen. Er hat Zinnober und wird versuchen, auch Sie zu bekommen. An Ihnen Rache zu nehmen, bedeutet ihm wahrscheinlich noch mehr als Zinnobers Bestrafung. Er wird uns nach Javaid holen, weil er hofft, dort Gelegenheit zu bekommen, Ihrer habhaft zu werden.«

Forrester holte tief Luft. »Ich habe Sie. Sie werden mir helfen, Zinnober zu befreien und mit ihr zu entkommen. Es kann wohl kaum in Ihrem Interesse sein, dass mir etwas zustößt.«

»Geben Sie mir meine Werkzeuge«, sagte Aurelius. »Damit ich Ihnen helfen kann, wenn es zu unliebsamen Zwischenfällen kommen sollte.«

Wieder fühlte Forrester ihr Gewicht in der Tasche, ihre Wärme. Er zögerte, beobachtete die crohanische Orbitalstation und den Planeten darunter.

»Nein«, sagte er und versuchte sich vorzustellen, wozu Aurelius mit seinen Werkzeugen imstande war. Vielleicht konnte er mit ihnen eine kleine explosive Nadel verschwinden lassen. »Ich lasse Ihnen das Armband, aber den Rest behalte ich, bis wir dies hinter uns haben. Wenn Zinnober frei ist, wenn wir in Sicherheit sind ... Dann bekommen Sie alles zurück.«

»Der Duka, Vinzent«, sagte Cassandra.

Wieder schob ein großes Holofeld die virtuellen Kontrollen und Datenfelder beiseite, und ein hochgewachsener Mann stand plötzlich vor den Konsolen, mit spitzem Kinn, hoher Stirn und großen, feurigen Augen.

»Vinzent Akurian Forrester, der Dieb«, sagte er kühl. »Ich verlange zurück, was Sie mir gestohlen haben. Und ich verlange Ihre Bestrafung.«

Forrester nickte dem Zehntausendjährigen zu. »Darf ich vorstellen? Aurelius, Reisender in Diensten der Superzivilisationen von Omni. Ich glaube, er möchte eine Bitte an Sie richten.«

»Ich grüße Sie, Ustak-Xuver, Duka von Javaid«, sagte Aurelius respektvoll. »Ich möchte Sie tatsächlich um etwas bitten, und zwar um die Freilassung von Zinnober. Ein Likotha brachte sie zu Ihnen.«

»Ich kenne keine Zinnober.«

»Isdina-Iaschu«, sagte Aurelius. »So lautet ihr Name. Ein Likotha hat sie zu Ihnen gebracht, wie ich hörte. Für die Entscheidung, sie freizulassen und zu uns zu bringen, wäre ich Ihnen sehr dankbar.«

In den roten Augen des Duka blitzte es. »Sprechen Sie für Omni, Aurelius? Ist dies ein ... Befehl?«

Der Zehntausendjährige lächelte sein sanftes Lächeln. »Omni erteilt keine Befehle, Duka. Omni gibt Anregungen und Ratschläge. Und ich, der ich seit vielen Jahren in den

Diensten von Omni unterwegs bin, richte diese eine bescheidene Bitte an Sie.«

Ustak-Xuver zögerte kurz. »Ich verstehe«, sagte er. »Ich schlage ein persönliches Treffen vor. Hier. In meiner Residenz. Ich möchte Ihnen gegenübertreten, bevor ich entscheide.«

Aurelius deutete eine Verbeugung an. »Es ist mir eine Ehre.«

»Ich erwarte Sie und Ihre Begleiter in einer halben Stunde.«

Der Duka unterbrach die Verbindung und verschwand.

54

Regen fiel aus Wolken über dem Ödland. Der Fluss war breiter geworden, eine braune Schlange am Rand der Wüste, vor dem Berg, dessen steinerne Schultern die alte Festung trugen. Diesmal nahm Forrester nicht den Weg durch die alte Gruft, durch die Stadt der Toten in den dunklen Höhlen unter der Bastion. Er schlich nicht, er verbarg sich nicht in Schatten, um zu stehlen, zu verraten und sein Wort zu brechen.

Der Duka von Javaid, empfing sie im Residenzsaal der Bastion, vor einem großen runden Tisch aus rosarotem, von weißen Adern durchzogenem Quarz. Schwindendes Tageslicht fiel durch die transparente Decke aus geschliffenem Kristall, und die fallenden Regentropfen schufen ein dumpfes, rhythmisches Pochen im Hintergrund. An den hohen, dunklen Wänden hingen überlebensgroße Gemälde; die meisten von ihnen zeigten aristokratische Männer, frühere Regenten von Javaid.

Der zweieinhalb Meter große Kampfbot, der Forrester, Nathan und Aurelius in den Saal begleitet hatte, stapfte über die schwarz-weißen Fliesen, wich zum Eingang zurück und wartete dort mit aktivierten Waffensystemen. An der Wand hinter dem Tisch, zwischen zwei Säulen gelb wie Schwefel, standen zwei Soldatinnen in Sensorrüstungen und mit zerebralem Interface: Ihre erweiterten Augen und Ohren würden alles sehen und hören, auch und gerade das, was gewöhnlichen Augen und Ohren verborgen blieb. In ihren Halftern steckten Waffen, vermutlich Blaster.

»Einer von ihnen ist bewaffnet, mit einem Variator«, sagte die Soldatin auf der rechten Seite. »Der Dieb namens Forrester.«

»Sie werden mir Ihre Waffe sofort übergeben.« Ustak-Xuver streckte die Hand aus.

»Wo ist Zinnober?«, fragte Forrester. »Lebt sie noch? Bringen Sie sie hierher!«

Aurelius trat einen Schritt vor. »Ich grüße Sie, Duka, und ich freue mich über die Gelegenheit, Sie persönlich kennenzulernen. Inzwischen dürften die beiden Gardistinnen dort festgestellt haben, dass ich tatsächlich die Person bin, die ich zu sein behaupte: ein Beauftragter von Omni.«

»Bestätigung«, sagte die linke Soldatin.

»Ich möchte diese Gelegenheit nutzen, Sie noch einmal darum zu bitten, Zinnober, beziehungsweise Isdina-Iaschu, in die Freiheit zu entlassen. Diesem Herrn ...« Aurelius deutete auf Forrester. »... liegt viel an ihr. Sie würden mir einen großen Gefallen erweisen, und vielleicht kann ich Ihre Freundlichkeit irgendwann erwidern.«

»Isdina-Iaschu hat mich und Javaid verraten«, verkündete der Duka. »Sie wurde bereits bestraft.«

Forrester glaubte zu fühlen, wie sein Herz stehen blieb. »Was?«, brachte er hervor.

Eine andere, leise Stimme erklang. Sie kam aus dem Kommunikator, den Forrester am Kragen trug und der ihn mit der *Sonnenwind* verband.

»Mit der Biosignatur stimmt etwas nicht«, sagte Cassandra. »Meine Sensoren registrieren Werte, die nicht zu einem Crohani passen.«

Die Servomotoren von Nathans Gehhilfe surrten, als er zu Forrester trat. »Er erkennt mich nicht«, flüsterte er. »Wieso erkennt er mich nicht? Wir sind uns vor Jahren auf Canaris begegnet, bei den Wefing. Wir haben miteinander gesprochen und verhandelt. Warum erkennt er mich nicht?«

»Was?«, ächzte Forrester erneut.

Ustak-Xuver hatte sich halb umgedreht und den beiden Gardistinnen ein Zeichen gegeben. Eine von ihnen zog einen Vorhang zwischen den beiden schwefelgelben Säulen beiseite und öffnete die zum Vorschein kommende Tür. Hinter ihr warteten zwei kräftig gebaute Männer und trugen eine gut zwei Meter lange rechteckige Steinplatte in den Residenzsaal. Der dunkle Stein – fast so dunkel wie die Mauern der Bastion – wies ein Relief auf. Forrester sah es deutlicher, als die beiden Männer die Steinplatte drehten: ein Gesicht mit weit aufgerissenen Augen, den Mund zu einem Schrei geöffnet, darunter der Körper einer Frau.

»In Stein verbannt«, sagte der Duka. »Für hundert Jahre.« Er winkte, woraufhin die beiden Männer die Platte auf den Tisch legten und den Saal verließen. Die rechte Gardistin schloss die Tür hinter ihnen.

»Ich nehme an, die Versteinerung lässt sich rückgängig machen«, sagte Aurelius. Er lächelte nicht mehr.

»Sie ist codiert«, erwiderte Ustak-Xuver. »In hundert Jahren wird die Verräterin wieder Fleisch und Blut.«

Aurelius warf Forrester einen kurzen Blick zu. »Ich fürchte, so lange möchte der Mann dort nicht warten. Er gehört zur ungeduldigen Sorte, und diese junge Frau liegt ihm sehr am Herzen. Ich wäre Ihnen dankbar, wenn Sie eine Möglichkeit fänden, Isdina-Iaschu früher aus dem Stein zu holen. Mit ›früher‹ meine ich ... ›jetzt‹.«

»Da ist sie wieder, die Anomalie, Vinzent«, drang erneut Cassandras Stimme aus dem Kommunikator. »Eine kleine Störungszone, eine Signalverschiebung im elektromagnetischen Spektrum. Ein getarntes Schiff, ich bin ziemlich sicher. Es verlässt die Umlaufbahn und nähert sich eurer Position.«

»Ich kenne den Code nicht.« Der Duka trat beiseite, fort vom Tisch mit der Steinplatte, in der Zinnober gefangen war. »Der Versuch, ihn zu entschlüsseln, würde den Strafstein destabilisieren. Isdina-Iaschu würde innerhalb einer Stunde sterben.«

Aus dem Augenwinkel bemerkte Forrester, dass sich die beiden Gardistinnen in Bewegung setzten. Sie gingen mit langsamen Schritten an den Wänden des Saals entlang, die eine links, die andere rechts. Er achtete nicht darauf; sein Blick galt allein dem Strafstein.

Nathan trat einen Schritt vor. Das Summen seiner Gehhilfe erschien Forrester plötzlich sehr laut.

»Auch ich möchte Sie grüßen, Ustak-Xuver«, sagte der Greis. »Es ist einige Jahre her, aber Sie haben bestimmt nicht vergessen, dass wir uns auf Siemperverd begegnet sind. Bei Ihren Verhandlungen mit der Agentur.«

Der Duka blieb stehen. »Verhandlungen«, sagte er. »Agentur. Sie sind ...«

»Nathan.«

Ustak-Xuvers Hand bewegte sich, und die Finger schienen Zeichen in die Luft zu malen. »Natürlich erinnere ich mich. Siemperverd. Nathan von der Agentur.«

Nathan nickte. »Ich finde es erstaunlich, dass Sie sich an Siemperverd erinnern. Denn wir sind uns nicht dort begegnet, sondern auf Canaris, bei den Wefing.« Er wandte sich an Forrester und Aurelius. »Ich weiß nicht, wer dieser Mann ist, aber der Duka von Javaid ist er gewiss nicht.«

Mit Ustak-Xuvers Augen geschah etwas, sie veränderten sich, wurden dunkler. Ein Wabern und Flimmern wie von heißer Luft legte sich vor sein Gesicht, veränderte die Züge, erfasste dann den ganzen Körper, ließ Arme und Beine länger werden.

»Zaisen«, sagte die Stimme aus dem Kommunikator. »Es sind Gestaltwandler, Vinzent. Drei.«

»Dein Variator, Junge! Schnell!«, rief Nathan.

Aurelius stand wie jemand da, den dies alles nichts anging – ein unbeteiligter Beobachter.

Forrester starrte auf den Stein, der Zinnober enthielt.

Etwas erschien über dem Residenzsaal, ein rundliches,

gestrecktes Objekt, weiß wie die hohen Wolken, aus denen kein Regen mehr fiel, an mehreren Stellen durchsichtig wie die kristallene Decke, in der sich Risse bildeten, ausgehend von einem Loch, das ein Desintegrator geschaffen hatte. Ein zaisisches Schiff, eben noch getarnt. Und es schickte etwas nach unten, eine Sonde vielleicht oder ein kleines Beiboot.

»Verdammt, Junge!«, rief Nathan. Etwas erfasste ihn, als er versuchte, Forrester zu erreichen und ihm den Variator aus der Tasche zu ziehen, ein kurzes rubinrotes Leuchten, wie von einer Flamme, die nur für einen Sekundenbruchteil brannte, und dann lag er bewusstlos auf den schwarz-weißen Fliesen, von einem Schocker betäubt.

Während Forrester auf den Strafstein blickte, entfalteten sich die Ereignisse, schnell und abrupt, Ereignisse, die auch ihn betrafen, obwohl er sich seltsam getrennt davon fühlte. Der Kampfbot am Eingang hinter ihm stapfte wieder über die Fliesen, jeder Schritt ein Dröhnen und eine Erschütterung. Die beiden Gardistinnen, die sich ebenso veränderten wie Ustak-Xuver, feuerten mit ihren Blastern auf ihn, und ein Krachen tönte durch den Saal, begleitet von grellem Licht, das Forrester blendete. Etwas traf ihn am Rücken, mit Knochen brechender, Fleisch zerreißender Wucht, und einen Moment später lag er zwischen heißen Trümmern, die vielleicht von dem Bot stammten. Blaster fauchten, spuckten destruktive, tödliche Energie, und kleinere Explosionen donnerten. Forrester versuchte sich zu bewegen, aber er konnte nicht, etwas hielt seine Beine fest, stahl das Gefühl aus ihnen. Seine Arme und Hände wurden kalt und taub. Dort stand der Tisch aus rosarotem Quarz, die Adern darin weiß wie Schnee, und auf dem Tisch lag die rechteckige Platte des Strafsteins. Ungeschützt. Leicht zu beschädigen. Wenn ein Trümmerstück ihn traf oder ein Blasterstrahl ... Er sah das Profil des Gesichts, die aufgerissenen Augen, die Krümmung der Nase, den Mund, zu einem Schrei geöffnet, der erst in hundert Jahren erklingen sollte ...

Der Kampfbot, dachte ein Teil von Forrester, während er

versuchte, zum Tisch zu kriechen. Er gehört zur Sicherheitsausstattung des Residenzsaals. Die Zaisen hatten nicht genug Zeit gehabt, ihn zu ersetzen oder seine Programmierung zu verändern. Was bedeutet, dass sie erst seit kurzer Zeit hier sind. Gerade lange genug, um in die Rolle des Duka und zweier Gardistinnen zu schlüpfen.

Er erreichte den Tisch, er streckte die rechte, blutige Hand danach aus, fühlte den kühlen Quarz ...

Etwas packte ihn und riss ihn zurück. Eine andere Hand oder vielleicht eine Klaue drehte ihn grob auf den Rücken, und ein Gesicht erschien über ihm, bedeckt von fingernagelgroßen Hornplatten. Mehrere Augen – funkelnde Schlitze in den Hornplatten – blickten auf ihn herab, eine von Stacheln besetzte Pranke richtete eine Waffe auf ihn ...

Forresters rechte Hand berührte nicht mehr das kühle Bein des Tisches, sie steckte in der Tasche, am Griff des Variators, aber er wusste, dass ihm nicht genug Zeit blieb, ihn zu ziehen. Er wusste auch, dass er nicht sterben, nicht einmal das Bewusstsein verlieren dürfte, denn es hätte zwei Nadeln zur Explosion gebracht, in den Hüften von Nathan und Aurelius.

Die Waffe und das Gesicht des Zaisen verschwanden aus Forresters Blickfeld, aber die Taubheit, die seine Beine lähmte, breitete sich weiter in ihm aus. Die Hand in der Tasche, er konnte sie nicht um den Griff des Variators schließen, ihn nicht ziehen.

Jemand gab ihm einen Stoß, und er rollte auf die Seite. Dort lag Aurelius, das Gesicht entspannt, die Augen geschlossen – er schien zu schlafen. Zwei Zaisen hoben ihn hoch und trugen ihn, geschwind und mühelos, zu der Kapsel, die durchs Loch in der Kristalldecke gekommen war. Der dritte Gestaltwandler feuerte mit seinem Blaster in Richtung Eingangstür und warf Forrester einen kurzen Blick zu, bevor er seinen Artgenossen zur Kapsel folgte, die wenige Sekunden später zu dem rundlichen, geschwungenen Objekt über dem Saal aufstieg, zu dem Schiff, das flimmerte und verschwand, nachdem es die Kapsel mit den drei Zaisen und dem Zehntausendjährigen aufgenommen hatte. Ein Dröhnen senkte sich auf Forrester, ein Druck, von starken Gravitationsmotoren geschaffen, und das zaisische Schiff, in einen Tarnschirm gehüllt, verließ Javaid.

Forrester lag reglos, taub, bis zur Brust gelähmt. Rauchschwaden strichen über ihn hinweg; erkaltende Trümmerstücke knackten. Er wollte den Kopf drehen und noch einmal zum Strafstein sehen, doch die Lähmung hatte bereits seinen Nacken erreicht.

Nathans Beine ragten links aus seinem Blickfeld. Eine undeutliche Erinnerung: Die Entladung eines Schockers hatte den Alten zu Boden geschickt. Vielleicht lebte er noch.

Ich darf nicht das Bewusstsein verlieren!, dachte Forrester und rang mit der Dunkelheit.

Vom Nacken aus bohrte sich die Taubheit in den Kopf und lähmte Forresters Gedanken.

Er erwachte, weil sein Kopf von einer Seite zur anderen baumelte. **55**

»Vinzent?«

Die Stimme kam aus dem Kommunikator an seinem Kragen und auch von dem Bot, der ihn mit zwei mehrgelenkigen Armen hochgehoben hatte. Um ihn herum erstreckte sich ein Trümmerfeld. Ein paar Meter entfernt lag ein Mann, ein Greis mit zerfetzter Hüfte, das eine Bein halb abgerissen. Eine große Blutlache hatte sich unter ihm gebildet. Nathan?

Und dort lag die Steinplatte, auf dem Tisch aus rosarotem Quarz.

»Die Platte ...«, krächzte Forrester. Der Bot stieg mit ihm auf, wollte ihn, von einem Gravitationskissen getragen, durch das Loch in der transparenten Decke zur Blume darüber bringen, zur *Sonnenwind*, die in einer Höhe von einigen Dutzend Metern mit geöffnetem Hangar wartete.

»Der Strafstein, ja«, sagte Cassandra. »Ein zweiter Bot kümmert sich darum, siehst du ihn?«

Eine Art mechanische Spinne, aus Teilen improvisiert, die eigentlich nicht zueinanderpassten, kletterte und krabbelte über die Trümmer hinweg, schlang mehrere Tentakelarme um die Steinplatte, hob sie – der Strafstein kippte gefährlich weit zur Seite und wäre fast mit einer Kante auf den Boden geschlagen –, aktivierte ein Gravitationsfeld und schwebte der *Sonnenwind* entgegen.

»Nathan ...«

»Wir können nichts mehr für ihn tun, Vinzent. Er ist tot.«

»Seine Leiche ...«

»Die Garde ist unterwegs, und die Wachschiffe im Orbit sind alarmiert. Es kommt auf jede Sekunde an, Vinzent.«

Der improvisierte Bot war etwas schneller und glitt an Forrester vorbei, der Strafstein so nahe, dass er ihn mit ausgestreckter Hand berühren konnte. Nahe genug, um den Riss zu erkennen, der sich rechts durch den Stein zog und bis zum Gesicht mit den großen Augen und dem aufgerissenen Mund reichte.

»Der Stein ist beschädigt!«, stieß er hervor.

»Das stimmt leider«, antwortete Cassandra. »Ich versuche, ihn zu stabilisieren.«

»Der Riss, er darf auf keinen Fall Zinnober erreichen!«

Das Hangarschott schloss sich.

»Ich gebe mir alle Mühe, Vinzent. Vertrau mir. Aber zunächst müssen wir weg von Javaid.«

Die Gravitationsmotoren brummten, das Plasmatriebwerk donnerte – die *Sonnenwind* sprang aus Javaids Atmosphäre ins All.

Ein Engel flüstert

Als Bot-Arme zerrissene, blutige Kleidung von ihm lösten **56** und mit einer ersten Behandlung begannen, dachte Forrester an Nathan, der ihn vor fast sechs Jahrzehnten in die Agentur aufgenommen hatte und wie ein Vater für ihn gewesen war. Ein weiser Mann, klug und weitsichtig. Oh, er war auch grausam und unbarmherzig gewesen, damals, als er die Agentur übernommen hatte, aber das Alter hatte diese Kanten geglättet und ihn zu einem Mann gemacht, der die eigenen Fehler nicht leugnete und erkannte, wohin der Weg der Macht und des Profits schließlich führte. Ich habe ihn umgebracht, begriff Forrester. Die Nadel, die er von mir bekam, hat ihn zerrissen, als ich das Bewusstsein verlor.

Er dachte auch an Aurelius und an das kleine Implantat in seiner Hüfte. War es ebenfalls explodiert? Hatte er nicht nur Nathan umgebracht, sondern auch den Zehntausendjährigen? Warum nahm es kein Ende, das Töten und Zerstören? Er hatte die Agentur verlassen, damit es endlich aufhörte, aber man konnte die Vergangenheit nicht einfach abstreifen wie einen Mantel, man konnte sie nicht beiseitelegen und hoffen, dass sie einen nie wieder berührte. Er hatte Nathan getötet, vielleicht auch Aurelius, und Zinnober war in Stein gefangen, für die nächsten hundert Jahre. Aber ... sie würde im Stein sterben, wenn kein Wunder geschah, im beschädigten, instabil gewordenen Strafstein.

Ich muss ihr helfen, dachte Forrester, stieß eine Bot-Hand mit einem Injektor beiseite und schwang die Beine über den Rand der Behandlungsliege.

»Vinzent?«, erklang Cassandras sanfte Stimme. »Bitte komm her und ... nimm Abschied. Zinnober stirbt; ich kann es nicht verhindern.«

Forrester trug nur einen Kittel, der ihm bis zu den Knien reichte. Mit bloßen Füßen stand er in der Passagierkabine, die Cassandra mit Diagnosern, Scannern, Sondierstationen und anderen Geräten gefüllt hatte. Auf dem Tisch lag der dunkle Stein mit Zinnober, ihr Gesicht fast vom Hauptriss erreicht. Es gab noch andere Risse; ein Spinnennetz schien zu entstehen, nicht auf dem Stein, sondern darin.

Auf der anderen Seite des Tisches schwebte der Bot, vom Intellekt mit wissenschaftlichen Fähigkeiten ausgestattet. Von dort kam Cassandras Stimme.

»Ich kann nichts für sie tun, Vinzent. Es tut mir sehr, sehr leid.«

Forrester starrte auf den Stein. »Es muss doch eine Möglichkeit geben!«

»Allein der richtige Code kann die Adhäsion lösen, Vinzent«, erwiderte Cassandra. »Er wird automatisch generiert, wenn ein Crohani mit ›Verbannung in den Stein‹ bestraft wird.«

»Du bist ein Intellekt, verdammt!«, entfuhr es Forrester. »Codes sind deine Spezialität.«

»Nicht unbedingt meine Spezialität, Vinzent, aber du hast recht, normalerweise komme ich mit Codes gut zurecht. Bei diesem sieht die Sache anders aus. Es ist ein Code auf der Basis von Quantenresonanzen. Selbst die unabhängigen Intellekte der Maschinenzivilisationen würden Jahrtausende brauchen, um ihn zu entschlüsseln, und sie sind weitaus leistungsfähiger als ich. Außerdem ist es ein ›wachsamer‹ Code, was bedeutet: Er bemerkt einen unbefugten Entschlüsselungsversuch und leitet daraufhin eine fatale Destabilisierung des Strafsteins ein.«

»Kann er noch instabiler werden als jetzt?«

»Nein, Vinzent.«

»Dann mach dich an die Entschlüsselung! Nutze dein ganzes Potenzial.«

»Das tue ich bereits, Vinzent. Seit einer halben Stunde. Seit mir klar ist, dass sich die Destabilisierung des Steins nicht mehr aufhalten lässt. Aber es ist zwecklos. Sie wird nicht wieder erwachen. Deshalb habe ich dich hergeholt. Damit du dich von ihr verabschieden kannst. Ich weiß, wie wichtig so etwas für Menschen ist.« Etwas leiser fügte Cassandra hinzu: »Und nicht nur für Menschen.«

Forresters Fingerkuppen strichen über eine steinerne Wange. »Wie viel Zeit bleibt uns noch?«

»Vielleicht zehn Minuten, höchstens fünfzehn. Wenn die Risse Zinnober erreichen, hätte es keinen Sinn mehr, sie zu wecken.«

»Streng dich an!«, rief Forrester. »Finde den richtigen Code!«

»In jeder verstreichenden Sekunde versuche ich es mit mehr als einer Million verschiedener Codesequenzen, Vinzent. Aber es genügt nicht. Wir können nur auf Glück hoffen.«

Glück, dachte Forrester. Mit dem Talisman des Duka hätte er vielleicht Glück gehabt. Aber das kleine Omni-Artefakt, das er damals gestohlen hatte, stand ihm nicht zur Verfügung.

Die Artefakte des Zehntausendjährigen, seine Instrumente!

Er war bereits im Korridor, er lief, obgleich die Beine schwach waren und ein Schmerz in seiner Seite stach, wie von einem langen Dolch, den ihm jemand dicht oberhalb der Hüfte in den Leib gebohrt hatte. Er rannte, so schnell ihn die Füße trugen, und glaubte erneut das Ticken der mechanischen Uhr im Salon des Duka zu hören und ihr Pendel zu sehen, das Schwert, das langsam hin- und herschwang, die Zeit in Stücke schnitt. Im Behandlungsraum fand er seine Kleidung, und die Tasche der Hose enthielt, was er suchte. Er langte danach, er packte die Gegenstände und sprintete mit ihnen zurück zur Passagierkabine, kam dabei an einem Fenster vorbei, hinter dem das silberne Grau des Sprawl wie eine sich aufblähende Wolkenmasse wogte – jede Sekunde, die Zinnobers Leben verkürzte, trug die *Sonnenwind* weiter fort von Javaid.

In der Kabine legte er die Gegenstände, die Aurelius bei sich geführt hatte, neben der Steinplatte auf den Tisch, als könnte allein ihre Präsenz verhindern, dass die Risse im Stein Zinnober erreichten. Wie viel Zeit war vergangen? Eine halbe Minute? Oder vielleicht eine ganze?

Er drehte die Objekte hin und her, wie schon einmal: den zehn Zentimeter langen Stab, dessen Vorsprünge nachgaben, wenn man Druck auf sie ausübte; die schwarzen Haken, von etwas Unsichtbarem zusammengehalten; den Lappen, der sich entrollte und zu einer Art Handschuh wurde, diesmal aber kalt blieb; den sieben Zentimeter großen Würfel, der seinerseits aus Würfeln bestand, deren Farbe sich änderte, wenn der Blick des Betrachters länger als zwei Sekunden auf ihnen verweilte; und die Kugel, gefüllt mit winzigen Augen. Diese Kugel war es, die ihm die Dimension des Möglichen gezeigt hatte, in der Zeit und Raum weniger wichtig waren als ein Wunsch, der genug Kraft entfaltete.

Forrester versuchte, sein Bewusstsein zu leeren und sich ganz auf die kleine Kugel zu konzentrieren. Doch die winzigen Augen in ihr blieben geschlossen, schienen ihn gar nicht wahrzunehmen. Nur eines öffnete sich und blinzelte müde, bevor es sich wieder schloss.

»Wieso funktioniert es nicht?«, stieß er hervor. »Wieso funktioniert es nicht?«

Der Bot auf der anderen Seite des Tisches schwieg. Die mit dem Strafstein verbundenen Diagnoser und Scanner summten leise. Nichts tickte, und doch hörte Forrester in diesen Momenten nichts anderes: gnadenloses, ohrenbetäubend lautes Ticken.

»Das Armband«, sagte er leise. »Aurelius' Kontinua-Konnektor. Ich habe ihn in der Hand gehalten, nicht wahr?«

»Richtest du diese Frage an mich, Vinzent?«, fragte Cassandra mit der Stimme des Bots.

Forrester achtete nicht darauf. Er war vom Ticken halb betäubt, schwankte.

Der Bot bewegte sich, schwebte hinter dem Tisch hervor und streckte seine Gliedmaßen aus.

»Ich bringe dich zum Behandlungsraum zurück, Vinzent«, sagte Cassandra. Leiser, mit der Trauer eines Menschen, fügte sie hinzu: »Ein Tod genügt. Du sollst am Leben bleiben.«

»Nein.« Forrester nahm die Kugel und schloss die Hand darum, so fest, als wollte er sie zerquetschen. »Nein, sie wird nicht sterben.«

»Du bist verletzt worden, Vinzent«, sagte der Bot. »Erneut. Deine physische Belastungsgrenze ist erreicht und überschritten. Und auch deine psychische. Du brauchst eine längere Erholungsphase. Ich bringe dich zu einem sicheren Ort. Wenn du wieder zu Kräften gekommen bist, wenn alle Wunden verheilt sind ... Dann überlegen wir gemeinsam, wie es weitergehen soll.«

Unsinn, dachte Forrester, den Blick auf die Steinplatte gerichtet, auf Augen, die nichts sahen, auf einen Mund, der stumm blieb. Wenn Zinnober starb ... Wie konnte die Wunde ihres Verlustes jemals heilen? Wie sollte es anschließend weitergehen?

Er streckte die Finger, er gab die Kugel frei und legte sie zu den anderen Artefakten. Er wusste nicht, wie man mit ihnen umging, und ihm fehlte die Verbindung zu Omni. Ein anderer Gedanke stieg in ihm auf, wie eine Luftblase in trübem Wasser: Vielleicht funktionierte die Kugel nicht, weil Aurelius nicht mehr lebte, weil auch seine Nadel explodiert war und ihn getötet hatte. Nathan, der Mann von der Erde, ein zehn Jahrtausende langes Leben ... Von ihm ausgelöscht.

Und jetzt starb Zinnober.

Er schwankte erneut, die Knie weich, die Beine schwach. Die Kante des Tisches gab ihm Halt, er klammerte sich daran fest und rang mit der Dunkelheit, die sich vor ihm öffnete.

Ein Arm des Bots berührte ihn.

»Ich muss medizinische Priorität geltend machen, Vinzent«, sagte Cassandra. »Ich kann nicht zulassen, dass du dich selbst ruinierst.«

Das kalte Feuer in Forrester, halb vergessen, wurde plötzlich heiß und brannte mit heller Flamme. Er stieß den Bot-Arm beiseite. »Wenn du mich jetzt betäubst ... Ich schwöre dir, dass ich bei der nächsten Gelegenheit, die sich mir bietet, deine Kernprogramme löschen werde.«

»Sie sind meine ... Seele«, erwiderte Cassandra.

»Ich werde sie löschen, deine verdammte Seele, wenn du mich jetzt gegen meinen Willen behandelst!«, zischte Forrester und starrte erneut auf den Stein, auf die haarfeinen Risse, die ihn durchzogen, auf das Gesicht. Wo befand sich Zinnobers Seele? War sie ebenfalls versteinert? Seelen, dachte er. Geister ...

Plötzlich fiel ihm etwas ein.

Er hatte sich Hilfe von Omni erhofft oder vielleicht eine Antwort in den Kontinua, in der Dimension des Möglichen. Aber es gab jemanden, der in Vergangenheit, Gegenwart und Zukunft lebte, der über alles Bescheid wusste, vielleicht auch über den Code, der Zinnober im Stein gefangen hielt. *Um sie sprechen zu hören, muss man wahnsinnig werden.* Diese Worte hatte er an Zinnober gerichtet. Jetzt dachte er: Wenn das der Preis ist, den ich zahlen muss ...

Er stand am Tisch und zitterte. »Deaktiviere den Kompensator, Cassandra!«

»Das halte ich für sehr unklug, Vinzent. In deinem derzeitigen Zustand würdest du einen direkten Kontakt mit dem Sprawl nicht überleben.«

»Wir haben keine Zeit für lange Diskussionen. Schalte den Kompensator aus! Vielleicht können die Engel helfen.«

Forrester legte beide Hände auf den Strafstein, dicht neben Zinnobers Kopf.

»*Den Kompensator ausschalten!*«, rief er.

»Na schön, Vinzent«, sagte Cassandra. »Kompensatorfeld ist deaktiviert.«

Ein Hammer fiel auf Forresters Kopf.

Die Schmerzen kündigten sich nicht mit einem Ziehen im Nacken an, sie begannen sofort, sie kamen mit einem Hammerschlag, der Forresters Gehirn traf und das Bewusstsein darin. Aber seine Knie gaben nicht nach, die Beine blieben gerade, er stand am Tisch mit der Platte, die Hände noch immer auf dem Stein. Sein Körper veränderte sich nicht, es bildeten sich keine Schwimmhäute zwischen den Fingern wie beim letzten Mal, es entstanden keine bunten Federn, aber in seinem Schädel machten sich tausend Messer daran, jeden einzelnen Gedanken zu zerschneiden, die großen wie die kleinen, bis nur Fetzen von ihnen übrig waren, schartig und zerfranst. Er wusste, dass er schrie, doch was er hörte, war ein Rauschen wie von Wind in nahen Baumwipfeln, und in diesem Rauschen, vom Wind getragen, eine Stimme oder vielleicht viele Stimmen, zu einer verschmolzen.

Begegnung, sagten diese Stimmen, sie flüsterten und schrien es. *Gesehen/gehört*.

Ja, dachte Forrester, ohne zu wissen, ob er ebenfalls schrie, noch immer, voller Schmerz, erfüllt von einer Pein, die nicht nur seinen Körper betraf. Ja, wir sind uns begegnet, wir haben uns gesehen. Aber wir haben uns nicht gehört, noch nicht, wir haben uns nicht verstanden.

Er fühlte sich leicht, er glaubte zu schweben, angehoben von einem Kissen aus Nadeln, die sich ihm langsam in den Leib bohrten, jede von ihnen an einer besonders empfindlichen Stelle. Oder vielleicht waren es die Messer im Kopf, die sich plötzlich in Nadeln verwandelt hatten, einige von ihnen, die anderen in Magma, das ihm durch die Adern strömte, das Blut kochen und verdampfen ließ. Wie kann man so etwas ertragen?, fragte er sich und beantwortete die Frage selbst: Niemand kann so etwas ertragen; niemand kann so etwas überleben.

Aber er starb nicht.

Die Engel des Sprawl bewahrten ihn vor dem Tod.

Der Ort hätte fantastischer kaum sein können, aber er war auch vertraut: ein Steg, wie eine Anlegestelle, umgeben von einer Nacht, die Milliarden von Lichtjahren tief war oder vielleicht nur wenige Millimeter.

Forrester drehte sich um, und dort war sie, die Blockhütte am Anfang des Steges. Ihre Tür stand offen, Licht fiel in die Dunkelheit der Kontinua, vereinte sich mit dem Glühen und Funkeln der Streifen, die neue Universen gebaren.

»Aurelius?«

Er eilte über den Steg, mit Beinen, in denen wieder Kraft steckte, gerade genug. In der offenen Tür blieb er stehen und sah das einfache, schlichte Zimmer, in dem er sich mit Nathan und Aurelius aufgehalten hatte.

»Aurelius?«

Seine Stimme klang seltsam an diesem Ort: hohl und dumpf, gleichzeitig wie eine Melodie, von der seine Ohren nur einen Teil hörten. Niemand antwortete; die Hütte war leer. Enttäuscht wandte er sich ab.

Jemand stand auf dem Steg, an seinem Ende, nicht der unscheinbare Mann, der vor zehntausend Jahren auf der legendären Erde geboren war, sondern eine Gestalt größer als ein Mensch und sehr zart gebaut, mit dünnen Armen und Beinen wie aus Quecksilber. Forrester näherte sich dem Engel und erkannte ihn, obwohl das Gesicht mit den großen dunklen Augen keine individuellen Merkmale aufwies. Dies war das Geschöpf, das im Sprawl zu ihm »gesprochen« hatte, als er an Bord der *Sonnenwind* auf der Suche nach einem vermeintlichen Eindringling gewesen war.

Begegnung/neu/wichtig/Kontakt, sagte das Geschöpf, als Forrester es erreichte. Es fehlte ein Mund, aber die Worte klangen, als würden sie ausgesprochen.

»Ich brauche Hilfe«, sagte Forrester.

Letzter/Schritt/Barriere/Sprung.

»Sprung?«, fragte Forrester und dachte: Dies sind die Kontinua, die Dimension des Möglichen ist nahe, vielleicht genügt es, mir Zinnobers Rettung zu wünschen.

Nicht/genug/Sprung/nötig.

Forrester wusste nicht, wie er plötzlich begriff, aber auf einmal war ihm klar, was der Engel meinte. Er senkte den Blick und starrte ins bodenlose Schwarz neben dem Steg. Ein Streifen kroch dort durch die Dunkelheit, eine Schlange aus mattem Licht, Dutzende von Universen in ihrem Leib.

»Ich soll in die Tiefe springen?«

Barriere/Sprung ...

»Und wenn ich springe, kannst du mir helfen?«

Sprung/Kontakt.

Es gab nichts zu überlegen. Es gab nicht einmal einen Grund zu zögern. Forrester sprang nicht, er trat einen Schritt vor, über den Rand des Steges hinweg.

Er fiel in die Finsternis der Kontinua.

Kontakt.

Ein Dialog konnte kaum seltsamer sein. Forrester stellte Fragen und empfing Antworten, in Form von Bildern, die einen Sinn ergaben, so bizarr und grotesk sie auch sein mochten. Manchmal trafen die Antworten ein, während er noch damit beschäftigt war, die Fragen zu formulieren. Gelegentlich kamen sie sogar vor den Fragen, wie bei einer fehlerhaft zusammengestellten Aufzeichnung. Er hörte sich selbst zu, während sich Zunge und Lippen bewegten, während Gedanken Worte für neue Fragen suchten. Etwas vibrierte in ihm, wie die verborgene Saite eines Musikinstruments, die alle Töne veränderte, sobald man sie berührte. Erkenntnisse formten sich, manche langsam wie Skulpturen, die in einem Marmorblock steckten und mithilfe eines Meißels Schicht um Schicht freigelegt wurden, andere wie bunte Bilder, von der schnellen Hand eines Malers geschaffen. Irgendwann begriff Forrester, dass er nicht mehr fiel, dass sich etwas Festes und Weiches unter ihm befand, vielleicht eine Liege, und als er die Augen öffnete – wenn es seine Augen waren –, sah er das silbrig schimmernde Grau des Sprawl, Heimat der Engel, die Aurelius für Nachfahren der Pandora hielt.

Zeit, dachte er beim Zwiegespräch mit dem Wesen, dessen Körper aus Quecksilber zu bestehen schien und dessen Augen die Dunkelheit der Kontinua enthielt. Diese Geschöpfe, diese Kinder der Pandora, die vor einer Milliarde Jahren das Strangnetz im Sprawl geschaffen hatten, existierten nicht nur im Hier und Heute. Die Zeit legte ihnen keine Fesseln an, sie war wie ein See, in dem sie nach Belieben schwammen und tauchten, sie war wie Luft, in der sie ihre Schwingen ausbreiteten und in jede Richtung flogen, die ihnen interessant erschien. Vergangenheit, Gegenwart und Zukunft – sie konnten sich davon nehmen, was sie wollten. Sie kannten keine Fristen; ihnen wurde nie die Zeit »knapp«. Bitte hilf mir, sagte Forrester. Bitte hilf mir, Zinnober zu retten!

Weitere Bilder erreichten ihn, schnell, voller Farben, weitere Skulpturen entstanden, von geduldigen Hämmern aus Fels befreit. Das erinnerte Forrester an etwas, an einen Hammer, der ihn getroffen hatte, mit der Wucht von unerträglichem Schmerz. Ich bin noch immer ungeschützt dem Sprawl ausgesetzt, dachte er. Wie lange schon? Wie viel Zeit ist vergangen? Was ist mit Zinnober?

Ein Blinzeln brachte einen Stein in sein Blickfeld, eine Platte, rechteckig und zerbrochen, mit einem Loch in der Mitte, in Form einer menschlichen Gestalt. Zerbrochen!

Klarheit strich wie Wind über ihn hinweg, wie eine kühle Brise nach einem heißen Tag. Sie bedeutete, dass er sich keine Sorgen machen musste, zumindest nicht um diese Angelegenheit, denn die Kinder der Pandora, die Engel des Sprawl, hatten ihm bereits geholfen. Sie sprachen noch immer mit ihm, mit dem Teil in ihm, der sie verstand, während der Rest nur das wortlose Raunen vieler Stimmen hörte. Lebt sie?, fragte Forrester. Ist sie gerettet?

Der Wind dauerte an, die kühle Brise trug seine Anspannung mit sich fort. Klarheit, lautete ein Gedanke, und vielleicht war es sein eigener. Man musste den Weg erkennen, um ihn zu beschreiten. Man musste ein Ziel haben, um die richtige Richtung zu wählen.

Der Maler malte sein letztes Bild mit besonders kraftvollen Farben, und der Bildhauer meißelte seine letzte Statue aus dem Fels. Das Bild zeigte eine junge Frau mit feuerrotem Haar, die Statue einen Mann in der Mitte seines Lebens. Forrester sah seine Tochter und sich selbst, und er sah auch, was getan werden musste. Der Weg war klar, das Ziel gewählt.

Jemand – oder etwas – wich zurück. Ein Glanz verblasste.
Kontakt/Ende/Fortgang/Wiedersehen/bald(?)/vielleicht.

Das Flüstern der vielen Stimmen inmitten der einen hörte auf. Der angenehm kühle Wind legte sich, die Hitze kehrte zurück, brannte wieder unter glühender Haut. Ein Pochen in der Ferne wurde lauter und näherte sich. Der Hammer schwang, und es war nicht der Hammer des Bildhauers.

»Cassandra?« Es war seine Stimme, es musste seine Stimme sein, doch es klang nach dem Röcheln eines Sterbenden.

»Ja, Vinzent, ich habe gewartet und ...«

»Kompensator ein!«

»Kompensatorfeld ist aktiviert.«

Der Hammer des Schmerzes schlug zu, aber nur kurz und nicht ganz so stark.

58 Es gab keinen Strafstein. Es hatte nie einen gegeben.

Zinnober lag in grünem Heilgel, die Augen geschlossen, das Gesicht entspannt – sie schlief den Schlaf der Erschöpfung. Einige schwindende Flecken an ihrem Leib deuteten darauf hin, dass man sie auf Javaid nicht gerade sanft behandelt hatte, aber es gab keine ernsten Verletzungen – das Gel war nur eine Vorsichtsmaßnahme.

»Hast du alles überprüft?«, fragte Forrester benommen. Es fiel ihm schwer zu verstehen, was geschehen war. Und was *nicht* geschehen war. »Die automatischen Aufzeichnungen der internen Sensoren, deine Zwischenspeicher, die biometrische Überwachung ...«

»Ja, Vinzent, ich habe nichts übersehen«, erwiderte der Intellekt der *Sonnenwind*. »Ich verfüge über keine Daten, die einen Strafstein betreffen, den wir an Bord geholt haben. Ich erinnere mich nicht daran.«

»Eine Zeitmanipulation?«, überlegte Forrester. »Ein Eingreifen in die Kette der Kausalität?«

»Oder eine Halluzination, Vinzent. Diese Möglichkeit sollten wir nicht außer Acht lassen. Du hast viel durchgemacht und bist auf Javaid erneut verletzt worden. Du brauchst Ruhe und Erholung noch mehr als Zinnober.«

Er war verletzt, ja, aber nicht schwer. Die Kraft in den Beinen, die auf dem Steg zurückgekehrt war, existierte noch immer. Hatte er sich alles nur eingebildet?

»Wie solltest du dich an eine Zeitmanipulation erinnern können und ich nicht?«, fragte Cassandra sanft. »Wir sind beide Teil der Kausalität.«

Aber ich bin außerhalb jeder Kausalität gewesen, dachte Forrester, den Blick auf die schlafende Zinnober gerichtet. Er hatte mit dem Engel gesprochen, ein Teil von ihm, und der Engel hatte ihm seinen Wunsch erfüllt, Zinnober zu retten. Oder konnte es ein Traum gewesen sein? Die Erinnerungsbilder blieben klar und deutlich, sie verloren ihre Konturen nicht, ihr Kontrast blieb erhalten. Er erinnerte sich an jedes noch so kleine Detail. Nein, ein Traum fühlte sich anders an.

»Ich bin ganz sicher, Cassandra«, sagte er leise. »Ich habe mit einem der Geschöpfe im Sprawl gesprochen, wie ein Parakosmiker. Und es hat mir geholfen, es hat ein kleines Stück der Realität durch ein anderes ersetzt.«

Zwei oder drei Sekunden herrschte Stille, untermalt vom Summen der Bordsysteme und einem leisen Gluckern aus dem Genesungstank.

»Dir ist schon klar, wie seltsam das klingt, oder?«, fragte Cassandra schließlich.

Forrester antwortete nicht. Er fühlte Veränderungen in sich, eine Folge des Kontakts mit dem Wesen im Sprawl. Das kalte Feuer, das zuvor in ihm gebrannt hatte, war einer neuen Art von Klarheit gewichen. Er kannte den Weg, der vor ihm lag; er wusste, was es zu tun galt, um Zinnobers Zukunft zu sichern.

»Hauptsache, Zinnober geht es gut«, sagte Cassandra. Wieder verstrichen einige stille Sekunden. »Du solltest ebenfalls schlafen, Vinzent. Ich habe uns in einen langsamen Nebenstrang des Sprawl gebracht. Hier sind wir sicher; es besteht keine Gefahr. Du brauchst dir keine Sorgen zu machen.«

»Ich habe etwas versprochen, Cassandra.«

»Was meinst du?«

»Ich habe Nathan und Aurelius versprochen, dass wir nach Zinnobers Befreiung zur *Kuritania* fliegen und verhindern, dass die Pandora-Maschine, der Kreator, Benedikt in die Hände fällt.«

»Nathan ist tot, Vinzent, und Aurelius wurde entführt. Daran hat sich nichts geändert. Es kam zu einem Kampf im Residenzsaal des Duka, als Zinnober hereingetragen wurde und du ihre Wächter angegriffen hast. Die Zaisen nutzten den Moment der Ablenkung, um Aurelius zu überwältigen. Auch dies spricht dafür, dass ich recht habe, dass du tatsächlich an Halluzinationen leidest. Wenn es wirklich zu einer Zeitmanipulation kam ... Warum hat das Wesen im Sprawl nicht den Kampf, Nathans Tod und Aurelius' Entführung verhindert?«

»Vielleicht deshalb, weil ich nicht darum gebeten habe«, sagte Forrester. »Weil es mir einzig und allein um Zinnober ging.« Er atmete tief durch. »Bring uns zu den Toroga-Riffen, Cassandra! Bring uns zur *Kuritania*! Wenn Aurelius noch lebt, müssen wir ihn befreien und mit ihm zusammen verhindern, dass Benedikt den Kreator übernimmt.«

Graues Grab

Forrester hatte sich gefragt, ob er seiner Tochter die Wahrheit **59** sagen sollte, und er entschied sich schließlich dafür – es sollten keine Lügen zwischen ihnen stehen.

»Der Duka *wollte* mich in Stein verbannen«, sagte sie. »Ihr seid gerade noch rechtzeitig gekommen.« Traurig fügte sie hinzu: »Um Nathan tut es mir sehr leid.«

Nathans Tod war für Forrester wie eine offene Wunde, die noch immer schmerzte und sich nicht schließen wollte. Die Verantwortung dafür lag allein bei ihm.

»Du hast mich wirklich in Stein gesehen?« Zinnober legte beide Hände um den Becher mit heißem crohanischem Tee.

»Ja.«

»Es könnte eine Halluzination gewesen sein«, ließ sich Cassandra vernehmen.

»Ich bin sicher, dass das, was ich erlebt habe, wirklich geschehen ist.« Forrester hatte Zeit gehabt, gründlich darüber nachzudenken. Es gab keinen Zweifel mehr in ihm. »Das Wesen im Sprawl hat mir geholfen.«

Zinnober schauderte. »Ich bin froh, dass ich in *dieser* Realität nicht in einen Strafstein verbannt worden bin. Aber ... Warum hat dir der Engel geholfen? Und wie konntest du mit ihm sprechen und ihn verstehen?«

Auch darüber hatte Forrester lange nachgedacht. Die Antwort lautete: »Ich weiß es nicht. Vielleicht hat mir das Wesen geholfen, weil wir noch gebraucht werden, wir beide. Die Engel leben gleichzeitig in Vergangenheit, Gegenwart und Zukunft. Sie wissen, was geschieht und geschehen wird. Vielleicht hat dieser Engel in der Zukunft, in unserer Zukunft, etwas gesehen, das ihm Grund genug gab, auf meine Bitte einzugehen.«

»Wofür werden wir gebraucht?«

Forrester schüttelte hilflos den Kopf.

Eine Zeit lang lauschten sie dem Summen des Sprawlers. Ein nahes Holofeld zeigte das Grau des Sprawl und die eingeblendeten Orientierungshilfen. Es war noch weit bis zu den Toroga-Riffen.

Zinnober saß mit krummem Rücken da, die Hände um den Teebecher geschlossen, der Blick nachdenklich, das Gesicht seltsam verschlossen. Sie wirkte um Jahre älter, und plötzlich befürchtete Forrester, dass sie gealtert war im Moment der Veränderung, in der kleinen, winzigen Lücke zwischen zwei Realitäten. Sie war schon lange nicht mehr das Kind, das Mädchen, das er damals von Javaid mitgenommen hatte. Aber die junge Frau, die auf Verlorenes Paradies herangewachsen war, schien ebenfalls nicht mehr zu existieren. Für einige wenige schreckliche Sekunden hatte Forrester das Gefühl, einer Fremden gegenüberzusitzen, einer Person, die er neu entdecken musste.

»Du hast mit einem Engel gesprochen«, sagte sie leise. »Wie ein Parakosmiker.«

Bei den Riffen werde ich mit Trifon Corneille reden, dachte Forrester. Ich werde ihn fragen, was geschehen ist. Vielleicht kennt er die Antwort; vielleicht kann er es mir erklären.

Aber er sprach die Worte nicht laut aus. Stattdessen sagte er: »Es wird alles gut, Zinnober, glaub mir.«

»Es ist noch nicht vorbei«, sagte sie.

»Nein.«

»Es fängt gerade erst an.«

Forrester schwieg, weil er nicht lügen wollte.

Von Zinnober kam ein Geräusch, das nach einem Seufzen klang, aber vielleicht war es ein leises Schnauben, das Entschlossenheit anzeigte oder Trotz. Es war ein Geräusch aus der Kindheit – das Mädchen existierte noch.

»Was ist mit Aurelius?«, fragte Zinnober.

»Ich weiß es nicht«, antwortete Forrester ehrlich. »Nathan ist gestorben, die Zeitmanipulation hat ihn nicht gerettet. Vielleicht fand auch Aurelius den Tod. Aber das glaube ich nicht. Irgendetwas sagt mir, dass er noch lebt.«

Zinnober deutete zum Holofeld, ins Grau des Sprawl. »Die Engel?«

»Nein. Es ist ein ... Gefühl. Ich kann es nicht beschreiben. Ich glaube, dass er noch lebt.«

»Das Implantat, das du ihm eingesetzt hast ... Es müsste explodiert sein.«

»Das müsste es, ja.«

»Trotzdem glaubst du, dass er noch lebt.«

»Ja.«

Zinnober blickte wieder ins Leere. »Du hast gegen den Ethox verstoßen.«

»Habe ich, ja. Ich kann es nicht leugnen.«

»Du hast Nathan *und* den Zehntausendjährigen entführt.«

»Ja.«

»Du hast dich mit ihnen auf den Weg nach Javaid gemacht, obwohl die Gefahr bestand, dass Benedikt die Pandora-Maschine unter seine Kontrolle bringt.«

Forrester nickte langsam. Das Gespräch schien sich in ein Verhör zu verwandeln. Worauf wollte Zinnober hinaus?

»Du hast dich in große Gefahr gebracht und auch andere, du hast dich allem widersetzt, allen Geboten der Vernunft ...«

Unbehagen regte sich in Forrester. »So könnte man es ausdrücken, ja.«

»Und das alles meinetwegen!« Zinnober rief diese Worte, sie waren ein Aufschrei, und dann sprang sie auf und stürzte Forrester entgegen, schlang die Arme um ihn und weinte wie ein kleines Kind.

Er hielt sie, so vorsichtig wie etwas, das zerbrechen konnte, wenn man es falsch anfasste. Sie zitterte und bebte in seinen Armen, ihre Tränen flossen in Strömen, und er glaubte, dass es seine Schuld war. Bis er schließlich begriff: *Sie* fühlte sich schuldig. Seine Tochter litt, weil sie davon überzeugt war, die

Verantwortung zu tragen: nicht nur für die Gefahr, in die sie ihren Vater gebracht hatte, sondern auch für Nathans Tod und für Aurelius' Verschleppung durch die Zaisen – für alles.

Er hielt sie etwas fester, er fürchtete nicht, dass sie zerbrechen könnte, aber er hatte plötzlich Angst, dass die Last der Schuld, die nicht die ihre war, zu viel für sie wäre. Er strich ihr übers Haar und murmelte Worte, an die er sich später nicht erinnerte, und irgendwann hörte Zinnober, die in diesen Minuten wieder zu einem kleinen Mädchen geworden war, auf zu weinen. Forrester legte sie ins Bett und deckte sie zu, mit den sanften Bewegungen eines Mannes, der wusste, dass es einen kostbaren Schatz zu hüten galt.

60 Während Zinnober schlief, wanderte Forrester durch die *Sonnenwind*, durch stille, schmale Korridore und kleine Zimmer, die immer weniger Platz zu bieten schienen. Wenn sie wach war, sprachen sie miteinander, aber anders als früher. Das Verspielte, die leichten, unbeschwerten Scherze existierten nicht mehr; sie waren zusammen mit Zinnobers Kindheit verloren gegangen. Gleichzeitig jedoch gab es eine neue Nähe. Die Distanz zwischen ihnen, wenn jemals eine existiert hatte, schrumpfte immer mehr, bis sie mehr wie Freunde waren, wie Gesinnungsgenossen und *Komplizen*. Irgendwann im Verlauf der langen Gespräche, die sie führten, während das Schiff durchs Sprawl glitt, den Riffen entgegen, beschloss Zinnober, sich nicht mehr allein schuldig zu fühlen. Sie entschied, dass sie zwar Schuld traf – sie war so dumm gewesen, das Depot im Habitat über Caledonia Vier zu verlassen, was dem Likotha Gelegenheit gegeben hatte, sie zu überwältigen –, aber nicht für *alles*. Die schwere Bürde von Nathans Tod und der Entführung des Zehntausendjährigen lastete auf ihnen beiden; sie mussten gemeinsam damit fertig werden.

Diese neue Einstellung gab Zinnober einen Teil ihres Seelenfriedens zurück. Sie schlief länger und tiefer, sie erholte sich von den Wunden, die die psionischen Attacken des Likotha in ihrem Bewusstsein hinterlassen hatten. Forrester hingegen fand kaum Ruhe. Er wanderte durchs Schiff, Kilometer um Kilometer, während die *Sonnenwind* Lichtjahr um Lichtjahr zurücklegte, Beine und Gedanken blieben in Bewegung. Die Frage, was geschehen war, und wie, rückte nach und nach in den Hintergrund, denn er lernte schließlich, die neue Realität, geschaffen von einem zeitlosen Wesen, zu akzeptieren, ohne ständig an ihr zu zweifeln. Cassandra war diskret genug, auf weitere Halluzinationsspekulationen zu verzichten oder sie zumindest für sich zu behalten. Manchmal richtete sie Fragen an ihn oder machte eine Bemerkung, die einen Kommentar herausforderte, doch Forrester schwieg meistens, tief in Gedanken versunken. Zwei oder drei Tage lang ergründete er sich selbst, anstatt Körper und Geist Ruhe zu gönnen. Er verglich den Forrester, der hier unruhig durch die *Sonnenwind* wanderte, mit dem anderen, der er auf Verlorenes Paradies und noch früher gewesen war, und dabei erkannte er Veränderungen: Wie bei einem Eisberg im kalten Wasser ragte nur die Spitze aus den Fluten; der Rest verbarg sich in der Tiefe, groß, wuchtig und gefährlich. Er überlegte, ob auch Nathan auf diese Weise empfunden hatte. Wahrscheinlich nicht. Soweit er wusste, hatte Nathan nie einen Sohn oder eine Tochter gehabt; dadurch verschob sich die Perspektive. Er bestaunte eine seltsame Mischung aus Sorge um Zinnober und dem Gefühl, gemeinsam mit ihr stärker zu sein. In seinem Innern verschob sich etwas. An einer Stelle sanken Gedanken und Gefühle, an einer anderen stiegen welche auf, wie auf den Schalen einer Waage. Und als sich diese Schalen nicht mehr bewegten, als ein neues Gleichgewicht entstand, begann Forrester damit, Pläne zu schmieden. Die Pandora-Maschine im Wrack der *Kuritania* durfte nicht in Benedikts Hände fallen, so viel stand fest. Wie konnten sie es verhindern? Und wie sollten sie Aurelius befreien? Vorausgesetzt natürlich, er lebte noch.

Als die Erschütterungen begannen, die darauf hinwiesen, dass sie sich den Riffen näherten, unterbrach Cassandras Stimme Forresters Kontemplationen. »Meine Sensoren registrieren eine Anomalie in der Anomalie, Vinzent. Bei den Toroga-Riffen hat sich etwas verändert.«

Die *Sonnenwind* hatte inzwischen ihre Konfiguration gewechselt, soweit das mit eingeschränkter Leistungsfähigkeit von Materialgedächtnis und Molekülarchitekten möglich war. Für einen Moment zögerte Forrester verwirrt an einer Abzweigung, bevor er sich daran erinnerte, welcher Weg zum Nukleus führte. »Was hat sich verändert?«

»Ich habe einen starken Impuls geortet, eine abrupte energetische Fluktuation im Bereich der Riffe«, sagte der Intellekt des Schiffes.

»Das klingt nach einer ...« Forrester blieb stehen, als es zu einer besonders heftigen Erschütterung kam. »... Explosion?«

»Ja, Vinzent. Das könnte es gewesen sein, eine Explosion.«

Er ging weiter, schneller als vorher, seine Schritte ein dumpfes Pochen vor dem Hintergrund eines geisterhaften Knisterns. Als er den Nukleus betrat, leuchteten dort bereits mehrere Sicht- und Datenfelder.

»Zinnober erwacht gerade«, sagte Cassandra.

»Gib ihr Bescheid«, sagte Forrester sofort und sank in einen Sessel. »Bitte sie hierher, sobald es ihr möglich ist.«

Forrester sah sich die Daten an. Die *Sonnenwind* kroch durch einen Nebenstrang des Sprawl, mit einer Geschwindigkeit von nur einigen Dutzend Sprawlkilometern pro Stunde, die in Bezug auf das Basiskontinuum aber Lichtjahre bedeuteten. Voraus, zwischen den bunten Linien der Orientierungshilfe, ragte bereits das dunkle Gebirge der Toroga-Riffe auf, ein finsterer Riese mit steilen Hängen, spitzen Gipfeln und tiefen Tälern, ein gewaltiges Gebirge im Grau des Sprawl. Eine Flanke des Massivs glühte, offenbar im Widerschein eines verborgenen Feuers – die von den Sensoren ermittelten Daten deuteten auf hohe Strahlung hin.

»Schutzschilde und Kompensatorfeld sind aktiv und stabil«, sagte Cassandra.

»Wie weit sind wir noch entfernt?«, fragte Forrester.

»Sieben Stunden. Wir fliegen mit Konfiguration und Signatur des InterStel-Forschungskreuzers *Sporn*, in Sonderauftrag unterwegs zur *Kuritania*.«

Forrester betrachtete noch immer die Daten. Den Darstellungen des Sprawl und den Orientierungslinien schenkte er kaum Beachtung.

»Wie wahrscheinlich ist eine natürliche Ursache für die Explosion?«

»Sie ist sehr gering, Vinzent.«

»Verstehe. Ich sehe hier nichts, das auf stationäre Signalbaken und Bergungsschiffe hinweist.«

»Es gibt sie nicht mehr. Sie sind verschwunden.«

Das Schott öffnete sich, und Zinnober kam herein. Sie trug einen Overall mit vielen Taschen, das rote Haar war noch vom Schlaf zerzaust, doch die Augen blickten wach.

»Sind wir da?«, fragte sie und setzte sich neben Forrester. Sofort bildeten sich virtuelle Kontrollen vor ihr. Dünne Finger strichen durch Symbole und riefen Informationen ab. Auch daran hatte er sich inzwischen gewöhnt: wie gut sie mit den Systemen der *Sonnenwind* umzugehen verstand.

»Nein«, sagte er. »Es sind noch sieben Stunden, aber ...«

»O ja, ich sehe es. Eine Explosion hat stattgefunden. Und es sind keine Baken und Bergungsschiffe mehr da.« Zinnober blickte auf. »Was bedeutet das?«

»Wir wissen es nicht«, erklang Cassandras Stimme. »Wir gehen davon aus, dass die Explosion nicht natürlichen Ursprungs war.«

»Jemand hat sie herbeigeführt?«

»Bisher sind keine derartigen energetischen Phänomene im Sprawl bekannt«, sagte Cassandra. »Also liegt der Schluss nahe, dass jemand die Explosion verursacht hat, vielleicht mit Absicht.«

Zinnober überlegte nur ein oder zwei Sekunden, bevor sie sich ihrem Vater zuwandte. »Die *Kuritania*.«

Er nickte. »Cassandra, wenn es keine Signalbaken mehr gibt und auch keine Schiffe bei den Riffen ... Dann könnten wir die Schleichfahrt aufgeben und schneller fliegen.«

»Es würde die Triebwerkssignatur der *Sporn* infrage stellen.«

Wieder tanzten Zinnobers Finger durch die vor ihr schwebenden Symbole. Manche von ihnen verschwanden; andere wurden etwas größer und blinkten. Die Datenfelder veränderten sich.

»Dies ist ein Nebenstrang des Sprawl«, sagte sie. »Aber er lässt höhere Geschwindigkeiten zu als die, mit der wir fliegen. Wir könnten in ... zwei Stunden bei den Riffen sein.«

»Das wäre unvorsichtig«, erwiderte Cassandra. »Man könnte uns orten und erkennen. Gerade in Anbetracht der jüngsten Ereignisse ...«

»Wir sind nicht hier, um uns in Vorsicht zu üben, oder?« Zinnober sah ihren Vater an.

Forrester lächelte schief. »Ich fürchte, da hast du recht.«

»Wir sind hierhergekommen, obwohl wir wissen, dass wir uns vermutlich in große Gefahr begeben.«

Sie sagte es nicht verspielt. Forrester hörte keinen Humor in ihrem Ton, keine Andeutung von Ironie oder Leichtigkeit. Zinnober meinte jedes Wort ernst.

»Ich fürchte, darauf läuft es hinaus.«

»Dann lass uns so schnell wie möglich zu den Riffen fliegen, mit allem, was im Sprawler steckt. Vielleicht treffen wir dann noch rechtzeitig ein, um festzustellen, was dort brennt.« Sie beugte sich vor, als könnte sie dadurch Einzelheiten an der glühenden Flanke des Anomalie-Gebirges erkennen. »Was *kann* dort überhaupt brennen?«

Die Frage war gestellt, die Antwort lag bereit. »Die *Kuritania*«, sagte Forrester. »Oder das, was die Explosion von ihr übrig gelassen hat.«

Die Erschütterungen, hervorgerufen von energetischen Schwankungen im Sprawl – von Strudeln und Verwirbelungen im Fluss des silbrigen Grau –, waren so stark geworden, dass die *Sonnenwind* ständig vibrierte, obwohl Cassandra versuchte, die künstliche Schwerkraft an Bord anzupassen und den Rumpf zu stabilisieren. Zwei Stunden waren vergangen. Vater und Tochter saßen im Nukleus vor den Holofeldern und trugen Sicherheitsharnische für den Fall, dass die Vibrationen noch heftiger wurden.

Der Intellekt steuerte das Schiff langsam durch die energetischen Wirbel, die wie ein heftiger Wind an der *Sonnenwind* zerrten, hinein in etwas, das aussah wie eine Kerbe im Rücken des zentralen Riffs. Es gab keine Signalbaken mehr, nichts deutete darauf hin, dass sie hier jemals existiert hatten, und Cassandras Sensoren entdeckten keine anderen Raumschiffe in einem Umkreis von fünf Sprawlkilometern, was ungefähr hundert Lichtjahren im Basiskontinuum entsprach. Das Glühen an den steilen Hängen hatte nachgelassen, aber tief unten schien es Wurzeln ins Grau geschlagen zu haben. Eine seltsame Art von Feuer brannte dort, ohne hungrig züngelnde Flammen, wie eingefangene Sonnenglut, ein gelbes, zum Rand hin rötlicher werdendes Leuchten, das langsam die Reste der *Kuritania* fraß. Viel war nicht mehr von ihr übrig, eine geborstene Navigationsschwinge hier, dort die Wölbung eines Rumpfsegments, der Bug, der tief im Riff steckte, noch unerreicht von den roten Ausläufern des Feuers.

»Ein Atombrand, nicht wahr?«, fragte Zinnober. »Ich habe in deinen Datenbanken davon gelesen, Cassandra.«

»Ein langsames nukleares Feuer, ja«, bestätigte der Intellekt.

»Und es ist nicht durch Zufall entstanden«, sagte Forrester.

»Nein. Jemand hat eine Explosion mithilfe eines Initialzünders ausgelöst, und das Feuer wird brennen, bis alle fremde Materie aus den Toroga-Riffen verschwunden ist.«

»Jemand möchte Spuren verwischen«, sagte Zinnober.

»Das wäre durchaus möglich«, räumte Cassandra ein.

Hier saßen sie und waren das Team, das sich Zinnober immer gewünscht hatte. Forrester lehnte sich zurück; der Sicherheitsharnisch folgte seinen Bewegungen.

»Kannst du uns noch etwas näher heranbringen, Cassandra?«

»Ich versuche es. Die Fluktuationen und Verwirbelungen sind hier sehr stark. Es wird noch mehr Erschütterungen geben. Ich bin noch nicht vollständig wiederhergestellt, Vinzent und Zinnober, vergesst das nicht. Meine strukturelle Integrität hat gelitten, und eigentlich kann ich keine neuen Belastungen brauchen.«

»Bring uns so nahe wie möglich zum Wrack der *Kuritania*«, sagte Forrester. »Ohne die Integrität des Rumpfes zu gefährden. Lass uns feststellen, ob noch etwas übrig ist.«

»Von der Pandora-Maschine, meinst du.«

»Ja.«

»Sie haben sie weggebracht, nicht wahr?«, fragte Zinnober, als Sprawler und Manövriertriebwerk der als *Sporn* getarnten *Sonnenwind* brummten. Die dunklen Hänge des Gebirges – der Anomalie – zogen langsam vorbei, zum Greifen nahe. Das Schiff schüttelte sich wie ein lebendes Wesen; die Vibrationen wurden so heftig, dass Forrester hörte, wie seine Zähne klapperten. »Wir sind zu spät gekommen.«

»Darauf deutet alles hin.« Wie viel Zeit war vergangen?, fragte sich Forrester. Ein Monat? Vielleicht sogar noch etwas mehr?

»Und sie haben den Atombrand gelegt, damit nichts mehr von der *Kuritania* übrig bleibt, nicht ein kleines bisschen, keine Spuren.«

»Ja.« Forrester blickte in die Holofelder, beobachtete das gelbe und rote Glühen tief in der Schlucht. »Wie lange dauert es, bis das Feuer die Reste des Wracks verbrannt hat, Cassandra?«

»Einige Stunden. Es geht schnell.« Ein Ächzen ging durchs

Schiff, ein Knirschen wie von Metall und Plast kurz vor dem Zerreißen. »Näher kann ich nicht heran, tut mir leid.«

»Aktive Sensoren, Cassandra.« Forrester berührte virtuelle Schaltflächen. »Volle Sondierung. Zurückhaltung ist unnötig, denke ich.«

»Volle Sensorsondierung«, bestätigte der Intellekt. »Ich suche nach Hinweisen, die uns nützlich sein könnten.«

Die Sicherheitsharnische hielten Forrester und Zinnober fest, als das Schiff zu schwanken und zu schlingern begann. Die Holofelder zeigten, dass die Wände der Schlucht gefährlich nahe kamen und dann wieder fortrückten. Unten fraß sich der Atombrand durch letzte Wrackteile.

»Nichts«, meldete Cassandra nach einer Minute. »Keine Sonden, keine Schiffe und keine Bots in der Nähe, nichts. Wir sind allein. Was die Pandora-Maschine betrifft ... Entweder ist sie verbrannt, oder InterStel hat sie fortgebracht.«

»Benedikt hat sie bestimmt nicht dem Atombrand überlassen. Die Frage ist: War Aurelius hier? Haben die Zaisen ihn hierher gebracht, zur Maschine?« Forrester blickte über die *Kuritania*-Reste hinweg und glaubte, die vagen Umrisse einer Gestalt im Silbergrau des Sprawl zu erkennen.

»Denk nicht einmal daran«, sagte Zinnober.

»Was?«

»Kommt nicht infrage! Ich lasse es nicht zu!«

»Ich glaube, ich weiß, was deine Tochter meint, Vinzent«, sagte Cassandra. »Dein Blick eben ... Wenn ich ihn richtig deute, hast du nach den Engeln Ausschau gehalten oder nach einem von ihnen.«

Habe ich das?, dachte Forrester und erinnerte sich an Augen, so dunkel und tief wie die Kontinua-Abgründe zu beiden Seiten eines Stegs.

»Wir schalten den Kompensator *nicht* aus«, sagte Zinnober. »Du wirst *nicht* versuchen, mit einem der Wesen dort draußen zu kommunizieren.«

Sie könnten mir Auskunft geben, dachte Forrester, überrascht von der Strenge in der Stimme seiner Tochter. Sie wissen, was hier geschehen ist. Man müsste mit den Engeln sprechen können, ohne Wahnsinn oder Tod zu riskieren. Man müsste ein Parakosmiker sein ...

Er hob die Brauen.

»Trifon Corneille«, sagten Zinnober und er wie aus einem Mund.

»Wo ist er?«, fügte Forrester hinzu. »Versuch ihn zu finden, Cassandra!«

Die Datenkolonnen in den Informationsfeldern veränderten sich. Neue Symbole leuchteten auf, schoben andere beiseite.

Forrester erhöhte die Vergrößerung eines Holofelds und blickte über die brennende *Kuritania* hinweg zu einem kleinen Plateau, halb verschleiert vom Nebel des Sprawl. Die grauen Schwaden schienen an jener Stelle dichter zu werden, als wollten sie etwas verbergen. Dort hatte sich das Schiff des Parakosmikers befunden, von Gravitationsankern gehalten.

»Zum Plateau auf der anderen Seite«, sagte er schnell. »Wo sich Corneilles Arche befand.«

Das Brummen von Sprawler und Manövriertriebwerk veränderte sich nicht. »Vor uns wird die Schlucht im Riff zu schmal für mich. Und ich kann nicht aufsteigen, weil die Turbulenzen über uns zu stark sind. Ich müsste den Berg umrunden, um das Plateau zu erreichen, und das würde etwa ... vier Stunden dauern.«

Forresters Finger bohrten sich in mehrere blutrot leuchtende Symbole. »Wenn sich dort ein Schiff befindet, könnte der Atombrand darauf übergreifen – der Bug der *Kuritania* ist nicht weit entfernt. Was sagen deine Sensoren, Cassandra?«

»Sie wissen nicht, was sie davon halten sollen. Das Objekt, das du gesehen hast, könnte Teil dieses Riffs sein oder vielleicht eine kleine Navigationsschwinge. Aber es gibt keine Aktivität auf dem Plateau, kein Anzeichen von ...«

Der Intellekt unterbrach sich, denn Forrester stand bereits

und hatte den Harnisch deaktiviert. »Ich fliege mit einer Kapsel hin und sehe nach.«

»Nein«, sagte Zinnober. Sie stand ebenfalls. »*Wir* fliegen hin und sehen nach.«

Eine Blume verschwand im Nebel, der über glühender Lava **62** aufstieg. Die Blume war die *Sonnenwind*, selbst in ihrer Tarnkonfiguration, und was wie Lava leuchtete, wie flüssiges Gestein aus dem Schlund eines Vulkans, war ein atomares Feuer, eine langsame Kettenreaktion, die gewöhnliche Materie — fremd an diesem Ort — in Energie verwandelte. Das Sprawl wogte und wallte, eine silbergraue Decke, die auf allem lag, an einigen Stellen dichter als an anderen. Forrester steuerte die Kapsel fort von der *Sonnenwind*, dicht über die letzten Reste der *Kuritania* hinweg, über ihren Bug, der tief in diesem Teil der Riffe steckte, noch unerreicht vom Feuer. Er trug einen mit Kompensator ausgestatteten Schutzanzug, ebenso wie Zinnober an seiner Seite, blickte ins fensterartige Holofeld, das sich vor ihnen wölbte, und beobachtete, wie das Objekt auf dem Plateau jenseits des Wracks deutlichere Konturen gewann. Das Grau des Sprawl war dort sehr dicht; die Schwaden legten sich wie schützend um etwas, das nach stummelförmigen Navigationsschwingen, kleinen Sprawler-Kapseln und einer blasenartigen Habitatkuppel aussah. Als sie das andere Ende der Schlucht erreichten, als die Entfernung um einige weitere Dutzend Sprawlmeter schrumpfte, stellte sich das Objekt im Dunst des Sprawl tatsächlich als Arche eines Parakosmiskers heraus. Aber es gab keine Gravitationsanker mehr, die sie hielten, und der zentrale Bereich des Schiffes, zwischen und über den Sprawler-Kapseln, war wie von einem wuchtigen Schlag zerschmettert. Die Arche lag eingekeilt zwischen zwei Felsen; nur deshalb hatten die Strömungen des Sprawl sie noch nicht fortgetragen. Aber Forrester bemerkte Risse in den Flanken des Berges, Destabilisierungen in den energetischen Strukturen der Anomalie. Vielleicht lösten sich die »Felsen« bald auf, und dann glitt die Arche, wenn der Atombrand sie nicht vorher erreichte, hinaus ins Sprawl, wobei sie mit jedem Sprawlmeter Lichtjahre in Bezug auf das Basiskontinuum zurücklegte. Wenn das geschah, gab es keine Hoffnung, sie jemals wiederzufinden.

»Eine letzte Chance«, murmelte Forrester und brachte die Kapsel noch näher ans Plateau. Sie war klein, bot den Strömungen und Strudeln weniger Widerstand, konnte dadurch leichter manövrieren als die *Sonnenwind*, die auf der anderen Seite der *Kuritania* wartete.

»Eine letzte Chance zu erfahren, was hier geschehen ist.« Zinnober überprüfte die Sensoren. »Keine biometrischen Signale von der Arche. Aber das hat nicht viel zu bedeuten. Vielleicht verlieren sie sich in der Strahlung.« Sie drehte den Kopf. »Wir gehen hinaus, nicht wahr?«

»Ja.« Forrester brachte die Kapsel neben das Schiff des Parakosmikers und setzte einen Gravitationsanker. »Die Öffnung dort ist groß genug für uns.« Er deutete auf einen breiten Riss im Rumpf der Arche. »Cassandra?«

Ein Rauschen füllte die kleine Kapsel. »Ich höre euch, aber die Störungen sind sehr stark. Wenn ihr draußen seid, haben wir keinen Kontakt mehr.«

»Wie lange bleibt dieser Teil der Riffe noch stabil, was glaubst du?«

»Die Instabilität wird kritisch, wenn der Atombrand den Bug der *Kuritania* erreicht. Bis dahin solltet ihr besser zurückgekehrt sein. Ich bin noch immer der Meinung, dass die Gefahr zu groß ist ...«

»Zur Kenntnis genommen«, sagte Zinnober und trat zur Luke. »Also, worauf warten wir noch?«

Es war die neue, erwachsene Zinnober, die diese Worte sprach, dachte Forrester. Oder vielleicht war sie gar nicht so neu, wie er glaubte. Die crohanische Reife hatte seine Tochter schon vor Jahren hinter sich gebracht, aber er hatte es nicht gesehen oder nicht sehen wollen. Zinnober war schon seit einer ganzen Weile erwachsen.

Sie traten durch die Luke nach draußen ins Sprawl. Kontrollierter Schub mit den Manövrierdüsen ihrer Schutzanzüge brachte sie zur Arche, zu dem Riss neben ihrer Habitatkuppel.

»Kommunikation«, sagte Forrester und betrachtete die ins Helmvisier eingeblendeten Anzeigen. »Hörst du mich?«

»Einigermaßen klar und deutlich«, erwiderte Zinnober.

»Kompensator?«

»Funktioniert einwandfrei, mit maximaler Leistung. Verbraucht ziemlich viel Energie.«

»Achte darauf, dass die Ladung nicht unter zwanzig Prozent sinkt. Tausche die Energiezellen rechtzeitig aus.«

Zinnober nickte im Innern ihres Helms.

»Der mittlere, zerschmetterte Bereich des Schiffes …« Sie streckte den Arm aus, und Forrester beobachtete, dass Funken über das Material des Schutzanzugs stoben, wie kleine Kundschafter des Feuers, das hinter ihnen brannte. Sie entstanden dort, wo die Energie des Sprawl, seine Strahlung, auf das Kompensatorfeld traf. Die Aura war ein gutes Zeichen, denn sie bedeutete Schutz und Sicherheit für die Person in ihrem Innern. »Es sieht nach den Auswirkungen eines kinetischen Geschosses aus.«

»Cassandra?«, fragte Forrester, aber der Intellekt der Sonnenwind antwortete nicht – er hörte sie nicht mehr.

»Wer auch immer das Wrack der *Kuritania* und alle Spuren darin beseitigen wollte …«, sagte Zinnober. »Er hatte es auch auf Corneilles Arche abgesehen.«

»Ich glaube, wir wissen, wer hinter dem Brand steckt.«

»Ja. Dein Freund Benedikt.«

Forrester brummte und trat durch den Riss an Bord des Schiffes. Dunkelheit erwartete ihn. Er schaltete die Lampen an Helm und Schultern ein – ihr Licht fiel auf ein Durcheinander aus geborstenem Metall, zerrissenem Plast und gesplittertem Komposit. Manche Fragmente ragten wie Messer und Dolche in den Gang.

»Vielleicht wollte er den Parakosmiker beseitigen, weil er etwas beobachtet hat«, fügte Zinnober hinzu. »Oder weil die Engel Corneille etwas zuflüsterten, das Benedikt nicht gefiel.«

Forrester überprüfte erneut die Anzeigen der Sensoren. »Nichts«, sagte er. »Die Strahlung ist zu stark.«

»Vielleicht ist Trifon Corneille längst tot.« Zinnober kletterte flink über Trümmer hinweg, und Forrester fragte sich kurz, woher die Gravitation stammte, die ihnen Gewicht verlieh. Er folgte ihr rasch, darauf bedacht, sie in der Dunkelheit nicht aus den Augen zu verlieren.

»Sehen wir uns die Habitatkuppel an.« Forrester kontrollierte seinen Kompensator – die Ladung der Energiezellen war bereits auf neunundachtzig Prozent gesunken.

Chemische Veränderungen und typische Strukturdeformationen im mittleren Bereich der Arche deuteten tatsächlich auf den Einschlag eines kinetischen Geschosses hin. Es musste eine ziemlich große Masse gehabt haben, aber es schien nicht explodiert, sondern nach dem Impakt einfach verschwunden zu sein.

»Vielleicht«, sagte Zinnober, »sollte dieses Schiff ebenso enden wie die *Kuritania*. Doch hier kam es nicht zu einer Explosion.«

»Der Parakosmiker könnte etwas geahnt und sich vorbereitet haben. Oder die Engel haben ihn vor der Detonation des kinetischen Geschosses bewahrt.«

»So wie mich vor dem Strafstein?«

Forrester richtete das Licht seiner Lampen auf sie und sah ihre roten Augen hinter dem Helmvisier. »Ja, so ähnlich. Sprawler und Manövriertriebwerk sind stark beschädigt. Corneille konnte die Toroga-Riffe also nicht mehr verlassen. Vielleicht ist er noch irgendwo hier im Schiff.«

Als sie sich der Habitatkuppel näherten, ließ das Ausmaß der Schäden nach, und schließlich erreichten sie eine kleine Schleuse, die intakt zu sein schien. Sie zwängten sich hinein und warteten, bis der Druckausgleich hergestellt war, bevor sie die Innenluke öffneten und den Wohnbereich des Parakosmikers betraten. Hier erwarteten sie atembare Luft und eine Temperatur, die bei etwa zehn Grad lag, aber sie ließen die Helme trotzdem geschlossen.

Vor ihnen erstreckte sich ein Wohnraum: ein niedriger Tisch, ein Sessel mit hoher Rückenlehne, ein offenes Gestell, mit einigen Gegenständen, die wie Steine oder kleine Statuen aussahen, ein Datenbankanschluss, mehr nicht. Die Wände waren kahl, was vielleicht an fehlender Energie für eine individuelle Konfiguration lag. Forrester und Zinnober leuchteten mit ihren Lampen, fanden jedoch nicht die geringste Spur von Corneille. Der nächste Raum enthielt einen kleinen Konstrukteur mit inaktiven Kontrollen – und zwei Blutflecken auf dem Boden, groß und fast schwarz. Zinnober leuchtete mit seiner Lampe darauf und dann zur nächsten Tür, einem dunklen Loch, das ins dritte Zimmer führte.

Forrester zog seinen Variator und nickte. Vorsichtig näherten sie sich der Tür.

Etwas kam ihnen aus der Dunkelheit entgegen, eine geisterhafte Gestalt, die Zinnober so erschreckte, dass sie mit einem halblauten Schrei zurückwich. Forrester reagierte instinktiv und hob die Waffe, drückte aber nicht ab. Das Wesen, der Engel, glitt durch die offene Tür und verharrte dann schwebend daneben, eine etwas dichtere Wolke im vagen Dunst, der alle Räume und Korridore der Arche durchzog. Forrester blickte in die dunklen Augen der Erscheinung und fragte sich, ob dies der Engel war, der ihm geholfen hatte, seine Tochter zu retten.

Zinnober erriet seine Gedanken. »Ist er das?«

»Ich weiß es nicht. Vielleicht.«

»Was macht er hier? Und warum ist er so deutlich zu erkennen?«

»Keine Ahnung.«

Zinnober fasste Mut, schob sich wachsam an dem Wesen vorbei und betrat das nächste Zimmer. Forrester folgte ihr, den Blick noch immer auf den Engel gerichtet. Ich könnte den Kompensator ausschalten, dachte er. Nur für einen Moment. Es genügte vielleicht, um mit dem Geschöpf zu sprechen und herauszufinden, was hier geschehen war.

»Ich fürchte, von Trifon Corneille erfahren wir nichts«, drang Zinnobers Stimme aus dem Lautsprecher des Helmkommunikators.

Die Gestalt, der dürre Mann mit dem knochigen Gesicht und den Nervenwürmern von Siemperverd im Kopf, lag halb auf dem einfachen Bett in der Mitte des Zimmers. Etwas Licht kam von draußen, graues Licht aus dem Sprawl und rotes Glühen vom Rand des Feuers, das sich durch den Bug der *Kuritania* zu fressen begann. Es fiel durch ein halb transparentes Segment der Außenwand, dicht neben dem Bett mit dem Blut, auf offene Augen, die ins Leere starrten.

Zinnober beugte sich vor und hob die Schulter des Toten vorsichtig an. »Vermutlich ein kinetisches Projektil. Jemand hat ihn erschossen.« Sie richtete sich wieder auf und vollführte eine Geste, die der ganzen Habitatblase galt. »Er sah es kommen und floh hierher, vermutlich mit der Absicht, das Habitat zu isolieren, es vielleicht sogar von der Arche zu lösen und den Strömungen des Sprawl zu überlassen. Aber er war nicht schnell genug.«

Forrester näherte sich, den Variator noch immer schussbereit in der Hand. Der Boden schwankte unter ihm, er neigte sich erst zur einen Seite und dann zur anderen. Draußen beim Riff wuchs die Instabilität; es dauerte nicht mehr lange, bis die Anomalie-Felsen, zwischen denen die Arche eingekeilt war, nachgeben würden.

Das Blut war geronnen, die Leiche kalt – ihre Temperatur lag nur unwesentlich über der des Zimmers. Forrester blickte auf die Anzeigen seiner biometrischen Sensoren. »Er muss schon seit einer ganzen Weile tot sein.«

Im Ohr des Parakosmikers bewegte sich etwas. Fasziniert beobachtete Forrester einen braunschwarzen Nervenwurm, der sich langsam aus dem Ohr schlängelte, vielleicht auf der Suche nach einem neuen Wirt.

Zinnober wich zurück, ergriff ihn am Arm und zog ihn mit sich. »Hier können wir nichts mehr tun. Lass uns gehen.«

Im anderen Raum, in dem Zimmer mit dem kleinen Konstrukteur, schwebte noch immer der Engel. Bevor Zinnober ihn zurückhalten konnte, trat Forrester ganz dicht an ihn heran und streckte die Hand aus, doch seine Finger berührten nichts. Sie stießen auf keinen Widerstand, durchdrangen das Grau des Sprawl ebenso wie den Körper des Geschöpfes.

»Ihr wisst, was geschehen ist«, sagte Forrester. Seine Stimme drang durchs Helmvisier, und der Kommunikator sendete die Worte. »Ihr wisst auch, was geschehen wird. Sagt es mir!«

Der Engel schwieg, aber er bewegte sich. Er schwebte an der Wand entlang, bis er die Tür erreichte, und glitt in den dritten Raum, wo Trifon Corneille gestorben war, der Mann, der die »Lawine« losgetreten hatte, mit dem Hinweis darauf, wo sich die verschollene *Kuritania* befand.

Plötzlicher Zorn erfüllte Forrester, und er folgte dem Engel bis zur Tür des Schlafzimmers. »Ihr seid es gewesen!«, rief er. »Ihr habt alles in Gang gesetzt. Ihr habt dem Parakosmiker von der *Kuritania* und den Riffen erzählt. Ohne euer Flüstern wäre dies alles nicht geschehen!«

Das silbrig schimmernde Wesen achtete nicht auf ihn. Es erreichte das Bett und schien davor auf die Knie zu sinken, und dann beugte es sich vor und sank in den Toten, der sich langsam auflöste.

»Etwas anderes hätte er sich vielleicht nicht gewünscht«, sagte Zinnober traurig. »Er hat den größten Teil seines Lebens hier verbracht, nicht wahr? Im Sprawl, meine ich. Und jetzt wird es sein Grab, ein graues Grab.«

Sie verließen die Arche des toten Parakosmikers und kehrten zur *Sonnenwind* zurück.

63 »Wohin jetzt?«, fragte Cassandra, als sich die *Sonnenwind*, noch immer in ihrer Tarnkonfiguration als *Sporn*, von den Toroga-Riffen entfernte.

Forrester und Zinnober saßen im Nukleus, in ihren Schutzanzügen und von Sicherheitsharnischen umgeben. Die Helmvisiere waren hochgeklappt.

»Benedikt hat die Pandora-Maschine«, sagte Forrester.

»So sieht es aus.«

»Was ist mit den Kommunikationsknoten im Sprawl, Cassandra?«, fragte Zinnober. »Wie weit ist der nächste entfernt?«

»Dreißigtausend Sprawlkilometer«, sagte der Intellekt. »Er befindet sich am Ende des Nebenstrangs.«

»Kannst du eine Ansible-Verbindung herstellen?«

»Nein, Zinnober. Die Störungen durch das Riff sind zu stark.«

Forrester sah seine Tochter an. »Ich verstehe. Du möchtest Informationen abrufen, in den KopKo-Datenbanken und den Informationszentren der Äquiv-Zivilisationen nach Hinweisen auf Benedikt suchen.«

»Es müsste sich irgendetwas finden lassen. Cassandra kann Daten viel schneller aufnehmen und verarbeiten als wir. Sie ist vielleicht imstande, eine Spur zu finden, die uns sagt, wohin Benedikt die Maschine und Aurelius – falls er noch lebt – gebracht hat.« Zinnober seufzte, tief und schwer. »Wir können nicht nach Verlorenes Paradies zurück, Vater.«

»Nein«, sagte Forrester und staunte – Zinnober hatte ihn zum ersten Mal »Vater« genannt. »Nein, wir müssen dies zu Ende bringen. Es muss aufhören. Entführung, Zerstörung, Tod, das alles muss endlich aufhören. Wir müssen Benedikt aufhalten und Aurelius befreien. Erst dann, wenn sich die Pandora-Maschine nicht mehr in den falschen Händen befindet und der Zehntausendjährige frei ist, können wir nach Verlorenes Paradies zurück.«

Zinnober nickte und beugte sich zu den virtuellen Kontrollen vor. »Das wäre geklärt. Wir fliegen zum Kommunikationsknoten.«

»Nein«, sagte Forrester, bevor ihre Finger die leuchtenden virtuellen Schaltflächen berührten. »Wenn wir Benedikt aufhalten wollen, lassen wir uns auf einen Krieg gegen die Agentur ein. Sie war nie ein leichter Gegner, und mit der Pandora-Maschine wird sie mächtiger sein als jemals zuvor. Die *Sonnenwind* ist beschädigt, ihre Ressourcen sind erschöpft. Wir müssen aufrüsten.«

»Wo?«, fragte Zinnober. »Wie?«

»Mechanica«, sagte Forrester. »Dort bekommen wir alles, was wir brauchen.«

»Hast du nicht etwas vergessen, Vinzent?«, fragte der Intellekt.

»Was denn?«

»Wir haben schon einmal darüber gesprochen. Mechanica ist teuer, und ich musste deine Valuta-Konten für die Bezahlung meiner Reparatur und deiner Behandlung im Hospital debitorisieren. Dir ist praktisch keine Valuta mehr geblieben.«

Forrester dachte an sein Notfallkonto, das für die Aufrüstung, die er im Sinn hatte, allerdings nicht ausreichte.

Plötzlich lächelte er. »Du irrst dich, Cassandra. Wir sind nicht arm, sondern reich. So reich, dass wir uns ein ganz neues Schiff kaufen könnten, oder gleich zwei oder drei.«

»Womit willst du bezahlen?«

»Mit etwas, das sehr, sehr kostbar ist.«

»Oh, ich verstehe!«, entfuhr es Zinnober. »Aurelius' Omni-Artefakte.«

»Genau«, sagte Forrester. »Programmiere den Kurs, Cassandra! Zum Hauptstrang, und dann mit Höchstgeschwindigkeit nach Mechanica.«

Eine Tür

64 Dies war das Gesicht der Erde, verbrannt und zernarbt. Kalter Wind pfiff über die öde Landschaft und glättete die scharfen Kanten der Wunden, die Waffen im Leib dieser Welt hinterlassen hatten. Aurelius stand auf der Kuppe eines Hügels, trotz des Windes hoch aufgerichtet, und fragte sich, wann er zum letzten Mal auf dem Planeten seiner Geburt gewesen war. Vor mindestens tausend Jahren, wenn ihn sein Gedächtnis nicht trog. So viel Zeit ... Und noch immer waren die Spuren des Krieges zu sehen, den die Erde damals gegen das Quorum der Sirius-Koalition geführt und der die überlebenden Menschen schließlich von der Erde vertrieben hatte. Er hob den Kopf, als Regentropfen fielen, groß und schwer, und einer von ihnen klatschte ihm mitten auf die Stirn. Sein Schiff stand in der Nähe, ein Keil in der beginnenden Nacht, blau wie Lapislazuli. Doch als Aurelius einen Fuß vor den anderen setzte, lenkte er seine Schritte nicht dorthin zurück, wo er gelandet war, sondern zu einer Statue, die unten am Fuß des Hügels stand, größer und breiter als sein Schiff.

Sie erinnerte ihn an eine andere Statue, die er viele Lichtjahre entfernt gesehen und mehrmals besucht hatte, an eine humanoide Figur mit sanftem, weichem Gesicht. Auch diese Gestalt, von Künstlerhänden aus einem Monolithen gehauen, streckte beide Arme nach oben, vielleicht den jenseits der Wolken verborgenen Sternen entgegen. Aurelius versuchte sich zu erinnern, wo sich jene andere Statue erhob, aber es wollte ihm nicht einfallen, und das fand er seltsam, denn normalerweise erinnerte er sich an alle Einzelheiten seines zehntausend Jahre langen Lebens – Omni half ihm dabei, nichts zu vergessen. Doch etwas in ihm schien sich nun zu weigern, Erinnerungen preiszugeben.

Er ging durch den Regen, er wurde nass, und es war kalt, die Temperatur lag nur knapp über dem Gefrierpunkt. Doch er fror nicht, und der Regen störte ihn nicht; das Gefühl der Tropfen, die sein Gesicht trafen, gefiel ihm. Schließlich erreichte er die Statue, weiß wie Schnee, und blickte an ihr hoch – aus dieser Perspektive betrachtet schienen die Hände fast die Wolken zu erreichen.

»Wer hat dich geschaffen?«, fragte er in Wind und Regen.

Die Böen fauchten, der Regen prasselte, und die Statue schwieg.

Aurelius ging langsam um sie herum. Hinten, dicht über der Ferse des linken Fußes, fand er eine kleine Tür mit einem Knauf, der aus drei Ringen bestand. Jeder dieser drei Ringe trug Symbole, die sich veränderten. Er wusste: Man musste warten, bis die richtigen Symbole erschienen, in der richtigen Reihenfolge, und dann galt es, die Entriegelungszeichen der drei Ringe auf eine Linie zu bringen. Erst dann ließ sich die Tür öffnen. Er wusste auch: Im Innern der Statue warteten Antworten auf ihn; dort würde er erfahren, wessen Hände ihr Form gegeben hatten und warum er hierhergekommen war, zur alten Erde.

Er streckte die Hand nach dem Knauf aus.

Nur noch ein Zentimeter trennte seine Fingerkuppen von den drei Ringen, als Aurelius zögerte und die Hand dann sinken ließ.

»Nein, darauf falle ich nicht herein«, sagte er, plötzlich müde.

Aurelius zog die Hand zurück, wandte sich von der Statue ab und ging zu seinem Schiff. Es verschwand, bevor er es erreichte.

Er saß nicht im grellen Schein einer Lampe, die ihm direkt ins Gesicht leuchtete. Der Stuhl unter ihm war nicht hart und unbequem, sondern ein Sessel, weich und sehr komfortabel.

Der Tisch vor ihm war nicht hoch und schlicht, sondern niedrig und üppig verziert mit marmornen Intarsien. Und der Mann auf der anderen Seite blickte nicht mit unnachgiebiger Strenge, sondern nachsichtig und freundlich. Aber in Wirklichkeit war dies kein Salon, sondern ein Verhörzimmer, und der Mann dort konnte jederzeit von einem freundlichen Plauderer zu einem Folterer werden. Er trug eine Maske, eine fast perfekte Maske, und nur dann und wann gelang es Aurelius, einen Blick dahinter zu werfen und das wahre Gesicht zu erkennen. Es gefiel ihm nicht.

Der Mann wirkte jovial und gemütlich, saß zurückgelehnt und entspannt. Er lächelte immerzu – oder fast immer –, und es war ein offenes, herzliches, gewinnendes Lächeln, dessen Wirkung man sich kaum entziehen konnte. Alles an diesem Mann sagte: Ich bin sympathisch, ich meine es gut, ich verdiene Freundschaft und Vertrauen.

Wie sehr der äußere Schein täuschen kann, dachte Aurelius, der so schwach war, dass es ihm Mühe bereitete, den Kopf oben zu halten. Es gab eine Verbindung zu Omni – ein dünnes Band, fast bis zum Zerreißen gespannt, geschaffen von dem kleinen, unscheinbaren Artefakt, das der Mann auf den Tisch gelegt hatte: eine sich langsam drehende goldene Spindel, halb so lang wie ein Zeigefinger und halb so dick. Aber es strömte keine Energie durch den winzigen Kanal, sie tröpfelte nur und reichte gerade aus, Aurelius am Leben zu erhalten. Was der Mann natürlich wusste.

»Ach, mein lieber Aurelius«, sagte der Mann, und sein Lächeln wurde noch etwas herzlicher. »Wann geben Sie es endlich auf?«

»Was meinen Sie?«

»Ihren Widerstand. Ihren Starrsinn. Ihre Störrigkeit. Früher oder später bekommen wir, was wir wollen.«

»Was wollen Sie denn?«

»Das wissen Sie, Aurelius.«

Der Zehntausendjährige hob die Hand zur Wange. Sie war trocken; hier gab es keinen kalten Regen.

»Nein«, sagte er. »Nein, ich weiß es nicht. Ich habe es vergessen.«

»Oh, ich bitte Sie, Aurelius. Sie vergessen nichts, nie. Omni bewahrt Ihr Leben und auch Ihre Erinnerungen.«

Aurelius ließ die Hand zu seinem Oberschenkel sinken. »*Daran* erinnere ich mich«, sagte er. »Ich müsste tot sein. Ich nehme an, Sie haben das Implantat entfernt.«

Der Mann breitete die Arme aus. »Sie verdanken mir Ihr Leben. Wie hat man früher auf der Erde gesagt? ›Eine Hand wäscht die andere‹? Fühlen Sie sich nicht zu einer kleinen Gegenleistung verpflichtet?«

Aurelius spürte, dass jemand hinter ihm stand. Er drehte den Kopf, es fiel ihm schwer, aber schließlich sah er das anderthalb Meter große gefiederte Geschöpf. Es ähnelte einer Schleiereule – ein Likotha. Er erschrak nicht, vertraute weiterhin auf den Schutz durch Omni.

»Wo bleibt sie, Ihre Dankbarkeit?«, fragte der Mann. »Ohne mich *wären* Sie tot. Forrester hätte Sie umgebracht.«

»Ohne es zu wollen«, sagte Aurelius. »Nicht mit böser Absicht.«

Der Mann hob die Brauen. »Wie kann man jemanden *ohne* böse Absicht vorsätzlich töten?«

»Es ging ihm um seine Tochter. Er wollte sie retten, und dazu brauchte er meine Hilfe.«

»Hat er sie bekommen?«

»Ja.«

Der Mann hob die Hände und ließ sie auf seine Beine fallen. »Ich muss mich doch sehr wundern, lieber Aurelius. Sie helfen einem Mann, der Sie mit dem Tod bedroht. Aber mir wollen Sie nicht helfen, obwohl ich Sie vor dem Tod bewahrt habe, obwohl Sie mir die Möglichkeit verdanken, Ihr zehntausend Jahre langes Leben fortzusetzen?«

»Es geht Ihnen um die Pandora-Maschine, um den Kreator«, sagte Aurelius.

»So nennen Sie das Konstrukt? ›Kreator‹ klingt ein bisschen, na ja, fast religiös. Aber ›Pandora-Maschine‹ trifft es, denke ich. Wir sprechen einfach nur von der ›Maschine‹. Und ja, darum geht es uns, um die Maschine. Sie könnten Sie für uns öffnen. Ist das zu viel verlangt? Ist das ein zu hoher Preis für Ihr Leben, Aurelius? Einfach nur eine Tür zu öffnen ... Das ist alles.«

»Und Sie wollen wissen, wie man sie bedient, die Maschine. Wie man sie das tun lässt, was sie tun soll.«

Der Mann klopfte sich auf den Oberschenkel. »Wohl gesprochen. Genau darum geht es uns. Ein bisschen Hilfe für Ihr Leben.«

Aurelius seufzte. »Sie haben sich noch nicht vorgestellt«, sagte er. »Ich weiß nicht, wer Sie sind.«

Der Mann lächelte noch immer. »Können Sie es sich nicht denken, lieber Aurelius? Ich bin Benedikt.«

65 Die Pandora-Maschine, bestehend aus Kugeln und Zylindern, die sich langsam bewegten und ständig neu anordneten, füllte einen großen Teil der Höhle, die automatische Schürfer der Korporation InterStel in den Asteroiden gegraben hatten. Bots umschwirrten sie wie Fliegen einen Haufen Kot, kamen aber nicht ganz an sie heran – eine unsichtbare Barriere hinderte sie daran, die einzelnen Komponenten der Maschine zu erreichen.

Benedikt, in einen dunklen Zweiteiler gekleidet, der fast wie eine Uniform aussah, schlenderte über den Weg, der an Milliarden Jahre alten Felsen vorbeiführte. »Sie hat sich geschützt«, sagte er im Plauderton. »Der Schild existiert, seit wir sie hierher gebracht haben. Ich nehme an, Sie wissen, worum es sich handelt.«

»Ja«, sagte Aurelius, der sich noch immer schwach fühlte. »Es ist ein Kontinua-Film.«

»Wir können ihn nicht durchdringen. Vermutlich wäre das nicht einmal möglich, wenn wir schweres Geschütz auffahren, oder?«

»Nein.«

»Ich nehme weiterhin an, dass Sie sich Zugang verschaffen könnten, nicht wahr?«

»Ja.«

»Sie sind der Schlüssel für dieses Schloss.«

Aurelius schwieg und sah sich um. Auf der einen Seite erstreckte sich ein Atmosphärenschild, der die Luft im Innern der großen Höhle und des offenbar weitverzweigten Tunnelsystems daran hinderte, ins Vakuum des Alls auf der anderen Seite zu entweichen. Rechts davon gewährte eine Öffnung in der Felswand Blick in eine weitere große Höhle mit einem großen Konstrukteur, der von emsigen Bots mit Basismasse versorgt wurde und Dinge produzierte, die Aurelius' Blick verborgen blieben. Überall herrschte rege Aktivität. Techniker eilten umher, überprüften Installationen und errichteten eine Sensorphalanx um die Pandora-Maschine. Einige von ihnen, das sah und fühlte Aurelius, waren mit kleinen Omni-Artefakten ausgerüstet – sie schienen gut vorbereitet zu sein. Auch bei Benedikt spürte er eine solche Präsenz, sogar eine doppelte – offenbar trug er zwei von Omni stammende Objekte bei sich.

»Oh, Sie möchten wissen, wo wir hier sind und was es mit diesem Ort auf sich hat«, sagte Benedikt. »Bitte entschuldigen Sie, lieber Aurelius. Wie dumm von mir! *Natürlich* sind Sie neugierig. Kommen Sie, kommen Sie!«

Er führte den Zehntausendjährigen an der Pandora-Maschine vorbei, eine Plasttreppe hinauf und in ein Büro, das dem Nukleus eines Raumschiffs ähnelte. Überall gewährten Holofelder Einblick in die verschiedenen ausgehöhlten Bereiche des Asteroiden – zu sehen waren hauptsächlich autarke Mechanismen, die sich durch uralten Fels fraßen und all die Rohstoffe aus ihm gewannen, die mehrere in Kavernen installierte Konstrukteure für die Produktion benötigten. Eine besonders große Höhle diente als Werft, in der Bots und technische Spezialisten arbeiteten. Dort nahmen zwei Raumschiffe Gestalt an, die vor allem aus glatten Linien bestanden, ohne eine einzige Kante. Aurelius identifizierte sie sofort als zaisische Jäger.

»Sie haben sich mit den Zaisen verbündet«, sagte er.

»Mit einigen von ihnen, ja«, erwiderte Benedikt. »Gestaltwandler können recht nützlich sein, wie Sie auf Javaid erlebt haben.«

»Was bekommen sie von Ihnen? Was haben Sie ihnen für meine Entführung und alles andere versprochen?«

»Alles andere, Aurelius? Wissen Sie, was ›alles andere‹ ist?«

»Ich kann es mir denken.« Aurelius fühlte Trotz in sich erwachen, was vermutlich an Schwäche und Müdigkeit lag, an der Trennung von Omni. Solche Emotionen hatte er längst überwunden geglaubt. »Macht, nicht wahr? Das alte Opium. Es wirkt und lockt noch immer.«

»Opium, Aurelius?«

»Ein Rauschgift auf der Erde. Wer es nahm, erfuhr kurzes Glück und langes Elend.«

»Oh, die Erde, mein lieber Aurelius.« Benedikt lächelte sein Lächeln und wandte sich den virtuellen Kontrollen für die Holofelder zu. »Das ist ein zweiter Gefallen, um den ich Sie bitten wollte. Die Koordinaten der Erde. Wo befindet sich unser in Vergessenheit geratener Heimatplanet? Sie wissen es, nicht wahr? Sie stammen von dort.«

»Warum wollen Sie erfahren, wo sich die Erde befindet?«

Benedikt wölbte die Brauen. »Stellen Sie sich die Symbolwirkung vor! Die Erde, Wiege der Menschheit, als neues Machtzentrum.«

Der Inhalt einiger Holofelder veränderte sich. Eine Trümmerwolke im All erschien, und ein Zoomeffekt holte mehrere Asteroiden heran. Schürfbots fraßen sich hinein, auf der unermüdlichen Suche nach Basismaterial für die Konstrukteure. Ganze Heerscharen von Bots bauten Gerüste für Werften und Habitate. In der Ferne zeigten sich mehrere helle Scheiben, die keine Sonnen sein konnten. Als Aurelius den Blick auf sie richtete, schwollen sie an und entpuppten sich als Planeten: zwei Gasriesen mit Dutzenden von Monden, einige von ihnen besiedelt, und tiefer im Innern des Systems ein Gesteinsplanet, umgeben von orbitalen Städten. Im Zentrum des Sonnensystems leuchtete eine alte Sonne, die einst zum gelben G-Typ gehört hatte und sich jetzt, am Ende ihres stellaren Lebens, nach und nach zu einem roten Riesen aufblähte. Normalerweise hätte ihm die Verbindung mit Omni erlaubt, das Sonnensystem aufgrund der individuellen Spektralsignatur des Zentralgestirns zu identifizieren, aber Aurelius empfing gerade genug Energie, um am Leben zu bleiben; für Daten blieb nicht genug Platz.

»Niemand weiß, dass dieses System existiert«, sagte Benedikt. Er lachte. »Ich meine, seine Existenz ist natürlich bekannt, aber offiziell wurde es nie besucht und nie erforscht. In KopKo und den Äquiv-Zivilisationen weiß niemand, dass wir hier sind.«

»Wer ist ›wir‹?«, fragte Aurelius. Er deutete auf die Holofelder. »Die Anlagen hier in der Asteroidenwolke, die Basen auf den Monden der Gasriesen, die orbitalen Städte im inneren System ... Das alles ist nicht gestern entstanden. Wer ist ›wir‹? Die Agentur hat wohl kaum die ökonomische Basis für ein so großes Unternehmen.«

»InterStel«, sagte Benedikt. Er lächelte erneut. Dies schien ihm zu gefallen.

»Aber Sie sind hier, nicht InterStel.«

Benedikts Lächeln wurde zu einem Grinsen. »Ich habe ja gesagt, dass die Zaisen nützlich sein können.«

»Oh!«, sagte Aurelius, als er plötzlich verstand. Seine Gedanken arbeiteten langsam, nicht so schnell wie sonst. Sie wanden sich durch die Melasse der Erschöpfung. »Die Agentur hat InterStel übernommen. Mithilfe der Gestaltwandler. Zaisen haben den Platz der Korporationsadministratoren eingenommen.«

»Es ist erstaunlich, mein lieber Aurelius, aber je größer Korporationen sind, desto leichter kann man sie übernehmen. Es genügt, einige Schlüsselpositionen zu besetzen, damit die richtigen Entscheidungen getroffen werden.«

Benedikt wurde übergangslos ernst. »InterStel bereitet sich seit mehr als hundert Jahren darauf vor, erst die unmittelbaren Konkurrenten in KopKo und dann auch alle anderen wichtigen Korporationen zu übernehmen. Es sollte der erste Schritt sein. Der zweite bestand in der Übernahme *aller* Korporationen, und der dritte ...«

»Die Kooperativen.«

»Ja.«

Aurelius murmelte: »Die Lawine ist bereits in Bewegung geraten, und nur ein Paukenschlag kann sie beenden, bevor sich die Zeit der Großen Konflikte vor siebenhundertfünfzig Jahren wiederholt.« Er fügte hinzu: »Diese Worte stammen nicht von mir, sondern von Nathan. Er hat zwei Metaphern verwendet, die nicht zueinanderpassen, aber ich denke, es wird klar, was er meinte.«

Benedikts Gesicht veränderte sich nicht. »Wie ich hörte, ist er tot. Gestorben auf Javaid. Umgebracht von einem gewissen Vinzent Akurian Forrester.«

»Tot ist auch ein gewisser Rubens, Wefing von Canaris«, sagte Aurelius.

»Ein guter Mann. Ich bedaure seinen Verlust. Sehr tüchtig, sehr kompetent. Neigte allerdings ein wenig zu Selbstüberschätzung, was ihm offenbar zum Verhängnis wurde.« Benedikt atmete tief durch. »Auch Nathan war ein kompetenter Mann. Bis er eine falsche Vorstellung von Moral gewann und sich ein Gewissen zulegte. So etwas ist verkehrt, wenn man ganz oben steht, an der Spitze, wenn man Entscheidungen treffen muss, die viele Welten und Sonnensysteme betreffen.«

»Ballast.«

»Genau, mein lieber Aurelius. Ballast. Man darf sich nicht von überholter Moral ablenken lassen. Der Kopf muss klar bleiben, immer. Damit man das Ziel nicht aus den Augen verliert.«

»Interessant«, sagte Aurelius traurig. In den zehntausend Jahren seines Lebens hatte er solche und ähnliche Worte mehrmals gehört. Sie waren der Boden, aus dem Katastrophen wuchsen. »Und was ist das Ziel, wenn ich fragen darf?«

»Sie dürfen, Aurelius, Sie dürfen. Das Ziel besteht darin, der Menschheit den Platz zu geben, der ihr gebührt.«

Aurelius seufzte.

Benedikt deutete in die Holofelder. »Dieses Sonnensystem, vom alten Saltmaker vor zweihundert Jahren ausgewählt, befindet sich etwa sechshundert Lichtjahre oberhalb des Sagittariusarms, im galaktischen Norden von KopKo, am Ende eines abgelegenen Nebenstrangs. Es ist nach ihm benannt. Saltmaker, der InterStel zu einer der wichtigsten Korporationen von KopKo machte, war ein Mann mit Weitblick. Er dachte über den Horizont von InterStel hinaus und begann damit, eine Zukunft zu planen, die nicht nur seine Korporation betraf, sondern alle Menschen.«

»Ich vermute, Sie wollen gleich sagen, dass er eine Vision hatte.«

Benedikt nickte jovial. »So könnte man es nennen, mein lieber Aurelius, so könnte man es nennen. Eine Vision. Er errichtete die ersten Basen in diesem Sonnensystem, und seine Nachfolger bauten sie weiter aus, bis das entstand, was Sie hier sehen: der Hauptstützpunkt. Die Agentur hat InterStel geholfen, aber Nathan sah vor allem die geschäftliche Seite, nicht die große Chance, die sich bietet. Ihm fehlte es leider an Weitblick.«

»Kein Visionär wie Sie und Saltmaker«, kommentierte Aurelius.

Benedikt ging nicht darauf ein. »Mein ursprünglicher Plan sah vor, InterStel bei der Übernahme der anderen Korporationen und auch der Kooperativen zu helfen. Die Agentur hätte nach und nach an Einfluss gewonnen, und vielleicht wäre es einem meiner Nachfolger irgendwann gelungen, sie selbst zu einer großen Korporation zu machen, vielleicht sogar zur größten.«

»Aber dann wurde das Wrack der *Kuritania* entdeckt«, sagte Aurelius. »Mit der Pandora-Maschine an Bord.«

»Das änderte alles.« Benedikt war jetzt ernst. »Aus dem langfristigen Plan von InterStel wurde ein kurzfristiger. Die gegenwärtige Administration sah eine einmalige Gelegenheit, eine Abkürzung auf dem langen Weg zur Dominanz. Hier im Saltmaker-System ist in den vergangenen beiden Jahrhunderten eine große ökonomische und militärische Macht entstanden. Es gibt hier die besten Konstrukteure weit und breit, und es steht genug Basismasse zur Verfügung.« Er deutete auf die Asteroidenwolke und die fleißig arbeitenden Schürfbots. »Mithilfe der Agentur brachte sich InS in den Besitz zahlreicher Omni-Artefakte, die nicht nur einen hohen Wert haben, sondern auch zu erstaunlichen Dingen fähig sind. Außerdem stehen über dreihundert Kriegsschiffe für den Einsatz bereit – das ist die größte einzelne Flotte in KopKo.«

»Aber es ist nichts im Vergleich mit der Pandora-Maschine«, sagte Aurelius.

»Nein.« Benedikt blieb ernst. »InterStel wollte sofort losschlagen, und dadurch wäre die Agentur ins Hintertreffen geraten.«

»Sie wären geblieben, was Sie bisher gewesen sind: ein Helfer«, sagte Aurelius. »Sie hätten in dem von Ihnen selbst inszenierten Drama eine Nebenrolle gespielt.«

»An der Spitze von InterStel standen Personen, die vor allem an wirtschaftliche Macht dachten. Saltmakers Vision – ja, seine *Vision* – war ihnen fremd. Der Agentur, *mir*, geht es um ...«

»Glanz und Glorie?«, fragte Aurelius.

Die Maske fiel. Die letzten Reste von Freundlichkeit verschwanden aus Benedikts Gesicht. Es entstand kein Licht in seinen Augen, sie begannen nicht zu glühen, aber das Weiche verschwand aus ihnen und wich etwas, so hart wie Diamant.

»Mir geht es nicht um einzelne Korporationen.« Benedikt streckte die Hand nach virtuellen Kontrollen aus. Ein Holofeld wurde größer, zeigte erst einen Ausschnitt des Sagittariusarms und dann die ganze Galaxis, ein Feuerrad aus mehr als zweihundert Milliarden Sternen. »Das Quorum hat damals die Erde zerstört. Einige Menschen entkamen. Wir hatten Glück; die Spezies blieb erhalten. Warum hat uns Omni damals nicht geholfen? Warum haben die Superzivilisationen einfach zugesehen, wie uns das Quorum fast ausgerottet hätte?«

Aurelius schwieg und hörte zu. Die Müdigkeit lag schwer auf ihm.

»Wenn wir damals gesiegt hätten, vielleicht mithilfe von Omni, oder wenn wir gar nicht angegriffen worden wären ... Welchen Platz nähmen die Menschen dann heute im Sagittariusarm unserer Galaxis ein? Vielleicht stünden wir kurz davor, ebenfalls zu einer Superzivilisation zu werden. Das ist unser Platz, Aurelius. Dort gehören wir hin, zu Omni.«

»Und diesen Platz wollen Sie sich mit Gewalt nehmen?«, fragte Aurelius. Es wurde dunkler; das Licht der Holofelder und virtuellen Kontrollen trübte sich.

»Nein, Aurelius. Niemand von uns wäre so dumm, Gewalt gegen Omni anzuwenden. Aber die Schiffe hier im Saltmaker-System werden mir zusammen mit der geballten ökonomischen Macht von InterStel und den bereits übernommenen Korporationen ermöglichen, Fakten zu schaffen. Wir werden Omni in eine Lage bringen, in der den Superzivilisationen gar keine andere Wahl bleibt, als uns in ihren Kreis aufzunehmen.«

Aurelius sah ihm in die hart blickenden Augen, während es immer düsterer wurde. »Sie wollen sich nicht auf KopKo beschränken, oder? Sie haben vor, auch die Äquiv-Zivilisationen zu übernehmen, eine nach der anderen. Vielleicht mithilfe der Zaisen, die Ihnen schon dabei geholfen haben, InterStel zu übernehmen.«

»Wir werden Krieg führen, wenn uns Omni keine Wahl lässt«, sagte Benedikt mit einer Stimme so hart wie sein

Blick. »Und wir werden gewinnen, denn diesmal sind wir vorbereitet. Die Pandora-Maschine wird uns helfen. Sie wird Omni-Waffen herstellen und uns gleichzeitig vor den Superzivilisationen schützen.«

Aurelius' Blickfeld war ein Tunnel mit Wänden aus Dunkelheit. »Sie haben mir dies alles gesagt, weil Sie nicht damit rechnen, dass ich zu Omni zurückkehre.«

»Sie werden uns helfen, ob Sie wollen oder nicht. Sie stammen von der Erde, Sie sollten mich verstehen, Aurelius. Verschaffen Sie uns Zugang zur Pandora-Maschine. Öffnen Sie die Barriere für uns. Zeigen Sie uns, wie man mit der Maschine umgeht.«

»Ich weiß gar nicht, wie man mit ihr umgeht.«

»Sie kennen sich mit Omni-Artefakten aus, Aurelius. Und dies *ist* ein Omni-Artefakt, ein besonders großes und leistungsfähiges.«

»Und wenn ich mich weigere?«

»Das wäre dumm, und jemand wie Sie, ein zehntausend Jahre alter Reisender in Diensten von Omni, ist doch nicht dumm, oder?«

Aurelius gab keine Antwort.

Benedikt wartete einige Sekunden. »Na schön. Ich habe Ihnen die Wahl gelassen.«

Von einem Augenblick zum anderen wurde es völlig dunkel und still. Aurelius hob die Hände, konnte sie jedoch nicht sehen. Er sagte etwas, er rief, doch die Finsternis verschluckte seine Stimme.

Einige Minuten lang, oder vielleicht Tage, blieb es dunkel und still. Dann ertönte eine leise Stimme hinter ihm. Jemand sagte: »Sie sind hier nicht allein.«

Die Stimme, begriff Aurelius, erklang in seinem Kopf, und sie gehörte einem Likotha.

Blitze flackerten über der Statue, die vielleicht eine Frau darstellte, und schienen ihre nach oben gestreckten Arme zu
suchen. Aurelius fragte sich, was geschehen würde, wenn
sie die Hände fanden. Nicht viel, dachte er. Wahrscheinlich
gar nichts. Die Statue war alt, nicht so alt wie er, aber alt genug, um während der Jahrhunderte mehrmals von Blitzen
getroffen worden zu sein, doch sie hatte nie Schaden genommen.

Er stand vor ihr, während die Nacht finsterer wurde und
sich der kalte Regen in Schnee verwandelte. Erneut fragte er
sich, ob er zum Schiff zurückkehren sollte, das seine Farbe
verloren hatte und ein Schemen in der Finsternis war, nicht
viel mehr als eine Silhouette. Warme Gemütlichkeit erwartete ihn dort, eine Ruhe, in der er über all das nachdenken
konnte, was er hier, auf dem Planeten seiner Geburt gesehen hatte. Aber er zögerte und blickte erneut an der Statue hoch, die weiß war wie der Schnee, der nun aus dem
Dunkeln fiel. Das Zischen des Windes verstummte, es wurde
still.

Aurelius spürte, wie seine Beine zu zittern begannen.

Er senkte den Blick und beobachtete, wie er einen Fuß vor
den anderen setzte. Das fand er seltsam, denn er wollte gar
nicht gehen, er wollte stehen bleiben und die Statue noch
etwas länger betrachten. Doch er ging, die Beine hatten plötzlich einen eigenen Willen, sie trugen ihn an der Statue vorbei
und zur Rückseite. Dort fielen weniger Schneeflocken, und es
schien auch etwas wärmer zu sein – hinter der Statue fühlte
es sich angenehmer an als vor ihr.

Dicht über der linken Ferse der Statue befand sich eine
kleine Tür mit einem Knauf, der aus drei Ringen bestand.
Aurelius näherte sich, neugierig auf die Tür, die er jetzt zum
ersten Mal sah. Jeder der drei Ringe trug Symbole, die sich
veränderten, und obwohl er Tür und Knauf nie zuvor gesehen hatte, begriff er plötzlich: Es galt zu warten, bis die
richtigen Symbole erschienen, und zwar in der richtigen Reihenfolge. Wenn das geschah, und wenn man dann die Ent-

riegelungszeichen der drei Ringe auf eine Linie brachte, ließ sich die Tür öffnen. Es war wichtig, dass er die Tür aufmachte, denn hinter ihr erwarteten ihn Antworten auf Fragen, die er zwar noch nicht gestellt hatte, die aber der Grund für seine Landung auf der alten Erde waren.

Er trat näher.

Die Ringe des Knaufs gerieten in Bewegung, als er den Blick auf sie richtete. Die Symbole bestanden aus Punkten, Strichen und kleinen Kreisen, oft zu Gruppen angeordnet. Aurelius beobachtete sie, fasziniert von ihrer Bedeutung. Jedes Symbol, selbst das kleinste von ihnen, schien eine Geschichte zu erzählen.

Aber er durfte keine Zeit damit verlieren, diesen Geschichten zu lauschen. Er musste die Tür öffnen, um die Antworten zu erreichen.

Aurelius runzelte die Stirn, drehte den Kopf und sah sich um. Das verbrannte Land, das noch immer die Narben des Krieges gegen das Quorum trug, verlor sich nach wenigen Metern in der dunklen Nacht. Er hatte das sonderbare Gefühl, dass die Nacht Augen bekam, dass sich in der Finsternis jemand verbarg, der ihn beobachtete, der ihm etwas einflüsterte, der zuvor zu seinen Beinen gesprochen hatte, damit sie sich bewegten, und der nun die Hand bat, sich nach dem Knauf auszustrecken.

Die Finger zitterten vor den drei Ringen, sie zitterten wie zuvor die Beine. In Aurelius verdichtete sich der Eindruck, dass etwas nicht mit rechten Dingen zuging, aber vielleicht würde er Aufschluss gewinnen, wenn er die Tür öffnete. Er berührte die Ringe, die sich drehten und dann verharrten, jeder zeigte das richtige Symbol. Es waren die Entriegelungszeichen, er erkannte sie, seine Finger, seine immer noch zitternden Finger, hatten sie auf eine Linie gerufen. Ein Klicken durchbrach die Stille der Nacht, und Aurelius erkannte, dass er nur noch den Knauf drehen musste, um die Tür zu öffnen.

Das Zittern wurde stärker. Die Hand sträubte sich, wollte nicht um den Knauf geschlossen werden.

»Das ist dumm«, sagte Aurelius. »Warum soll man Antworten fürchten?«

Er trat noch einen Schritt vor, zwang die Hand, sich um den Knauf zu schließen und ihn zu drehen.

Die Tür öffnete sich.

Endlich.

Mechanica

67 Dies war Mechanica: eine Stadt groß wie ein Planet, ein gewaltiger, den ganzen Globus umspannender Industriekomplex, bestehend aus Konstrukteuren, automatischen und halb automatischen Produktionsanlagen, die Basiskomponenten verarbeiteten, und Myriaden von mehr oder weniger kleinen Manufakturen, die mit individuell gefertigten Werkzeugen und manueller Arbeit auf jeden noch so absurden, bizarren und grotesken Kundenwunsch eingingen. Auf mehr als hundert Ebenen erstreckte sich diese Fabrikstadt, in der mehr als zehn Milliarden Personen arbeiteten und wohnten, eingezwängt in die Habitatwaben an den bis zu fünf Kilometer tiefen Schächten, durch die Mechanica atmete und die Raumschiffen aller Größen und Konfigurationen gestatteten, weiter unten gelegene Werften zu erreichen. Nur dort, wo solche Schächte das urbane und industrielle Konglomerat durchdrangen und bis ganz nach unten reichten, fiel Licht auf die karge, öde Oberfläche des Planeten, der zahlreiche klaffende Wunden aufwies, wo sich Bots auf der unermüdlichen Suche nach Rohstoffen tief in die planetare Kruste gruben.

Die *Sonnenwind* hatte das Sprawl zehn Lichtminuten oberhalb der Ekliptik des Anwor-Systems verlassen und näherte sich Mechanica, dem zweiten Planeten des Systems, in einem Pulk aus siebenundachtzig Schiffen, von denen nur zwei Drittel aus KopKo stammten. Triebwerkssignatur und Konfiguration wiesen sie als *Prometheus* aus, einen unabhängigen Forschungskreuzer der Kooperative Neue Horizonte, der Überholung, Erweiterung und Umrüstung benötigte und bereits bei einer der Werften — EnDetail von der Korporation

Innova – registriert war. Forrester und Zinnober saßen im Nukleus vor den Holofeldern, beobachteten die anderen Schiffe mit den eingeblendeten ID-Kennungen und die herangezoomten Orbitalstationen über Mechanica. Bunte Linien markierten die vorgegebenen Flugrouten, von denen kein Schiff abweichen durfte.

»Ziemlich viel Verkehr«, sagte Forrester, während Zinnober Daten über Priorisierungen der einzelnen Schiffe abrief.

»Umso besser für uns«, sagte Cassandra. »Je mehr Verkehr, desto weniger Aufmerksamkeit schenkt man uns. Wir sind hier wie ... wie ein kleiner Fisch in einem großen Schwarm.«

Zinnober sah auf und lächelte. »Ein hübscher Vergleich.«

»Nathan hätte vielleicht solche Worte verwendet. Oder auch Aurelius. Womit ich dir nicht zu nahe treten möchte, Vinzent.«

Forrester verzog das Gesicht. »Schon gut.«

»Triebwerkssignatur und Konfiguration sind alles andere als perfekt«, fügte der Intellekt hinzu. »Einer genauen Überprüfung werden sie nicht standhalten.«

»Selbst wenn man feststellt, dass wir nicht die sind, die wir zu sein vorgeben ...«, sagte Forrester. »Auf Mechanica nimmt man die Dinge nicht so genau. Hauptsache, man bringt genug Valuta mit.«

»Ich bekomme jetzt Zugang zu den Daten- und Kommunikationsnetzen.« Weitere Anzeigen erschienen, mehrere Informationsfenster, die zwischen den größeren Holofeldern schwebten. »Oh!«

Zinnober sah auf. »Das klingt nicht gut, Cassandra. Was ist?«

»Wir werden gesucht. Besser gesagt: Dein Vater wird gesucht.«

Forresters Gesicht erschien in einem der Informationsfenster. Seine Lippen bewegten sich, er sprach, ohne dass man die Worte hörte, und dann war eine junge Frau an seiner Seite zu sehen, Haar und Augen feuerrot. Zinnober hob die Hand zum Mund.

»Man legt ihm die Ermordung von Nathan und Ustak-Xuver, Duka von Javaid, zur Last«, sagte Cassandra. »Hinzu kommen die Entführung einer crohanischen Delinquentin, die er zu seiner Komplizin machte – damit bist du gemeint, Zinnober – und die Entführung eines Reisenden in Diensten von Omni.«

»Benedikts Zaisen haben also den Duka umgebracht«, sagte Forrester.

»Wir müssen weg von hier.« Zinnober streckte die Hände nach den virtuellen Kontrollen aus. »Bring uns weg, Cassandra!«

»Nein.« Forrester schüttelte den Kopf. »Die *Sonnenwind* muss repariert und aufgerüstet werden. Wir brauchen Waffen und andere Dinge, wenn wir mit Benedikt fertig werden und Aurelius befreien wollen.«

»Nachdem wir herausgefunden haben, wo er sich befindet«, sagte Cassandra. »Falls er überhaupt noch lebt.«

Die Holofelder zeigten, wie Mechanica größer wurde. Die Orientierungshilfe blendete Signaturdaten anderer Flotten ein, die sich dem Planeten näherten oder ihn verließen, den Eintrittspunkten des Sprawl entgegen, all die unterschiedlichen Raumschiffe aufgereiht wie Perlen an einer Schnur.

»Ich habe einen alten Kontakt auf Mechanica«, erwiderte Forrester. »Besser gesagt: Nathan hatte ihn.«

»Die betreffende Person wird dich für seinen Mörder halten, Vinzent«, gab Cassandra zu bedenken.

»Ich werde ihr erklären, dass ich den Sündenbock für Benedikt spielen soll, dass er von sich ablenken will.«

»Wir sind die Einzigen, die ihm gefährlich werden können«, sagte Zinnober. »Deshalb hat er alles so eingefädelt, nicht wahr?«

»So sieht's aus.«

»Er hat den Duka getötet und Javaid übernommen, Vinzent«, sagte Cassandra. »Und er gibt dir die Schuld daran.«

»Das ist nicht das Schlimmste«, entgegnete Forrester nachdenklich, während sein Blick Mechanica und den vielen

Raumschiffen und Orbitalstationen in der Umlaufbahn des Planeten galt. »Das Schlimmste ist, dass ich nun als Entführer von Aurelius gelte.«

»Es wird überall nach dir gesucht, Vinzent«, sagte Cassandra. »Nach dir und deiner Komplizin Zinnober. Nicht nur hier, sondern in allen Sonnensystemen von KopKo. Und auch in den Äquiv-Zivilisationen, bei den Therity, Wefing, Swogscha, Issleti und all den anderen. Es ist eine hohe Belohnung auf euch ausgesetzt. Die zehn größten Korporationen bieten auf Initiative von InterStel ein auf zehn Millionen Valuta limitiertes KopKo-Konto für Hinweise, die zu eurer Ergreifung führen.«

»Das ist nicht der wichtigste Punkt«, sagte Forrester.

»Omni«, sagte Zinnober.

»Genau. Wenn Omni mich ebenfalls für den Entführer von Aurelius hält, und wenn Legislatoren ausgeschickt werden ...«

»Sie würden euch finden«, sagte Cassandra. »Vor ihnen kann man sich nicht verstecken.«

Forrester blickte in die Augen seiner Tochter und sah wilde Entschlossenheit in ihnen.

»Dafür wird Benedikt bezahlen«, sagte er langsam. »Für dies alles.«

»Ja«, sagte Zinnober und nickte, wodurch ihr Haar in Bewegung geriet – es sah aus wie eine lodernde Flamme. »Ja!«

»Es war vorher nicht leicht, und jetzt ist alles noch viel schwerer geworden«, mahnte der Intellekt der *Sonnenwind*.

Die Entscheidung war getroffen. Eigentlich konnte sie gar nicht anders ausfallen. »Niemand weiß, dass wir hier sind«, sagte Forrester. »Und niemand wird es erfahren. Wir brauchen die beste Ganzkörpertarnung, die du für uns produzieren kannst, Cassandra. Sie muss selbst sorgfältigen Sondierungen standhalten.«

»Ich werde unseren Konstrukteur modifizieren.«

»Und versuch bitte, ein Intruderprogramm in Mechanicas

Datensätze zu schicken. Ich brauche Informationen über eine gewisse Rietta Cosimo. Sie ist die Kontaktperson auf Mechanica und kennt ein geheimes Depot, das Nathan vor dreißig Jahren angelegt hat. Dort lagern Waffen und Programme, mit denen sich gewöhnliche Konstrukteure in militärische verwandeln lassen. Cosimos persönlicher Code lautet ...«

»Oh, ich kenne den Code, Vinzent. Nathans alte Freundin. Glaubst du, dass sie sich noch auf Mechanica befindet?«

»Vor Jahren war sie meist hier, wenn sie sich nicht irgendwo für die Agentur im Einsatz befand. Sie hat sich kurz nach Nathan in den Ruhestand zurückgezogen.«

»Ich verstehe. Intruderprogramm ist mit der Suche nach ihr programmiert und ins Netz von Mechanica geschleust.«

»In Ordnung.« Forrester sah Zinnober an. »Bereiten wir uns vor.«

68 Der Mann hinter dem Schreibtisch trug eine künstliche Haut, weiß und teigig, mit großen Poren, die keinen Schweiß absonderten, sondern die Sinne erweiterten, ihn besser hören und riechen ließen. An Hals und Schläfen zeigten sich noch Verfärbungen, Überbleibsel der alten Brandwunden, die eine neue Haut erforderlich gemacht hatten. Auch Kehlkopf und Stimmbänder schienen aus synthetischem Material zu bestehen, nicht aus organischem Gewebe, von einem Biokonstrukteur geschaffen. Vielleicht gehörte der Mann zu den wenigen Personen, bei denen Konstrukteur-Gewebe eine Immunreaktion auslöste. Oder es handelte sich schlicht und einfach um Abneigung »fremdem Fleisch« gegenüber. Der Mann hieß Jaddar Osk, und seine Stimme war ein trockenes Knarren.

»Ihre *Prometheus* ist ein schwerer Fall«, sagte er zu Forrester und Zinnober vor dem Schreibtisch. Osk war Administrator der kleinen Werft EnDetail, und sein Büro, in dem sie saßen, befand sich direkt am Rand eines Schachtes, der bis zur Oberfläche von Mechanica reichte. Schiffe, Shuttles und Orbitalspringer glitten hinter der Fensterwand nach oben und nach unten. Hunderte von Gestalten – viele humanoid, die meisten von ihnen in Schutzanzügen oder in Arbeitskombis – schwebten auf Gravkissen oder mithilfe von Manövrierdüsen zwischen den vertikalen Verkehrsrouten, auf dem Weg zu anderen Ebenen der globalen Fabrikstadt. Trotz der Akustikfelder drang ein dumpfes Brummen ins Büro.

»Unsere ersten Untersuchungen haben ergeben, dass an und in Ihrem Schiff umfangreichere Arbeiten nötig sind als zunächst angenommen.« Er breitete die Arme aus. »Damit ist erheblich mehr Aufwand verbunden.«

»Sie wollen mehr Valuta«, sagte Zinnober geradeheraus.

Osk zeigte ein Haifischlächeln. »Die Kosten sind höher, junge Dame.«

»Wie viel?«, fragte Forrester.

Jaddar Osk nannte eine Summe.

»Das ist unverschämt!«, entfuhr es Zinnober. Die Ganzkörpermaske hatte sie mit kurzem schwarzem Haar und einem schmaleren, hohlwangigen Gesicht ausgestattet. Ein türkisfarbener Ton ersetzte die Flammen in ihren Augen. Dies war Elora Eloran Tallbard, eine Laurentianerin von Dadro im Laurentischen System, Pilotin, Navigatorin und Erforscherin unbekannter Sonnensysteme jenseits von KopKo. Der ältere Mann an ihrer Seite – Forresters Maske gab ihm zwanzig zusätzliche Jahre und auch mehr Körpermasse – war ihr Mentor, Geschäftspartner und Onkel.

Osk gestikulierte erneut. »Ich bitte Sie, junge Dame. En-Detail leistet ausgezeichnete Arbeit, und die hat Ihren Preis.«

»Wann können Sie mit Reparatur und Umrüstung fertig sein?«

»Oh, wie gesagt, es sind umfangreiche Arbeiten nötig, aber ich denke, dieses Projekt ließe sich in etwa vier Wochen durchführen.«

»Vier Wochen!«, entfuhr es Zinnober, die ihre Rolle der ungeduldigen Exploratorin so gut spielte, dass selbst Forrester für einen Moment vergaß, dass dort seine Tochter saß. »Das ist viel zu lange!«

»Vier Tage«, sagte Forrester kühl. »Verwenden Sie Ihre besten Konstrukteure für das beste Material. Setzen Sie Ihre besten Bots und die besten technischen Spezialisten ein.«

»Vier Tage, das ist völlig unmöglich.« Das Knarren in der Stimme von Jaddar Osk wurde noch deutlicher. Die Poren seiner weißen Synthhaut schienen etwas größer zu werden. »Ich müsste die anderen Projekte unterbrechen und ...«

»Ich zahle sofort, hier, und sogar noch mehr, als Sie eben verlangt haben.«

Jaddar Osk klappte den Mund zu. Einige Sekunden lang sah er Forrester stumm an. Sein Blick wanderte kurz zu Zinnober, kehrte dann zu Forrester zurück.

»Wie viel mehr?«, fragte er.

Forrester griff in die Tasche der Hose unter seinem bunten Umhang und holte mehrere schwarze Haken hervor, die von etwas Unsichtbarem zusammengehalten wurden. »Das hier«, sagte er, »ist ein Omni-Artefakt.« Er schob es über den Schreibtisch. »Eine Anzahlung für Sie. Wenn Sie uns das fertiggestellte, umgerüstete Schiff in vier Tagen übergeben, bekommen Sie das hier.« Er zeigte einen kleinen Lappen, der sich, als er an einem Zipfel zog, entrollte und wie ein Handschuh um seine Hand legte.

Jaddar Osk gaffte. Er streckte die Hand aus, nahm die schwarzen Haken und drehte sie, bevor er sie schnell in einem Fach seines Schreibtischs verschwinden ließ.

»Das dürfte mehr als genug sein«, sagte Zinnober mit unüberhörbarem Spott.

»Was hat es mit den Artefakten auf sich?«, fragte Osk. »Wozu sind sie imstande?«

»Finden Sie es selbst heraus.« Forrester stand auf, und Zinnober folgte seinem Beispiel. »In vier Tagen bekommen Sie das andere Omni-Artefakt und wir das fertige Schiff.«

»Andernfalls kriegen Sie Ärger«, sagte Zinnober scharf.

In den Habitatwaben von Mechanica gab es mehr Kontrollen als in den Werften, Werkstätten und Manufakturen. Sensoren und Scanner in den Wänden der Flure und Wandelgänge überprüften die Identität der Besucher, aber es handelte sich um Routine. Eine gezielte Suche fand nicht statt, und die Sondierungen waren oberflächlich: Die Identer-Informationen wurden mit Aussehen und Iris sowie den Kenndaten bei der Anmeldung im Orbit verglichen. Stimmte alles überein, gab es keine weiteren Überprüfungen.

Zinnober bewegte sich mit der Unbekümmertheit der Jugend. Sie freute sich über die Springbrunnen – immer wieder strich sie mit den Händen durch buntes, sprudelndes, duftendes Wasser – und die Blumen in den ausgedehnten vertikalen Gärten, deren Pflanzen künstliches Licht empfingen. Sie tanzte durch die Akustikfelder, die den Lärm der Schächte filterten und musikalische Kompositionen präsentierten: manche Klänge leicht wie Federn im Wind, wie ein sanftes Streicheln der Ohren, andere so schwer, dass Trauer ihr plötzlich den Rücken krümmte. Sie verharrte gelegentlich bei den öffentlichen Erlebnisbereichen, deren Induktoren ihr die Rollen von Abenteuerfiguren in fiktiven Welten anboten. Offene gastronomische Konstrukteure luden in kulinarische Galerien ein. In einer davon verbrachten Forrester und Zinnober eine halbe Stunde, gaben vor, auf ihr laurentisches Essen konzentriert zu sein und ein geschäftliches Gespräch zu führen, während ihre Aufmerksamkeit in Wirklichkeit der Umgebung galt – sie hielten nach Beobachtern Ausschau. Das Ziel, die Residenz von Rietta Cosimo, befand sich in der Nähe.

Schon nach wenigen Minuten bemerkte Forrester eine kleine Gestalt, die zwei Dutzend Meter entfernt am Rand eines Gartens saß, das Gesicht dem Schein von zwei künstlichen Sonnen zugewandt. Mit übertriebenem Blinzeln versuchte sie darüber hinwegzutäuschen, dass sie immer wieder in Richtung der kulinarischen Galerie blickte, in der Forrester und Zinnober saßen. Es war ein kleiner Feinmechaniker von der Kooperative Sigma, ausgestattet mit hochsensiblen Händen, die langen, dünnen Finger spezialisiert auf überaus präzise manuelle Arbeit. Besonders geschickt stellte sich der Sigmaner nicht an. Forrester hatte ihn in der Werft EnDetail gesehen und vermutete, dass er von Jaddar Osk beauftragt worden war, ihnen zu folgen, vielleicht in der Hoffnung, auf diese Weise ein geheimes Depot von Omni-Artefakten zu entdecken.

Es war nicht weiter schwer, Osks Schatten abzuschütteln. Forrester und Zinnober durchquerten mehrere große Erlebnisbereiche, durchstreiften getrennt voneinander einen dschungelartigen vertikalen Park, stiegen in der lokalen Wabe zwei Habitatebenen hinauf, gingen dann eine Panoramarampe hinab, die sie drei Ebenen nach unten brachte. Als sie sich schließlich eine Stunde später dem Domizil von Rietta Cosimo näherten, war von dem kleinen Sigmaner mit den präzisen Händen weit und breit nichts mehr zu sehen.

Nathans alte Freundin wohnte am inneren Rand der Habitatwabe, am Ende eines kleinen Flurs, kaum erreicht vom Licht des Schachtes. Forrester richtete einen kleinen Scanner auf das Identer-Quadrat neben der Tür und vergewisserte sich, dass sie an der richtigen Adresse waren. Dann veränderte er die Einstellung des Scanners, hielt ihn erneut auf das Quadrat und übermittelte ein Rufsignal, bei dem er einen alten persönlichen Prioritätscode von Nathan verwendete.

Fast eine ganze Minute geschah nichts. Forrester vermutete, dass Rietta Cosimo nicht zu Hause war, und er überlegte, ob er eine verschlüsselte Nachricht hinterlassen sollte. Doch dann erschien das schuppige Gesicht einer alten Hozig auf dem Identer, und eine zischende Stimme fragte: »Wer sind Sie?«

»Das möchte ich Ihnen persönlich sagen«, antwortete Forrester mit gedämpfter Stimme. »Sehen Sie sich den Code an, den ich übermittelt habe.«

»Ich habe ihn mir angesehen und frage noch einmal: Wer sind Sie?«

»Freunde eines toten Freundes. Dürfen wir hereinkommen?«

Mindestens dreißig Sekunden vergingen, ohne dass eine Reaktion erfolgte, und die Statusanzeigen des Identers wiesen darauf hin, dass keine Kommunikationsverbindung mehr bestand. Forrester warf einen Blick über die Schulter. Der kleine Flur erstreckte sich leer hinter ihnen, und die Identer-Quadrate der anderen Domizile zeigten keine Aktivität an.

Ein leises Summen brachte Forresters Blick zur Tür zurück, die sich einen Spaltbreit öffnete. Zinnober drückte sie auf.

Dunkelheit empfing sie. Hinter ihnen wies ein Summen darauf hin, dass sich die Tür wieder schloss, und ein Klicken kündete von Verriegelung. Forrester fragte sich erneut, ob er Rietta Cosimo trauen durfte. Eigentlich blieb ihm keine Wahl, doch das machte es nicht leichter. Er hatte Nathans alte Freundin nur einmal gesehen und kurz mit ihr gesprochen, vor mehr als dreißig Jahren, und dabei keinen klaren Eindruck von ihr gewonnen, was vielleicht an fehlender Vertrautheit mit Mienenspiel und Gestik der Hozig lag. Nathan hatte ihr vertraut, und das musste genügen.

»Kommen Sie näher«, erklang eine Stimme aus der Dunkelheit.

Forrester und Zinnober traten langsam vor.

Etwas Licht verwandelte die Finsternis in eine Ansammlung von Schatten, und einer dieser Schatten bewegte sich. Er hielt etwas in der Hand, eine Waffe oder einen Scanner, vielleicht beides.

»Ihre Identer behaupten, dass Sie Akis Tallbard und seine Nichte und Geschäftspartnerin Elora Eloran sind, aber Sie kennen Nathans Code.« Das Schlangenzischen wurde schärfer. »Ich glaube, ich weiß, wer Sie wirklich sind.«

»Ich habe Nathan nicht umgebracht«, sagte Forrester, obwohl das nicht ganz stimmte, denn das explosive Implantat gab ihm die Schuld an Nathans Tod. »Ich habe auch Aurelius, den Reisenden in Diensten von Omni, nicht entführt.« Das war die halbe Wahrheit. Er *hatte* Aurelius entführt, wenn auch nur bis nach Javaid.

»Forrester und Zinnober«, sagte die Stimme aus dem Dunkeln.

»Ja.«

»Sie werden gesucht. Es ist eine hohe Belohnung auf Sie ausgesetzt.«

»Ja.«

»Ich könnte Sie melden und die Belohnung einstreichen. Haben Sie an diese Möglichkeit gedacht, bevor Sie hierherkamen?«

»Ja.«

»Trotzdem sind Sie hier.«

»Weil ich glaube, dass Ihnen Nathan mehr bedeutet als die Belohnung.«

Der Schemen vor Forrester und Zinnober bewegte sich.

»Nathan ist tot.«

»Sie könnten uns dabei helfen, seinen wahren Mörder zu finden.« Das ging nicht nur haarscharf an der Wahrheit vorbei, sondern war ein ganzes Stück daneben. Benedikt hatte zwar Rubens geschickt, aber Nathan hatte Rubens getötet, nicht umgekehrt.

Die Schatten flohen, verjagt von Licht, das einen einfachen Salon zeigte und eine greise Hozig in einem Sessel, in der einen Hand einen Variator und in der anderen einen Multifunktionsscanner, wie ihn die Agentur benutzte.

»Erzählen Sie mir, was geschehen ist«, sagte Rietta Cosimo.

70 Forrester erzählte nicht alles, und er sagte nicht immer die Wahrheit. Zinnober ließ sich nichts anmerken und wurde nur ein wenig unruhig, als er den Eingriff in die Zeit erwähnte, die Veränderung der kausalen Strukturen durch einen Engel des Sprawl.

»Die junge Dame, Ihre Tochter ... Sie war in einem crohanischen Strafstein gefangen?«

»Ja.«

»Ich habe davon gehört«, zischte die alte Hozig. »Eine üble Angelegenheit.«

Sie saßen an einem Tisch, der aus drei einzelnen Segmenten bestand und ihnen Gläser mit violetter, glitzernder Flüssigkeit serviert hatte. Über die Wände um sie herum wanderten Bilder von Mechanica: der Schacht mit den offenen Werften, unter ihnen EnDetail, die Habitatwaben, die verschiedenen Ebenen der globalen Stadt, manche von ihnen immer hell, andere die ganze Zeit über düster. Forrester hatte zuerst angenommen, dass es dekorative Bilder wären, ein Ersatz für Fenster, aber inzwischen wusste er, dass sie die Stadt in Echtzeit zeigten – die Erlebnissysteme von Rietta Cosimos Domizil waren mit Mechanicas Sensoren und Scannern verbunden, was der Hozig eine Überwachung des Bereichs ermöglichte, in dem sie wohnte. Eins der Bilder zeigte mehrere Uniformierte, die in einem Flur unterwegs waren – weiter vorn konnte man einen vertikalen Garten erkennen und daneben eine kulinarische Galerie, die Forrester vertraut erschien. Er zog die Stirn kraus.

»Benedikt ist an allem schuld«, sagte Zinnober mit Nachdruck. »Wir wollen ihn zur Rechenschaft ziehen, und dafür brauchen wir Ihre Hilfe.«

Forrester bemerkte, dass auch in anderen Fluren Uniformierte erschienen. An einer Stelle errichteten sie eine Absperrung und schickten mehrere in Klimamäntel gehüllte Wefing in die Richtung, aus der sie gekommen waren.

»Benedikt ist ein sehr ambitionierter Mann.« So wie Rietta Cosimo die Worte sprach, klangen sie nach einem Fluch. »Wenn er wirklich die Pandora-Maschine hat und außerdem auch noch den Omni-Reisenden, der mit ihr umzugehen weiß ... Schlimm. Schlimm.« Ihre Zunge kam zum Vorschein, schmal und lang, verschwand dann wieder. Noch immer hielt sie den Variator in einer schuppigen Hand; den Scanner hatte sie beiseitegelegt, auf ihr Tischsegment.

»Ich weiß, dass Nathan ein geheimes Depot auf Mechanica angelegt hat«, sagte Forrester schnell. Er hatte plötzlich das Gefühl, dass Eile geboten war. »Er hat es mehrmals erwähnt, bei verschiedenen Gelegenheiten, ohne jemals mehr darüber zu verraten.«

Die Hozig nickte, eine überraschend menschliche Geste. »Die Grotte. Ganz unten, auf der Oberfläche. Beim Gorkasch. Wir haben sie zusammen eingerichtet, und sie ist gut bewacht.«

»Gorkasch?«, fragte Zinnober neugierig.

»Eine einheimische Lebensform, die leider nie genau untersucht worden ist. Viele Bewohner von Mechanica wissen nicht einmal, dass sie existiert. Nathan hat damals die Freundschaft eines Gorkasch gewonnen, der seitdem die Grotte hütet. Einen besseren Wächter gibt es nicht.«

Forresters Blick wanderte über die Wände. Sieben von zehn Bildern zeigten Uniformierte.

Der Scanner vor Rietta piepte. Sie streckte die freie Hand danach aus und sah auf die Anzeigen. »Oh«, sagte sie. »Oh!«

Forrester stand bereits. »Wir sind entdeckt, nicht wahr? Die Leute vom Sicherheitsdienst ... Ich nehme an, sie haben es auf uns abgesehen.«

Eins der über die Wände gleitenden Bilder zeigte den kleinen Flur mit Rietta Cosimos Domizil am Ende. Vier Uniformierte näherten sich mit gezogenen Waffen.

Die Hozig sprach ein Wort, das Forrester nicht verstand – es klang nach einer Mischung aus Fauchen und Klicken.

»Zu Diensten«, meldete sich der Domizil-Intellekt.

»Volle Abschirmung, maximale Sicherheitsstufe! Niemand darf herein.«

»Verstanden.«

»Fluchtweg aktivieren!« Rietta winkte. Forrester und Zinnober folgten ihr durch eine schmale Tür, die sich in einer der Bilderwände öffnete.

»Fluchtweg ist aktiviert. Soll ich den Springer vorbereiten, Rietta?«

Die Reptilienaugen der Hozig warfen Forrester und Zinnober einen kurzen Blick zu. »Ja«, sagte sie dann. »Und sorg dafür, dass der Weg frei ist! Bis ganz nach unten, zur Oberfläche des Planeten.«

»Ich verbinde mich mit den Navigationssystemen des Schachtes. Springer wird vorbereitet.«

»Hier ist der Sicherheitsdienst von Mechanica«, ertönte eine strenge Stimme aus dem Kommunikationssystem des Domizils. »Wenn Sie die Tür nicht unverzüglich öffnen, müssen wir uns mit Gewalt Zutritt verschaffen.«

Die Hozig bleckte die Zähne und kletterte vorsichtig in eine Öffnung, die sich neben ihrer Ruhemulde – dies war ihr Schlafzimmer – gebildet hatte. »Und schalte das Komm-System aus«, fügte sie hinzu.

»Kommunikation ist deaktiviert.«

Zinnober folgte Rietta in einen steilen Tunnel, der in einer engen Kurve nach unten führte, wie eine Wendeltreppe ohne Stufen. Forrester bildete den Abschluss und hörte, kurz bevor sich der Zugang über ihm schloss, das dumpfe Donnern einer Explosion, die eine heftige Vibration durch Wände und Boden des Domizils schickte. Wenige Sekunden später folgte eine zweite Erschütterung, so heftig, dass er den Halt verlor und rutschte. Rasch spreizte er die Beine und stützte sich mit ihnen an den Tunnelseiten ab.

»Wie haben sie uns gefunden?«, fragte Zinnober unter ihm im Halbdunkel. »Wie konnten sie uns so schnell aufspüren?«

»Mit wem haben Sie gesprochen?«, fragte die alte Hozig, als sie vorsichtig in die Tiefe rutschte und sich dabei immer wieder an Haltegriffen festhielt. »Mit jemand anders von der Agentur?«

»Nein«, erwiderte Zinnober, die wesentlich agiler war als Rietta, sich aber in Geduld übte. »Nach der Übergabe unseres Schiffes an die Werft EnDetail haben wir uns sofort zu Ihnen auf den Weg gemacht.«

»Vielleicht hat Ihr Schiff etwas verraten«, sagte Rietta.

»Ausgeschlossen«, widersprach Forrester. »Wir haben Cassandra, den Intellekt, vor Datendiebstahl geschützt.« Er hob die rechte Hand zum Kommunikator an seinem Kragen und überlegte, ob er bei Cassandra nachfragen sollte, entschied sich aber dagegen. Vielleicht gab es in der Nähe Lauscher des Sicherheitsdienstes, die auf Komm-Signale achteten.

»Ihre Tarnung ist gut«, zischte Rietta. »Aber wenn jemand Verdacht geschöpft hat, kann er Sie durchschauen und identifizieren, trotz Ganzkörpermaske und falschen Identern.«

Etwas rührte sich in Forresters Erinnerung, etwas, das ihm aufgefallen war, ein kleines Detail, das Unruhe in ihm geschaffen hatte. Als er das Erinnerungsfragment in Reichweite glaubte, stob es davon, vertrieben von einem weiteren Donnern.

»Es tut mir leid um Ihre Wohnung«, sagte Zinnober.

»Mir auch, liebes Kind«, erwiderte Rietta. »Aber seien Sie unbesorgt, ich habe noch zwei weitere Domizile auf Mechanica. Nathan hat mich damals gelehrt, immer vorsichtig zu sein, immer einen Fluchtweg und ein Ausweichquartier zu haben. Ich bin seinem Rat gefolgt und noch am Leben. So, da wären wir.«

Am Ende des steilen Tunnels öffnete sich eine Luke, und dahinter wartete ein kleiner Hangar auf sie. Er bot gerade genug Platz für einen Orbitalspringer – nur wenige Zentimeter trennten seine Stummelflügel von den Wänden. Einen halben Meter über dem Boden ruhte er mit summendem Gravitationsmotor auf einem gelben Gravkissen. Die Wand vor seinem Bug bestand aus drei Segmenten, wie der Tisch in Rietta Cosimos Salon.

Die alte Hozig winkte. »An Bord, an Bord!« Sie fügte das seltsame Wort hinzu, das Fauchen und Klicken, das Forrester schon einmal gehörte hatte

»Zu Diensten«, meldete sich der Domizil-Intellekt.

»Materialgedächtnis aktivieren«, sagte Rietta und ließ sich von Forrester und Zinnober in den Springer helfen.

»Tunnel schließen und versiegeln, ebenso den Hangar nach erfolgtem Start.«

»Materialgedächtnis ist aktiviert. Tunnel und Hangar werden geschlossen.«

Rietta Cosimo sank in den Sitz vor den Kontrollen und legte ihre schuppigen Hände in zwei Kontrollmulden. Für Forrester und Zinnober gab es keine Sitze; sie mussten stehen.

Durch das Bugfenster war zu sehen, wie die drei Segmente des Schotts auseinanderglitten. »Es geht los«, zischte die greise Hozig.

Der Orbitalspringer schwebte aus dem kleinen Hangar, erreichte den Schacht und fiel wie ein Stein.

Der Springer fiel durch einen vertikalen Prioritätskorridor, programmiert und reserviert von Riettas Domizil-Intellekt. Das Gravitationsfeld an Bord blieb stabil; Forrester und Zinnober verloren durch den Sturz nicht den Boden unter ihren Füßen.

Die Wände des anderthalb Kilometer breiten Schachtes huschten vorbei; sie wirkten von zahlreichen industriellen Installationen wie zerklüftet. Ein klobiger Riese stieg von einer großen Werft auf, ein wanganisches Schiff, das aus Hunderten von Stab- und Röhrensegmenten bestand. Es manövrierte vorsichtig, um den Korridoren für den Prioritätsverkehr nicht zu nahe zu kommen. Riettas Springer fiel an ihm vorbei, kurz gestreift von Scheinwerferlicht. Je weiter sie sich der Oberfläche des Planeten näherten, desto dunkler wurde es. Das Summen des Gravitationsmotors veränderte sich ein wenig, als das gelbe Gravkissen des Springers mehr Energie empfing und die Geschwindigkeit reduzierte.

»Ich tue dies für Nathan«, sagte die alte Hozig an den Kontrollen. »Eigentlich habe ich mich zur Ruhe gesetzt und möchte mit all diesen Dingen nichts mehr zu tun haben.«

»Wir sind Ihnen dankbar«, erwiderte Forrester.

»Und ich mag Benedikt nicht.«

»Nathan hat ihn ebenfalls nicht gemocht.«

Rietta Cosimo zischte. »Aus gutem Grund. Ich konnte ihn von Anfang an nicht ausstehen. Sein falsches Lächeln, seine glatte Art, die Machtgier, die sich hinter seiner freundlichen Maske verbirgt. Benedikt schreckt vor nichts zurück, wenn es darum geht, seine Ziele zu erreichen. Er hat Sie benutzt, Forrester. Er gibt Ihnen die Schuld, damit Omni ihn in Ruhe lässt. Sie sind ein ...« Sie suchte nach einem geeigneten InterLingua-Wort.

»Sündenbock?«, schlug Zinnober vor.

»Das auch, liebes Kind, das auch. Aber er ist vor allem ein ... *Blitzableiter*. Ja, genau. Omni wird nicht untätig bleiben. Wahrscheinlich ist bereits ein Legislator unterwegs oder gleich mehrere. Und Omni wird es auf *Sie* abgesehen haben, Forrester.«

»Ich weiß. Wir müssen Benedikt erreichen, bevor mich der Legislator findet. Aurelius kann alles aufklären.«

»Falls er noch lebt.«

»Ich bin sicher, dass er noch lebt«, sagte Forrester, was eine halbe Lüge war. Er *glaubte*, dass Aurelius noch lebte; sicher war er sich nicht.

»Wenn er noch lebt, wird Benedikt ihn zwingen, alle Geheimnisse der Pandora-Maschine preiszugeben«, sagte Rietta. »Und wenn er von ihm erfahren hat, was er wissen will, bringt er ihn um.« Die Hozig drehte kurz den Kopf und sah sie an. »Er kann es sich nicht leisten, ihn am Leben zu lassen, nicht einmal dann, wenn er die Maschine hat und mit ihr umzugehen weiß. Ein lebender Aurelius würde bedeuten, dass Omni alles erfährt, und die Superzivilisationen würden ihn zur Verantwortung ziehen, ganz gleich, wie mächtig er geworden ist.«

Der Springer erreichte das untere Ende der Fabrikstadt und flog durch einen Wald aus Pfeilern, die einst die ersten Plattformen und Ebenen der globalen Metropole getragen hatten. Ihrem vollen Gewicht hätten sie längst nicht mehr standhalten können und der Planet ebenso wenig. Millionen von unabhängigen, ineinander verschachtelten und aus autarken Energiequellen gespeisten Gravitationsfeldern hielten die Stadt. Die Oberfläche von Mechanica, seit Jahrtausenden nur noch an wenigen Stellen vom Licht der Sonne Anwor erreicht, war eine Welt der Schatten, in denen die Pfeiler aufragten wie künstliche Berge. Rietta Cosimos Hände bewegten sich in den Kontrollmulden – sie steuerte den Springer selbst. In einem Abstand von nur zwanzig Metern flogen sie über eine öde, felsige Landschaft und wichen gelegentlich einer anderen Art von Bergen aus, den Rücken von riesigen Aggregaten, die automatische Bohrer und Schürfer in die planetare Kruste schickten, auf der Suche nach Rohstoffen für die Konstrukteure und Manufakturen der Stadt. Hier und dort leuchteten Scheinwerfer durch Dunkelheit, Dunst und Staub.

»Sie werden wegen uns in Schwierigkeiten geraten«, sagte Forrester. Er blickte nach vorn, in die ewige Nacht des Planeten, unter einem Himmel, dessen Sterne Lampen an der Unterseite der globalen Stadt waren.

»Ich habe gelernt, mit Problemen fertig zu werden, keine Sorge«, sagte die alte Hozig. Der Springer wurde langsamer; offenbar näherten sie sich dem Ziel. »Und *Ihre* Schwierigkeiten sind erheblich größer als meine. Jemand weiß, dass Sie hier auf Mechanica sind. Ein Jemand, der versucht, Ihrer habhaft zu werden, mithilfe des Sicherheitsdienstes. Es könnte bedeuten, dass Benedikt damit begonnen hat, die Pandora-Maschine zu benutzen.«

»Wie meinen Sie das?«, fragte Forrester. Zinnober hörte aufmerksam zu.

Rietta lenkte den Springer an einem weiteren alten Stützelement vorbei und einer Senke entgegen, einem Tal zwischen zwei Felshügeln.

»Denken Sie daran, wozu die kleine Omni-Kugel imstande ist, von der Sie mir erzählt haben«, sagte die alte Hozig.

»Ohne sie wären Sie in der Atmosphäre des Gasriesen Caledonia gestorben. Stellen Sie sich vor, wozu die Pandora-Maschine fähig sein könnte, ein wesentlich größeres und leistungsfähigeres Omni-Artefakt.«

»Deshalb wollen wir zu Benedikt«, sagte Zinnober. »Gut gerüstet, mit Waffen. Um zu verhindern, dass er die Maschine benutzt.«

»Sie könnte ihm gesagt haben, wo Sie beide sich aufhalten«, erwiderte Rietta. »Benedikt könnte von ihr erfahren haben, dass Sie sich auf Mechanica befinden.«

Forrester glaubte zu spüren, wie sich eine große Leere in ihm bildete, ein inneres Loch, in das er zu stürzen drohte. Die kleine Zeitmanipulation durch den Engel im Sprawl, der Eingriff in die Kausalität, der Zinnober den Strafstein erspart und ihr Leben bewahrt hatte ... War die Pandora-Maschine nicht nur eine Art Superkonstrukteur, mit dem sich beliebige Omni-Artefakte herstellen ließen? Ermöglichte sie auch Zugriff auf die Zeit, auf die Kontinua und ihre Dimension des Möglichen? Wenn das stimmte, und wenn Benedikt mit der Maschine umzugehen lernte, vielleicht mit Aurelius' erzwungener Hilfe ...

»Er könnte die Realität ändern«, sagte Forrester. »Er könnte alle Hindernisse auf dem Weg zur Macht in Kopko und darüber hinaus einfach verschwinden lassen.«

»Dazu wäre er vielleicht imstande, sobald ihm das volle Potenzial der Pandora-Maschine zur Verfügung steht«, erwiderte Rietta Cosimo. »Und dann braucht er Omni nicht mehr zu fürchten. Aber bis dahin benötigt er Sie als ...«

»Blitzableiter«, warf Zinnober ein.

»Genau, liebes Kind. Wir sind da. Dort vorn ist die Grotte mit dem Depot.«

Der Springer setzte zur Landung an, sank dem Boden entgegen und verharrte zwischen zwei Felsen, die wie die Reste eines uralten Tors aussahen. Gehüllt in einfache Ambientalblasen – Schutzfelder, die Kälte und giftige Gase von ihnen fernhielten – stiegen sie aus und kletterten über das Geröll zwischen den Felsen. Zinnober stützte die greise Hozig, die mit einer kleinen Lampe leuchtete, in deren Licht sich weiter vorn eine Öffnung im Hang des rechten Felshügels zeigte.

»Dort ist die Grotte«, sagte Rietta.

Forrester blickte sich um. »Sie haben einen Wächter erwähnt, einen Gorkasch. Wo ist er?«

Hinter dem energetischen Film der Ambientalblase veränderte sich das Gesicht der Hozig – sie schien zu lächeln.

»Sie stehen auf ihm«, sagte Rietta. »Treten Sie zur Seite!«

Forrester senkte den Blick – und wich hastig einige Schritte nach rechts, als der Boden in Bewegung geriet. Im Licht von Riettas Lampe hoben sich knirschend Felsen. Steine rutschten und fielen, trockene Erde geriet in Bewegung, und ein Grollen kam aus der Tiefe, wie von einem Erdbeben. Fünf, sechs, dann zehn Meter hoch ragte das Wesen auf, das aus Gestein bestand. Es öffnete etwas, das vielleicht ein Maul war, und es hob Gliedmaßen, die aus mehreren Felsblöcken bestanden.

Rietta rief etwas, mehrere Worte in ihrer Sprache, eine Abfolge von zischenden und klickenden Lauten. Das Geschöpf, der Gorkasch, beugte einen Rücken aus Granit, brachte die Gliedmaßen, die Arme, nach unten und verharrte in dieser Haltung.

»Er erkennt mich«, sagte Rietta zufrieden. »Er gibt den Weg frei.«

»Ein Wesen aus Stein«, staunte Zinnober.

»Die dominante Lebensform von Mechanica.« Die Hozig kletterte, langsam und voller Mühe. Zinnober half ihr. »Es gibt viele von ihnen, die meisten klein und tief unter uns. Nur wenige sind mobil wie der Gorkasch.« Sie verharrte und schnaufte. »Nathan hat mir damals erzählt, dass das Steinleben dieser Welt seine Gedanken durch Eisen-, Kupfer- und Siliziumflöze schickt. Man stelle sich das vor: steinernes Leben mit einem rund um den Planeten und vor allem in seinem Innern verteilten Bewusstsein. Ein durch natürliche Evolution entstandener Intellekt. Aber je mehr Erz die automatischen Schürfer von Mechanicas Korporationen aus dem Planeten holen, desto langsamer werden seine Gedanken.«

»Und desto dümmer werden diese Wesen, auch der Gorkasch?«, fragte Zinnober.

»Ja, mein liebes Kind, so ist es«, bestätigte die Hozig. »Durch den Abbau der Rohstoffe verlieren sie die Intelligenz, die sie im Lauf von Jahrmillionen erworben haben, und irgendwann werden sie wieder das sein, was sie früher einmal gewesen sind: nichts weiter als Steine.« Sie deutete nach oben. »Die Grotte mit dem Depot wartet auf uns.«

Ein Schlüssel für das Schloss

»Na bitte, mein lieber Aurelius, es war doch gar nicht so **72** schwer.«

Die freundliche Stimme passte noch immer gut zu dem freundlichen Lächeln, aber die Augen blickten kalt.

Der Zehntausendjährige stand in einem kleinen Raum mit Wänden wie aus Glas. Benedikt und zwei andere Personen leisteten ihm Gesellschaft, einer von ihnen ein Wefing, der einen dicken Klimamantel trug, und der andere, nur anderthalb Meter groß und in Federn gehüllt, ein Likotha von Javaid. *Der* Likotha.

»Ich habe es getan«, sagte Aurelius leise und enttäuscht von sich selbst.

»Der erste Schritt, ja«, erwiderte Benedikt jovial. »Mit ein wenig Hilfe von unserem Likotha hier.«

Aurelius schwankte. Er fühlte sich schwach, ausgelaugt, und – schlimmer noch – er spürte, wie ihn die Zuversicht verließ. Benedikt hatte ihn mithilfe des Likotha überlistet.

»Wir haben die Barriere überwunden.« Benedikt hob die Arme. »Aber dies ist nur eine Zugangskammer ohne Türen. Eine Sackgasse. Wir sind noch nicht *wirklich* im Innern der Maschine, oder?« Er schüttelte den Kopf. »Öffnen Sie die nächste Tür für uns!«

Aurelius versuchte, den Blick des Likotha zu meiden. »Sie wissen nicht, worauf Sie sich einlassen.«

»Vielleicht weiß ich es sogar besser als Sie, Aurelius«, erwiderte Benedikt scharf. Dann lächelte er wieder. »Sie sind schwach, nicht wahr? Sie fühlen Ihre Lebenskraft schwinden.« Er hielt plötzlich den Kontinua-Konnektor in der Hand, den kleinen silbernen Aal, der sich bewegte, wie auf der

Suche nach Aurelius' Handgelenk. »Ihnen fehlt das hier, nicht wahr?«

»Ich nütze Ihnen nichts, wenn ich ... sterbe«, brachte er hervor. Das Atmen fiel ihm schwer; etwas schnürte ihm die Kehle zu. Er brauchte den K-Konnektor, seine Verbindung mit Omni. Er hatte ihn auf Javaid getragen, als ihn die Zaisen verschleppt hatten.

»Aber wer wird denn gleich vom Sterben reden«, sagte Benedikt. Er hielt das silberne Band an den Unterarm des Zehntausendjährigen, und sofort wand sich der silberne Aal ums Handgelenk. »Für wie herzlos halten Sie mich?« Er trat einen Schritt zurück und lächelte noch etwas breiter. »Fühlen Sie es? Wie die Kraft strömt? Geht es Ihnen schon etwas besser?«

Der Druck am Hals ließ nach. Aurelius schnappte nach Luft, und als er erneut schwankte, war Benedikt sofort zur Stelle und stützte ihn. »Na bitte, ich habe Ihnen gerade meinen guten Willen gezeigt. Und jetzt ... Öffnen Sie eine Tür für uns! Es gibt hier bestimmt eine, auch wenn wir sie nicht sehen. Führen Sie uns tiefer in die Pandora-Maschine, in ihren Nukleus, in ihr Herz.«

Aurelius holte Luft, und zumindest ein Teil der Schwäche wich aus ihm. Zwei Omni-Artefakte befanden sich in der Nähe. Eins von ihnen war vertraut, er trug es am Handgelenk, doch das andere, unbekannte, enthielt weitaus mehr Energie. Es war wie eine brodelnde kleine Sonne, gebändigt und gezähmt, gefangen, eingekapselt. Doch das Objekt – trug Benedikt es in einer Tasche? – blieb unerreichbar für ihn.

Er konzentrierte sich auf den K-Konnektor an seinem Handgelenk, auf die Verbindung zu Omni und den Kontinua, die stabiler zu werden begann. Kraft strömte ihm entgegen, und er dachte: Du hast einen Fehler gemacht, Benedikt.

Hat er nicht, antwortete eine Stimme.

Es war eine Falle, verborgen in freundlichen Worten und einem Gegenstand, der ihm eigentlich helfen sollte, vielleicht sogar einen Weg in die Freiheit zeigen konnte. Aurelius versuchte, den K-Konnektor von seinem Handgelenk zu lösen, aber es war bereits zu spät. Die Kraft, die sein Selbst über die schmale Verbindung empfing ... Der Likotha stürzte sich darauf und drang auf diesem Weg noch tiefer in sein Bewusstsein vor. Er bohrte und grub sich durch die mentalen Barrieren, mit denen der Zehntausendjährige seine Geheimnisse zu schützen versuchte.

Dunkelheit umgab Aurelius. Nicht die Nacht auf der Erde, so kalt, dass sich Regen in Schnee verwandelte, nicht das Dunkel der Kontinua, in dem glitzernde Fäden schwebten, Geburtsstätten neuer Universen, sondern eine Finsternis, die nie Licht empfing. Aurelius, nicht mehr ganz so schwach, stand oder schwebte in dieser Schwärze und versuchte sich zu entspannen, während er wartete. Er spürte seinen Körper an diesem Ort, obwohl er nicht daran zweifelte, dass es kein physischer Ort war, sondern ein geistiger. Anspannung, so wusste er nach all den Jahrtausenden, nützte nichts. Sie ging einher mit Furcht, mit Verkrampfung, und er durfte sich nicht verkrampfen, er musste sich vorbereiten, auf den nächsten Angriff, den nächsten Trick.

Ich weiß, dass du hier bist, sagte er im Dunkeln, ohne dass ein Laut erklang.

Eine Minute verging oder eine Stunde oder vielleicht sogar ein Tag, es ließ sich kaum feststellen. Aurelius bereitete sich vor, und irgendwann wuchs die kleine Hoffnung in ihm, dass er hier an diesem finsteren Ort tatsächlich allein war, dass er seine Kraft nicht zur Verteidigung brauchte, sondern darauf konzentrieren konnte, nach einem Ausweg zu suchen.

Dann flüsterte jemand dicht an seinem linken Ohr: *Ich bin noch immer da.*

73 Aurelius erinnerte sich an seine Kindheit, an das Haus am See, grün wie Jade, an dunkle Tage in langen Wintern, an die Herrschaft von Eis und Schnee. Er erinnerte sich an Memo-schulungen, die Wissen fest in seinem Gedächtnis veranker-ten, an die Stadt unten im Tal, wo seine Freunde wohnten, an die Sterne, die er von der überdachten Terrasse aus in kalten Winternächten beobachtete.

Vor allem aber erinnerte er sich an seinen Tod.

Es war zu Beginn des Winters geschehen, als sich noch keine ausreichend dicke Eisschicht auf dem See gebildet hatte. Er erinnerte sich an seinen Übermut und auch an die Abenteuerlust, an die Verlockung von Risiko und Gefahr. O ja, er *hatte* von der Gefahr gewusst, von der Möglichkeit, dass das Eis unter ihm nachgab und ihn der kalte See darunter verschlang – das machte ja gerade den Reiz aus. Der acht Jahre alte Lukas Jaylen Ciriako brach am Nachmittag auf, als Zwielicht den Tag beendete. Mit den alten Schlittschuhen, die von seinem Großvater stammten, ging er zum See. Dort angelangt zögerte er, aufgehalten von der Stimme der Ver-nunft, die ihm riet, zum Haus am Hang zurückzukehren. Doch die andere Stimme, die der Abenteuerlust, war lauter, und so zog er die Schlittschuhe an und wagte sich hinaus aufs Eis.

Zuerst ging alles gut. Der junge Lukas war geschickt genug im Umgang mit den Schlittschuhen, um nicht ständig umzu-knicken und zu fallen. Er drehte kleine Kreise, in der Nähe des Ufers, wo das Wasser unter dem Eis nicht tief war. Es knirschte und knackte manchmal, doch es bildeten sich keine Risse, und so wagte er sich immer weiter vom Ufer fort, dorthin, wo kein Schnee auf dem Eis lag, wo es glatt wie ein Spiegel glänzte.

Und schließlich in der Mitte des Sees ...

Es gab kein warnendes Knacken. Es gab keine dünnen Risse, die die Katastrophe ankündigten. Von einem Augen-blick zum anderen fiel Lukas in ein Loch, als hätte an dieser Stelle überhaupt kein Eis existiert. Er stürzte in kaltes Wasser, er sank, seine Kleidung saugte sich voll und wurde schwer. Er hielt die Luft an und versuchte, wieder nach oben zu kommen, aber das Loch schien verschwunden zu sein, so wie eben das Eis unter seinen Füßen.

Auch daran erinnerte er sich, wie er die Luft angehalten und aufzutauchen versucht hatte, er erinnerte sich so gut daran, als wäre es erst vor ein paar Tagen geschehen und nicht vor zehntausend Jahren. Er hatte von unten gegen das Eis gestoßen, auf der verzweifelten Suche nach dem Loch, er hatte den Mund nicht öffnen wollen, um zu atmen, aber ...

Er erinnerte sich auch an den letzten Augenblick, als der Instinkt den Willen besiegt und ihm den Mund geöffnet hatte, er erinnerte sich an das Wasser, das durch die Luftröhre in die Lunge strömte. Ein schrecklicher, kalter letzter Augenblick, mit der Gewissheit des Todes ...

Dann war er neben dem See erwacht, noch immer kalt, aber nicht tot. Die Nacht begann, doch sie war nicht dunkel, Licht näherte sich, das Licht von Lampen. Stimmen vertrieben die Stille.

»O mein Gott!«, rief eine der Stimmen. Sie gehörte seiner Mutter. »Da liegt er!«

Hände erreichten den jungen Lukas und halfen ihm beim Aufstehen, obwohl er gar keine Hilfe brauchte. Er zitterte vor Kälte, die Kleidung hing nass an ihm, hier und dort von einer dünnen Eisschicht bedeckt, doch er hustete kein Wasser und fühlte sich nicht schwach, sondern im Gegenteil von einer sonderbaren Kraft erfüllt.

»Was ist das?«, fragte jemand, vielleicht sein Vater. Ein Kästchen, eine kleine Schatulle mit einem großen silbernen Verschluss. Für einen Moment glaubte Lukas zu sehen, wie sich das Silber bewegte, aber womöglich fing es nur das Licht des aufgehenden Mondes ein.

»Das gehört mir«, sagte er schnell. »Ich habe es gefunden.« Am Grund des Sees, wollte er hinzufügen, was ihm jedoch nicht ratsam erschien. »Bitte, ich möchte es behalten.«

Seine Mutter – nicht in Tränen aufgelöst, sie weinte nie, sie wurde nur blass und bekam große Augen, ihre Lippen ein blutleerer Strich – riss das Kästchen aus den Händen des Mannes, der vielleicht sein Vater war, und gab es ihm.

»Meine Güte, Lukas, meine Güte«, sagte sie und drückte ihn an sich, aber vorsichtig, als könnte er zerbrechen.

Es war wichtig, das Kästchen, die Schatulle. Sie stand mit seinem Tod in Verbindung und mit seinem Leben. Vielleicht hatte sie eine Brücke zwischen beiden gebaut, eine Brücke, die man beschreiten, auf der man zurückkehren konnte. Aber darüber dachte nicht der achtjährige Lukas nach, sondern ein anderer Lukas, der einige Jahre später eine wichtige Entscheidung treffen musste.

Der junge Lukas öffnete die Schatulle, wann immer er Gelegenheit dazu fand, denn sie erzählte ihm Geschichten. Ein sonderbares Licht kam aus ihr, ein helles Licht, das nicht blendete – es stammte von einem speziellen Holofeldprojektor, der sein Licht auf die Augen des Betrachters abstimmte, hatte sein Vater gesagt, aber für Lukas war es ein magisches Licht, das ihm ferne Welten zeigte und Geschichten erzählte. Manchmal erschien ein Gesicht in diesem Licht, mit großen silbernen Augen, die unmöglich menschliche Augen sein konnten, in einem schmalen Kopf, der eine nach hinten führende bogenförmige Erweiterung aufwies. Das fremde Geschöpf nannte seinen Namen, es hieß Thrako, und der junge Lukas glaubte, es unten auf dem Grund des Sees erblickt zu haben, mit der Schatulle in elfenbeinfarbenen, halb durchsichtigen Händen. Wie das möglich gewesen sein sollte, fragte er sich nur kurz; ein Kind denkt andere Gedanken.

Monate vergingen, und fast jeden Tag verbrachte Lukas ein oder zwei Stunden damit, ins Licht der offenen Schatulle zu blicken und Thrako zuzuhören, der erzählte und lehrte. Doch dann, eines Tages, als er von den Freunden im Tal heimkehrte, war die Tür seines Zimmers im Haus am See verschlossen.

Das war noch nie zuvor geschehen – die Tür stand immer offen. Lukas drehte den Knauf, er drehte ihn mehrmals, erst verwundert, dann verärgert, doch die Tür blieb geschlossen. Er rief nach seinen Eltern, ohne eine Antwort zu bekommen. Sie waren in der Stadt, fiel ihm ein, und würden erst spät heimkehren.

Er starrte auf die Tür. Der Gedanke, an diesem Tag auf die Geschichten der Schatulle verzichten zu müssen, erschien ihm unerträglich. Sollte er die Tür aufbrechen? Wäre er überhaupt dazu imstande gewesen?

Lukas machte sich auf die Suche nach einem Schlüssel. Aber als er in der Küche Schubladen öffnete und in ihnen wühlte, erwachten plötzlich Zweifel in ihm. Ein Teil von ihm hielt es für besser, die Tür geschlossen zu lassen, was er dumm fand, denn wie sollte er zur Schatulle gelangen, ohne die Tür zu öffnen?

Er fand den Schlüssel. Dort lag er, nicht in einer der Schubladen, sondern mitten auf dem Tisch, nicht zu übersehen – das Licht der Lampe fiel direkt auf ihn. Lukas nahm ihn, lief durch den Flur, erreichte sein Zimmer und schob den Schlüssel ins Schloss.

Dann zögerte er. Ein Schlüssel und ein Schloss. Es erinnerte ihn an etwas, an die freundliche Stimme und das freundliche Lächeln eines Mannes, der ganz und gar nicht freundlich war.

Der Junge stand reglos, in der einen Hand den Schlüssel, und der Schlüssel steckte schon halb im Schloss. Langsam zog er die Hand zurück, betrachtete den Schlüssel und sagte: »Nein, darauf falle ich nicht herein.«

Jemand anders steckte in dem Jungen, der Mann, zu dem er einmal heranwachsen würde, und dieser Mann in Gestalt des Knaben drehte sich um, ging mit langen Schritten durch den Flur und nach draußen. Es war noch hell, der See schimmerte grün im Licht der Sonne, und Möwen zogen krächzend ihre Kreise. Der Junge, der Mann, betrachtete den Schlüssel in seiner Hand, holte aus und warf ihn hoch in die Luft. Eine der

Möwen kam, sie stürzte herab und schnappte nach dem Schlüssel, trug ihn fort.

Der Junge lachte.

Er lief ums Haus, zum Fenster seines Zimmers, das einen Spaltbreit offen stand. Er drückte das Fenster ganz auf, zog sich hoch und war einen Moment später an seinem Zimmer. Dort sah er sich um – alles war an seinem Platz, die Schatulle mit dem großen silbernen Verschluss stand auf dem Schreibtisch. Die Hände des Knaben griffen danach und öffneten das Kästchen, doch der Mann, der die Hände führte, wollte kein magisches Licht sehen und Geschichten hören, erzählt von einem fremden Wesen. Er erhoffte sich Kraft, einen Ausweg, die Möglichkeit, geistige Fesseln abzustreifen und dem Geschöpf, einem Inper von Omni, eine Nachricht zu übermitteln, einen Hilferuf.

Er klappte den Verschluss auf, er öffnete das Kästchen ...

Kein Licht erschien. Nichts leuchtete. Stattdessen quoll Dunkelheit aus der Schatulle, eine Finsternis wie dichter schwarzer Nebel, der schnell das ganze Zimmer füllte. Und in der Finsternis flüsterte jemand: *Na bitte!*

74 Der Junge wurde zu einem Mann, der zehntausend Jahre alt war und so schwach, dass ihn eine Gehhilfe trug. Aurelius öffnete die Augen und sah ein mattes Schimmern und Funkeln, das ihn ans Licht der Schatulle erinnerte. Der Likotha stand neben ihm und blickte aus großen Eulenaugen auf ihn herab.

Er stiehlt mir meine Erinnerungen, dachte Aurelius und ließ den Kopf sinken, um dem durchdringenden Blick auszuweichen.

Nein, flüsterte die Stimme des Likotha. *Mithilfe deiner Erinnerungen mache ich dich zum Schlüssel.*

»Wir kommen voran, mein lieber Aurelius, wir kommen voran«, sagte Benedikt. Er sah etwas anders aus. Trug er wieder den dunklen Zweiteiler, der wie eine Uniform aussah, oder einen dünnen Schutzanzug, ausgestattet mit Instrumenten und Waffen? Aurelius war sich nicht sicher; das Bild verschwamm ihm vor den Augen. Er blinzelte und sah nach vorn. Sie befanden sich nicht mehr in dem kleinen gläsernen Raum, sondern in einem schmalen Korridor mit halb durchsichtigen bläulichen Wänden. Der Schein von Lampen strich darüber hinweg, und wo er auf die Wände traf, geriet etwas hinter oder in dem Blau in Bewegung. Umrisse von Objekten zeigten sich, die wie aus großer Tiefe aufstiegen und dann wieder versanken, und manchmal bildeten sich auch Gesichter. Einige von ihnen waren Aurelius vertraut: die Gesichter von Oreth, Quehatan, Durrden und Phynen, von Angehörigen der Superzivilisationen.

»Er erkennt die Gesichter«, sagte der Likotha. Sein InterLingua hatte einen leichten Akzent. »Es sind Omni-Gesichter.«

Aurelius versuchte, seine Gedanken unter Kontrolle zu bringen. Thrako hatte es ihn gelehrt, erst als Stimme aus dem Kasten und später in Person, in den Jahren nach der Erde.

»Es geht Ihnen nicht gut, oder?«, fragte Benedikt. Echte Besorgnis schien in seiner Stimme zu liegen. »Obwohl Sie das Armband haben. Wenn Sie bereit wären, uns freiwillig zu helfen, ginge es Ihnen bald besser.«

Techniker und Xenospezialisten traten an ihnen vorbei, installierten Geräte, stellten Instrumente auf und kalibrierten Sensoren. Gravkissen trugen drei kleine Erkundungsbots weiter durch den Korridor, tiefer hinein in die Pandora-Maschine. Zwei von ihnen verschwanden in der Dunkelheit. Der dritte stieß gegen ein unsichtbares Hindernis, schrumpfte und löste sich mit einem Geräusch auf, das nach einem großen Wassertropfen klang, der auf einen heißen Stein klatschte.

Stimmen erklangen, unter ihnen vielleicht ein Schrei, und Aurelius beobachtete durch den Dunst der Erschöpfung, wie einer der Techniker, der an der Wand mit einem Scanner beschäftigt gewesen war, vom blauen Glühen erfasst wurde.

Winzige Dinge bewegten sich darin, wie kleine, leuchtende Insekten oder wie die Funken eines Feuers. Sie berührten den Techniker, verwandelten die Arme in blaues Glas, dann auch Schultern und Hals, Brust und Kinn. Der Schrei erstarb, der Mann erstarrte, und ein Geräusch, das direkt vor ihm aus der Wand kam, ließ ihn klirren.

Ein Warnsignal erklang, ausgelöst von den Sensoren, und jemand rief: »Zurück!«

Das Klirren wurde lauter, eine Vibration lag in der Luft, ein Druck, und der blaue Mann zersprang. Splitter flogen umher und lösten sich in den Schutzfeldern auf, die plötzlich Blasen um Benedikt, den Likotha und Aurelius in seiner Gehhilfe bildeten. Zwei Xenospezialisten wurden getroffen, bevor sie sich schützen konnten, und bei ihnen begann ebenfalls die Verwandlung in blaues Glas.

Techniker eilten herbei und zogen Aurelius mit seiner Gehhilfe in die Richtung, aus der sie gekommen waren. Benedikt und der Likotha folgten ihnen.

»Die Maschine beginnt sich zu verteidigen«, krächzte Aurelius.

»Der Rückweg ist versperrt!« Lampenlicht tanzte durchs Halbdunkel, vorbei an den blauen Wänden. Es zeigte dort, wo eben noch ein offener Korridor hinter ihnen gewesen war, eine weitere halb transparente Wand, darin ebenfalls ein mattes blaues Leuchten, wie die oberen Schichten eines Ozeans, der unbekanntes Leben beherbergte. Für einen Moment glaubte Aurelius, ein Auge zu erkennen, das aus blauer Tiefe starrte.

»Haben Sie etwas damit zu tun, Aurelius?«, fragte Benedikt scharf.

»Nein.«

»Ist er dafür verantwortlich?«, wandte sich Benedikt an den Likotha.

»Ich glaube nicht«, erwiderte der eulenartige Psioniker. »Es handelt sich vermutlich um eine von uns ausgelöste Verteidigungsreaktion.«

Aurelius war so müde, dass ihm das Kinn auf die Brust sank. Eine Hand hob es, die von Benedikt. Er sagte: »Helfen Sie uns, Aurelius, und helfen Sie damit auch sich selbst.«

Helft mir, dachte der Zehntausendjährige und lenkte diesen Gedanken in die dünne, schmale Verbindung mit Omni. Aber jemand anders war da und unterbrach die Verbindung, bevor der Gedanke die Kontinua erreichen und von dort zu Thrako von den Inper fliegen konnte.

»Er will nicht helfen, er ruft um Hilfe«, sagte der Likotha.

»Halten Sie sich von den Wänden fern!«, rief jemand im Korridor. »Vermeiden Sie jeden physischen Kontakt!«

Ein Brummen kam aus dem Kern der Pandora-Maschine, wie das erste, langsame Pochen eines Herzens, das wieder zu schlagen begann. In den blauen Wänden – oder vielleicht dahinter – glitten, schwebten und wanderten Gestalten, und es wurden immer mehr. Sie drängten gegen die Wände, als suchten sie nach einem Weg in den Korridor.

Benedikt sah sich um, und zum ersten Mal bemerkte Aurelius Sorge in seinem maskenhaften Gesicht. »Will er uns umbringen?«, fragte er. »Hat er dich überlistet und die Maschine gegen uns mobilisiert, Likotha?«

»Dazu wäre er nicht imstande«, sagte das Eulenwesen. »Nicht ohne dass ich es bemerke.«

Die Hand an Aurelius' Kinn drückte fester hinzu. »Hören Sie auf damit! Hören Sie auf, Widerstand zu leisten!«

Aurelius antwortete nicht. Er dachte an die Tür und das Fenster, an den Trick des Likotha, und daran, wie echt alles gewesen war, auch das Gefühl der Zufriedenheit und sogar des Triumphs, als er durchs Fenster in sein Zimmer geklettert war.

»Von jetzt an wird der Likotha keine Rücksicht mehr nehmen.« Benedikts Stimme klang ernst. »Er wird die benötigten Informationen aus Ihrem Bewusstsein holen und es dabei vielleicht zerstören. Haben Sie verstanden?«

Aurelius schwieg und sammelte Kraft.

»Er bereitet sich vor«, sagte der Likotha.

Die Hand wich von Aurelius' Kinn zurück.

»Also gut«, sagte Benedikt. »Er will es nicht anders. Keine Rücksicht mehr, Likotha, du hast es gehört.«

Eine kalte Nadel bohrte sich in den Kopf des Zehntausendjährigen. Das blaue Glühen verschwand.

75 Er stand auf einem dunklen Felsen, der spitz und steil aus dem tosenden Meer ragte. Aber es war gar kein Meer, stellte er fest, als er genauer hinsah, es war ein Ozean aus Myriaden von Insekten mit Giftstacheln und messerscharfen Beißkiefern. Ihr millionenfaches Klicken und Klacken am Fuß des Felsens klang wie eine Brandung, und ihr Kriechen und Krabbeln formte Wellen. Aurelius beobachtete, wie die Insekten kletterten, wie sie lebendige Leitern schufen, kleine Türme und Rampen, die immer größer und länger wurden. Es konnte nur noch wenige Minuten dauern, bis sie ihn erreichten, bis sie ihm die giftigen Stacheln in Füße und Beine bohrten, bis ihn die Kiefer bei lebendigem Leib zerfetzten.

Aber er lächelte. Diesmal hatte er sich gut vorbereitet und ließ sich nicht täuschen.

Er sprang.

Zwei Sekunden fiel er, bevor ihn der lebende schwarze Ozean aufnahm, und für einen schrecklichen Augenblick glaubte er, sich geirrt zu haben, denn er fühlte den Schmerz, als Stacheln stachen und Beißkiefer bissen.

Aurelius starb.

Aber er war schon einmal gestorben und hatte es überlebt.

Jemand anders war gestorben, die Mutter eines Jungen, der vor elf Jahren durch dünnes Eis gebrochen und in den kalten See gefallen war. Ein tragisches Unglück – der Zufall hatte sie zur falschen Zeit an den falschen Ort gebracht, genau dorthin, wo sich der Boden plötzlich öffnete. Eine seltsame, absurde Art zu sterben, fand der fast zwanzig Jahre alte Lukas Jaylen Ciriako. Der Boden bestand aus Synthasphalt und Pflastersteinen, und unvermittelt tat sich darin ein zwanzig Meter tiefes Loch auf; alle Personen, die er bis eben getragen hatte, stürzten hinab. So etwas geschah in der Heimatstadt seiner Mutter gelegentlich, in Neapel, denn bei starken Regenfällen stieg das Grundwasser an, und dann spülten unterirdische Bäche das Erdreich fort. Oben sah man nichts, weil Asphalt und Pflaster eine Kruste bildeten, die stabil blieb, bis zu viel Gewicht auf ihr lastete.

Es war eine schlichte, einfache Trauerfeier, denn nicht anders hätte es sich Lukas' Mutter gewünscht. Der PAK, der Priester Aller Kirchen, sprach Worte, die würdevoll sein sollten, aber nach zu viel Routine klangen. Lukas half dabei, den Sarg ins Grab hinabzulassen, direkt neben seinen Vater, der zwei Jahre zuvor einer Lungenembolie erlegen war. Anschließend stand er da und beobachtete, wie der Friedhofsbot das Grab zuschaufelte. Trauergäste gingen an ihm vorbei, legten ihm kurz die Hand auf die Schulter und murmelten Worte, die trösten sollten, aber ohne Bedeutung blieben – sie rauschten an seinen Ohren vorbei, und der Wind trug sie fort.

Schließlich blieben nur noch die Haushälterin und der Nachlassverwalter übrig. Lukas wandte sich an sie. Gehen Sie nur, sagte er. Ich bleibe noch ein paar Minuten, ich möchte mich allein von meiner Mutter verabschieden. Natürlich, das verstehen wir, sagten sie, und der Nachlassverwalter fügte hinzu, dass noch einige Unterschriften geleistet werden mussten, aber klar, das erledigen wir später, kein Problem.

Dann war das Grab zugeschaufelt, und der große, in Trauerschwarz gehüllte Friedhofsbot stapfte davon. Die beiden kleinen Dienstbots errichteten einen aus Plast bestehenden Grabstein, der nach grauem Granit aussah, und installierten davor ein kleines, sensorgesteuertes Holofeld, das immer dann aktiv wurde, wenn sich ein Blick auf den Grabstein richtete. Schließlich eilten auch die beiden kleinen Bots fort, und Lukas betrachtete das Gesicht der Toten im Holofeld, das seinen Blick spürte.

Es vergingen mehr als nur einige Minuten. Eine ganze Stunde verstrich, und die Abenddämmerung begann. Regentropfen fielen, ein feiner Nieselregen, der das Licht der Lampen streute.

Lukas drehte den Kopf, als er spürte, dass er nicht mehr allein war. Jemand stand im Schatten zwischen zwei Bäumen, vom Lampenlicht unerreicht und doch nicht dunkel. Ein eigenes Licht umhüllte die Gestalt, schwach zwar, aber für Lukas' geübte Augen zu erkennen. Er wusste, wer dort stand, und er wusste auch, dass er eine Entscheidung treffen musste. Eigentlich, dachte er, als er sich vom Grab abwandte und zu der wartenden Gestalt ging, *musste* er sie gar nicht treffen, denn sie war längst getroffen worden, er sehnte sie herbei.

»Es tut mir leid für dich«, sagte Thrako. Vom Regen unberührt stand er zwischen den Bäumen, und als Lukas zu ihm trat, erreichte der Nieselregen auch ihn nicht mehr. Etwas Unsichtbares hielt ihn fern, etwas, das Thrako Kontinua-Film nannte.

»Es muss dir nicht um mich leidtun«, erwiderte Lukas. »Ich lebe. Nicht ich liege dort im Grab, sondern meine Mutter.«

»Wenn du es so siehst ... Dann tut es mir leid um sie.«

»Jetzt bin ich allein«, sagte Lukas. »Ich habe niemanden mehr.«

Die großen silbernen Augen des Inper sahen ihn an. Lukas hatte manchmal das Gefühl, in ihnen zu ertrinken.

»Du hättest hier eine Zukunft«, sagte Thrako. »Mit dem Wissen, das ich dir vermittelt habe, könntest du es hier weit bringen.«

»Irgendwann würde sich vielleicht auch unter mir ein Loch öffnen, ebenso tief wie das, in dem meine Mutter endete.«

»Überlege es dir gut.«

»Ich habe es mir gut überlegt. Ich möchte weg.« Lukas deutete in den Regen, über den Friedhof zu den Lichtern der Stadt und der Welt dahinter. »Ich möchte dies alles hinter mir lassen und das sehen, was du mir in Bildern gezeigt hast.«

»Es gibt kein Zurück«, sagte Thrako ernst. »Ich meine, du wirst hierher zurückkehren können, aber als jemand anders. Es wäre ein ganz neues Leben, nicht vergleichbar mit dem, was du bisher geführt hast.«

»Genau darum geht es mir. Genau das möchte ich.«

»Nun gut.« Thrako holte etwas hervor, einen kleinen Gegenstand, ein Omni-Artefakt, bestehend aus schwarzen Haken, die von etwas Unsichtbarem zusammengehalten wurden.

Lukas nahm es entgegen. »Ich nehme an, die Haken werden in den Kontinua zusammengehalten.«

»Sie sind mit ihnen verbunden, ja«, sagte Thrako. »Ordne sie richtig an. Bring uns zum Ort der Zusammenkunft. Bring uns zu den anderen.«

Lukas sah erstaunt auf. »Es gibt andere?«

»Ja, fünf.«

Plötzliche Sorge erfasste den jungen Mann. »Findet eine Auswahl statt?«

»Die Auswahl hat bereits stattgefunden«, sagte Thrako. »Ihr seid sechs. Sechs Menschen, die auf eine lange Reise gehen werden.« Der Inper deutete auf das Artefakt. »Bring uns zu den anderen.«

Etwas ließ Lukas zögern. Einige Sekunden lauschte er dem Regen, der stärker geworden war und auf die Gräber prasselte, und beobachtete, wie das letzte Licht des Tages schwand. Er glaubte sich an einen anderen Ort zu erinnern, an dem es dunkel geworden war, und an eine Stimme, die ihm aus jener Dunkelheit etwas zugeflüstert hatte.

»Willst du es noch einmal überdenken?«, fragte Thrako ruhig. »Noch hast du Gelegenheit dazu.«

Lukas verstand sein Zögern nicht. Er hatte oft genug darüber nachgedacht.

Er hob die Hand und nahm die schwarzen Haken entgegen. Sie waren warm, und wenn man genau hinsah, konnte man kleine Funken erkennen, die an ihnen tanzten.

»Ordne sie richtig an«, sagte Thrako. Seine Stimme klang jetzt ein wenig anders. »Forme das richtige Muster aus ihnen.«

Lukas begann damit, die schwarzen Haken zu bewegen, und dabei spürte er Veränderungen in unmittelbarer Nähe. Thrako stand dort und beobachtete ihn, der Regen fiel, und das Licht der Lampen auf dem Friedhof schien zu flackern. Etwas in ihm wollte erneut zögern, das kleine Artefakt fallen lassen und laufen, weg von diesem Ort, vielleicht zurück zum See. Aber seine Beine zitterten nur ein wenig, sie liefen nicht, und die Hände fuhren damit fort, die schwarzen Haken neu anzuordnen, bis ein Oktaeder entstand.

Ein Licht erschien zwischen Lukas und dem Inper, ein blauer Punkt, der zu einer senkrechten Linie wurde.

»Das ist eine Kontinua-Brücke, nicht wahr?«, fragte Lukas. »Ein Durchgang, wie du ihn benutzt.«

»Ja«, bestätigte Thrako. »Er bringt uns zum Ort der Zusammenkunft.« Er vollführte eine einladende Geste. »Es ist der letzte Schritt in deinem alten Leben und der erste in deinem neuen, der erste Schritt der langen Reise, die dich erwartet.«

Wieder zögerte Lukas, aber diesmal nur eine Sekunde, nicht länger. Er trat vor, und die blaue Linie der Kontinua-Brücke nahm ihn auf.

76 »Dies ist ein Schiff, nicht wahr?«, sagte Benedikt. »Oder sagen wir: Die Pandora-Maschine kann wie ein Schiff fliegen. Das macht es einfacher, sie zu bewegen. Danke für die Hilfe, mein lieber Aurelius. Bitte nehmen Sie Kurs auf ... das Taiwaru-System. Dort wird unsere erste große Aktion stattfinden. Dort werden wir, verzeihen Sie die blumige Formulierung, ein neues Zeitalter einläuten. Ja, lassen Sie uns den

Aufstieg der Menschheit zu den Superzivilisationen dort beginnen, ob es Omni passt oder nicht.«

Aurelius' Gedanken steckten in klebrigem Nebel. Er hob und senkte die Lider, er blinzelte mehrmals und begriff, dass sie sich nicht mehr in einem Korridor befanden, sondern in einem großen Raum mit zahlreichen Säulen wie aus Glas. Blaue Lichter bewegten sich darin, tanzten nach oben oder sanken. Manchmal bildeten sich Blasen, und darin erschienen winzige Gestalten. Manche von ihnen starrten stumm; andere bewegten den Mund und sprachen, ohne dass ein Laut erklang. Geräte und Instrumente umgaben einige der Säulen, aber die Techniker, die mit ihnen arbeiteten, achteten darauf, dem »Glas« nicht zu nahe zu kommen.

»Taiwaru«, murmelte Aurelius und fragte sich, wie er hierherkam. War ihm bei der Anordnung der schwarzen Haken ein Fehler unterlaufen? Dies konnte unmöglich der Ort der Zusammenkunft sein, wo ihm ein Treffen mit den fünf anderen Menschen bevorstand, die wie er zu Reisenden werden sollten.

»Genau, lieber Aurelius, Taiwaru, gut tausend Lichtjahre von hier entfernt. Das Verwaltungszentrum der Korporation TerraNova.«

Der Mann mit der freundlichen Stimme lächelte nicht, er grinste. Aurelius sah das Grinsen verschwommen, wie auch den Rest, als befände es sich hinter einem Schleier, der ihn von dieser sonderbaren Welt trennte. Thrako?, dachte er. Hörst du mich, Thrako? Hol mich zurück!

»TerraNova. Verstehen Sie den Wortwitz, Aurelius? Sie sollten ihn verstehen, stammen Sie doch von der alten Erde. Die Korporation, die ihren Sitz im Taiwaru-System hat und in KopKo der größte Konkurrent von InterStel ist, nennt sich ›neue Erde‹. Aber die wahre neue Erde sind wir. Bringen Sie uns nach Taiwaru, mein lieber Aurelius. Dort beginnen wir. Es ist der erste Schritt auf einem langen Weg.«

Die Worte klangen vertraut. Der erste Schritt eines langen Weges oder einer langen Reise, wie Thrako gesagt hatte. Er blinzelte erneut und versuchte, mehr von der Welt hinter dem Schleier zu erkennen. Holofelder entstanden zwischen den Säulen, geschaffen von den Geräten und Instrumenten der Techniker. Sie zeigten einen Asteroiden mit einer großen Öffnung, einem Loch, das Aurelius an etwas erinnerte. Jenseits davon leuchteten die kleinen Scheiben von Planeten vor dem Hintergrund eines Spiralarms der Milchstraße.

»Also los, Aurelius, bringen Sie uns und die Pandora-Maschine zum Taiwaru-System.«

Der Mann – Benedikt, so hieß er – hob die Hand, und neben Aurelius bewegte sich eine kleinere Gestalt, von Federn bedeckt, das Gesicht wie eine Eule.

Eine dunkle Woge schwappte heran.

Sie saßen an einem runden Tisch aus dunklem, jahrhundertealtem Holz: sechs Menschen und ein Inper von Omni. Der Tisch stand in der Mitte einer alten Bibliothek, und Lukas wusste, dass sie sich in der Museumsstadt Rom befanden. Er spürte es in dem Holz, auf dem seine Hände lagen, er sah es in den staubigen Fenstern, und er fühlte es in den Bücherregalen an den hohen Wänden. An einigen Stellen, in Lücken zwischen den Regalen, hingen Porträts, noch älter als der Tisch, die Bilder von Männern und Frauen mit ernsten Gesichtern, vielleicht der Situation angemessen.

»Hier endet Ihr altes Leben«, sagte der Inper. »Ein neues beginnt dort, gleich.« Er deutete auf die blaue Linie der Kontinua-Brücke, die einige Meter entfernt auf sie wartete. »Sie alle haben Ihre Entscheidung getroffen, und ich habe Sie hier versammelt, damit Sie wissen, dass Sie nicht allein sind. Dies ist Ihre erste und einzige Begegnung. Sie werden sich nie wiedersehen, denn jeder von Ihnen beschreitet seinen oder ihren eigenen Weg. Bevor wir gehen, bevor wir die Erde verlassen, möchte ich, dass Sie einen neuen Namen wählen, der Ihnen eine neue Identität geben wird.« Er wandte sich an die Frau, die links von ihm saß. »Bitte beginnen Sie, Matilda.«

Lukas schätzte die Frau auf etwa dreißig. Sie hatte sehr helle Haut mit Sommersprossen auf Nase und Wangen. Eine Nordländerin, dachte er.

»Ich heiße Matilda Lindkvist, und von jetzt an bin ich Samantha.«

Thrako neigte den Kopf. »Willkommen bei Omni, Samantha!«

Der Mann neben Samantha – etwa vierzig Jahre alt, schätzte Lukas, die Haut dunkler, im Ton von reifen Oliven –, sagte: »Ich heiße Alexander Ravadis, und von jetzt an bin ich Joel.«

»Willkommen bei Omni, Joel!«, sagte Thrako.

Ein weiterer Mann, die Haut dunkel wie die Nacht, räusperte sich und sprach mit tiefer Stimme. »Ich heiße Tarkan Galrar Mahmod, und von jetzt an bin ich Salomo.«

»Willkommen bei Omni, Salomo!«

Es folgten die beiden neben Lukas sitzenden Frauen. Die erste, kaum älter als er und mit asiatischen Gesichtszügen, sagte: »Ich heiße Yasemin Haruto, und von jetzt an bin ich Lotos.«

»Willkommen bei Omni, Lotos!«

Die zweite Frau, nicht zart und zierlich wie die Asiatin, sondern groß und kräftig gebaut, sagte: »Ich heiße Anna Maria Jerkowa, und von jetzt an bin ich Artemia.«

»Willkommen bei Omni, Artemia!«

Stille folgte diesen Worten. Lukas' Blick strich über die alten Bücher in den Regalen, über die staubigen Fenster und die ernsten Gesichter der Porträts. Jenseits der alten Bibliotheksmauern erstreckte sich eine Stadt, die man »ewig« nannte. Die Vorstellung, dass er älter werden konnte, als Rom jetzt war ... Sie erfüllte ihn plötzlich mit lähmender Ehrfurcht. Es gehörte dazu, in Diensten von Omni durch die Galaxis zu reisen, das Entstehen und Wachsen von Zivilisationen zu beobachten – Thrako hatte ihm die Langlebigkeit erklärt.

»Einer fehlt«, sagte der Inper sanft.

Lukas holte tief Luft. »Ich heiße Lukas Jaylen Ciriako, und von jetzt an bin ich ... Aurelius.«

»Willkommen bei Omni, Aurelius!« Thrako stand auf. »Jetzt wird es Zeit, die Erde zu verlassen. Omni wartet auf euch.« Er deutete zur blauen Linie der Kontinua-Brücke.

Sie traten nacheinander hinein, die neuen Reisenden, und schließlich standen nur noch Thrako und der junge Aurelius am Tisch.

»Wieder zögerst du«, sagte der Inper. »Als hättest du Bedenken.«

Aurelius blickte zur gleichmäßig leuchtenden blauen Linie, doch plötzlich weckte etwas anderes seine Aufmerksamkeit. Ein leises Knistern lenkte seinen Blick zu einer Ablage beim nächsten Regal, zu einem kleinen Tisch. Ein Zettel lag dort, ein Blatt, von dem Aurelius sicher war, dass es dort zuvor nicht gelegen hatte.

Er ging los, nicht zur blauen Linie der Kontinua-Brücke, sondern zu dem kleinen Tisch, starrte dort auf das Blatt und las: *Geh nicht über die Brücke!*

»Stimmt was nicht, Aurelius?«, fragte Thrako. Er stand nicht mehr beim Tisch, sondern sehr nahe, so nahe, dass Aurelius etwas roch, das nicht zu ihm passte, ein Geruch von Moder oder wie von den feuchten Federn eines Vogels.

Er hatte den Kopf gedreht, nur ganz kurz, doch als er wieder auf den kleinen Tisch sah, war das Blatt verschwunden. Wie dumm, dachte er. Wie dumm!

»Nein«, sagte er. »Es ist alles in Ordnung.«

»Dann lass uns gehen, Aurelius.« Der Inper deutete zur blauen Linie. »Du zuerst.«

Aurelius sah sich ein letztes Mal um, nahm Abschied von der Erde und trat ins ruhige blaue Leuchten der Kontinua-Brücke.

Er hatte sich einen fremden Planeten vorgestellt, voller Wunder und unbekannter Wesen. Stattdessen umfing ihn Dunkelheit, eine Finsternis, die bereits vertraut geworden war, still und kalt. Die Kälte war neu, glaubte er, sie kroch ihm in die Knochen, sie biss sich in ihm fest.

Dies muss aufhören, dachte er. Ich muss einen Ausweg finden.

Ich zeige ihn dir. Komm mit!

Nein!

Es ist ganz einfach. Es genügt, dass du aufhörst, Widerstand zu leisten. Dann wird alles einfach.

Nein!, rief Aurelius in die Dunkelheit, die plötzlich nicht mehr ganz dunkel war. In der Ferne zeigte sich ein schwaches blaues Leuchten, und in diesem Licht erschien eine Idee. Er hütete sie, er umgab sie mit einer Mauer, die nur das blaue Glühen durchdringen konnte, er schützte sie mit wirren Gedanken der Hilflosigkeit und der Furcht.

Vielleicht gab es doch noch Hoffnung, eine Möglichkeit ...

»Ich glaube, er verbirgt etwas«, sagte das anderthalb Meter große Geschöpf, dessen Federn nach Moder rochen. Aurelius hatte den Geruch schon einmal wahrgenommen, an einem anderen Ort.

»Das *glaubst* du, Likotha?«, erwiderte der freundliche Mann mit strenger Stimme. »Finde es heraus!« Er drehte sich um, deutete auf die Holofelder und fragte: »Was ist das? Nicht das Sprawl, oder irre ich mich?«

»Eindeutig nicht das Sprawl«, erwiderte einer der Techniker, die mit Geräten hantierten und die Säulen in dem großen Raum untersuchten. Sie stellten etwas an, das die Lichter in den Säulen veränderte, und damit veränderten sie auch etwas tief im Innern der Pandora-Maschine. Aurelius fühlte, wie das Herz der Maschine in einem anderen Rhythmus schlug.

»Ein Sprung wie bei einem Ingis-Schiff?«, fragte Benedikt.

»Nein. Es ist ein anderes Medium. Vermutlich steht es in

direktem Zusammenhang mit der Wirkungsweise von Omni-Artefakten.«

Benedikt nickte zufrieden. »Sammeln Sie weiter Daten. Wie weit ist unser Intellekt mit der Auswertung?« Er zeigte auf einen grauen Geräteblock zwischen zwei besonders dicken Säulen.

»Die Datenbasis wächst«, antwortete der Techniker. »Dadurch gewinnen wir schnell neue Informationen hinzu.«

»Wir sind inzwischen sicher, dass unser Flug tatsächlich zum Taiwaru-System führt«, sagte jemand anders. »Die Referenzdaten sind präzise. Wir werden das Ziel in drei Stunden erreichen.«

»So schnell?«, fragte Benedikt überrascht. »Tausend Lichtjahre in drei Stunden?«

»Wir könnten noch viel schneller fliegen. Das Triebwerk der Pandora-Maschine – wenn es überhaupt ein Triebwerk im herkömmlichen Sinn ist – scheint nur zu zehn Prozent ausgelastet zu sein.«

Er meint das Herz, dachte Aurelius. Es schlägt langsam, aber es kann noch viel schneller schlagen.

Neben ihm raschelte das Gefieder des Likotha.

»Er verbirgt etwas«, sagte das eulenartige Wesen. Der leichte InterLingua-Akzent wurde stärker. Ein Zeichen von Unruhe, von Besorgnis? »Er denkt ... insgeheim. Ich höre nicht alle seine Gedanken.«

»Dann gib dir mehr Mühe, Likotha«, sagte Benedikt. »Wir haben ein Waffensystem unter Kontrolle und es getestet. Aber wenn wir das Taiwaru-System erreichen, brauchen wir mehr. Streng dich an!«

»Er ist müde«, sagte der Likotha. Sein Gefieder raschelte erneut, und der Geruch von Moder wurde stärker. »Ich bin es auch.«

»Müdigkeit können wir uns jetzt nicht leisten«, sagte Benedikt. »Wir brauchen mehr Kontrolle.« Er lächelte. »Steck den Schlüssel tiefer ins Schloss, Likotha, und dreh ihn.«

Die Dunkelheit kehrte zurück, und Aurelius wusste, dass

es die Dunkelheit des Likotha war. Aber er wusste auch: Der Psioniker konnte nicht mehr alle seine Gedanken hören – das blaue Leuchten in der Ferne behinderte ihn. Aurelius konzentrierte sich darauf und fühlte die kleine, zarte Pflanze seiner Idee wachsen.

Eine Faust aus Stein

78 »Jemand ist hier gewesen«, sagte Zinnober, als das Licht von Rietta Cosimos Lampe über offene Schränke und Vorratsbehälter glitt. Auf dem Boden der Höhle lagen leere Verpackungen verstreut. Es sah aus, fand Forrester, als hätte jemand an diesem Ort ein Picknick veranstaltet und die Abfälle liegen lassen. »Jemand hat alles durcheinandergebracht.«

»Nein, mein Kind«, erwiderte die alte Hozig und hielt einen kleinen Scanner in der rechten Hand. »Hier sieht es genauso aus wie vor Jahren, als ich zum letzten Mal mit Nathan hier gewesen bin.«

In einer Ecke der Kaverne erschien ein kleines rotes Licht, blinkte einmal und verschwand wieder. Die Statusanzeige eines Sensors, vermutete Forrester.

»Tarnung?«, fragte er.

Rietta trat in eine dunkle Ecke. Ihre Ambientalblase flimmerte leicht, als sie die Einstellung des Scanners veränderte und ein Signal sendete. Ein leises Knirschen kam aus der Dunkelheit, und als Forrester sich näherte, bemerkte er einen breiter werdenden Spalt im Boden.

»Es gibt unabhängige Prospektoren auf Mechanica«, sagte Rietta. »Und Leute, die nach Gelegenheit zum Plündern suchen. Manchmal treiben sich hier auch Personen herum, die allem den Rücken kehren wollen.« Sie deutete in die Öffnung, die das aktivierte Materialgedächtnis im Boden geschaffen hatte. »Nathans Depot befindet sich weiter unten.«

Forresters Kommunikator piepte leise. Als er die Hand hob, um das kleine Gerät an seinem Kragen einzuschalten, sagte Rietta: »Es gibt hier eine natürliche Abschirmung. Es hat etwas mit der Präsenz des Gorkasch zu tun. Er absorbiert einen Teil der elektromagnetischen Strahlung.«

Das leise Piepen des auf Empfang geschalteten Kommunikators wiederholte sich, aber es erklang keine Stimme.

»Jemand versucht sich mit uns in Verbindung zu setzen.« Forrester wechselte einen Blick mit Zinnober.

»Cassandra?«, fragte sie.

»Sonst kommt niemand infrage. Sie dürfte wissen, in welcher Situation wir uns befinden. Wenn sie trotzdem versucht, einen Kontakt herzustellen ...«

»Muss es wichtig sein.«

»Ich rate Ihnen dringend ab, von hier aus zu versuchen, mit dem Intellekt Ihres Schiffes zu sprechen«, sagte Rietta und trat auf die erste Stufe einer in die Tiefe führenden Treppe. »Sie müssten mit hoher Signalstärke senden, und die Signale könnten aufmerksamen Lauschern nicht verborgen bleiben. Das würde Sie in Gefahr bringen und das Depot obendrein. Wir bleiben ohnehin nicht lange hier. Kommen Sie.«

Forrester schätzte, dass die Treppe beziehungsweise Treppen etwa hundert Meter weit in die Tiefe führten. Zweimal kamen sie durch kleine Zimmer mit Behältern aus Plast und Synth. Dort herrschte nicht das Durcheinander wie in der Höhle weiter oben, aber sie dienten ebenfalls der Tarnung und sollten neugierige Eindringlinge davon überzeugen, dass es keine weiteren versteckten Räume gab. Die schmalen Treppen mit den hohen Stufen verlangten der alten Hozig viel ab, und obwohl Zinnober sie stützte, musste sie immer wieder verschnaufen. Schließlich, nach etwa zwanzig Minuten, erreichten sie das eigentliche Depot, bestehend aus drei Höhlen, eine von ihnen eine Wohnkaverne mit einem Bett und einem Nahrungskonstrukteur. Die beiden anderen enthielten einen Waffenschrank, der eine fünf Meter lange Wand beanspruchte, mehrere Behälter mit Ausrüstungsgegenständen aller Art und ein umfangreiches Datenarchiv mit diversen Unterlagen, unter ihnen auch analoge. Forrester machte sich sofort auf die Suche nach den Programmen, die einen gewöhnlichen Konstrukteur in einen militärischen verwandeln konnten.

Zinnober half Rietta Cosimo, auf einem Stuhl Platz zu nehmen, der nicht besonders bequem aussah – für Komfort hatte Nathan nie viel übrig gehabt. Sie sah sich um.

»Für die Treppenschächte und all die Höhlen müssen umfangreiche Arbeiten nötig gewesen sein«, sagte Zinnober und wanderte langsam durch die Hauptkaverne mit Waffenschrank und Archiv. »Wie hat Nathan dies geschafft, ohne Aufsehen zu erregen?«

»Es ist alles natürlichen Ursprungs«, antwortete Rietta. »Nathan hat nur die Treppenstufen hinzugefügt. Besser gesagt, er hat einen kleinen Bot damit beauftragt. Der Gorkasch hat diese Hohlräume geschaffen. Sie waren einst sein Nest.«

Zinnober blieb stehen und drehte sich um. »Sein Nest?«

»Beziehungsweise das seiner Larve. Sie bohrte sich vor einigen Hundert Jahren aus einer Tiefe von mehreren Kilometern hierherauf, ernährte sich von Erzen, Mineralien und elektromagnetischer Strahlung, kroch schließlich nach draußen und wurde zu dem Gorkasch, den Sie gesehen haben.«

»Eine Larve«, murmelte Zinnober und setzte ihre Wanderung mit noch größerem Interesse fort. Sie strich mit den Händen über die unverkleideten Wände, obwohl die Ambientalblase kaum taktile Wahrnehmungen zuließ. »Eine steinerne Larve. Wie seltsam das Leben sein kann.«

»Oh, es kann noch viel seltsamer sein«, sagte die Hozig. »Was immer Sie sich vorstellen können, wie lebhaft Ihre Fantasie auch sein mag ... Die Wirklichkeit geht weit darüber hinaus. Denken Sie an all die Planeten in der Galaxis, Hunderte von Milliarden, und auf den meisten von ihnen – und auch auf ihren Monden – gibt es Leben in der einen oder anderen Form. Das Universum lebt, und wir sind nur ein winzig kleiner Teil davon.« Rietta unterstrich ihre Worte mit einer vagen Geste.

Zinnober öffnete den Waffenschrank. »Oh«, sagte sie. »Hiermit könnte man eine ganze Streitmacht ausrüsten.«

»Nadler, Blaster, Variatoren aller Art, Energiezellen, kinetische Munition, autarke Miniraketen und so weiter.« Rietta seufzte. »Nathan legte immer großen Wert darauf, vorbereitet zu sein. Habt ihr gewusst, dass er mit einer Waffe schlief, meistens mit einem kleinen Variator?«

Forrester erinnerte sich. »Ja«, sagte er. »Ja, das habe ich gewusst.« Die linke Achsel juckte. Er nahm es erst bewusst zur Kenntnis, als er bereits die rechte Hand ausgestreckt hatte und sich kratzte. »Ist mit deiner Ganzkörpermaske alles in Ordnung, Zinnober?«

»Ja. Warum fragst du?«

»Weil meine offenbar instabil zu werden beginnt.« Er nahm zwei Datenmodule und steckte sie ein. »Ich habe die militärischen K-Programme. Was die übrigen Daten betrifft ... Fast alle sind Teile von Dossiers.« Er bemerkte Zinnobers fragenden Blick und fügte hinzu: »Nathan hat über viele Jahre hinweg Informationen über wichtige Personen in KopKo und auch in den Äquiv-Zivilisationen gesammelt. Ihre Stärken und Schwächen, vor allem ihre dunkle Seite. Belastendes Material.«

»Er wollte sich absichern«, sagte Rietta.

»Und vielleicht noch mehr. Vielleicht wollte er Druck ausüben, wenn er einen günstigen Zeitpunkt für gekommen hielt.«

»Erpressung?«, fragte Zinnober.

»Eins der nützlichsten Werkzeuge der Agentur«, sagte Forrester in einem neutralen Ton. »Es ist erstaunlich, was man erreichen kann, wenn man es an der richtigen Stelle einsetzt. Dies hier sind ... tausend kleine Werkzeuge, tausend kleine Hebel. Ich vermute, dass die Agentur nichts von den Unterlagen weiß. Wahrscheinlich hat Nathan dies alles vor Benedikt in Sicherheit gebracht. Wenn er davon wüsste ...« Er unterbrach sich.

»Es ist alles wertlos geworden, nicht wahr?«, fragte Zinnober. Die alte Hozig hörte zu und beobachtete sie beide.

»Ja. Mit der Pandora-Maschine verändert Benedikt die Spielregeln. Er schreibt sie neu.« Forrester ging zum Schrank, wählte einige Waffen und Energiezellen und steckte alles ein. Nicht ohne ein gewisses Unbehagen beobachtete er, wie sich auch seine Tochter bewaffnete. Selbst wenn sie aus Memolektionen wusste, wie man mit solchen Waffen umging – sie hatte nie tatsächlich Gebrauch davon gemacht.

Offenbar sah sie die Skepsis in seinem Gesicht, denn sie sagte: »Du brauchst jede Hilfe, die du kriegen kannst.«

»Das stimmt wohl«, sagte er.

Sie verstaute einen Variator in der linken Hosentasche, einen Nadler in der rechten und hielt einen schweren Blaster in der Hand. »Ich bin kein Kind mehr, Vinz. Darüber haben wir schon gesprochen, wenn ich mich richtig erinnere.«

»Haben wir, ja.«

Zinnober schnallte sich ein Halfter um, steckte den Blaster hinein und ging in Positur. »Na, wie sehe ich aus?«

»Zinnober ...«

»Das war ein Scherz, Vater. Du hast eben von Spielregeln gesprochen. Ich weiß, dass dies kein Spiel ist, sondern eine sehr ernste und sehr gefährliche Sache. Schließlich wurde ich in ihrem Verlauf in einen Strafstein eingeschlossen – auch wenn ich mich nicht daran erinnere.« Sie nahm einen weiteren Variator, einen etwas größeren, und schob ihn in die rechte Jackentasche. Die linke füllte sie mit Energiezellen. Anschließend legte sie einen mit mehreren handlichen Geräten ausgestatteten Instrumentengürtel an und griff nach einem unterarmlangen Mikroraketenwerfer. Sie überprüfte die Ladung der Waffe, nickte zufrieden und sagte: »Ich bin so weit. Wir können gehen.«

»Cassandra hat dir geholfen, nicht wahr?«

»Mit dem Induktor, meinst du? Na ja, ein bisschen. Mit der einen oder anderen Memolektion während des Fluges nach Mechanica.«

»Der Induktor war defekt.«

»Nicht so defekt, dass er überhaupt keinen Nutzen mehr gehabt hätte. Und ich wollte auf alles vorbereitet sein.«

Rietta Cosimo stand mit einem leisen Schnaufen auf. »Sie haben die militärischen Konstruktionsprogramme, und an Waffen mangelt es Ihnen jetzt nicht mehr. Lassen Sie uns gehen. Der Gorkasch mag es nicht, wenn sich zu lange Fremde in seinem alten Nest aufhalten.«

Unterwegs, die Treppen hinauf, machten sie zweimal Rast, das erste Mal kurz, um die Energiezellen der Ambientalblasen auszutauschen – sie verbrauchten mehr Energie, als normalerweise zu erwarten gewesen wäre, was vermutlich am Gorkasch und seiner Vorliebe für bestimmte elektromagnetische Strahlung lag –, und beim zweiten Mal etwas länger, weil sich die greise Hozig ausruhen musste. Forrester beließ seinen Kommunikator auf Empfang, doch das auf einen Kontaktversuch hindeutende Knacken wiederholte sich nicht.

»Wie wollen Sie Ihr Schiff zurückbekommen?«, fragte Rietta Cosimo während der zweiten Pause. »Inzwischen sucht man nicht nur nach Forrester und Isdina-Iaschu, genannt Zinnober, sondern auch nach Akis Tallbard und Elora Eloran Tallbard. Die Ganzkörpertarnung nützt Ihnen nicht mehr viel.«

»Wir werden einen Weg finden«, sagte Forrester und dachte an Cassandra. Er vermutete noch immer, dass es der Intellekt der *Sonnenwind* gewesen war, der versucht hatte, sich mit ihm in Verbindung zu setzen. Welche wichtige Mitteilung wartete auf ihn? Hatte Cassandra vielleicht Daten von dem Intruderprogramm in Mechanicas Informationsnetzen empfangen? Wusste sie, wo sich Benedikt, die Pandora-Maschine und Aurelius befanden?

»Ich bringe Sie in einem meiner beiden Ausweichquartiere unter«, sagte Rietta.

»Sie haben uns bereits sehr geholfen«, erwiderte Forrester. »Ich möchte Ihnen nicht noch mehr Probleme be...«

»Danke für das Angebot, das wir gern annehmen«, sagte Zinnober schnell. Sie saß neben der Hozig und schlang den Arm um sie. »Sie sollten mit uns kommen, Rietta. Wenn wir Mechanica verlassen.«

»Ich hoffe sehr, dass hier nicht ein ›falls‹ lauert, liebes Kind«, sagte Rietta Cosimo. »Wie in: *falls* Sie Mechanica verlassen. Danke für die Einladung, Zinnober, aber ich komme schon irgendwie zurecht. Ich wäre nur eine Last für Sie beide, und außerdem möchte ich mich nicht an eine andere Welt gewöhnen müssen.«

»Man wird Ihnen Komplizenschaft vorwerfen«, sagte Forrester.

»Ich werde behaupten, dass Sie mich entführt haben.« Die Reptilienaugen der Hozig blinzelten. »Eine Entführung mehr oder weniger, die man Ihnen zur Last legt ... Ich denke, es spielt kaum eine Rolle für Sie, oder?« Sie erhob sich wieder, mit Zinnobers Hilfe, und deutete zum schmalen Treppenaufgang, der einst ein Larventunnel gewesen war. »Es kann weitergehen.«

Als sie sich dem Höhlenausgang näherten, wurde das Jucken immer stärker. Auch Zinnober schien sich in ihrer – falschen – Haut nicht mehr wohlzufühlen, und Forrester hätte sie sich am liebsten vom Leib gerissen. Daraus ergab sich ein weiteres Problem, und er dachte darüber nach, als sie die letzte Treppe hochstiegen. Die Leute von Mechanicas Sicherheitsdienst im Flur vor Rietta Cosimos Domizil hatten es sehr wahrscheinlich auf Onkel und Nichte Tallbard abgesehen gehabt, und es stand keineswegs fest, dass ihnen klar gewesen war, um wen es sich wirklich handelte. Mit der Ganzkörpertarnung hatten sie zumindest eine kleine Chance, die nächsten Tage bis zur Fertigstellung der *Sonnenwind* unentdeckt zu überstehen. Doch wenn die Masken instabil wurden, wenn sie sich lösten oder abgelöst werden mussten, weil sich das Jucken nicht mehr ertragen ließ ... Jeder biometrische Sensor in Mechanicas Fabrikstadt hätte sie sofort als Forrester und Zinnober erkannt, nach denen in ganz KopKo und auch in den Äquiv-Zivilisationen gesucht wurde – sie hätten nicht einmal einige wenige Minuten unbemerkt bleiben können.

Sie erreichten die Haupthöhle, schritten an Unrat vorbei und traten nach draußen, wo es nur wenig heller war. Einige Lichter glühten an der Unterseite der globalen Stadt; in der Ferne ragten die urbanen Pfeiler auf.

Ein Knistern kam aus Forresters Kommunikator. Er hob die Hand zu dem kleinen Gerät.

»Senden Sie nicht!«, wiederholte die Hozig ihre Warnung. Sie leuchtete mit ihrer Lampe, und Zinnober half ihr über das Geröll am Hang. Unten stand der Springer zwischen den beiden Felsen, die aussahen wie die Reste eines alten Tors.

Ein Stimme drang aus dem kleinen Lautsprecher, leise und verzerrt. »Vinzent ...«

Er blieb stehen, die Hand am Kommunikator, als könnte er so mehr von den schwachen Signalen einfangen.

»Mechanica ... übernommen von ...« Das Knistern nahm zu. Es überlagerte die Worte und zerriss sie. »Werft ... Fall ... vorbereitet ... der Mann ... Jaddar Osk ...«

»Nicht senden!« Rietta und Zinnober hatten fast das Ende des Hangs erreicht. Die Ambientalblasen umgaben ihre Gestalten mit einem fahlen Glühen. »Auf keinen Fall senden!« Die Hozig winkte.

»Falle ...«, knisterte es aus dem Kommunikator. Cassandra. Forrester war sich sicher. »Vorbereitet ... Falle ...«

Forrester eilte übers Geröll, so hastig und unvorsichtig, dass es unter ihm in Bewegung geriet, wodurch er das Gleichgewicht verlor und fiel. Er schlug der Länge nach hin, stieß mit dem Kopf gegen einen scharfkantigen Stein und blieb für einen Moment benommen liegen.

»Vater!«

Zinnober ließ Rietta los und wollte zu ihm laufen, aber Forrester schüttelte die Benommenheit ab und stand schon wieder auf. »Zum Springer, schnell«, sagte er. Sein Blick suchte die Umgebung ab, als er über den Rest des Hangs wankte.

»Was ist los?«

»Cassandra hat sich gemeldet. Sie warnt vor einer Falle.« Forrester hob erneut die Hand zum Kommunikator – und stellte fest, dass das kleine Gerät an seinem Kragen fehlte. Offenbar hatte er es beim Sturz verloren. Für einen Augenblick dachte er daran, in Richtung Höhleneingang zurückzukehren und den Kommunikator zu suchen, aber es wäre schwer gewesen, ihn im Dunkeln zwischen den Steinen zu finden.

Plötzlich wurde das Jucken zu einem Brennen, und Forrester dachte nicht mehr an den Kommunikator, sondern daran, die Ganzkörpermaske so schnell wie möglich vom Körper zu lösen. Zinnober erging es offenbar ähnlich, denn sie steckte den Blaster ein, den sie beim Hinweis auf eine Falle hervorgeholt hatte, und zerrte an der synthetischen Haut, die ihr ein anderes Erscheinungsbild gab.

Die Schatten zwischen den Steinen und Felsen ... Einige von ihnen verdichteten sich und bekamen Substanz, wurden zu Humanoiden, zu Männern und Frauen in Kampfanzügen. Mit schussbereiten Variatoren und Datenvisieren vor den Gesichtern kamen sie näher.

Forrester hatte genug Erfahrung, um zu wissen, dass es keinen Sinn hatte, nach einer seiner Waffen zu greifen. »Nein!«, rief er, als er sah, dass Zinnober erneut ihren Blaster ziehen wollte.

Die Luke des Springers öffnete sich, und ein Mann kletterte heraus. Zunächst blieb er ein Schemen in der Düsternis, ein Fremder ohne Gesicht, doch dann erreichte er das Licht von Riettas Lampe, und Forrester erkannte ihn sofort. Jaddar Osk, Administrator der Werft EnDetail und vermutlich mehr als nur das. Auch er hielt einen Variator in der Hand und richtete ihn auf Forrester, der sich im Gesicht kratzte, unter den Achseln und an den Seiten. Erste Hautfetzen lösten sich.

»Kann ziemlich unangenehm sein, nicht wahr?« Osk winkte, und einer der Sicherheitsleute trat vor, in der einen Hand einen Nadler und in der anderen einen kleinen Sender, verbunden mit einem Frequenzmodulator. »Ein nützliches Instrument, wenn es darum geht, selbst sehr gute Ganzkörpertarnungen zu durchschauen. Bei hoher Sendestärke löst es eine Abstoßungsreaktion aus, so wie jetzt.«

Forrester konnte nicht anders, er zerrte an der Maske. Weitere Hautfetzen lösten sich. Zinnober erging es nicht anders. Sie zuckte und wand sich. Einige Sicherheitsleute legten auf sie an, hielten ihre Waffen in beiden Händen und traten auf sie zu. Die alte Hozig stand stocksteif und rührte sich nicht.

Eine Erinnerung erwachte in Forrester, und diesmal gewann sie klare Konturen. Er starrte Jaddar Osk an, den Mann mit der weißen Synthhaut und den Verfärbungen an Hals und Schläfen, Reste alter Brandwunden. Der Administrator von EnDetail trug keinen Kampfanzug, sondern schlichte zivile Kleidung – eine Ambientalblase schützte ihn vor der Kälte und den giftigen Gasen. Seine Stimme blieb unverzerrt: ein trockenes Knarren, das Forrester schon im Büro der Werft seltsam erschienen war. Jetzt begriff er, dass er diese Stimme schon einmal gehört hatte, eine Stimme wie das Knarren alter Gelenke.

»Ich habe Sie sprechen hören«, sagte er. »An einem fernen Ort. Im Sprawl.«

Jaddar Osk verzog andeutungsweise das Gesicht. »Ach.«

»Ihre Stimme kam aus einem Ansible. Im Büro eines gewissen Tzivah, der angeblich die Bergung der *Kuritania* bei den Toroga-Riffen leitete. Aber um die *Kuritania* ging es überhaupt nicht. Es ging um die Pandora-Maschine. Sie gehören zur Agentur, nicht wahr?«

Aus dem Augenwinkel beobachtete Forrester, wie drei Männer Zinnober erreichten und damit begannen, sie zu entwaffnen. Ihre Ambientalblase flackerte und verschwand. Sofort hob sie die Hände zum Hals und rang nach Luft. Einer der Männer zwang sie auf die Knie und machte sich daran, ihr die Ganzkörpertarnung vom Leib zu reißen.

Forresters Instinkt schrie und verlangte von ihm, zu seiner Tochter zu laufen und ihr zu helfen, aber Vernunft hielt ihn zurück. Rietta Cosimo hatte sich noch immer nicht von der Stelle gerührt. Sie fing seinen Blick auf, und er glaubte, in ihren Reptilienaugen etwas zu erkennen, vielleicht eine Botschaft, einen Hinweis, den er nicht verstand.

»Wir wussten, dass Nathan ein geheimes Depot angelegt hatte«, sagte Jaddar Osk. »Aber den genauen Ort kannten wir nicht. Danke, dass Sie uns den Weg gezeigt haben, Forrester.«

Zinnober hustete und keuchte. Zwei Männer durchsuchten Rietta Cosimo nach Waffen, und die greise Hozig nutzte die Gelegenheit, den Kopf ein wenig zu drehen. Ihre Augen waren größer geworden. Plante sie etwas? Gab es einen Ausweg aus dieser verfahrenen Situation?

Um ein wenig Zeit zu gewinnen, fragte Forrester: »Wieso mussten wir ausgerechnet an Sie geraten? Ich nehme an, es war kein Zufall.«

Mit der freien Hand tastete Jaddar Osk Forrester ab und zog ihm die Waffen aus den Taschen. Die beiden Ambientalblasen flackerten wie zuvor die von Zinnober, blieben aber intakt. »Wir wussten, dass Ihr Schiff beschädigt war, und wir wussten auch, dass Sie versuchen würden, sich Waffen und Ausrüstung zu beschaffen. Bevor Sie sich auf die Suche nach Benedikt, der Maschine und dem Zehntausendjährigen machen. Es gab nur drei mögliche Ziele, die Sie innerhalb relativ kurzer Zeit erreichen konnten: Torrak mit den Wefing-Werften, Eolda mit den Werkstätten der Sigmaner und Mechanica. Nathan hatte nicht nur eine alte Bekannte hier auf Mechanica, sondern auch ein geheimes Depot. Und außerdem gibt es weit und breit keine besseren Werften.«

»Ich nehme an, dass uns bei unserer Anfrage EnDetail empfohlen wurde, war das Ergebnis eines angepassten Algorithmus«, sagte Forrester.

»Ein Korrelationsintellekt der Agentur, seit vielen Jahr-zehnten auf Mechanica präsent. Nathan hat ihn damals ins-tallieren lassen. Wir haben ihn erweitert. Er identifizierte Ihr rekonfiguriertes Schiff als möglichen Kandidaten.«

»Sie wussten also, dass wir kommen würden. Und Sie haben gewartet.«

»Nicht direkt gewartet«, sagte Jaddar Osk. »Ich war an Ort und Stelle, für den Fall. Übrigens: Ich bin der neue Verwalter von Mechanica. Wir haben diesen Planeten übernommen.«

Forrester dachte an Cassandras unvollständige Warnung. Er sah, dass Zinnober jetzt am Boden lag. Sie hustete und röchelte, schien dem Ersticken nahe zu sein. Als er erneut gegen seinen Instinkt ankämpfte, bemerkte er eine kleine Geste seiner Tochter, eine kurze Bewegung mit der Hand, ein schnelles Blinzeln. Was wollte sie ihm damit sagen? Sollte er noch etwas mehr Zeit gewinnen? Was planten Rietta und Zinnober?

»Wenn Sie mit Tzivah gesprochen haben, gehören Sie zu den Eingeweihten, sozusagen zu Benedikts innerem Zirkel«, sagte er. »Ich nehme an, Sie wissen, wo er, die Maschine und der Reisende sind.«

»Ja, das weiß ich.« Jaddar Osk sprach so leise, dass nur For-rester ihn hörte. Er stand nahe; die beiden Ambientalblasen berührten sich und flimmerten. »Soll ich es Ihnen verraten?«

Die Ganzkörpermaske juckte und brannte, Zinnober rö-chelte erneut, aber Forrester lächelte. »Das wäre nett.«

Osk griff tiefer in Forresters Taschen und holte die Omni-Artefakte hervor. »Sind das alle?«

»Ich habe noch mehr«, behauptete Forrester. »Drüben im Depot. Versteckt. Ich gebe sie Ihnen, wenn Sie uns freilassen und mir sagen, wo Benedikt ist.«

Der bleiche Jaddar Osk mit den Brandmalen an Hals und Schläfen betrachtete die Artefakte mit einem Funkeln in den Augen und ließ sie in einer Sicherheitstasche unter seiner Jacke verschwinden. Dann hob er den Variator und drückte den Lauf unter Forresters Kinn.

»Halten Sie mich für *dumm*?«, zischte er.

Ich halte dich für einen von Benedikts elenden Speichelle-ckern und für einen Emporkömmling in der Hierarchie der Agentur, dachte Forrester, aber er sprach die Worte nicht aus, denn das Glitzern in Jaddar Osks Augen verriet nicht nur Habgier, sondern auch Skrupellosigkeit und Jähzorn – dieser Mann war zu allem fähig.

Zinnober schrie, und Forresters Blick sprang zu ihr. Ihr Ge-sicht war eine schmerzerfüllte Grimasse, doch in den Augen lag ein wortloser Ruf, eine Aufforderung und Warnung.

Was auch immer sie und Rietta ausgeheckt hatten, stumm, ohne Absprache – es sollte *jetzt* geschehen.

Forrester ächzte und krümmte sich, wie gequält vom Bren-nen der Ganzkörpermaske. Der Variator wich einige Zenti-meter zurück.

Einige zischende und klickende Laute kamen aus Riettas Mund.

Hinter Jaddar Osk richtete sich der Gorkasch auf.

80 Knirschend und rumpelnd gerieten Erde und Felsen in Bewe-gung. Ein Hügel entstand, erst halb verborgen in der Düster-nis und dann im Licht mehrerer Lampen. Granitene Glied-maßen streckten sich erschrockenen Männern und Frauen in Kampfanzügen entgegen.

Forrester beobachtete, wie Zinnober dem Mann vor ihr die Faust zwischen die Beine rammte, aufsprang, sich drehte und den Ellenbogen gegen das Datenvisier des nächsten Mannes stieß. Dann ergriff sie zwei der Waffen, die ihr ge-rade eben abgenommen worden waren, und feuerte mit Blaster und Nadler.

Chaos brach aus.

Forrester sprang, prallte gegen Jaddar Osk – der nicht wusste, auf wen er schießen sollte, auf den Gorkasch oder Forrester – und riss ihn mit sich zu Boden. Seine Ambientalblase flackerte und verschwand, ebenso die von Osk. Der nächste Atemzug schien erst seine Kehle in Brand zu setzen und dann auch die Lunge. Er langte nach dem Variator, aber Jaddar Osk war geistesgegenwärtig genug, die Beine anzuwinkeln und ihn mit einem kraftvollen Tritt mehrere Meter weit fortzustoßen.

Ein Nadler jaulte, ein Blaster zischte, Variatoren fauchten.

Und der Gorkasch brüllte, getroffen von mehreren Blitzen und Mikrogeschossen. Er schwang die aus Felsen bestehenden Arme, traf zwei der in Kampfanzüge gehüllten Gestalten und zermalmte sie. Die anderen stoben auseinander, schossen sowohl auf das steinerne Ungeheuer, das plötzlich aus dem Boden gewachsen war, als auch auf Zinnober, die nach vorn hechtete und Rietta im Fallen hinter einen Felsen stieß.

Forrester rollte sich zur Seite, kroch durchs Geröll, bekam den Variator zu fassen, den Jaddar Osk fallen gelassen hatte, und schoss auf eine Frau, die zur Seite gewichen war und mit einem Nadler auf Zinnober anlegte. Ein kinetisches Geschoss traf sie am Hals und zerriss ihr die Kehle. Mit einem gurgelnden Geräusch sank sie aufs Geröll am Fuß des Hangs. Zinnober nickte kurz, atmete schwer und zielte mit dem Blaster auf einen Mann, der etwas auf den Gorkasch richtete, das nach einem Mikroraketenwerfer aussah. Eine Flamme traf ihn an der Schulter und verbrannte den Arm. Der Raketenwerfer fiel, der Mann taumelte, hob die andere Hand, die einen großen Variator hielt …

Bevor er die Waffe auf Zinnober richten konnte, machte der Gorkasch einen Schritt. Ein Bein von der Größe eines Monolithen erschien im Licht einer Lampe, und ein Fuß, schwer wie ein Findling, senkte sich auf den Mann mit der verbrannten Schulter, verwandelte ihn in einen blutigen Fleck. Die anderen Männer riefen und schrien. Einige von ihnen feuerten erneut auf den Gorkasch – ihre Blasterblitze hinterließen Brandspuren auf granitenen Flanken, und mehrere kinetische Geschosse schlugen Splitter aus dem Gestein an der Seite des Kopfes –, doch als er sich ihnen mit einem zornigen Grollen zuwandte, ergriffen sie wie die anderen die Flucht. Sie liefen zu dem Einsatzfahrzeug, das einige Dutzend Meter entfernt stand: ein kastenförmiger Transporter ohne Bewaffnung, bis eben von einem Tarnfeld vor Entdeckung geschützt.

Der Gorkasch duckte sich, er grollte erneut, und seine Pranken packten einen vier oder fünf Meter großen Felsen, hoben ihn so mühelos wie die Hände eines Menschen einen Kiesel. Er warf den Felsen, und Forrester beobachtete mit seltsamer Faszination, wie der große, tonnenschwere Brocken flog, für ein oder zwei Sekunden ein Schemen in der Düsternis – ein Schatten, der plötzlich sehr massiv wurde, als er den Transporter traf und ihn zerschmetterte.

Forrester wirbelte herum und lief, den kleinen Variator in der Hand. Dort war er, Jaddar Osk, der Mann, der wusste, wo sich Benedikt, Aurelius und die Pandora-Maschine befanden. Seine weiße Haut verriet ihn. Er erreichte Riettas Springer, kletterte an Bord und schloss die Luke. Doch er kam nicht dazu, den Gravitationsmotor zu starten, denn plötzlich war der Gorkasch da. Ein langer Schritt brachte ihn zu dem Springer, der einen Moment später von einer Faust aus Stein getroffen wurde. Plast und Komposit zerbarsten. Die Landestützen gaben nach, und der Rumpf platzte. Ein zweiter Schlag, mit der anderen Faust, gab dem Springer den Rest und verwandelte ihn in einen Haufen Schrott.

Für zwei oder drei Sekunden herrschte eine sonderbare Stille, in der man nur ein dumpfes Knacken hörte, das von den Resten der Springers kam. Dann knirschte es laut, als sich der Gorkasch umdrehte und zu Forrester vorbeugte.

»Nein!«, rief Zinnober. »Nein!«

Forrester hob gar nicht erst die Waffe. Er wusste, dass es keinen Sinn hatte.

Der Gorkasch beugte sich weiter vor, und tiefer, streckte eine Pranke aus, so weit, dass sie Forrester fast berührte ... Er zögerte, schien sich seiner Sache nicht ganz sicher zu sein.

»Nein!«, rief Zinnober erneut und fügte einige zischende

und klickende Laute hinzu, wie Forrester sie zuvor von Rietta gehört hatte.

Der Gorkasch reagierte mit einem leiseren Grollen, wich ein wenig zurück und ließ die Pranke sinken.

»Du kannst mit ihm reden?«, fragte Forrester, ohne das steinerne Geschöpf aus den Augen zu lassen.

»Nein, kann ich nicht. Ich ahme nur die Geräusche nach, *das* kann ich.«

Forrester deutete am Gorkasch vorbei zum Springer. »Jaddar Osk hätte uns sagen können, wo sich Aurelius befindet.«

»Rietta ist tot, Vater.«

Ein kleines explosives Nadelgeschoss hatte die greise Hozig am Bein getroffen und ein Blasterstrahl an der Seite. Sie lag noch beim Felsen, hinter den Zinnober sie gestoßen hatte, das Gesicht verzerrt, die Augen weit aufgerissen.

»Ich habe nicht gesehen, wie sie getroffen wurde«, sagte Zinnober. »Vielleicht hätte ich ihr helfen können.«

»Nein, hättest du nicht.« Forrester fühlte wieder das Brennen in Kehle und Lunge. Das Atmen fiel ihm schwer. Er begann damit, Riettas Leiche zu durchsuchen.

»Was machst du da?«

»Vielleicht hat sie etwas bei sich, das wir brauchen können.« Forrester bemerkte den Blick seiner Tochter. »Es ist keine Leichenfledderei. Wir müssen in die Stadt zurück, und ohne eine Möglichkeit, uns dort zu verstecken, würde man uns innerhalb kurzer Zeit erkennen.« Er hustete und deutete auf ihre in Auflösung begriffenen Ganzkörpermasken. »Wir brauchen einen Codeschlüssel, einen Hinweis darauf, wo sich die Ausweichquartiere befinden, die beiden anderen Domizile.«

Zinnober nickte und richtete sich auf. »Ich sehe nach, ob sich bei den anderen Toten etwas Nützliches finden lässt. Und ich sammle unsere Ausrüstung ein.«

Forrester entdeckte tatsächlich etwas, das sich gebrauchen ließ: einen Datenstift, der vielleicht auch Codes für

Domizile und möglicherweise sogar Valuta-Konten enthielt. Er steckte ihn ein, trat vorsichtig um den Gorkasch herum, der in seiner gebückten Haltung verharrte, und sah sich die Reste des Springers an. Irgendwo in dem zerschmetterten Vehikel befand sich Jaddar Osk, der das Geheimnis um den Aufenthaltsort von Benedikt und Aurelius mit in den Tod genommen hatte. Dass er tot war, daran bestand nicht der geringste Zweifel – die von den Faustschlägen des Gorkasch nach innen gedrückte Hülle musste ihn zerquetscht haben. Nirgends bot sich Gelegenheit, durch Lücken in dem Trümmerhaufen an Bord des Wracks zu klettern, was leider bedeutete: Die von Aurelius stammenden Omni-Artefakte, die Forrester Osk ausgehändigt hatte, blieben für ihn verloren.

Die Kälte setzte Forrester immer mehr zu, und jeder Versuch, tiefer zu atmen, wurde zur Qual. Er wandte sich vom Wrack des Springers ab und kehrte dorthin zurück, wo Zinnober Waffen und Ausrüstung zusammengetragen hatte.

»Die Toten sind ...« Sie schüttelte den Kopf. »Ich habe sie nicht sehr gründlich durchsucht, Vater.«

Er verstand. »Schon gut. Was haben wir?«

Sie deutete auf den Haufen. »Einen militärischen Kommunikator, jede Menge Waffen und die Ausrüstung aus dem Depot.«

Zinnober hatte sich ihre Taschen bereits wieder gefüllt. Forrester folgte ihrem Beispiel.

»Wir müssen weg von hier, schnell«, sagte er, sah sich um und blickte zur Stadt hoch. »Der Transporter oder einer der Gardisten könnten ein Notsignal gesendet haben.«

Sie husteten beide.

»Wir halten dies nicht lange durch«, sagte Zinnober. »Jeder Atemzug bringt mehr Gift in den Körper, und es ist kalt.« Sie schlang die Arme um sich. »Können wir unsere Ambientalblasen nicht irgendwie reparieren?«

Forrester hatte es bei seiner versucht, vergeblich. Das Projektionselement im Gürtel war defekt und musste durch ein neues ersetzt werden; der Austausch der Energiezelle nützte nichts. Seltsamerweise enthielt Nathans Depot weder Projektoren für Ambientalblasen noch Schutzfeldgeneratoren. Das wusste Forrester, weil er zwischen all den Waffen gesucht hatte.

»Wir müssen eins der Stützelemente erreichen. In ihnen gibt es Treppen und Aufzüge zur Stadt.« Forrester stand auf. Der Träger, an dem sie auf dem Weg zur Höhle vorbeigeflogen waren, ragte zehn oder fünfzehn Kilometer entfernt als dunkler, senkrechter Schatten auf. Vielleicht sogar noch mehr. Drei Stunden Fußmarsch. Oder sogar vier oder fünf, wenn sie unterwegs in ein Gelände gerieten, das noch unwegsamer war als dies. Drei bis fünf Stunden in der Kälte, ohne Atemfilter, ohne Wasser oder Proviant. Unmöglich, dachte Forrester.

Zinnober erriet, was ihm durch den Kopf ging. »Zu Fuß schaffen wir es nicht. Aber vielleicht ...«

Sie ging an Forrester vorbei zum Gorkasch, holte tief Luft, hustete und wiederholte die Geräusche, die sie von der greisen Hozig gelernt hatte. Das steinerne Geschöpf brummte – es klang nach einem beginnenden Erdbeben, und der Boden schien tatsächlich ein wenig zu vibrieren –, beugte sich wieder vor und legte beide Pranken flach auf den Boden.

»Du willst doch nicht etwa ...«, begann Forrester.

Zinnober zögerte kurz, bevor sie auf die granitene Hand trat, die vor wenigen Minuten, zur Faust geballt, Gardisten getötet und den Springer zerstört hatte. Sie wiederholte die zischenden, klickenden Laute, und der Gorkasch brummte erneut, hob vorsichtig die Pranke und setzte Zinnober auf seinen Rücken.

»Das ist verrückt«, sagte Forrester. »Selbst wenn dieses Wesen wirklich bereit ist, uns zu tragen – wie willst du ihm mitteilen, wohin es uns bringen soll?«

»Der Gorkasch ist intelligenter, als du denkst«, erwiderte Zinnober. »Ich glaube, er weiß, wohin er uns bringen muss.«

»Das hoffst du.«

»Bleibt uns eine Wahl?«

»Nein«, sagte Forrester, trat voller Unbehagen auf die andere sechs oder sieben Quadratmeter große Hand und ließ
sich ebenfalls auf den Rücken des steinernen Wesens setzen,
das sich daraufhin umdrehte und loswankte, in Richtung des
Stützelements.

»Na bitte«, sagte Zinnober.

Dann hustete sie und erbrach sich.

Der Schlüssel dreht sich

Ein blaugrünes Juwel drehte sich im All, eine Welt mit Ozea- **81** nen und mehreren großen Kontinenten, auf denen sich öko-logische Siedlungskomplexe zwischen ausgedehnten Wäl-dern und langen Bergrücken erstreckten: Uscher, zweiter Planet des Taiwaru-Systems, administratives Zentrum der Korporation TerraNova. In niedrigen und hohen Umlaufbah-nen kreisten Dutzende von Wetterstationen, Hunderte von Habitaten und Tausende von Satelliten, spezialisierten Kons-trukteuren und Basisstationen für den interplanetaren und interstellaren Verkehr. Noch weiter draußen zogen siebzehn Monde ihre Bahn, vier von ihnen groß, mit einem Durchmes-ser um dreitausend Kilometer, die anderen klein, mit Durch-messern von zweihundert bis neunhundert Kilometern. Über einem dieser kleinen Monde – Jores, nicht größer als sechshundertfünfzig Kilometer – schwebte die zum Raum-schiff gewordene Pandora-Maschine, gehüllt in einen für gewöhnliche Waffen undurchdringlichen Kontinua-Schirm und begleitet von zwanzig Kampfschiffen aus dem Salt-maker-System, einer Eskorte, die eigentlich nicht nötig war. Benedikt hatte sie für alle Fälle mitgenommen, in periphe-ren, zu Hangars umfunktionierten Räumen der gewachse-nen Pandora-Maschine.

Ich habe die Maschine wachsen lassen, dachte Aurelius, den Blick auf die Holofelder gerichtet. Sie zeigten den Mond Jores und die Evakuierungsschiffe, die von ihm aufstiegen, Langzeitbewohner und Kurzzeitpersonal von den lunaren Kolonien und Verarbeitungsanlagen fortbrachten. Ich habe die Außenräume in Hangars verwandelt.

Der Likotha hatte das Wissen in ihm gefunden und ihn gezwungen, Gebrauch davon zu machen. Diesmal hatte Aurelius nicht viel Widerstand geleistet und nachgegeben, um den Eindringling in seinem Bewusstsein abzulenken und die zarte Pflanze der Idee weiter im Verborgenen wachsen zu lassen. Konnte man einen Plan entwickeln, ohne an ihn zu denken? Es musste ihm gelingen, wenn er eine Katastrophe verhindern wollte.

Aurelius stand, von einer Gehhilfe gestützt, an einem Datentisch, den mehrere Techniker installiert hatten. Sie befanden sich tief im Innern der Pandora-Maschine, nicht mehr weit vom Nukleus entfernt – noch blieb das schlagende Herz unerreichbar hinter undurchdringlichen Barrieren. Ein stabilisierter Tunnel führte zu den Hangars in den Außenbereichen, zu den dort installierten Schleusen. Es herrschte rege Betriebsamkeit, ein ständiges Kommen und Gehen. Aurelius sah die Männer und Frauen mit ihren Werkzeugen und Instrumenten, er sah ihre Gesichter und vergaß sie sofort wieder, denn sie schienen sich alle zu ähneln, alle zu einem einzigen, anonymen Gesicht ohne besondere Merkmale zu verschmelzen. Zwischen ihnen ragte Benedikt auf, der freundliche Mann mit dem freundlichen Lächeln. Er sprach mit zwei Männern und einer aristokratisch wirkenden Frau – die Administratoren von Uscher und der anderen beiden bewohnten Planeten des Taiwaru-Systems. Mit ernsten, besorgten Mienen hörten sie zu, wie er von der Zukunft der Menschheit erzählte.

»Sie sind verrückt«, sagte die würdevolle Frau, die alle wichtigen Entscheidungen für Uscher traf. Sie war blass geworden; kleine roten Flecken zeigten sich auf ihren weißen Wangen.

»Ich bitte Sie, teure Lenorra«, sagte Benedikt mit einem strahlenden Lächeln. »Ich bin nur ein Mann mit einer Vision.«

»Wer Visionen hat«, knurrte Vongard, einer der beiden anderen Administratoren, »sollte sich an einen Mediker wenden.«

»Höre ich da Spott, mein lieber Vongard?«, erwiderte Benedikt. »Oder vielleicht Sarkasmus? Und Sie, Feddok? Was meinen Sie?«

Der dritte Mann – klein, schmächtig, mit schmalem Gesicht und langer Nase – sagte bedächtig: »Ich meine, wir können über alles reden.«

»Na bitte!« Benedikt hob die Arme. »Ein vernünftiger Mann. Sie sollten auf ihn hören.«

Lenorra von Uscher murmelte etwas, das wie »Narr« klang, Vongards Gesicht verfinsterte sich, und Feddok sah wie jemand aus, der einen Vorteil für sich suchte.

»Schließen Sie sich mir an«, sagte Benedikt. »Übergeben Sie mir – ganz offiziell, mit einer Ansible-Verlautbarung für die interstellaren Nachrichtennetze – die Kontrolle über TerraNova. Lassen Sie uns hier und heute den Beginn der neuen, geeinten Menschheit verkünden. Und wissen Sie was? Ich bin zu einem Zugeständnis bereit. Nennen wir das neue politische, soziale und ökonomische Konstrukt, das ganz KopKo umfassen wird, *Terra Nova*.«

»Die Menschheit vereint«, sagte Vongard. »Unter Ihrer Führung.«

»Das, mein lieber Vongard, versteht sich von selbst.«

»Und wenn wir uns weigern?«, fragte die Administratorin von Uscher.

Benedikt verzog wie gequält das Gesicht. »Aber meine liebe Lenorra, *so* dumm werden Sie doch nicht sein, oder? Großzügigerweise habe ich über Ihren unfreundlichen Akt ganz zu Anfang unserer Verhandlungen hinweggesehen, als Ihre Schiffe es für nötig hielten, uns unter Beschuss zu nehmen.« Er deutete auf das Holofeld, das sieben Einsatzgeschwader der Verteidigungsflotte von Taiwaru zeigte, die in einer Entfernung von nur fünfzigtausend Kilometern warteten. »Selbst wenn all die Schiffe dort gemeinsam das Feuer eröffnen und es auf eine Stelle unseres Schutzschirms konzentrieren ... Sie würden es nicht schaffen, die Kontinua-Blase zu durchdringen, in die wir gehüllt sind. Und wenn Sie sich jetzt fragen, was dieses große Omni-Artefakt, in dem ich mich hier befinde, anrichten kann, so lautet meine Antwort: eine ganze Menge! Dieser Mann hier, der zehntausend Jahre alte Aurelius, Reisender in Diensten von Omni, unterstützt mich. Ich habe ihn aus der Gewalt des Entführers und Mörders Forrester befreit, und zum Dank zeigt mir Aurelius, wie man mit dieser riesigen Wundermaschine umgeht. Nicht wahr, Aurelius?«

Aurelius nickte, aber nicht er bewegte den Kopf, sondern der Likotha. Das eulenartige Geschöpf stand einige Meter entfernt, damit es nicht von den Kommunikationssensoren erfasst wurde und für die Administratoren unsichtbar blieb. Seine Gedanken steckten noch immer in Aurelius' Kopf; dem Zehntausendjährigen waren sie inzwischen so vertraut geworden, dass er sie kaum von den eigenen unterscheiden konnte.

»Sie haben eben das Wort ›Gewalt‹ benutzt«, sagte Vongard. »Ich nehme an, dazu greifen Sie, wenn wir uns weigern, Ihnen die Kontrolle über das Taiwaru-System zu übergeben: zu Gewalt.«

»Ist die Evakuierung von Jores abgeschlossen? Ja? Die letzten Schiffe entfernen sich gerade, wie ich sehe. Können Sie mir bestätigen, dass alle Personen evakuiert sind, die zivilen ebenso wie die militärischen?« Benedikt lächelte wieder. »Ich möchte vermeiden, dass jemand zu Schaden kommt.«

»Mir wird eine vollständige Evakuierung bestätigt«, sagte Lenorra.

»Nun gut. Dann gebe ich Ihnen jetzt ein *kleines* Beispiel dafür, wozu wir imstande sind.«

Benedikt nickte den Technikern zu, die auf sein Zeichen gewartet hatten. Aurelius spürte, wie das Herz im Zentrum der Pandora-Maschine ein wenig schneller schlug und Energie in einen Kanal leitete, den die Techniker zu öffnen und zu steuern gelernt hatten.

Mit dem Mond Jores geschah etwas. Seine Konturen verschwammen, wie bei einem schlecht eingestellten Fokus.

Risse bildeten sich, durchzogen Berge, Krater und weite Basaltebenen, ließen Gebäude bersten, Schürf- und Verarbeitungsanlagen auseinanderbrechen. Hier und dort kam es in verlassenen Basen zu Explosionen – Feuerbälle und Stichflammen vertrieben die Dunkelheit aus tiefen Kratern. Die Risse wurden breiter und länger, vereinten sich zu einem Bruchnetz, das den ganzen Mond durchzog. Einige Brocken lösten sich, Hunderte von Kilometern groß, und die großen Stücke, ebenfalls von Rissen durchzogen, zerfielen in kleinere. Dieser Vorgang setzte sich fort, bei allen Fragmenten, die immer kleiner und zahlreicher wurden, bis der Mond und alles, was Menschen und Äquiv-Intelligenzen auf ihm errichtet hatten, zu feinem Staub geworden waren. Die Verwandlung dauerte sechs oder sieben Sekunden, nicht länger, und kaum war sie zu Ende, fielen die Myriaden Tonnen Staub in ein winziges Loch, das sich dort bildete, wo sich der Mittelpunkt des Mondes befunden hatte.

Ein schwarzes Loch?, dachte Aurelius benommen. Eine Singularität, geschaffen von den Waffen – den Ereignisinitiatoren, ein präziserer Name für die betreffenden Systeme – der Pandora-Maschine? Er beobachtete den Vorgang, nicht mit der entsetzten Faszination der drei Administratoren, sondern benommen, durch fremde Gedanken vom Geschehen getrennt. Materie, von Kontinua-Energie zerrissen und zu Staub zermahlen, verschwand an einer Stelle und erschien an einer anderen. Nein, kein schwarzes Loch, zumindest kein gewöhnliches, sondern ein ... Transferpunkt. Das Loch, die Singularität, die den Mond verschlang, war eine Kontinua-Brücke, und ihr anderes Ende befand sich ... in der Pandora-Maschine, in ihrem Zentrum.

Nichts blieb von Jores übrig, nicht ein einziges Staubkorn.

»Ich bedauere sehr, dass es zu Gravitationsstörungen im Trabantensystem von Uscher kommen wird«, sagte Benedikt munter. »Es war ein kleiner Mond, aber seine Masse spielt durchaus eine Rolle. Mittelfristig könnten die lunaren Umlaufbahnen instabil werden – vielleicht stürzt einer der anderen kleinen Monde in hundert oder tausend Jahren auf Uscher.« Seine Stimme klang etwas anders, als er hinzufügte: »Falls der Planet dann noch existiert. Ich gebe Ihnen eine Stunde Zeit, sich alles gründlich durch den Kopf gehen zu lassen. Wenn Sie anschließend nicht bereit sind, auf mein Anliegen einzugehen, zerstöre ich zuerst Ihren Planeten, Feddok ...«

»Nein, nein!«, rief der schmächtige Mann. »Lassen Sie uns verhandeln!«

»... dann Ihren, Vongard, und schließlich Ihren, verehrte Lenorra. Eine Stunde.«

Benedikt winkte, und einer der Techniker unterbrach die Kommunikationsverbindungen.

»Zurück zu uns.« Benedikt drehte sich um und winkte erneut. »Du hast dich lange genug ausgeruht, Likotha. An die Arbeit. Wir wissen noch immer viel zu wenig über diesen wundervollen Apparat. Finde mehr heraus. Dreh den Schlüssel noch etwas weiter.«

Erneut senkte sich Dunkelheit auf Aurelius.

82 Auch diesmal war es keine völlige, absolute Finsternis. In der Ferne zeigte sich das blaue Glühen von Kontinua-Energie, vielleicht ein wenig heller als beim letzten Mal und näher. Aurelius überlegte, ob er sich bewegen, die Distanz verkürzen konnte. Er versuchte es, aber leicht war es nicht, denn er hatte keinen Boden unter den Füßen, er schwebte im Nichts.

Dort schlug das Herz der Pandora-Maschine, im blauen Leuchten, noch immer langsam und träge – nur ein kleiner Teil des Artefakts und seiner Ereignisroutinen war erwacht und aktiv. Irgendwo dahinter, so fühlte es sich an, lag oder ruhte etwas Schweres: die Masse eines kleinen Mondes. Komprimierte Masse in der Nähe des Herzens, bereit dazu, von anderen Ereignisroutinen verwendet zu werden, für das Wachstum der Pandora-Maschine und die Erweiterung ihrer

Kapazitäten. Wie groß konnte sie werden?, fragte sich Aurelius, obwohl er diese Gedanken zu vermeiden versuchte. Groß wie ein Planet? Und was konnte sie dann leisten und anrichten, in den Händen eines Mannes wie Benedikt?

Ruhig, dachte er. Ruhig. Keine Furcht, keine Sorgen, keine Pläne.

Was ist das für ein Plan?, flüsterte es in ihm.

Ach, was könnte ich schon planen?, dachte der Zehntausendjährige. Ich bin hilflos, dir ausgeliefert.

Denk an den Plan, flüsterte die Stimme im Dunkeln. *Was hast du vor?*

Stattdessen dachte Aurelius an Thrako.

»Ist dies ein Raumschiff?«, fragte der junge Aurelius, der bis vor kurzer Zeit Lukas gewesen war.

»Ja und nein.« Thrako deutete auf die gläsernen Säulen, in denen Lichter wie die Funken eines Feuers aufstiegen, tanzten und wieder sanken. »Dies ist ein Teil von Omni, ein Teil, der Substanz und Struktur gewonnen hat. Jedes Licht, das du dort siehst, ist ein Gedanke, gedacht von den Ereignisroutinen, und es sind vor allem Gedanken, die dieses Schiff – das kein Raumschiff im herkömmlichen Sinn ist – steuern.«

Ein leises Klirren kam von den Säulen und erinnerte Aurelius an das Windspiel auf der Veranda des Hauses, in dem er aufgewachsen war. Für einen Moment glaubte er, hinter dem Klirren ein Flüstern zu hören, aber es wiederholte sich nicht, als er lauschte.

»Wo sind die anderen?«, fragte Aurelius und sah sich zwischen den Säulen um. »Die anderen fünf?«

»Sie befinden sich an fünf anderen Orten in Omni. Wir sind bei Suprema von den Inper.« Thrako streckte eine schmale, halb durchsichtige Hand aus und berührte eine der Säulen. Die Lichter in ihr, die Funken, veränderten ihren Tanz, und die dunkle Wand hinter den Säulen wurde zu einem Panoramafenster, das Ausblick bot auf die Welt, die Thrako »Suprema« genannt hatte, einen Planeten, der ein goldenes

Netz trug, aus dessen Maschen Türme ragten, höher als die höchsten Berge auf der Erde, so hoch, dass sie bis ins All ragten, wo sich ein zweites Netz zwischen ihnen spannte, bestehend aus silbernen und smaragdgrünen Fäden. Lichter glühten und schimmerten in ihnen, wie die Funken in den Säulen des Schiffes, das gar kein richtiges Schiff war, und wo sie sich trafen, ertönten Millionen von Stimmen – Aurelius hörte sie als dumpfes Rauschen in der Ferne. Über den Türmen und dem oberen Netz, wo die Inper miteinander sprachen und Datenchöre sangen, schwebten und rotierten mit den Kontinua verbundene orbitale Städte. Mit bunter Pracht empfingen sie das Licht Tausender naher Sonnen, denn hier, unweit des galaktischen Zentrums, standen die Sterne dicht an dicht, und der Äther zwischen ihnen war voller brodelnder Energie. Juwelen auf dem schwarzen Samt des Alls, beleuchtet von den Lampen eines kosmischen Juweliers, so sah es für Aurelius' staunende Augen aus.

»Bring uns zu einem der Türme der Erkenntnis«, sagte Thrako. »Dort beginnt deine Ausbildung in Omni.«

»Ich?«, erwiderte Aurelius. »Ich kann dieses Schiff, das gar keins ist, nicht steuern.«

»Lass es dir von dieser Säule zeigen«, sagte Thrako. »Berühr sie. Sprich mit den Ereignisroutinen. Sag ihnen, was du willst, wohin sie dich bringen sollen.«

Aurelius trat zu der Säule vor Thrako und streckte die Hände nach vorn. Doch dann zögerte er, denn hinter der Säule bemerkte er ein blaues Glühen. Ein Schritt brachte ihn an der Säule vorbei, dem Leuchten näher. Der Inper wollte ihn festhalten, aber Aurelius wich ihm aus und begriff mit plötzlicher Gewissheit, dass er sich auf keinen Fall daran hindern lassen durfte, das blaue Licht zu erreichen.

Er hörte ein Pochen in der Ferne, wie das langsame Schlagen eines großen Herzens, und eine Stimme, die nicht Thrako gehörte, sondern einem Wesen mit modrig riechendem Gefieder. Er war nahe, dieser Geruch von Moder, und in seinem Kopf flüsterte es: *Was ist der Plan? Was hast du vor?*

Aurelius fühlte etwas dicht hinter sich, vielleicht Hände, die ihn aufhalten wollten. Er sprang, er legte seine ganze Kraft in den Sprung, und das blaue Leuchten nahm ihn auf.

»Was geschieht hier?«, rief Benedikt mit scharfer Stimme. **83** Sein Lächeln war verschwunden. »Likotha, ich will wissen, was mit Aurelius passiert!«

Eine blaue Linie hatte sich vor dem Zehntausendjährigen gebildet, erst dünn wie ein Strich, dünn wie ein Haar, doch sie wurde dicker, sie blähte sich auf, als sie auf Aurelius zuglitt. Mehrere Bewaffnete richteten Variatoren auf ihn, aber Benedikt winkte, und daraufhin ließen sie ihre Waffen sinken.

»Was ist das?« Er trat auf Aurelius zu, hob die Hand zu seinem Gesicht und stieß auf ein unsichtbares Hindernis, unverrückbar wie eine Mauer aus Stahl. »*Was ist das?*«

»Wir vermuten, dass es sich um eine Kontinua-Brücke handelt«, sagte einer der Techniker. »Ein Transfer beginnt.«

»Likotha!«, knurrte Benedikt.

»Ich bin noch bei ihm, er nimmt mich mit, ihm bleibt keine Wahl, aber ...«

Das gefiederte Geschöpf erzitterte, wie von Wind erfasst, breitete die Flügel aus, schlug einmal mit ihnen und sank zu Boden.

Aurelius bewegte sich nicht. Er stand still wie die Säulen in diesem Saal, den die Techniker und Xenospezialisten in einen Kontrollraum verwandelt hatten, aber er steckte inzwischen halb in der aufgeblähten Linie, umgeben von blauem Leuchten.

»Wohin?«, fragte Benedikt. »Können wir feststellen, wohin er transferiert wird?«

»Zu einem Ziel innerhalb der Pandora-Maschine«, bekam er zur Antwort. »Die Abschirmung ist noch immer aktiv und stabil. Nichts kann die Kontinua-Blase durchdringen, in die wir gehüllt sind.«

Benedikt wich einige Schritte zurück, damit er sowohl Aurelius und den Likotha sehen konnte, der von einem Mediker untersucht wurde, als auch die Holofelder. »Unsere Kommunikations- und Ortungssignale durchdringen sie.«

»Weil wir winzige Strukturlücken dafür schaffen«, erklärte einer der Techniker, die noch immer damit beschäftigt waren, neue Geräte zu installierten und die Justierungen der anderen zu überprüfen. »Es ist ein ziemlich komplizierter Vorgang, aber inzwischen kommt unser Intellekt gut damit zurecht. Er lernt schnell.«

»Er muss noch mehr lernen«, sagte Benedikt. »Und noch schneller.«

Die blaue Linie blitzte, so hell, dass sie das Licht der Lampen überstrahlte, und für einen Moment hielten die kleinen Lichter, die Funken in den kristallenen Säulen, in ihrem Tanz inne. Aurelius wurde zu einem Umriss, zu einer Silhouette, und verschwand zusammen mit dem blauen Leuchten. Die Gehhilfe blieb leer zurück.

Der Likotha erzitterte erneut, und sein Schnabelmund öffnete sich zu einem leisen Quieken.

»Was ist mit ihm?«, fragte Benedikt.

»Er hat einen mentalen Schock erlitten«, antwortete der Mediker. »Sein Zustand ist kritisch.«

»Er darf nicht sterben«, sagte Benedikt. »Wir brauchen ihn noch. Erhalten Sie ihn am Leben! Sorgen Sie vor allem dafür, dass er seine Aufgabe erfüllen kann.«

»Ich versuche es.«

Benedikt wandte sich an die anderen. »Wo ist der Reisende? Können wir ihn lokalisieren?«

Ein Holofeld zeigte eine schematische Darstellung der inneren Struktur der Pandora-Maschine, soweit sie bekannt war. Immer wieder kam es zu Veränderungen, wenn einzelne Räume schrumpften und andere wuchsen. Unverändert blieben allein die Bereiche, die die Techniker mithilfe des Intellekts stabilisiert hatten.

»Wir glauben, dass er im Zentrum der Maschine ist«, sagte

ein Techniker und deutete auf die Sensordaten in einem Holofeld.

»Bei der komprimierten Mondmasse und dem zentralen energetischen Kern«, fügte ein zweiter Techniker hinzu.

»Lebt er noch? Kann er gegen uns aktiv werden?«

»Er ... lebt.«

Benedikt drehte sich um. Der Likotha stand wieder, gestützt vom Mediker und einem Assistenten. Er hatte das Gefieder gesträubt, die Flügel halb ausgebreitet.

»Ich bin noch ... bei ihm ... in seinem Kopf.«

»Was macht er? Was stellt er an?«

»Plan ... Er plant etwas ... ich kann es nicht ... erkennen.«

»Ist er im Nukleus der Pandora-Maschine?«

»Ja.«

Benedikt lächelte wieder. »Dann befindet er sich genau dort, wo wir ihn haben wollen. Bleib bei ihm, Likotha! Öffne die Türen zu seinen Geheimnissen. Schließ sie auf!« An die Techniker gerichtet fügte er hinzu: »Haben wir die Kontrolle?«

»Alle übernommenen Systeme sind voll einsatzbereit.«

Benedikt trat in die Mitte des Raums, vorbei an einer dicken Säule, in der Hunderttausende von bunten Lichtern aufstiegen und wieder sanken.

»Verleihen wir dem Ultimatum ein wenig Nachdruck«, sagte Benedikt. »Lassen wir die anderen Planeten. Bringen Sie uns näher an Uscher heran.«

84

Aurelius wagte noch immer nicht, bewusst an seinen Plan zu denken, doch er schickte einen kleinen Wunsch zum nahen schlagenden Herzen der Pandora-Maschine und fühlte die Reaktion, das Ergebnis, in der kompakten, superkomprimierten Masse des Mondes, mit deren Verarbeitung die Ereignisroutinen begonnen hatten. Ein kleiner Teil davon, ein winziger Bruchteil, wurde nicht für eine Erweiterung der

Maschine und ihrer Initiatoren bereitgestellt, sondern für den Bau – das Wachstum – einer Kapsel verwendet. Aurelius nahm sich nicht die Zeit, in den riesigen Bibliotheken der Maschine nach einem geeigneten Modell zu suchen. Er wählte ein einfaches Exemplar, für interplanetare Reisen geeignet, und die Pandora-Maschine – aus einem Saatkorn entstanden, das die *Kuritania* im Sprawl eingefangen hatte – erfüllte ihm seinen Wunsch, schuf die Kapsel aus dem Staub des zerriebenen, zerrissenen Mondes. Ein zweiter Wunsch brachte Aurelius mithilfe einer kurzen Kontinua-Brücke ins Innere der Kapsel.

Du willst fliehen.

Da war er, der Likotha, nicht mehr so nah wie vorher, aber auch nicht sehr weit entfernt, nicht weit genug. Aurelius atmete mehrmals tief durch und spürte, wie ein Teil der Schwäche aus ihm wich. Vielleicht hätte er die Erschöpfung ganz überwinden können, mit Energie vom schlagenden Herzen der Maschine, aber dafür wäre mehr Zeit erforderlich gewesen, als er erübrigen konnte. Den Versuch, eine Verbindung mit Omni herzustellen, hielt er für zu riskant, denn der Likotha konnte die Gelegenheit nutzen, ihn erneut mit überzeugenden Trugbildern zu täuschen. Er musste die Maschine verlassen und auf die andere Seite ihrer Kontinua-Blase gelangen, um vor dem Likotha sicher zu sein. Dann konnte er versuchen, Omni zu kontaktieren, vielleicht mithilfe des K-Konnektors, den er noch immer am Arm trug, der inzwischen aber einen großen Teil seiner Energie verloren hatte.

Nur noch einen Moment, um etwas mehr Kraft zu schöpfen …

Aurelius schloss die Augen.

Und riss sie wieder auf. Nein, dachte er. »Nein«, sagte er. Und lauter, mit mehr Nachdruck: »Nein!«

Du entkommst mir nicht, flüsterte der Likotha. *Ich bin in deinem Kopf. Wie willst du vor deinem Kopf davonlaufen?*

»Du wirst nicht mehr lange in meinem Kopf sein«, sagte Aurelius. »Ich werde dich daraus vertreiben. Du bist schwach

geworden und bereits besiegt, Likotha. Du willst die Niederlage nur nicht eingestehen.«

Wir werden sehen.

Der erste Schritt war getan – Aurelius saß in der Kapsel,
die er sich gewünscht hatte. Aber er musste nach draußen,
die Maschine verlassen und auf die andere Seite der Kontinua-Blase gelangen. Um das zu bewerkstelligen, war ein
zweiter Kontakt mit dem schlagenden Herzen und den zentralen Ereignisroutinen nötig. Das wusste der Likotha, und
auf diesen Moment wartete er – hier bot sich ihm eine
Chance, die zentralen Steuerungselemente der Pandora-
Maschine zu erreichen.

Aurelius zögerte nicht, er öffnete sich dem blauen Leuchten, er nahm es in sich auf, und dort war der Likotha, die
Augen groß im Schleiereulengesicht, wie zwei Öffnungen,
die ihn ansaugten. Aber diesmal war Aurelius gewappnet, er
hatte gewusst, was ihn erwartete, und erlag nicht der warmen, komfortablen Versuchung, sich treiben zu lassen. Um
ihn herum verschwammen die Konturen der Kapsel, sie wurden unscharf, doch nur für ein oder zwei Sekunden. Dann
stabilisierten sie sich wieder, und die Kapsel, das kleine
Schiff, gewann erneut Substanz.

Dort waren die zentralen Ereignisroutinen, ein Knäuel im
blauen Leuchten des Mittelpunkts, das Gehirn der Pandora-
Maschine, ihr Denk- und Entscheidungszentrum. Es wartete
auf eine Autorität mit ausreichender Befugnis, erkannte
Aurelius als Reisenden in Diensten von Omni und war bereit,
ihn als weisungsbefugt anzuerkennen.

Der Likotha drängte nach vorn und versuchte sich in Aurelius' Bewusstsein auszudehnen. So schwach er auch sein
mochte, vielleicht sogar durch einen Schock dem Tode nahe:
Er war immer noch stark genug, Aurelius' Wahrnehmungen
zu manipulieren und ihn mit Trugbildern zu täuschen.

Aurelius sammelte Gedanken, von denen er hoffte, dass es
seine eigenen waren.

»Bring mich ...«

Nein.

»... nach draußen ...«

Nein!

»... und durch ...«

Übergib mir die Kontrolle!

»... die Blase, auf die andere Seite ...«

Ich nehme sie mir!

»... der Kontinua-Barriere!«

Der Schlüssel im Schloss, er drehte sich, und diesmal war es Aurelius, der ihn drehte, obwohl die mentalen Hände des Likotha danach griffen. Für einen Moment wurde der Geruch von Moder so stark, dass dem Zehntausendjährigen der Atem stockte, dass er keine Luft mehr bekam. Im nächsten Augenblick fiel etwas Schweres von ihm ab, das schon seit einer ganzen Weile auf ihm gelastet hatte, so lange, dass er sich fast daran gewöhnt hatte, und plötzlich gab es mehr Platz in seinem Kopf, Platz für eigene Gedanken und fremde Erinnerungen. Für einige subjektive Sekunden – während die Kapsel eine Öffnung in der Kontinua-Blase passierte, einen Spalt, gerade breit genug für sie – betrachtete er Bilder aus der Vergangenheit der Pandora-Maschine und begriff, dass sie nicht das Omni-Artefakt war, für das er sie bisher gehalten hatte. Oder zumindest nicht ganz. Sie war aus einem Saatkorn entstanden, das von Omni stammte und den Engeln im Sprawl übergeben worden war. Die Gründe dafür blieben Aurelius verborgen, wie noch immer vieles in Omni, auch nach zehntausend Jahren. Die Kooperative Labris, für die die *Kuritania* vor zweihundert Jahren geflogen war, hatte irgendwie von diesem besonderen Saatkorn erfahren, vielleicht von einem Parakosmiker, und Schiff und Siedler aufs Spiel gesetzt, um es zu bekommen. Von dort bis zur Agentur unter Benedikt war der Weg nicht mehr sehr lang gewesen.

Etwas löste sich, etwas zappelte ein letztes Mal, ein kleiner silberner Aal, und fiel zu Boden. Aurelius betrachtete seinen K-Konnektor, der nicht mehr silbern glänzte, sondern ein stumpfes Grau zeigte. Dann blickte er nach vorn, durch die transparent gewordene Außenhülle der Kapsel. Er fiel an den sieben Einsatzgeschwadern der Verteidigungsflotte von Taiwaru vorbei dem Planeten Uscher entgegen.

Ein Schiff stehlen

85 Zinnober würgte immer noch, obwohl sie längst nichts mehr im Magen hatte, als der Gorkasch das Ziel erreichte: ein fünf- zig oder sechzig Meter durchmessendes Stützelement, das fast einen Kilometer hoch zur globalen Stadt von Mechanica reichte. Es gehörte zu den kleineren Säulen und musste längst kein Gewicht mehr tragen, denn unabhängige Gravi- tationsfelder hielten und stützten die Stadt. In der Mitte glühte ein einsames Licht, das vielleicht einmal die Piloten von Gleitern und Luftwagen gewarnt hatte.

Forrester hielt seine Tochter in den Armen und kletterte vorsichtig über den Rücken des Gorkasch, als das steinerne Geschöpf mit einem weiteren dumpfen Grollen vor der Säule verharrte und sich bückte. Es streckte einen Arm, um eine Brücke zu bilden, und Forrester wankte darüber hinweg. Un- ten angelangt versuchte er erst gar nicht, die zischenden und klickenden Laute nachzuahmen. Er drehte sich halb um und sagte: »Danke!« Der Gorkasch schien zu antworten – er gab ein Geräusch von sich, das nach zwei aneinanderreibenden Felsen klang –, richtete sich auf und stapfte mit schweren, den Boden erschütternden Schritten davon. Er kehrte in die Richtung zurück, aus der sie gekommen waren, zu seinem alten Nest, und nach einigen Dutzend Metern verschwand er in der Düsternis.

Forrester begann mit der Suche nach einem Eingang.

Eine dicke Kruste aus Korrosionsablagerungen und Schmutz hatte sich auf dem Stützelement gebildet, machte Beschriftung und Markierungen unleserlich und erschwerte es, die Tür zu finden. Forrester entdeckte sie erst, als er ein wenig zurückwich und auf der linken Seite ein rechteckiges

Fleckenmuster bemerkte. Behutsam setzte er Zinnober ab. Zitternd und noch immer würgend lehnte sie sich an die Säule, doch die Knie drohten unter ihr nachzugeben. Ihr nicht mehr von der Ganzkörpermaske bedecktes Gesicht war fast so weiß wie das von Jaddar Osk. Sie atmete schwer, keuchte, hustete, schnappte nach Luft und hustete noch mehr.

Forrester befreite das Kontrollfeld neben der Tür, deren Umrisse er nun sah, von der Patina aus Dreck und drückte die Hand darauf, was ein Fehler war, denn die Haut gefror an mehreren Stellen und klebte an den Sensoren fest. Die Hand wieder von ihnen zu lösen, war eine schmerzhafte und auch blutige Angelegenheit.

»Ich hätte den Gorkasch bitten sollen, die Tür für uns einzuschlagen«, schnaufte er.

Zinnober sah ihn aus blutunterlaufenen Augen an und schüttelte den Kopf.

Forrester hustete ebenfalls und hielt die Luft an, um den Hustenreiz unter Kontrolle zu bringen. Jeder Atemzug schmerzte in Kehle und Lunge. Zu Fuß, ohne die Hilfe des Gorkasch, hätten sie es nicht bis zum Stützelement geschafft; sie wären unterwegs erstickt.

Er suchte erneut, fand den manuellen Öffnungsmechanismus, zog sich den Ärmel der Jacke über die Hand und versuchte, den Hebel zu bewegen. Als das nicht funktionierte, nahm er einen Stein und schlug mehrmals damit zu. Beim letzten Schlag gab der Hebel endlich nach. Es summte leise, gefolgt von einem Knirschen, als die Tür mit dem Schmutz rang, dann öffnete sie sich einen Spaltbreit. Forrester zog sie ganz auf, half Zinnober in die kleine Kammer dahinter und schloss die Tür hinter ihnen. Einige Sekunden lang war es völlig finster, bis er eine Lampe fand und sie einschaltete. Ihr Licht fiel auf alte Ausrüstungen und Werkzeuge, seit vielen Jahren nicht benutzt, und den offenen Käfig eines mindestens ebenso alten Lastenaufzugs. An der rechten Seite führten die staubigen Stufen einer schmalen Treppe nach oben.

Zinnober setzte sich auf einen Instrumentenkasten aus rissigem Plast, stützte die Hände auf die Knie und atmete die kalte Luft in tiefen Zügen. Sie war schal und abgestanden, enthielt aber weitaus weniger giftige Gase als die Atmosphäre außerhalb der Säule.

»Wir dürfen hier nicht lange bleiben«, sagte Forrester. »Es ist noch immer viel zu kalt. Wir müssen nach oben.« Auch ihm fiel das Atmen leichter.

Zinnober deutete auf den Gitterkäfig des Lastenlifts. »Willst du dich dem Ding anvertrauen?«

»Nein. Ich bezweifle, dass es überhaupt noch funktioniert. Wir nehmen die Treppe, bis wir den ersten Personenaufzug erreichen.«

»Ohne unsere Masken wird's nicht leicht, Vater. Jeder Überwachungssensor könnte uns identifizieren.«

Das wusste Forrester. »Wir brauchen zunächst einmal einen sicheren Unterschlupf mit Zugang zu Mechanicas Datennetzen.« Er griff in die Tasche, suchte nach Riettas Datenstift und fand ihn, merkte aber, dass ihm etwas anderes fehlte. Rasch holte er die eingesteckten Waffen hervor, legte sie beiseite und suchte erneut, in allen Taschen seiner Hose und Jacke.

»Was ist?«, fragte Zinnober.

»Ich habe eins der beiden Datenmodule mit den militärischen Konstrukteurprogrammen verloren.« Forrester blickte zur Tür.

»Du denkst doch nicht etwa daran, zum Depot zurückzukehren?«

»Nein.« Forrester schüttelte den Kopf. »Das würde ich zu Fuß nicht schaffen.« Genügte ein Datenmodul? Es kam darauf an, welche K-Programme es enthielt.

Zinnober stand auf. »Es lässt sich nicht ändern. Wichtig ist jetzt vor allem, dass wir einen sicheren Ort erreichen.« Sie zog sich einen letzten Fetzen der Maske vom Kinn, einen kleinen braunen Streifen, den sie auf den Boden warf. »Gehen wir nach oben.«

Die Bewegung half, denn sie hielt die Kälte fern. Nach einer Viertelstunde legten sie im Licht einer kleinen Chemolampe die erste Pause ein, und es erleichterte Forrester zu sehen, dass Zinnobers Gesicht wieder Farbe gewonnen hatte. Was ihn überraschte und erstaunte, waren die Schnelligkeit und Bereitschaft, mit der sie einen Blaster zog und nach oben richtete, in den dunklen Treppenaufgang. Forrester hörte das Geräusch einen Moment später: das Brummen von Servomotoren und ein Rasseln wie von Ketten. Es folgten leise Stimmen, von zwei oder drei Personen, glaubte Forrester.

»Lass mich vorausgehen«, flüsterte Zinnober. »Ich sehe und höre besser als du.«

Forrester wollte widersprechen, aber Zinnober huschte bereits über die Stufen nach oben. Sie schien die Erschöpfung einfach abzustreifen und bewegte sich mit einer Agilität, um die er sie beneidete. Er zog ebenfalls eine Waffe, einen Variator, den er auf Betäubung justierte, und folgte seiner Tochter durch die Dunkelheit, die steile Treppe hinauf. Oben zeigte sich ein wenig Licht, und die Stimmen und das Rasseln kamen von dort.

Nach dreißig oder vierzig Stufen hielt Zinnober inne und raunte: »Es sind drei, Vinz. Zwei Männer und eine Frau. Menschen, glaube ich. Und das Brummen ... Ich nehme an, es stammt von einem Bot.«

Wenige Minuten später erreichten sie eine Plattform. Gebückt blieben sie im Schatten, spähten über den Rand der letzten Stufe und beobachteten zwei Männer, die dicke, fleckige Overalls trugen und eine Kette um einen kegelförmigen Wartungsbot geschlungen hatten. Normalerweise wäre der Bot imstande gewesen, die Kette mit seinen Greifarmen zu zerreißen, aber die beiden Männer hatten die Kette mithilfe eines handlichen Impulsgebers in eine Signalbrücke verwandelt und den Bot mit Immobilisierungssignalen lahmgelegt. Während die Servomotoren des gefangenen Bots noch summten, machten sich die beiden Männer daran, ihn zu demontieren. Sie verfügten über entsprechende Werkzeuge, und ihre Bewegungen verrieten Routine.

»Was sind das für Leute?«, hauchte Zinnober.

»Vermutlich Plünderer aus der untersten Ebene der Stadt«, erwiderte Forrester ebenso leise. »Sie demontieren Installationen oder Bots und verkaufen die einzelnen Teile. Ich sehe nur zwei. Wo ist die Frau?«

»Vielleicht dort drüben.« Zinnober deutete zum offenen Wartungsschacht auf der anderen Seite der Plattform, eine dunkle Öffnung, in der eine uralte umgebaute Inspektionskapsel auf einem dunkelgrünen Gravkissen schwebte. Klackende Geräusche kamen aus ihrem Innern, und die Kapsel schwankte, als bewegte sich jemand in ihr.

»Halt mir den Rücken frei, Zinnober«, flüsterte Forrester.

»Was hast du vor?«

Aber er richtete sich bereits auf und trat aus den Schatten, den beiden Männern entgegen. Sein Variator zeigte auf sie.

»Immer mit der Ruhe und keine falsche Bewegung, damit niemand zu Schaden kommt«, sagte er und sah sich rasch um. Links gab es einen zweiten offenen Schacht, der halb im Dunkeln lag, nur schwach erhellt vom Licht der einen Chemolampe an der niedrigen Decke – der Lastenaufzug, dessen Gitterkäfig sie ganz unten in der Säule gesehen hatten.

Die beiden Männer in den fleckigen Overalls wichen vom Bot zurück und hoben die Hände. »He, was soll der Unsinn?«

»Wir können die Kapsel nehmen«, sagte Zinnober hinter Forrester. »Damit kommen wir schnell nach oben.«

Das Klappern und die Bewegungen in der Inspektionskapsel hatten aufgehört.

»Das ist unser Bot«, sagte einer der beiden Männer. »Wir haben ihn vor euch erwischt.«

Zinnober erschien rechts neben Forrester, und er wechselte einen kurzen Blick mit ihr. Sie nickte ihm zu und eilte am Bot und den beiden Männern vorbei zur Kapsel.

»He, den kenne ich«, knurrte der zweite Mann. Seine

Augen wurden groß. »Das Gesicht habe ich erst vor Kurzem gesehen. Er wird gesucht. Es ist eine hohe Belohnung auf ihn ausgesetzt.«

Der erste Mann grinste. »Heute ist unser Glückstag.«

»Wohl kaum«, sagte Forrester und näherte sich vorsichtig.

Auf der gegenüberliegenden Seite warf Zinnober einen Blick in die Kapsel. »Hier liegt ein gefesselter Mann.« Sie drehte sich um. »Die Frau ... *Vinz!*«

Forrester sah die Bewegung aus dem Augenwinkel und warf sich zur Seite. Fast im selben Moment knallte es hinter ihm, und ein kleines kinetisches Geschoss traf den Bot, hinterließ eine Delle, prallte von der Decke ab und streifte die Schulter des ersten Manns. Es knallte noch einmal, aber Forrester rollte sich bereits herum, und auch das zweite Projektil verfehlte sein Ziel.

Die Frau, die Zinnober in der Inspektionskapsel vermutet hatte, stand in der Öffnung des Lastenaufzugs und richtete erneut die Waffe auf ihn, eine altertümliche Pistole, die in ihrer rechten Hand wie ein lebendes Wesen zuckte, als sie sich entlud. Diesmal schlug das kleine Geschoss dicht neben Forresters Kopf auf den Boden, so nahe, dass winzige Splitter seine Wange trafen. Bevor er Gelegenheit bekam, von seiner eigenen Waffe Gebrauch zu machen, blitzte und fauchte es. Die Frau in der Öffnung des Lastenaufzugs warf die Arme hoch, kippte und fiel in den Schacht.

Zinnober stand stocksteif da, die Lippen zusammengepresst, das Gesicht wieder bleich.

Forrester erhob sich, trat mit drei langen Schritten zur anderen Seite des Wartungsbots und richtete seine Waffe auf die beiden Männer.

»Nein, nein«, brachte der eine von ihnen hervor und wich zurück.

Forrester schoss mit seinem auf Betäubung eingestellten Variator. Die beiden Plünderer in den schmutzigen Overalls sanken zu Boden und rührten sich nicht mehr. Noch einmal drei Schritte, und er war bei Zinnober, die noch immer zum offenen Lastenaufzug blickte. Er wollte ihr sanft und behutsam den Blaster abnehmen, aber sie hielt die Waffe fest.

»Nein, Vater, ich brauche ihn noch. Und du brauchst mich. Die Frau hätte dich getötet, wenn ich nicht gewesen wäre.«

»Ja, das stimmt. Aber ...«

»Ich habe keinen Schocker in der Hand gehalten, auch keinen auf Betäubung justierten Variator. Das war ihr Pech. Und selbst wenn ich sie betäubt hätte ... Sie wäre in den Schacht gefallen. Habe ich recht?« Zinnober drehte den Kopf. »Habe ich recht, Vater?«

»Ja.« Forrester seufzte leise und zeigte auf den Blaster. »Sei vorsichtig damit, hörst du? Und auch mit den anderen Waffen.«

»Du wärst jetzt tot, Vater«, sagte Zinnober noch einmal. Dies schien ihr viel mehr nahezugehen als die Toten beim Kampf im Depot. »Du hast recht mit dem, was du gesagt hast, bevor wir nach Mechanica geflogen sind«, fügte sie hinzu. »Du hast gesagt, dass wir dies zu Ende bringen müssen, dass Entführung, Zerstörung und Tod endlich aufhören müssen.«

Er legte ihr die Hand auf die Schulter und fühlte ihr Zittern. »Das habe ich gesagt, ja, und es stimmt.«

»Aber es geht immer weiter, Vater. Es geht immer weiter. Und ein Ende ist nicht in Sicht.«

86 Der gefesselte Mann in der Inspektionskapsel erwies sich als Botverwalter: ein vertrockneter kleiner Sigmaner mit deformierten Händen, die nicht mehr zu feinmechanischen Präzisionsarbeiten fähig waren. Er zappelte, als er Zinnober mit dem Blaster sah, lag dann aber still, während Forrester seine Fesseln und den Knebel löste.

»Oh«, sagte der kleine Mann, setzte sich auf und rieb sich die tauben Arme. »Oh, ich bin Ihnen sehr dankbar, Sie ahnen gar nicht, wie dankbar ich Ihnen bin.« Sein argwöhnischer

Blick blieb bei Zinnober, bis sie ihren Blaster einsteckte. Dann atmete er erleichtert auf. »Oh, dankbar bin ich, *sehr* dankbar. Die drei Schurken, die mich gefesselt haben ...« Er starrte an Forrester vorbei zur offenen Luke. »Sind sie ...?«

»Betäubt«, sagte Forrester. »Für eine Weile.«

»Gut, das ist gut, sogar sehr gut. Ich heiße Gustus Awiocha, zu Diensten, falls ich Ihnen irgendwie helfen kann, meine Hände sind leider nicht mehr das, was sie einmal waren, aber ich habe Kontakte, ich kenne viele Leute in den unteren Ebenen der Stadt, und da Sie von draußen kommen ...«

Der kleine Sigmaner sprach langsamer, als ihm eine Erkenntnis dämmerte. Sein Blick huschte zu Zinnober, die sich an den Kontrollen der Kapsel zu schaffen machte, und kehrte zu Forrester zurück.

»Und da wir von draußen kommen?«, fragte der.

»Äh, ich dachte mir, ich meine, Sie sehen aus, als hätten Sie ... als würden Sie vielleicht Hilfe brauchen ... von Leuten, die keine Fragen stellen ...«

Er unterbrach sich, als die Luke zuklappte. Ein einfacher Gravitationsmotor summte, und die Kapsel bewegte sich, stieg langsam im Wartungsschacht auf. Zinnober betätigte die Kontrollen.

»Was ist mit dem Bot?«, quiekte Awiocha. »Ich bin für ihn verantwortlich!«

»Sie können sich später um ihn kümmern. Nachdem Sie uns gezeigt haben, wie dankbar Sie sind.«

»Dankbar ja, das bin ich, ich meine, diese Plünderer sind skrupellos, wer weiß, was sie mit mir gemacht hätten, ich bin ja so froh, dass Sie rechtzeitig zur Stelle waren, aber leider weiß ich noch immer nicht, wer Sie sind, wenn Sie mir vielleicht Ihre Namen ...«

Der kleine Mann unterbrach sich, öffnete und schloss den Mund wie ein Fisch auf dem Trocknen und sagte dann: »Oh ... oh!«

»Sie kennen uns, nicht wahr?«

»Nein, nein«, erwiderte der Mann hastig. »Ich habe Sie nie zuvor in meinem Leben gesehen, ich schwöre, ich ...«

»Wir sind uns nie begegnet, das stimmt«, sagte Forrester. »Aber Sie kennen uns. Ich nehme an, Sie haben unsere Bilder in den Kommunikationsnetzen von Mechanica gesehen.«

Der kleine, dürre Mann rutschte zurück, bis er die Kapselwand im Rücken hatte. »Ich versichere Ihnen, dass ich nicht die geringste Ahnung habe, wer Sie sind. Es besteht also kein Grund ...«

»Da fällt mir ein ...« Forrester sah sich um und schwankte, als sich die Inspektionskapsel auf einem nicht ganz stabilen Gravkissen zur einen und dann zur anderen Seite neigte. »Gibt es hier einen Zugang zu Mechanicas Datennetzen?«

»Ja, ja, natürlich«, sagte der Sigmaner hastig. »Mit den Datennetzen kenne ich mich gut aus, glauben Sie mir, ich kann Ihnen helfen, was auch immer Sie vorhaben ...«

»Ich habe den Zugang gefunden, Vinz.« Zinnober deutete auf die Kontrollen. »Ein ganz einfaches System.«

Der Sigmaner versuchte noch weiter zurückzuweichen, obwohl ihm die Kapselwand im Weg war. »Ich kann Ihnen helfen, das sollten Sie nicht vergessen, und ich bin sicher, dass Sie Hilfe brauchen, ich meine ...«

»Er kennt die Fahndungsbilder«, sagte Zinnober. »Er weiß, wer wir sind.«

Forrester nickte. »Natürlich weiß er das.«

»Ich?«, quiekte der kleine Mann. »Sprechen Sie von mir? Ich bin halb blind, wussten Sie das? Mit meinen Augen steht es ebenso schlecht wie mit meinen Händen, ich kann kaum mehr sehen, Sie sind praktisch nur Silhouetten für mich ...«

Forrester richtete den Variator auf ihn.

»Nein, nein!«, rief der Sigmaner.

»Na so was«, sagte Forrester. »Plötzlich funktionieren die Augen wieder?«

Etwas surrte, und ein fahles Leuchten umhüllte den kleinen Mann. Er zuckte einmal, ächzte und verlor das Bewusstsein.

Zinnober steckte den Schocker ein, mit dem sie auf Gustus Awiocha geschossen hatte. »Armer Kerl.«

»Er wird erst recht ein armer Kerl sein, wenn er erwacht«, sagte Forrester. »Schocker können sehr unangenehme Nachwirkungen haben.«

»Nicht bei Sigmanern. Das weiß ich aus Cassandras Memolektionen. Er wird in einer Stunde erwachen und nur Kopfschmerzen haben. Vielleicht erinnert er sich nicht einmal an uns.«

»Ich bezweifle, dass eine Stunde reicht, um eins von Riettas Ausweichquartieren zu erreichen.« Er holte den Datenstift der alten Hozig hervor.

»Wir laden ihn unterwegs irgendwo ab.« Zinnober deutete auf eine zweidimensionale Anzeige an der Wand vor den Kontrollen. »Hier ist das System der Wartungsschächte und Versorgungstunnel in diesem Teil der Stadt zu sehen.« Sie hustete und räusperte sich, was Forrester an den eigenen rauen Hals erinnerte und daran, dass sie vermutlich beide eine Dekontamination brauchten. Ihre Körper hatten viel Gift aufgenommen, während sie auf dem Rücken des Gorkasch unterwegs gewesen waren. »Ein riesiges Labyrinth innerhalb der Stadt.«

Bunte Linien, hauptsächlich rot und blau, bildeten ein verschlungenes Muster, wie mehrere sich überlappende Spinnennetze in der globalen Stadt. »Können wir ein bestimmtes Ziel ansteuern?«, fragte er und deutete auf die primitiven manuellen Navigationskontrollen.

»Das sollte sich eigentlich machen lassen.«

»Hat Cassandra dich auch zur Kapselpilotin ausgebildet?« Zinnober rang sich ein Lächeln ab.

Forrester schob Rietta Cosimos Stift in den Datenanschluss. In der zweidimensionalen Anzeige öffnete sich ein Darstellungsfenster, und die Frage nach einem Zugangscode erschien.

»Das habe ich befürchtet«, sagte Forrester. »Es hätte mich sehr überrascht, wenn jemand wie Rietta, die für die Agentur gearbeitet hat, ungeschützte Daten mit sich herumträgt. Sie hat natürlich alles verschlüsselt.«

»Kennst du den Code?«

»Nein, keine Ahnung.«

Zinnobers Finger flogen über die Schaltflächen der Eingabeeinheit. Es piepte leise, in verschiedenen Tonhöhen.

Die Kapsel schwankte erneut auf ihrem Weg nach oben. Forrester hielt sich an der Wand fest. »Was machst du?«

»Der lokale Intellekt verdient es gar nicht, Intellekt genannt zu werden«, sagte Zinnober und beobachtete das Datenfenster. »Aber er kann mit der brachialen Methode versuchen, den Code zu knacken. Er beginnt mit einem Datenschlüssel und verändert ihn systematisch, bis schließlich der richtige gefunden ist.«

»So was kann Jahre dauern«, sagte Forrester.

»Sogar Jahrhunderte. Die künstliche Intelligenz der Kapsel ist einfach nicht leistungsfähig genug.« Zinnober betätigte einen Schalter, und die Kapsel hielt an. Ihre Luke schwang auf. »Die erste Gelegenheit, unseren Passagier loszuwerden.«

Sie trugen Gustus Awiocha, den Sigmaner mit den verkrüppelten Händen, aus der Inspektionskapsel und legten ihn neben einen geschlossenen Lastenaufzug. Forrester sah sich kurz um. Zwei weitere Tunnel zweigten von diesem kleinen Verteilerraum ab, dunkle Öffnungen, die schräg nach oben führten.

»Wir sind noch nicht in der Stadt«, sagte er.

»Dies ist der obere Teil des Stützelements, die Stelle, an der es breiter wird«, sagte Zinnober, als sie in die Kapsel zurückkehrten. Sie warf dem Bewusstlosen noch einen letzten Blick zu, bevor sie die Luke schloss.

»Mach dir keine Sorgen um ihn«, sagte Forrester. »Er wird zurechtkommen.«

»Ich mache mir keine Sorgen um ihn, sondern um uns.« Zinnober deutete auf die 2-D-Anzeige. »Wir können nicht damit rechnen, dass eine Entschlüsselung des Sicherheitscodes gelingt.«

»Was bedeutet, dass wir keine Möglichkeit haben, Riettas Ausweichquartiere zu lokalisieren. Selbst wenn wir sie fänden, ohne Autorisierungsdaten kämen wir nicht hinein.«

Zinnober saß still da, die Hände an den Navigationskontrollen, den Blick auf die Anzeige gerichtet. Der KI der Kapsel versuchte es in jeder Sekunde mit Tausenden von möglichen Codekombinationen, doch Riettas Datenstift gab seine Informationen nicht preis.

»Ich habe nachgedacht, Vater«, sagte Zinnober schließlich.

Forrester stand neben ihr – es gab nur einen Sitz in der Kapsel – und blickte auf sie hinab. Ihr Haar, nicht mehr von der Ganzkörpermaske bedeckt, war zerzaust, eine wilde rote Mähne voller Schmutz.

»Wir könnten uns mit Cassandra in Verbindung setzen …«

»Nein«, sagte er sofort. »Die *Sonnenwind* und ihre Kommunikation werden zweifellos überwacht. Wenn wir versuchen, einen Kontakt mit Cassandra herzustellen, wüsste der Sicherheitsdienst von Mechanica sofort, wo wir sind.«

»Sie hat ein Intruderprogramm in die Datennetze von Mechanica geschickt«, sagte Zinnober. »Einen Crawler, der nach Schlüsselbegriffen sucht, wie zum Beispiel Aurelius, Pandora-Maschine und so weiter. Wir könnten ein Signal senden, verschlüsselt mit dem Code, den Cassandra für ihren Intruder verwendet hat, oder mit deinem Kommunikationscode, den nur sie kennt, das wäre vielleicht noch besser. Wir schicken das Signal in die Datennetze, ohne es an die *Sonnenwind* zu adressieren.«

»Ich verstehe. Cassandra wird es finden, weil es die Schlüsselbegriffe enthält. Und dann?«

»Sie wird es finden und wissen, was es bedeutet: eine Aufforderung, sich mit uns in Verbindung zu setzen. Wir geben unsere Position an, verschlüsselt mit deinem Code.«

»Willst du sie versuchen lassen, die Daten in Riettas Stift zu entschlüsseln?«

»Nein, dazu wäre eine stabile, dauerhafte Kommunikationsverbindung nötig. Ich möchte Cassandra mitteilen, dass sie uns dabei helfen soll, ein Schiff zu stehlen.« Zinnober berührte die Schaltflächen der Navigationseinheit, und die Kapsel setzte sich wieder in Bewegung, schaukelte und schwankte dabei noch mehr als vorher. »Ich suche uns einen sicheren Platz, wo wir ungestört warten können. Hier.« Sie deutete auf das Darstellungsfeld, auf eine Stelle ganz oben im Stützelement, dicht unterhalb der untersten Ebene der Stadt. »Eine kleine, abgelegene Verteilerstation. Keine Sackgasse, in der wir in der Falle säßen, wenn man uns entdeckt. Siehst du die gelben Linien, Vater? Drei mögliche Fluchtwege.«

»Scheint ein geeigneter Ort zu sein«, erwiderte Forrester. Er schwieg eine ganze Minute lang, während Zinnober die Inspektionskapsel durch Schächte und Tunnel steuerte. »Du willst ein Schiff stehlen?«

»Es ist unsere einzige Möglichkeit. Die *Sonnenwind* ist beschädigt. Wir brauchen ein voll einsatzfähiges Schiff, wenn wir zu Benedikt fliegen und Aurelius befreien wollen.«

»Wir wissen nicht einmal, wo sie sind. Jaddar Osk hat es gewusst, aber bevor er es mir verraten konnte, hat der Gorkasch ihn zermalmt.«

»Vielleicht hat Cassandra es inzwischen herausgefunden.« Zinnober hielt die Kapsel an und verankerte sie. Die Luke ließ sie geschlossen. »Wir können nicht abwarten, bis die *Sonnenwind* repariert ist. Wenn sie überhaupt noch repariert wird. Man wird Jaddar Osk vermissen, ihn suchen und finden. Das gilt auch für die drei Plünderer, die beiden betäubten und die tote Frau am Ende des Schachts.« Bei diesen Worten verzog Zinnober kurz das Gesicht. »Wir können nicht drei, vier Tage oder länger warten. Wir müssen sofort handeln, Mechanica so schnell wie möglich verlassen. Also müssen wir ein Schiff stehlen, mit Cassandras Hilfe. Sie kann ein geeignetes Schiff für uns suchen, am besten eins, das sich in der Werft von EnDetail befindet und kurz vor der Fertigstellung steht. Sie kann die Datenbanken manipulieren, Wachdienste neu einteilen, Technikern und Besatzungsmitgliedern falsche Anweisungen übermitteln ...«

»Du hast dir alles gut überlegt«, sagte Forrester anerkennend.

»Ich weiß, wozu Cassandra imstande ist. Sie könnte es schaffen. Und wir hätten das Überraschungsmoment auf unserer Seite. Die anderen Agentur-Leute und der Sicherheitsdienst erwarten sicher von uns, dass wir uns verstecken. Bestimmt rechnet niemand damit, dass wir versuchen, ein Schiff zu stehlen.«

»Cassandra würde damit gegen die Regeln und Gesetze von Mechanica verstoßen«, sagte Forrester, obwohl er sich bereits mit der Idee anzufreunden begann. »Weißt du, welche Folgen das für sie hätte?«

»Man würde ihr Kernprogramm löschen, nicht wahr?«

»Ja. Es liefe auf ihren ... Tod hinaus.«

»Aber dazu wird es nicht kommen, Vater«, sagte Zinnober. »Weil wir Cassandra mitnehmen. Bandbreite und Zeit spielen eine zentrale Rolle – es ist vor allem ein logistisches Problem.«

Zinnober erklärte die Einzelheiten. Zehn Minuten später schickten sie ein verschlüsseltes Signal in Mechanicas Datennetze und hofften, dass Cassandra es empfing.

Sie warteten zwei Stunden – viel Zeit oder auch nicht, wenn **87** man die Dimension der Datennetze von Mechanica und die Anzahl der Signale in ihnen bedachte, die von Cassandras Intruderprogramm ausgewertet werden mussten. Zeit genug für Gustus Awiocha und die beiden betäubten Plünderer weiter unten im Stützelement, wieder zu sich zu kommen. Zeit genug für den Sicherheitsdienst, die Toten auf der Oberfläche von Mechanica zu finden und einen Alarm auszulösen. Die Aktivitäten in der Datensphäre des Planeten veränderten sich kaum, was allerdings ein Trick sein konnte, betonte Forrester, um den Gesuchten ein falsches Gefühl von Sicherheit zu geben. Während sie darauf warteten, dass sich der Intellekt der *Sonnenwind* – beziehungsweise der *Promet-heus* – meldete, behielt Zinnober das Diagramm des Systems aus Schächten und Tunneln im Auge. Der Verkehr nahm zu, je höher die Ebenen der Stadt wurden, aber hier in der Säule, noch unter dem untersten Niveau der Stadt, blieb alles ruhig. Dennoch spürte Forrester, wie seine Anspannung wuchs. Je länger sie warteten, desto kritischer wurde ihre Situation. Er hatte Durst, ebenso wie Zinnober, und etwas zu essen wäre nicht schlecht gewesen. Manchmal zitterten ihm die Hände, und seine Stirn wurde alarmierend heiß. Fieber als Reaktion des Körpers auf die Kontamination durch Giftgase? Sie hatten Waffen, daran mangelte es ihnen nicht, aber keine Medikamente, keinen Proviant und kein Wasser.

Einmal öffneten sie die Luke, um frische Luft hereinzulassen, weil die in der Kapsel schal zu werden begann, und Forrester verbrachte einige Minuten damit, draußen in der Dunkelheit zu stehen und zu lauschen. Er hörte nur ein leises Brummen, das von oben kam, von der Stadt, sonst nichts. Die Kälte trieb ihn schließlich in die Kapsel zurück.

Dort erwartete ihn wieder das gedämpfte Rauschen aus dem Lautsprecher des Kommunikationssystems, und aus diesem Rauschen drang schließlich eine verzerrte Stimme.

»Vinzent? Zinnober?«

Zinnober beugte sich vor. »Wir hören dich, Cassandra.«

»Dies ist ein abgeschirmter Kanal, aber die Intellekte des Sicherheitsdienstes und der Garde von Mechanica liegen auf der Lauer. Sie brauchen sicher nicht länger als etwa zwei Minuten, um den Komm-Kanal zu finden und diesen einfachen Code zu entschlüsseln. Vinzent ...«

»Ja?«

»Erinnerst du dich an den Code, den wir vor acht Jahren auf Canarus verwendet haben?«

»Ja.«

»In einer Minute, Vinzent und Zinnober. Wechsel auf Frequenz vier vier neun Komma zwei mit neuem Code.«

Zinnober wollte ihren Platz vor den Kontrollen räumen,

aber Forrester schüttelte den Kopf: »Nein, bleib sitzen.« Er streckte die immer noch kalten Hände nach den Schaltern und Schaltflächen aus. Den neuen Code einzugeben, dauerte nicht länger als zehn Sekunden, und anschließend wechselte Zinnober die Frequenz. Dann warteten sie erneut.

Eine Minute verstrich, dann eine zweite. Als auch eine dritte Minute verging, ohne dass sich das Rauschen veränderte, fragte Zinnober: »Bist du sicher, dass du den richtigen Code eingegeben hast?«

»Ja. Und die Frequenz?«

Zinnober überprüfte sie. »Vier vier neun Komma zwei.«

Sie warteten erneut. Weitere fünf Minuten verstrichen, und dann flüsterte eine Stimme, selbst vom leisen Rauschen fast übertönt: »Kontakt?«

»Ja, Kontakt, Kontakt«, antwortete Zinnober schnell. Ihre Stimme war rau, und sie räusperte sich mehrmals.

»Bitte entschuldigt die Verzögerung«, sagte Cassandra. Zinnober erhöhte die Lautstärke. »Aber einer der lokalen Intellekte hatte eine Falle vorbereitet und sich dabei sehr geschickt angestellt, geschickter, als ich dachte. Ich musste einige Probleme lösen. Diese Verbindung sollte für die nächsten zehn Minuten sicher sein. Danach empfehle ich eine Kontaktpause von mindestens einer Stunde.«

»So viel Zeit haben wir nicht, Cassandra.« Forrester wechselte einen Blick mit seiner Tochter. »Es geht uns nicht besonders gut. Wir haben zu lange giftiges Gas geatmet und sind dehydriert.«

»Es ist zu einem Zwischenfall gekommen, nicht wahr? In den abgeschirmten Kanälen des Sicherheitsdienstes wird darüber berichtet. Ich konnte etwas davon entschlüsseln. Ein großer Teil des Nachrichtenverkehrs ist noch immer codiert. Ich wäre imstande, mir Zugang zu den Daten zu verschaffen, wenn mir meine volle Kapazität zur Verfügung stünde, aber bedauerlicherweise bin ich gezwungen, mich vor den lokalen Intellekten zu schützen ...«

»Es ist nicht zu *einem* Zwischenfall gekommen, sondern

zu mehreren«, sagte Zinnober. Mit knappen, schnellen Worten erklärte sie die Situation. »Such ein geeignetes Schiff in der Nähe. Eliminiere so viele Risikofaktoren wie möglich, damit meine ich Wachdienste und so weiter. Und was dich betrifft ... Wir wollen dich nicht zurücklassen. Es ist eine Frage der Bandbreite und Logistik, nicht wahr?«

Das Rauschen verwandelte sich in ein Knistern, und Zinnober reduzierte die Lautstärke ein wenig. Für ihre crohanischen Ohren blieb Cassandras Stimme deutlich genug, doch Forrester musste sich anstrengen, um sie zu verstehen.

»Ich nehme an, du meinst die Übertragung meiner Kernprogramme in das ausgewählte Schiff.«

»Und auch den Transfer deiner wichtigsten Datenbanken«, sagte Zinnober. »Ich meine all das, was dich zu Cassandra macht.«

»Es sind ziemlich viele Daten«, gab Cassandra zu bedenken. »Die Übertragung wird eine Weile dauern. Du hast recht, es hängt von der Bandbreite ab und davon, ob Störungen der Übertragung drohen. Aber ein wichtiges Problem hast du vielleicht nicht bedacht.«

»Welches Problem?«, fragte Forrester sofort und fühlte neue Sorge in sich aufsteigen.

»Ich weiß«, sagte Zinnober. »Der Intellekt des Schiffes, das wir stehlen wollen. Er wird dir nicht freiwillig weichen, Cassandra.«

»Nein.«

»Er muss deaktiviert werden.«

»Ich bin dazu außerstande«, sagte Cassandra. »Für eine Deaktivierung des anderen Intellekts bräuchte ich Zugang zu seinen inneren Systemroutinen, und den gewährt er mir bestimmt nicht. Außerdem muss ich aufpassen; ich werde die ganze Zeit überwacht.«

»Wir übernehmen das.«

»Wir?«, fragte Forrester.

»Ihr?«, fragte Cassandra.

»Ja, wir«, bestätigte Zinnober. »Wenn du ein geeignetes Schiff gefunden und alles vorbereitet hast, meldest du uns im Wartungsplan als Systemtechniker an. Dadurch kommen wir an Bord, erhalten Zugang zu den Datenbanken und nehmen eine Notabschaltung vor. Dadurch hast du freie Bahn.«

»Mein Transfer muss genau zum richtigen Zeitpunkt erfolgen«, sagte Cassandra. »Die Sicherheitsroutinen des Intellekts werden erkennen, dass es keinen Grund für eine Notabschaltung gibt. Sie werden versuchen, die zentralen Systeme zu reaktivieren.«

Forrester staunte immer mehr über seine Tochter und hörte, wie sie sagte: »Du wirst es verhindern, Cassandra. Du wirst genau im richtigen Moment zur Stelle sein.«

»Habt ihr eure Masken noch?«, fragte Cassandra.

»Nein«, sagte Forrester. »Jeder Überwachungssensor in der Stadt könnte uns sofort identifizieren.«

»Das macht es nicht leichter.«

»Es wird klappen«, sagte Zinnober. »Es *muss* klappen.«

»Ich beginne sofort mit den Vorbereitungen, Vinzent und Zinnober. Sie werden schätzungsweise ein bis zwei Stunden dauern. Wartet, bis ich ...«

»Nein«, sagte Zinnober. »Wir machen uns sofort auf den Weg. Jede verstreichende Sekunde vergrößert die Gefahr der Entdeckung. Ich habe EnDetail inzwischen lokalisiert.« Sie deutete auf die zweidimensionale Anzeige, und Forrester bemerkte einen blinkenden blauen Punkt. »In etwa siebzig Minuten sind wir da. Bis dahin muss alles bereit sein.«

»Das wird ziemlich knapp, Zinnober.«

»Du wirst es schaffen.«

»Danke für dein Vertrauen. Ich melde mich, sobald ich mehr weiß.«

Zinnober schaltete das Kommunikationssystem der Kapsel auf Bereitschaft.

Forrester stand neben dem Sitz und blickte anerkennend

auf seine Tochter hinab. »Du bist eine sehr resolute junge Dame.«

Zinnober sah zu ihm auf. »Vielleicht habe ich das von meinem Vater.«

88 In den oberen Ebenen der globalen Stadt und erst recht in der Nähe der breiten Schächte, die bis zur Oberfläche von Mechanica reichten, herrschte selbst in den Inspektionstunneln reger Verkehr. Ständig mussten mehr oder weniger wichtige Komponenten gewartet und defekte Teile ausgetauscht werden, und zu diesem Zweck waren viele autonome oder bemannte Vehikel unterwegs, was Forrester und Zinnober immer wieder zu Umwegen zwang. Einige Male stießen sie auf Kontrollpunkte: Verteilerräume, in denen die Identer der Kapseln und Bots mit den Einträgen von Wartungs- und Auftragslisten verglichen wurden. Cassandra schickte jedes Mal ein Datenpaket, das die Programmierung des Kapsel-Identers veränderte, damit die Identifizierung mit einem der Listeneinträge übereinstimmte. Auf diese Weise drangen sie im Lauf der nächsten Stunde immer weiter nach oben vor und näherten sich dem Ziel, der En-Detail-Werft. Zumindest hielten sie die Werft für ihr Ziel, bis sich Cassandra erneut über einen speziell codierten Kommunikationskanal meldete und sagte:

»Ich habe mich gründlich umgesehen und umgehört, Zinnober und Vinzent, aber die Werft von EnDetail enthält kein Schiff, das sich für unsere Zwecke eignet. Zwei kämen mit ihrer Basiskonfiguration infrage, aber ihre Triebwerke werden überholt und sind derzeit nicht voll einsatzbereit. Ich gehe doch richtig in der Annahme, dass ein Sprawler mit voller Kapazität unabdingbare Voraussetzung ist, oder?«

»Ja«, sagte Forrester, während Zinnober die Navigationskontrollen bediente. »Was sind die Alternativen?«

»Es gibt nur eine, wenn man den sehr knapp bemessenen

Zeitrahmen berücksichtigt.« Diesmal war die Stimme klar und deutlich zu hören. Das Rauschen blieb im Hintergrund. »Einen Explorer von Kornbester im Hundert-Sonnen-Haufen. Das Schiff ist generalüberholt worden und steht unmittelbar vor der Fertigstellung.«

»Aber?«, fragte Zinnober.

»Die *Centaurus* befindet sich ein ganzes Stück weiter oben, auf Ebene neun, in der DutzendDock-Werft.«

Forrester dachte an die militärischen Programme in dem einen Datenmodul, das ihm geblieben war. »Ein Explorer von Kornbester wäre nicht schlecht. Solche Schiffe sind auch mit guten Konstrukteuren ausgestattet. Typ Eins oder Zwei?«

»Zwei«, antwortete Cassandra. »Größer als ich, als die *Sonnenwind* beziehungsweise *Prometheus*, mit genug Basismasse für eine Autonomie von zehn Standardjahren. Vollständig ausgerüstet und ausgestattet. Start vorgesehen in zwei Tagen, positive Endkontrolle vorausgesetzt.«

»Aber?«, fragte Zinnober erneut, lenkte die Kapsel in den nächsten hell erleuchteten Haupttunnel und wich einem Bot aus, der wie eine große Schnecke aus Komposit und Stahlkeramik über die linke Tunnelwand kroch.

»Es gibt eine Kontrollstelle beim Schiff«, sagte Cassandra. »Keine automatische, die von einem kleinen Intellekt geleitet wird. Mechanicas Garde hat bei DutzendDock einen Posten eingerichtet. Offenbar ist er Teil der Fahndung nach euch beiden. Und noch etwas. Ich habe mir die Flugdaten von Satelliten, Raumstationen und all den Schiffen im Orbit und in den An- und Abflugschneisen angesehen. Nachdem wir das Schiff gestohlen haben, kommt es darauf an, so schnell wie möglich von Mechanica zu verschwinden, nicht wahr?«

»Himmel, ja«, brummte Forrester und beobachtete, wie Zinnober die Kapsel durch den Tunnel steuerte. Sie wurde immer geschickter und bewegte das kleine Gefährt wie eine erfahrene Pilotin.

»In fünfunddreißig Minuten öffnet sich ein schmaler Flugkorridor fast direkt über dem Schacht. Es ist das einzige geeignete Startfenster während der nächsten beiden Tage.«

»Und wenn wir es nicht rechtzeitig schaffen?«

»Dann haben wir keine freie Bahn«, sagte Cassandra. »Wir müssten in relativ geringer Höhe über Mechanica mindestens vierzehnmal den Kurs ändern, was langsames Navigieren bedeutet.«

»Zeit genug für die Garde, uns aufs Korn zu nehmen.«

»Ja, Vinzent. Ich nehme an, so hätte es Nathan ausgedrückt.«

»Also gut«, sagte Zinnober und betätigte den Geschwindigkeitsregler. »Fünfunddreißig Minuten sind nicht viel. Wir sollten uns besser sputen.« Sie überholte einen langsameren Bot und wählte einen steil nach oben führenden Tunnel. Von einem instabilen Gravitationskissen getragen stieg die zitternde, schwankende Kapsel auf.

»Und der Kontrollposten?«, fragte Forrester. »Wie kommen wir an ihm vorbei.«

»Ich sorge für einen Notfall«, antwortete Cassandra. »Besser gesagt: für zwei Notfälle. Einen in der Nähe des Kontrollpostens und einen zweiten an Bord des Schiffes, der einen Teil der Energieversorgung lahmlegen und euch die Aufgabe, den Intellekt zu deaktivieren, erleichtern wird. Ihr müsst in … zwanzig Minuten zur Stelle sein. Eine Viertelstunde würde gerade für den Transfer meiner Kerndaten zur Centaurus reichen. Wenn es dabei zu Verzögerungen oder zu einer Einschränkung der Bandbreite käme, müsste ich einen Teil von mir zurücklassen.«

»Verstanden«, sagte Forrester ernst. »Wir sind in zwanzig Minuten da.«

89 Sie waren in neunzehn Minuten zur Stelle und warteten mit neu programmiertem Identer am Ausgang eines Tunnels, in dem ein ständiges Kommen und Gehen herrschte. Bots rollten, schwebten oder stapften vorbei. Kleine torpedoförmige Sonden machten sich mit hoher Geschwindigkeit auf den Weg ins Tunnellabyrinth oder verließen es nach beendeten Erkundungsmissionen. Plattformen trugen spezialisierte Techniker zu nahen Einsatzorten. Weiter vorn, in offenen Räumen und Sälen, bewegten sich Menschen und Äquiv-Intelligenzen, einige von ihnen in undurchsichtige Ambientalblasen gehüllt, in einem Durcheinander aus Rohren, Schläuchen, offenen hydraulischen Systemen und halb automatischen Werkzeugbänken – dort wurden benötigte Ersatzteile von kleinen Konstrukteuren hergestellt und anschließend den lokalen Erfordernissen angepasst. Zwei Wege führten durch die Werkstätten, einer auf der linken und der andere auf der rechten Seite, und sie trafen sich dort, wo Scheinwerferlicht vom Schacht in den letzten offenen Raum fiel.

Zinnober sendete das vereinbarte *Wir sind da*-Signal. Nur wenige Sekunden später übertrugen die externen Sensoren ein Donnern, das seinen Ursprung nicht sehr weit entfernt zu haben schien, denn eine Druckwelle ging durch den Hauptsaal, ließ Schläuche hin und her schwingen, Werkbänke und Konstrukteure vibrieren.

»Jetzt«, drang Cassandras Stimme aus dem Kommunikator.

Sofort steuerte Zinnober die Kapsel in den linken Gang.

Forrester hielt sich an der Wand fest, als die Inspektionskapsel erneut heftig schaukelte. »Was war das?«

»Ein energetischer Distributor«, sagte Cassandra. »Ein Knotenpunkt des hiesigen Energienetzes. Ich habe die Flussparameter verändert und eine Überladung herbeigeführt. Keine Sorge, es wurde niemand verletzt; der Materialschaden allerdings ist beträchtlich. Neue Identer-Daten sind unterwegs. Ihr seid Jasmin und Jasper, zwei Sprawler-Spezialisten, die an Bord der *Centaurus* gebraucht werden. Die Angelegenheit ist so dringend, dass euer Auftrag absolute Priorität hat. Der Bereichsintellekt hat es gerade bestätigt: Notfall an Bord des Explorers von Kornbester. Gravimetrische Instabilität im Sprawler, hervorgerufen durch einen Überladungsimpuls, der vom nahen Distributor ausging.«

»Hast du den Sprawler beschädigt?«, fragte Forrester besorgt.

»Nein, natürlich nicht. Ich bereite jetzt den Transfer meiner Kerndaten vor und beginne mit der Übertragung in die peripheren Datenspeicher der *Centaurus*.«

Ein Bot erschien plötzlich im Gang, groß und mit zahlreichen Greifarmen. Zinnober wich ihm aus und streifte dabei eine Werkbank – die Kapsel dröhnte und schwankte noch heftiger als zuvor. Mehrere Nonhumanoiden in schweren Schutzanzügen und Ambientalblasen wichen beiseite. Zwei Menschen riefen etwas und winkten, als Zinnober die lädierte Inspektionskapsel mit hoher Geschwindigkeit an ihnen vorbeilenkte. In der 2-D-Anzeige blinkten rote Warnlichter, und die Sensoren übertrugen ein rhythmisches Heulen – die Explosion des Distributors hatte einen Alarm ausgelöst.

Draußen im anderthalb Kilometer durchmessenden Schacht erwartete sie eine dichte Wolke aus Schwebern, Schleppern, Rettungskapseln und unterschiedlich konfigurierten Vehikeln des Sicherheitsdienstes und der Garde. An einer Stelle leckten Flammen aus einer rußgeschwärzten Belüftungsöffnung, aber es waren bereits Einsatzgruppen aus Bots und Menschen zur Stelle, die das Feuer schnell unter Kontrolle brachten.

DutzendDock war eine ziemlich große Werft, die sich über sechs Ebenen der Stadt erstreckte. Gravitationsfelder verankerten die *Centaurus* im oberen Teil, ein Schiff, das nur aus Kurven und Wölbungen zu bestehen schien: hundert Meter lang und dunkelgrau, mit den Hoheitszeichen von Kornbester, die aussahen wie ein Oktopus mit verknoteten Fangarmen, Flanken und Navigationsschwingen, glatt und rund, wie geschaffen nicht für den Flug durchs All, sondern durch eine dichte Atmosphäre oder in einem Ozean. Die einzigen Kanten gab es achtern, über dem Sprawler-Ring. Dicht vor dem Heck ragte ein Dorn auf, mit drei langen, nach vorn gerichteten Spitzen, konfigurierbar für Sensoren oder Waffensysteme. Drei Bots waren damit beschäftigt, die Reste eines Gerüstes zu demontieren. Zwei weitere hatten sich beim Sprawler-Ring an der Außenhülle verankert, bewegten sich nicht und warteten vielleicht auf Anweisungen der beiden Sprawler-Spezialisten Jasmin und Jasper, die gleich eintreffen sollten.

Die von Mechanicas Garde in der Werft eingerichtete Kontrollstelle war durch das allgemeine Chaos in Auflösung begriffen. Mehrere militärische Gleiter schwebten fort von den auf Gravkissen ruhenden Scannern und sicherten die Flugschneisen des Schachtverkehrs. Die Soldaten der nahen Waffenplattform schienen vor allem bestrebt zu sein, ihren Posten vor Kollisionen zu schützen – sie hielten keine Gleiter mehr an, um visuelle Überprüfungen vorzunehmen, stellte Forrester erleichtert fest. Nur die beiden großen, bewaffneten Sicherheitsbots setzten ihre Überwachungsaufgabe unbeirrt fort, empfingen die Daten der Identer aller im Anflug befindlichen Vehikel und verglichen sie mit Fluglisten, die ständig von den Verkehrs- und Einsatzintellekten aktualisiert wurden.

»Kein Kontakt mehr mit Cassandra«, sagte Zinnober. Ihre Hände blieben bei den Navigationskontrollen.

»Sie hat mit dem Transfer begonnen. Noch dreizehn Minuten, bis sich das Zeitfenster des Orbitalverkehrs schließt. Es wird sehr, sehr knapp.« Forrester holte seinen Variator hervor und vergewisserte sich, dass er noch immer auf Betäubung eingestellt war. »Kein Blaster diesmal. Nimm den Schocker.«

»Gegen Bots nützt der nicht viel.«

»Warum sollten sich Kampfbots in der *Centaurus* befinden? Das Schiff erwartet nur zwei Techniker, die dringend gebraucht werden, um den Sprawler zu stabilisieren.«

Die beiden Sicherheitsbots der Kontrollstelle empfingen die Identer-Daten der Kapsel sowie ihren vom Bereichsintellekt bestätigten Prioritätscode und ließen sie passieren. Die Gardisten auf der Waffenplattform warfen ihr nur einen kurzen Blick zu, als sie vorbeiflog, und drehten sich dann zu einem roten Flugboot von Abakus um, dessen Pilot versuchte, dem Durcheinander zu entgehen, was ihn in gefährliche Nähe zur Plattform brachte.

Zwanzig Sekunden später erreichte die Inspektionskapsel den offenen Hangar der *Centaurus*, und damit kam ein kritischer Moment. Sie mussten bei geöffnetem Außenschott aussteigen, und wenn sie dabei von einem visuellen Sensor der Garde erfasst wurden, war ihre Identifizierung kaum zu vermeiden.

Zinnober landete die Kapsel so, dass die Luke sich zur Innenwand des Hangars hin öffnete. Forrester war als Erster draußen, den Variator schussbereit in der Hand. Zinnober folgte ihm, mit gezücktem Blaster. Niemand zu sehen. Im Laufschritt eilten sie zum offenen Innenschott und benutzten dabei so lange wie möglich die Deckung der Kapsel. Als sie im Korridor standen und von draußen nicht mehr gesehen werden konnten, atmete Forrester auf.

Ein schlichter Wartungsbot schwebte ihnen auf einem gelben Gravfeld entgegen. Forrester hoffte, dass er nicht mit einem Identitätsscanner ausgestattet war, denn ihre persönlichen Identer hatten nicht neu programmiert werden können.

»Wir sind Jasmin und Jasper«, sagte Zinnober rasch und hielt die Waffe versteckt. »Sprawler-Spezialisten.«

»Bitte kommen Sie, schnell, schnell«, sagte der Bot und flog durch den Gang. Forrester und Zinnober mussten laufen, um nicht den Anschluss zu verlieren. »Die gravimetrische Instabilität nimmt zu und wird in neunzehn Komma vier eins Minuten ein kritisches Niveau erreichen.«

»Dazu werden wir es nicht kommen lassen«, sagte Forrester und sah sich um. Die Gänge und Räume, durch die sie kamen, waren makellos sauber, und alles wirkte wie neu. »Befinden sich Besatzungsmitglieder an Bord?«

»Navigator und Intellektor sind im Nukleus und überprüfen die Systeme«, antwortete der Bot. Sie erreichten den Rand des Sprawlers; vor ihnen ragten die ersten Aggregatblöcke auf.

Forrester wechselte einen Blick mit Zinnober, die ihn verstand. Insbesondere der Intellektor, zuständig für den Intellekt der *Centaurus*, stellte ein Risiko dar, denn Cassandras Kerndatentransfer konnte seiner Aufmerksamkeit kaum entgehen.

»Wir brauchen sie beim Sprawler«, sagte Forrester. »Wir kennen den Weg. Hol sie beide!«

»Bestätigung.« Der Bot machte kehrt und flog in die entgegengesetzte Richtung.

»Ich betäube sie beide, wenn sie beim Sprawler eintreffen«, flüsterte Forrester seiner Tochter zu, als sie den Weg fortsetzten. »Anschließend läufst du zum Nukleus, deaktivierst den Intellekt und holst Cassandras Kerndaten aus den peripheren Datenspeichern in die zentralen Elaboratoren. Ich hoffe, sie kann die Bordsysteme schnell genug übernehmen, um die *Centaurus* rechtzeitig für das Startfenster nach oben zu bringen.«

»Der Intellekt wird versuchen, sich zur Wehr zu setzen«, erwiderte Zinnober schnell. »Er könnte die Bandbreite der Transferkanäle reduzieren. Dann würde Cassandra für die Übertragung ihrer Daten mehr Zeit benötigen.«

Sie hatten das Ziel fast erreicht – voraus wartete ein weiteres offenes Schott auf sie, und dahinter befanden sich die Kontrollsysteme des Sprawlers.

»Ich lege die Energieversorgung der Sicherheitssysteme lahm«, zischte Forrester dicht vor dem Schott. »Ich sorge dafür, dass der Intellekt blind und taub wird.«

»Den Rest erledige ich«, erwiderte Zinnober.

Zwei weitere Bots erwarteten sie im kleinen Kontrollraum des Sprawlers. Einer hatte die Verkleidung der Hauptkontrollsysteme gelöst und mehrere dünne Greifarme in die Knäuel aus Signalbrücken, Wandlern und Flussreglern gesteckt. Der andere schwebte neben der Konsole und versuchte, die Sicherheitssysteme neu zu kalibrieren. Beide richteten ihre visuellen Sensoren auf die Neuankömmlinge.

»Jasmin und Jasper?«, fragten sie gleichzeitig.

»Ja«, antworteten Zinnober und Forrester wie aus einem Mund.

»Kein Werkzeug?«, fragte der eine Bot.

»Keine Instrumente?«, fragte der andere.

»Dazu blieb leider keine Zeit«, sagte Zinnober und wandte sich der Konsole zu. »Wir haben uns so schnell wie möglich auf den Weg gemacht.«

»Wir sind davon ausgegangen, dass sich alle notwendigen Werkzeuge an Bord der *Centaurus* befinden«, sagte Forrester und näherte sich den Kontrollen für die Sicherheitssysteme.

»Sie sind bewaffnet«, stellte Bot eins fest.

Zinnober schnitt eine Grimasse.

»Wir haben es für erforderlich gehalten, uns zu schützen«, sagte Forrester. »Wegen der beiden flüchtigen Verbrecher.«

»Waffen sind in der *Centaurus* nicht zugelassen«, erwiderte Bot zwei. »Grundregel Nummer vierzehn, mit DutzendDock vereinbart.« Er stieg neben der Konsole auf. »Ich muss Meldung erstatten.«

»Wirst du nicht. Vinz ...«

Forrester trat rasch zur Seite. Ein Blasterstrahl fauchte, ein Loch bildete sich vorn im Sensorcluster des Bots, ein mechanisches Jaulen erklang aus seinem Innern, und er fiel aus einer Höhe von fast zwei Metern auf den Boden. Als das Donnern und Scheppern verhallte, sagte der zweite Bot: »Das ist höchst ungewöhnlich. Ich muss ...«

Zinnober schoss erneut.

»Ich habe gewusst, dass ein Blaster nützlich sein kann«, sagte sie zufrieden, als auch der zweite Bot auf dem Boden lag.

Zwei Männer in mittleren Jahren kamen herein, beide mit Tätowierungen auf Wange und Stirn und winzigen Implantaten in jadegrünen Augen.

»Was ist denn hier los?«, entfuhr es dem einen verblüfft. Der andere wich erschrocken zum Schott zurück.

Forrester schoss mit seinem Variator, und die beiden Männer von Kornbester, Navigator und Intellektor der *Centaurus*, klappten zusammen, als hätten sich ihre Knochen plötzlich in Gummi verwandelt. Sie blieben reglos liegen.

Wie viel Zeit war vergangen?, dachte Forrester. Wie viele Minuten blieben ihnen noch?

»Ich kümmere mich um den Intellekt.« Zinnober lief los, »Und ich erledige den anderen Bot, damit er keinen Alarm auslösen kann.«

Und dann war alles ruhig, bis auf das Summen des Sprawlers, das wegen der gravimetrischen Störungen fast ein wenig schrill klang. Forrester rang mit einem plötzlich sehr starken Hustenreiz, als er begann, die Energieversorgung der zentralen Bordsysteme zu blockieren und bestimmte Sicherheitskomponenten zu deaktivieren. Gleichzeitig veränderte er die Grundkonfiguration des Sprawlers mit dem Code, den Cassandra übermittelt hatte, als sie noch mit der Inspektionskapsel unterwegs gewesen waren – sie brauchten einen stabilen, voll einsatzfähigen Sprawler, wenn sie von Mechanica entkommen wollten.

Wieder verstrichen wertvolle Sekunden und wurden zu Minuten.

Das Schrille verschwand aus dem Summen des Sprawlers, der darauf wartete, die *Centaurus* vom Basiskontinuum ins silbrige Grau des Sprawl zu tragen. Die Anzeigen der Hauptkonsole bestätigten, dass nur noch die elementaren Funktionen des Schiffes Energie empfingen und die internen Sicherheitssysteme deaktiviert waren, was Zinnober Gelegenheit geben sollte, den Intellekt des Kornbester-Schiffes schlafen zu schicken und Cassandras Kerndaten in die Elaboratoren zu laden.

Das Licht flackerte einmal, so kurz, dass man es bei einem Blinzeln hätte übersehen können. Sonst geschah nichts. Forrester wartete.

Er behielt die Anzeigen der Konsole im Auge. Als eine weitere Minute verstrich, überlegte er, ob er den Nukleus aufsuchen und dort nach dem Rechten sehen sollte, anstatt darauf zu warten, dass sich Zinnober oder Cassandra meldeten.

Schließlich hielt er es nicht mehr aus und wollte gerade losgehen, als Zinnober im offenen Zugang erschien. Sie war nicht allein. Ein Mann in der Uniform des Sicherheitsdienstes von Mechanica stand hinter ihr und hielt den Blaster auf sie gerichtet, mit dem sie die beiden Bots außer Gefecht gesetzt hatte. Schmerz lag auf ihrem Gesicht, und die roten Augen riefen ihm zu: *Es tut mir leid!*

Ein Koloss erwacht

Benedikt starrte auf den Likotha hinab und stieß das eulenartige Geschöpf mit dem Fuß an.

»Er ist tot«, sagte der Mediker.

»Ich weiß, dass er tot ist, verdammt!« Zorn brodelte in Benedikt. »Schaffen Sie ihn mir aus den Augen!«

Der Mediker und sein Assistent bückten sich, hoben den toten Likotha hoch und trugen ihn fort. Sie verschwanden mit ihm zwischen den Säulen und folgten dem von Lampen erhellten Korridor, der zum nächsten Hangar führte.

Benedikt drehte sich um, betrachtete die funkelnden Lichter in den gläsernen Säulen und fragte sich, ob es sich bei einem von ihnen um den Zehntausendjährigen handelte.

»Wo ist Aurelius?«, fragte er. »Können wir ihn lokalisieren? Können wir ihn zurückholen?« Er fügte hinzu: »Können wir irgendwie zu ihm gelangen?«

»Er ist im Nukleus, da sind wir uns ziemlich sicher«, antwortete einer der Techniker. »Doch der Weg dorthin bleibt versperrt. Die Wände sind undurchdringlich.«

Benedikt hob die Hände. »Einige der Systeme sind unter unserer Kontrolle. Haben wir daraus denn überhaupt nichts gelernt? Was sagt unser Intellekt? Kann er die Zugangscodes nicht entschlüsseln?«

»Es gibt hier keine Zugangscodes«, erwiderte ein Xenospezialist. »Was wir ›Steuerungsimpulse‹ für die zahlreichen Systeme und Subsysteme der Pandora-Maschine nennen würden, sind so etwas wie ›autorisierte Gedanken‹. Wir haben gelernt, einige von ihnen so gut zu simulieren, dass die Maschine darauf reagiert, aber die internen Strukturen können wir nicht kontrollieren. Es war Aurelius, der die Wände für uns geöffnet und die Korridore geschaffen hat.«

Benedikt rang Zorn und Enttäuschung nieder, näherte sich dem Xenospezialisten, der vor einer der installierten Konsolen stand, und klopfte ihm auf die Schulter. »Versuchen Sie es weiter«, sagte er ruhig. »Sorgen Sie dafür, dass unser Intellekt noch mehr lernt, damit wir weitere Systeme dieses Artefakts nutzen können.«

Er wandte sich den Holofeldern zu. Das größte von ihnen zeigte den zweiten Planeten des Taiwaru-Systems, die blaugrüne Kugel von Uscher, wie eingesponnen in ein Netz aus Habitaten, Satelliten, orbitalen Konstrukteuren und Basistationen für den interplanetaren und interstellaren Raumschiffverkehr.

Benedikt blickte auf die am Rand eingeblendeten Daten. »Wir sind langsam«, stellte er fest.

»Die Navigationssysteme reagieren träge«, antwortete ein Pilot und sah von seinen Instrumenten auf. »Es wird etwas länger dauern, eine nahe Umlaufbahn zu erreichen.«

Ein blinkender Punkt erschien in der Darstellung. Er kam aus der rechten unteren Ecke, durchquerte die Linie, die den energetischen Wirkungshorizont der Kontinua-Blase markierte, und entfernte sich schnell.

»Was ist das?« Benedikt deutete darauf. »Woher kommt das?«

Der Punkt wurde schneller, ohne dass die Ereignisdaten auf konventionelle Beschleunigung hinwiesen, und flog innerhalb weniger Sekunden an den sieben Geschwadern der Verteidigungsflotte des Taiwaru-Systems vorbei.

»Eine Kapsel!«, rief jemand aus dem hinteren Bereich des Saals mit den Säulen. »Sie kommt von hier.«

»Aurelius«, flüsterte Benedikt. Und dann lächelte er wieder. »Das ist eine gute Nachricht«, sagte er und richtete die Worte an alle Anwesenden. »Wenn Aurelius die Pandora-Maschine verlassen hat, kann er sie nicht kontrollieren. Sie bleibt uns überlassen!«

Etwas knirschte. Benedikt hob den Kopf und sah zur halb durchsichtigen Decke. Auch dort bewegten sich kleine Lichter und bildeten langsam dahinziehende Ketten.

Zwei kleinere Holofelder flackerten. Die anderen Planeten des Taiwaru-Systems und ihre Monde verschwanden hinter grauen Schlieren.

Benedikt wartete und beobachtete die Techniker und anderen Spezialisten bei der Arbeit. Es waren die Besten von Agentur und InterStel. Sie mit gereizten Worten unter Druck zu setzen, hatte nicht nur keinen Sinn, sondern wäre auch dumm gewesen.

Das Knirschen wurde lauter und kam nicht nur aus der Decke, sondern auch aus den Wänden. Überall erschienen kleine Lichter, tanzten wie die in den Säulen oder bildeten Muster.

»Wir haben keine Kommunikationsverbindung mehr«, sagte eine hagere Frau mit knochigem Gesicht. »Alle externen Kommunikationskanäle sind blockiert.«

»Blockiert?«, fragte Benedikt.

Die Finger der Komm-Technikerin glitten durch die virtuellen Kontrollen vor ihr. »Bei den internen Kanälen ist ebenfalls keine Signalübertragung mehr möglich.«

»Die sieben Einsatzgeschwader der Verteidigungsflotte gehen in Angriffsposition«, meldete jemand.

»Neues Ziel für unsere Waffensysteme«, sagte Benedikt. »Startbereitschaft für unsere Schiffe in den Hangars.«

Einige Sekunden verstrichen.

»Geschwader eröffnen das Feuer.«

Im großen Holofeld gleißte und loderte es – die holografische Projektion schien nicht mehr den planetennahen Raum von Uscher zu zeigen, sondern die kochende, brodelnde Oberfläche einer Sonne.

In der Pandora-Maschine geschah nichts. Es gab keine Erschütterungen; der Boden vibrierte nicht einmal.

»Gegnerisches Feuer erreicht uns nicht«, sagte jemand. »Die Kontinua-Blase bleibt stabil.«

»Sie nimmt die Energie auf«, fügte ein anderer hinzu. »Das energetische Niveau der Pandora-Maschine steigt.«

Benedikt atmete tief durch. »Erteilen wir TerraNova eine weitere kleine Lektion«, sagte er. »Starten Sie unsere Schiffe! Und setzen Sie die Waffensysteme der Pandora-Maschine gegen die sieben Geschwader ein!«

Das Knirschen und Knistern wurde so laut, dass es das Summen der Installationen übertönte. Rote Warnanzeigen erschienen auf Konsolen und in Datenfeldern.

Stimmen erklangen.

»Unsere Schiffe können nicht starten. Alle Hangars sind geschlossen und lassen sich nicht mehr öffnen.«

»Lokale Waffensysteme reagieren nicht. Wir haben die Kontrolle verloren.«

Benedikt drehte sich langsam um die eigene Achse. »Was geschieht hier?«

Er hörte Alarmsignale, die von den Hangars kommend durch den stabilisierten Tunnel tönten, aber sie wurden leiser und verloren sich im Knirschen, das inzwischen aus allen Richtungen kam.

»Kontrollverlust bei der Navigation und den anderen bisher zugänglichen Systemen«, meldete ein Techniker. Es klang sehr besorgt. »Energetische Aktivität im Kern nimmt zu.«

»Die Pandora-Maschine sperrt uns aus«, sagte jemand.

»Nein«, antwortete eine Sigmanerin von der Agentur. »Sie sperrt uns nicht aus, sondern ein. Alle Zugänge schließen sich.«

Benedikt drehte sich erneut. Sein Blick strich über Anzeigen und Datenfelder. »Ich will wissen, was hier los ist.«

Zwei Gestalten kamen aus dem Hangartunnel, und sie trugen eine dritte, die sich nicht rührte und in Federn gehüllt war.

Benedikt starrte den Mediker und seinen Assistenten an. »Warum bringen Sie den Likotha zurück?«

»Der Weg zu den Hangars ist versperrt«, erwiderte der Mediker. Er und sein Assistent legten die Leiche des Likotha dicht neben der Wand auf den Boden. »Und der Tunnel schließt sich.«

Hinter ihnen wuchsen die Wände zusammen. Wo die Lichter in der halb transparenten, kristallartigen Masse komplexe Muster bildeten, die nach wenigen Sekunden zerfielen, um anschließend neue zu formen, entstand Substanz wie aus dem Nichts, begleitet von blauem Leuchten, und erweiterte die Wände. Der Tunnel zwischen ihnen, von Impulsgebern und kleinen Feldgeneratoren stabilisiert, schrumpfte immer mehr und verschwand ganz.

»Keine Komm-Verbindungen«, sagte die Kommunikationstechnikerin mit dem knochigen Gesicht. »Keine internen oder externen Kontakte.«

»Weiter zunehmende energetische Aktivität im Kern«, sagte ein Techniker. »Die Pandora-Maschine hat damit begonnen, die aufgenommene Materie des Mondes in großem Maßstab umzuwandeln.«

»Was stellt sie damit an?«, fragte Benedikt.

»Sie wächst, wie die Wände des Tunnels«, erwiderte der Techniker und deutete auf die Anzeigen seiner Konsole. »Sie erweitert sich. Sie wird größer.«

»Zu welchem Zweck? Was hat sie vor?«

»Unbekannt.«

Blicke richteten sich auf Benedikt. Man erwartete eine Entscheidung von ihm.

Das Knirschen und Knistern dauerte an. Lichter funkelten und tanzten, in den Säulen, in Decke und Wänden. Für einen Moment glaubte Benedikt, eine Vibration direkt unter seinen Füßen zu spüren.

»Diesen Saal absichern«, sagte er. »Mit allem, was wir haben. Der Intellekt soll neue Signalfolgen für die Impulsgeber berechnen, damit wir das Wachstum der Wände aufhalten können.« Die Techniker machten sich sofort an die Arbeit. »Fliegen wir weiterhin nach Uscher? Und was ist mit der Kontinua-Blase? Sind wir noch immer geschützt?«

»Unbekannt«, sagte der Mann neben dem großen Holofeld, das eben noch den zweiten Planeten des Taiwaru-Systems und die sieben Geschwader der Verteidigungsflotte gezeigt hatte. Jetzt war es voller grauer Schatten, die dem Sprawl ähnelten.

Benedikt holte erneut tief Luft. »Also gut.« Eine Hand tastete nach dem kleinen Objekt in seiner rechten Tasche, dem zweiten Omni-Artefakt, das er mitgebracht hatte. Dann deutete er nach vorn, in die Richtung, in der sie den Kern der Pandora-Maschine vermuteten. »Alle Bots, alle Thermoschneider, alle Vibrofräsen und Desintegratoren dorthin. Wir bahnen uns mit Gewalt einen Weg zum Nukleus.«

Ein Weg im Nebel

Aurelius' Hände lagen in den Kontaktmulden der Kapsel, als sie, die sieben Geschwader der Verteidigungsflotte längst hinter sich, weiter dem zweiten Planeten des Taiwaru-Systems entgegenfiel. Uscher wurde größer, im elektromagnetischen Spektrum eine Quelle von Myriaden Signalen. Aurelius dachte daran, eine Ereignisroutine der Kapsel zu beauftragen, bestimmte Signale auszuwählen, eine Verbindung herzustellen und eine Botschaft zu übermitteln, doch Müdigkeit und Schwäche hinderten ihn daran. Er schlief mehrmals ein und träumte von dem See, in dem er vor zehntausend Jahren als Junge ertrunken war, von Türen und Fenstern, die er geöffnet hatte und die besser geschlossen geblieben wären. Jedes Mal, wenn er die schweren Lider hob, war Uscher ein wenig größer, wie ein Ballon, den jemand aufblies, während er nicht hinsah. Was aus einer Entfernung von einigen Hunderttausend Kilometern ein dicht gespanntes Netz aus Satelliten, Habitaten und Raumstationen zu sein schien, wies Dutzende und Hunderte von Kilometern durchmessende Lücken auf, Platz genug für eine nur sechs Meter große Kapsel. Einige Waffenplattformen richteten ihren Ortungsfokus auf ihn, und Aurelius befürchtete, dass die Kanoniere der Versuchung erliegen könnten, das Feuer auf ihn zu eröffnen. Er wusste nicht, ob ein Kontinua-Film oder vielleicht eine ganze Blase die Kapsel schützte, und er brachte nicht die Kraft auf, seine Trägheit abzuschütteln und die Ereignisroutinen zu fragen.

Als er die ersten Ausläufer der Atmosphäre erreichte, stand hinter ihm plötzlich das All in Flammen. Die Kapsel zeigte es ihm, mit vergrößerten Bildern an den Innenwänden, begleitet von Symbolen, die ihm vertraut waren, deren Sinn er aber wegen der fehlenden Verbindung zu Omni nicht genau erfassen konnte. Er begriff, dass die sieben Geschwader, die ihn unbehelligt gelassen hatten, auf die Pandora-Maschine feuerten. Wie dumm! Sie konnten sie nicht vernichten, nicht einmal beschädigen. Sie konnten sie höchstens in den Verteidigungsmodus versetzen, und dann drohte eine Katastrophe, wenn es keine Autorität für die Ereignisinitiatoren gab.

Das Feuer im All verschwand und wich einem anderen, hervorgerufen von der Reibungshitze in der dichter werdenden Atmosphäre. Die Kapsel fiel, aber sie fiel kontrolliert, gesteuert von Routinen, die wussten, dass es auf organisches Leben Rücksicht zu nehmen galt, sowohl im Innern der Kapsel als auch außerhalb von ihr. Die Tagseite des Planeten glitt unter ihr hinweg, und die Dunkelheit der Nachtseite breitete sich aus, durchsetzt von vereinzelten urbanen Lichtern dort, wo sich die ökologischen Siedlungskomplexe erstreckten. Aurelius wollte in der Nähe eines dieser Lichter landen, aber seine Lider wurden erneut schwer.

Er träumte von einer Stimme, die nicht mehr da war, oder von mehreren Stimmen, die fehlten, die meisten davon in der Ferne, bei Suprema und auf den anderen Welten der Superzivilisationen, mit mehr Sternen am Himmel, als jemals von der Erde aus zu sehen gewesen waren. Oder in den Kontinua-Städten, eingebettet in die höheren Dimensionen, mit Blick auf eine Vielzahl von Universen. Die Stimmen von Omni, Stimmen, die ihm Kraft gaben, dem Körper wie der Seele, die seit zehn Jahrtausenden den Tod von ihm fernhielten. Doch im Traum ging es um eine andere Stimme, um eine, mit der er Federn und einen hypnotischen Blick in Verbindung brachte. Sie hatte sich in seinen Geist geschlichen, sie hatte Löcher in sein Bewusstsein gebohrt und war hineingekrochen, um sich darin immer weiter auszubreiten. Der Träumer lauschte nach ihr, doch sie erklang nicht noch einmal, forderte ihn nicht auf, weitere Türen und Fenster zu öffnen. Sie zeigte ihm auch keine Bilder, die ihn in die Irre führten. Sie blieb verschwunden, aber wo sie ertönt war, gab es leere Stellen, die erst wieder gefüllt werden mussten.

Aurelius öffnete die Augen, und die Kapsel reagierte mit einem Orientierungslicht für ihn. Außerdem schuf sie eine Öffnung. Die Kapsel wusste, dass er aussteigen wollte, bevor es ihm selbst klar geworden war.

Er kletterte nach draußen.

Frische, aromatische Luft empfing ihn, nach Harz, Blättern, Rinde und feuchtem Boden riechend. Um ihn herum ragten Bäume auf, dicker als die Säulen mit den Ereignisroutinen in der Pandora-Maschine, und in einer Höhe von etwa zwanzig Metern bildeten sie ein dichtes Blätterdach mit nur wenigen Lücken. Die größte von ihnen hatte die Kapsel bei ihrer Landung geschaffen. Ihr Licht verblasste, und als sich Aurelius umdrehte, stellte er fest, dass sich die Öffnung im Rumpf schloss.

»Nein«, krächzte er. »Warte! Vielleicht brauche ich dich noch.«

Die Kapsel schien anderer Meinung zu sein. Sie schrumpfte zu einem blauen Kontinua-Punkt, stieg auf und leuchtete für einige Sekunden wie ein Stern am Himmel, bevor sie verschwand.

Aurelius stand allein in einem dunklen Wald.

Er schwankte, plötzlich orientierungslos und von neuer Schwäche erfasst, setzte dann einen Fuß vor den anderen und begann mit der Wanderung durch die Nacht. Zuerst war es so dunkel, dass er kaum etwas sah – selbst die dicht vor die Augen gehobene Hand war nur ein vager Schemen. Er stieß gegen niedrige Äste, stolperte über Baumwurzeln und geriet in dorniges Dickicht, bis sich seine Augen schließlich an die Finsternis gewöhnten und ihm zumindest Umrisse und Silhouetten zeigten. Daraufhin kam er etwas leichter voran, mied die Risse, die hier und dort den Boden wie kleine Täler durchzogen, wich umgestürzten Bäumen aus, auf denen Pilze große Kolonien bildeten, machte einen Bogen um Büsche, die schmale, tentakelartige Blätter in seine Richtung streckten, und hielt Ausschau nach Hinweisen auf einen Zugang zu den subplanetaren Anlagen, die es fast überall unter den Kontinenten von Uscher gab: halb und voll automatische Produktionsanlagen und Konstrukteure, die ihre Rohstoffe aus dem Innern des Planeten bezogen, thermische Zapfer, deren Hunderte von Kilometern tiefe Wurzeln die Wärme des planetaren Kerns nutzten, und die Tunnel der Vakuumbahnen, die ein dichtes Verkehrsnetz unter der Oberfläche bildeten. Was er schließlich fand, nach etwa einer Stunde, waren zwei Augen, die ihn aus dem Dunkel zwischen zwei Büschen anstarrten, deren Zweige lange Stacheln trugen.

Aurelius stand auf einer kleinen Lichtung, weder hungrig noch durstig – solche Signale schickte ihm sein Körper nicht mehr –, aber voller Sehnsucht nach der Kraft von Omni. Die Erschöpfung machte nicht nur Lider und Glieder schwer, sondern auch die Gedanken träge, und er brauchte mehrere Sekunden, bis er erkannte, dass die beiden Augen Gefahr bedeuteten. Er wandte sich ihnen zu, atmete ruhig und wartete.

Mit einem leisen Grollen verließ das Geschöpf sein Versteck und näherte sich, der geschmeidige muskulöse Körper geduckt, zum Sprung bereit. Es erinnerte Aurelius an einen Tiger, den er als Kind in einem Wildpark auf der Erde gesehen hatte. Vielleicht ein Fall von paralleler Evolution, sinnierte er. Oder Teil eines genetischen Erbes, mitgebracht von den ersten Siedlern, die sich vor einigen Jahrtausenden, nach dem Konflikt mit dem Quorum, auf Uscher niedergelassen hatten.

Das Geschöpf senkte den Kopf, kam noch etwas näher, knurrte und zeigte dabei lange, spitze Zähne. In seinen Flanken zuckte es.

»Ich fürchte, ich bin ungeeignet für dich«, sagte Aurelius und streckte langsam die Hand aus. »Mein Fleisch würde dir auf den Magen schlagen, glaub mir.«

Das Tigerwesen knurrte erneut und schnappte nach der Hand, aber offenbar war es seiner Sache nicht sicher, denn Schnauze und Zähne streiften die Finger nur. Dann wich das Geschöpf zurück, schnaubte und schüttelte den Kopf.

»Was habe ich dir gesagt?«

Für einen Moment schien die Kreatur der Stimme zu lauschen. Dann grollte sie ein letztes Mal, drehte sich um und tappte ins Gebüsch zurück.

Aurelius ließ die Hand sinken, seufzte und setzte den Weg durch Uschers nächtlichen Wald fort.

Er wusste nicht, wie viel Zeit verging. Es blieb dunkel, es war **92** dieselbe Nacht, aber konnte es so lange dauern, bis der Morgen graute und den nächsten Tag ankündigte? Erschöpfung und Schwäche erreichten ein kritisches Maß. Immer wieder fand er sich auf dem Boden wieder, ohne sich daran zu erinnern, dass er stehen geblieben war und sich hingelegt hatte, weil ihn die Beine nicht mehr tragen konnten. Im dunklen Dickicht raschelte und knurrte es gelegentlich, aber die anderen hungrigen Tiere des Waldes begriffen schneller als das Tigerwesen, dass er ungenießbar für sie war. Sie rochen das Omni an und in ihm, obwohl keine Verbindung mehr existierte.

Schließlich wurden die Abstände zwischen den Bäumen größer, die Lücken im Dickicht breiter, und Aurelius stieß auf einen Weg. An seinem Rand blieb er stehen, blickte nach rechts und links und fragte sich, welche Richtung er einschlagen sollte. Dann weckte ein blaues Leuchten seine Aufmerksamkeit. Er hob den Kopf.

Sterne leuchteten am Himmel, und zwischen ihnen, vor ihnen, bewegten sich Lichter. Eins von ihnen war größer als die anderen und glühte blau.

Es war ein vertrautes Blau, die Farbe der Kontinua-Energie. Aurelius konnte nur einen Teil des Himmels sehen, denn das Blätterdach des Waldes reichte auf beiden Seiten dicht an den Weg heran. Er beobachtete, wie es blitzte, an einem klaren, wolkenlosen Himmel. Einige der Blitze trafen das blaue Leuchten, das offenbar näher kam, von einem Punkt, der Aurelius an die Kapsel erinnerte und zu einer Kugel wurde. Doch das einzige Resultat bestand darin, dass der blaue Glanz an Helligkeit und Intensität gewann. Winzige blaue Nadeln gingen davon aus, und wenn sie einen der anderen Lichtpunkte trafen, so verschwand er.

Aurelius stöhnte leise. Er wusste, was der Anblick bedeutet: Die Pandora-Maschine befand sich im unkontrollierten Verteidigungsmodus; je häufiger die Angriffe auf sie wurden, desto aggressiver würde sie sich zur Wehr setzen.

Dann erwachte er, im feuchten Gras neben dem Weg, und sah einen Streifen Himmel, an dem nur noch Sterne leuchteten. Er stemmte sich hoch, kam mühsam auf die Beine und dachte daran, dass seine Mission, die auf einem fernen Asteroiden am Ende des Perseusarms der Milchstraße, begonnen hatte, kurz vor dem Scheitern stand. Zu viel war schiefgegangen.

Weiter vorn führte der Weg in einem engen Bogen nach links, und auf halbem Weg durch die Kurve stand ein Pavillon am Wegesrand. Sechs Säulen trugen ein rundes, spitz zulaufendes Dach, unter dem sich etwas befand, das wie ein Gitterkäfig aussah – eine Liftkabine, die Passagiere nach unten bringen konnte, ins subplanetare Transportsystem.

Aurelius ging schneller; etwas in ihm schöpfte neue Hoffnung.

Neben der Kabine befanden sich einfache manuelle Kontrollen. Aurelius betätigte sie; er drückte Tasten und legte die Hand auf die Abtastfläche eines kleinen Scanners, doch nichts geschah. Der Gitterkäfig blieb an Ort und Stelle; nichts summte oder brummte.

In der Ferne erklang ein anderes Geräusch, wie der Schrei einer Eule.

Für einen schrecklichen Moment stellte sich Aurelius vor,

noch immer in einer Scheinwelt gefangen zu sein, geschaffen vom Likotha. Er fragte sich, welchen Code er gerade eingegeben und ob er Benedikt damit Zugang zum Kern der Pandora-Maschine ermöglicht hatte.

Dann sagte er laut: »Reiß dich zusammen, Lukas Jaylen Ciriako! Dies ist kein Traum, sondern harte, bittere Realität.«

War das tatsächlich seine Stimme? Dieses fast tonlose Krächzen?

Noch einmal betätigte er die Tasten, schlug mit der Hand darauf. Die Liftkabine bewegte sich nicht.

Wind rauschte in den Baumkronen.

Unter dem Gewicht von Schwäche und Enttäuschung sank Aurelius zu Boden und schlief ein. Er träumte davon, wieder ein Junge zu sein und im See zu ertrinken, und diesmal erschien kein Thrako, um ihn zu retten.

»Es ist der Mann, den wir bei Benedikt gesehen haben.«

»Der Reisende in Diensten von Omni? Benedikts Helfer?«

»Was macht er hier?«

»Das Objekt, das wir geortet haben, muss ihn hierher gebracht haben.«

»Es geht ihm schlecht.«

»Mediker sind unterwegs.«

»Wir sollten ihn nach unten bringen.«

»Nein, es ist besser, ihn nicht zu bewegen. Er könnte innere Verletzungen haben, von denen wir nichts wissen.«

Es gab noch andere Stimmen, und auch sie sprachen, allerdings ergaben ihre Worte weniger Sinn und wurden zu einem Hintergrundrauschen. Aurelius sah Gesichter über sich, verschwommene Ovale ohne individuelle Merkmale, wie beigefarbene Wolken an einem nicht genau definierten Himmel.

»Ich ... brauche ...« Sein Mund war trocken, und zum ersten Mal seit fast zehntausend Jahren verspürte er das Bedürfnis, etwas zu trinken.

»Hat er etwas gesagt?«

»Er hat zu sprechen versucht.«

Licht wanderte über die Gesichter und gab ihnen etwas mehr Identität. Männer und Frauen. Besorgt und skeptisch. Ein Brummen näherte sich, wurde lauter.

»Da kommt der Gleiter mit den Medikern ...«

Noch mehr Stimmen, mal lauter, mal leiser, wie ein seltsamer Singsang. Etwas berührte ihn, erst etwas Kaltes, dann etwas Warmes und Weiches.

»Ich ... brauche ... Omni ...« Aurelius bezweifelte, dass die Leute – die Mediker – ihn verstanden. Er verstand sich selbst kaum.

Er wurde hochgehoben und zu einem Gleiter getragen. Das Brummen, es stammte von einem Gravitationsmotor.

»Wir haben eine Prioritätsanweisung«, sagte jemand mit einer Stimme, in der Autorität lag. »Wir sollen ihn sofort zum Hospital beim Informationszentrum Gollant bringen. Die Administratorin trifft dort in einer halben Stunde ein.«

Aurelius schlief wieder, oder vielleicht träumte er, dass er schlief, er brachte diese Dinge durcheinander und konnte nicht mehr sicher sein. Auch im Schlaf, im Traum, litt er Durst, und doch ertrank er, in einem kalten See unter dünnem Eis.

93 Als er erwachte, ging es ihm etwas besser. Er war noch immer schwach, spürte noch immer das Gewicht der Erschöpfung, aber der Kopf war klarer; die vom Likotha hinterlassenen leeren Stellen füllten sich mit neuen, nicht mehr ganz so müden und trägen Gedanken. Er lag in einem weichen Bett, das sein Körper nicht unbedingt brauchte, das aber angenehme Erinnerungen wachrief. Sonden und biochemische Signalbrücken verbanden ihn mit Überlebensapparaten und einem medizinischen Intellekt, der seinen Zustand überwachte.

»Sie sind wach«, sagte ein kegelförmiger Bot, der neben dem Bett auf einem gelben Gravkissen schwebte.

»Ja, das bin ich.« Die Stimme war noch immer rau, aber kein wortloses Krächzen mehr.

»Sind Sie bereit, Besuch zu empfangen?«

»Ich bitte darum«, sagte Aurelius sofort.

»Ich sende eine Nachricht.« Mit einem leisen Summen schwebte der Bot zur Wand und verharrte dort neben den medizinischen Geräten.

Aurelius sah sich um. Breite Panoramafenster boten Ausblick auf eine weite Parklandschaft mit mindestens zwei Seen, auf denen Boote mit bunten Segeln kreuzten. Es hätte eine Szene von der Erde sein können, wenn nicht die drei kleinen Monde am Himmel gewesen wären.

Die Tür öffnete sich, und herein kam eine würdevolle, aristokratisch wirkende Frau in mittleren Jahren, das dunkle Haar hochgesteckt und mit einem kleinen Hologramm geschmückt, einer Brosche aus Platin nachempfunden. Sie trug kein Gewand, das zu ihr gepasst hätte, sondern Jacke und Hose. Und sie schien ein wenig außer Atem zu sein.

»Sie haben sich beeilt hierherzukommen«, sagte Aurelius matt.

Hinter der Frau betrat ein Soldat den Raum, in voller Montur und bewaffnet.

»Den brauchen wir nicht«, fügte Aurelius hinzu.

Die Frau zögerte und winkte dann. Der Soldat verließ den Raum.

»Ich bin Lenorra, Administratorin der Korporation Terra-Nova, zuständig für Uscher. Wenn Sie gestatten ...« Sie trat zur Wand und betätigte die virtuellen Kontrollen, die dort vor ihr erschienen. Die Parklandschaft mit den beiden Seen verschwand – keine Fenster, sondern eine Projektion. Ein neues Bild erschien, zeigte zwei Männer. Einer war klein und schmächtig, mit schmalem Gesicht, langer Nase und flinken Augen. Der andere war breiter gebaut und hatte einen starren Blick. Etwas in seinem Gesicht wies darauf hin, dass er nie eine Maske trug und es immer ernst meinte. »Das sind Feddok und Vongard, ebenfalls Administratoren von TerraNova.«

Die beiden Männer nickten.

»Sie befinden sich auf ihren jeweiligen Planeten hier im Taiwaru-System«, sagte Lenorra. »Wir haben eine stabile Ansible-Verbindung, was schwer genug zu bewerkstelligen war.«

»Interferenzen«, sagte Aurelius.

»Ja. Ziemlich starke. Und sie werden immer stärker. Ich nehme an, Sie wissen, was vor sich geht.«

Aurelius fragte sich, was er darauf antworten sollte. »Ich habe nichts damit zu tun«, sagte er nach einigen Sekunden.

»Benedikt hat behauptet, dass Sie ihn unterstützen, und Sie haben genickt«, sagte der Mann namens Vongard.

»Ein Likotha steckte in meinem Bewusstsein«, erwiderte Aurelius. »Ein Psioniker von Javaid. Ich hatte mich nicht unter Kontrolle.«

»Ist er wirklich ein Reisender in Diensten von Omni?«, fragte Feddok.

»Ja«, bestätigte Lenorra. »Wir haben ihn gründlich untersucht. Es besteht kein Zweifel.«

»Kann er uns helfen?«

Lenorra sah Aurelius an und wölbte die Brauen. »Ich gebe die Frage an Sie weiter.«

»Ich könnte Ihnen helfen, unter normalen Umständen.«

»Aber die Umstände sind nicht normal.«

»Bedauerlicherweise.«

»Wir sollten verhandeln«, sagte Feddok. Er sprach schnell. »Wir sollten versuchen, mit Benedikt zu reden und ihn zur Vernunft zu bringen. Noch ist nicht alles verloren.«

»Das haben wir bereits durchgekaut«, brummte Vongard. »Mit jemandem wie Benedikt kann man nicht verhandeln. Entweder wir unterwerfen uns ihm, wie er es verlangt, oder eben nicht. Es gibt keine Alternativen.«

»Sein Ultimatum ist verstrichen«, erwiderte Feddok. »Und er hat uns noch nicht direkt angegriffen. Das könnte ein gutes Zeichen sein.«

»Vielleicht«, ächzte Aurelius. »Aber nicht so, wie Sie glauben.«

Lenorra warf einen Blick auf die Anzeigen der Überlebensapparate. »Es geht Ihnen schlecht«, sagte sie unverblümt.

»Ja.«

»Vielleicht haben unsere Mediker Ihnen das Leben gerettet.«

»Das wäre durchaus möglich.«

»Sind Sie wirklich zehntausend Jahre alt?«

»Ja.«

»Und fast wären Sie hier auf Uscher gestorben.«

»Darauf läuft es leider hinaus.«

»Was soll dieses Gerede?«, knurrte Vongard. »Wir brauchen eine Lösung für ein großes Problem.«

»Für ein Problem, das sogar immer größer wird.« Lenorras Hand strich erneut durch die virtuellen Kontrollen, und ein drittes Bild erschien. Es zeigte Uscher aus einer hohen Umlaufbahn und eine blaue Kugel, die gerade einen Schwarm von Satelliten aufnahm und sich mehreren Habitaten näherte, von denen große Transportschiffe ablegten.

Die eingeblendeten Daten, insbesondere Größe und Masse, bestätigten Aurelius' Befürchtungen.

»Das Objekt, das große Omni-Artefakt, wird größer und gewinnt immer mehr Masse«, sagte Lenorra.

»Es wächst«, fügte Vongard hinzu. Eine Störungszone wanderte durch das Bild, wie ein langsamer Blitz, und teilte sein Gesicht in zwei Hälften. »Es ist bereits doppelt so groß wie bei seinem Erscheinen im Taiwaru-System«, sagte die eine Hälfte des Mundes. Die andere bewegte sich nicht.

»Was geschieht mit dem Objekt?«, fragte Lenorra. »Und was wird mit uns geschehen?«

Aurelius atmete schwer. »Es gibt zwei Möglichkeiten. Erstens: Benedikt hat die Pandora-Maschine, die blaue Kugel nicht mehr unter Kontrolle. Dass er Uscher noch nicht angegriffen hat, obwohl das Ultimatum verstrichen ist, deutet darauf hin. Es ist das kleinere von zwei Übeln, aber glauben Sie mir, es ist nicht in dem Sinne *klein*. Die zweite Möglichkeit: Benedikt hat die Maschine unter Kontrolle gebracht. Dann wäre das, was jetzt geschieht, Teil seines Plans, seiner Strategie; in dem Fall bliebe Ihnen tatsächlich nichts anderes übrig, als sich ihm bedingungslos zu unterwerfen.«

Vongard schnaufte. »Benedikt hat ihn geschickt«, sagte er mit einem Mund, der inzwischen wieder zusammengewachsen war. »Dies ist ein Trick.«

Von den Überlebensapparaten kam ein Warnsignal.

»Nein«, sagte Lenorra mit einem weiteren Blick auf die Anzeigen. »Nein, das glaube ich nicht.«

»Die Pandora-Maschine wächst, weil sie in den Verteidigungsmodus gewechselt ist. Sie fühlt sich bedroht.«

»Sie *fühlt* sich bedroht?«, fragte Vongard.

»Ihr Intellekt – wenn man ihn so nennen kann – ist noch nicht erwacht. Es gibt noch keine bewusste Steuerung der Verteidigungsmaßnahmen, was bedeutet, dass die Pandora-Maschine nur einen geringen Teil ihres Potenzials benutzt. Derzeit schlägt nur ihr Herz, sie fühlt und wehrt sich instinktiv. Sie bereitet sich auf einen Konflikt vor, und zu diesem Zweck wandelt sie fremde Materie in eigene Masse um. Sie hat den Mond zerstört und seine Masse aufgenommen. Sie nimmt die Satelliten dort auf, und vermutlich geschieht das auch mit den Habitaten. Sie haben ihre Evakuierung eingeleitet, nehme ich an.«

»Ja«, sagte Lenorra.

»Eine kluge Entscheidung. Genügen die Transporter, um alle Bewohner fortzubringen?«

»Wenn uns ausreichend Zeit bleibt. Wir brauchen fünf Stunden für eine vollständige Evakuierung.«

Aurelius sah sich die eingeblendeten Daten noch einmal an, insbesondere Geschwindigkeit und Kurs. »Ich fürchte, so viel Zeit bleibt Ihnen nicht.«

»Was passiert, wenn der Intellekt erwacht?«, fragte der kleine, schmächtige Feddok. »Können wir dann mit ihm verhandeln?«

»Der Intellekt der Pandora-Maschine besteht aus zielgerichteten, zweckorientierten Ereignisroutinen – Algorithmen, wenn Sie so wollen.« Das Sprechen strengte Aurelius an. »Ohne eine akzeptierte Autorität an Bord wird er alle zur Verfügung stehenden Mittel für Verteidigung und Prävention von Angriffen nutzen.«

»Was genau meinen Sie mit ›alle zur Verfügung stehenden Mittel‹?«, fragte Lenorra. »Oder möchte ich das gar nicht wissen?«

»Den Mitteln sind kaum Grenzen gesetzt«, sagte Aurelius. Die Müdigkeit kehrte zurück, machte erneut die Lider schwer. Er hatte Mühe, die Augen offen zu halten. »Selbst den Superzivilisationen fiele es schwer, die Pandora-Maschine aufzuhalten, wenn sie sich im vollen Verteidigungsmodus befindet und von einem auf Prävention bedachten Intellekt gesteuert wird.« Er seufzte. »Vielleicht gibt es noch ein Problem.«

Lenorra hob die Brauen.

»Je mehr Gewalt Benedikt an Bord der Pandora-Maschine anwendet, desto aggressiver wird ihr Herz und auch ihr Intellekt«, sagte Aurelius. »Wenn das Ausmaß von Gewalt ein gewisses Maß überschreitet, könnte ein auf Prävention fixierter Intellekt in den Angriffsmodus wechseln.«

»Und dann?«, fragte Feddok. Seine Stimme klang fast schrill. »Was geschieht dann?«

»Wenn das geschieht, greift die Pandora-Maschine alles an, das eine Gefahr darstellen *könnte*«, sagte Aurelius. Seine Zunge schien doppelt so groß wie sonst zu sein. Er musste die Worte an ihr vorbeizwängen. »Sie wird noch mehr Energie und Materie aufnehmen, wachsen und sich erweitern.«

»Sie könnte ganze Sonnensysteme vernichten?«, quiekte Feddok.

»Ja.«

»Wann würde sie aufhören? Wo?«

Aurelius schwieg.

»Ich verstehe«, sagte Lenorra langsam. »Was können wir tun? Was *sollten* wir tun?«

»Beugen Sie sich Benedikts Ultimatum, falls er noch Kontrolle über die Pandora-Maschine hat«, sagte Aurelius. »Und beginnen Sie unverzüglich mit der Evakuierung von Uscher und den anderen Welten des Taiwaru-Systems. Die Pandora-Maschine könnte schon bald damit beginnen, auch ihre Masse aufzunehmen.«

Vongard schnaubte.

Feddok schien keine Luft mehr zu bekommen. Er schnitt eine schmerzerfüllte Grimasse, und sein Gesicht verfärbte sich.

Lenorra rang um Fassung. »Sie sind ein Reisender in Diensten von Omni«, sagte sie. »Können Sie uns helfen, irgendwie?«

»Können Sie *mir* helfen?«

»Womit?«, fragte Lenorra. »Was brauchen Sie, damit Sie uns helfen können?«

»Ein ... Omni-Artefakt«, sagte Aurelius. Die Augen fielen ihm zu, die Lider waren zu schwer. »Ich brauche ein Omni-Artefakt, damit ich wieder zu Kräften komme. Anschließend ...«

»Ja?«

»Wenn es mir besser geht, wenn ich über eine Verbindung zu Omni verfüge ... Dann könnte ich vielleicht versuchen, in die Pandora-Maschine zurückzukehren und von ihr als Autorität anerkannt zu werden.«

Lenorra eilte zur Tür. »Ich sorge dafür, dass Sie eins bekommen.«

Sie verließ das Zimmer.

Aurelius schlief. Diesmal träumte er nicht, aber ihm war kalt, so kalt wie im See unter dem dünnen Eis.

94 Eine Erschütterung weckte ihn, eine Vibration, ein Stoß, der die Liege schüttelte, auf der er ruhte. Aurelius hob die immer noch schweren Lider und sah sich um. Die Wände zeigten graue Leere; es waren keine Pseudofenster mehr, die Blick auf eine Parklandschaft boten oder über eine Ansible-Verbindung auf ferne Planeten. Die Überlebensapparate flüsterten von mühsam auf Distanz gehaltenem Tod.

Er wusste nicht, wie lange er dalag, allein mit seinen Gedanken. Schließlich öffnete sich die Tür, und eine erneut atemlose Lenorra kam herein, begleitet von einem sehr ernsten Mann, der zerknitterte zivile Kleidung trug und einen kleinen versiegelten Behälter in den Händen hielt.

»Aurelius?«

»Ich höre sie.« Er krächzte wieder. »Bringen Sie ... gute Nachrichten?«

»Nein.« Lenorra trat zur Liege, nachdem sie sich kurz die Anzeigen der Lebenserhaltungssysteme angesehen hatte. »Die Pandora-Maschine befindet sich in unmittelbarer Nähe von Uscher. Ihre Masse wirkt sich auf den Planeten aus. Es kommt zu Flutwellen. Die Rotationsachse könnte sich verändern.«

»Was ist mit der Evakuierung?«

»Die zur Verfügung stehenden Schiffe reichen bei Weitem nicht. Unsere einzige Hoffnung sind Sie.« Lenorra bemerkte, dass Aurelius zur Wand sah. »Wir haben keine Ansible-Verbindung mehr. Selbst gewöhnliche Kommunikation mit lichtschnellen elektromagnetischen Signalen funktioniert nicht. Die Interferenzen sind zu stark.«

»Das Wachstum der Pandora-Maschine«, sagte Aurelius. »Sie ist noch größer geworden, nicht wahr?«

»Ja, und sie kommt Uscher noch näher. Vielleicht beginnt sie bald mit der Aufnahme planetarer Materie. Sie sind unsere einzige Hoffnung, Aurelius.«

Der Mann trat zur Liege, löste die Siegel des kleinen Behälters und öffnete ihn. Darin, auf schwarzem Samt, ruhte ein silbernes Objekt, bestehend aus ineinander verschlungenen filigranen Fäden. Der Mann in der zerknitterten und auch schmutzigen zivilen Kleidung berührte den Gegenstand nicht. Er beugte sich vor und hielt Aurelius den offenen Behälter hin.

Ein neuer Stoß schüttelte die Liege. Der Mann wankte. Lenorra, sicherer auf den Beinen als er, stützte ihn. Das Objekt im Behälter rutschte ein wenig zur Seite.

Aurelius hob die Hand und nahm es aus der Schatulle, die offenbar aus Stahlkeramik bestand.

»Wir haben nie herausgefunden, was es mit dem Artefakt auf sich hat«, sagte Lenorra. »Dutzende von Omni-Spezialisten haben es untersucht, vergeblich. Der Zweck des Objekts blieb uns verborgen.«

»Spezialisten«, murmelte Aurelius. Er kannte diese Leute; sie wussten nichts von Omni. Er fragte: »Woher stammt das Artefakt?«

Lenorra zögerte.

»Ist es ein Geheimnis?«, fragte Aurelius und drehte das Objekt langsam. Mit ein wenig Fantasie konnte man es für die Darstellung eines Pferdes halten, bestehend aus Tausenden gedrehter silberner Fäden.

»Wir haben es von der *Kuritania*.«

»Oh«, sagte Aurelius und sah auf. Der Mann stand noch immer vorgebeugt, obwohl sich das Artefakt nicht mehr in der Schatulle befand.

Lenorra zögerte erneut. »Wir wussten, dass InterStel etwas plant, und deshalb hatten wir einen Mittelsmann an Bord. Er wurde entdeckt und konnte sich gerade noch rechtzeitig absetzen. Dies hier ... nahm er mit.«

Aurelius verstand. »Sie hatten es selbst auf die Pandora-Maschine abgesehen, nicht wahr? InterStel und Benedikt sind Ihnen zuvorgekommen.«

Der Mann wich zwei Schritte zurück, das Gesicht fahl, die Lippen ein Strich.

Lenorra erwiderte: »Was spielt das jetzt noch für eine Rolle? Können Sie etwas damit anfangen? Hilft Ihnen das Objekt?«

Aurelius fühlte ... nur ein leichtes Prickeln, dort, wo seine Finger das Artefakt berührten, sonst nichts. Es gab keine Verbindung zu Omni und den Kontinua. Aber das sagte er nicht.

Er sagte: »Ja. Vielleicht hilft es. Bringen Sie mich zurück zur Pandora-Maschine, Lenorra.« Alles war besser, als hilflos in diesem Zimmer zu liegen und auf das Ende zu warten. Außerdem gab es vielleicht noch eine kleine Chance. Es gab jemanden, der über funktionierende Omni-Artefakte verfügte, darunter eine kleine Kugel mit zahlreichen Augen darin.

Die Administratorin von Uscher nickte dem Mann zu, der sich sofort auf den Weg machte, um alle notwendigen Vorbereitungen zu treffen.

Aurelius setzte sich mühsam auf. Die Überlebensapparate protestierten mit einem Warnton. »Ihre Ortungssatelliten und Kommunikationsstationen ...«

»Ja?«

»Sind welche übrig geblieben?«

»Wir haben noch einige in stationären Umlaufbahnen und bei den Lagrange-Punkten dieses Sonnensystems.«

Lenorra war bei ihm, sie legte ihm den Arm um die Schulter, half ihm hoch. »Ein Schiff könnte hierher unterwegs sein«, sagte Aurelius und dachte an seine Mission, an den Weg, den er klar vor sich gesehen hatte und der sich jetzt im Nebel der Ungewissheit verlor. »Vielleicht ist es bereits da. Suchen Sie nach den beiden Personen, die mich angeblich entführt haben.« Sie *haben* mich entführt, dachte Aurelius, behielt diesen Gedanken aber für sich. »Forrester und Zinnober, so lauten ihre Namen. Sie könnten uns eine große Hilfe sein.« Weil Forrester meine Omni-Artefakte hat. Auch das sprach er nicht aus.

Lenorra wich ein wenig zurück. Ihr Gesicht veränderte sich.

»Was ist?«, fragte Aurelius. Er stand nun, an die Wand gestützt.

»Vinzent Akurian Forrester und Isdina-Iaschu, Zinnober genannt, sind auf Mechanica im Anwor-System identifiziert und verhaftet worden«, sagte Lenorra. »Es war eine der letzten Meldungen, die wir über die interstellaren Verbindungen empfangen haben. Ihnen wird mehrfacher Mord zur Last gelegt, und auf Mechanica werden Mörder mit Vergessen bestraft. Man löscht ihre Persönlichkeit aus.«

Ethox

Der Ankläger – eine hoch aufragende Gestalt auf einem goldenen Gravkissen, ganz in Weiß gekleidet – fragte mit lauter Stimme: »Angeklagter, haben Sie den Zehntausendjährigen namens Aurelius, Reisender in den Diensten von Omni, entführt?«

Nein, wollte Forrester sagen. Aber sein Mund war anderer Ansicht, klappte auf und sagte: »Ja.«

»Angeklagter, haben Sie auf Javaid den Tod mehrerer Personen verschuldet, darunter den eines gewissen Nathan?«

Nein!, dachte Forrester, obwohl es letztendlich stimmte. »Ja«, sagte sein Mund.

»Angeklagter, haben Sie während Ihres illegalen Aufenthalts auf der Oberfläche von Mechanica mehrere Angehörige von Garde und Sicherheitsdienst getötet, die Sie und Ihre Komplizin festnehmen wollten?«

»Ja.« Forrester wollte mehr sagen, er wollte erklären, was geschehen war, und die Hintergründe schildern, aber die Wahrheitskappen, die Zinnober und er trugen, ließen ihm keine Wahl. Neuronale Manipulation, flüsterte ein Gedanke, was jedoch nicht half.

Sie standen auf einem blutroten Podium, Zinnober und er, im grellen Licht von drei Scheinwerfern und umgeben von runden, steil aufsteigenden Sitzreihen. Zuschauer saßen dort, Hunderte, halb verborgen im Schatten, nur als Silhouetten erkennbar. Zwischen Podium und Sitzen standen Gardisten, insgesamt siebzehn. Sie alle trugen Masken, denn sie waren nicht als Individuen präsent, nicht als Personen, sondern symbolisierten Justiz und Gerechtigkeit. Auch Ankläger und Richter trugen Masken. Einen Verteidiger gab es nicht.

Man ging davon aus, dass die Wahrheitskappen genügten, um den Fall zu klären.

»Angeklagte, haben Sie während Ihres illegalen Aufenthalts auf der Oberfläche von Mechanica mehrere Angehörige von Garde und Sicherheitsdienst mit einem Blaster erschossen?«

»Ja.«

Forrester konnte den Kopf nicht drehen, ein Fesselfeld hielt ihn fest, aber er sah Zinnober aus dem Augenwinkel: das Gesicht bleich im grellen Licht, das Haar wie Flammen, in den Augen Feuer.

»Angeklagte, haben Sie im Stützelement neunhunderteinundzwanzig Alinna Habd, Bürgerin von Mechanica, mit einem Blaster erschossen?«

In Zinnobers blasser Wange zuckte ein Muskel. Vielleicht versuchte sie, das Wort zurückzuhalten. »Ja.«

»Angeklagter und Angeklagte, haben Sie den Intellekt Ihres Schiffes angewiesen, in die Datensysteme von Mechanica einzudringen, sie zu manipulieren, einen Notfall vorzutäuschen und den Diebstahl des Kornbester-Schiffes *Centaurus* vorzubereiten?«

Wieder bewegte sich Forresters Mund. »Ja.«

»Ja«, sagte auch Zinnober.

Der Ankläger hob die Arme. Es waren nicht die Arme eines Menschen, erkannte Forrester. Wo man Haut erwartete, knisterten bei jeder Bewegung kleine, dünne Hornplatten, grau wie Schiefer. »Wir alle haben die Worte der Wahrheit gehört. Es gibt keinen Zweifel. Der Gerechtigkeit muss Genüge getan werden.«

Bekommen wir keine Gelegenheit, uns zu verteidigen?, wollte Forrester rufen, doch sein Mund öffnete sich nicht; er schien jemand anders zu gehören.

Das Licht über dem Ankläger verblasste, bis seine weiße Gestalt an Kontrast verlor und in den Hintergrund zu weichen schien. Ein anderes Licht wurde heller, das über dem Richter, der ein gelbes Gewand trug. Er sprach mit tiefer

Stimme, ein Brummen, das wie eine Vibration durch den Saal zog.

»Ich habe die Wahrheit gehört, und ich muss urteilen, wie es das Gesetz verlangt.«

»Wie es das Gesetz verlangt«, murmelten die Zuschauer. Es klang nach dem Brausen eines aufkommenden Sturms.

»Die beiden Angeklagten sind des mehrfachen Mordes schuldig«, verkündete der Richter sonor. »Von den übrigen Straftaten, die ebenfalls erwiesen sind, ganz zu schweigen. Wir töten niemanden, wir ehren das Leben. Aber wer Leben auslöscht, hat das Recht verloren, weiterhin unter den Lebenden zu weilen. Die schuldigen Personen werden eliminiert.«

»Das Vergessen«, murmelten die Zuschauer, all die schattenhaften Gestalten in den Sitzreihen.

»Ja, das Vergessen. Das soll die Strafe sein: die Löschung aller Erinnerungen. Die Körper werden weiterleben, mit neuen Erinnerungen, die der Justiziar, der Intellekt dieses Gerichts, zufällig aus seinen Datenbanken auswählt. Die Strafe wird sofort vollstreckt.«

Ein Gong erklang, und die Zuschauer standen auf, blieben reglos und stumm stehen.

»Dreißig Minuten!«, rief der Ankläger und hob erneut die hornigen Arme. »Ich bitte um eine Frist von einer halben Standardstunde. Die beiden Mörder sollen Gelegenheit erhalten, sich zu erinnern, ein letztes Mal, und vielleicht zu bereuen.«

Einige Sekunden war es völlig still im Amphitheater des Gerichts. Das Publikum schien kollektiv den Atem anzuhalten.

»Dreißig Minuten«, entschied der Richter. »Dreißig Minuten Reue vor dem Vergessen.«

Mehrere Gardisten traten aufs Podium, ergriffen Forrester und Zinnober und führten sie ab.

96 »Sie werden uns die Erinnerungen stehlen«, sagte Forrester. »Sie werden sie nicht einfach löschen, sondern versuchen, so viele brauchbare Informationen wie möglich zu bekommen.«

»Können wir das irgendwie verhindern?«

»Nein. Weil sie keine Rücksicht nehmen und alle mentalen Barrieren einreißen werden.«

»Ich nehme an, du weißt von Dingen, die du lieber für dich behalten möchtest, oder?«

Forrester sah seine Tochter an. Sie saß neben ihm auf der Sitzbank aus Plast, vornübergebeugt, die Schultern krumm, wie er selbst in einen dünnen Umhang gehüllt, grau wie die Wände der Zelle. Fenster gab es nicht, und die eine Tür war verschlossen.

Die Sekunden vergingen. Forrester dachte an die mechanische Uhr im Salon des Duka auf Javaid, und er glaubte, erneut ihr Ticken zu hören. »Ja«, sagte er. »Einige Informationen sind in meinem Gedächtnis besser aufgehoben als in den Datenbanken des Sicherheitsdienstes von Mechanica. Obwohl ... Ich schätze, es spielt kaum mehr eine Rolle, wenn Benedikts Agentur diesen Planeten übernommen hat.«

»Von mir werden sie nicht viel bekommen«, sagte Zinnober traurig. »Mein Leben ist kurz gewesen.«

Diese Worte schmerzten. Forrester legte seiner Tochter den Arm um die Schultern und suchte nach Worten. Aber welchen Sinn hatte jetzt der Versuch, Trost zu spenden? Zinnober weinte nicht. Sie zitterte nicht einmal. Dass es ihr gelang, so gefasst zu bleiben, verblüffte ihn.

»Was steht uns bevor, Vater?«

»Ein Induktor. Er wird unser Bewusstsein scannen und alle Erinnerungsdaten kopieren, bevor die Löschung erfolgt.«

»Tut es weh?«

»Das ist nicht auszuschließen.«

»Geht es schnell?«

Forrester zögerte.

»Es hat keinen Sinn, wenn du mich belügst, Vater. Ich

möchte wissen, was mich erwartet. Damit ich mich innerlich vorbereiten kann.«

Wie schaffte sie es, so ruhig zu bleiben? Sie war doch noch so jung.

»Es könnte einige Minuten dauern. Es kommt darauf an, auf wie viel mentalen Widerstand der Induktor stößt.«

»Je weniger Widerstand, desto schneller und schmerzloser ist es?«

»Ja, Zinnober. Ich glaube, darauf läuft es hinaus.«

Sie dachte darüber nach. »Ich werde mich trotzdem wehren. Auch wenn es wehtut.«

Das Gefühl des Verlustes wurde plötzlich immens. Forrester drückte seine Tochter an sich. Wie viel Zeit blieb ihnen noch? Die Sekunden flogen dahin, wurden zu kurzen Minuten …

»Weißt du, was mich ärgert, Vater?«

»Was?«

»Dass mich der Mann vom Sicherheitsdienst überrascht und überwältigt hat. Wir säßen jetzt nicht hier, wenn ich besser aufgepasst hätte.«

»Es ist nicht deine Schuld.«

Forrester wollte noch etwas hinzufügen, er suchte nach Worten, aber die Tür öffnete sich, und zwei Gardisten in schlichten grauen Uniformen traten ein, schussbereite Schocker in den Händen, ihre Gesichter hinter Masken verborgen. Masken trugen auch die beiden Gestalten in weißen Gewändern, die den Gardisten in die Zelle folgten.

»Es ist so weit«, sagte eine von ihnen.

»Nein!«, entfuhr es Forrester. »Es kann unmöglich schon eine halbe Stunde vergangen sein.«

»Die Zeit ist um«, sagte die zweite weiße Gestalt. Sie trat näher, ergriff Forrester am Arm und zog ihn hoch.

Für einen Moment spielte Forrester mit dem Gedanken, Widerstand zu leisten und zu versuchen, einen oder vielleicht beide Gardisten zu überwältigen. Aber es wäre ein sinnloser und dummer Versuch gewesen.

Zinnober stand auf, als sich ihr die zweite Gestalt näherte. »Ich habe keine Angst«, sagte sie. »Wenn ihr glaubt, dass ich Angst habe, irrt ihr euch.«

Die beiden Weiß tragenden Strafdiener führten Forrester und Zinnober wortlos durch einen kurzen Flur in einen runden Raum mit grauen Wänden. In der Mitte dieses Vollstreckungsraums standen zwei Liegen, und darüber wölbten sich die Hauben von Induktoren. Ihr leises Summen wies auf Bereitschaft hin.

Zinnober legte sich auf ihre Liege, ohne dazu aufgefordert zu werden. Einer der beiden Strafdiener aktivierte ein Fesselfeld, das sich ihr wie ein dünner gelber Film um den Körper legte. Sie konnte sich nicht mehr bewegen, auch den Kopf nicht mehr heben oder drehen.

Forrester richtete einen letzten Blick auf sie und zögerte zu lange. Die kräftigen Arme der beiden Strafdiener packten ihn und drückten ihn auf die zweite Liege. Wenige Sekunden später steckte auch er in einem Fesselfeld, das ihn bewegungsunfähig machte. Er wollte fragen: »Bekommen wir keine Gelegenheit, einige letzte Worte zu sprechen?« Doch der gelbe energetische Film, der sich um seinen Körper gelegt hatte, hinderte ihn daran, den Mund zu bewegen.

Die beiden Gardisten wichen zurück, verschwanden aus seinem Blickfeld.

»Die Strafe wird jetzt vollstreckt«, sagten die Strafdiener.

Die Hauben der Induktoren senkten sich herab. Ihr Summen wurde lauter. Wehr dich nicht, Zinnober, dachte Forrester. Mach es dir nicht schwerer.

Der Kontakt fühlte sich an wie Kälte auf dem Kopf, wie Eis, das sich von der Schädeldecke nach allen Seiten ausbreitete. Forrester konnte nichts mehr sehen, und er hörte nur noch das Summen des Induktors. Aus dem Eis auf seinem Kopf wuchs eine Nadel, die sich ihm spitz und kalt in den Schädel bohrte, mitten hinein ins Gehirn, das eigentlich schmerzunempfindlich sein sollte. Vielleicht existierte der Schmerz gar nicht, der sich hinter den Augen ausbreitete, vielleicht gab es ihn nur, weil Forrester ihn erwartete – eine zynische, quälende Täuschung, geschaffen vom Unterbewusstsein. Er versuchte, den eigenen Rat zu beherzigen und keinen Widerstand zu leisten, als etwas in seinem Kopf erschien, das sich nach tastenden Fingern anfühlte oder nach kriechenden Würmern, jeder von ihnen mit Hunderten kleiner Messer und Zangen ausgestattet.

Der Instinkt übernahm. Er drängte den Verstand beiseite, der sich besiegt wähnte und bereit war, das Unvermeidliche hinzunehmen. Der Instinkt nutzte die Kraft der Verzweiflung und kämpfte gegen die Finger und Würmer, er versuchte sie zurückzudrängen, aber dadurch wurde der Schmerz schlimmer, bis das Gehirn im Schädel zu kochen und zu brodeln schien, bis alles – jeder Gedanke, jede Erinnerung und jedes Gefühl – nicht in gnädiger Dunkelheit versank, sondern in einem sonnenheiß lodernden Whiteout geistiger Agonie.

In diesem brennenden Weiß erklang eine Stimme. Es war eine ruhige, leise Stimme, und doch gelang es ihr mühelos, das Tosen und Donnern der Flammen aus Schmerz zu übertönen. Sie sagte: »Aufhören!«

97

Die ruhige, leise Stimme, die mit solcher Autorität sprach, dass selbst der Schmerz ihr gehorchte und zurückwich, bis er nur noch ein leichtes, leises Bohren in Forresters Hinterkopf war, gehörte einem Kind oder zumindest einer Gestalt, die wie ein Kind aussah, zart und fragil, nur einen Meter und ein paar Zentimeter groß. Ein Kind, ein Junge, mit schmalem Gesicht, hoher Stirn und struppigem aschblondem Haar. Und mit großen Augen, die nicht zum Erscheinungsbild passten, denn in ihren dunklen Tiefen lag die endlose Weite der Kontinua. Forrester sah die Gestalt, weil das Fesselfeld nicht mehr existierte und er den Kopf gedreht hatte. Als ihm das klar wurde, drehte er ihn zur anderen Seite und blickte zu

Zinnober auf ihrer Liege. Sie bewegte sich nicht, lag reglos da, mit geschlossenen Augen.

Er schwang die Beine über den Rand der Liege und war ein oder zwei Sekunden später bei seiner Tochter. »Zinnober?« Er berührte ihre Wangen, fühlte ihren Puls.

»Sie lebt«, sagte hinter ihm das Kind, das kein Kind war. »Sie existiert.«

Forrester sah zur immer noch summenden Haube des Induktors über Zinnober.

»Sie hat zurückbekommen, was ihr genommen wurde«, sagte der Knabe mit der Stimme, hinter der gewaltige Kraft steckte, wie die Wucht einer riesigen Welle, die durch einen Tausende Kilometer großen Ozean rollte. »Es war nicht viel, und es ist kein Schaden angerichtet. Auch nicht bei Ihnen. Ich bin rechtzeitig gekommen.«

Forrester drehte sich um. Die beiden Gardisten wussten nicht, auf wen sie ihre Schocker richten sollten. Als der Junge in der offenen Tür den Blick auf sie richtete, ließen sie ihre Waffen mit einer Mischung aus Verlegenheit und Respekt sinken.

Sie hatten – wie auch die beiden Strafdiener, die zur Wand zurückgewichen waren und den Kopf gesenkt hielten – das Emblem auf der linken Schulter des Knaben bemerkt: zwei kleine goldene Kugeln, wie zwei nahe Planeten, die um ein gemeinsames Schwerkraftzentrum kreisen. Es war das Zeichen eines Legislators von Omni.

Der Junge kam herein. Hinter ihm waren weitere Gardisten, Strafdiener und Repräsentanten des Gerichts zu sehen. Sie alle wahrten respektvollen Abstand.

»Bitte helfen Sie uns«, sagte Forrester. »Wir, meine Tochter und ich ... Wir sind in einer wichtigen Mission unterwegs ...«

»Sie haben einen Reisenden in Omnis Diensten entführt und in Lebensgefahr gebracht«, sagte der Knabe mit der Stimme eines Riesen. »Sie haben gegen den Ethox verstoßen. Deshalb bin ich hier. Um zu prüfen. Um zu beurteilen und vielleicht zu verurteilen.« Er wandte sich an die beiden Strafdiener, die daraufhin den Kopf hoben. »Ein Verstoß gegen den Ethox. Wenn Strafe angemessen ist, werde ich darüber entscheiden, im Namen von Omni.«

»Beide haben getötet«, sagte ein Mann, der sich aus der Gruppe vor der Tür löste und rasch eine Maske aufsetzte. Forrester erkannte die Stimme des Richters wieder. »Wahrheit und Schuld wurden festgestellt.«

»Sie sind nicht mehr zuständig«, erwiderte das Kind, der Legislator. »Ich übernehme.«

»Aber wir ...« Der Richter schien sich zu verschlucken. »Ja, natürlich, ich verstehe.«

Hinter der Gruppe an der Tür kam es zu Bewegung. Die Leute wichen beiseite, machten einem hochgewachsenen Mann Platz. Seine dunkle Kleidung wies keine Rangabzeichen oder dergleichen auf, aber alle schienen seine Autorität anzuerkennen.

»Ich bin Rodmos Therban, neuer Oberster Direktor von Mechanica«, sagte der Mann. »Dies ist ...« Er vollführte eine vage Geste. »... höchst ungewöhnlich.«

»Ethox«, sagte der Knabe. Seine Augen schienen noch etwas größer zu werden. »Omni.«

»Natürlich, selbstverständlich«, erwiderte Therban. Forrester kannte ihn nicht, vermutete aber, dass er zur Agentur gehörte, zu Benedikts Handlangern. »Allerdings, in diesem besonderen Fall ... Die Verurteilten haben nicht nur den Reisenden entführt – der, so möchte ich betonen, von der Agentur befreit worden ist –, sondern auch das Leben unschuldiger Personen ausgelöscht. Dafür sind *wir* zuständig, unser Gericht, das seine Entscheidung bereits getroffen hat.«

»Sie wollen unsere Informationen, nicht wahr?«, rief Zinnober. »Sie wollen das Wissen meines Vaters, der einmal für die Agentur gearbeitet hat. Sie hoffen, in seinen Erinnerungen den einen oder anderen interessanten Hinweis zu entdecken.«

Forrester dachte: Vielleicht weiß er, wo sich Benedikt und Aurelius befinden.

Er wandte sich erneut an den Legislator. »Ich fürchte, dass der Reisende namens Aurelius alles andere als frei ist. Benedikt, das Oberhaupt der Agentur, wird ihn benutzen, um die Pandora-Maschine unter seine Kontrolle zu bringen. Und wenn ihm das gelingt ...«

»Es liegt ein gravierender Verstoß gegen den Ethox vor«, betonte der Knabe noch einmal. »Er betrifft nicht nur die Entführung eines Reisenden. Schlimmer noch ist ein Eingriff in die kausale Struktur dieses Universums. So etwas kann sehr ernste Konsequenzen haben.«

»Ich verstehe nicht«, sagte Rodmos Therban verwundert.

»Dieses Leben ...« Der Legislator zeigte auf Zinnober. »... hätte nicht mehr existieren dürfen. So wollte es die Kausalität. Aber hier ist es, und es existiert. Die Folgen sind unabsehbar. Sie könnten der Grund dafür sein, warum es dem Reisenden noch nicht gelungen ist, seine Mission zu erfüllen.«

Die Stimme des Jungen blieb unverändert, aber sie bekam plötzlich noch mehr Gewicht, wurde schwer wie eine ganze Welt. »Ich werde prüfen und entscheiden.«

98 Die Gardisten und Strafdiener, der neue Oberste Direktor von Mechanica, der Richter und all die anderen ... Sie wichen zurück, ohne dass sich jemand von ihnen bewegte. Es bildete sich Raum zwischen ihnen und der Mitte des runden Zimmers mit den beiden Strafliegen. Forrester beobachtete, wie die Gestalten mit wachsender Entfernung immer kleiner wurden, wie auch Tür und Wände schrumpften, während die beiden goldenen Kugeln des Legislators umeinander rotierten. Auch die Liegen und Induktorhauben wichen fort, bis nur noch graue Leere den Legislator, Forrester und Zinnober umgab.

Zinnober taumelte.

»Ich bedauere«, sagte der Knabe. »Diese Umgebung empfinden Sie als desorientierend. Bitte verzeihen Sie.« Die Rotation der beiden kleinen Kugeln veränderte sich ein wenig, und für einen Moment glühte blaues Kontinua-Licht zwischen ihnen. Als es verschwand, standen sie auf der Kuppe eines Hügels, dessen bleigraue Felshänge aus einer Landschaft ragten, in der Schnee und Eis dominierten. Eine weiße Sonne stand hoch am wolkenlosen Himmel; ihr Licht brachte Forrester und Zinnober genug Wärme.

»Dies war meine Heimatwelt«, sagte der Legislator. »So sah es auf ihr aus.«

»Wir sind nicht wirklich auf Ihrem Heimatplaneten?«, fragte Zinnober.

»Nein. Dies ist ein ... physisches Bild. Damit Sie sich besser fühlen.« Der Knabe lächelte kurz. »Manchmal schwelge ich gern in Erinnerungen. Ein kleines Laster, das mir geblieben ist.« Er drehte sich um. »Das dort ist der Schrein des Lebens. Die Flamme, die dort brennt, habe ich selbst entzündet, bevor Omni mich holte, vor vielen Tausend Jahren Ihrer Zeit. Sie wird noch eine Million Jahre brennen. Vielleicht zünde ich anschließend eine zweite an.«

Der Schrein bestand aus pechschwarzem Obsidian, der eine glatte Halbkugel mit einer Öffnung darin formte. Forrester trat näher und sah die Flamme, klein, nicht mehr als zehn Zentimeter groß. Sie flackerte einmal, als die Luft in Bewegung geriet, neigte sich langsam von einer Seite zur anderen und brannte dann wieder gleichmäßig aus einer kleinen Mulde im Boden. Hinter ihr ragte ein ebenfalls schwarzer rechteckiger Stein auf, mit goldenen Zeichen, die im Licht der Flamme glühten.

»Was steht dort geschrieben?«, fragte Forrester.

»Die Geschichte meines Volkes«, sagte der Legislator. »Jedes Zeichen, das Sie dort sehen, besteht aus einer Million Memopunkten.«

»Es ist eine lange Geschichte«, sagte Zinnober.

»Ja. Vierzig Millionen Ihrer Jahre. Und doch haben wir nicht überlebt. Ich bin der Letzte meines Volkes. Mein Name lautet Yinu.«

»Was ist mit Ihrem Volk geschehen, Yinu?«, fragte Forrester.

»Es fiel Selbstüberhebung zum Opfer. Das ist vielleicht die größte Gefahr für jede Zivilisation: sich für besser zu halten, besser als alle anderen.«

»Hochmut?«, fragte Zinnober. »Dünkel?«

»Und vor allem das, was daraus resultiert«, sagte Yinu. Er betrachtete die Flamme – sie schien auch in seinen großen dunklen Augen zu brennen. »Rücksichtslosigkeit. Die Missachtung der Rechte anderer Lebensformen. Das Verlangen, über allen anderen zu stehen. Aber Hochmut macht blind. Nur wenige erkennen die Gefahr, bevor es zu spät ist. Mein Volk ist gestürzt, aus großer Höhe. Nur ich habe den Sturz überlebt.«

Hier gab es mehr, dachte Forrester. Hier lag die Weisheit, nach der Philosophen suchten, das Licht der Erkenntnis.

»Der Kosmos erfordert Demut«, sagte Yinu, und das Gewicht seiner Worte war erneut spürbar. »Das lernt man bei Omni. Ich habe Gelegenheit bekommen, es zu lernen. Meinem Volk blieb diese Möglichkeit leider versagt.«

»Wenn sich Benedikt durchsetzt ...«, sagte Forrester vorsichtig. »Wenn er die Pandora-Maschine in ein Werkzeug seiner Macht verwandeln kann ... Dann führt er die Menschheit vielleicht auf den Weg, den Sie gerade beschrieben haben.«

»Das ist nicht nur möglich, sondern sehr wahrscheinlich«, erwiderte der Legislator und drehte sich um. »Setzen Sie sich!«

Stühle standen auf den Steinplatten, die einen Teil des Gipfels bedeckten. Forrester und Zinnober nahmen Platz, im warmen Schein der weißen Sonne.

»Wenn Sie uns helfen ...«, begann Forrester erneut.

»Sie verstehen nicht«, unterbrach ihn der Knabe mit der schweren Stimme. »Es steht mir nicht zu, Ihnen zu helfen. Ich bin Legislator. Meine Aufgabe ist es, einen Verstoß gegen den Ethox festzustellen. Ich prüfe und urteile.«

Forrester beobachtete ihn, suchte im scheinbar jungen

Gesicht nach Hinweisen, und dabei bemerkte er aus dem Augenwinkel ein kurzes Flimmern zwischen der Schneelandschaft zu Füßen des Hügels und dem Himmel. Für einen Sekundenbruchteil glaubte er, Gesichter – oder Andeutungen von Gesichtern – wie hinter einer Glaswand zu sehen, Millionen von ihnen, klein, aber doch nahe genug, um alles zu hören und zu sehen.

Zinnober hatte es ebenfalls bemerkt. »Wir sind nicht allein, oder?«

»Nein«, bestätigte Yinu. »Es sind Zeugen da. Sie helfen bei der Entscheidung.«

Forrester drehte den Kopf von einer Seite zur anderen, doch er sah die Gesichter nur, wenn er *nicht* hinsah, als ein kurzes Aufflackern am Rand seines Blickfelds. »Wo sind sie? Und wer sind sie?«

»Die Zeugen sind nur einen Spaltbreit von uns entfernt, nicht weiter als ein oder zwei Gedanken«, sagte der Knabe ernst. »Dieser Ort verbindet. Es sind die Augen und Ohren von Omni.«

Yinu setzte sich nicht. Er blickte noch einmal zum Schrein des Lebens, wandte sich dann wieder Forrester und Zinnober zu. »Wie ein lebender Körper Knochen braucht, die dem Fleisch Stabilität geben, so braucht die Zivilisation ein Gerüst, das ihr Halt bietet. Sie benötigt Regeln, die immer und überall beachtet werden. Nur dann kann sie sich weiterentwickeln und schließlich Erhabenheit erreichen, wie die Völker von Omni. Meine Aufgabe und die der anderen Legislatoren besteht darin, über die Einhaltung dieser Regeln zu achten. Es ist der ethische Kodex, der Ethox. Sie haben Gewalt angewendet. Sie haben getötet und einen Reisenden entführt ...«

»Ich glaube, er ließ sich entführen«, unterbrach Zinnober den Knaben mit der großen Stimme. »Ich glaube, er hätte es verhindern können, wenn das wirklich seine Absicht gewesen wäre.«

»Das steht nicht zur Debatte«, sagte Yinu streng.

»Es war ein Notfall.« Forrester suchte nach Worten. »Ich habe keine andere Möglichkeit gesehen, meine Tochter zu retten.«

»Dabei haben Sie gegen zwei der wichtigsten Regeln des Ethox verstoßen«, sagte der Legislator. »Ein Reisender in Diensten von Omni ist unantastbar. Und es darf nie, unter gar keinen Umständen, ein Eingriff in die Kausalität erfolgen.«

»Sie meinen meine Gefangenschaft im Stein«, sagte Zinnober.

»Ja. Der Stein brach. Sie wären gestorben. Sie hätten nicht mehr existiert. Aber hier sind Sie. Andere Dinge in diesem Universum mussten beiseiterücken, um Ihrem Leben und allen seinen Wechselwirkungen Platz zu machen. Ein solcher Verstoß gegen den ethischen Kodex kann nicht hingenommen werden.«

Forrester klappte den Mund auf und schloss ihn wieder. Einige Sekunden lang herrschte eine laute Stille, geschaffen von Millionen oder vielleicht Milliarden lauschenden Gesichtern.

»Wie sähe die Strafe aus?«, fragte er schließlich.

»Sie würden den Rest Ihres Lebens an einem Ort verbringen, an dem Ihre Existenz nicht die geringsten Auswirkungen auf Geschehen und Entwicklung in diesem Universum hätte«, sagte Yinu.

»Exil.«

»Ich glaube eher, er meint so etwas wie Einzelhaft«, murmelte Zinnober.

Wieder folgte Stille. Sie schien zu warten, diese Stille, vielleicht auf die richtigen Worte für Milde und Nachsicht.

»Nicht ich habe in die kausale Struktur eingegriffen«, sagte Forrester. »Ein Engel hat das getan. Eines der Wesen, die im Sprawl leben.«

In den großen dunklen Augen des Knaben erschien ein blaues Licht. »Die Kinder der Pandora.«

»Ich habe mit einem Engel gesprochen«, sagte Forrester.

»Und er hat mir geholfen. Er hat meine Tochter aus dem Stein geholt. Kann ein Wunsch Verbrechen sein? Kann es falsch sein, wenn sich ein Vater das Überleben seiner Tochter wünscht?«

Yinu schwieg.

»Mein Wunsch gab den Ausschlag, das stimmt«, fuhr Forrester fort. »Da liegt meine Schuld. Aber was kann Zinnober dafür, dass es letztendlich mein Wunsch war, der sie ins Leben zurückholte? Sie ist unschuldig.«

»Nein, Vater«, sagte sie sofort. »Entweder beide oder niemand von uns.«

»Die Entscheidung liegt nicht bei Ihnen«, stellte der Legislator fest. »Sie haben getötet. Sie haben Leben ausgelöscht.«

Zinnober senkte den Kopf. »Das stimmt. Es geschah in Notwehr, was die Gardisten betrifft. Und die Frau im Stützelement ... Ich bedauere sehr, dass ich sie erschossen habe, aber wenn ich *nicht* geschossen hätte, wäre mein Vater tot.«

»Leben auslöschen, um Leben zu bewahren?«, fragte Yinu. Die vielen Zuhörer schienen ihm zu antworten, denn ein leises Rauschen strich an Forresters Ohren vorbei. »Ich habe mit dem Gorkasch gesprochen«, fügte der Knabe hinzu. »Er hat Ihnen geholfen, er hat Sie getragen. Er hielt sie für ... Freunde.«

Forrester fragte sich, welche Botschaft in diesen Worten lag.

»Die Gorkasch haben einen ausgeprägten Instinkt«, sagte Yinu. »Sie können Gut von Böse unterscheiden, richtig von falsch.«

»Ich habe Aurelius helfen wollen.« Forresters Stimme war rau. Er räusperte sich. »Es war nie meine Absicht, ihm irgendein Leid zuzufügen. Ich wollte, dass er mir hilft, meine Tochter zu befreien. Anschließend hätte ich ihn dabei unterstützt, zu verhindern, dass die Pandora-Maschine in falsche Hände gerät.«

»Es ist anders gekommen, und der Eingriff in die Kausalität könnte einer der Gründe dafür sein.« Yinu trat einen

Schritt zurück. »Ich habe genug gesehen und gehört. Die Entscheidung wird getroffen.«

Plötzliche Dunkelheit verschluckte Forrester.

99 »Zinnober?«

Forrester schwebte in schwarzem Nichts. Wenn er die Hände bewegte – *glaubte* sie zu bewegen –, fühlte er einen leichten Widerstand, als hätte das Schwarz um ihn herum diffuse Substanz. Seine Stimme klang wie von Samt gedämpft.

»Zinnober?«

Keine Antwort.

Er bewegte Füße und Beine, er drehte sich, doch das Schwarz war überall, und es blieb still.

War dies die Strafe? Befand er sich an dem Ort des Exils oder der Einzelhaft, wie es Zinnober genannt hatte?

»Hört mich jemand?«

Die Schwärze schien sich zu verdichten, und plötzlich fiel Forrester das Atmen schwer. Er hob die Hände zum Hals ...

Helligkeit fand ihn, gab grauen Wänden Gestalt, einem runden Raum mit zwei Liegen, darüber die Hauben von Induktoren. Die beiden Strafdiener standen mit gesenktem Kopf neben der Tür, ebenso die Gardisten, der Richter mit der Maske, Rodmos Therban, neuer Oberster Direktor von Mechanica, und all die anderen Personen, die gekommen waren, um den Legislator zu sehen.

Hinter Forrester schnappte jemand nach Luft. Er drehte den Kopf und sah Zinnober, die in einer ähnlichen Haltung dastand, die Hände zum Hals gehoben. Niemand bewegte sich. Die Strafdiener, Richter und Direktor, all die anderen – sie standen wie erstarrt, manche mit offenem Mund, eine Frau mitten im Schritt, ein Fuß ohne Bodenkontakt.

»Die Entscheidung ist gefallen«, sagte Yinu.

Der Knabe erschien, seine großen Augen fast ebenso dunkel wie der Ort, an dem sich Forrester eben noch befunden hatte. Das blaue Licht war aus ihnen verschwunden. Hinter ihm stand Therban, die eine Hand gehoben, der Mund geöffnet.

»Was ist mit den Leuten?«, fragte Forrester.

»Sie sind neugierig, aber diese Sache geht nur uns etwas an«, sagte Yinu. »Wir sind hier in der schmalen Lücke zwischen zwei Momenten.«

Forrester bewegte sich und nahm dabei einen sonderbaren Widerstand wahr. Die Luft schien *zäh* zu sein, und das spürte auch seine Lunge, die sich mehr anstrengen musste als sonst.

»Ich möchte nicht zurück«, sagte Zinnober. »Ich möchte nie wieder an jenem dunklen Ort sein.«

»Das ist auch nicht nötig«, sagte der Knabe. »Es wurde entschieden, dass Sie hierbleiben dürfen. Sie bekommen Gelegenheit, Ihr Versprechen einzulösen und dem Reisenden Aurelius zu helfen, seine Mission zu erfüllen. Die Entscheidung, was schließlich mit Ihnen geschehen soll, liegt bei ihm.«

»Sie bringen uns zu Aurelius?«, fragte Forrester hoffnungsvoll.

»Nein. Ich habe bereits darauf hingewiesen, dass ich dazu nicht imstande bin. Ich kann Ihnen nur die Möglichkeit geben, Mechanica zu verlassen.«

»Bewährung?«, fragte Zinnober. »Ist es das? Wir bekommen Bewährung?«

»So könnte man es nennen.«

»Wir wissen nicht, wo sich Aurelius befindet«, wandte Forrester ein. »Wir wissen nicht, wohin Benedikt ihn gebracht hat.«

»Ihr Intellekt weiß es. Er hat es inzwischen herausgefunden.«

»Wenn wir Aurelius erreichen ... Vielleicht ist es dann schon zu spät. Vielleicht hat Benedikt ihn bis dahin benutzt, um die Pandora-Maschine zu kontrollieren.«

»Es liegt bei Ihnen«, sagte Yinu. Die beiden kleinen goldenen Kugeln auf seiner linken Schulter veränderten ihre Rotation, und Zeit und Bewegung kehrten in die Welt zurück. Stimmen erklangen, die Frau beendete ihren Schritt, und Direktor Therban sagte: » ... werde über die offiziellen Kanäle Beschwerde bei den Botschaftern von Omni einreichen, wenn Sie unsere Gerichtsbarkeit einfach ignorieren.« Er klappte den Mund zu und blickte sich erstaunt um. »Was ist geschehen? Es *ist* etwas geschehen, nicht wahr?«

»Ich habe meine Entscheidung getroffen«, verkündete der Legislator. »Die Angeklagten werden Mechanica unbehelligt verlassen.«

Rodmos Therban starrte. Der Mann mit der Maske, der Richter, schüttelte den Kopf.

»Sie haben Gardisten getötet«, sagte der Direktor ungläubig. »Und die Frau im Stützelement. Daran besteht nicht der geringste Zweifel.«

»Sie sind nicht frei von Schuld«, sagte Yinu mit einer Stimme wie Gewittergrollen. »Aber sie sind frei, sich zu bewegen. So wurde es beschlossen. Bitte lassen Sie diese beiden Personen gehen.«

Die Gardisten und anderen Leute wichen sofort beiseite. Nur Therban rührte sich nicht von der Stelle. »Ich protestiere«, sagte er. »Dies ist ein eklatanter Missbrauch von Macht.«

»Omni wird Sie anhören«, erwiderte Yinu. »Aber Omni hat auch mich gehört. Es wurde entschieden.«

Der Oberste Direktor von Mechanica gab widerstrebend den Weg frei.

»Eine letzte Bitte«, sagte Zinnober.

Forrester warf ihr einen warnenden Blick zu.

»Unser Schiff befindet sich in der Werft EnDetail und ist nur bedingt einsatzfähig«, wandte sich Zinnober an den Knaben. »Wir benötigen ein möglichst schnelles Schiff, um Aurelius noch rechtzeitig zu erreichen. Dürfen wir die *Centaurus* nehmen?«

»Sie ist nicht Ihr Eigentum«, sagte Rodmos Therban. »Es steht Ihnen nicht zu ...«

»Ich werde die Eigentümer fragen.« Wieder veränderte sich die Rotation der beiden goldenen Kugeln auf der Schulter des Legislators, und Forrester glaubte, in den dunklen Augen des Knaben ein kurzes blaues Aufblitzen zu erkennen. Einige Sekunden vergingen. »Sie sind einverstanden. Omni wird sie mit einem Artefakt entschädigen, das mehr wert ist als ihr Schiff.«

»Aber ...«, begann Therban.

Zinnober ergriff Forresters Hand. »Komm, Vater!«

Unter ihnen blieb die Stadt zurück, die einen ganzen Plane- **100** ten umspannte. Die *Centaurus* folgte einem Kurs, der einer Spirale glich und an zahlreichen Satelliten, Raumschiffen und Orbitalstationen vorbeiführte.

»Ich bin sehr froh, dass ihr zurück seid«, sagte Cassandra.

»Wir noch mehr«, erwiderte Forrester. »Glaub mir, wir noch viel mehr. Was ist mit dir? Hast du dich ganz transferieren können?«

Sie saßen im Nukleus des Kornbester-Schiffes, vor den virtuellen Kontrollen, Holofeldern und Datendisplays. Der Sprawler brummte, bereit für einen schnellen Flug über viele Lichtjahre.

»Euer kleines Abenteuer mit der Justiz von Mechanica hat mir mehr Zeit für den Transfer gegeben und auch für die sichere Speicherung des Intellekts, der die hiesigen Elaboratorkerne vor mir benutzt hat«, sagte Cassandra. »Vielleicht bietet sich mir irgendwann Gelegenheit, mit ihm zu kommunizieren und mich zu entschuldigen. Einige periphere Dateien meiner Datenbank sind an Bord der *Sonnenwind* geblieben. Wir können sie anschließend übertragen.«

»Anschließend?«

»Du weißt, was ich meine, Vinzent.«

»Ja. Wie lange brauchen wir zum Taiwaru-System?«, fragte Forrester.

»Zwei Tage, Vinzent. Dies ist ein sehr schnelles Schiff, und das Anwor-System befindet sich direkt an einem der schnellsten Hauptstränge des Sprawl.«

»Trotzdem, es sind zwei Tage. Wer weiß, was inzwischen geschehen ist.«

»Es bestehen keine Kommunikationsverbindungen mehr mit Uscher und den anderen bewohnten Welten im Taiwaru-System«, sagte Cassandra. »Was dort geschieht, bleibt Spekulationen überlassen.«

»Therban wollte uns nicht gehen lassen, weil er befürchtet, dass wir Aurelius irgendwie befreien und Benedikts Pläne vereiteln könnten.« Zinnober kontrollierte die Navigationsdaten und beobachtete die anderen Schiffe in niedrigen und hohen Umlaufbahnen. Mechanica blieb hinter ihnen zurück, und voraus öffnete sich leerer Raum. »Kompensator aktiv. Wechsel ins Sprawl erfolgt *jetzt*.«

Forrester spürte ein leichtes Ziehen im Nacken, mehr nicht. Die Holofelder zeigten silbriges Grau, darin die bunten Linien der Orientierungshilfe für die Navigation.

»Oh«, sagte Cassandra. »Wir sind noch schneller, als ich dachte. Etwas scheint uns ... anzuschieben.«

Forrester und Zinnober wechselten einen Blick. »Omni?«

»Unbekannt«, sagte Cassandra. »Obwohl ich nach den jüngsten Ereignissen eine gewisse Wahrscheinlichkeit dafür berechne. Überhaupt, die Entscheidung des Legislators ist erstaunlich. Immerhin liegt ein klarer Verstoß gegen den Ethox vor.«

»Ich habe nachgedacht«, verkündete Zinnober.

Meine nachdenkliche Tochter, dachte Forrester.

»In gewisser Weise hatte Rodmos Therban recht«, sagte Zinnober.

Forrester hob die Brauen.

»Ich meine, dass sich der Legislator einfach so über die Entscheidung des Gerichts von Mechanica hinwegsetzte, ist ein klarer Hinweis auf eingeschränkte Souveränität. Letztendlich steht Omni über allem, nicht wahr?«

»Sei froh, Zinnober«, sagte Cassandra.

»Oh, das bin ich, das bin ich. Aber es *ist* Machtmissbrauch, wenn man die Dinge aus Therbans Blickwinkel sieht. Omni mischt sich ein.«

»Nicht immer«, sagte Forrester. »Sogar nur sehr selten.«

»Omni könnte sich öfter einmischen, Unheil verhindern und alle Dinge in die richtige Richtung lenken. Oder fast alle. Habe ich recht?«

»Das sehe ich ähnlich«, sagte Forrester. »Aber Aurelius hat darauf hingewiesen, dass solche Einmischungen gegen den Ethox verstoßen.«

»Ist sehr bequem für Omni, dieser Ethox«, sagte Zinnober, während die *Centaurus* durchs Sprawl glitt, mit einer Geschwindigkeit von mehr als zwanzig Sprawlkilometern pro Sekunde, was viele Lichtjahre im Basiskontinuum bedeutete. »Kann als Rechtfertigung für praktisch alles dienen.«

Forrester sah sie an und bemerkte einen besonderen Glanz in Zinnobers roten Augen. »Worauf willst du hinaus?«

»Warum hilft uns Omni jetzt, und auf diese Weise? Ich meine, wir sind schneller, als wir es allein mit dem Sprawler sein könnten, nicht wahr, Cassandra?«

»Darauf deutet einiges hin, ja«, sagte der Intellekt. »Eine positive Leistungstoleranz des Sprawlers reicht als Erklärung nicht aus.«

»Omni will, dass wir zu Aurelius gelangen.«

»Sie sieht es aus, Zinnober«, sagte Cassandra. Forrester hörte zu und erkannte einige seiner eigenen Überlegungen wieder.

»Omni will, dass wir ihm helfen«, fuhr Zinnober fort. »Der Legislator hat gesagt, dass die Entscheidung darüber, was aus uns werden soll, bei ihm liegt.«

Forrester nickte.

»Es bedeutet, dass Aurelius noch lebt. Dass er noch entscheiden kann.«

»Eine plausible Annahme, Zinnober«, kommentierte Cassandra.

»Aurelius ist wichtig«, sagte Zinnober. »Und deshalb ist es wichtig, dass ihm geholfen wird, ja?«

Forrester nickte erneut. Am Rand seines Blickfelds sah er das Wogen des Sprawl, wie dichter Nebel, der über Fenster strich. Konturen schienen sich darin zu bilden, die Umrisse einer Gestalt, eine vage Silhouette. Doch er wandte nicht den Blick von seiner Tochter ab, und was auch immer dort im Silbergrau des Sprawl erschienen war, vielleicht ein Engel – es verschwand wieder.

»Warum greift Omni nicht selbst ein, um Aurelius zu helfen?«, fragte Zinnober. »Warum schickt man einen Legislator, der *uns* befreit, damit *wir* dem Reisenden helfen?«

»Du hast bereits darüber nachgedacht«, sagte Forrester. »Nenn mir die Antwort.«

»Sie lautet: Wir sind ebenfalls wichtig für Omni. Der Legislator Yinu wurde nicht entsandt, um einen Verstoß gegen den Ethox zu ahnden, sondern um uns auf den Weg zu schicken. Obwohl wir gegen den ethischen Kodex von Omni verstoßen haben. Und obwohl es Tote gab, für die wir verantwortlich sind.«

»Eine interessante Schlussfolgerung«, sagte Cassandra nach einer kurzen Pause.

»Aber warum sind wir wichtig für Omni?«, fragte Forrester. »Warum ist es unsere Aufgabe, Aurelius zu helfen? Und wie sollen wir ihm helfen, wenn wir praktisch mit leeren Händen kommen? Ich bin nicht mehr im Besitz der Omni-Artefakte, und das eine verbliebene Datenmodul mit den militärischen Konstrukteurprogrammen wurde mir vor dem Gerichtsverfahren abgenommen. Wir haben *nichts*.«

»Wir haben ein schnelles Schiff«, sagte Zinnober. »Wir haben Cassandra. Und wir haben uns.«

»Danke, Zinnober«, sagte der Intellekt.

»Hoffentlich genügen wir drei«, entgegnete Forrester.

Der Flug durch den schnellen Hauptstrang zum Taiwaru-System dauerte nicht zwei Tage, wie zunächst von Cassandra berechnet, sondern nur vierzehn Stunden und sieben Minuten. Wenn es eine »Hand« gab, die sie im Sprawl anschob, vielleicht von Omni gelenkt, so war es eine mächtige, schnelle Hand.

Forrester und Zinnober hatten mehr als zehn Stunden geschlafen und eine Dekontamination hinter sich. Hinzu kamen eine ausgiebige Mahlzeit und reichlich zu trinken. Sie fühlten sich besser, als sie im Nukleus saßen und beobachteten, wie die *Centaurus* dicht über der Ekliptik des Taiwaru-Systems ins Basiskontinuum zurückkehrte. Sofort begann das Schiff zu vibrieren.

»Ein elektromagnetischer Sturm im ganzen Sonnensystem«, sagte Cassandra. »Ich rekalibriere unsere Sensoren. Die Kommunikation ist gestört. Es sind keine Ansible-Kontakte möglich.«

Die Darstellung der Holofelder veränderte sich, zeigte die Planeten und Monde des Systems. Und ein blaues Leuchten, darin Objekte wie Kugeln und Zylinder, die sich ständig neu anordneten.

Forrester beugte sich vor. »Ist die Perspektive richtig?«

»Ja, Vinzent. Die Pandora-Maschine befindet sich in unmittelbarer Nähe des zweiten Planeten namens Uscher.«

»Aber ...« Er betrachtete die eingeblendeten Daten. »Sie ist gewachsen.«

»Inzwischen durchmisst sie fast tausend Kilometer«, sagte Cassandra. »Und sie wird noch größer. Sie hat begonnen, den Planeten zu fressen.«

Es glänzt so schön

101 Nur sieben waren übrig. Sieben von wie vielen?, fragte sich Benedikt, als er – gehüllt in eine Thermojacke, die ihm der letzte noch funktionierende Konstrukteur in der Pandora-Maschine zur Verfügung gestellt hatte – durch den Kältedunst stapfte. Es mussten mehr als hundert gewesen sein, dachte er benommen. Mehr als hundert Techniker, Xenospezialisten und Gardisten, die mit ihm aufgebrochen waren, um das Herz der Pandora-Maschine zu suchen, ihren Kern, ihren Nukleus. Jetzt gab es nur noch sieben, vier Männer und drei Frauen. Sie schleppten all jene Geräte und Ausrüstungsgegenstände, die von den beiden schwer beladenen Bots nicht getragen werden konnten. Alle anderen waren den falschen Wänden zu nahe gekommen, waren kristallisiert und gesplittert, als die Wände sich miteinander vereinten, Korridore schlossen und Räume versiegelten.

Scheinwerferlicht strich durch dunklen Dunst, wie blasse Finger auf der Suche nach etwas Greifbarem. Einer von ihnen erreichte Benedikt. Er hob den Arm und schirmte die Augen ab.

»Unsere Energiezellen werden knapp«, sagte der Techniker namens Awyer. Benedikt war sicher, dass die anderen ebenfalls Namen hatten, aber er konnte sich nur an diesen erinnern. Mit seinem Gedächtnis schien etwas nicht zu stimmen. Es betraf nicht nur die Namen, sondern auch andere Dinge, zum Beispiel die Kontrollen der Thermojacke: Manchmal wusste er nicht mehr, wie man die Temperatur regelte; es fiel ihm erst ein, wenn er einige Sekunden konzentriert nachdachte. Ähnlich verhielt es sich mit ganz gewöhnlichen Worten, die gelegentlich nur aus Geräuschen bestanden und erst nach einigen Sekunden Bedeutung bekamen. »Und der Konstrukteur funktioniert nicht mehr. Es liegt an der K-Strahlung.«

»K-Strahlung?«, wiederholte Benedikt und sah sich um. Hinter ihnen in der blauen Düsternis wurde das Knirschen und Knistern lauter, als sich der kurze, von Desintegratoren und Blastern geschaffene Korridor wieder schloss. Eine Frau, die mit mehreren Messinstrumenten hantierte, wich hastig zurück, als sie merkte, wie nahe eine der Wände gekommen war. Wunden, dachte Benedikt mit plötzlicher Klarheit; in seinem Kopf schien sich ein Fenster zu öffnen und ihm Ausblick zu gestatten. Die Gänge, die wir schaffen ... Sie sind wie Wunden, die anschließend wieder heilen. Und die Kristallisierungen kann man vielleicht mit einem aktiven Immunsystem vergleichen.

»Kontinua-Strahlung«, sagte Awyer. Seine Brauen waren weiß von Raureif. »So haben wir sie genannt, erinnern Sie sich?«

»Dies ist wie ein lebendes Geschöpf«, sagte Benedikt und fügte den Worten eine Geste hinzu, die der ganzen Pandora-Maschine galt. »Wir sind Bakterien oder Viren. Wir stellen eine Infektion dar, und der Körper wehrt sich.«

»Hier gibt es nichts Lebendes außer uns«, sagte Awyer. Weiter vorn winkte jemand, und daraufhin fügte er hinzu: »Es ist alles für die nächste Etappe vorbereitet. Bitte treten Sie hinter die Barriere.«

Wie tief im Innern der Pandora-Maschine befanden sie sich inzwischen?, überlegte Benedikt, als er Awyer zur Barriere folgte, die aus Geräten, unter ihnen der nutzlos gewordene Konstrukteur, und Ausrüstungstaschen bestand. Er blickte nach vorn, wo die beiden Bots eine weitere Energiezelle vorbereiteten, außerdem Thermoschneider, Vibrofräsen und Desintegratoren in Position brachten.

Benedikt erinnerte sich an einen Hinweis. »Was ist mit der K-Strahlung?«

Awyer sah ihn an, sein Gesicht halb im Dunkeln. »Sie stört

unsere Geräte. Die Programme des Konstrukteurs sind dadurch fehlerhaft geworden und nicht mehr zu gebrauchen. Unser Intellekt verfügt über Autokorrekturroutinen und kann sich selbst reparieren, aber er wird langsamer. Und wir ...«

»Was ist mit uns?«

»Wir alle haben eine hohe Strahlendosis aufgenommen und brauchen dringend eine Dekontamination.«

»Wie viel Zeit bleibt uns?«, fragte Benedikt.

Ein Mann am Ende der Barriere hustete, würgte und übergab sich. Vom Erbrochenen stieg Dampf auf.

»Ohne Absorptionsmedikamente vom Konstrukteur? Nur wenige Stunden.«

»Wir sind so weit!« Ein Techniker lief von den beiden summenden Bots zur Barriere und duckte sich dahinter.

Benedikt ging in die Hocke. »Also los.«

Die beiden Bots zündeten die vorbereitete Energiezelle, eine der wenigen, die ihnen noch geblieben waren. Sie explodierte nicht – eine Explosion in dem kleinen Raum mit den knirschenden Wänden wäre verheerend gewesen –, sondern leitete ihre Energie innerhalb weniger Sekunden in die für den Durchbruch ausgewählte Wand. Dabei wählten die Bots den Frequenzbereich, den der Intellekt zuvor berechnet hatte und der immer wieder angepasst werden musste, je weiter sie ins Innere der Pandora-Maschine vordrangen.

Die Wand erstrahlte in violettem Licht.

Sofort aktivierten die Bots Fräsen, Thermoschneider, Blaster und Desintegratoren. Die Geräte und Waffen zischten und fauchten so laut, dass Benedikt keines der Worte verstand, die Awyer an ihn richtete – er sah nur, wie sich die Lippen des Mannes bewegten.

Dann schlug etwas auf die Barriere ein, hinter der sich Benedikt und seine sieben Begleiter zu schützen versuchten. Eine Faust aus dem Nichts schmetterte gegen den Block des Konstrukteurs und schleuderte ihn an die Wand, zusammen mit den beiden Männern, die hinter ihm gekauert hatten.

Benedikt glaubte zu hören, wie ihre Knochen brachen, als das Gewicht des Konstrukteurs sie zermalmte. Einzelheiten blieben in der Dunkelheit verborgen, und niemand bekam Gelegenheit, das Licht einer Lampe auf die beiden Toten zu richten.

Die Splitter zerfetzter Gegenstände flogen wie Geschosse umher, zerrissen Thermoanzüge und lebendes Fleisch. Ein Auge von Awyer verwandelte sich in eine Fontäne, die Benedikt ins Gesicht spritzte. Er kippte und fiel, was ihm vielleicht das Leben rettete, denn die anderen Trümmerstücke sausten über ihn hinweg. Licht flackerte und erlosch.

Es wurde dunkel und still.

Aber nicht ganz still.

In der Finsternis wimmerte jemand. Es klang nach einer Frau.

Benedikt richtete sich langsam auf. Sein Knie zitterten, die Kehle brannte.

Er wollte den Mann fragen, was geschehen war, hatte aber den Namen vergessen. Vorsichtig trat er durch die Trümmer, stieß dabei mehrmals gegen etwas Weiches, vielleicht Leichen, und fand schließlich eine intakt gebliebene Lampe. Ihr Licht präsentierte ihm ein Bild der Verwüstung. Blutverschmierte Geräteteile lagen um ihn herum, zerrissene und zerfetzte Verkleidungselemente, scharfkantige Objekte, manche klein wie ein Fingernagel, andere groß wie eine Hand. Auf der linken Seite tastete das Lampenlicht über die Reste der beiden Bots, die wie zerquetscht aussahen. Weiter vorn, wo die Bots gestanden und Waffen und Werkzeuge installiert hatten, war die Wand aufgebrochen. Ein breiter Riss hatte sich dort gebildet und führte in einen Tunnel, aus dem mattes blaues Licht fiel. Etwas glänzte dort.

Erneut das Wimmern. Eine blutige Hand bewegte sich.

Eine Frau lag dort, die krummen Beine an der Wand und bereits halb in Kristall verwandelt. Sie sah ihn an, sie blickte zu ihm hoch, in den Augen ein wortloses Flehen.

Benedikt wich zurück. Seine Lampe blieb auf sie gerichtet,

und er beobachtete, wie sich die Verwandlung in Kristall fortsetzte. Wenn er sie angefasst hätte, wäre auch er kontaminiert worden, das wusste er, daran erinnerte er sich in seiner Benommenheit. Er wankte noch einen Schritt zurück.

Ein letztes Wimmern, dann regte sich die Frau nicht mehr. Dünne Risse durchzogen ein Gesicht wie aus Glas, und ein Knistern wies auf den Beginn des Splitterns hin.

Benedikt wandte sich um und taumelte durch den Riss in der vorderen Wand, dem verlockenden Glanz entgegen. Hinter ihm rückten die Wände des Raums aufeinander zu, schoben Trümmer und Leichen zusammen und nahmen alles auf.

102 Das Licht der Lampe wurde schon nach kurzer Zeit schwächer und erlosch, doch es folgte keine völlige Dunkelheit, sondern ein blaues Glühen, nicht kalt wie in den anderen Räumen und Korridoren, sondern angenehm warm. Immer wieder erschien ein Glanz im blauen Leuchten, ein Glanz, der den Augen schmeichelte und Benedikt lächeln ließ, obwohl er begriff, dass alle anderen tot waren.

Schließlich erreichte er einen runden Raum, den Boden eines hohlen Zylinders, in dem die größte und dickste Säule aufragte, die er bisher in der Pandora-Maschine gesehen hatte. Sie durchmaß mindestens zwanzig Meter und war Hunderte von Metern hoch. In ihr fand ein langsamer Tanz von Lichtern statt, die aufstiegen und sanken, sich berührten und wieder voneinander lösten, dabei manchmal ihre Farbe veränderten. Vor dieser Säule blieb Benedikt stehen, beobachtete den Tanz der Lichter und wusste, dass er sein Ziel erreicht hatte. Dies war das Herz der Pandora-Maschine, ihr Kern. Von hier aus konnte man sie steuern, ihr ganzes Potenzial nutzen, sie kontrollieren.

Aber wie?

Benedikt betrachtete die Lichter und vermutete, dass es

möglich war, mit ihnen zu sprechen. Vorausgesetzt man verstand ihre Sprache und wusste sich ihnen mitzuteilen. Der Intellekt, der auf dem Weg durch die Maschine viel gelernt hatte, wäre vielleicht imstande gewesen, ihm zu helfen, doch seine Elaboratoren und Datenmodule lagen unter den Trümmern in jenem Raum, in dem die letzten sieben Überlebenden gestorben waren. Oder vielleicht lagen sie gar nicht mehr da. Vielleicht hatte die Maschine sie aufgenommen, sie zu einem Teil ihres Körpers gemacht, wie alles andere, wie auch die Leichen, die Masse des zerstörten Mondes, die Satelliten und Raumstationen im Orbit von Uscher, den Planeten selbst ...

Die Maschine wuchs noch immer, nahm noch immer Masse auf, und hier schlug ihr Herz, hier dachte ihr Hirn, hier wurde alles geplant, entschieden und in die Tat umgesetzt.

Von hier aus konnte man die Pandora-Maschine steuern.

Benedikt näherte sich der Säule und hörte nicht das Knistern, mit dem sich hinter ihm der Korridor schloss, der ihn zu diesem Ort im Zentrum der Maschine gebracht hatte. Sein Kopf steckte noch immer voller langsamer Gedanken, und einer dieser Gedanken erinnerte sich träge an ein letztes kleines Werkzeug für diese besondere Begegnung, einen letzten kleinen Trumpf.

Zitternde Finger griffen unter die Thermojacke, in eine gepolsterte Tasche, und holten ein Kästchen hervor, nur einige wenige Zentimeter groß. Es enthielt ein Objekt, das aussah wie eine silberne Träne. Sie bestand aus der gleichen Substanz wie Aurelius' K-Konnektor: ein winziges Omni-Artefakt, das manchmal durchsichtig wurde und in seinem Innern sich endlos wiederholende fraktale Muster zeigte.

Mit dem kleinen Artefakt in der Hand näherte er sich der Säule.

Ein Gedanke flüsterte: Du darfst den Kristall nicht berühren. Hüte dich vor einem direkten physischen Kontakt!

Einige Lichter lösten sich aus den tanzenden Wolken, verließen die Säule und flogen Benedikt entgegen. Wie schön sie glänzten und funkelten, dachte er und erinnerte sich an die Feuerfliegen von Korunna, die er als Kind beobachtet hatte. Die bunten Lichter zogen an seinem Gesicht vorbei, schwebten glitzernd über Arme und Brust, erreichten die Hände und schienen etwas zu suchen.

Benedikt öffnete die rechte Hand.

Sofort kamen die Lichter herbei, leuchteten über dem kleinen Omni-Artefakt, der Träne aus Silber, sanken und verschwanden darin. In der Säule wurde der Tanz der Myriaden Lichter schneller, und ein Brummen lag in der Luft, das Geräusch des schlagenden Herzens der Pandora-Maschine. Die silberne Träne erstrahlte, und in der Säule drängten sich immer mehr Lichter zusammen – sie schienen auf etwas zu warten.

Nicht den Kristall berühren!, dachte Benedikt. Auf keinen Fall den Kristall berühren. Erinnere dich daran, was mit den anderen geschehen ist.

Die Träne in Benedikts rechter Hand bewegte und veränderte sich. Sie wurde dünner und länger, verwandelte sich in einen silbernen Wurm, der über die Hand kroch, auf der Suche nach etwas. Er fand die Wurzel des Zeigefingers, kroch noch etwas weiter und wickelte sich um den Finger, wurde zu einem Ring. Benedikt hob die Hand, hielt sie dicht vor die Augen, und sah sich selbst im silbrigen Glanz, sein Spiegelbild, bis in fraktale Tiefen endlos wiederholt: ein kleines Gesicht, zu einer Fratze geworden, zu einer Grimasse, in der sich Schmerz zeigte, obwohl Benedikt lächelte.

Die Hand mit dem Ring am Zeigefinger streckte sich der Säule entgegen.

Benedikts langsame Gedanken flüsterten eine Warnung, aber sie flüsterten sie nicht laut genug, nicht mit genug Nachdruck. Er trat sogar noch einen Schritt näher, damit es die Hand leichter hatte. Als sie sich dem Kristall der Säule näherte, beobachtete er, wie sich ein blaues Glühen auf die Fingerkuppen legte, ohne dass er Kälte oder Wärme fühlte.

Funken, kleiner als die Lichter, sprangen von den Fingern zur Säule und vereinten sich mit dem Glänzen in ihr.

Warum soll ich die Säule nicht berühren?, flüsterte ein anderer Gedanke in Benedikt. Deshalb bin ich hier, nicht wahr? Erinnerungen stiegen auf, langsam, wie Luftblasen in Brei. All die sorgfältigen Planungen, über viele Jahre hinweg, führten hierher, zu diesem Ort, zu dieser Gelegenheit, und jetzt wollte etwas in ihm, dass er die Hand sinken ließ und das Ziel *nicht* berührte, nicht besitzergreifend danach griff?

Das wäre dumm gewesen.

Den Arm noch etwas mehr strecken ...

Kontakt.

Es waren nicht nur die Fingerspitzen, die den Kristall der Säule berührten, sondern die ganze Hand, und nicht nur diese Hand, die rechte, sondern auch die andere, die linke.

Es wäre dumm gewesen, das Ziel nicht zu berühren, dachte er zufrieden. Deshalb bin ich hier. Aurelius und der Likotha haben alles für mich vorbereitet. Die Pandora-Maschine wartet auf meine Gedanken, darauf, dass ich ihr sage, was sie tun soll.

Die Lichter tanzten schneller und heller, das Brummen wurde lauter, und Benedikt erlebte einen Moment der Seligkeit, das befreiende Gefühl, am Ende einer langen Reise angelangt zu sein und sich ausruhen zu können.

Aber es war nur ein Moment.

Der Wonne folgte kaltes Entsetzen.

Das Blau an den Fingerkuppen dehnte sich aus, und wo es über Haut, Fleisch und Knochen strich, verwandelte sich organische Materie in Glas. Benedikt wollte die Hände zurückziehen, aber sie gehorchten ihm nicht mehr, sie blieben an der Säule, fest verbunden mit ihrer kristallenen Substanz und den vielen Lichtern darin. Er beobachtete, wie die Finger kristallisierten, wie die Säule, das Herz der Pandora-Maschine, in sie hineinwuchs, durch die Hände in die Arme, von dort aus in die Schultern und nach unten, durch die Brust, vorbei am eigenen Herzen, das rasend schnell schlug und eine Gnadenfrist bekam, denn die Kristallisierung sparte es zunächst aus, als sie, etwas schneller geworden, nach unten wanderte, zu den Hüften, zum Penis, der erst noch Blut empfing, so viel, dass er anschwoll, bevor er zu einem nutzlosen Dorn erstarrte, und schließlich in die Beine und Füße.

Dann stieg die Verwandlung nach oben, kehrte durch die Brust zum Hals zurück, tastete taub übers Gesicht, bohrte sich mit dumpfem Prickeln in die Schläfen. Sie ergriff – die Gnadenfrist war zu Ende – das Herz und hielt es fest ...

Was geschieht mit mir?, dachte Benedikt. Er atmete nicht mehr, sein Herz schlug nicht mehr, es strömte kein Blut mehr durch seinen Körper, aber er ... existierte.

Er dachte noch, doch seine Gedanken veränderten sich. Sie erstarrten, wurden spröde wie Glas, vibrierten und ... zerbrachen.

Leben/Tod.
Ü-b-e-r-g-a-n-g.
Neuorientierung.
Konditionierung.
Anpassung.
Tod/Leben.

Ein Saal aus Glas, mit Bewohnern aus Glas, die – vielleicht – gläserne Gedanken dachten.

Benedikt trat an den reglosen Gestalten vorbei, in jeder von ihnen einige Hundert Lichter, die meisten gelb – es schien nicht unbedingt eine Farbe des Todes zu sein, aber eine des Nicht-Lebens. Er verharrte vor dem Mann, der einst, in einer anderen Existenz, Awyer gewesen war, und blickte in Augen, in deren Tiefen ein bläuliches Licht glomm. All die Techniker und Xenospezialisten, die ihn ins Innere der Pandora-Maschine begleitet hatten, und auch die Soldaten und Offiziere der Kriegsschiffe in den Hangars, die sich geschlossen hatten, bevor die Schiffe starten konnten ... Sie alle befanden sich hier. Sie standen wie Statuen in diesem Saal, zwischen den dicken und dünnen Säulen, in denen Ereignisroutinen funkelten, Gedanken der Pandora-Maschine, gebündelt und gelenkt von präventiven Mechanismen, vergleichbar mit einem zielgerichteten Instinkt. Sie alle waren intakt – niemandem fehlte Gliedmaßen, niemand war *verletzt* –, doch es steckte kein konventionelles Leben in ihnen, nur ... *wartende Existenz*. Sie hätten leben können, so wie er, Benedikt, in diesem neuen Körper lebte, in diesem kristallenen Behälter, in dem seine Gedanken bunte Lichter waren, wie die in den Säulen. Am Zeigefinger aus blauem Glas trug er noch immer den silbrigen Ring des Omni-Artefakts; vermutlich verdankte er es diesem kleinen Objekt, dass er noch immer autonom denken und sich bewegen konnte.

Er ging weiter, vorbei an den vielen Statuen der Aufgenommenen und Absorbierten, durch einen breiten Bogen, dem ein endlos langer Gang folgte, rechts und links mit großen Nischen voller Maschinen und Aggregate. Benedikt wanderte und begann zu begreifen, was es mit seiner neuen Existenz und diesem besonderen Ort auf sich hatte. Was er hier sah, in Form von Geräten, Instrumenten, Werkzeugen und sonderbaren Objekten, ließ sich mit Konstrukteurprogrammen vergleichen, und er selbst war eine Art Suchalgorithmus, ein Gedanke im Hirn der Pandora-Maschine, der ihr Potenzial erkundete. Während er einen gläsernen Fuß vor den anderen setzte und ohne zu ermüden Kilometer um Kilometer hinter sich brachte, betrachtete er all das, was der Kreator erschaffen konnte. Manchmal blieb er stehen, berührte einen Gegenstand und ahnte, worum es sich handelte, ein kleines Schiff hier, eine Waffe dort oder Dinge, die nur für Angehörige der Superzivilisationen Sinn und Zweck hatten. Andere Objekte blieben ohne klare Form; ihnen konnte offenbar beliebige Struktur verliehen werden.

Nach vielen Stunden der Wanderung erreichte Benedikt einen Platz, von dem andere Flure abgingen, ebenfalls gesäumt von Konstruktionsnischen, Flure, die immer länger wurden, je mehr Materie die Pandora-Maschine aufnahm und in eigene Substanz umwandelte.

Was bisher fehlte, war eine Kontrollstation, ein Ort, an dem man Objekte aus dem gewaltigen Konstruktionsarchiv auswählen konnte, damit ihnen die Maschine konkrete Gestalt gab. Benedikt vermutete, dass solche Orte existierten, und vielleicht ließen sich von ihnen die allgemeinen Steuerungs- und Verwaltungsroutinen erreichen. Damit konnte er Kontrolle ausüben und versuchen, die Pandora-Maschine zu beherrschen.

Benedikt ging weiter, mit gläsernen Beinen, die keine Müdigkeit kannten.

Paradoxa

Blitze flackerten in dunklen Wolken, aus denen sich gewaltige Regenmassen ergossen. Ein heftiger Sturm zog über den Raumhafen, knickte die Bäume der Parkanlagen, die das Terminal umgaben, und fegte alles fort, das nicht schwer genug war, den Böen zu trotzen. Mehrere Orbitalspringer warteten in einem von energetischen Schilden geschützten Bereich, doch als Aurelius beim Anflug aus dem Fenster des Gleiters blickte, beobachtete er, wie das Glühen eines Schirmfelds verschwand. Der Wind erfasste einen Springer, riss ihn aus der mechanischen Verankerung und schleuderte ihn mit der Wucht eines kinetischen Geschosses gegen einen Hangar, dessen Wand nachgab. Der Wind packte und zerfetzte sie, ebenso die anderen Wände und das Dach, wirbelte die Trümmer zusammen mit dem Inhalt des Hangars fort. Maschinenteile flogen umher.

Ein Navigationsintellekt steuerte den Gleiter und reagierte schnell auf jede Veränderung des Windes. An den Kontrollen hielt sich ein Pilot bereit, für den Fall, dass es zu einem kritischen Systemausfall kam. Sein blasses Gesicht wies darauf hin, wie er die Situation beurteilte.

»Aurelius?«, fragte Lenorra.

»Ja«, sagte er und begriff, dass er schon seit einer ganzen Weile geschwiegen und nicht auf die letzten Worte der Administratorin von Uscher reagiert hatte. »Ich sehe es«, fügte er hinzu und meinte den Sturm, die drastischen klimatischen Veränderungen, das Chaos, das Uscher für viele Menschen und zahlreiche Angehörige von Äquiv-Zivilisationen in eine tödliche Falle verwandelte.

»Die planetare Achse hat sich um zehn Grad geneigt und

kippt weiter«, sagte der Sekretär, der neben Lenorra saß. Er hieß Tasurn und war jener Mann, der das einem silbernen Pferd ähnelnde Omni-Artefakt gebracht hatte. »Es kommt zu Springfluten und Tsunamis. Die tektonische Aktivität hat stark genommen. Erdbeben zerstören unsere subplanetaren Anlagen. Die äquatorialen und polaren Zirkulationen verändern sich ...«

»Daher die Stürme«, sagte Aurelius und blickte noch immer aus dem Fenster.

»Ja«, sagte Tasurn. »Und dies ist nur der Anfang.«

Eine besonders heftige Bö schüttelte den Gleiter, und selbst das schnelle Reaktionsvermögen des Intellekts genügte nicht für eine vollständige Kompensation. Aurelius starrte noch immer in die von den dunklen Wolken geschaffene Nacht. Für einen Moment verschwand alles hinter einem dichten Vorhang aus Regen. Dann erschienen erneut die Positionslichter des Orbitalspringers, der ihr Ziel darstellte. Er stand noch immer sicher in einem energetischen Kokon, vom Orkan unberührt.

»Wie weit ist die Pandora-Maschine entfernt?« Aurelius blickte nach oben, zu den finsteren Wolken.

»Zwanzigtausend Kilometer«, sagte Tasurn, der ständig aktualisierte Daten empfing. »Sie nimmt unsere orbitalen Installationen auf. Und sie nähert sich.«

»Wie kommt die Evakuierung voran?«, fragte Aurelius und starrte weiterhin nach draußen.

»Den Umständen entsprechend«, sagte Lenorra. »Aber wir können nicht alle Bewohner evakuieren, nicht einmal annähernd. Darauf habe ich bereits hingewiesen. Sie sind unsere einzige Hoffnung.«

Aurelius schwieg, weil er Lenorra nicht enttäuschen wollte. Ohne funktionierenden K-Konnektor sah er kaum eine Möglichkeit, an Bord der Pandora-Maschine zu gelangen und sie unter Kontrolle zu bringen. Das kleine Artefakt – das silberne Pferd in der Schatulle, die er in der Jackentasche trug – zeigte kaum Aktivität und verband ihn nicht mit Omni.

Der Weg im Nebel, der klar hätte sein sollen, gut erkennbar und ohne nennenswerte Hindernisse ... Er blieb von Dunstschwaden umhüllt, die sogar noch dichter wurden, noch weniger preisgaben. Die Ursache kannte Aurelius nicht mit letzter Gewissheit, aber er vermutete, dass es an der kausalen Störung lag, zu der es kurz nach Javaid gekommen war. Der verzweifelte Forrester hatte einen Engel des Sprawl gebeten, ihm zu helfen, seine Tochter zu retten, und erstaunlicherweise war ihm diese Hilfe tatsächlich gewährt worden. Eine Zeitmanipulation hatte stattgefunden, eine Veränderung der Kausalität, und so etwas konnte weitreichende Folgen haben. Was er jetzt erlebte, was hier im Taiwaru-System geschah und der Auftakt zu einer noch viel größeren Katastrophe sein mochte ... Das alles ließ sich vielleicht auf jenen kleinen Eingriff in das Gefüge aus Ursache und Wirkung zurückführen, der Zinnobers Leben bewahrt hatte. Nicht umsonst nahm der Schutz der Kausalität im ethischen Kodex von Omni einen wichtigen Platz ein. *Alles* geriet in Gefahr, wenn man begann, an den Grundfesten der Realität zu rütteln.

Vor vier Millionen Jahren hatte es in der Milchstraße einen großen Zwischenfall gegeben, von Omni »Paradoxon« genannt, eine Veränderung von kausalen Zusammenhängen, der beinahe die Superzivilisationen von Omni zum Opfer gefallen wären. Während seiner leider immer recht kurzen Aufenthalte in Omni hatte Aurelius versucht, mehr darüber zu erfahren. Das Paradoxon war zwar kein Geheimnis der Inper und der anderen Superzivilisationen, aber sie schwiegen lieber darüber. Er hatte nur herausfinden können, dass Omnis Existenz durch einen absichtlichen, zielgerichteten Kausalitätsfehler bedroht gewesen war, offenbar herbeigeführt von einer Macht namens ZenTrum, die angeblich aus dem Andromedanebel stammte, die beiden Magellanschen Wolken erreicht und von dort aus versucht hatte, sich in der Milchstraße auszubreiten. Was aus ZenTrum geworden war und warum die Fremden versucht hatten, die Realität mit

Zeit- und Kausalitätsmanipulationen zu verändern, blieb zumindest für Aurelius rätselhaft. Er wusste nur, dass Omnis Ethox angepasst worden war und die Legislatoren seitdem den Auftrag hatten, Verstöße gegen die Kausalitätsregeln streng zu ahnden.

Omnis Großer Denker wusste natürlich alles über das Paradoxon, was es zu wissen gab, wie auch über alle anderen Dinge, doch für einen Reisenden gab es keinen direkten Zugang zu Ihm. Aurelius hatte gehofft, nach seiner Rückkehr zu Omni – im Anschluss an diese erfolgreich abgeschlossene Mission – mit Thrakos Hilfe Gelegenheit zu erhalten, dem Großen Denker einige Fragen zu stellen. Jetzt war fraglich, ob er überhaupt zurückkehren konnte.

Wie der Flügelschlag eines Schmetterlings auf der einen Seite eines Planeten, dachte er. Etwas mehr Bewegung in der Luft, an der falschen Stelle, und sie kann über Tausende von kausalen Verzweigungen hinweg einen Orkan auf der anderen Seite des Planeten erzeugen.

Draußen heulte ein Sturm, der nicht von den zur falschen Zeit am falschen Ort schlagenden Flügeln eines Schmetterlings geschaffen worden war, sondern von der gewaltigen Masse der nahen Pandora-Maschine.

»Aurelius?«

Er hob den Blick zu einem besorgten Gesicht und merkte, dass er in sich zusammengesackt war – allein der noch aktive Sicherheitsharnisch verhinderte, dass er aus dem Sitz rutschte. Regen klatschte ans nahe Fenster und prasselte auf den Rumpf des Gleiters, der sich nicht mehr bewegte – er war neben dem Orbitalspringer gelandet.

Aurelius deaktivierte den Harnisch und stand auf. Die Beine konnten ihn kaum tragen.

»Sie sind schwach«, sagte Lenorra kummervoll.

»Ich habe mich in meinem langen Leben schon kräftiger gefühlt«, räumte Aurelius ein. Er klopfte auf den Medo-Gürtel. »Wenn ich in der Pandora-Maschine bin, brauche ich das hier nicht mehr.«

Tasurn empfing mit seinem Interface nicht nur aktuelle Situationsdaten, sondern auch Statusinformationen vom medizinischen Gürtel. »Die stimulierenden Medikamente verlieren an Wirkung. Ihr Körper passt sich ihnen an. Das ist ein Problem.«

»In der Maschine wird es mir besser gehen«, sagte er müde.

Der Pilot blieb an den Kontrollen sitzen, als Lenorra, ihr Sekretär Tasurn und Aurelius ausstiegen. Der Sturm tobte, erreichte sie aber nicht – Schilde aus Energie formten einen Tunnel zwischen Gleiter und Springer. Lenorra stützte den Zehntausendjährigen auf dem Weg zur offenen Luke des Orbitalspringers. Dort beobachteten sie, wie das Hauptgebäude des Raumhafens einstürzte. Die rechte und die linke Hälfte kippten zur Mitte hin, wo sich ein Maul zu öffnen schien, das Mauern und Dach verschlang. Es donnerte in der Nacht, und der Orbitalspringer, an dessen Rumpf sich Aurelius abstützte, erzitterte.

»Ein Beben!«, warnte Tasurn.

Der Springer wankte, als Aurelius mit Lenorras Hilfe an Bord kletterte. Er sah noch, wie der Gleiter aufstieg, getragen von einem giftgrünen Gravitationskissen, dann schloss sich die Luke.

»Start!« Tasurn sprach in seinen Kommunikator. »Start!«

Aurelius hörte das charakteristische Summen eines Gravitationsmotors, und das Zittern fand ein abruptes Ende – der Springer stand nicht mehr auf bebendem Boden.

Die Pilotin des Orbitalspringers, eine humanoide Äquiv-Frau mit vier Armen, steckte in einer schmalen Lücke zwischen hastig installierten zusätzlichen Geräten, unter ihnen ein Frequenzmodulator. Ein weicher Sitz nahm Aurelius auf und wölbte flexible Erweiterungen um ihn; ein Harnisch sorgte für zusätzlichen Schutz. Aurelius gab sich den beiden Umarmungen hin.

Vor ihnen, zu beiden Seiten des schmalen Gangs, der in die Pilotenkabine führte, zeigten Holofelder das Geschehen außerhalb des schnell aufsteigenden Orbitalspringers. Risse von einem starken Erdbeben durchzogen das Landefeld. Weitere Gebäude stürzten ein; von Energieschirmen vor dem Orkan geschützte Bodenfahrzeuge verschwanden in plötzlich entstehenden Spalten.

Dann legten dunkle Wolken eine Decke über Zerstörung und Tod.

104 Der Orbitalspringer stieg über dem neuen Nordpol von Uscher auf, und der Navigationsintellekt steuerte ihn vorsichtig durch Wolken aus Trümmern, die von auseinandergebrochenen Satelliten, Raumstationen und interplanetaren Transportschiffen stammten. Zahlreiche Schiffe von den anderen Planeten und Monden des Taiwaru-Systems leisteten Hilfe, wo es noch Sinn hatte, Hilfe zu leisten: bei den großen orbitalen Habitaten und langsamen Frachtern, die nicht schnell genug in den interplanetaren Raum fliehen konnten, um der gefräßigen Pandora-Maschine zu entkommen. Sie durchmaß jetzt mehr als tausend Kilometer, und die Kontinua-Blase, in die sie gehüllt war, leuchtete in einem intensiven Blau, deutliches Zeichen von hoher energetischer Aktivität.

Aurelius beobachtete sie in den Holofeldern, als sich der Orbitalspringer näherte. Sie bestand nicht mehr nur aus Kugeln und Zylindern, die ständig in Bewegung waren und ihre Anordnung immer wieder veränderten. Er bemerkte auch andere geometrische Elemente, und nicht alle von ihnen fügten sich nahtlos aneinander. Es gab breite Lücken, Spalten, die tief ins Innere reichten. An anderen Stellen wölbten sich Tore aus runden Flanken, durchstochen von den Spitzen kleiner Pyramiden.

»Bringen Sie uns zu einer der offenen Stellen«, wandte sich Aurelius an die Pilotin mit den vier Armen. »So nahe wie möglich. Und bereiten Sie den Frequenzmodulator vor!«

Tasurn schien nicht nur Lenorras Sekretär zu sein, sondern auch ein Techniker, denn er machte sich an den vielen installierten Geräten zu schaffen.

»Die elektromagnetischen Interferenzen werden sehr stark«, sagte die Pilotin. Vor ihr schwebte die blau leuchtende Pandora-Maschine genau in der Mitte der Navigationsanzeigen, umgeben von Gefahrensymbolen.

»Was ist mit den Kommunikationssystemen?«, fragte Aurelius. »Können wir noch senden und empfangen?«

»Nicht mit dem Ansible«, antwortete die Äquiv-Frau. »Nicht in Echtzeit über interplanetare oder interstellare Entfernungen hinweg.«

»Aber die gewöhnliche Kommunikation funktioniert?«

»Ja. Allerdings nehmen die Störungen zu.«

Lenorra beugte sich näher, so weit, wie es ihr Sicherheitsharnisch zuließ. »Glauben Sie noch immer, dass Vinzent Forrester und seine Tochter hierher unterwegs sein könnten?«

Ich glaube es nicht, ich hoffe es, dachte Aurelius. »Es gibt immer Möglichkeiten«, erwiderte er.

»Diese ist sehr unwahrscheinlich«, sagte Lenorra. »Wir müssen allein zurechtkommen.«

»Entfernung viertausend Kilometer«, meldete die Pilotin. »Instabilität im Gravitationsmotor.«

»Wir kompensieren«, sagte Tasurn und veränderte die Einstellungen mehrerer Geräte. Dann wandte er sich dem Frequenzmodulator zu.

Nach einigen Sekunden leuchteten in einem Holofeld mehrere grüne Symbole auf.

»Entfernung schrumpft unter die kritische Schwelle«, sagte die Pilotin. »Weiterhin Unregelmäßigkeiten im Gravitationsmotor. Aber es gibt keine energetischen Resonanzen wie bei den Schiffen, die so nahe an das Objekt herangekommen sind.«

»Weil dieser Springer nicht mit einem Sprawler ausgestattet ist.« Tasurn blickte von den Kontrollen auf. »Der Modulator ist bereit und auf die von Ihnen genannten Frequenzbereiche eingestellt, Aurelius.«

Der Zehntausendjährige nickte mit schwerem Kopf. »Gut.« Er sah die Administratorin an. »Die Reste der sieben Geschwader und die anderen Schiffe sollten sich zurückziehen. Sie können ohnehin nichts ausrichten, und ich weiß nicht, was geschehen wird, wenn wir versuchen, die Kontinua-Blase zu durchdringen.«

Lenorra nickte. »Pilotin?«

»Gehört und bestätigt. Anweisung wird erteilt.«

Der Orbitalspringer drehte sich ein wenig, und die Holofelder passten den Blickwinkel an. Der Planet geriet in Sicht, ein großer Teil davon in Wolken gehüllt. Gewaltige weißgraue Wirbel zogen über Meere und Kontinente; in ihnen erreichte der Wind Geschwindigkeiten von bis zur vierhundert Kilometern pro Stunde. Überall stiegen Evakuierungsschiffe auf, in den Holofeldern mit ID-Daten markiert. Es waren Dutzende, Hunderte, aber sie genügten nicht, um alle Bewohner von Uscher in Sicherheit zu bringen.

Direkt vor dem Orbitalspringer löste sich ein Segment von der Pandora-Maschine, ein Oktaeder mit einem Durchmesser von knapp hundert Metern, und fiel dem Planeten entgegen. Weitere Segmente folgten, kleiner und unregelmäßig geformt.

»Beginnt der Angriff auf Uscher?«, fragte Lenorra.

»Es ist kein Angriff«, sagte Aurelius. »Zumindest nicht aus der Perspektive der Ereignisroutinen der Maschine. Ich nehme an, sie befindet sich noch immer im Verteidigungsmodus. Sie sondiert den Planeten und prüft seine Eignung.«

»Um seine Masse aufzunehmen?«

»Ja. Um mit ihr zu wachsen und sich noch besser verteidigen zu können.«

»Tausend Kilometer«, meldete die Pilotin. »Alle Systeme innerhalb der Toleranzen.« Sie drehte kurz den Kopf. »So weit hat es bisher noch niemand geschafft.«

Lenorra musterte Aurelius. »Fühlen Sie etwas?«

Abgesehen von Müdigkeit und Schwäche?, dachte er. »Ja«, sagte er. Eine kleine Lüge, die etwas Hoffnung machte; Verzweiflung war Gift. »Ich fühle die Nähe der Kontinua.« Zumindest das stimmte. Er spürte die nahe Präsenz eines gewaltigen Strudels aus Energie, in dessen Mitte sich die Pandora-Maschine befand, aber ohne seinen K-Konnektor gelang es ihm nicht, die Kraft anzuzapfen und sein Leben mit ihr zu erneuern. Er blieb schwach.

»Fünfhundert Kilometer«, sagte die Pilotin. »Die Blase befindet sich direkt voraus.«

»Frequenzmodulator ist aktiv«, fügte Tasurn hinzu.

»Jetzt liegt alles bei Ihnen«, sagte Lenorra.

Aurelius hielt die Schatulle in den Händen und öffnete sie. Darin lag, auf schwarzem Samt, das Omni-Artefakt, das Lenorra ihm überlassen hatte, in der Hoffnung, dass er einen Schlüssel für die Pandora-Maschine daraus machen konnte. Er, der er selbst ein Schlüssel gewesen war, in den geistigen Händen des Likotha. Vielleicht, sinnierte Aurelius, als er die filigranen Fäden betrachtete, hatte der Psioniker etwas in seinem Bewusstsein verändert. Vielleicht war das in ihm zerbrochen, was ihn über zehn Jahrtausende hinweg zu einem Reisenden in den Diensten von Omni gemacht hatte. Wenn das stimmte, konnte er nichts mehr tun. Dann war ihm der Tod gewiss, ihm und auch dem Planeten namens Uscher.

Die Finger, die der Schatulle das Artefakt in Form eines Pferdes entnahmen, zitterten nicht, aber sie waren schwach, empfanden den kleinen, leichten Gegenstand als schwer. Sie drehten ihn, sie strichen über die verschlungenen Fäden, doch der erhoffte Kontakt blieb aus.

Aurelius seufzte.

»Was ist?«, fragte Lenorra. »Was ist?«

»Zweihundert Kilometer«, sagte die Pilotin. »Wir haben die Blase fast erreicht. Starke Fluktuationen in den Gravitationsmotoren. Wir verlieren Energie.«

»Frequenzmodulator ist weiterhin aktiv«, meldete Tasurn. »Wir senden auf den ausgewählten Frequenzen.«

»Aurelius?«, fragte Lenorra.

Er schloss die Augen. Vielleicht half es, wenn er sich ganz auf den Tastsinn konzentrierte, auf das Gefühl des Artefakts in seiner Hand. »Langsam«, sagte er. »Ganz langsam zur Blase.«

»Langsame Fahrt«, bestätigte die Pilotin. »Zwanzig Meter die Sekunde.«

Der Orbitalspringer begann zu zittern, eine leichte Vibration, aber sonst geschah nichts. Aurelius versuchte, die inneren Augen zu öffnen, wie es ihn Thrako gelehrt hatte, und mit den inneren Ohren zu hören, doch seine Innenwelt bestand aus einem dunklen Rauschen ohne Informationen, ohne einen einzigen Hinweis.

»Fremde Signale«, sagte Tasurn. Seine Stimme klang jetzt gedämpft. »Vielleicht werden wird gescannt.«

»Sind noch immer keine Strukturlücken in der Blase erkennbar?«, fragte Lenorra.

»Nichts«, sagte Tasurn. »Nichts.«

Das Omni-Artefakt in Aurelius' Händen, das kleine Pferd aus den miteinander verknüpften filigranen Fäden – hatte es sich bewegt?

»Was ist *das*?«, fragte die Pilotin.

Aurelius hörte die Worte, aber er achtete nicht darauf, fixierte seine Sinne auf das Omni-Artefakt und fühlte, wie es sich erneut bewegte: ein Zucken in den Beinen, als wollte das kleine Pferd aufspringen und laufen, ein kurzes Beben der Flanken, wie von erwachenden Muskeln. Reagierte es auf die nahen Kontinua?

Ein erst warmer und dann kalter Druck an der Hüfte erinnerte ihn an den Medo-Gürtel – die haptische Warnung teilte ihm mit, dass er gerade die letzte Dosis des stimulierenden Mittels bekommen hatte, das von einem medizinischen Konstrukteur auf Uscher stammte.

Das Empfinden von Wärme wiederholte sich, aber diesmal

stammte es nicht von der Hüfte, nicht von den Injektoren und Sensoren des Medo-Gürtels, sondern von den Händen. Aus Wärme wurde Hitze, und in einer instinktiven Reaktion, bevor er darüber nachdenken konnte, ließ er das Omni-Artefakt fallen.

»Aurelius!«

Er öffnete die Augen – er zwang die Lider nach oben.

Das kleine silberne Pferd war nicht gelaufen, sondern gesprungen, von Aurelius' Händen auf den Boden, noch innerhalb des Sicherheitsharnischs. Dort lag es und verlor seine Gestalt, denn die einzelnen Fäden, aus denen es bestand, verflüssigten sich – Hitze ließ sie schmelzen und dann sogar verdampfen.

»Aurelius!«

Blaue Lichter schwebten durch den Orbitalspringer. Die Pilotin wich ihnen aus; sie duckte sich, verließ ihren Platz an der Konsole und befahl den virtuellen Kontrollen, ihr zu folgen. Tasurn, Lenorras Sekretär und Techniker, duckte sich ebenfalls und entging dem ersten Licht, aber das zweite berührte ihn am Bein, und er schrie. Ein besonderer Glanz breitete sich von der getroffenen Stelle aus – Tasurn starrte an sich herab, als das Bein zu Glas wurde, zu bläulich glitzerndem Kristall.

»Was geschieht hier, Aurelius?« Lenorra deaktivierte ihren Sicherheitsharnisch und kam zu ihm, verfolgt von einem blauen Licht.

»Absorption«, brachte er hervor. »Pilotin, wir ...« Seine Stimme versagte.

»Pilotin, bringen Sie uns weg von hier, so schnell wie möglich!«, rief Lenorra.

Die Äquiv-Frau ließ sich fallen, um einem blauen Licht zu entgehen, das durch den Bug des Orbitalspringers kam, streckte ihre vier Arme nach oben und betätigte die virtuellen Kontrollen. Das Brummen des Gravitationsmotors wurde lauter, der Orbitalspringer zitterte noch etwas mehr, und die Lichter leuchteten heller.

»Etwas versucht uns festzuhalten.« Die Pilotin rollte sich zur Seite.

»Volle Triebwerksenergie!«, rief Lenorra.

Tasurn war still geworden, still und reglos. Er stand beim Frequenzmodulator, halb gebeugt, den Mund geöffnet, den starren Blick ins Leere gerichtet. Es war kein Mensch mehr, der dort stand, sondern eine Gestalt aus blauem Kristall, Teil der Pandora-Maschine. Es funkelte und glitzerte darin, als weitere Lichter entstanden, in einem halb transparenten Körper aufstiegen, ihn verließen ...

Ein zweiter Schrei erklang, aus dem Mund der Pilotin, die von mehreren Lichtern erreicht wurde, und dann ein dritter, von Uschers Administratorin. Lenorra hatte sich in die Lücke zwischen zwei Instrumentenblöcken gezwängt, um den Kontakt mit einem heranfliegenden Licht zu vermeiden, aber sie saß dort in der Falle – ein weiterer Kundschafter der Pandora-Maschine erreichte sie und begann mit der Verwandlung.

Das Brummen des Gravitationsmotors wurde immer lauter, und Aurelius bemerkte, wie rote Gefahrensymbole in den Holofeldern erschienen. Mit seinen Augen schien etwas nicht zu stimmen, denn die Konturen der Umgebung verloren sich in grellem Flackern. Er machte einen Schritt nach vorn – er stand, er saß nicht mehr im Innern des Sicherheitskokons –, in Richtung Pilotennische, wo sich die virtuellen Kontrollen langsam über der liegenden, in Kristall verwandelten Pilotin drehten. Im schmalen Durchgang vor der Pilotenkabine ließ ihn Schwäche taumeln, und er stieß gegen Tasurn, hielt sich an dem Mann aus Glas fest.

Kontakt.

Für einen Augenblick, für den Bruchteil einer Sekunde, fühlte er etwas, eine endlose Tiefe wie auf dem Steg vor seinem Haus in den Kontinua, darin eingebettet die Zielstrebigkeit und kalte Determination eines aggressiven Verteidigungsprogramms, aktiviert von Benedikt und seinen Versuchen, sich Zugang zu verschaffen.

Er schwankte erneut, stieß neben Tasurn gegen die Wand und beobachtete, dass sich auch der Frequenzmodulator zu verwandeln begann, ebenso die Geräte neben ihm. Die Metamorphose, die Absorption, sie ging weiter, erfasste nicht nur die Personen an Bord, sondern auch den Orbitalspringer selbst.

Dort schwebten die virtuellen Kontrollen über der Pilotin. Ein weiterer Schritt …

Gleich mehrere blaue Lichter erreichten Aurelius, glitten über Hände und Gesicht. Er betrachtete seine Finger, die sich blau verfärbten. Doch die Veränderung gelangte nur bis zum zweiten Fingerknöchel und schien dort auf einen Widerstand zu stoßen, den sie nicht überwinden konnte. Einige Sekunden verstrichen, in denen das Brummen des Gravitationsmotors zu einem Heulen anschwoll, und dann wich das Blau aus den Fingern.

Noch ein Schritt, mit weichen Knien und einem grauen Schleier vor den Augen, der die Farben dämpfte. Aurelius bückte sich, suchte, fand die Symbole für Intellekt und Triebwerk und berührte beide, mit Fingern, die wieder ganz allein ihm gehörten.

»Notfall«, krächzte er. »Automatische Navigation! Frequenzmodulator aus! Triebwerk stabilisieren, zehn Prozent Schub!«

Aurelius wusste nicht, woher die Erkenntnis kam, aber er begriff: Je mehr Energie der Orbitalspringer einsetzte, um sich von der Pandora-Maschine zu entfernen, desto leichter war es für sie, ihn festzuhalten.

Wurde das Heulen leiser? Aurelius stand nicht mehr, er lag neben der verwandelten Pilotin, blickte ihr in die großen Augen und sah kein Entsetzen darin, sondern kleine Strudel aus winzigen Lichtern. Einr hypnotische Wirkung ging von ihnen aus und erinnerte ihn an den Likotha. Er wandte sich ab.

Auch Tasurn stand nicht mehr. Er war gefallen und beim Aufprall auf den Boden auseinandergebrochen. Blaue Kristallsplitter lagen verstreut. Die gläserne Lenorra steckte noch immer in der Lücke zwischen den Instrumentenblöcken.

Das Heulen wurde wieder zu einem Brummen.

Aurelius sammelte Kraft für eine Frage. »Entfernung?«

»Bitte spezifizieren Sie«, sagte der Intellekt.

»Entfernung zur ... Pandora-Maschine?«

»Zehntausend Kilometer, nimmt weiter zu.«

Aurelius merkte, dass er nicht mehr atmete. Er versuchte Luft zu holen, aber aus irgendeinem Grund schien es nicht mehr so wichtig zu sein. Es war angenehm, einfach nur dazuliegen, dem Brummen des Gravitationsmotors zu lauschen und die Augen zu schließen, ja, warum nicht, ein Moment der Ruhe, vielleicht auch zwei oder drei ...

105 Aurelius stand ohne zu atmen auf einem schmalen Steg, der einer Anlegestelle ähnelte, die jedoch nicht ins Meer führte, sondern in die unendliche Dunkelheit der Kontinua. Er drehte sich um und sah, etwa ein Dutzend Meter entfernt, ein kleines Haus, eine Blockhütte, durch deren offene Tür warmes gelbes Licht fiel. Zwei Gestalten zeichneten sich in diesem Licht ab, zwei Silhouetten, die eine größer als die andere. Zwei Humanoiden, die dort auf ihn warteten, stumm und geduldig, ihre Gesichter nicht zu erkennen.

Einige Meter weiter vorn endete den Steg im Nichts, und dorthin ging Aurelius, leichtfüßig, nicht vom Gewicht der Erschöpfung beschwert. Er blieb stehen. Tiefe Unendlichkeit breitete sich direkt vor seinen Zehenspitzen aus, und er dachte: Ein Schritt, und ich falle bis in alle Ewigkeit. Was könnte ich unterwegs sehen und erleben, wie viele Gedanken könnte ich denken bis ans Ende der Zeit?

Die Versuchung war groß. Sie war nie größer gewesen als jetzt, in diesem besonderen Moment, und das fand Aurelius seltsam, denn hinter ihm – nicht auf dem Steg und auch nicht in dem kleinen Haus mit den beiden Wartenden – gab es eine Mission, die zu Ende gebracht werden musste, und er war nie jemand gewesen, der Dinge unerledigt ließ. Er überlegte, worin die Mission bestand, als plötzlich ein Licht aus der grenzenlosen Tiefe aufstieg, kein Möbiusband, in dem neue Universen geboren wurden, sondern eine kleine blaue Kugel, nicht größer als der Fingernagel seines kleinen Fingers. Sie erinnerte ihn an etwas ...

Der Sterbende schnappte nach Luft. Etwas Leben kehrte zurück, hielt den Tod auf Abstand.

Die blaue Kugel fragte: Warum lebst du noch?

Aurelius antwortete: Ich weiß es nicht. Sag du es mir.

Weil du etwas Besonderes bist, sagte die Kugel. Kein normaler Mensch. Omni hat dich verändert. Deshalb hat dich die Pandora-Maschine nicht aufgenommen.

Ich habe überlebt, um zu sterben.

Höre ich da Selbstmitleid?, fragte die blaue Kugel. Sie schwebte näher, verharrte dicht vor seinem Gesicht. Ihr Licht war warm. Selbstmitleid ist dumm. Du bist nicht dumm.

Ich bin nicht dumm, aber hilflos.

Hilfe ist unterwegs.

Was?

Hörst du es nicht?

Ich höre nur dich, sagte Aurelius, aber das stimmte nicht ganz. Er hörte noch etwas anderes, eine andere Stimme, die ihn nicht direkt erreichte, sondern über den Umweg der Ohren.

»Kommunikationskontakt«, sagte der Intellekt des Orbitalspringers. »Prioritätsmitteilung.«

»Was?«, ächzte Aurelius. Seine Brust hob und senkte sich, er atmete.

»Kommunikationskontakt. Prioritätsmitteilung.«

Aurelius lag neben der verwandelten Pilotin, zwischen zwei ihrer vier glasigen Arme. Benommen drehte er den

Kopf, hielt nach Absorptionslichtern Ausschau und stellte fest, dass nur wenige Geräte und Rumpfsegmente kristallisiert waren. Aber das Brummen des Gravitationsmotors fehlte, und die virtuellen Kontrollen zeigten einen Triebwerksdefekt an.

Er setzte sich auf, atmete tiefer und bemühte sich, die Benommenheit abzuschütteln. »Wo sind wir?«

»Hunderttausend Kilometer von Uscher und der Pandora-Maschine entfernt«, antwortete der Intellekt. »Kommunikationskontakt, Prioritätsmitteilung.«

Hilfe ist unterwegs, erinnerte er sich.

»Kontakt herstellen«, sagte er.

»Kontakt wird hergestellt.« Eine andere Stimme ertönte, halb zerrissen von Interferenzen. »Kommunikationsstation Neunzehn an Administratorin Lenorra. Wir haben Signalbestätigung, ich wiederhole: Wir haben Signalbestätigung.«

»KS Neunzehn ...« Aurelius räusperte sich und versuchte, deutlicher zu sprechen. »KS Neunzehn, Lenorra ist leider ...« Er blickte zur Lücke zwischen den Instrumentenblöcken, zur gläsernen Frau, die dort hockte. »... indisponiert. Welches Signal bestätigen Sie?«

»Vor kurzer Zeit ist ein Schiff aus dem Taiwaru-System eingetroffen, die *Centaurus*. An Bord befinden sich ein gewisser Vinzent Akurian Forrester und seine Tochter Isdina-Iaschu. Sie haben nach dem Omni-Reisenden namens Aurelius gefragt.«

»Schicken Sie sie hierher«, sagte Aurelius sofort. »Sie sollen mit Höchstgeschwindigkeit fliegen. Wann können sie hier sein?«

Es folgte eine kurze Pause. »In einer halben Stunde.«

»Schneller.« Aurelius stand auf. »Es muss schneller gehen. Sagen Sie ihnen, dass es auf jede Sekunde ankommt.« Das war nur ein wenig übertrieben; er wusste nicht, wie lange er noch durchhalten konnte.

Es folgte eine etwas längere Pause, und dann: »Die *Centaurus* ist unterwegs.«

Mit Engelsflügeln

»Wie bitte?«, fragte Aurelius fassungslos.

106

»Ich habe Ihre Omni-Artefakte nicht mehr«, erwiderte Forrester verlegen. »Ich musste sie Jaddar Osk aushändigen, auf der Oberfläche von Mechanica.«

»Eins hattest du ihm schon vorher gegeben«, warf Zinnober ein. »Als Bezahlung für die Reparatur der *Sonnenwind*. Die schwarzen Haken, die von etwas Unsichtbarem zusammengehalten wurden.«

Sie saßen im Nukleus des Kornbester-Schiffes *Centaurus*, mit dem Orbitalspringer im Hangar. Cassandra hatte festgestellt, dass er keine Gefahr darstellte: Die Kristallisierung betraf nur einen kleinen Teil des Rumpfes und der Geräte und war inzwischen nicht mehr aktiv; es bestand nicht die Möglichkeit einer Kontamination. Zwei Medo-Bots hatten Lenorra, Tasurn und die vierarmige Pilotin untersucht, aber für sie gab es keine Hilfe.

Aurelius öffnete den Mund, klappte ihn wieder zu, ließ die Schultern hängen und schien noch mehr zu schrumpfen. Auf diese Weise hatte ihn Forrester nie zuvor gesehen. Der Zehntausendjährige wirkte klein und krank.

»Dann gibt es keine Hoffnung mehr«, sagte Aurelius. »Weder für mich noch für ...« Er vollführte eine Geste, die Uscher und dem Taiwaru-System galt.

»Wir könnten Sie ins Anwor-System bringen, nach Mechanica«, sagte Zinnober. »Dort befindet sich ein Legislator. Er ist vielleicht in der Lage, Sie wieder mit Omni zu verbinden.«

»Inzwischen dürfte er Mechanica verlassen haben«, sagte Aurelius mit schwerer Stimme. »Der Flug würde ohnehin zu viel Zeit kosten.«

Er deutete ins Holofeld vor ihnen. Die Pandora-Maschine war weiter gewachsen, mit der Masse von Uschers orbitalen Installationen, und durchmaß inzwischen tausendfünfhundert Kilometer. Weitere geometrische Objekte lösten sich von ihr, Kundschafter und Assimilanten, fielen in die von riesigen Sturmgebieten durchzogene Atmosphäre und begannen damit, planetare Masse zu absorbieren. Noch immer waren Evakuierungsschiffe unterwegs und versuchten, so viele Bewohner wie möglich in Sicherheit zu bringen.

»Kommunikation«, meldete sich Cassandra. »Wenn ich eure Aufmerksamkeit auf die beiden Schiffe lenken darf, die uns eskortieren ...«

Das Gesicht von Admiralin Dedra erschien in einem zweiten, kleineren Holofeld. Sie führte den Befehl über die sieben Geschwader der Verteidigungsflotte, die eine bittere Niederlage erlitten hatten: eine ernste Frau mit Sorgenfalten im schmalen Gesicht. »Ich frage noch einmal: Wie geht es Administratorin Lenorra?«

Wirre Streifenmuster verzerrten ihr Bild. Zwar waren sie der Pandora-Maschine wieder so nahe, dass sich ihre elektromagnetischen Störungsfronten bemerkbar machten, aber für diese »Interferenzen« war Cassandra verantwortlich. Forrester hatte sie angewiesen, Sendung und Empfang zu stören.

»Ihr Zustand ist noch immer kritisch«, sagte er. »Wir geben Ihnen Bescheid, sobald sich Neues ergibt.« Die Worte klangen unecht, falsch.

»Ich möchte sie sehen.«

»Das ist derzeit leider nicht möglich.« Forrester versuchte, ehrlicher zu klingen. Es fiel ihm schwer – seine Gedanken waren bei der Pandora-Maschine. »Wir ...«

Er unterbrach sich, als das Bild der Admiralin aus dem kleinen Blickfeld verschwand.

»Die Verbindung ist unterbrochen«, sagte Cassandra. »Wegen der ›Interferenzen‹. Ich hoffe, das war in deinem Sinne, Vinzent.«

»Ja.«

»Ich verstehe dies nicht ganz«, warf Zinnober ein. »Warum sagen wir nicht die Wahrheit? Warum erklären wir nicht, was geschehen ist?«

»Versetz dich in Dedras Lage«, erwiderte Forrester. »Aurelius wird von Benedikt als sein Helfer präsentiert. Seine Flucht könnte inszeniert sein. Es gelingt ihm, das Vertrauen der Administratorin zu gewinnen und mit ihr zur Pandora-Maschine zu fliegen, aber dort geht etwas schief. Alle Personen an Bord sterben, mit Ausnahme von Aurelius. Dann treffen zwei Personen ein, nach denen in KopKo gefahndet wird, und denk daran: Es sind keine Ansible-Kontakte möglich. Hier im Taiwaru-System weiß niemand, dass auf Mechanica ein Legislator zu unseren Gunsten eingegriffen hat. Diese beiden als Verbrecher gesuchten Personen stoßen zu Aurelius, der mit ihnen zur Pandora-Maschine zurückkehrt.«

»Oh! Die Admiralin könnte alles ... für einen Trick halten.«

»Solange sie glaubt, dass Administratorin Lenorra noch lebt, lässt sie uns in Ruhe.« Aurelius hatte große Mühe zu sprechen. »Bald spielt es ohnehin keine Rolle mehr.«

»Was schlagen Sie vor?«, fragte Forrester. »Wie können wir durch die Kontinua-Blase gelangen?«

Der Zehntausendjährige schüttelte den Kopf. »Mit meinen Omni-Artefakten wäre es vielleicht möglich gewesen, aber ohne sie ...«

»Die Absorption hat Sie verschont«, sagte Zinnober. »Vielleicht weil die Maschine gemerkt hat, dass Sie zu Omni gehören.«

»Aber sie ließ mich nicht durch die Barriere.« Aurelius schloss die Augen und fügte leise hinzu: »Ich halte nicht mehr lange durch.«

Sie schwiegen einige Sekunden, und in jeder dieser verstreichenden Sekunden verkürzte sich die Distanz zur Pandora-Maschine um einige Dutzend Kilometer.

»So wie ich die Sache sehe, haben wir zwei Möglichkeiten«, sagte Zinnober.

»Du hast erneut nachgedacht«, sagte Forrester.

»Ja. Die erste Möglichkeit: Wir bringen Aurelius fort von hier, zu einem Ort, von wo aus er sich mit Omni in Verbindung setzen und neue Lebenskraft aufnehmen kann, oder was immer es ist, das sein Leben zehntausend Jahre bewahrt hat. Die *Centaurus* ist schnell.«

»Aber nicht schnell genug«, murmelte Aurelius. Seine Augen waren noch immer geschlossen. »Der nächste geeignete Ort ist viele Lichtjahre entfernt.«

»Und die zweite Möglichkeit?«, fragte Forrester.

»Wir verschaffen uns Zugang zur Pandora-Maschine und bringen sie unter Kontrolle.«

»Könnten Sie etwas in ihrem Inneren ausrichten, Aurelius?« Forrester wandte sich an den blassen, hohlwangigen Mann, der zu schlafen schien. »Aurelius?«

Spröde Lippen bewegten sich. »Vielleicht. Es kommt darauf an.«

»Worauf kommt es an?«

»Ob mich die Ereignisroutinen der Maschinen anerkennen. Aber es wäre möglich, ja.«

»Und Sie könnten sich dort erholen?«

»Auch das ist möglich.«

»Ich störe euch nur ungern«, ließ sich Cassandra vernehmen, »aber meine Sensoren registrieren Bereitschaft bei den Waffensystemen der beiden Eskortenschiffe. Sie empfangen Energie. Admiralin Dedra scheint die Geduld zu verlieren.«

»Wie lange noch bis zur kritischen Distanz?«, fragte Forrester. Eine Idee nahm in ihm Gestalt an.

»Zwei Minuten.«

»Cassandra, gib der Admiralin einen medizinischen Bericht mit zahlreichen Einzelheiten. Sag ihr, dass wir uns um Lenorra kümmern.«

»Ich soll etwas Zeit gewinnen.«

»Ja.«

»Zeit wofür, Vater?«, fragte Zinnober.

Aurelius hob die Lider. Seine Augen waren trüb wie die

eines Blinden. »Versuchen Sie nicht, die Kontinua-Blase zu durchstoßen. Die Pandora-Maschine würde das Schiff absorbieren. Sie würden sterben wie Lenorra und die anderen.«

»Ich weiß, dass ein solcher Versuch keinen Sinn hätte«, sagte Forrester und griff vorsichtig nach dem zarten Pflänzchen der Idee.

»Ich fürchte, Admiralin Dedra lässt sich nicht länger hinhalten«, ertönte Cassandras Stimme. »Sie fordert uns auf, Triebwerk und Schirmfelder zu deaktivieren und eine Gruppe Soldaten an Bord kommen zu lassen. Sie will uns keine Gelegenheit geben, die Pandora-Maschine zu erreichen, bevor die Angelegenheit mit Lenorra geklärt ist.«

Forrester traf eine Entscheidung, ohne dass die Idee klar geworden war. Sie wuchs noch in ihm, brauchte noch etwas mehr Zeit; sein Unterbewusstsein arbeitete daran.

»Bring uns ins Sprawl, Cassandra«, sagte er. »Jetzt sofort!«

»Ohne Ziel? Ohne Initialbeschleunigung? Das wäre eine große Belastung für den Sprawler. Er ist nicht vorbereitet.«

»Ich weiß, Cassandra. Trotzdem. Bring die *Centaurus* ins Sprawl!«

»Also gut. Kompensator läuft. Sprung ins Sprawl erfolgt ... *jetzt.*«

Die *Centaurus* schrie, als der Sprawler sie mit geringer Geschwindigkeit aus dem Basiskontinuum riss und ins Sprawl warf. Das Triebwerk heulte, die Fokussierer fauchten und die Sprawler-Kapseln donnerten – es klang wie das Gebrüll eines gequälten Tiers. Abrupt folgte geisterhafte Stille.

Forrester spürte kurzen Druck auf den Schläfen, der jedoch sofort wieder verschwand. Das große Holofeld zeigte den silbergrauen Nebel des Sprawl. »Cassandra?«

»Alle Systeme normal, Vinzent.«

»Was ist mit den Eskorteschiffen?« Forrester blickte in die Holofelder und betrachtete die eingeblendeten Daten. Es

107

waren nicht viele; selbst die bunten Linien der Orientierungshilfe für die Navigation fehlten.

»Nicht in relativer Reichweite, Vinzent«, erwiderte der Intellekt.

»Unsere Position?«

»Etwa ein Lichttag oberhalb des Taiwaru-Systems. Wir entfernen uns mit einer Lichtminute pro Sekunde absoluter Geschwindigkeit. Unsere Relativgeschwindigkeit im Sprawl beträgt zwanzig Kilometer pro Stunde.« Die Daten veränderten sich, und Cassandra fügte hinzu: »Offenbar befinden wir uns in einer kleineren Erweiterung des Taiwaru-Nebenstrangs.«

»Der im Nichts endet.« Zinnober betätigte die virtuellen Kontrollen. »In einer Stunde müssen wir umkehren oder ins Basiskontinuum zurück.«

»Wir kehren eher zurück«, sagte Vinzent. Da war sie, die Idee, wie eine Blume, die ihren Blütenkelch öffnete. Doch so hübsch die Blume auch sein mochte, sie hatte Dornen.

»Was hast du vor, Vater?«

»Diesmal habe *ich* nachgedacht, Tochter«, sagte er, obwohl das nicht ganz stimmte. Das zarte Pflänzchen der Idee war wie von allein gewachsen, im fruchtbaren Boden des Unterbewusstseins.

»Sie wollen im Sprawl durch die Kontinua-Blase«, sagte Aurelius, seine Stimme kaum mehr als ein Flüstern und die Augen noch immer geschlossen.

»Das haben Sie gewusst?«, fragte Forrester erstaunt.

»Ich habe es erraten. So schwer zu erraten war es eigentlich nicht.« Aurelius öffnete die Augen. »Es ist die einzige Möglichkeit.«

»Tut mir leid, widersprechen zu müssen«, sagte Cassandra. »Eine so exakte Navigation im Sprawl ist nicht möglich.«

Zinnobers Finger huschten durch die virtuellen Kontrollen. Eine schematische Darstellung der Pandora-Maschine erschien, zusammen mit der Kontinua-Blase. »Der Abstand zwischen Blase und Hülle der Pandora-Maschine beträgt nicht mehr als hundert Meter, und hinzu kommt, dass die Hülle nicht gleichmäßig glatt ist. Es gibt Vorwölbungen und Kanten, die sich ständig verändern, weil die äußeren Strukturen variabel sind.«

»Wir trennen uns von den Frachtmodulen mit der Basismasse für den Konstrukteur und der Ausrüstung für die Forschungsmission«, sagte Forrester. »Wir brauchen weder das eine noch das andere. Wie breit sind wir ohne die Module?«

Ein zweites Bild erschien und zeigte das Kornbester-Schiff. »Zweiundsechzig Meter an der breitesten Stelle, dem Sprawler-Ring.«

»Platz genug.«

»Du vergisst die Geschwindigkeit, Vinzent«, sagte Cassandra. »Unser Bewegungsmoment muss dem der Pandora-Maschine genau angepasst werden, wenn es nicht zu einer fatalen Kollision kommen soll, entweder mit der Masse der Maschine oder ihrer Kontinua-Blase. Wir würden mit Überlichtgeschwindigkeit aus dem Sprawl zurückkehren, und wenn wir auf der anderen Seite der Blase erscheinen, dürfen wir nicht schneller sein als die Maschine.«

»Ein Navigationsproblem, das sich berechnen lassen dürfte«, sagte Forrester. »Du kannst schnell rechnen.«

»Es ist nicht das einzige Problem«, erwiderte der Intellekt. »Wir müssen das Sprawl genau an der richtigen Stelle verlassen. Die Abweichung darf nicht mehr als wenige *Meter* betragen, Vinzent. Und das bei *Überlichtgeschwindigkeit*. Die normalen Leistungstoleranzen des Sprawlers sind um ein Vielfaches größer. Hinzu kommt das Gravitationsfeld des Planeten.«

»Das bedeutet?«

»Ich kann noch so genau rechnen, Vinzent, es spielt keine Rolle. Der Rückkehrpunkt ins Basiskontinuum lässt sich nicht genauer als plus minus einige Hundert Kilometer bestimmen.«

Aurelius hatte stumm zugehört, seine Augen nicht mehr ganz so trüb. Jetzt sagte er: »Es sei denn ...«

Forrester fühlte Zinnobers Blick, während er Bilder und Daten betrachtete. »Es sei denn ...?«, wiederholte sie.

»Es sei denn, wir benutzen fremde Flügel«, sagte Forrester.

»Engelsflügel«, fügte Aurelius mit rauer Stimme hinzu. »Damit begann alles, nicht wahr?«

»Ja.« Forrester nickte nachdenklich. »Ja.«

»Es begann mit den Kindern der Pandora.« Der Zehntausendjährige versuchte, sich etwas gerader zu setzen. »Es könnte auch bei ihnen enden, wenn Sie nicht aufpassen.«

»Ich weiß. Es waren die Engel, nicht wahr? Sie haben mich auf diesen Weg gebracht?«

»Und auch Ihre Tochter, wie mir scheint.«

»Uns beide, ja.« Wissen breitete sich in Forrester aus, wie Blütenstaub der dornigen Blume, die tief in seinem Innern gewachsen war. »Der Engel, der mit mir gesprochen hat ... Kann es sein, dass ich ihn *jetzt* verstehe?«

»Vielleicht.«

»Der Legislator, der uns auf Mechanica gerettet hat ... Omni nimmt Verstöße gegen die Kausalität sehr ernst, nicht wahr?«

»*Sehr*, sehr ernst«, bestätigte Aurelius. »Seit dem Paradoxon vor vier Millionen Jahren, einem Zwischenfall, der Omni fast ausgelöscht hätte.«

»Aber er hat uns gehen lassen. Weil die Kinder der Pandora es ihm zugeflüstert haben?«

»Eine Möglichkeit, die sich nicht ausschließen lässt«, sagte Aurelius.

Zinnober holte tief Luft. »Würde mir bitte jemand erklären, worüber ihr sprecht?«

Aurelius sah Forrester an. »Wissen Sie das von dem Saatkorn? Hat Ihnen der Engel davon erzählt?«

»Ich glaube, ja. Ich weiß es nicht genau. Es ist alles ziemlich verworren.«

»Mich wundert, dass Sie überhaupt etwas verstanden haben, ohne Kompensator dem Sprawl ausgesetzt.«

»Nicht ich habe es verstanden, sondern mein Unterbewusstsein.«

»Eine zweite Saat«, sagte Aurelius. »Von anderer Art. Und beide sind miteinander verbunden. Das ist oft der Fall. Es gibt Verbindungen zwischen dem Großen und dem Kleinen.«

»Deshalb wacht Omni mit solcher Strenge über die Kausalität.«

»Ja.«

»Vater, Aurelius ...«

Forrester wandte sich Zinnober zu. »Bitte korrigieren Sie mich, falls ich es nicht richtig verstanden habe, Aurelius ... Die Pandora-Maschine ist aus einem Saatkorn entstanden, das Omni den Kindern der Pandora geben wollte, den Engeln des Sprawl. Die Kooperative Labris erfuhr davon, vielleicht durch einen Parakosmiker, und daraufhin wurden Kurs und Mission der *Kuritania* geändert. Die Siedler an Bord waren für Labris plötzlich nicht mehr wichtig. Es kam zu einem Unglück: Bei dem Versuch, das Saatkorn aufzunehmen, erlitt die *Kuritania* Schiffbruch im Bereich der Toroga-Riffe. Aus dem Saatkorn entwickelte sich die Pandora-Maschine.«

Zinnober hörte stumm zu. Hinter ihr wogten die silbergrauen Schwaden des Sprawl in einem großen Holofeld.

»Die Engel des Sprawl wollten, dass wir dabei helfen, die Maschine in Sicherheit zu bringen«, fuhr Forrester fort. »Ich nehme an, Aurelius erhielt einen entsprechenden Auftrag von Omni, nicht wahr?«

Aurelius schwieg.

»Warum ausgerechnet wir, Vinz?«, fragte Zinnober. »Die Umstände waren ungünstig für uns. Jemand anders hätte den Engeln bessere Hilfe leisten können.«

»Vielleicht waren wir zur richtigen Zeit am richtigen Ort«, sagte Forrester. »Als ich während des Fluges von Mayflower nach Caledonia einen Unbekannten an Bord wähnte und den Kompensator ausschaltete, kam es zum ersten Kontakt. Vielleicht gab er den Ausschlag. Jedenfalls, die Kinder der Pandora wählten uns. Ich nehme an, deshalb hat mir der Engel dabei geholfen, dich aus dem Strafstein zu holen. Deshalb ließ er sich darauf ein, Zeit und Kausalität zu manipulieren, obwohl er von Omnis Ethox wusste. Und das dürfte auch der Grund für das Einwirken auf den Legislator sein.«

»Wir wissen nicht, ob die Engel des Sprawl den Legislator auf Mechanica dazu gebracht haben, uns gehen zu lassen.« Zinnober fragte Aurelius: »Stehen die Engel, die Kinder der Pandora, über den Legislatoren und Omni?«

Aurelius schwieg noch immer.

»Ich werde versuchen, noch einmal mit dem Engel zu sprechen«, sagte Forrester.

»Dazu muss der Kompensator ausgeschaltet werden.«

»Ich weiß.«

»Ich bitte dich zu bedenken, was ihr hinter euch habt«, sagte Cassandra. »Ihr hattet kaum Gelegenheit, euch zu erholen, und Aurelius geht es schlecht.«

»Es bleibt mir leider nichts anderes übrig, als das zu bestätigen«, ächzte der Zehntausendjährige.

»Wenn wir ins Innere der Pandora-Maschine gelangen, geht es ihm vielleicht besser.«

»Vielleicht. Ja.«

»Wenn wir den Kompensator deaktivieren, wird es *euch allen* schlecht gehen«, warnte Cassandra.

»Nur mir«, sagte Forrester. Das waren die Dornen an der hübschen Blume. »Euch beide bringen wir in einem geschützten Raum unter. Ihr habt nichts zu befürchten.«

»Nein«, sagte Zinnober.

»Wenn du einen besseren Vorschlag hast, wie wir auf die andere Seite der Kontinua-Blase gelangen können ...«

»Es steht nicht einmal fest, dass die Engel des Sprawl imstande sind, die gewünschte Hilfe zu leisten«, sagte der Intellekt.

»Ich werde sie fragen. Bereite alles vor, Cassandra. Verwandle das Mannschaftsquartier der *Centaurus* in eine sichere Zone!«

»Nun gut. Beginne mit den Vorbereitungen.«

»Zinnober ...«

Sie stand auf, half Aurelius aus seinem Sessel und stützte ihn. »Zwanzig Minuten«, sagte sie. »Mehr nicht. Wenn ich nach zwanzig Minuten nichts von dir gehört habe, verlasse ich das Mannschaftsquartier und hole dich.«

»Zwanzig Minuten sind Zeit genug«, sagte Forrester.

Da irrte er sich.

108

»Bist du so weit, Vinzent?«, fragte Cassandra.

Forrester saß im Sessel des Ersten Piloten der *Centaurus*, den Blick in das Holofeld gerichtet, das sich halb um ihn wölbte. Neben ihm stand ein Medobot und hielt sich bereit. Das Mittel, das Forrester gerade von ihm bekommen hatte, sollte schmerzlindernd wirken, ohne die Sinne zu trüben.

»Ansible und EM-Kommunikation?«

»Wir senden bereits, Vinzent. Allerdings bleibt es fraglich, ob die Engel solche Signale empfangen und verstehen können. Und nein, es sind keine Schiffe in der Nähe, die uns hören.«

»Für Zinnober und Aurelius besteht keine Gefahr?«

»Sie befinden sich im Mannschaftsquartier, und dort sind drei mobile Kompensatoren im Einsatz. Das Quartier ist abgeschirmt.«

Forrester atmete tief durch. »Es kann losgehen.«

»Ich deaktiviere den Hauptkompensator.«

Und dort war er, der Schmerz, trotz des Analgetikums. Er begann nicht als leichtes Pochen im Nacken, als ein Ziehen in den Schläfen oder ein Druck über der Nasenwurzel. Er hielt sich nicht mit kleinen Andeutungen auf, kam sofort zur Sache, eine heiße Lanze, deren Spitze sich Forrester durch die Schädeldecke bohrte, durchs Gehirn zum Rückgrat. Der Spitze folgte ein boshafter, gemeiner Schaft, nicht gerade, sondern krumm. Er passte seine Form der Wirbelsäule an und kratzte Zentimeter um Zentimeter an ihr entlang, berührte jeden Wirbel, jeden Nervenstrang.

Forrester schrie. Er konnte nicht anders, es gelang ihm nicht, den Mund geschlossen zu halten.

Schlieren legten sich ihm vor die Augen, nicht silbergrau wie das Sprawl, sondern bunt, von grellen, blendenden Lichtern erfüllt. Er wollte die Augen schließen und stellte fest, dass sie bereits geschlossen waren. Etwas berührte ihn, vielleicht die Arme des Medobots, und eine Stimme ertönte in dem Kreischen, das aus seinem eigenen Mund kam. Sie sagte: »Ich breche ab, Vinzent. Ich schalte den Kompensator wieder ein.«

»Nein!«, heulte er. »*Nein*!«

Die Lanze verwandelte sich in tausend kleine Messer, die vom Ende der Wirbelsäule aus durchs Becken schnitten, durch harte Knochen und weiche Eingeweide. Aber die Messer schrumpften, und obwohl sie versuchten, alles zu zerschneiden: Bald waren sie so klein, dass sie kaum noch mehr Schaden anrichten konnten, und schließlich verschwanden sie ganz.

Er öffnete die Augen.

Sein Kopf schien in einem mechanischen Schraubstock zu stecken, aber es war ein dumpfer Schmerz, der genug Platz für bewusste Gedanken und motorische Kontrolle ließ.

»Den Kompensator ausgeschaltet lassen!«, krächzte er. »Hast du gehört, Cassandra?«

»Ja, Vinzent. Deine biometrischen Daten sind nicht gut.«

Forrester achtete nicht auf den Einwand. Er sah auf die Zeitanzeige – es waren bereits zehn Minuten vergangen – und konzentrierte sich dann auf das Wogen des Sprawl. Es zeichneten sich nicht die erhofften Konturen darin ab.

»Senden wir noch immer?«

»Ja, Vinzent. Mit Ansible und gewöhnlichen elektromagnetischen Signalen. Keine Reaktion.«

Ihm wurde übel. Etwas schien sich in ihm aufzublähen und den Inhalt des Magens nach oben zu drücken. Er schaffte es gerade noch, den Kopf zu drehen, bevor er sich erbrach. Flüssigkeit spritzte und klatschte auf den Boden. Der Medobot summte, schwebte um den Pilotensitz und begann mit der Reinigung.

Forrester konzentrierte sich auf das Holofeld, das sich um ihn wölbte. Im silbrig schimmernden Grau rollten Wellen wie in einem Ozean, aber nirgends erschienen Umrisse, und er hörte nichts außer einem Rauschen, das vielleicht von seinem Blut stammte.

»Kannst du die *Centaurus* drehen, Cassandra?«, brachte er nach einigen weiteren Minuten hervor.

»Ja, Vinzent. Schiff wird gedreht.«

Forrester starrte ins Grau. Bitte, dachte er, zeig dich!

Es zeigte sich jemand anders.

Eine Gestalt wankte durch die Tür, schlank, etwas kleiner als er, mit rotem Haar und roten Augen voller Schmerz.

»Aufhören«, ächzte Zinnober. »Aufhören!«

»Geh zurück in den ... geschützten Bereich«, brachte Forrester hervor.

»Nein. Ich habe dir zwanzig Minuten gegeben, und die sind längst um. Cassandra, Kompensator reaktivieren!«

»Vinzent ...«, begann der Intellekt.

Das Rauschen in Forresters Ohren wurde lauter. »Noch einige Minuten. Ich weiß, dass er irgendwo dort draußen ist.« Das war gelogen – er wusste es nicht, er hoffte es nur.

Der mechanische Schraubstock, in dem sein Kopf steckte ... Jemand bewegte Räder oder Hebel, der Druck nahm zu, auf den Schädel und auch auf die Gedanken darin. »Kehr zurück, Zinnober!«

Sie würgte. »Nein, ich bleibe hier.« Sie sank in den Sessel des Zweiten Piloten. »Cassandra ...«

»Vinzent«, sagte der Intellekt kaum laut genug, um das Rauschen zu übertönen, »ich sehe mich gezwungen ...«

Dort bewegte sich etwas in den silbergrauen Schwaden, die jetzt näher zu sein schienen. Schmerz brannte in Forresters Muskeln, als er sich vorbeugte.

»Nein«, ächzte er. »Er ist da. Er ist hier ...«

Natürlich wusste er nicht, ob es sich um dasselbe Wesen

handelte. Was dort durch die Nebelschwaden des Sprawl schwebte, hatte die Konturen eines Humanoiden, war mit etwa zweieinhalb Metern aber größer als ein Mensch und sehr zart gebaut, die Arme und Beine dünn und wie aus Quecksilber. Der große Kopf ruhte auf einem grotesk langen und schmalen Hals, und die dunklen Augen darin wirkten wie Löcher. Das Geschöpf streckte beide Arme aus. Hände mit sechs Fingern, die in kleinen perlweißen Saugnäpfen endeten, erschienen direkt vor Forresters Gesicht.

»Siehst du ihn?«, fragte er mit rauer Stimme. »Siehst du ihn, Zinnober?«

Sie antwortete etwas, aber er verstand die Worte nicht, sie verloren sich in einer anderen Art von Rauschen.

»Vinzent?«, fragte Cassandra. »Hörst du mich, Vinzent? Deine biometrischen Daten werden kritisch. Der Medobot kann dir nicht mehr helfen. Ich muss den Kompensator reaktivieren.«

Nicht ausgerechnet jetzt, dachte er und wollte sprechen, er wollte *Nein!* sagen, mit all dem Nachdruck, zu dem er noch fähig war, aber es kroch nur ein leises Stöhnen durch die kleine Lücke zwischen seinen Lippen, mehr nicht. Trotzdem erklang ein »Nein!«, es kam aus einem anderen Mund.

»Nein!«, sagte Zinnober, ihr Gesicht eine Grimasse. »Der Engel ist hier, ich sehe ihn ebenfalls. Einige Minuten, Vater. Einige Minuten müssen genügen.«

Der Kopf des Wesens veränderte immer wieder seine Form, wie ein gekneteter Ballon, die Augen wurden noch größer, und der lippenlose Mund öffnete sich. Forrester hörte etwas, jenes Rauschen, in dem sich zuvor Zinnobers Worte verloren hatten, wie eine nahe Brandung, mal leiser, mal lauter. Der Engel des Sprawl, er sprach zu ihm, aber Forrester verstand ihn nicht, kein einziges Wort. Er empfing nicht einmal die vagen Andeutungen von Worten.

»Wir brauchen deine Hilfe«, wollte er sagen, doch es wurde nur ein Krächzen daraus.

Erneut bewegte sich der Mund des Wesens, und die Hände

mit den Saugnäpfen berührten ihn. Kälte ging von den Kontaktstellen aus, verwandelte sich aber sofort in angenehme Wärme, die den Schmerz aus ihm vertrieb. Etwas Sanftes hielt ihn, strich weich wie mit Samt oder Seide über Forresters Gedanken und schuf ein Bild. Es zeigte einen von verheerenden Stürmen und Erdbeben heimgesuchten Planeten und in seiner Nähe ein blau leuchtendes Objekt, groß wie ein Mond.

Ja, dachte Forrester. Ruhe erfüllte ihn, geschaffen von dem Geschöpf, das sich ihm mitzuteilen versuchte. Darum geht es, um die Pandora-Maschine. Wir müssen hinein, und dafür brauchen wir deine Hilfe.

Er stellte sich vor, wie die *Centaurus* ins Taiwaru-System zurückkehrte, wie sie das Sprawl verließ und auf der anderen Seite der Kontinua-Blase erschien, zwischen der immer noch wachsenden Maschine und der Barriere, die sie schützte.

Die Hände mit den Saugnäpfen, sie lagen auf seinen Wangen, aber die Finger berührten mehr als nur Haut, vielleicht drangen sie bis in seine Seele vor. Für zwei oder drei herrliche Sekunden, erfüllt von einem Gefühl der Erhabenheit, glaubte Forrester, *alles* zu verstehen, vom Beginn der Zeit bis zum Ende des Universums, dem Erlöschen aller Sterne. Von warmen, sanften Händen gehalten schwebte er in einer Wolke des Wissens, stellte Fragen und erhielt Auskunft, ohne dass ein einziges Worte gesprochen wurde. Er bekam sogar Antworten auf Fragen, die er erst in Zukunft stellen würde, und hier fühlte er für einige wenige Momente die Verbindung, die das Dasein der Engel des Sprawl bestimmte: die sonderbare Parallelität von Vergangenheit, Gegenwart und Zukunft. Diese Geschöpfe, die Kinder der Pandora, sahen Dinge, die geschehen waren, soeben geschahen und geschehen würden, nicht als verwirrende, desorientierende Überlagerung von Bildern, sondern als etwas *Simultanes*, durchdrungen von Bedeutung und *Kausalität*. Oh, hier war sie wieder, die Verknüpfung von Ursache und Wirkung, die alle drei Zeitdimensionen betraf, und in den wenigen Sekunden des Verstehens erkannte Forrester das feinmaschige Netz des Kausalen, das sich Milliarden von Jahren und Lichtjahren durch Zeit und Raum erstreckte: ein zartes, dünnes Gespinst, das an keiner Stelle reißen durfte. Da das Gewebe unter Spannung stand, da jede winzige Masche von den anderen abhing, konnte jeder noch so kleine Riss weitere Risse nach sich ziehen, bis der Flügelschlag eines Schmetterlings auf der einen Seite eines Planeten nicht nur einen Orkan auf der anderen Seite auslöste, sondern ganze Sonnensysteme in Supernova-Explosionen vergehen ließ. In dem Gewebe aus Kausalität, das alles miteinander verknüpfte und alles zusammenhielt, gab es kleine Fäden, silbergrau wie das Sprawl, und an einem dieser Fäden …

»Ich … verstehe nicht«, sagte Forrester hilflos.

»Das Schiff bewegt sich, Vinzent«, meldete Cassandra. »Es *wird* bewegt.«

Der Engel des Sprawl wich zurück. Seine Hände lösten sich von Forresters Gesicht, und die großen dunklen Augen schienen ein wenig zu schrumpfen, als das Wesen wieder mit den grauen Energieschwaden zu verschmelzen begann. Neuer Schmerz breitete sich in Forrester aus. Er beobachtete, wie aus der Gestalt Umrisse wurden, eine Silhouette, die kurz darauf im Nebel des Sprawl verschwand.

»Kompensator … einschalten!«

Sofort ließ der Druck nach. Der Schraubstock, in dem Forresters Kopf eingequetscht gewesen war, er existierte plötzlich nicht mehr. Eine Schlinge, die sich an seinem Hals zusammengezogen und ihm das Atmen schwer gemacht hatte, löste sich auf. Im Sitz des Zweiten Piloten keuchte Zinnober wie nach einem kilometerlangen Lauf und streckte die Hände den vor ihr leuchtenden und blinkenden virtuellen Kontrollen entgegen.

»Unsere Sprawl-Geschwindigkeit nimmt zu«, sagte sie. Kalter Schweiß glänzte in ihrem Gesicht. »Fünfundzwanzig Kilometer pro Stunde. Dreißig … konstant bei siebenunddreißig.«

»Wir kehren zum Taiwaru-System zurück«, meldete Cassandra.

Forrester zeigte ins große Holofeld, in die silbergrauen Weiten des Sprawl, in dem jetzt wieder Orientierungshilfen erschienen. »Der Engel bringt uns zur Pandora-Maschine.« Er wandte sich an den nahen Medobot. »Ich brauche ein starkes Stimulans, das stärkste, das du anzubieten hast.«

»Vinzent, deine biometrischen Werte ...«, begann Cassandra.

»Die Pandora-Maschine erwartet uns«, sagte er. »Ich muss wach sein, richtig wach.«

»Ich ebenfalls«, fügte Zinnober hinzu.

Er drehte den Kopf. Sie war dem Sprawl nicht so lange wie er ungeschützt ausgesetzt gewesen, sah aber recht mitgenommen aus.

Das Brummen des Sprawlers, die Stimme des Schiffes, veränderte sich.

Zinnober beugte sich vor, den Blick auf die Anzeigen und Datenkolonnen gerichtet. »Wir werden langsamer.«

Forrester wusste, was das bedeutete. »Wir kehren gleich ins Basiskontinuum zurück.« Ein Greifarm des Medobots berührte ihn, und ein leises Zischen wies auf die Injektion hin. Anschließend rollte der Bot zu Zinnober.

Die Schwäche wich aus Forrester. »Bereite dich auf superpräzise Navigation vor, Cassandra. Unsere Reaktionen sind viel zu langsam. Wir verlassen uns ganz auf dich.«

»Navigationsparameter berechnet und bereit«, erwiderte der Intellekt. »Rückkehr ins Basiskontinuum steht unmittelbar bevor.«

»Was ist mit Aurelius?«, fragte Forrester.

»Er befindet sich noch immer im Mannschaftsquartier. Es geht ihm schlecht, Vinzent. Es geht ihm viel schlechter als dir eben.«

»Wir brauchen ihn. Ohne ihn hätten wir überhaupt keine Chance, die Pandora-Maschine unter Kontrolle zu bringen.«

»Ich weiß, Vinzent.«

»Kannst du ihm irgendwie helfen?«

»Der andere Medobot ist bei ihm«, warf Zinnober ein. Ein kleines Holofeld vor ihr zeigte den Zehntausendjährigen auf einer Liege, die Augen geschlossen. Eine kleinere Version des Medobots im Nukleus der *Centaurus* untersuchte ihn.

»Omni hat seinen Metabolismus verändert«, sagte Cassandra. »Was dir und Zinnober hilft, funktioniert bei ihm nur bedingt.«

Das Grau des Sprawl verschwand aus dem Holofeld. Blaues Strahlen flutete in den Kontrollraum des Kornbester-Schiffes. Kugeln und Zylinder rotierten, zum Greifen nahe; die Spitzen von pyramidenförmigen Erweiterungen richteten sich auf die *Centaurus*.

Manövriertriebwerk und Gravitationsmotoren donnerten. »Ich brauche kaum etwas zu tun«, sagte Cassandra. »Der Engel hat unsere Geschwindigkeit nahezu perfekt angepasst. Wir befinden uns genau in der Mitte zwischen Rumpf und Kontinua-Blase.«

Forrester beugte sich vor. »Die Lücke zwischen den beiden Oktaedern dort … Wie tief ist sie? Wie weit reicht sie ins Innere der Pandora-Maschine?«

»Fast achthundert Kilometer, Vinzent«, antwortete Cassandra. »Der Engel scheint eine geeignete Stelle ausgewählt zu haben.«

»Bring uns hinein«, sagte Forrester. »So tief wie möglich.«

Der Bug des Kornbester-Schiffes kippte, und zwei Sekunden später flog die *Centaurus* durch eine tiefe Schneise zwischen Aggregaten, die in ständiger Bewegung waren.

Ein Mann aus Glas

Der Mann aus Glas, der einmal Benedikt gewesen war, dachte **109** daran, sich zu opfern. Beziehungsweise das, was noch von ihm übrig war, bevor auch die letzten unabhängigen Gedanken gläsern wurden und zerbrachen. Der silberne Ring, in den sich das kleine Omni-Artefakt verwandelt hatte, steckte noch immer an seinem kristallisierten Zeigefinger, konnte ihn aber nicht auf Dauer schützen. Die Pandora-Maschine nahm ihn trotzdem auf, sie absorbierte auch ihn, wie die anderen, nur langsamer, Stück für kleines Stück – das Artefakt gewährte ihm eine Gnadenfrist, mehr nicht.

Er wusste nicht, wie lange er bereits durch die blau leuchtenden Gänge und Säle der Pandora-Maschine gewandert war, als er beschloss, zu dem Saal zurückzukehren, in dem die Pandora-Maschine kristallene Ebenbilder aller bisher aufgenommenen Personen geschaffen hatte, in jeder von ihnen einige Hundert gelbe Lichter des *Wartens*. Inzwischen war er zu einer wichtigen Erkenntnis gelangt: Es gab keine einzelne Kontrollstation, keinen zentralen Kommandostand, von dem aus man den Befehl über diese gewaltige, immer noch wachsende Maschine führen konnte. Die Ereignisroutinen, die tanzenden Lichter, waren überall, und überall konnte man Einfluss auf sie nehmen, wenn man es richtig anstellte. Darauf kam es an, das war der Schlüssel: Man musste es *richtig* anstellen. Es genügte, im Zentrum der Maschine zu sein, in unmittelbarer Nähe ihres schlagenden Herzens, dessen Rhythmus sich im Tanz der Lichter zeigte. Das Herz gab den Takt vor, es veränderte Ereignisroutinen – Algorithmen – und schuf neue, um die Maschine zu verwalten, um sie zu steuern und zu lenken. Eine richtige Ereignisroutine, an der richtigen Stelle eingefügt, konnte alle anderen in eine neue Richtung lenken.

Wilde Hoffnung trieb den gläsernen Mann an, der nicht lebte und auch nicht tot war. Auch seine Existenz *wartete*, obwohl er noch immer dachte und auch fühlte. Seine Existenz wartete darauf, dem richtigen Zweck zugeführt zu werden. Vielleicht, sinnierte er, als er durch die endlosen Gewölbe mit all den Dingen stapfte, die einen großen Teil des Produktionspotenzials der Pandora-Maschine ausmachten, vielleicht hatte er darauf sein ganzes Leben gewartet. Terra Nova, neue Erde, eine neue, geeinte Menschheit, die auf der galaktischen Bühne den Platz einnahm, der ihr gebührte. Die neue Erde, die neue Menschheit als Teil von Omni. Und wenn die Superzivilisationen so dumm waren, ihr den Aufstieg zu verweigern ... Mit der Pandora-Maschine konnten sie *gezwungen* werden. *Sein* Werk, dachte der Mann. Konnte sich ein einzelner Mensch mehr wünschen, als die eigene Spezies zu Größe zu führen?

Und hier war der Saal mit den vielen großen und kleinen Säulen und den gläsernen Gestalten zwischen ihnen, Menschen, aber auch Angehörige von Äquiv-Zivilisationen. Und ein Likotha, der – vielleicht – den Weg geebnet, das eine oder andere Hindernis beiseitegeräumt hatte, mit der unfreiwilligen Hilfe des Zehntausendjährigen. Er steckte noch irgendwo hier drin, dachte der Mann aus Glas, blickte sich um und betrachtete die Lichter; der Geist des Likotha mochte eins von ihnen sein.

Er überlegte kurz, ob er den nahen Raum mit der größten aller Säulen aufsuchen sollte, mit der Säule, in der das Herz der riesigen Maschine schlug und die sein Fleisch in Glas verwandelt hatte. Doch das hätte noch mehr Zeit erfordert, und er wollte, er durfte nicht länger warten, denn trotz des kleinen Omni-Artefakts am Finger bröckelte sein Selbst, und die Maschine nahm die Bruchstücke, fügte sie ihren Ereignisroutinen hinzu.

War das die richtige Beschreibung?, überlegte er, als er vor einer der Säulen verharrte, Glas vor Glas, und die Lichter betrachtete, die in ihr aufstiegen und sanken. Einige von ihnen, gelb und grün, drängten ihm entgegen und bildeten einen kleinen Schwarm. Aufnahme, Absorption oder Assimilation, Erweiterung, Wachstum. Es klang nach Verlust, nach Auflösung, dachte der gläserne Mann, der sich noch an seinen Namen erinnerte. Aber eigentlich war es nur ein ... Übergang? Konnte man es so nennen? Was er hier erlebte, was er bereits erfahren hatte und was ihm jetzt bevorstand, war wie der Übergang in einen anderen Aggregatzustand. Fleisch und Blut hatte er verloren, für immer; seine organische Materie war zu Baumaterial für die Pandora-Maschine geworden. Aber seine Identität existierte noch, zumindest ein Teil von ihr, der wichtigste Teil, der sich eine Erinnerung an den Plan, an Terra Nova, bewahrt hatte. Dies war ein wichtiger Schritt, vielleicht der entscheidende.

Nicht weit entfernt stand das kristallene Ebenbild eines Mannes, der den Namen Awyer getragen hatte. Ein schwaches blaues Glühen ging von ihm aus, wie eine Einladung.

Der Mann aus Glas streckte die Hände nach vorn, berührte die Säule und beobachtete, wie die wartenden Lichter in seine Finger glitten, von dort aus in die Arme. Er sah, wie sie zu den Schultern krochen, zum Hals ...

Seine Wahrnehmung veränderte sich. Für einige subjektive Sekunden glaubte er, Geschehnisse in Vergangenheit, Gegenwart und Zukunft zu sehen, Hunderte, Tausende und noch mehr, so viele, dass man sie nicht zählen konnte. Und so unterschiedlich sie auch waren, ohne erkennbaren Zusammenhang – es gab eine Verbindung zwischen ihnen allen. Sie waren wie die Mosaiksteine eines gewaltigen Bildes, und wenn man sie zusammenfügte, konnte man nicht nur erkennen, welche Entwicklungen wohin führten und wo sie wurzelten, in welchem Teil der Vergangenheit. Dann wurde es auch möglich, Einfluss zu nehmen, der Zukunft die gewünschte Form zu geben.

Das Omni-Artefakt am gläsernen Finger ... Es zog einige

der Lichter aus der Säule an und nahm sie auf. Das Herz der riesigen Pandora-Maschine – es schlug schneller.

Leben/Tod.
Ü-b-e-r-g-a-n-g.
Neuorientierung.
E-X-I-S–T-E-N-Z.
Warten.

In den Augen des Mannes aus Glas erschien blaues Kontinua-Leuchten. Dutzende von Lichtern kehrten durch Arme und Hände in die Säule zurück und tanzten dort mit den anderen. Gedanken verwandelten sich in Ereignisroutinen. Einige von ihnen erinnerten sich, an einen Namen, an eine Absicht und ein Ziel.

Warten.
Autorisierung?
K-O-N-T-R-O-L-L-E?

Pandora

Forrester duckte sich unter der Decke des Korridors hindurch; **110** an dieser Stelle war sie besonders niedrig. Das Licht ihrer Lampen holte blau schimmernden Kristall aus der Dunkelheit.

»Hüten Sie sich davor, die Wände zu berühren«, sagte Aurelius, der sich von Zinnober stützen ließ. »Kommen Sie ihnen nicht einmal nahe.«

»Was ist mit dem Boden?«, fragte Zinnober.

»Bleiben Sie nicht zu lange an einer Stelle stehen.« Der Zehntausendjährige keuchte wie nach einer schweren körperlichen Anstrengung. Das Gehen bereitete ihm große Mühe. »Die Stiefel isolieren nicht vollständig, und die Handschuhe noch weniger.«

Hinter der Stelle mit der niedrigen Decke richtete sich Forrester wieder auf und leuchtete mit der Lampe in die Finsternis vor ihnen. Sie trugen Schutzanzüge, vom Konstrukteur der *Centaurus* hergestellt, doch auf Schirmfelder mussten sie verzichten – Aurelius hatte befürchtet, dass sie damit einen inneren Verteidigungsmechanismus der Pandora-Maschine auslösen würden. Die Sensoren des hochgeklappten Helmvisiers projizierten ihm Informationen direkt in die Augen, und ein Hinweis lautete: Sie waren inzwischen seit einer Stunde unterwegs, im Innern eines »Konglomeratelements«, wie es Aurelius nannte, was auch immer das bedeutete.

»Wo sind wir?«, fragte er und leuchtete über die blauen Wände, in denen hier und dort kleine Lichter glühten. Sie schienen ihnen zu folgen, wie Augen, die sie beobachteten. »Und wohin sind wir unterwegs?«

»Bald da«, sagte Aurelius. »Wir sind bald da.«

In einem runden Raum mit Wänden wie aus Glas legten sie eine kurze Pause ein, weil sich Aurelius nicht mehr auf den Beinen halten konnte. Sie stützten ihn gemeinsam, Zinnober auf der rechten Seite und Forrester auf der linken. Seine Augen waren geschlossen, das Gesicht farblos.

Zinnober blickte auf die biometrischen Statusanzeigen seines Anzugs. »Er macht es nicht mehr lange.«

»Inzwischen müssten wir dem Zentrum sehr nahe sein«, sagte Zinnober und ließ das Licht ihrer Lampe über die Wände streichen. »Das Element, in dem wir uns befinden ... Aurelius hat gesagt, dass es wandert und uns zur Mitte bringt.« Sie hob die freie Hand zum Visier. »Mit meinen Sensoren und Anzeigen scheint etwas nicht zu stimmen. Ich bekomme keine klare Positionsanzeige.«

»Ich ebenfalls nicht. Interferenzen durch die Kontinua-Strahlung nehme ich an.« Forresters Blick folgte dem Licht von Zinnobers Lampe, richtete sich dann auf das fahle Gesicht des Zehntausendjährigen. Seine Augen waren noch immer geschlossen; er schien zu schlafen. »Das blaue Glühen ... Wir sind von Kontinua-Energie umgeben. Müsste er nicht imstande sein, etwas davon aufzunehmen?«

»Vielleicht ist er über diesen Punkt hinaus«, sagte Zinnober leise.

»Wie soll er uns dann helfen können?«

»Ich weiß es nicht.«

Forrester blickte in die Richtung, aus der sie gekommen waren. Die Tunnel und Gänge hinter ihnen blieben offen, was allerdings nicht viel bedeutete, da das »Konglomeratelement« seine Position innerhalb der Pandora-Maschine veränderte. Der Rückweg zur *Centaurus* würde völlig anders beschaffen sein als der, der sie hierher gebracht hatte. Das Peilsignal des Kornbester-Schiffes ließ sich noch immer klar identifizieren, trotz der störenden Interferenzen. Es würde ihnen den Weg weisen.

»Es gibt da etwas, das mir nicht aus dem Kopf geht«, sagte Forrester.

Zinnober sah ihn fragend an.

»Unser Gespräch an Bord der *Centaurus*, kurz vor der Rückkehr ins Basiskontinuum. Ich habe gesagt, dass Aurelius vermutlich den Auftrag erhielt, dafür zu sorgen, dass die Pandora-Maschine nicht in falsche Hände gerät.«

»Ja.«

»Er hat nicht darauf geantwortet. Er hat geschwiegen, es nicht bestätigt. Er blieb auch still, als ich fragte, ob die Engel, die Kinder der Pandora, über den Legislatoren und Omni stehen.«

Unter ihnen knirschte es leise, und Zinnober richtete einen argwöhnischen Blick auf den Boden. Dann sah sie wieder auf. »Und?«

»Erscheint dir das nicht seltsam?«

»Vielleicht hat er gar nicht gehört, was du gesagt hast. Sieh ihn dir nur an.«

Aurelius' Lider zitterten. Die Augen unter ihnen bewegten sich; er schien zu träumen.

Der Boden – trüber als Wände und Decke, nicht einmal halb durchsichtig – zitterte, und ein Knarren kam aus seinen Tiefen.

Aurelius öffnete die Augen. »Fast da«, murmelte er. »Wir sind fast da.«

Er versuchte zu gehen. Forrester und Zinnober halfen ihm.

»Sie müssen mir etwas versprechen«, sagte Aurelius, als sie den Weg fortsetzten. Seine Stimme klang deutlicher. Die wenigen Minuten Schlaf schienen ihm etwas Kraft gegeben zu haben.

»Was?« Forrester leuchtete in den Gang vor ihnen, der nicht völlig dunkel war.

»Wenn ich sterbe ...«, begann der Zehntausendjährige.

»Sie sterben nicht«, unterbrach ihn Zinnober. »Sagen Sie so etwas nicht. Denken Sie es nicht einmal.«

»Bitte«, sagte Aurelius. »Bitte lassen Sie mich ausreden. Wenn ich sterbe ... Bringen Sie mich zur Erde, Vinzent, Zinnober. Bringen Sie mich zu der Welt, auf der ich geboren bin, vor zehntausend Jahren. Was auch immer von mir übrig bleibt, bestatten Sie es dort.«

»Sie werden überleben«, sagte Forrester. »Wir alle werden überleben.« Sie näherten sich dem Ende des Korridors. Offenbar mündete er in einen großen Saal mit zahlreichen Säulen.

»Versprechen Sie es mir!«

»Wir versprechen es«, sagte Zinnober.

»Gut. Ich nehme an, Ihre Helmkommunikatoren zeichnen alles auf, nicht wahr?«

»Ja«, bestätigte Forrester. »Nicht nur unsere Worte, auch die Telemetrie. Wir sind die ganze Zeit auf Sendung. Hörst du uns, Cassandra?«

Er bekam keine Antwort.

»Vielleicht kann sie uns hören, aber nicht antworten«, sagte Zinnober.

»Ihre Systeme zeichnen auf, ja?«, fragte Aurelius noch einmal.

»Ja.«

»Gut. Dann nenne ich Ihnen jetzt die Koordinaten der Erde. Hören Sie gut zu, für den Fall, dass die Aufzeichnung versagt oder die Daten später nicht vollständig sind. In ganz KopKo finden Sie nicht eine Datenbank, die diese Koordinaten enthält. Haben Sie verstanden?«

»Ja.«

Aurelius nannte eine lange Folge von Zahlen und Buchstaben, die sich auf die Navigationspunkte des Sprawl bezogen.

»Aufgezeichnet und im Gedächtnis abgelegt.« Forrester beobachtete, wie die kristallenen Säulen im Saal vor ihnen das Licht seiner Lampe widerspiegelten. Und nicht nur die Säulen. Es gab dort noch etwas anderes.

»Ich möchte nicht irgendwo auf der Erde begraben werden, sondern an einem bestimmten Ort«, fügte Aurelius hinzu, müde wie jemand, der seit vielen Jahren nicht geschlafen hatte. Er nannte noch einmal Koordinaten, eine weitere Folge aus Zahlen und Buchstaben, nicht so lang wie die erste. »Können Sie sich auch das merken?«

»Ja«, sagte Forrester. Vielleicht klang er ein wenig ungeduldig, denn Aurelius fügte hinzu: »Bitte, es ist wichtig für mich.«

»Wir versprechen es Ihnen«, sagte Zinnober.

Forrester deutete nach vorn. »Was ist das dort, zwischen den Säulen?«

Sie erreichten das Ende des Tunnels, und es kam zu einem kurzen Ruck, der sie taumeln ließ.

»Dieses Element der Pandora-Maschine ... Es hat sein Ziel erreicht«, sagte Aurelius. »Wir sind da.«

Sie betraten den großen Saal und gingen an den ersten Säulen vorbei. Die Lichter in ihnen tanzten schneller, wie als Reaktion auf ihre Präsenz, und ein dumpfes Brummen lag in der kalten Luft, mal lauter, mal leiser. Die von den Visiersensoren übermittelten Daten ergaben keinen Sinn mehr; Forrester verscheuchte sie mit einem Blinzeln.

Humanoide Statuen standen zwischen den Säulen mit den tanzenden bunten Lichtern, die Abbilder nackter Menschen, ohne die gläsernen Nachbildungen von Kleidung und Ausrüstung.

»Es sind die Absorbierten, nicht wahr?«, fragte Zinnober leise. »All die von der Pandora-Maschine aufgenommenen Leute.«

»Ja«, ächzte Aurelius. »Er ist ebenfalls hier. Benedikt. Ich spüre ihn. Etwas von ihm hat überlebt.«

Forrester steckte die Lampe an den Instrumentengürtel und zog den Variator, der aus dem kleinen Waffendepot der *Centaurus* stammte. »Wo ist er?«

»Dort vorn.« Aurelius deutete auf die Waffe. »Das brauchen Sie nicht. Dafür ist es zu spät.«

Die Säulen knisterten leise, als sie an ihnen vorbeigingen, und in den Augen der gläsernen Gestalten funkelte blaues Kontinua-Licht.

»Was ist mit ihnen passiert?«, fragte Zinnober. »Sie sind tot, nicht wahr?«

»Ja. Ihre organischen Körper existieren nicht mehr. Die

Pandora-Maschine hat ihre Materie aufgenommen und sich damit ein kleines Stück Eigenmasse hinzugefügt. Ihre Gedanken und Erinnerungen, Fragmente des Bewusstseins ...« Aurelius zeigte auf die Lichter in den Säulen. »Sie sind ebenfalls Teil der Maschine geworden, ihrer Ereignisroutinen. Sie helfen ihr zu wachsen, sich zu steuern und zu verteidigen.«

Forrester blickte sich um. »Es ist alles außer Kontrolle geraten, nicht wahr?«

»Nein«, widersprach Aurelius. »Nein. Die Pandora-Maschine folgt ihren Basisprogrammen. Sie glaubt, sich schützen zu müssen. Sie wartet noch immer auf eine befugte Autorität.«

»Können Sie das sein? Können Sie in diese Rolle schlüpfen?«

»Ich war nahe daran«, erwiderte Aurelius. »Dem Likotha wäre es fast gelungen, mich zum Schlüssel für das Schloss der Pandora-Maschine zu machen. Oh, da ist er!«

Zwischen den menschlichen Statuen stand eine kleinere Gestalt, nur anderthalb Meter groß, mit halb ausgebreiteten Flügeln aus blauem Kristall und einem Gesicht, das an eine Schleiereule erinnerte.

Sie blieben kurz stehen, umgeben vom Brummen, das vom schlagenden Herzen der Pandora-Maschine stammte.

»Was ist mit ihm?«, fragte Forrester besorgt. »Existiert er noch? Könnte er erneut versuchen, Sie zu manipulieren?«

»Nein«, sagte Aurelius. »Er ist tot, wie die anderen. Wenn etwas von ihm übrig geblieben sein sollte, dann als Teil der vielen Ereignisroutinen. Aber Benedikt ... Er hat sich etwas bewahrt. In ihm existiert noch ein Rest von eigenem Willen. Etwas schützt ihn oder hat ihn bisher geschützt.« Ein kleiner Hoffnungsschimmer zeigte sich im Gesicht des Zehntausendjährigen. »Vielleicht kann ich es benutzen.«

Sie gingen weiter, vorbei an den Säulen und Statuen, durch blaues Glühen, das eine Art Dunst schuf, der das Licht von Zinnobers Lampe streute. Forrester hielt noch immer den Variator in der freien Hand.

Schließlich erreichten sie eine Säule, an der ein einzelner großer Mann aus Glas stand, ein wenig vorgebeugt, beide Hände auf den Kristall der Säule gelegt. Hier tanzten und schimmerten mehr Lichter als in all den anderen Säulen. Sie strömten in die Hände des Mannes, von dort aus durch die Arme in Hals und Kopf.

»Das ist er?«, fragte Zinnober. »Benedikt?«

»Ja«, sagte Aurelius.

»Und er lebt noch? Ein Mann aus Glas? Und was ist das an seinem Finger? Ein Ring?«

»Er lebt nicht mehr, nicht im üblichen Sinne, aber er hat noch individuelle Existenz. Es ist ihm gelungen, etwas von sich zu erhalten. Mit dem kleinen Omni-Artefakt, das er wie einen Ring am Finger trägt.«

Das Brummen veränderte sich, es wurde lauter, sein Rhythmus schneller. Der Boden aus trübem Kristall zitterte, und die Lichter in den Säulen stoben wie von plötzlichem Wind erfasst auseinander.

»Was bedeutet das, Aurelius?«, fragte Zinnober.

»Benedikt ...«, brachte der Zehntausendjährige hervor. »Er verschafft sich Autorität. Er steht kurz davor, zum Lenker der Pandora-Maschine zu werden. Ich muss sofort handeln. Lassen Sie mich los, Vinzent und Zinnober, und treten Sie zurück! Fassen Sie nichts an, und bleiben Sie nicht zu lange an einer Stelle stehen!«

Forrester und Zinnober wichen zurück.

»Bitte denken Sie an Ihr Versprechen«, sagte Aurelius.

»Was haben Sie vor?«, fragte Forrester, obwohl er es ahnte.

Aurelius gab keine Antwort, wankte zwei Schritte nach vorn, streckte die rechte Hand aus und berührte mit ihr die gläserne Hand mit dem Ring. Die andere drückte er an die Säule.

K-O-N-T-A-K-T.

111 Der Mann, zehntausend Jahre alt, kroch durch den heißen Sand einer endlosen Wüste, im glühenden Schein einer erbarmungslosen Sonne. Er wusste, dass er starb, dass er dem Tod nahe war, aber seine Nase roch etwas, das Aufschub versprach und eine Möglichkeit, die Mission zu Ende zu bringen, wenn auch nicht auf die Weise, die er sich erhofft hatte. Er kroch weiter, er grub die verbrannten Hände in den heißen Sand, bis eine von ihnen plötzlich etwas Feuchtes spürte.

Da war sie, die kleine Lache, die er gerochen hatte, eine schmutzige Pfütze mit schnell verdunstendem Wasser. Aurelius schöpfte mit beiden Händen und trank gierig, er schluckte nicht nur warmes Wasser, sondern auch Schmutz und Sand.

Keine Verbindung mit Omni, aber Kontinua-Energie. Wasser für den Verdurstenden. Etwas Kraft.

Aurelius trank, bis seine Hände nur noch feuchten Sand schöpften. Dann stand er auf, drehte sich langsam um die eigene Achse und beobachtete, wie die Wüste verschwand. Die Sonne am Himmel zerbrach. Milliarden Splitter fielen und verwandelten sich in funkelnde Lichter.

»Jetzt, Benedikt, spielen wir dies nach meinen Spielregeln«, sagte Aurelius leise.

Glauben Sie?, antwortete eine Stimme aus dem Nichts.

»So sieht man sich wieder, mein lieber Aurelius. Kommen Sie, kommen Sie, nehmen Sie Platz und ruhen Sie sich aus. Sie scheinen erschöpft zu sein. Offen gestanden, Sie sehen gar nicht gut aus.«

Der Mann mit dem jovialen Gebaren und dem freundlichen Lächeln deutete auf einen Sessel.

Aurelius sah sich um. Sie befanden sich in einem großen Raum, der fast die Ausmaße eines Saals hatte, mit einem Boden, der offenbar aus blauem Marmor bestand und Wänden wie aus Lapislazuli. Das Licht stammte von mehreren Kronleuchtern, die sich bei genauerem Hinsehen als Ansammlungen zahlloser kleiner Lichter erwiesen.

Benedikt saß auf der anderen Seite eines rechteckigen Tisches und lächelte sein freundliches Lächeln. Er schien sich kaum verändert zu haben und trug einen dunklen Zweiteiler, der wie eine Uniform aussah.

»Es überrascht Sie doch nicht, mich hier anzutreffen, oder?«

»Nein.« Aurelius setzte sich.

»Nein, natürlich nicht. Sie wussten, dass ich hier bin. Hier, am Ziel. In der Kommandostruktur der Pandora-Maschine. Sie haben den Weg für mich vorbereitet. Sie und der Likotha, der dummerweise zu früh starb. Aber er hat seinen Zweck erfüllt. Nun, mein lieber Aurelius, an einem anderen Ort, der nur die Breite eines Gedankens von hier entfernt ist, haben Sie von Spielregeln gesprochen, die offenbar Sie bestimmen wollen. Ich fürchte, da muss ich Sie enttäuschen. Es sind noch immer meine Spielregeln, die bestimmen, was geschieht. Daran hat sich nichts geändert.«

»Sie irren sich«, sagte Aurelius ruhig. Benedikt sprach mit kleinen Pausen zwischen den Silben, und seine Bewegungen waren ruckartig, wie bei einer Aufzeichnung, in der einzelne Bilder und Töne fehlten. Er war nicht vollständig; er hatte Teile von sich verloren.

»Sehen Sie diesen Tisch hier, mein lieber Aurelius? Oh, natürlich sehen Sie ihn. Aber wissen Sie auch, was es mit ihm auf sich hat? Es ist ein ganz besonderer Tisch. Ich zeige es Ihnen.«

Die wie Perlmutt glänzende Oberfläche des rechteckigen Tisches kräuselte sich, als Benedikt sie berührte. Er steckte beide Hände hinein, und Aurelius beobachtete, wie die Finger in die Tiefe reichten, wie sie immer länger und dünner wurden, wie sich Erweiterungen bildeten, bis etwas entstand, das nach einem weitverzweigten Wurzelwerk aussah. Der immer noch lächelnde Benedikt bewegte die Hände, und in dem Wurzelwerk, in einer Tiefe von mehreren Kilometern, formierten sich Lichter. Gleichzeitig fühlte Aurelius, wie die Pandora-Maschine ihre Struktur veränderte, wie sich ihre zahllosen Elemente neu anordneten, für einen neuen Zweck.

»Ich habe Kontrolle über die Pandora-Maschine, mein lieber Aurelius«, sagte Benedikt mit der Stimme des Siegers.

»Um Ihre eigenen Worte zu benutzen: *Glauben Sie?*«

Benedikts Gesicht verzerrte sich kurz, dann kehrte das Lächeln zurück. »Sie wollen Ihre Niederlage nicht eingestehen. Der Reisende in Omnis Diensten will nicht zugeben, dass Omnis Macht hier endet.«

Aurelius sprach noch immer ruhig, als er sagte: »Was Sie hier sehen, Benedikt, sind Illusionen, Spiegelbilder Ihrer Erinnerungen, aufgenommen von der Pandora-Maschine und ihren Ereignisroutinen hinzugefügt, Reflexionen Ihrer dummen Wünsche.«

»Was reden Sie da?«

»Sie sterben, Benedikt. Das Artefakt kann Sie nicht länger schützen. Ich meine das hier.« Aurelius hob die rechte Hand und präsentierte einen kleinen silbernen Gegenstand, geformt wie eine Träne, in ihrem Innern eine Vielzahl von fraktalen Mustern. »Wie es der Zufall will, Benedikt – ein Zufall, der vielleicht gar keiner ist, möchte ich betonen –, zählt dieses Artefakt zu den sogenannten Delokalisatoren. Es hat mir nicht nur geholfen, zu Ihnen zu gelangen. Es wird mir noch etwas mehr Hilfe leisten.«

»*Ich* sterbe? So ein Unfug!«, sagte der Mann, der mit immer größeren Abständen zwischen den Silben sprach. »Sehen Sie sich an, Aurelius. Sehen Sie sich an!«

Aurelius betrachtete sein Spiegelbild und erblickte einen Mann, dessen Gesicht jedes einzelne seiner zehntausend Lebensjahre zeigte. Tiefe Falten hatten sich in die blasse Haut gegraben. Spröde Lippen zitterten. Den Augen fehlte Glanz.

»Wer stirbt, Aurelius? Ihre Mission endet hier. Meine beginnt erst. Ich werde der Mann sein, der die Menschheit eint und zu Größe führt.«

Einfältige Worte, wie ein Echo aus der Vergangenheit, dachte Aurelius. Die Dummheit starb nie. Und wenn sie einmal starb, wurde sie sofort wiedergeboren. Auch deshalb gab es Omni: um dort einzugreifen, wo zu viel Dummheit am Werk war, um sanft und vorsichtig der Vernunft zum Durchbruch zu verhelfen. Hier nützte ein sanftes Eingreifen nichts mehr; hier musste entschlossen durchgegriffen werden.

Aurelius lächelte ein kleines Lächeln, zufrieden mit der Klarheit seiner Gedanken. Es gab schlimmere Möglichkeiten, ein zehntausend Jahre langes Leben zu beenden.

»Nein«, sagte er.

Benedikt starrte ihn an, die Hände noch immer im Perlmutt-Schimmern des Tisches. »Ich werde Ihnen zeigen, wozu ich in der Lage bin. Ich werde Uscher zerstören wie zuvor den Mond. Ich werde ein Zeichen setzen, das niemand übersehen kann, Omni ebenso wenig wie KopKo.«

Seine Worte waren ein undeutliches Knurren – Aurelius hatte Mühe, ihn zu verstehen. Er dachte: Darauf läuft es letztendlich hinaus, nicht auf irgendwelche hehren Ziele, sondern auf das Ego, auf *Ich kann* und *Du nicht*.

»Nein«, sagte er. Dies war der Moment. Benedikt *hatte* Kontrolle, ein bisschen, genug für die Illusion, die Geschicke der Pandora-Maschine bestimmen zu können. Er konnte Einfluss auf einige Ereignisroutinen nehmen, und vielleicht wäre er tatsächlich imstande gewesen, Uscher zu zerstören. Dazu wollte es Aurelius nicht kommen lassen.

Er stand auf. »Ich möchte *Ihnen* etwas zeigen, Benedikt. Kommen Sie, begleiten Sie mich.«

Benedikts Hände steckten plötzlich nicht mehr im Tisch. Er starrte so verblüfft auf sie hinab, als gehörten sie jemand anders.

»Wie haben Sie das gemacht?«, stieß er hervor. »Mit welchem Trick?«

»Kein Trick«, sagte Aurelius und ging zu einer Tür in der Wand aus blauem Kristall. Das Omni-Artefakt, die kleine Träne, hielt er fest in der rechten Hand. Auch sie war eine Illusion, ein Trugbild, das ihm Halt gab, einen Fokus für seine Konzentration – der Ring, in den sich das andere Artefakt verwandelt hatte, steckte im Saal der Säulen noch immer an Benedikts gläsernem Finger. »Ich habe Ihnen nur eine Ihrer Illusionen genommen.«

Benedikt kam um den Tisch herum und stapfte auf ihn zu, kein lächelnder Mann mehr, sondern ein zorniger, vielleicht sogar jemand, der sich bedroht sah. »Die Maschine gehorcht mir! Hören Sie ihr Herz, wie es in dem Takt schlägt, den ich ihm vorgegeben habe?« Er brach ab. »Was ist mit der Tür dort? Wieso gibt es da eine Tür?«

»Sie ist Teil meiner Erinnerungen«, sagte Aurelius und öffnete sie. Dahinter reichte ein Steg durch Dunkelheit, wie eine Anlegestelle im Nichts. In der Ferne bewegten sich Fäden aus Licht.

Das kleine Artefakt in Aurelius' rechter Hand pulsierte im Rhythmus des Brummens im Saal mit dem Tisch wie aus Perlmutt.

Aurelius ging über den Steg, und Benedikt folgte ihm, ohne dass er ihn dazu auffordern musste. Sie waren ...

... zwei Lichter, die in einer der Säulen nebeneinander aufstiegen, durch das kleine Omni-Artefakt miteinander verbunden ...

»Kennen Sie die Macht des Glaubens, Benedikt?«, fragte Aurelius. »Auf der alten Erde hieß es einmal, dass der Glaube Berge versetzen kann. Sie glauben, die Pandora-Maschine zu kontrollieren, zumindest einen Teil von ihr, und Ihr Glaube ist so stark, dass Sie tatsächlich Kontrolle ausüben, genug, um kolossalen Schaden anrichten zu können.«

»Was?« Zum ersten Mal erschien Unsicherheit in Benedikts Gesicht. Das Lächeln war verschwunden, vergessen.

»Und wissen Sie, was Verantwortung bedeutet, Benedikt? Ich habe Ihnen die Möglichkeit gegeben, hierher zu gelangen. Womit ich nicht diesen besonderen Ort meine, sondern das Innere der Pandora-Maschine. Der Likotha hat mich gezwungen, in Ihrem Auftrag, aber das ändert nichts daran, dass ich einen Weg für Sie geschaffen habe. Andernfalls wären Sie trotz des Artefakts absorbiert worden wie die anderen. Ich bin für dies verantwortlich. Deshalb muss ich die Konsequenzen tragen. Ich muss den Fehler korrigieren, auch wenn es mich das Leben kostet.«

»Ich verstehe kein Wort von dem, was Sie sagen«, zischte Benedikt. »Sie reden Unsinn.«

»Meinen Sie?« Aurelius fühlte, wie seine Kräfte wieder schwanden. Es blieb nicht mehr viel Zeit. »Dies hier sind die Kontinua«, sagte er. »Die Dimension des Möglichen.« Aurelius seufzte und sprach Worte, die er an Nathan und Forrester gerichtet hatte. »Hier entscheidet sich, was geschehen kann und was geschehen könnte. Die Kontinua erschaffen die Bühnen, auf denen sich Realitäten entfalten. So hat es Thrako beschrieben, ein Inper, den ich seit zehntausend Jahren kenne.«

Aurelius erreichte das Ende des Stegs. Benedikt blieb einige Schritte entfernt stehen, zu weit.

»Die Fäden ...« Erneut sprach er Worte aus seinem Gedächtnis. »Es sind Möbiusbänder, gefüllt mit Raumzeit, mit Multiversen: Millionen und Milliarden von Universen, aneinandergereiht wie Perlen an einer Schnur, oft nur getrennt von winzigen Unterschieden in Aggregatzuständen oder Wahrscheinlichkeiten, Spiegelbilder eines Universums, das ursprünglich aus einer Kontinua-Singularität entstand.«

»Unsinn«, keuchte Benedikt. Das Atmen fiel ihm schwer. Dies waren nicht seine Erinnerungen, nicht seine Illusionen. »Alles nur Unsinn.« Plötzlich streckte er die Hand aus. »Geben Sie mir das Omni-Artefakt!« Er kam einen Schritt näher.

Der Abstand war noch immer zu groß. Aurelius blickte an ihm vorbei zum Anfang des Steges, zur offenen Tür, die nicht zu einer Blockhütte gehörte, sondern zu dem blauen Saal, in dem sich Benedikt als vermeintlicher Herrscher über die Pandora-Maschine niedergelassen hatte.

»Wie tief ist es rechts und links dieses Steges, Benedikt, was meinen Sie?«

»Das Artefakt. Ich will das Artefakt von Ihnen.«

Komm und hol es dir, dachte Aurelius. Er sagte: »Vielleicht

sind es nur wenige Millimeter – oder Milliarden von Lichtjahren. Ich glaube, die Tiefe ist unendlich. Ein Schritt, und man fällt bis in alle Ewigkeit. Ich habe mich oft gefragt, was man unterwegs sehen und erleben und wie viele Gedanken man bis ans Ende der Zeit denken könnte. Nun, es gibt nur eine Möglichkeit, es herauszufinden, was meinen Sie?«

»Ich will das Artefakt, verdammt!«

»Hier ist es.« Aurelius streckte die offene rechte Hand aus, darauf der kleine, silbrig glänzende Gegenstand.

Benedikt trat noch einen Schritt vor und griff danach.

Aurelius sprang und schlang die Arme um ihn. »Ich bin gespannt, was wir sehen werden.«

Durch den Aufprall kippte Benedikt zur Seite, und sie fielen in die Dunkelheit der Kontinua.

Für die beiden Lichter endete der gemeinsame Aufstieg durch die Säule. Das erste funkelte etwas heller als die übrigen und verschwand. Das zweite sank einer Hand entgegen.

112 Eine Hand löste sich vom Kristall der Säule, die andere vom Ring an einem gläsernen Finger, dann fiel der Mann, aber nicht in unendliche Kontinua-Tiefe, sondern auf einen trüben kristallenen Boden.

Forrester und Zinnober fingen Aurelius auf und verhinderten, dass der Kopf gegen den Boden prallte. Beide erschraken, als sie das greisenhafte Gesicht sahen, die tief in den Höhlen liegenden Augen.

»Der Ring«, krächzte Aurelius. »Das kleine Omni-Artefakt, das Benedikt am Finger trägt ... Wir brauchen es für die *Centaurus*.« Ihm fielen die Augen zu. »Bringen Sie mich zurück!«

»Was ist mit Benedikt?«, fragte Forrester. Zinnober versuchte, den Ring vom gläsernen Finger zu lösen.

»Er ist ein gefallener Mann«, erwiderte Aurelius. »Er hat keine Kontrolle mehr. Was von ihm übrig ist ... Vielleicht stirbt es, weil es glaubt, sterben zu müssen. Zurück jetzt. Zurück zur *Centaurus*. Wenn wir dort sind ...« Er konnte den Satz nicht beenden, weil er das Bewusstsein verlor.

»Ich schaffe es nicht.« Zinnober zerrte an Ring und Finger. »Das Ding sitzt fest.«

Forrester ließ Aurelius zu Boden sinken und sah sich den Mann aus Glas an. »Aus dem Weg«, sagte er.

Zinnober wich zwei Schritte nach rechts.

Forrester trat mit ganzer Kraft zu, und sein Fuß traf die Hüfte. Die blaue Gestalt, in der weniger Lichter funkelten als noch vor einigen Sekunden, schwankte, fiel aber nicht. Forrester trat erneut, und Zinnober ebenfalls, und daraufhin neigte sich der gläserne Mann zur Seite. Er stürzte, prallte auf den Boden und zerbrach. Die letzten Lichter in ihm erloschen.

Zinnober suchte zwischen den zahlreichen Splittern. »Hab ihn!« Sie zeigte Forrester den Ring und steckte ihn ein.

Dann hoben sie den bewusstlosen Aurelius hoch und machten sich auf den Rückweg zur *Centaurus*.

Das Peilsignal der *Centaurus* wies ihnen den Weg. Als etwa drei Viertel der Strecke hinter ihnen lagen – durch Bestandteile der Maschine, die ihre Form veränderten und sich neu anordneten, was sie zu dem einen oder anderen Umweg zwang –, öffnete Aurelius die Augen und sagte: »Ich sterbe.«

»Nein«, widersprach Zinnober sofort. »In ein paar Minuten erreichen wir das Schiff, und Cassandra kann Ihnen bestimmt helfen. Wir legen Sie in Heilgel und ...«

»Ich sterbe, und nichts kann daran mehr etwas ändern«, sagte Aurelius. Seine Stimme war erstaunlich klar, doch ein Schatten lag auf seinem Gesicht und machte deutlich, wie schnell seine Kräfte schwanden. »Bevor es mit mir zu Ende geht, muss ich Sie noch auf zwei Dinge hinweisen.«

Sie setzten Aurelius vorsichtig auf den Boden.

»Erstens: Bringen Sie die Pandora-Maschine ins Sprawl. Sie war immer für die Kinder der Pandora bestimmt, von

Anfang an. Sie gehört ihnen. Deshalb hat Ihnen der Engel geholfen, Vinzent, damit Sie ihm helfen. Verstehen Sie?«

Forrester nickte.

»Die Energie des Sprawlers allein genügt nicht«, fuhr Aurelius fort. Er atmete schwer. »Deshalb habe ich Sie aufgefordert, das kleine Omni-Artefakt mitzunehmen. Sie haben es, nicht wahr?«

»Ja«, sagte Zinnober. »Wir haben es.«

»Gut. Es enthält sehr viel Energie, mehr als genug für den Sprawler, um die Pandora-Maschine ins Sprawl zu versetzen. Eine Beschleunigung ist nicht nötig. Sie brauchen sie auch nicht auf einen bestimmten Kurs zu bringen. Die Kinder der Pandora werden sie finden.«

Dem Zehntausendjährigen fielen die Augen zu. Er schwieg.

»Aurelius?«, fragte Zinnober sanft.

Die Lider zitterten. »Installieren Sie das Artefakt nicht selbst; es könnte gefährlich sein. Sagen Sie dem Intellekt, dass er vorsichtig damit umgehen soll.« Aurelius rang nach Atem. »Die zweite Sache betrifft meine Mission. Dies ist wichtig, für mich ebenso wie für Sie. Meine Mission, sie ist noch nicht erfüllt. Ich ...«

Er holte ein letztes Mal Luft, ließ den Atem zischend entweichen und regte sich nicht mehr.

Zinnober starrte auf ihn hinab. »Ist er ...?«

»Ja. Er ist gestorben, nach zehntausend Jahren.«

Es vergingen einige Sekunden, in denen man nur das tiefe, rhythmische Brummen der Pandora-Maschine hörte, ihren Herzschlag.

»Wir lassen ihn nicht hier liegen, Vater.«

»Natürlich nicht. Wir haben ihm etwas versprochen.«

Erneut hoben sie Aurelius hoch, seine Leiche, und kehrten mit ihm zur *Centaurus* zurück.

»Ich kann nichts für ihn tun«, sagte Cassandra, als Forrester und Zinnober in der kleinen Medostation der *Centaurus* standen. »Bei einem gewöhnlichen Menschen wäre es vielleicht möglich gewesen, ihn ins Leben zurückzuholen, aber sein Körper ist zu sehr durch Omni verändert.«

Sie blickten auf den Toten hinab. Aurelius lag in grünem Heilgel, das nichts mehr heilen konnte. Es konservierte nur den Körper.

»Er hat uns noch etwas mitteilen wollen«, sagte Zinnober traurig. »Etwas Wichtiges, das uns betraf und seine Mission.«

»Vielleicht meinte er unsere Beteiligung daran«, spekulierte Forrester nachdenklich. »Den Auftrag, ihn zu entführen, und den ganzen Rest.«

Ein Warnsignal erklang. Forrester hob den Blick.

»Die Lücke in der Pandora-Maschine schließt sich«, meldete Cassandra. »Wir müssen sie verlassen und nach draußen.«

»Ist alles für den Einsatz des Sprawlers bereit?«, fragte Forrester.

»Der Bot hat ihn gerade erreicht und platziert das kleine Omni-Artefakt bei den Wandlern. Ich schlage vor, ihr kommt jetzt in den Nukleus. Auch ihr könnt Aurelius nicht mehr helfen.«

Forrester und Zinnober verließen die Medostation und hörten das Grollen der Manövriertriebwerke, als sie zum Nukleus eilten. Dort erwarteten sie große Holofelder mit aktuellen Daten. Dreidimensionale Bilder zeigten, wie die *Centaurus* die tiefe Lücke zwischen den Komponenten verließ und zwischen der Hülle der Pandora-Maschine und ihrer Kontinua-Blase flog.

»Wir sind dem Planeten noch näher gekommen«, stellte Zinnober fest und sank wieder in den Sessel des Zweiten Piloten.

»Die Umlaufbahn hat sich geändert«, sagte Cassandra. »Es würde dazu führen, dass die Pandora-Maschine in sieben Stunden, dreizehn Minuten und vier Sekunden auf Uscher stürzt.«

Forrester betrachtete die Anzeigen. »Das wäre das Ende des Planeten.«

»Ja, Vinzent, aber nicht das Ende der Maschine.«

Er deutete in ein Holofeld. »Die sieben Geschwader der Verteidigungsflotten, ihre Reste ... Die Schiffe warten noch immer auf uns.«

»Ja, Vinzent.«

»Wir sollten besser eine Konfrontation mit ihnen vermeiden«, sagte Zinnober. Ihre Finger flogen durch die virtuellen Kontrollen. »Können wir frei manövrieren, sobald wir im Sprawl sind, Cassandra?«

»Ja, Zinnober. Dort stellt die Kontinua-Blase kein Hindernis für uns dar. Andernfalls wären wir nicht hier.«

»Gut. Hast du die Koordinaten, die uns Aurelius gegeben hat?«

»Eure Schutzanzüge haben sie korrekt aufgezeichnet.«

»Wenn wir im Sprawl sind, nehmen wir Kurs auf die Erde.«

»Ja, Zinnober. Selbst in einem der schnellen Hauptstränge ist es eine lange Reise. Sie wird fast einen Monat dauern. Eine gute Gelegenheit, euch von den Strapazen zu erholen.« Nach einer kurzen Pause fügte Cassandra hinzu: »Das Artefakt ist im Sprawler bereit und zeigt bereits energetische Aktivität.«

»Wie groß ist die Gefahr, dass der Sprawler durch die zusätzliche Energie instabil wird?«, fragte Forrester und sah sich die Statusdaten an.

»Sie liegt nach meinen Berechnungen bei etwa zwanzig Prozent, Vinzent. Ich habe Vorkehrungen für eine Notfall-Deaktivierung getroffen. Für das Schiff selbst sollte keine Gefahr bestehen.«

»Aber wenn etwas schiefgeht, ist der Sprawler hin?«, fragte Zinnober.

»Das lässt sich nicht ganz ausschließen.«

»Ohne Sprawler säßen wir zwischen Kontinua-Blase und Pandora-Maschine fest«, sagte Forrester. »Wir würden mit ihr auf den Planeten stürzen.«

»Das stimmt, Vinzent.«

Vater und Tochter wechselten einen Blick. Beide dachten an jemanden, der sich für seine Mission geopfert hatte.

»Also los«, sagte Forrester.

»Sprawler wird hochgefahren«, sagte Cassandra. »Initialisierung läuft.«

Rote Gefahrensymbole erschienen über den virtuellen Kontrollen vor Zinnober. »Energetisches Niveau instabil, Cassandra.«

»Ich weiß, das war zu erwarten. Initialisierung läuft weiter. Noch fünf Sekunden ...«

Aus dem Flüstern des Sprawlers wurde ein Donnern, das alle anderen Geräusche im Schiff übertönte. Noch mehr Gefahrensymbole erschienen, auch bei den Datenkolonnen in den Holofeldern. Die *Centaurus* begann zu zittern. Aus dem Donnern wurde ein Heulen, dann ein Kreischen ...

Eine heftige Erschütterung erfasste das Kornbester-Schiff, und dann, nur eine Sekunde später, löste ein gleichmäßiges, vertrautes Summen das Kreischen ab. Die roten Warnhinweise verschwanden.

Die Holofelder zeigten das Grau des Sprawl und darin eingebettet die Pandora-Maschine, deren Durchmesser auf fast zweitausend Kilometer angewachsen war.

»Wir haben eine leichte Instabilität im Sprawler«, sagte Cassandra. »Ich kompensiere und nehme Kurs auf ...«

»Warte! Dort sind sie, die Kinder der Pandora.«

Gestalten kamen aus dem silbergrauen Nebel des Sprawl, Dutzende, Hunderte schwebten der Pandora-Maschine entgegen und in sie hinein. Sie waren deutlich zu sehen, obwohl der Kompensator aktiv blieb. Eine von ihnen wandte sich der *Centaurus* zu und glitt näher heran, so nahe, dass Forrester ein Gesicht mit großen dunklen Augen sah. Der lippenlose Mund öffnete und bewegte sich, eine Stimme flüsterte etwas, und diesmal glaubte Forrester zu verstehen. Der Engel des Sprawl sagte: *Danke!*

Dann flog er fort und verschwand wie zuvor die anderen im Innern der Pandora-Maschine.

»Hast du sie ebenfalls gesehen, Zinnober?«

»Ja, Vater.«

»Wie ist das möglich? Der Kompensator schützt uns vor dem Sprawl. Wir hätten nicht imstande sein sollen, die Engel zu sehen.«

»Vielleicht liegt es an ihrer großen Anzahl«, sagte Cassandra. »Oder daran, dass ihr beide schon einmal Kontakt mit ihnen hattet, zumindest mit einem von ihnen. Oder die Präsenz der Pandora-Maschine ist der Grund.«

Forrester beobachtete, wie sich die riesige Maschine, die aus einem »Saatkorn« entstanden war, langsam entfernte. »Sie hat ihre Bestimmung erreicht, nicht wahr?«

»Ich denke schon, Vinzent.«

»Aber was *ist* ihre Bestimmung?«, fragte Zinnober.

»Vielleicht erfahren wir das irgendwann«, sagte Forrester. »Bis dahin ... Zur Erde, Cassandra! Zur alten Erde. Wir haben ein Versprechen einzulösen.«

Omni

»Bist du sicher, dass dies der richtige Ort ist?«, fragte Zinno- **113**
ber.

Forrester blickte sich um. Vor ihnen ragte ein Hang auf, mit
grauen Felsen und halb vertrocknetem Gras dazwischen.
Weiter unten erstreckte sich eine Mulde, halb mit Geröll gefüllt, und im Süden lag ein Tal, leer und leblos wie alles im
Umkreis von vielen Kilometern.

»Wir sind auf der Erde«, sagte Forrester. »Und dies ist der
Ort, dessen Koordinaten Aurelius genannt hat. Hier wollte er
begraben werden.«

Er blickte zum Bot, der mit dem Sarg in seinen Greifarmen
vor dem gelandeten Orbitalspringer stand.

»Hier ist alles trostlos und öde«, sagte Zinnober traurig.
»Wie kann man sich wünschen, an einem solchen Ort begraben zu sein?«

Forrester ging in die Hocke. »Als Kind habe ich hiervon geträumt.«

Zinnober richtete einen fragenden Blick auf ihn,

»Ich habe mir vorgestellt, eines Tages die alte Erde zu finden, die Wiege der Menschheit, ihren Boden zu betreten,
mich zu bücken und die *Erde* der Erde zwischen den Fingern
zu fühlen.« Er grub die Hände in den weichen Boden, und er
rieb die Erde der Erde zwischen den Fingern, aber es fühlte
sich nicht nach der Verwirklichung eines Traums an.

»Es hat hier nicht immer so ausgesehen«, sagte jemand.

Forrester richtete sich auf. Die hinter einem Felsen hervor-
tretende Gestalt hatte Ähnlichkeit mit einem Engel des
Sprawl. Sie war elfenbeinfarben und dort halb durchsichtig,
wo die Kleidung sie unbedeckt ließ. Die langen, dünnen Glied-

maßen bewegten sich seltsam asynchron, und in der Mitte wirkte der Körper wespenartig zusammengeschnürt. Der schmale Kopf wies einen nach hinten führenden Bogen auf. Große silberne Augen nahmen die Hälfte des Gesichts ein.

Forrester und Zinnober beobachteten, wie der Fremde zum Bot vor dem Orbitalspringer ging und die Hände auf den Sarg legte. Einige Sekunden verharrte er stumm und reglos, dann drehte er sich um.

»Dort oben am Hang«, sagte er, »hat es einst ein kleines Plateau gegeben und darauf ein Haus. Ein Weg führte hier vorbei, wo wir jetzt stehen, zu der Mulde weiter unten. Dort gab es einen See. Als Kind hatte sich Aurelius – damals hieß er noch Lukas Jaylen Ciriako – im Winter auf dünnes Eis gewagt. Es gab unter ihm nach, und er stürzte ins kalte Wasser.«

Stille folgte diesen Worten. Nur der Wind flüsterte leise zwischen den Felsen.

»Und dann?«, fragte Zinnober. »Was geschah dann mit ihm?«

»Er starb. Und ich habe ihn gerettet, unmittelbar nach seinem Tod.«

»Wer sind Sie?«, fragte Forrester. Ein solches Geschöpf sah er zum ersten Mal; er konnte es keiner bekannten Spezies zuordnen. Es sprach InterLingua, ohne einen Translator zu benutzen.

»Oh, entschuldigen Sie. Ich bin Thrako, ein alter Freund von Aurelius.«

»Ein zehntausend Jahre alter Freund?«, fragte Forrester.

»Ich bin noch viel älter, aber meine Freundschaft mit Aurelius dauerte tatsächlich zehntausend Ihrer Jahre.«

»Sie gehören zu Omni.«

»Ja. Ich bin ein Inper, um ganz genau zu sein.« Thrako wandte sich vom Sarg ab und trat näher. »Deshalb hat Ihnen Aurelius diese Koordinaten genannt. Deshalb möchte er hier begraben werden. Dies war seine Heimat. Hier ist er aufgewachsen.«

»Ich verstehe. Bot, du kannst anfangen.«

Der Bot bestätigte, setzte den Sarg ab und begann damit, ein Grab auszuheben.

»Sind Sie gekommen, um Abschied zu nehmen?«, fragte Forrester.

»In gewisser Weise.«

»Woher wussten Sie, dass wir hier sind?«

Im Gesicht des Inper erschien etwas, das vielleicht ein Lächeln war. »Ein Engel hat es mir geflüstert. Sie sind Ihnen dankbar, die Engel, die Kinder der Pandora. Sie haben ihnen gebracht, was ihnen gehört. Ein neues Schwarmhaus für sie. Darauf haben sie lange gewartet.«

»Ein Schwarmhaus?«, fragte Zinnober.

»Für eine neue Generation«, sagte Thrako. »Ein Generationenwechsel bei den Kindern der Pandora ist sehr selten. Sie haben lange darauf gewartet. Und wir – Omni – haben lange an dem Saatkorn gearbeitet.«

»Eine neue Generation«, wiederholte Forrester. »Bezieht sich der Name ›Kreator‹ darauf?«

»Ja.«

»Als wir Ihr ›Saatkorn‹ das erste Mal sahen, an Bord der *Kuritania*«, fügte Forrester hinzu. »Als es noch vergleichsweise klein war, noch nicht aktiviert ... Es befand sich im Sprawl. Warum haben es sich die Engel nicht einfach genommen?«

»Weil das Saatkorn noch nicht reif war«, sagte Thrako. »Weil die Zeit noch nicht reif war. Und weil die Anomalie, das Riff, sie daran gehindert hat.«

Eine Zeit lang beobachteten sie, wie der Bot grub.

»Das war Aurelius' Mission.« Zinnober blickte zum Sarg. »Die Pandora-Maschine – das Schwarmhaus – ihrer Bestimmung zu übergeben. Es ist ihm gelungen.«

»Nein«, sagte Thrako.

»Nein?«

»Natürlich betraf seine Mission auch die Pandora-Maschine, das Schwarmhaus. Aber als er zu seiner letzten Mission aufbrach, ging es ihm in erster Linie um etwas anderes.«

»Um was?« Zinnober sah den Inper an.

»Um Sie beide.«

»Wie meinen Sie das?«, fragte Forrester verblüfft.

»Aurelius wollte Sie beide für Omni gewinnen, als Reisende, vielleicht als seine Nachfolger, in diesem Punkt bin ich mir nicht ganz sicher. Er wollte einen genauen Eindruck von Ihnen bekommen, mit Ihnen reden, Ihnen alles erklären.«

Wieder war es einige Sekunden still.

»Warum ausgerechnet wir?«, fragte Forrester.

»Es ist erstaunlich, nicht wahr?«, erwiderte Thrako. »Dass wir hier sind. Dass wir miteinander sprechen. Sie müssten tot sein, Sie beide. Oder wenn nicht tot, so nach der Strafe auf Mechanica doch nicht mehr existent.«

»Was wollen Sie damit sagen?«, fragte Forrester.

»Auch Aurelius hätte tot sein müssen. Er starb vor zehntausend Jahren, er ertrank in dem See, den es dort unten gab.«

»Sie haben ihm das Leben gerettet«, sagte Zinnober.

»Ja.«

Forrester überlegte. »Beide Male hat Omni eingegriffen. Sie bei Aurelius, als er ein Kind war, und der Legislator bei uns.«

»Nicht zu vergessen der Engel des Sprawl, der die Kausalität änderte und dafür sorgte, dass Isdina-Iaschu, Zinnober genannt, nie in einem Strafstein von Javaid gefangen war«, sagte Thrako.

»Gehört es dazu?«, fragte Forrester. »Muss man tot – oder *fast* tot – gewesen sein, um in Omnis Dienste treten zu können?«

Der Inper von Omni antwortete nicht sofort. »Der Ethox ist eine komplexe Angelegenheit«, sagte er schließlich. »Sie haben zweifellos Schuld auf sich geladen, aber Sie haben die Pandora-Maschine jenen gebracht, für die sie bestimmt war. Und sie stehen hier, an diesem Ort, weil sie es Aurelius versprochen haben. Ist das nicht Beweis genug, dass er die richtige Wahl getroffen hat?«

Der Bot hatte tief genug gegraben, fuhr seine Greifarme weiter aus und ließ den Sarg ins Loch hinab. Forrester beobachtete ihn, die Gedanken in Aufruhr.

»Nun?«, fragte Thrako.

»Nun was?«

»Wie entscheiden Sie sich?«

»Soll das heißen ...« Zinnober suchte nach Worten. »Sie bieten uns an, zu Reisenden zu werden?«

»Es ist das Vermächtnis eines zehntausend Jahre alten Menschen von der Erde«, sagte Thrako. »Ich bin es ihm schuldig.«

Forrester fühlte Zinnobers Blick. »Das hat er gemeint, als er sagte, seine Mission sei noch nicht erfüllt.«

»Müssen wir uns sofort entscheiden?«

Thrako holte etwas hervor, eine kleine silberne Kugel, und legte sie auf einen nahen Felsen. »Rufen Sie mich, wenn Sie sich entschieden haben.«

Er ging noch einmal zum Grab, blieb dort stehen und murmelte etwas, das Forrester nicht verstand. Dann leuchtete eine blaue Linie neben ihm, und ein Schritt zur Seite trug ihn in sie hinein und fort.

»Warte!«, sagte Forrester, als der Bot damit beginnen wollte, das Grab zuzuschaufeln. Zusammen mit Zinnober trat er näher und blickte auf den Sarg hinab.

»Hier hat für ihn alles begonnen«, sagte Zinnober. »Und hier endet es. Leb wohl, Aurelius!«

Jeder von ihnen nahm eine Handvoll Erde – Erde von der Erde – und ließ sie auf den Sarg fallen. Dann nickte Forrester dem Bot zu, der das Zeichen verstand und sich daranmachte, das Grab zu füllen.

Dunkle Wolken zogen über den Himmel. Wind kam auf.

Zinnober schlang die Arme um sich. »Ein trostloser Ort«, sagte sie noch einmal. »Wie sehr ich mir Sonne und Meer wünsche.«

Forrester nahm die kleine silberne Kugel vom Felsen. In ihrem Innern blinzelten Dutzende von winzigen Augen.

»Kehren wir zurück«, sagte er. »Dorthin, wo für uns alles begann.«

114 Das Wohnboot schaukelte sanft auf den Wellen. Sie lagen im warmen Sonnenschein, unter einem wolkenlosen Himmel, blau wie das Meer.

»Eine schöne Welt«, sagte Zinnober. »Die schönste, die ich kenne.«

»Du hast sie ›Verlorenes Paradies‹ genannt«, erwiderte Forrester.

Die junge Frau mit dem roten Haar und den roten Augen lächelte. »Wir haben das Paradies wiedergefunden.«

»Für wie lange?«

Sie stützte sich auf den Ellenbogen und sah ihn an. »Vielleicht für viele, viele Jahre. Tausend. Oder zehntausend.«

»Hast du dich entschieden?«, fragte Forrester.

Zinnober sank zurück auf die dünne Matratze und blickte zum Himmel hoch. »Erinnerst du dich an die Aufzeichnungen, die wir von Benedikt gesehen haben? Die ihn an Bord der Pandora-Maschine zeigen, zusammen mit Aurelius und dem Likotha?«

Forrester verzog das Gesicht. »Ja, natürlich.«

»In gewisser Weise hatte Benedikt recht.«

»*Was?*«

»Ich meine nicht den Unsinn mit der Menschheit als dominanter Macht und dergleichen. Aber die Bevormundung durch Omni und die Legislatoren ...«

Forrester wartete.

»Omni greift in das Geschehen ein, wann und wo es den Superzivilisationen gefällt«, fuhr Zinnober fort. »Oder auch nicht. In den meisten Fällen hält sich Omni zurück, obwohl ein Eingreifen möglich und sehr hilfreich wäre. Wir haben mehrmals darüber gesprochen. Omni hätte uns helfen können. Omni hätte *Aurelius* helfen können. Thrako war sein Freund. Warum hat er nicht versucht, ihm das Leben zu retten?«

»Geht es dir darum?«, fragte Forrester. »Möchtest *du* helfen?«

»Ja«, sagte Zinnober sofort. »Es würde mir gefallen, dort zu helfen, wo Hilfe wirklich nötig ist.« Sie drehte den Kopf und sah ihn an. »Omni könnte verhindern, dass Leute wie Benedikt Gelegenheit erhalten, Schaden anzurichten. All die Gewalt, Vater … Haben wir uns nicht gewünscht, dass es endlich aufhört?«

»Sag es«, forderte Forrester seine Tochter auf. »Sag es laut!«

»Ich bin dafür, dass wir das Angebot annehmen«, sagte Zinnober. »Lass uns zu Reisenden in Diensten von Omni werden. Lass uns helfen, wo Hilfe gebraucht wird. Lass uns Dinge sehen, die nie zuvor ein Mensch gesehen hat. Und auch kein Crohani.« Sie fügte hinzu: »Lass uns mehr über Omni herausfinden.«

Forrester lächelte. Darauf hatte er die letzten drei Wochen gewartet. »Klingt gut«, sagte er. »Navigation?«

»Ja, Vinzent?«, meldete sich Cassandra. Die *Centaurus* befand sich im Orbit, aber ein kleiner Teil ihres Intellekts steckte im Navigations- und Kommunikationssystem des Wohnboots.

»Bitte bring uns zur Insel zurück! An Bord des Orbitalspringers befindet sich ein kleines Omni-Artefakt, das wir benötigen.«

»Habt ihr euch entschieden, Vinzent?«

»Ja. Uns steht eine lange Reise bevor. Und wir nehmen dich mit.«

»Ich verstehe und gratuliere euch zu eurer Entscheidung.« Das Summen des Gravitationsmotors veränderte sich. »Ich bringe euch zur Insel. Mit langsamer Fahrt. Das gibt euch noch einen ganzen Tag Zeit, Meer und Sonne zu genießen.«

Sie saßen an einem runden Tisch aus dunklem, jahrhundertealtem Holz, umgeben von den Mauern einer alten Bibliothek, die zu einer Museumsstadt namens Rom gehörte. Schwaches Licht fiel durch staubige Fenster zwischen Bücherregalen und Porträts, noch älter als der Tisch.

»Hat auch Aurelius hier gesessen, vor zehntausend Jahren?«, fragte Zinnober und legte beide Hände flach auf den Tisch, als wollte sie die Jahrhunderte und Jahrtausende im Holz fühlen. Forrester beobachtete seine Tochter und fragte sich, ob ihr in vollem Ausmaß klar war, worauf sie sich einließ. Sie war eine junge Frau, bisher ohne sexuelle Erfahrung, ohne eine Partnerschaft, und Omni würde ihre Körper verändern. Das war auch mit Aurelius geschehen; es geschah mit allen Reisenden. Zwanzig Jahre, hatte Thrako gesagt. Vielleicht auch dreißig. So lange würde es dauern, das Notwendige zu lernen und ihre Körper vorzubereiten. Zeit genug für Zinnober, ihre Sexualität auszuleben. Dennoch, dies war etwas, über das sie sprechen mussten.

»Er und fünf andere«, sagte Thrako. »Sind Sie bereit?«

Forrester und Zinnober nickten.

»Hier endet Ihr altes Leben«, sagte der Inper. »Ein neues beginnt dort, gleich.« Er deutete auf die blaue Linie der Kontinua-Brücke, die einige Meter entfernt auf sie wartete. »Sie haben Ihre Entscheidung getroffen, und ich habe Ihnen versprochen, dass Sie zusammenbleiben dürfen, um diesen neuen Weg gemeinsam zu gehen. Das steht im Gegensatz zu unseren bisherigen Traditionen, aber immerhin sind Sie Vater und Tochter. Bevor wir die Erde verlassen, möchte ich, dass Sie einen neuen Namen wählen, der Ihnen eine neue Identität geben wird.« Thrako sah Zinnober an. »Isdina-Iaschu, Zinnober genannt, haben Sie einen Namen gewählt?«

Sie lächelte wie das Mädchen, das auf Verlorenes Paradies herangewachsen war. »Wie wäre es mit ... Jasmin und Jasper?«

Thrako wandte sich an Forrester. »Sind Sie einverstanden?«

Forrester erwiderte das Lächeln seiner Tochter. »Jasmin und Jasper, Reisende in Diensten von Omni.«

Der Inper deutete zur blauen Linie der Kontinua-Brücke. »Wenn ich bitten darf ...«

»Wir machen einen kleinen Umweg«, sagte Forrester, als sie aufstanden. »Wir fliegen mit der *Centaurus*, Thrako. Denn wir sind nicht zu zweit, sondern zu dritt – Cassandra kommt mit.«

Thrako trat hinter dem Tisch hervor. »Wie Sie wünschen. Willkommen bei Omni!«

Glossar

Abakus: Planet, auf dem *Nathan* ein die *Agentur* und *Benedikt* belastendes Datenpaket deponiert hat.

Agentur: Führt Aufträge und Einsätze aller Art durch, oft verdeckt und ohne Rücksicht auf lokales Recht.

Alabaster: Sechste Gletscherstadt auf *Caledonia Vier*.

Alonia: Ein Transitschiff, mit dem *Aurelius Caledonia Vier* erreichte.

Alte Sprachen: Alte Sprachen der Menschheit, u. a. Englisch.

Ambald, Dargan: Tarnidentität von *Forrester*.

Anabelia: Assistentin von *Tyrik Quint*.

Ansible: Ein Kommunikationsgerät, das interstellare Echtzeit-Kommunikation ermöglicht.

Anwor-System: Der zweite Planet dieses Sonnensystems ist *Mechanica*.

Äquiv(alent)-Zivilisationen: Fremde Zivilisationen, deren Entwicklungsstand sich mit dem der Menschheit vergleichen lässt.

Arche: Raumschiff eines *Parakosmikers*.

Aruna: Welt an der Wurzel des Norma-Arms der Milchstraße, in der Nähe des galaktischen Zentrums und direkt am Rand der Domäne der *Superzivilisationen*.

Atmosphärenschild: Energetische Barriere zum Beispiel zwischen Hangar und All. Verhindert, dass die Atmosphäre ins All entweicht.

Aurelius: Der *Zehntausendjährige*, eigentlich Lukas Jaylen Ciriako, geboren im Jahr 2079 auf der Erde.

Aussichtsraum: Eine Blase an der Seite der *Sonnenwind*.

Awahi, Miranda: Tarnidentität von *Zinnober*.

Awiocha, Gustus: Ein Sigmaner.

Awyer: Ein Techniker.

Basiskontinuum: Der Weltraum, wie wir ihn kennen.

Benedikt: Leiter der *Agentur*.

Bioadapter: Biologische Erweiterungen für Menschen und andere Lebewesen.

Blaster: Eine Strahlwaffe.

Blasterkanonen: Strahlwaffen.

Blaueis: Eine Gletscherstadt auf *Caledonia Vier*.

Bots: Roboter.

Botwächter: Als Wächter eingesetzte Roboter.

Brand: Strafe auf *Javaid,* langsamer Tod in der Desintegratorkammer.

Bruch: Klimakatastrophe auf *Javaid* vor fast tausend Jahren.

Caledonia: Gasriese im *Tryggwe-System*, umkreist von insgesamt 38 Monden, sieben davon planetengroß.

Caledonia Vier: Mond des Gasriesen *Caledonia* im *Tryggwe-System*.

Caledonten: Lebewesen (Wasserstoffmedusen) in der Atmosphäre des Gasriesen *Caledonia*.

Canaris: Kalte Welt der *Wefing*.

Cassandra: Name des *Intellekts* der *Sonnenwind*.

Centaurus: Name eines Raumschiffs von *Kornbester*.

Conraid: Planet, auf dem *Nathan* ein die *Agentur* und *Benedikt* belastendes Datenpaket deponiert hat.

Corneille, Trifon: Ein *Parakosmiker*.

Cosimo, Rietta: Alte Freundin von *Nathan* auf *Mechanica*.

Cuaútemoc: Eine Äquivalentzivilisation aus Insektomorphen.

Dadro: Welt im *Laurentischen System*.

Datenstift: Informationsspeicher.

Deklarationszeit: Zwischen *KopKo* und den *Äquiv-Zivilisationen* vereinbarte Zeitrechnung.

Denker, Großer: Meditativer Mittelpunkt von *Omni*.

Diagnoser: Ein medizinisches Gerät, das nach Krankheiten und Verletzungen sowie ihren Ursachen sucht.

Dimension des Möglichen: Auch *Kontinua* genannt. Übergeordnete Dimension, in der sich Realität formt.

Direktive Neunzehn: Eine *Kopko*-Direktive für medizinische Notfälle. Gibt das Recht und die Pflicht, medizinische Hilfe zu leisten.

Drakna: Intelligente Spezies.

Duka: Herrscher von *Javaid* im *Maquinna-System*.

DutzendDock: Werft auf *Mechanica*.

Elaboratorkerne: »Prozessoren« eines *Intellekts*.

EnDetail: Werft auf *Mechanica*, betrieben von der *Korporation Innova*.

Engel: Name für die Wesen im *Sprawl*.

Ereignisinitiatoren: Bestandteile der *Pandora-Maschine*. Können als Waffen verwendet werden.

Ereignisroutinen: Wie Algorithmen in der *Pandora-Maschine*.

Erlebnisraum: Eine Art Holodeck.

Ethox: Ethischer Kodex der *Superzivilisationen* des *Omni*.

Exquisitinnen: Vom *Duka* auf *Javaid* ausgewählte Frauen.

Feddok: Administrator im *Taiwaru-System*.

Femtomaschinen: Winzige Maschinen, kaum größer als Atome.

Futuroskop: Ein *Omni-Artefakt*, das die Zukunft zeigen kann.

GKT: Ganzkörpertarnung.

Gorkasch: Lebensform auf *Mechanica*.

Gravitationsmotoren: Triebwerkssystem, das mit Schwerkraftfeldern arbeitet.

Gravitator: Gerät, das künstliche Schwerkraft erzeugt.

Gravkatapulte: Können geladen mit kinetischen Geschossen als Waffe verwendet werden.

Greybound: Von dieser Welt stammt angeblich *Miranda Awahi* (Tarnidentität von *Zinnober*).

Große Korporationskonflikte: Krieg zwischen den *Korporationen* vor 750 Jahren.

Grünthal: Planet, auf dem *Nathan* ein die *Agentur* und *Benedikt* belastendes Datenpaket deponiert hat.

Harai: Hochland auf *Javaid*, Heimat der *Likotha*.

Hauptstrang: Ein Hauptverbindungsweg des *Sprawl* in der Milchstraße; insgesamt gibt es dreißig.

Hibernationsgel: Gel für die Hibernation.

Holofeld: Holografischer Darstellungsbereich.

Horati-Segler: Raumschiff mit alternativem Antrieb.

Horax: Ein *Cuaútemoc*.

Hundert-Sonnen-Haufen: Sternhaufen mit dem Planeten *Kornbester*.

Identer: Identifikationsimplantate.

Ilvesor-Tramen: Eine Äquivalent-Zivilisation aus zwei verschiedenen intelligenten Spezies in symbiotischer Beziehung.

Induktor: Ein Gerät für die Übertragung von Wissen und Informationen ins Bewusstsein. Kann auch benutzt werden, um Erinnerungen zu »lesen«.

Infonauten: Programmierer, Reisende in Datensphären.

Ingis: Spezies mit Sprungschiffen.

Innova: Eine *Korporation*, betreibt die Werft *EnDetail* auf *Mechanica*.

Intellekt: Künstliche Intelligenz.

Intellektor: Spezialist für *Intellekte*.

InterLingua: Die von Menschen und *Äquiv-Zivilisationen* benutzte Sprache.

InterStel: InS, eine *Korporation* in *KopKo.Isdina-Iaschu*: Siehe *Zinnober*.

Osk, Jaddar: Administrator der Werft *EnDetail* auf *Mechanica*.

Javaid: Heimatwelt von *Zinnober*, im *Maquinna*-System.

Jores: Ein Mond von *Uscher* im *Taiwaru-System*.

Juwel: Name der einzigen schwimmenden Stadt von *Caledonia Vier*.

Kasparas: Welt im Perseusarm der Milchstraße.

K-Konnektor: Siehe *Kontinua-Konnektor*.

Kommunikationsknoten: Solche Knotenpunkte der interstellaren Kommunikation bieten vom *Sprawl* aus Zugang zu den Kommunikationsnetzen im *Basiskontinuum*.

Kompensator: Erzeugt ein *Kompensatorfeld*.

Kompensatorfeld: Schützt die Reisenden an Bord eines Raumschiffs vor den negativen Auswirkungen des *Sprawl*.

Komposit: Ein Material.

Kongregation von Iaque: Sieben von den *Cuaútemoc* bewohnte Sonnensysteme.

Konstrukteur: Gerät, das mithilfe von *Molekülarchitekten* fertige Produkte aller Art herstellen kann.

Kontinua: Eine Art Über-Raum oder Superdimension mit darin eingebetteten Multiversen. Wird manchmal mit der *Dimension des Möglichen* gleichgesetzt.

Kontinua-Brücke: Eine Verbindung zwischen zwei weit voneinander entfernten Orten, vergleichbar mit einem Transmitter.

Kontinua-Film: Eine dünne energetische Barriere, für gewöhnliche Augen unsichtbar.

Kontinua-Konnektor: Auch *K-Konnektor* genannt. Ein Gerät, das wie ein silbernes Armband aussieht und *Aurelius* mit *Omni* verbindet.

Kooperativen: Interstellare Genossenschaftsverbände und ihre Einflussbereiche. Siehe *KopKo*.

KopKo: Menschliche Korporationen und Kooperativen, insgesamt 114 Sonnensysteme, 194 bewohnte Planeten, 370 besiedelte Monde, verteilt über zweitausend Lichtjahre an einem Hauptstrang im *Sagittariusarm* der Milchstraße.

Kornbester: Planet im *Hundert-Sonnen-Haufen*.

Korporationen: Interstellare Unternehmen und ihre Einflussbereiche. Siehe *KopKo*.

Korunna: Planet, auf dem es Feuerfliegen gibt.

Kreator: Die Maschine an Bord der *Kuritania,* ein *Omni-Artefakt*.

Kuritania: Ein vor zweihundert Jahren im Sprawl gestrandetes Schiff.

Labris: Eine *Kooperative*.

Laurentisches System: Sonnensystem mit dem Planeten *Dadro*.

Lazaren: Eine *Kooperative*.

Legislatoren: Gesandte von *Omni*, die Verstöße gegen den *Ethox* ahnden.

Lenorra: Administratorin von *Uscher* im *Taiwaru-System*.

Lerper-System: Sonnensystem mit einem Roten Riesen und dem Planeten *Mayflower*.

Leuchtfeuer: Eine *Korporation,* hat *Viktoria* übernommen.

Likotha: Psionische Lebensform auf *Javaid* im *Maquinna-System*. Ähnelt Schleiereulen.

M80: Kugelsternhaufen am Ende des sechsten Hauptstrangs. Heimat der unabhängigen *Maschinendynastien*.

Maquinna-System: In diesem Sonnensystem befindet sich *Javaid*.

Maschinendynastien: Auch M-Dynastien, intelligente Maschinen, im Kugelsternhaufen M80 beheimatet.

Materialgedächtnis: Die Eigenschaft von Substanzen, bestimmte Formen und Strukturen zu speichern.

Mayflower: Vormals vierter, jetzt erster Planet des *Lerper-Systems*.

Mayflower: *Nathans* Raumschiff.*Mechanica*: Zweiter Planet des *Anwor-Systems*, hochtechnisiert.

Mediker: Arzt.

Medobot: Medizinischer Roboter.

Memoschulen: Schulen auf *Javaid*.

Metallglas: Ein Material.

Molekülarchitekt: Formt neue molekulare Strukturen, die später im *Materialgedächtnis* gespeichert werden können.

Nadler: Eine Waffe.

Nala: Mutter von *Zinnober*.

Nathan: Ehemaliges Oberhaupt der *Agentur* und Forresters Mentor.

Nebenstrang: Eine Nebenverbindung des *Sprawl* in der Milchstraße; insgesamt gibt es 427.

Neue Horizonte: Eine *Kooperative* von *Kopko*.

Nukleus: Kommandozentrale eines Raumschiffs.

Oleander: Eine *Korporation* von *KopKo*.

Omni: Zusammenschluss von *Superzivilisationen* im galaktischen Kern.

Omni-Artefakte: Geräte und Instrumente der *Superzivilisationen*.

Orbitalspringer: Vehikel für den Verkehr zwischen Planet und Orbit.

Orientierungshilfe: Blendet im Sprawl bei visuellen Anzeigen Haupt- und Nebenstränge, Strömungen und so weiter ein.

Orion-Anomalie: Anomalie im *Sprawl*, vergleichbar mit den *Toroga-Riffen*.

Osku-System: Nur 4,7 Lichtjahre vom *Tryggwe-System* mit *Caledonia Vier* entfernt. Gehört zur *Kongregation von Iaque* und wird von *Cuaútemoc* bewohnt.

Pallid: Rettungskreuzer *Pallid*, Tarnkonfiguration der *Sonnenwind*.

Pandora: Legendäre erste *Superzivilisation* in der Milchstraße, legte das *Strangnetz* im *Sprawl* an.

Pandora-Maschine: Name für ein *Omni-Artefakt* so groß wie ein Raumschiff.

Paradoxon: Vor vier Millionen Jahren stattfindender ernster Kausalitätszwischenfall in der Milchstraße, dem beinahe die *Superzivilisationen* von *Omni* zum Opfer gefallen wären.

Parakosmiker: Personen, die mit den Wesen im *Sprawl* kommunizieren, den *Engeln*.

Perozid: Aus den Gehirnen der Wasserstoffmedusen von *Caledonia* gewonnener Wirkstoff.

Plasmatriebwerk: Raumschifftriebwerk für Flüge unterhalb der Lichtgeschwindigkeit, zum Beispiel in Sonnensystemen.

Plast: Ein synthetisches Material, wie auch *Synth*.

Prometheus: Tarnkonfiguration der *Sonnenwind*.

Quickmind: Symbiont von *Siemperverd*. Ermöglicht beschleunigtes Denken.

Quint, Tyrik: *Leuchtfeuer*-Administrator nicht nur von *Caledonia Vier*, sondern des ganzen *Tryggwe-Systems*.

Quorum: Außerirdischer Feind, gegen den die Erde vor fast sechstausend Jahren Krieg geführt hat.

Rapidwachstum: Schnelles, beschleunigtes Wachstum von Gewebe bei Verletzungen.

Reisende: Bezeichnung für sechs Menschen, die seit zehntausend Jahren in den Diensten von *Omni* stehen.

Rubens: Gesandter der *Agentur*, ein *Wefing* von *Canaris*.

Sagittariusarm: Ein Spiralarm der Milchstraße.

Saltmaker: Der Mann, der *InterStel* zu einer der wichtigsten Korporationen in *KopKo* machte.

Schaum: Gallertartige, schleimige Masse, die bei starker Beschleunigung G-Kräfte absorbiert.

Schocker: Betäubungswaffe. Hinterlässt beim Erwachen ein unangenehmes Brennen.

Sigma: Eine *Kooperative*.

Sigmaner: Angehörige der *Kooperative Sigma*.

Siemperverd: Planet, auf dem es Symbionten gibt, die u. a. von *Parakosmikern* benutzt werden.

Sirius-Koalition: Ein Bund von drei intelligenten Spezies, mit dem *Quorum* als gemeinsamem Entscheidungsgremium.

Sonnenwind: *Forresters* Raumschiff.

Sprawl: Übergeordnetes Medium, in dem, relativ zum *Basiskontinuum*, Geschwindigkeiten erreicht werden können, die weit über die des Lichts hinausgehen.

Sprawl-Datenbanken: Navigationsdatenbanken mit den offiziellen Namen der Sonnen und Planeten.

Sprawl-Physiker: Auf das *Sprawl* spezialisierte Physiker.

Sprawler: Triebwerk für den Flug durchs *Sprawl*.

Sprawlkilometer: Maßeinheit für geringe Entfernungen im *Sprawl*.

Sprungschiff: Raumschiff mit alternativem Antrieb.

Stahlkeramik: Ein Material.

Strafstein: Wird für Bestrafungen auf *Javaid* verwendet.

Strangnetz: Verbindungswege im *Sprawl*, vor einer Milliarde Jahre von den *Pandora* angelegt.

Superzivilisationen: Hoch entwickelte Zivilisationen im galaktischen Kern, zu *Omni* zusammengeschlossen.

Suprema: Zentrale Welt der *Inper* von *Omni*.

Synth: Ein synthetisches Material, wie auch *Plast*.

Taiwaru-System: Sonnensystem mit der *Korporation TerraNova*.

Takai: Schmetterlingsartige Geschöpfe, Empathen.

Tallbard, Akis: Tarnidentität von *Forrester* auf *Mechanica*.

Tallbard, Elora Eloran: Tarnidentität von *Zinnober* auf *Mechanica*.

Tasurn: Sekretär von *Lenorra*.

Teneri: Ein Volk der *Unabhängigen Assoziationen*.

TerraNova: *Korporation* im *Taiwaru-System*. Größter Konkurrent von *InterStel*.

Therban, Rodmos: Neuer Oberster Direktor von *Mechanica*, gehört zur *Agentur*.

Thrako: Gesandter von *Omni*, ein Inper (dreizehnte der vierzehn Aurelius bekannten *Superzivilisationen* von *Omni*).

Toleman-Fjord: Fjord auf *Caledonia Vier*.

Toroga-Riffe: Eine Anomalie im *Sprawl*, mehr als dreitausend Lichtjahre vom *Lerper-System* entfernt.

Transit: Flug durch das *Sprawl*.

Translator: Übersetzungsgerät.

Tryggwe-System: Sonnensystem mit dem Gasriesen *Caledonia*.

Tzivah: Bergungsleiter an Bord des Wracks der *Kuritania*.

Unabhängige Assoziationen: Lockerer Bund von Welten und Zivilisationen.

Uscher: Zweiter Planet des *Taiwaru-Systems*.

Ustak-Xuver: *Duka* von *Javaid*.

Valuta: Zahlungsmittel bei *KopKo* und einigen *Äquiv-Zivilisationen*.

Variator: Waffe.

Viktoria: Eine *Korporation* in *KopKo*. Die *Agentur* begann als eine Spionagegruppe dieser *Korporation*.

Vinzent Akurian Forrester: Vater von *Zinnober*, ehemaliger Mitarbeiter der *Agentur*.

Vongard: Administrator im *Taiwaru-System*.

Wefing: Vierte der *Äquiv-Zivilisationen*, humanoide Bewohner des Planeten *Canaris*, lieben es kalt.

Wellfair: Planet, auf dem *Nathan* ein die *Agentur* und *Benedikt* belastendes Datenpaket deponiert hat.

Woganda: Heimatwelt der *Teneri*, gehört zu den *Unabhängigen Assoziationen*.

Xalit-Kristalle: Auf *Javaid* gewonnene Kristalle, in den Denkkernen intelligenter Maschinen verwendet.

Xerxi: Ein Helfervolk von *Omni*, stammt aus dem Scutum-Centaurus-Arm der Milchstraße.

Yinu: *Legislator* in den Diensten von *Omni*.

Zaisen: Zweite der *Äquiv-Zivilisationen*, Gestaltwandler.

Zehntausendjähriger: Siehe *Aurelius*.

ZenTrum: Vor vier Millionen Jahren geheimnisvoller Gegner der Superzivilisationen von *Omni*.

Zinnober: Tochter von *Vinzent Akurian Forrester* und *Nala*, geboren auf *Javaid*, zur einen Hälfte *Crohani* und zur anderen Mensch. Eigentlicher Name *Isdina-Iaschu*, von Forrester *Zinnober* genannt.

Zwist: Historischer Konflikt zwischen *Crohani* und *Likotha*.

Omni

Das Omni ist ein Zusammenschluss von (so weit bekannt) vierzehn Superzivilisationen in der Milchstraße:

(1) Kinnund
(2) Tiaburo
(3) Quehatan
(4) Oreth
(5) Cuaund
(6) Rothmorka
(7) Hiuaka
(8) Durrden
(9) Teheka
(10) Bloustan
(11) Phynen
(12) Choskelran
(13) Inper
(14) Ya-Yiander

Äquiv(alent)-Zivilisationen

Die Äquiv- bzw. Äquivalent-Zivilisationen haben einen mit der Menschheit vergleichbaren Entwicklungsstand. Es gibt insgesamt 35 Äquiv-Zivilisationen, unter ihnen:

(1) Therity
(2) Zaisen
(3) Crohani
(4) Wefing
(5) Swogscha
(6) Issleti
(7) Ilvesor-Tramen
(8) Steynper
(9) Hozig
(10) Cuaútemoc
(11) Horati

Die Sieben Großen Spezies (SGS)

Die Lebensformen in der Milchstraße werden in sieben Kategorien eingeteilt:

(1) Autotrophen (viele der uns bekannten Pflanzen)

(2) Heterotrophen (heterotrophe Pflanzen, die organische Nahrung aufnehmen)

(3) Mycophyta (Pilze, mit Schleimpilzen als besonderer Untergruppe)

(4) Insektomorphe

(5) Aquae (zum Beispiel Fische)

(6) Reptilia (unter ihnen die Avianen, also Vögel)

(7) Mammalia (unter ihnen die Menschen, in zwei Geschlechter unterteilt, lebend gebärende Säuger)

Chronologie

Die Zeitangaben beziehen sich auf die alte Zeitrechnung (AZR) der Erde. Neben der »Standardzeit« gibt es in KopKo noch die mit den Äquivalent-Zivilisationen vereinbarte »Deklarationszeit«, die auf 100 basiert: 100 Sekunden ergeben 1 Minute, 100 Minuten sind 1 Stunde, 100 Stunden 1 Tag und 100 Tage 1 Jahr.

2049: Erster Ökologischer Kollaps auf der Erde. Die »Zeit der Not« beginnt, mit zahlreichen lokalen konventionellen Kriegen.

2063: Kolonien auf Mond und Mars sind das erste konkrete Ergebnis eines neuen internationalen Raumfahrtprogramms, das die Ressourcen auf dem Mond (Helium-3) und von Asteroiden nutzen und das Überleben der Menschheit sicherstellen soll.

2072: Erster Kontakt mit einer außerirdischen Zivilisation. Ein Raumschiff der Issleti erreicht das Sol-System. Wie sich später herausstellt, wurde es von Omni geschickt.

2079: Auf der Erde wird Lukas Jaylen Ciriako geboren, der später als Aurelius in die Dienste von Omni tritt.

2081: Erster Kontakt mit Omni. Viele Menschen, die die »Zeit der Not« überstanden haben, erhoffen sich eine wundervolle Zukunft, doch Omni ist nicht bereit, den Menschen überlegene Technik zur Verfügung zu stellen.

2100–2700: Erste Expansion. Techno-Diebstahl bringt die Menschheit in Besitz von Gravitationsmotoren und einfachen Sprawlern. Damit besiedelt sie die Planeten mehrerer naher Sonnensysteme und knüpft Kontakte mit Äquivalent-Zivilisationen.

2701–3500: Zweiter ökologischer Kollaps auf der Erde, ausgelöst von einem superadaptiven Organismus, der von Wolf 41 eingeschleppt wird. Es kommt zu einem Massensterben, dem achtzig Prozent aller terrestrischen Spezies zum Opfer fallen. Omni wird um Hilfe gebeten, bleibt aber passiv. Der Organismus mutiert immer wieder und bildet Sporen, die viele Menschen unfruchtbar machen.

3501–4100: Es werden immer weniger Menschen auf der Erde geboren. Die Bevölkerung sinkt auf fünfzig Millionen. Von den Kolonien im All kehren Menschen heim, um die Erde neu zu besiedeln und dabei zu helfen, die ins Ökosystem der Erde eingedrungenen außerirdischen Lebensformen zu beseitigen.

4101–6000: Zeitalter der Skepsis. Rückbesinnung auf die Erde. Mehrere Kolonien in anderen Sonnensystemen werden aufgegeben, und viele Menschen kehren zur Erde zurück. Die »Wiege der Menschheit« wird zu einer Bewegung, die allem Extraterrestrischen mit Skepsis begegnet und »irdische Werte« preist. Das Sol-System unterhält nur noch wenige Kontakte zu Äquiv-Zivilisationen und den verbliebenen menschlichen Außenposten im All. Eine neue menschliche Zivilisation erblüht auf der Erde.

6099: Erste Schiffe des Quorums der Sirius-Koalition erreichen das Sol-System und richten Stützpunkte auf den Eismonden von Jupiter und Saturn sowie auf dem Mars ein. Ein Konflikt bahnt sich an.

6183–6249: Krieg der Erde gegen das Quorum der Sirius-Koalition, einen Bund von drei intelligenten Spezies. Omni greift nicht ein. Die überlebenden Menschen verlassen die zerstörte Erde und besiedeln Sonnensysteme im Sagittariusarm der Milchstraße, die später KopKo bilden, die Korporationen und Kooperativen.

6300–11 300: Die »fünf großen Jahrtausende« der Zweiten Expansion. Die Menschen besiedeln 114 Sonnensysteme, darin 194 Planeten und 370 Monde, verteilt über zweitausend Lichtjahre an einem Hauptstrang im Sagittariusarm der Milchstraße. Sie bekommen einen festen Platz unter den Äquiv-Zivilisationen.

7114: Erster Kontakt zwischen Menschen und den Maschinendynastien des Kugelsternhaufens M80. Einige Intellekte schließen sich den intelligenten Maschinen von M80 an.

7343: Der Obelisk von Miont wird entdeckt.

7818: Menschen lassen sich in den Denkenden Wäldern von Vorr nieder und gehen eine Symbiose mit den intelligenten Pflanzen ein, die zur ersten der Sieben Großen Spezies gehören, den Autotrophen.

8388: Vier »verlorene Kinder« werden gefunden, abgelegene Kolonien, die im Verlauf der Ersten Expansion gegründet wurden und in der Zeit der Skepsis in Vergessenheit gerieten.

8401–8500: Suche nach weiteren »verlorenen Kindern«. Es werden insgesamt 81 gefunden. Einige der Kolonien haben neue Gesellschaftsformen entwickelt, auch aufgrund der biologischen Anpassung an besondere Umweltbedingungen. Die »Kinder« werden zu Forschungsobjekten für Soziologen und Biologen.

8513–8900: Die Ilvesor-Tramen, eine Äquivalent-Zivilisation aus zwei verschiedenen intelligenten Spezies, die in symbiotischer Beziehung stehen, führen Krieg gegen die mysteriösen Happni. Menschliche Söldner und Abenteurer nehmen an den Kämpfen teil, unter ihnen der legendäre Udai »Mos« Mosage, ein menschlicher Hybride mit Likotha-Genen.

8642–8711: Aufstieg des Gottpriesters Rihal Rakschai Onix, »der Heilige« genannt, zum Divinen Regenten. Seine Herrschaft über die sieben Sonnensysteme des Alliston-Haufens dauert ein halbes Jahrhundert und führt zu einem ausgeprägten ökonomischen Niedergang. Alle wirtschaftlichen und technologischen Ressourcen werden in den Bau eines »Tors der Weihe« gesteckt, eines Transmitters, der mehr als eine Million Menschen ins Nichts befördert. Es kommt zum Klerikalen Konflikt mit Sonnensystemen außerhalb des Alliston-Haufens und dem Rest von KopKo. Schließlich greift Omni ein: Zwei Legislatoren erscheinen und bringen den Divinen Regenten fort. Was aus Rihal Rakschai Onix wurde, ist nicht bekannt. Spekulationen überlassen bleibt auch die Quelle seiner besonderen Fähigkeiten, die ihn erst zum Gottpriester und dann zum Divinen Regenten machten.

8943: Die *Poseidon*, mit fünftausend Kolonisten unterwegs zum Myrton-Cluster am Rand der Galaxis, verschwindet spurlos.

8991: Strang-Forscher finden in einem abgelegenen Sonnensystem, das sie nach dem Leiter der Expedition Givvener-System nennen, Hinterlassenschaften der rätselhaften Macht »ZenTrum«, die vor vier Millionen Jahren Gegner von Omni war und die Superzivilisationen beinahe mit einer von ihnen »Paradoxon« genannten Katastrophe ausgelöscht hätte. Omni erhebt Anspruch auf das Givvener-System und riegelt es aus Sicherheitsgründen ab. Givvener kann unbemerkt einige Gegenstände von den Ausgrabungsstätten mitnehmen. Sie verschwinden kurze Zeit später zusammen mit ihm.

9221: Auf Tanssa, einem Planeten am Rand der Galaxis, wird ein Zugang zum »toten Universum« entdeckt, einem Paralleluniversum ohne Leben. Omni schickt erste Forschungsexpeditionen aus.

9314: Die *Hyperion*, das »Schlafende Schiff«, bricht auf und verlässt die Milchstraße durch einen neu entdeckten schnellen Nebenstrang des Sprawl, den »goldenen Faden«. An Bord befinden sich zehntausend Hibernanten, Abenteurer, die eine Kolonie in einer hundert Millionen Lichtjahre entfernten Galaxis gründen wollen. Man hört nie wieder etwas von der *Hyperion*. Zwei Suchschiffe, die fast hundert Jahre später aufbrechen, kehren von einer Anomalie zurück, die sie »Großer Strudel« nennen. Man vermutet, dass die *Hyperion* in diesen Sprawl-Strudel geraten ist. Ob sie darin zerbrach oder irgendwo weit entfernt im Universum strandete, bleibt unbekannt.

11 247–11 280: Kleine Korporationskonflikte.

11 319–11 331: Große Korporationskonflikte.

12 063: Aktuelle Handlung.

Anmerkung des Autors

Dieser Roman enthält zwei besondere Hommagen – die eine betrifft Ursula K. Le Guin, die andere die bildgewaltige Schaffenskraft von George Lucas. Beide haben auf ihre Art und Weise Großartiges geleistet.

»Die Sterne zählen«
Kurzgeschichte aus dem Universum
von »OMNI«

Andreas Brandhorst

Artemi

In der dritten Nacht an Bord des großen Öl-Seglers *Wind-reiter*, in der dunkelsten und stillsten Stunde, verließ Artemi sein Quartier und schlich durchs schlafende Schiff zum Oberdeck. Er hatte gelernt, leise zu sein, damit ihn selbst die empfindlichen Ohren der beiden Siegelwächter, die ihn bei der Reise zum Vulkan begleiteten, nicht hörten. Die wenigen Matrosen an Deck achteten nicht auf das Kind, den Jungen von zehn Jahren – ihre Aufmerksamkeit galt Ruder und Segel.

Artemi, ein Schatten unter Schemen, huschte über Planken, die unter ihm schwiegen, weil er nicht schwer genug für ein Knarren war. Er duckte sich hinter eine Winde, saß fast eine Minute lang reglos zwischen Seil und Reling und lauschte. Die Segel über ihm schwiegen nicht. Wenn der Wind wechselte, kamen von ihnen Geräusche, die nach Ohrfeigen klangen. Männer kletterten in der Takelage, Bots summten wie nachtaktive Insekten auf dem Vordeck, und irgendwo erklang leise Musik, vielleicht in einer der Luxuskabinen mittschiffs.

Mehr Stille bekam Artemi nicht. Sie genügte für ein Gespräch.

Er holte die unzerbrechliche Flasche hervor und versuchte erneut, sie zu öffnen, obwohl er wusste, dass es sinnlos war – nur die beiden Siegelwächter konnten das Siegel brechen. Als er sie ans Ohr hob, vernahm er ein Rauschen wie von einem fernen Wasserfall.

»Hörst du mich?«, flüsterte er.

Ja, lautete die Antwort aus der Flasche.

Artemi seufzte erleichtert, und ein Teil der Anspannung

fiel von ihm ab. Manchmal brauchte er den Kontakt mit dem *Freund* so dringend wie Wasser an einem heißen Tag. Die Gefangenschaft bedeutete, dass er nicht immer und überall mit ihm sprechen konnte. Es musste still sein, niemand durfte sich in der Nähe befinden – nur dann konnte Artemi die leise Stimme vernehmen, die vorher so laut und deutlich gewesen war.

»Mir bleibt nicht mehr viel Zeit«, hauchte Artemi. »Morgen erreichen wir Jamasch. Es ist der letzte Halt vor unserem Ziel im Norden.« Er sprach den Namen nicht gern aus.

Du meinst Wolkenheim.

Artemi schnitt eine Grimasse. »Ja.« So hieß er, der Vulkan, in den er die Flasche mit dem Geist darin werfen sollte: Wolkenheim. Ein Berg so hoch, dass sein Gipfel über die Wolken hinausragte. »Bis morgen muss ich mich entscheiden. Es ist die letzte Möglichkeit, das Schiff zu verlassen und zu fliehen.«

Du hast dich längst entschieden, erwiderte die leise Stimme aus der Flasche.

Artemi richtete sich auf und blickte über die Reling. An der dünnen Linie des Horizonts, wo sich Himmel und Öl trafen, zeigte sich nirgends die Silhouette von Land. Jamasch und erst recht Wolkenheim waren noch so weit entfernt, dass sie sich hinter der planetaren Wölbung befanden.

Er hob den Blick zu den Sternen. Irgendwann fand er vielleicht genug Ruhe und Frieden, um sie zu zählen, sie alle.

Einige der leuchtenden Punkte am Himmel waren keine Sterne, wie Artemi wusste. Satelliten und Orbitalstationen, die das Licht der Sonne reflektierten, zogen ihre Bahn um Abakus, gebaut und verwaltet von den modernen Menschen, die im hohen Norden lebten, bei den denkenden Maschinen, den Datenbank-Intellekten.

Das hellste Objekt am Nachthimmel war viele Tausend Jahre alt und stammte nicht von Menschen, hatten Artemis Lehrer erzählt: eine Bastion des Quorums der Sirius-Koalition. Drei fremde intelligente Spezies hatten sich damals gegen die Menschen verbündet, lautete die Geschichte, die vom Rückzug der Menschen erzählte, von der Aufgabe ihrer Kolonien im All und einer halb zerstörten Erde. In der alten Bastion hoch über Abakus sollte es drei Mumien geben, erinnerte sich Artemi, den Blick noch immer auf das helle Licht fast im Zenit gerichtet. Jeweils eine aus einem der drei Völker der Koalition. Er hätte sie gern gesehen, aber sein Vater wollte nicht, dass er Abakus verließ. Er hielt nichts von den modernen Menschen und ihren Welten.

Er hielt auch nichts von dem *Freund*.

»Was würde mit dir passieren, wenn ich dich in den Vulkan werfe, wie mein Vater es verlangt?«, flüsterte Artemi.

Ich würde verbrennen.

»Aber du bis mächtig!«, entfuhr es Artemi. Sofort dämpfte er die Stimme. »Viel mächtiger als ein Mensch. Mächtiger als alle Menschen zusammen!«

Nicht solange ich in der Flasche gefangen bin.

»Ich kann das Siegel nicht lösen. Ich habe es versucht, das weißt du, aber es geht nicht. Man braucht einen bestimmten Code und den kennen nur die Siegelwächter.«

Wenn du das Schiff morgen bei Jamasch verlässt, bist du auf dich allein gestellt, raunte es aus der Flasche. *Dein Vater hat Feinde. Jemand könnte auf die Idee kommen, dich als Druckmittel zu benutzen.*

Artemi dachte darüber nach. Ganz allein zurechtzukommen, das hatte etwas Verlockendes. Gleichzeitig bereitete ihm die Vorstellung Unbehagen.

»Du kannst mir nicht helfen?«, fragte er.

Nicht so wie früher. Ich kann dir Rat und Trost geben, wenn du ihn brauchst. Wenn es still genug ist, damit wir miteinander reden können.

»Aber wenn es mir gelänge, dich freizulassen ...«

Dann hättest du nichts zu befürchten.

Die leise Stimme aus der Flasche wurde noch leiser, was bedeutete, dass sich jemand näherte.

Die Planken knarrten unter schweren Schritten.

»Artemi? Du bist hier, Junge, ich weiß es.«

Einer der beiden Siegelwächter. Artemi steckte die unzerbrechliche Flasche ein und trat hinter der Winde hervor.

Eine Gestalt ragte vor ihm auf, groß und breit, gekleidet in Leder und Kupfer.

»Es ist dir verboten, dein Quartier zu verlassen«, brummte Untar. Er wollte streng klingen, der Soldat aus der persönlichen Garde von Artemis Vater, doch es gelang ihm nicht. »Komm, Junge. Und gib mir die Flasche. Bei mir ist sie besser aufgehoben, bis wir Wolkenheim erreichen.«

»Nein«, sagte Artemi trotzig.

»Ach, Junge, zeig sie mir wenigstens.«

Artemi holte die Flasche hervor und zeigte ihr unversehrtes Siegel.

»Du könntest mir helfen«, sagte er. »Du könntest mir den Code für das Siegel nennen.«

Untar schüttelte traurig den Kopf. »Dein Vater würde mich hart bestrafen.«

»Ich würde ihm nichts verraten!«

»Ach, Junge.« Der große Siegelwächter schüttelte erneut den Kopf. »Komm jetzt.«

Artemi steckte die Flasche wieder in der Hosentasche und fügte sich. Als er dem großen Untar folgte, bemerkte er ein neues Licht am Nachthimmel, das für einige wenige Sekunden heller leuchtete als die alte Bastion des Quorums. Dann verblasste es und schien sich in einen Stern unter vielen verwandeln zu wollen, mit dem Unterschied, dass es schnell übers Firmament wanderte, viel schneller als die Satelliten und Orbitalstationen. Schließlich verschwand es hinter einer Wolkenbank am westlichen Horizont.

Omni, Kommuniqué für Jasmin

Artemi ist Sohn des Regenten der Großen Leere, eines ausgedehnten Wüstengebiets im Süden von Abakus, das den Traditionalisten vorbehalten ist, etwa fünfzig Prozent der planetaren Bevölkerung. Er soll die Nachfolge seines Vaters Ranwor antreten, neunter Regent aus dem Geschlecht der Wyrna. Nach unseren

Prognosen wird er eine wichtige Rolle bei den zukünftigen politischen und sozialen Entwicklungen auf Abakus spielen. Unter seiner Regentschaft wird es, wenn die notwendigen Voraussetzungen geschaffen werden, zu einer Annäherung zwischen den traditionellen und modernen Menschen kommen, vielleicht sogar zu einer gemeinsamen Gesellschaft, in der alle Hindernisse für eine schnelle Weiterentwicklung von Kultur und Wissenschaft fallen. Wir haben Lehrer geschickt, die den jungen Artemi auf seine Aufgabe vorbereiten sollen, indem sie ihm Aufgeschlossenheit dem Neuen gegenüber und Wissen aus der modernen Welt vermitteln.

Aber es gibt ein Problem. Artemi hat Kontakt zu einem Wesen, das er »Freund« nennt und bei dem es sich vielleicht um ein Geschöpf aus dem Sprawl handelt, um einen »Engel«. Einige Berater des Regenten, die den Jungen ins politische Abseits manövrieren wollen, haben das Gerücht verbreitet, Artemi sei »von einem Dämon« besessen. Mit einem speziellen Gefäß, das die Entität enthält, ist der Erbe des Regenten unterwegs nach Wolkenheim. Dort angekommen soll er das Gefäß in den Vulkan werfen, damit es zusammen mit dem »Dämon« verbrennt.

Wie wir erfahren haben, sind mehrere Äquivalent-Zivilisationen daran interessiert, die Entität in ihren Besitz zu bringen. Ein Wefing und ein Zaisen befinden sich bereits auf Abakus. Es darf ihnen nicht gelingen, das Gefäß zu erbeuten. Dies ist Ihr Auftrag, Jasmin: Sorgen Sie dafür, dass Artemi Wolkenheim sicher erreicht und das Gefäß dem Feuer des Vulkans überlässt, damit er die Nachfolge seines Vaters antreten kann.

Jasmin

Eine einfache Mission, dachte Jasmin und steuerte ihre Kapsel über die Nachtseite von Abakus. Ihr Ziel: eine Insel im »Öl« genannten Ozean, eine wichtige Zwischenstation für die großen Segelschiffe, die zwischen dem modernen Norden und dem traditionalistischen Süden verkehrten.

Sie sollte ein Kind begleiten und dafür sorgen, dass es nicht von einem kalten Wefing und einem zaisischen Gestaltwandler bedrängt oder gar in Gefahr gebracht wurde, beides Angehörige von Äquiv-Zivilisationen, die den Superzivilisationen von Omni weit unterlegen waren.

Was konnte dabei schiefgehen?

Artemi

Untar blieb in Artemis Quartier, in der kleinen Kabine ohne Fenster, mit nur einer batteriegespeisten Lampe. Er setzte sich rittlings herum auf einen Stuhl, lehnte den breiten Rücken an die Wand neben der Tür und war schon nach kurzer Zeit eingeschlafen.

Artemi lag angezogen im Bett und fand keine Ruhe. Untar schnarchte nicht, er schlief fast lautlos, aber Artemi starrte trotzdem in die Dunkelheit und fühlte die Zeit vergehen, eine schnelle Sekunde nach der anderen. Mehrmals vergewisserte er sich, dass die kleine Flasche noch immer in seiner Hosentasche steckte. Der *Freund* hatte recht, die Entscheidung war längst gefallen. Am kommenden Tag, wenn die *Wellenreiter* für einige wenige Stunden in Jamasch anlegte, würde er das Schiff verlassen und sich an Bord eines anderen Seglers schleichen, der zu den Modernen unterwegs war. Vielleicht gab es in den dortigen wissenschaftlichen Zentren jemanden, der das Siegel der Flasche auch ohne den Code lösen konnte.

Irgendwann fielen ihm doch die Augen zu, und er träumte davon, mit dem *Freund* auf Reisen zu gehen, mit ihm, aus der Flasche befreit, Abakus zu verlassen, das Öl und die Inseln und Kontinente von weit oben zu sehen. In seinem Traum reiste er zwischen den Sternen und begann damit, sie zu zählen, wie er es sich immer gewünscht hatte, aber es waren viele, so viele, dass ein Leben vielleicht nicht ausreichte, sie alle zu zählen ...

Als Artemi erwachte, war es stockdunkel in seiner Kabine, selbst das winzige Nachtlicht brannte nicht. Plötzliche Unruhe erfasste ihn.

»Untar? Madeus?« Es blieb still, die Siegelwächter antworteten nicht. Artemi tastete nach der Flasche und stellte fest, dass sie sich noch immer in seiner Hosentasche befand. Trotzdem hörte er nicht die Stimme des gefangenen Geistes, der *Freund* schwieg.

Was nur bedeuten konnte, dass die Finsternis nicht leer war. Jemand befand sich in der Nähe, aber es war nicht Untar. Der musste zwischenzeitlich erwacht sein und, nachdem er die Lampe ausgeschaltet hatte, die Kabine verlassen haben.

Artemi setzte sich langsam auf, die Augen groß. Er sah nichts in der Dunkelheit, und es blieb still. Die einzigen Geräusche, die er hörte, stammten vom schmalen Bett, auf dem er sich bewegte.

Er nahm seinen ganzen Mut zusammen.

»Ich weiß, dass du da bist«, sagte er klar und deutlich und dachte an einen Dieb. »Wenn du nicht sofort verschwindest, rufe ich die Wächter.«

Etwas knisterte in der Finsternis, wie Seidenpapier, das langsam zerknüllt wurde.

»Untar!«, rief Artemi. »Madeus!«

Mehrere Sekunden vergingen, nicht schnell wie sonst, sondern quälend langsam. Das Knistern schien lauter zu werden, vielleicht kam es näher, und dann sprang die Tür auf, und plötzlich stand Untar wie ein lebender Berg in der Kabine. Er leuchtete mit einer Lampe.

»Was ist passiert, Junge?«, fragte er besorgt.

Es befand sich niemand sonst im Zimmer, und alles war an seinem Platz: Tisch und Stuhl, der kleine Schrank, die Tasche mit der Kleidung und dem kleinen Geheimfach.

Artemi rieb sich die Augen. »Ich habe geträumt.«

Ein zweiter Mann erschien, kleiner, drahtiger und älter als Untar, das Gesicht wie immer verdrießlich.

»Die Flasche ist nicht an ihrem Platz«, sagte Madeus, der zweite Siegelwächter. »Ich habe nachgesehen.«

Artemi fühlte sie in seiner Tasche.

»Er hat sie, nicht wahr?« Madeus wandte sich an Untar. »Du hast es erneut erlaubt.«

Untar hob und senkte die breiten Schultern. »Sie ist unzerbrechlich, und das Siegel lässt sich nur mit dem Code lösen.« Er sah sich kurz in der Kabine um. »Komm, Junge. Ein neuer Tag hat begonnen.«

Mein letzter an Bord, dachte Artemi und schwang die Beine über den Rand der Koje.

Matrosen und Bots kletterten an den Masten und holten die großen lehmbraunen Hauptsegel ein. Die kleinen Segel, rot wie Rubin, empfingen genug Wind, um die *Wellenreiter* in den Hafen von Jamasch zu bringen. Zum größten Teil von grünen und violetten Wäldern bedeckt erhob sich die Insel aus dem staubgrauen Öl, mit Bergen, hoch genug, Wolken einzufangen. Vor dem langsam gewordenen Segler öffnete sich die Bucht des Hafens, vor einigen Jahrhunderten von den Modernen im Norden eingerichtet, mit Molen, Kais und Gebäuden, die selbst den heftigsten Stürmen trotzten.

Dutzende Schiffe lagen in der Bucht, große und kleine, ihre Masten kahl, die Segel eingeholt. Eins war sogar noch größer als die *Wellenreiter*, ein wahrer Koloss mit dem passenden Namen *Titan* – die Schwimmkörper, die ihn unbewegt über dem Öl hielten, ragten über die Molen hinweg. Bots transportieren Fracht zu den Lagerhäusern, Fahrzeuge brummten, Drohnen summten, und überall wimmelte es von Menschen, Traditionalisten aus dem Süden und Moderne aus dem Norden, unter ihnen viele Reisende, die im Auftrag der Kooperativen und Korporationen von KopKo unterwegs waren.

Artemi stand zusammen mit Untar und Madeus an der Reling und beobachtete das rege Treiben. Auf dem Felsplateau jenseits des Hafens, zwischen grün-violetten Hügeln auf der einen und schiefergrauen Bergen auf der anderen

Seite, starteten und landeten Orbiter. Artemis Blick folgte ihnen, wenn sie aufstiegen: silberne Tropfen, die im Licht der höher kletternden Sonne glänzten und gleißten, oder zart und zerbrechlich anmutende Gebilde, die aussahen wie Blumen aus Glas.

Abakus war weitaus größer als die Große Leere im Süden, das wusste Artemi längst. Aber dort, woher die Orbiter kamen und wohin sie zurückkehrten, gab es viel mehr Welten, noch mehr als Sterne, so immens viele, dass Abakus unter ihnen nicht mehr war als ein Staubkorn in der Wüste.

Artemi fühlte sich plötzlich von einer fast schmerzhaft intensiven Sehnsucht gepackt und fasste einen Entschluss: Wenn ihm die Flucht gelang und die Verfolger seine Spur verloren, wollte er sich im Norden bei den Modernen an Bord eines Orbiters verstecken und zu den Sternen reisen. Vielleicht fiel es ihm dann leichter, sie alle zu zählen, und er konnte sich zumindest einige der Welten ansehen, die ihr Licht empfingen. Der *Freund* würde ihm helfen, sobald das Siegel gebrochen war.

Der Plan. Es wurde Zeit, ihn in die Tat umzusetzen.

Artemi wandte sich von der Reling ab – und fühlte eine Sekunde später eine schwere Hand auf der Schulter.

»Wohin willst du, Junge?«, fragte Untar, der auf einmal mit Madeus hinter ihm stand.

»Zurück zur Kabine. Ich habe etwas vergessen.«

»Was hast du vergessen?«

»Den Protokollanten.« Artemi deutete auf die anderen Schiffe im Hafen. »Ich möchte Bilder aufzeichnen.«

Er meinte ein kleines Gerät, das von den Modernen im Norden stammte. Sein Vater hatte ihm nur erlaubt, es mitzunehmen, damit er aufzeichnete, wie er die Flasche in den Vulkan warf.

»Ich begleite dich«, sagte Madeus.

Artemi nickte. Er hatte auch nicht erwartet, dass ihn die beiden Siegelwächter allein gehen ließen.

Zusammen mit dem kleinen, verdrießlichen Madeus

kehrte er unter Deck zurück, ein Weg mit vielen Hindernissen, denn zahlreiche Reisende machten sich daran, ihre Sachen zu packen, oder trugen sie bereits an Deck. Andere verließen ihre Kabinen, um einen Blick auf Jamasch zu werfen oder den Zwischenaufenthalt für einen kurzen Besuch der Insel zu nutzen.

Madeus blieb in der offenen Kabinentür stehen, als Artemi in seiner Reisetasche nach dem Protokollanten suchte, der nicht einmal halb so groß war wie eine Kinderhand. Er fand ihn sofort, unter dem gefalteten Hemd mit dem aufgestickten Wyrna-Wappen, gab aber vor, noch länger zu suchen, während seine Finger in Wirklichkeit das Geheimfach öffneten und ihr ein flaches Etui mit einem Kreditgaranten entnahmen. Der Garant stammte aus dem Schreibtisch seines Vaters – Artemi hatte ihn gestohlen, weil er wusste, dass er außerhalb der Großen Leere für alles, was er brauchte, bezahlen musste.

»Was machst du da?«, fragte Madeus argwöhnisch.

Artemi schob sich das Etui in den linken Ärmel und griffen dann nach dem Protokollanten. »Ich hab ihn.«

»Eigentlich ist er für einen anderen Zweck bestimmt, aber meinetwegen«, knurrte Madeus mürrisch.

Auf dem Weg nach oben kamen sie im Kajütengang des Zwischendecks an mehreren Wefing vorbei. Sie trugen lange, kühlende Klimamäntel, und ihre blassen Gesichter lagen tief im Schatten der Kapuzen. Einer von ihnen drehte den Kopf, und Artemi fühlte sich von einem eisigen Blick berührt. Er fröstelte, obwohl die Mäntel nur ihre Träger kühlten, sah den Wefing nach … und stieß gegen einen dicklichen Mann, der schnaufend am Aufgang stand, in bunte Tücher gehüllt und auf seinen runden Wangen die Zeichen eines östlichen Archipels.

»He!«, beschwerte sich der Ostmann und streckte eine fleischige Hand aus.

Dies war eine gute Gelegenheit.

Artemi duckte sich unter der Hand hinweg, erreichte mit

zwei schnellen Schritten die Treppe und huschte die Stufen empor. Er sprang durch die schmale Lücke zwischen zwei Frauen, die ihr Gepäck Bediensteten der *Wellenreiter* anvertrauten, stieß einen großen Koffer um und verpasste einem elegant gekleideten Mann, der gerade die Tür seiner Kabine schloss, einen so heftigen Tritt gegen das Bein, dass dieser stürzte.

Hinter ihm brach Chaos aus.

Artemi wagte es nicht, einen Blick über die Schulter zu werfen, um festzustellen, ob ihm Madeus folgte. Er lief durch den nächsten Gang, der ebenfalls voller Passagiere war, und sah vor dem inneren Auge das Schiffsdiagramm, das er tags zuvor studiert hatte. Als er eine weitere Treppe erreichte, nahm er nicht die Stufen nach oben, zum Oberdeck, sondern die nach unten. Er eilte durch weitere Kajütengänge und achtete diesmal darauf, den Reisenden und Besatzungsmitgliedern auszuweichen.

Er hielt erst inne, als er das Heck erreichte, verharrte dort in einer dunklen Ecke, schöpfte Atem und hielt Ausschau. Zwei Matrosen wankten vorbei, ohne ihn zu bemerken. Sie verschwanden in einem der Frachträume, und Artemi hörte sie dort mit Behältern hantieren. Von Madeus war weit und breit nichts zu sehen.

Die beiden Siegelwächter würden ihn auf dem Oberdeck vermuten. Es würde eine Weile dauern, bis sie dort alles abgesucht hatten, erst dann würden sie sich die unteren Decks vornehmen. Zeit genug für Artemi.

Er fand die Luke, die er auf dem Diagramm gesehen hatte, öffnete sie und schlüpfte nach draußen.

Die *Wellenreiter* hatte inzwischen angelegt, und da sie sich nicht mehr bewegte, brauchte auch sie Schwimmkörper, damit sie nicht zu tief ins Öl sank oder gar unterging. Einer ragte direkt vor Artemi auf, ein dickes, schlauchartiges Gebilde aus ledrig wirkendem Synth, alt wie der Segler.

Artemi sprang, bekam eine Schlaufe zu fassen und zog sich hoch. Von oben konnte man ihn jetzt sehen, und er hoffte inständig, dass sich der Zufall nicht gegen ihn verschwor, dass Untar oder Madeus nicht ausgerechnet in diesem Moment am Heck standen und den Blick nach unten richteten.

Er zog sich von einer Schlaufe zur nächsten, bis er sich auf einer Höhe mit dem nahen Kai befand. Ein weiterer Sprung brachte ihn an Land. Dort lief er nicht, sondern ging mit langen Schritten und passte sich den Bewegungen der Erwachsenen an, um nicht zwischen ihnen aufzufallen. Er hielt den Kopf gesenkt, sah niemandem ins Gesicht und atmete auf, als er eins der Lagergebäude erreichte und damit außer Sichtweite der *Wellenreiter* war.

In ihm rang Freude über die gewonnene Freiheit mit Entsetzen darüber, was er getan hatte. Für einen Moment schloss Artemi die Augen und versuchte, seine Gedanken zu ordnen.

Als er die Lider wieder hob, stand ein Wefing vor ihm: das Gesicht farblos, Haar und Brauen weiß, die Augen blau wie altes Gletschereis.

»Du ersparst dir viel Ärger, wenn du es mir sofort gibst.« Der Wefing sprach mit knarrender Stimme und starkem Akzent.

»Was?«, brachte Artemi hervor.

»Das Gefäß mit der Entität.« Der Wefing hob eine knochige Hand. »Gib es mir.«

Artemi stieß sich von der Wand ab und lief los, kam aber nicht weit. Was er für eine Tür gehalten hatte, die ins Lagerhaus führte, verwandelte sich plötzlich in eine Gestalt, die ihm den Weg versperrte. Sie richtete etwas auf ihn, einen kleinen Gegenstand.

Kälte erfasste Artemi, und plötzlich war sein Kopf leer und schwarz.

Das Öl von Abakus ... Ein Ozean aus Wasser, feinem Sand, Staub und verflüssigtem Archit, vereint zu einer zähflüssigen Masse, ihre Konsistenz vergleichbar mit der von Treibsand. Es war ein sehr junger Ozean, wenn man geologische Maßstäbe anlegte, nicht älter als hunderttausend Jahre: das Ergebnis einer Katastrophe, deren Hintergründe noch immer rätselhaft waren, trotz der Expeditionen, die bis zu den Ruinen der im wahrsten Sinne des Wortes untergegangenen Zivilisation am Grund des Öls vorgestoßen waren. Die Xenoarchäologen von KopKo spekulierten über einen Zusammenhang mit dem Vortex am Südpol, einem von polaren Strömungen hervorgerufenen Strudel, der bis zum Meeresgrund in einer Tiefe von drei Kilometern reichte. Eine gemeinsame Forschungsmission von Menschen und Wefing endete in einem Desaster: Von insgesamt dreizehn Personen überlebten nur drei, und sie konnten keinen Bericht erstatten, weil sie den Verstand verloren hatten. Die im kalten Süden ansässigen Traditionalisten verboten weitere Tauchgänge im Bereich des Vortex. Heimlich entsandte Bots kehrten mit widersprüchlichen Daten zurück, die keine eindeutigen Schlüsse zuließen.

Jasmin, für Omni
Der Einsatzort ist erreicht. Ich kenne die Personen und Umstände und werde eingreifen, wo und wann es nötig ist, um den Erfolg der Mission zu gewährleisten.

Artemi

Artemi war noch nicht ganz wach, als er die Hand bewegte, nach der kleinen Flasche tastete und feststellte, dass die Hosentasche leer war.

»Sitzt fest«, sagte jemand. Es war eine glatte Stimme, glatt wie das Öl an einem windstillen Tag. »Versuch es noch einmal.«

»Zur Seite mit dir!« Eine Stimme wie das Knarren von Schiffsplanken, mit einem starken Akzent, der die Worte verzerrte. Artemi hatte sie schon einmal gehört: der Wefing.

Er öffnete die Augen und sah, wie eine knochige Hand einen Hammer hob, wie der Hammer herabkam und die Flasche traf, die in einem mechanischen Schraubstock steckte. Es war ein wuchtiger Schlag, der dem Synthglas einen hellen Ton entlockte und dem Metall des Schraubstocks ein kurzes *Bong*. Das unzerbrechliche Glas zerbrach nicht, und der Hammer flog, verfehlte die zweite Gestalt nur knapp und traf einen Werkzeugschrank.

Artemi lag im Halbdunkel auf alten Kleidungsstücken. Die Fensterläden waren geschlossen. Das einzige Licht stammte von einer kleinen Lampe über der Werkbank.

Er hob den Kopf.

»Der Junge ist wach«, sagte die zweite Gestalt, die mit der glatten Stimme. Sie näherte sich, nicht mit den Schritten eines Menschen, sondern eher mit dem Gleiten einer Schlange oder wie ein Schatten, der keine Beine brauchte, um sich zu bewegen.

Das Geschöpf blieb vor Artemi stehen. Aus dunkler Haut wurde helle, fast so hell wie die des Wefing. Augen, Nase und Mund veränderten sich, bis sie denen eines Menschen glichen.

Artemi starrte. Die Lehrer hatten von solchen Geschöpfen erzählt, von Wesen, die ihre Gestalt verändern konnten.

»Du bist ein Zaisen, nicht wahr?«, fragte er.

Die glatte Stimme erklang erneut. »Er ist wach und spricht.«

Der Wefing im langen, kühlenden Klimamantel drehte sich um. »Nenn uns den Code für das Siegel.«

»Wenn ich ihn wüsste, hätte ich die Flasche längst geöffnet«, entgegnete Artemi. »Sie ist unzerbrechlich. Mit einem Hammer richten Sie nichts aus. Ich habe es selbst versucht.«

Der Zaisen bückte sich und hielt plötzlich wieder den kleinen Gegenstand in der Hand, den er zuvor auf Artemi gerichtet hatte. »Du wirst uns den Code nennen.« Diesmal war die Stimme ein Zischen.

Ein kleines Licht erschien an dem Objekt und brachte großen Schmerz. Eine glühende Klinge schien sich in Artemis Bauch zu drehen und durch sein Fleisch zu schneiden.

Nach einigen Sekunden verschwand das Licht, und der Schmerz hörte auf. Artemi schnappte nach Luft.

»Ich kenne den Code nicht«, krächzte er.

»Ich kann dir hiermit noch schlimmere Schmerzen zufügen«, drohte der Zaisen. »Und das auch länger.«

»Vielleicht sollten wir es mit einem Laserbrenner versuchen«, überlegte der Wefing. »Und lass den Jungen in Ruhe, Sircu. Wir brauchen ihn für die Entität. Sie ist auf ihn geprägt.«

»Wir sind vorbereitet«, zischte der Zaisen, sein Gesicht wieder in Bewegung.

»Trotzdem könnte er ein nützliches Werkzeug sein.« Der Wefing drehte die Kurbel des mechanischen Schraubstocks, nahm die kleine Flasche und betrachtete sie. »Erstaunlich, man sieht ihr nichts an. Ich meine, sie scheint leer zu sein.«

»Für die Eis-Augen eines Wefing.« Ein Hauch von Spott lag in der Antwort des Zaisen. »Nicht für meine. Und nicht für unsere Messinstrumente.« Er zögerte kurz und schien einer Stimme zu lauschen, die nur er hören konnte. »Wir haben lange genug gewartet. Die Drohne hat keine Verfolger entdeckt. Niemand sucht hier nach dem Jungen. Es ist nicht weit bis zum Orbiter – wir können ihn erreichen, ohne dass jemand Verdacht schöpft.«

»Na schön.« Der Wefing steckte die kleine Flasche ein, trat zu dem Haufen alter Kleidungsstücke, zog Artemi auf die Beine und hielt ihn am Arm fest. »Geh und sichere den Weg für uns, Sircu.«

Der Zaisen ging zur Tür, und dort schien er an Substanz zu verlieren, wurde halb durchsichtig. Die Tür öffnete sich, und ein schattenhaftes Etwas glitt hinaus.

Der Wefing beugte sich zu Artemi. »Er scheint weg zu sein, aber glaub mir, er bleibt in unserer Nähe. Versuch also nicht zu fliehen.«

Artemi wollte gar nicht fliehen. Ohne den *Freund* hatte Flucht für ihn keinen Sinn.

Die Hand des Wefing blieb fest um Artemis Oberarm geschlossen, als sie über einen schmalen Seitenweg zum Plateau mit den Orbitern gingen, vorbei an grünen Tulpsträu-
chern, violetten Abakus-Eichen und grauen Felsen. Die Hand
wich nicht von ihm, selbst dann nicht, als sie ganz allein
unterwegs waren.

Vor ihnen auf dem Plateau startete ein Orbiter, der aussah
wie ein blauer Käfer mit mehreren Beinen und vier gespreizten Flügeln. Von einem schwefelgelben Gravitationskissen
getragen stieg er auf, wurde schneller und schrumpfte innerhalb weniger Sekunden zu einem fernen Punkt am Himmel.

Das war Artemis Plan gewesen: Abakus zu verlassen, für
immer den Zwängen seiner Familie zu entkommen und die
Sterne zu erreichen, die Wunder fremder Welten kennenzulernen. Nie hätte er es für möglich gehalten, die Reise in den
Kosmos als Gefangener anzutreten ...

Zwischen zwei Felsen erhaschte er einen Blick auf den
Hafen und die *Wellenreiter*, von ihren Schwimmkörpern umgeben. Suchten ihn Untar und Madeus noch immer an Bord
des Seglers? Wenn sie ihn dort nicht fanden, sahen sie sich
bestimmt auch an Land um.

Ich muss Zeit gewinnen, dachte Artemi, den Start des Orbiters hinauszögern.

Er wurde langsamer und seufzte schwer. »Ich bin müde«,
klagte er und fügte hinzu: »Mein Vater ist ein mächtiger
Mann. Der Regent der Großen Leere! Wenn er erfährt, dass
Sie mich entführt haben, wird er alles in Bewegung setzen,
um Sie zu finden und zu bestrafen!«

Der Wefing zog ihn hinter sich her. »Dein Vater mag hier
auf Abakus einen gewissen Einfluss haben, aber außerhalb
dieses Planeten sind sein Name und seine Stellung völlig
unbedeutend.«

Auf dem Plateau standen dreißig oder mehr Orbiter, und
zwischen ihnen bemerkte Artemi nur wenige Personen,
unter ihnen eine Frau mit rotem Haar, die auf einer Inspektionsdrohne saß und den Antriebskranz eines kleinen Raum-

schiffes untersuchte. Er überlegte, ob es Sinn hatte, um Hilfe zu rufen.

»Wenn du mit dem Gedanken spielst, um Hilfe zu rufen ...«, sagte der Wefing. »Damit würdest du mich und den Zaisen zwingen, von unseren Waffen Gebrauch zu machen und auf diese Leute zu schießen. Und Sircu würde dich erneut betäuben.«

Sie näherten sich einem zwanzig Meter großen silbernen Tropfen, und als sie ihn fast erreicht hatten, erschien wie aus leerer Luft eine dünne Gestalt im Schatten einer Landestütze.

»Ihr habt euch Zeit gelassen«, zischte der Zaisen und öffnete die Luke. Mit dumpfem Brummen senkte sich eine Rampe herab.

Der Griff des Zaisen lockerte sich nicht, als er auf die Rampe trat. Artemi musste ihm folgen, ob er wollte oder nicht.

Die Inspektionsdrohne verließ den Antriebskranz des kleinen Schiffes und flog direkt auf sie zu. Die Frau an den Kontrollen winkte.

Der Wefing blieb auf der Rampe stehen, die linke Hand noch immer um Artemis rechten Oberarm geschlossen.

»Was will sie?«, fragte der Zaisen leise.

»Wir werden es gleich erfahren«, gab der Wefing ruhig zurück. »Halt dich bereit.«

Die Drohne verharrte dicht neben dem Orbiter, und die Frau mit dem roten Haar stieg ab. Leichter Wind spielte mit ihrem roten Haar, als sie sich näherte.

»Hallo, Artemi«, sagte sie mit einem freundlichen Lächeln und einer klaren, akzentfreien Stimme. »Ich nehme an, du bist nicht freiwillig bei diesen beiden Herren.«

Er sah die Frau zum ersten Mal, sie war ihm völlig fremd, und doch kannte sie seinen Namen.

»Wer sind Sie?«, zischte der Zaisen. »Was wollen Sie?« Sein Gesicht veränderte sich. Kleine Schuppen erschienen darin, silbrig wie der Orbiter, verschwanden sofort wieder, wichen winzigen Stacheln.

Die Frau blieb vor der Rampe stehen. »Der Junge kommt mit mir.«

Der Zaisen *floss* zur Seite, so sah es aus, hielt plötzlich eine Waffe in der Hand und richtete sie auf die Frau.

»Dumme Menschin«, zischte er.

»Glauben Sie?« Die Frau wiederholte ihr freundliches Lächeln. Artemi bemerkte einen blauen Funken, der über den Armreif an ihrem rechten Handgelenk tanzte. »Ich fürchte, Sie sind der Dumme, Zaisen. Nur zu, schießen Sie.«

Der Zaisen schoss.

Etwas flackerte für den Bruchteil einer Sekunde. Die Frau stand da und lächelte noch immer, aber der Zaisen erstarrte, der Mund halb geöffnet, die reptilienartigen Augen groß, in Wangen und Stirn ein Netzwerk aus blauen Linien. Er kippte lautlos, fiel neben die Rampe und blieb reglos liegen.

»Und Sie?«, wandte sich die Frau an den Wefing. »Möchten Sie es ebenfalls versuchen?«

Die kalte Hand löste sich von Artemis Oberarm. »Wer sind Sie?«

»Ich bin eine Reisende in den Diensten von Omni«, antwortete die Frau.

»Omni?«, krächzte der Wefing.

»Sie haben richtig gehört. Wie gesagt, Artemi kommt mit mir. Und wenn ich mich nicht sehr irre, sind Sie im Besitz eines Gegenstands, der ihm gehört.«

»Omni schickt Sie?«, fragte der Wefing erneut.

Die Frau berührte ihren Armreif. Wieder tanzte ein blauer Funken, und diesmal wurde er zu einer vertikalen blauen Linie, die dicht über dem Boden begann und bis auf eine Länge von gut drei Metern wuchs.

»Sie werden Abakus verlassen«, sagte die Frau. »Nicht mit dem Orbiter, sondern durch diese Kontinua-Brücke. Nachdem Sie sich von dem Objekt getrennt haben, das dem Jungen gehört.«

Der Wefing holte die kleine Flasche hervor und gab sie

Artemi. Nach einem kurzen Blick auf den reglosen Zaisen trat er zur blauen Linie. Dort zögerte er.

»Hortusia, viertausend Lichtjahre entfernt«, sagte die Frau. »Eine Eiswelt. Dort wartet angenehmer Frost auf Sie.«

»Und wenn ich mich weigere?«

Die Frau schüttelte den Kopf. »Das sollten Sie nicht, wirklich nicht.«

Der Wefing trat in die blaue Linie und verschwand. Einen Sekundenbruchteil später war nichts mehr von dem leuchtenden Blau zu sehen.

Artemi hielt die Flasche mit dem *Freund* in der Hand, verblüfft von dem, was er gerade gesehen hatte. Er deutete auf den Zaisen.

»Ist er tot?«

»Nein«, sagte die Frau. »Ich töte nicht, wenn es sich vermeiden lässt, und meistens lässt es sich vermeiden. Er wird schlafen und vergessen.«

»Bitte!« Das Wort platzte aus Artemi hervor. »Bitte nehmen Sie mich mit. Ich möchte Abakus verlassen und zu den Sternen.« Es war nicht genug, fand Artemi. Die Worte reichten nicht. »Ich kann bezahlen!«

Doch der linke Ärmel war leer – irgendwo auf dem Weg vom Hafen zum Felsplateau hatte er den Kreditgaranten seines Vaters verloren.

»Nein, Artemi«, erwiderte die Frau. »Du musst eine wichtige Aufgabe erfüllen, und ich werde dafür sorgen, dass du sie erfüllen kannst. Kehren wir zum Schiff zurück, wo die beiden Siegelwächter noch immer nach dir suchen.«

»Aber ...«

»Es muss Zeugen geben, Artemi«, kam ihm die Frau zuvor. »Es genügt nicht, dass du sagst, du hättest das Gefäß ins Magma des Vulkans geworfen. Jemand muss es sehen und bestätigen. Untar und Madeus wird man glauben. Und auch mir.«

»Aber ...«

Die Frau legte ihm die Hand auf die Schulter. Die Hand war

federleicht, sie hielt ihn nicht fest wie zuvor die des Wefing, doch Artemi fragte sich, ob dies eine neue Art von Gefangenschaft war.

»Ich werde versuchen, es dir während der Reise nach Wolkenheim zu erklären.« Die Frau lächelte wieder ihr freundliches Lächeln. »Die beiden Siegelwächter sind bestimmt froh, wenn ich dich zurückbringe. Sie dürften nichts dagegen haben, dass ich euch begleite.«

Sie nahmen den Hauptweg hinunter zum Hafen. Artemi blickte zurück zu den Orbitern – einer von ihnen hätte ihn zu den Sternen bringen können!

»Der Zaisen und der Wefing ...«, begann er.

»Ja?«

»Was hätten sie mit mir gemacht?«

»Sie hätten dich benutzt«, antwortete die Frau. »Für ihre Zwecke, wie ein Werkzeug. Sie hätten dich gezwungen, ihnen zu Diensten zu sein. Irgendwann hätten sie es geschafft, die Flasche zu öffnen, und vielleicht wäre es ihnen sogar gelungen, die Entität darin unter Kontrolle zu bringen. Damit hätten sie großes Unheil anrichten können.«

»Die Entität?«

»Der Geist, dein Freund«, sagte die Frau. »Der Zaisen und der Wefing waren vielleicht nicht allein. Es könnte noch andere wie sie geben. Ich werde dich beschützen.«

Als sie eine halbe Stunde später die *Wellenreiter* erreichten, fragte Artemi: »Wie heißen Sie?«

»Früher, vor einigen Jahrhunderten, nannte man mich wegen meiner Haare Zinnober«, antwortete die Frau. »Heute heiße ich Jasmin.«

Jasmin, persönliche Aufzeichnungen

Ich habe gelernt, die Missionen nicht zu unterschätzen – es kann immer zu Komplikationen kommen, und meistens geschieht es genau dann, wenn man es am wenigsten erwartet. Doch dieser Auftrag scheint tatsächlich zur leichten Sorte zu gehören. Ich befinde mich beim Wyrna-Erben und bleibe wachsam. Noch drei oder vier Tage, dann ist alles erledigt, und ich kann Abakus wieder verlassen.

Der Junge namens Artemi erinnert mich an den Preis, den ich für Omni und die Langlebigkeit bezahlt habe. Ich reise durch die Jahrhunderte und bin noch immer Mensch, aber ein Mensch ohne Geschlecht. Ich werde nie eigene Kinder haben. Manchmal stimmt mich das traurig.

Artemi

Das Öl lag glatt und dunkel, trotz des Winds, der die Segel blähte. Der Bug der *Wellenreiter* schnitt mit einem dumpfen Fauchen durch Sand, Staub und Schleim. Sterne leuchteten am Himmel, Orbitalstationen zogen ihre Bahn.

Artemi saß auf dem Oberdeck, in Begleitung der Frau mit den zwei Namen. Einige Meter entfernt lehnte Untar an der Reling.

Die beiden Siegelwächter waren tatsächlich sehr dankbar gewesen und hatten Jasmin erlaubt, bei ihnen zu bleiben. Aber ein Rest von Argwohn blieb, und deshalb weilte immer einer von ihnen in der Nähe. Was tags zuvor geschehen war, sollte sich nicht wiederholen.

»Sind Sie wirklich Jahrhunderte alt?«, fragte Artemi. Die Frau sah nicht viel älter aus als seine Mutter.

»Inzwischen sind es vierhundertdreißig Jahre«, sagte Jasmin. »Ich bin besonders langlebig, was ich Omni verdanke. Hast du von Omni gehört?«

Er nickte. »Die Lehrer haben davon erzählt. Ein Bund von Mächtigen, nicht wahr?«

»So könnte man es nennen.«

»Und Sie sind eine von ihnen, eine der Mächtigen.«

Jasmin lächelte. »Nein, Artemi, ich stehe nur in ihren Diensten. Ich helfe in ihrem Auftrag.«

Nachtmatrosen kletterten in der Takelage, begleitet von

kleinen Bots. Artemi hörte ihre Stimmen und hob den Blick, sah aber nicht die kletternden Gestalten, sondern die Sterne weit über ihnen.

»Es sind so viele ...«

Jasmin hob ebenfalls den Kopf. »Die Sterne? Hier fehlt das Licht von Städten, und die Nacht ist klar. Deshalb kann man besonders viele Sterne sehen.«

»Irgendwann«, sagte Artemi, »werde ich sie alle zählen.«

Jasmin lächelte erneut. Es kam schnell, dieses sanfte, freundliche Lächeln, und Artemi fühlte, dass es nicht Teil einer Maske war, hinter der sich etwas verbarg, so wie bei manchen Menschen, die mit seinem Vater sprachen.

»Und dann?«, fragte sie. »Was geschieht, wenn du die Sterne gezählt hast?«

Artemi hatte darüber nachgedacht. »Dann gibt es keine Fragen mehr, weil ich alle Antworten kenne. Dann weiß ich alles, was es zu wissen gibt.«

Jasmin musterte ihn nachdenklich. Der Wind, der weiter oben die Segel wölbte, zupfte an ihrem Haar.

»Das wünschst du dir? Antworten auf deine Fragen?«

»Ich möchte die Wunder des Universums sehen.« Ausgesprochen erhielten die Worte noch mehr Bedeutung. Abakus schien neben ihnen winzig zu werden. »Ich möchte nicht mein ganzes Leben auf diesem Planeten verbringen, ohne jemals mit eigenen Augen all die fremden Welten zu sehen, die es dort oben gibt. Ich möchte nicht alt werden und sterben, ohne zu wissen, welchen Sinn alles hat.«

Jasmin sah ihn erstaunt an und antwortete nicht sofort. Als sie schließlich sprach, klang ihre Stimme ein wenig anders. »Hast du mit deinem Freund darüber gesprochen? Du sprichst doch mit ihm, nicht wahr?«

»Ja.« Artemi holte die kleine Flasche hervor, der man nicht ansah, was sie beinhaltete. »Aber nur, wenn es ganz still ist. Wenn sich niemand in der Nähe befindet. Sonst wird seine Stimme so leise, dass ich sie nicht mehr höre.«

»Möchtest du jetzt mit ihm sprechen?«

Artemi sah sich um. Untar stand noch immer an der Reling, wenige Meter entfernt, nahe genug, um das eine oder andere Wort aufzuschnappen. Und die Frau mit dem roten Haar, dunkel in der Nacht, saß direkt vor ihm.

»Ich müsste allein sein.«

Jasmin berührte ihren Armreif, und für einen Moment tanzte ein kleines blaues Licht. Es verschwand so schnell, dass Artemi sich fragte, ob er es wirklich gesehen hatte.

Es schien dunkler zu werden, als fiele ein Schatten auf die *Wellenreiter*, und in Artemis Ohren knackte es.

»Versuch es«, sagte die Frau leise.

Artemi hielt die kleine Flasche in beiden Händen. »Hörst du mich?«, flüsterte er.

Ja, empfing er die leise Antwort. *Du bist nicht allein. Es ist erstaunlich, dass wir trotzdem miteinander sprechen können.*

»Ich habe das Schiff verlassen.« Artemi sprach schnell und leise. »Ein Zaisen und ein Wefing wollten mich fortbringen, sie hatten es auf dich abgesehen. Aber die Frau mit den zwei Namen hat mich befreit. Sie hätte uns mitnehmen können zu den Sternen, aber stattdessen hat sie mich an Bord zurückgebracht. Sie will, dass ich den Vulkan erreiche und dich hineinwerfe!«

Du kannst ihr vertrauen, flüsterte der *Freund*.

Untar näherte sich.

»Wir haben Ihnen erlaubt, bei dem Jungen zu bleiben«, wandte er sich an die Frau, seine Stimme ein tiefes Grollen. »Aber Sie werden die Flasche nicht anrühren. Das Siegel bleibt geschlossen.«

Jasmin nickte, ohne eingeschüchtert zu wirken. »Ich habe verstanden.«

»Steck die Flasche ein, wenn du sie nicht mir geben willst, Junge«, brummte der Siegelwächter.

Artemi schob sie in seine Hosentasche.

Untar schien es für möglich zu halten, dass die Frau das Siegel öffnete, und vielleicht hatte er recht. Artemi schöpfte neue Hoffnung. Er wartete, bis sich Untar wieder entfernt hatte, beugte sich dann vor. »Können Sie das Siegel brechen und die Flasche öffnen?«

»Das sollte eigentlich möglich sein.«

Aufregung erfasste Artemi. »Wir warten bis kurz vor dem Morgen, bis alle schlafen, selbst Untar und Madeus. Dann öffnen Sie die Flasche und ...«

»Nein.« Jasmin schüttelte bedauernd den Kopf. »Das geht nicht.«

Artemi starrte sie enttäuscht an. »Warum denn nicht? Sie haben doch gerade gesagt ...«

»Ich darf nur so viel helfen, wie unbedingt nötig ist, damit du deine Aufgabe erfüllen kannst. Alles andere wäre Einmischung, und das ist mir verboten.«

»Es wäre nur ein bisschen Hilfe. Ein ganz kleines bisschen!«

»Wenig kann manchmal viel sein, sogar zu viel. Omni hat mich beauftragt, dafür zu sorgen, dass du Wolkenheim erreichst. Nichts und niemand soll dich daran hindern.«

»Warum?«

»Damit du den Weg gehen kannst, der dir vorherbestimmt ist«, antwortete die Frau nach kurzer Pause.

Tiefe Trauer legte sich wie ein schweres Gewicht auf Artemi. »Warum soll mein Weg vorherbestimmt sein? Warum darf ich ihn nicht frei wählen?«

Jasmin antwortete nicht. In ihrem Gesicht veränderte sich etwas, doch Artemi wusste die Veränderung nicht zu deuten.

»Ich muss mich dem beugen, was notwendig ist«, sagte die Frau. »Das müssen wir alle, auch du.«

»Warum müssen wir uns Zwängen beugen? Warum können wir nicht einfach leben und glücklich sein?«

Jasmin antwortete nicht.

»Er ist mein einziger Freund«, fuhr Artemi fort. »Er war immer für mich da, wenn ich mit jemandem sprechen wollte. Er hat mir immer geduldig zugehört. Er versteht mich.«

Die Frau streckte die Hand aus, ließ sie aber wieder sinken, bevor sie Artemi berühren konnte.

»Jetzt soll ich ihn töten, das verlangt mein Vater von mir«, brachte Artemi hervor und fühlte sich den Tränen nah.

»Dein Freund wird nicht sterben. Das Feuer des Vulkans kann ihm nichts anhaben.«

»Das stimmt nicht!«, entfuhr es Artemi. Er versuchte, nicht zu laut zu sprechen, doch seine Worte bekamen die Schärfe von Zorn. »Wenn ich die Flasche in den Vulkan werfe, verbrennt er, weil er darin nicht 'mächtig ist. Das hat er mir selbst gesagt.«

Artemi stand auf. Das dumpfe Fauchen, mit dem der Bug des Seglers durchs Öl pflügte, wurde lauter und erinnerte ihn an das Zischen des Zaisen.

»Es ist dumm, wenn man helfen kann und nicht hilft«, sagte er und ging.

Jasmin, persönliche Aufzeichnungen
Hier sind die Komplikationen: Sie heißen Gefühl und Anteilnahme. Ich verliere meinen neutralen Standpunkt dem Jungen gegenüber. Vielleicht liegt es daran, dass er mit der Stimme meines früheren Selbst zu sprechen scheint. Hat er nicht ein Recht darauf, sein Leben selbst zu bestimmen und glücklich zu sein? Omni denkt und plant in viel größeren Maßstäben, ich weiß, aber warum soll das Kleine weniger wichtiger sein als das Große? Wo bleibt unsere angebliche moralische Überlegenheit, wenn wir aufhören, den Wert des einzelnen, individuellen Lebens zu achten und zu respektieren?

Es erinnert mich an den Konflikt mit meinem Vater. Wie würde Jasper, der sich immer an Omnis Regeln und Vorschriften hält, auf diese Situation reagieren? Wie lange habe ich nichts von ihm gehört? Sind es tatsächlich schon vierzig Jahre? Der letzte Streit hat uns entzweit. Wie seltsam: Ich habe ihm das vorgeworfen, was Artemi jetzt mir vorwirft ...

Artemi

Das Schiff brannte.

Die menschliche Nase war seltsam, sie warnte den Schlafenden nicht vor dem Rauch, der durchs Zimmer zog. Die Ohren hingegen blieben immer wachsam und weckten Artemi, als die Tür aufflog.

Er schreckte von seiner Koje hoch, sah die Rauchschwaden im Licht der Lampe in Untars Hand und hustete.

»Ein Feuer ist ausgebrochen!«, donnerte die Stimme des großen Siegelwächters, damit sie all die anderen Stimmen im Kajütengang übertönte. »Komm, Junge. Wir müssen zu den Rettungsbooten!«

Artemi streifte Hemd und Hose über, holte die kleine Flasche unter dem Kopfkissen hervor und steckte sie in die Hosentasche. »Was ist mit unseren Sachen?«

»Darum kümmert sich Madeus, wenn noch genug Zeit bleibt«, brummte Untar.

Die Frau erschien in der Tür.

»Kümmern Sie sich beide darum«, sagte sie. »Ich bringe den Jungen zur nächsten Schaluppe.«

Sie ergriff Artemis Hand und zog ihn mit sich. An der Tür zögerte sie. »Deine Stiefel, du wirst sie brauchen. Schnell!«

Er fand die Stiefel neben der Tasche mit der Kleidung und trat hinein. Untar machte Anstalten, ihm den Weg zu versperren. Wie ein unüberwindliches Bollwerk ragte er vor der Tür auf, ein menschlicher Berg, die Rauchschwaden wie Wolken an seinen Flanken.

»Sie können mir vertrauen«, betonte Jasmin. »Die erste Schaluppe auf der Backbordseite. Ich kann ihn besser schützen als Sie, glauben Sie mir. Die erste Schaluppe auf der linken Seite. Bringen Sie Proviant und Wasser mit.«

Untar brummte etwas und wich beiseite.

Wenige Sekunden später eilten Jasmin und Artemi durch den Kajütengang, der voller Menschen und Rauch war. Etwas schob Passagiere und Besatzungsmitglieder vor der Frau mit sanftem Nachdruck beiseite, und sie zog Artemi durch die Lücken, bevor sie sich hinter ihr schließen konnten.

»Du hast das Gefäß dabei, nicht wahr?«, vergewisserte sich Jasmin, als sie eine Treppe hinter sich brachten. Der Rauch wurde so dicht, dass Artemi kaum mehr etwas sah. Seine Augen tränten, und er musste immer wieder husten.

»Ja«, krächzte er.

»Gut. Achte darauf, dass du es nicht verlierst. Jemand könnte versuchen, es dir zu stehlen.«

Bei der nächsten Treppe spürte Artemi heiße Luft. Irgendwo im Rauch schrie jemand. Vor ihnen stolperte ein älterer Mann, und Jasmin blieb lange genug stehen, um ihm auf die Beine zu helfen.

»Das Feuer ist nicht zufällig ausgebrochen«, teilte sie Artemi mit, als sie schließlich das Oberdeck erreichten. Das Heck stand in Flammen, und das Feuer erfasste gerade eins der Hauptsegel, fraß sich hungrig durch die Takelage. Ein Matrose fiel und stürzte auf der anderen Seite der *Wellenreiter* ins Öl. »Jemand hat es gelegt, um Chaos zu stiften. Ich vermute, es sind noch andere wie der Zaisen und der Wefing an Bord. Vermutlich wollen sie das Durcheinander ausnutzen, um deiner habhaft zu werden, und die Flasche mit der Entität in ihren Besitz bringen.«

Auf dem Weg zum Bug, durch das Gedränge von Passagieren, die der Panik nahe waren, blickte sich die Frau immer wieder wachsam um.

»Du hast nichts zu befürchten, solange ich bei dir bin. Sie werden es nicht wagen, etwas gegen mich zu unternehmen, aus Furcht vor Strafe durch Omni.«

Mittschiffs waren einige Schwimmkörper aufgeblasen worden, aber das Feuer griff auf sie über, und mit einem Geräusch wie ein lautes menschliches Stöhnen neigte sich die *Wellenreiter* zur Seite. Beherzte Männer und Frauen schöpften Sand, Staub und Schleim aus dem Ozean und versuchten, die Flammen damit zu ersticken.

Die Rauchschwaden wurden dichter, das Geschrei an Deck noch lauter. Artemi fühlte etwas an der Hosentasche, sah eine knochige Hand und schlug danach. Aus dem Augenwinkel bemerkte er ein winziges blaues Licht, das der Hand folgte, und ein schmerzerfüllter Schrei erklang hinter ihm.

Vor ihnen wölbte sich der Bug der *Wellenreiter* nach oben, und auf der Backbordseite hing eine Schaluppe schief an einem Ausleger. Passagiere kletterten an Bord, das große Rettungsboot schaukelte.

»Bleib dicht bei mir, Artemi«, sagte Jasmin.

Er verstand, was sie meinte. Er sollte im Innern des Etwas bleiben, das um sie herum ein wenig Platz schuf und sie von dem Gedränge trennte.

Ein weiteres großes Segel geriet in Brand. Das Feuer warf einen hellen Schein auf das schief liegende Schiff, auf Menschen, die von anderen beiseitegestoßen fielen, übers Deck rutschten und ins Öl fielen. Artemi sah einen Mann, der mit verzweifelten Schwimmbewegungen versuchte, an der Oberfläche zu bleiben. Aber er hatte keine Schwimmkörper, nicht einen einzigen, und versank in der zähflüssigen Masse.

Sie erreichten die immer noch heftig schaukelnde Schaluppe, und ein bärtiger Matrose, in den Schultern fast so breit wie Untar, trat ihnen in den Weg.

»Das nächste Boot!«, rief er. »Hier sind alle Plätze besetzt. Nehmen Sie das nächste Rettungsboot!«

Die Männer und Frauen hinter Jasmin und Artemi wandten sich um und drängten nach mittschiffs, wo der Rauch das Licht der Flammen schluckte.

»Ich bin sicher, für uns ist noch Platz an Bord«, sagte Jasmin.

»Nein«, widersprach der Matrose. Er winkte einigen anderen Besatzungsmitgliedern zu, die daraufhin Kurbeln drehten, und die Schaluppe senkte sich dem Öl entgegen.

»Für mich, den Jungen hier und zwei Männer, die gleich eintreffen«, beharrte Jasmin. »Sehen Sie nach.«

»Ich brauche nicht nachzusehen«, erwiderte der Bärtige schroff. »Versuchen Sie es wie die anderen beim nächsten Rettungsboot.«

Wind kam auf und zerriss die dichten Rauchwolken. Asche flog. Das Licht der Flammen spiegelte sich in Gesichtern voller Angst wider.

Artemi sah, wie die Frau ihren Armreif berührte. »Danke, dass Sie uns erlauben, an Bord zu gehen. Komm, Artemi.«

Sie schob sich an dem verwirrten Matrosen vorbei, der sie nicht aufzuhalten versuchte. Die Männer an den Winden hielten inne.

»Wie machen Sie das?«, fragte Artemi, als sie die Strickleiter zur voll besetzten Schaluppe hinunterkletterten.

»Es hat etwas mit Suggestion und der Art und Weise zu tun, wie Menschen – und nicht nur sie – die Realität wahrnehmen«, antwortete Jasmin.

Die Schaluppe war mehr als ein Rettungsboot: ein kleines Schiff mit einem Ober- und einem Unterdeck und zwei Masten. Als Artemi von der Strickleiter aufs Oberdeck trat, zischte Luft aus Druckbehältern in die schlauchartigen Schwimmkörper zu beiden Seiten, und wenige Sekunden später tauchte der Rumpf ins Öl. Die Schaluppe sank, aber nur einen Meter oder etwas mehr – die aufgeblasenen Schwimmkörper hielten sie über Wasser.

Ein Offizier stand auf der kleinen Heckplattform.

»Leinen los!«, rief er. »Segel setzen!«

Jasmin trat zu ihm. »Nein«, sagte sie freundlich. »Wir warten noch ein wenig, auf zwei Herren, die uns begleiten werden.«

Der Offizier sah sie groß an, öffnete den Mund – und klappte ihn wieder zu.

Die *Wellenreiter* brannte vom Heck bis mittschiffs. Sie neigte sich nicht nur immer mehr zur Seite, sondern sank auch tiefer ins Öl. Artemi beobachtete, dass sich die anderen

Schaluppen und kleineren Rettungsboote von dem großen Segler entfernten, um nicht unter ihm zermalmt zu werden, wenn er kippte, und um nicht vom Sog erfasst zu werden, wenn er unterging. Männer ruderten oder setzten Segel.

»Wir warten«, sagte Jasmin ruhig. Sie stand mitten auf dem Oberdeck, den Blick nach oben gerichtet. »Sie werden gleich hier sein.«

Artemi ließ den Blick über die Sitzenden schweifen. Befand sich einer der Brandstifter unter ihnen? Welcher Einfluss auch immer von der Frau mit den zwei Namen ausging, er schien nicht für alle zu reichen. Oder bei einigen Reisenden waren Sorge und Angst so groß, dass sie sich nicht betäuben ließen. Eine Frau begann zu weinen, ein dicklicher Mann fluchte hingebungsvoll, und zwei andere Männer standen auf und griffen nach den Rudern.

»Gleich«, sagte Jasmin ruhig. »Haben Sie ein wenig Geduld.«

Zwei Gestalten erschienen oben an der Reling der *Wellenreiter*, die eine groß und breit, die andere klein und schmächtig. Die kleine, Madeus, kletterte flink die Strickleiter herunter. Die große, Untar, bekam es mit dem Bärtigen zu tun, der sich von der »Suggestion«, wie es Jasmin genannt hatte, offenbar erholt hatte und versuchte, den Siegelwächter aufzuhalten. Untar schob ihn mit einem drohenden Knurren beiseite, ließ zwei große Beutel fallen, die Madeus auffing, und kletterte dann ebenfalls herab, an Seilen, die sich unter seinem Gewicht spannten und laut knarrten.

Die Schaluppe sank etwas tiefer ins dunkle Öl, als er das Oberdeck erreichte.

»Wir sind zu schwer!«, rief jemand.

»Wir sind vollzählig«, korrigierte Jasmin. Sie stand wie ein Kapitän. »An die Ruder. Die Segel setzen.«

Männer und auch einige Frauen sprangen auf, hissten die Segel und griffen nach den Rudern. Untar zog seins mit solcher Kraft durchs Öl, dass auf der anderen Seite drei Männer mit drei Rudern nötig waren, um die Bewegungen der Schaluppe auszugleichen – in einer halbwegs geraden Linie entfernte sie sich von der brennenden, sinkenden *Wellenreiter*.

»Zu den anderen Booten!«, rief der Offizier auf der Heckplattform. »Wir kehren mit ihnen nach Jamasch zurück.«

»Nein.« Jasmin trat zu ihm auf die Plattform und ließ keinen Zweifel daran, wer das Kommando hatte. »Die Schaluppe ist groß genug, und wir haben Proviant und Wasser.« Sie deutete auf die beiden Beutel, die Untar und Madeus mitgebracht hatten. »Wir setzen die Reise nach Wolkenheim fort.«

Artemi begegnete ihrem Blick und hörte die unausgesprochenen Worte: Dort haben wir etwas zu erledigen.

Jasmin, persönliche Aufzeichnungen

Ich glaube nicht, dass sich einer der Brandstifter an Bord der Schaluppe befindet, aber ich bleibe wachsam. Zum Glück komme ich einige Tage und Nächte ohne Schlaf aus, und selbst danach brauche ich nur das eine oder andere Nickerchen. Außerdem passen die beiden Siegelwächter auf. Ich bin ihnen nicht ganz geheuer, aber inzwischen ist ihnen klar, dass ich den Jungen schützen will. Die zahlreichen Implantate in meinem Körper helfen ebenfalls. Die an der Entität interessierten Äquivalent-Zivilisationen werden es nicht wagen, direkt gegen den Jungen und damit auch gegen mich vorzugehen. Das Schiff in Brand zu stecken, hielten sie vermutlich für ihre letzte Chance, an das Gefäß zu gelangen. Solange ich in Artemis Nähe bin, werden sie jedenfalls keine weitere Gelegenheit bekommen. Was das Feuer betrifft: Wer auch immer es an Bord gelegt hat, wir – und damit meine ich Omni und mich – werden die Schuldigen identifizieren und zur Rechenschaft ziehen. Das sind wir den Passagieren und Besatzungsmitgliedern schuldig, die im Feuer und beim Untergang des Schiffes starben.

Es macht mich zornig. Leben wurden ausgelöscht, jedes von ihnen einzigartig, wie auch das des Jungen. All das scheint keine Rolle zu spielen, einzelne Leben scheinen nicht wichtig zu sein. Doch wenn man die großen Dinge betrachtet, darf man die kleinen nicht aus den Augen verlieren. Das gilt auch und insbesondere für mich, denn ich kann mehr Einfluss nehmen und mehr bewegen als andere. Immerhin bin ich eine Gesandte von Omni! Es bedeutet auch, dass ich mehr Verantwortung trage. Aber Vorsicht: Ich bin nicht mehr ich, wenn ich aufhöre, so zu entscheiden, wie ich es für richtig halte.

Artemi

Seine Schritte wurden schwer, und es lag nicht nur am steilen Hang des Vulkans.

Unten erstreckte sich das Öl und schimmerte dort wie buntes Glas, wo es für einige Sekunden völlig glatt blieb, bevor der Wind es wieder kräuselte und zu trägen Wellen auftürmte. Die Schaluppe lag wie ein zerbrechliches Spielzeug zwischen den grauschwarzen Felsen der Bucht. Die Menschen, winzige Gestalten auf dem Ufergeröll, bildeten eine lange Reihe und schlurften, müde von der mehrtägigen Fahrt, zur nahen Siedlung. Dort konnten sie auf das nächste Schiff warten oder den Modernen im Norden eine Nachricht schicken und sich abholen lassen.

»Heute Abend hast du alles hinter dir«, sagte die Frau. Untar stapfte vor ihnen über den Weg, der sich am Hang emporwand. Madeus blieb einige Meter hinter ihnen, und wann immer Artemi den Kopf drehte, begegnete er einem argwöhnischen, verdrießlichen Blick.

Artemi fühlte die Flasche in seiner Hosentasche; auch sie schien immer schwerer zu werden. Weit oben schmiegten sich Wolken an den Hang, grau und weiß, und verbargen den Gipfel.

Nur noch wenige Stunden, dachte er traurig.

»Warum soll ich die Flasche in den Vulkan werfen?«, fragte er. »Warum will das auch Omni?«

»Damit du die Nachfolge deines Vaters antreten und diese Welt, Abakus, in die Zukunft führen kannst.«

»Und wenn ich das nicht will?« Als Jasmin nicht antwortete, fügte er hinzu: »Spielt es überhaupt keine Rolle, was ich möchte?«

Die Frau seufzte leise. »Du wirst es verstehen, wenn du größer bist, wenn du erwachsen wirst.«

»Eins habe ich schon jetzt verstanden: Man lässt seine Freunde nicht im Stich. Es geht hier nicht nur um mich, sondern auch um ihn.« Artemi klopfte auf seine Hosentasche.

»Ihm wird nichts geschehen«, versicherte ihm Jasmin.

»Nein«, erwiderte Artemi leise. »Nein, das stimmt nicht. Er wird sterben.«

Später, als sie die Wolken erreichten und die Muskeln in den Beinen brannten, als sie inmitten von vulkanischem Gestein saßen, vom restlichen Proviant aßen und Wasser tranken, sagte Artemi:

»Vielleicht eigne ich mich gar nicht dazu. Der Nachfolger meines Vaters zu sein, meine ich. Vielleicht wäre ich ein schlechtes Oberhaupt der Wyrna und aller Menschen in der Großen Leere. Von Abakus ganz zu schweigen. Warum sollten die Modernen ausgerechnet auf mich hören, wenn ich sage, welchen Weg in die Zukunft es zu beschreiten gilt?«

»Du musst tun, was du tun musst, Junge«, brummte Untar, aber er brummte es freundlich und nachsichtig wie ein gutmütiger Onkel. Madeus beschränkte sich auf einen weiteren verdrießlichen Blick.

»Mir liegt nichts daran, anderen Leuten zu sagen, welchen Weg sie nehmen sollen«, sagte Artemi noch einmal. »Wäre es nicht besser, wenn jeder selbst entscheiden kann?«

»So funktioniert die Welt nicht, Junge. Die meisten Menschen wünschen sich jemanden, der ihnen den Weg zeigt.« Untar verstaute ihre Sachen im Beutel und stand auf. »Wir müssen weiter, wenn wir bis heute Abend wieder unten sein wollen. Wenn wir trödeln, müssen wir irgendwo zwischen all diesen Felsen übernachten.«

»Was ist mit meinen Wünschen?«, fragte Artemi niedergeschlagen. »Ich wollte immer nur die Sterne zählen.«

Jasmin, persönliche Aufzeichnungen

Ich musste wieder an meinen Vater denken, an Jasper, der früher, in einem anderen Leben, Forrester hieß. Wir haben uns nicht oft gestritten, ich meine, »Streit« ist eigentlich etwas anderes. Aber in den vielen Jahren bei Omni gab es immer wieder Meinungsverschiedenheiten zwischen uns, ein schwelender Konflikt, der schließlich dazu führte, dass wir uns getrennt haben und jeder eigene Missionen für Omni übernommen hat. Wie oft habe ich ihm vorgeworfen, dass er sich zu sehr an die Regeln hält und sich nie bis an die Grenzen unseres Ermessensspielraums wagt? Werde ich jetzt wie er? Neige inzwischen auch ich dazu, Omnis Aufträge einfach durchzuführen, ohne die moralischen Aspekte zu hinterfragen? Vertraue auch ich mittlerweile blind darauf, dass Omni alles besser weiß?

Ich muss bald eine Entscheidung treffen, und ich fürchte ihren Schmerz.

Artemi

Die weißen und grauen Wolken lagen tief unten. Vorn, nur wenige Meter entfernt, stieg Rauch aus dem Krater und erinnerte Artemi an die brennende *Wellenreiter*. Ein stechender Geruch lag in der dünnen Luft.

»Wir sind da«, verkündete Untar. »Es ist so weit.« Er legte den großen Beutel ab und holte den Protokollanten hervor. Artemi fragte sich kurz, wo er ihn gefunden hatte, bevor er zum Kraterrand trat und in die Tiefe blickte, in den feurigen Schlund des Vulkans. Ein roter Magmasee brodelte einige Hundert Meter weiter unten, seine Oberfläche gelegentlich zerrissen von aufsteigendem Gas.

Untar stand einige Schritte entfernt und hielt den Protokollanten bereit. »Nimm die Flasche, Junge, und wirf sie.«

Artemi holt sie hervor und hielt sie in der Hand.

Das Atmen fiel ihm schwer, was nicht nur an der dünnen Luft lag – Trauer schnürte ihm die Kehle zu.

»Ich werde ihn für immer verlieren«, presste er hervor. »Er wird sterben.«

Die Frau, die Jasmin und auch Zinnober hieß, trat neben ihn. »Das Wesen in der Flasche hat keinen Körper, der verletzt werden kann«, sagte sie sanft. »Es besteht aus Energie, aus einer besonderen Art Plasma.«

»Woher weißt du das? Du kennst meinen Freund nicht.«

»Ich kenne Geschöpfe wie ihn«, entgegnete die Frau. »Sie leben in einer Dimension, durch die unsere Raumschiffe fliegen.«

Artemi schüttelte den Kopf. »Mein Freund stammt aus dem Vortex, aus dem Strudel am Südpol. Er hat mir davon erzählt. Er ist zwischen den Ruinen am Grund des Öls umhergewandert, bevor er zu mir kam.«

Das schien die Frau zu überraschen. Artemi sah, wie sie die Stirn runzelte.

»Er hat mir gesagt, dass er verbrennt, wenn ich ihn in den Vulkan werfe.« Artemi deutete hinab zum Magmasee. »Weil er nicht mächtig ist, solange er in der Flasche steckt.«

Untar kam näher. »Es ist spät, Junge, und wir haben noch einen langen Abstieg vor uns. Ich empfehle dir, das Unvermeidliche nicht länger hinauszuzögern.«

Artemi betrachtete die Flasche, und für einen Moment dachte er daran, sie nicht zu werfen, sondern mit ihr zu springen, hinab in den Magmasee, der sie beide verbrennen würde. Doch dazu fehlte ihm der Mut.

Leb wohl, dachte er und hob die Flasche, um sie zu werfen.

»Nein!«, sagte die Frau scharf.

Jasmin

»Nein«, sagte Jasmin.

Hier war sie, die Entscheidung, wie eine reife Frucht, die es zu pflücken galt. Auf der einen Seite die Mission, der Auftrag, auf der anderen die eigenen moralischen und ethischen Maßstäbe, die sie nicht einfach vergessen wollte. Sie stellte nicht die Weisheit von Omni infrage, das wäre sehr, sehr dumm gewesen, aber manchmal ließ sich das angestrebte Ziel über Umwege erreichen.

In diesem Fall gab es zwei Schlupflöcher, groß genug für eine Rechtfertigung und für ... neue Möglichkeiten. Auch darum ging es bei Omni. Die Reisenden in Diensten der Superzivilisationen waren nicht nur Befehlsempfänger, die sich an ihre Anweisungen zu halten hatten. Man erwartete von ihnen Eigeninitiative und die Fähigkeit, Situationen neu zu bewerten und *im Sinne der Mission* zu handeln.

Das Zauberwort hieß *Ermessensspielraum*.

Die Rechtfertigung lautete: Sie konnte nicht sicher sein, dass die Entität in dem versiegelten Gefäß wirklich überleben würde. Es gab zu viele Fragen ohne Antworten. Woher stammte das Wesen, wenn es sich nicht, wie zunächst vermutet, um einen Engel aus dem Sprawl handelte? Stand es im Zusammenhang mit der einstigen Hochkultur von Abakus? Über welche Macht verfügt es?

Eine einfache, logische, moralisch unerschütterliche Entscheidung: Leben musste geschützt werden. Und da nicht sicher war, dass die energetische Entität überleben würde, wenn die Flasche, in der sie steckte, im Feuer des Vulkans verglühte, durfte die Flasche nicht ins Magma geworfen werden.

Gleichzeitig aber musste sichergestellt sein, dass Artemi *seinen* Auftrag erfüllte, mit beiden Siegelwächtern und Untars Protokollanten als Zeugen.

Er war bereit, die Flasche zu werfen – sein Gesicht bewies es ebenso wie der zum Wurf gehobene Arm. Nur das Einschreiten einer höheren Macht hinderte ihn daran, die Flasche mit der Entität dem Vulkan zu überlassen.

Jasmin griff im letzten Moment ein, und da sie nicht wusste, ob ihr Wort allein genügte, machte sie von den Kontinua-Implantaten in ihrem Körper Gebrauch und hielt den Arm des Jungen fest. Den Armreif brauchte sie dazu nicht, er war ohnehin kaum mehr als Zierde. Die Kontinua-Konnektoren steckten *in ihr*, wo sie ihr niemand wegnehmen konnte.

»Nein!«, sagte Jasmin noch einmal, mit ebenso viel Nachdruck.

Die beiden Siegelwächter starrten sprachlos. Untar zeichnete alles mit dem Protokollanten auf.

Unten brodelte der Magmasee. Rauch stieg auf. Aus den Tiefen des Vulkans kam ein Grollen, als wollte er ihnen sagen: Ich habe euch lange genug geduldet.

»Hiermit befehle ich im Namen von Omni, dass die Flasche unversehrt bleibt.« Jasmin wand sie dem Jungen aus der Hand des hoch erhobenen Arms. »Wir werden sie untersuchen. Wir werden mit dem Wesen darin sprechen. Wir werden feststellen, woher es kommt und was es für seine Freiheit braucht.«

»Aber ...«, begann Madeus. Untar schwieg und hielt den Protokollanten auf Artemi und Jasmin gerichtet.

»Artemi hat gezeigt, dass er bereit war, seinen Auftrag zu erfüllen. Omni übernimmt die volle Verantwortung dafür, dass die Flasche mit der Entität – mit dem ›Dämon‹, wie Sie das Wesen nennen – noch existiert. Wir bringen sie fort von Abakus, damit von ihr kein störender Einfluss auf die Entwicklung dieses Planeten ausgeht. Da Artemi in der Lage ist, mit dem Geschöpf zu sprechen, gehen wir davon aus, dass er uns bei den Untersuchungen behilflich sein kann. Deshalb bitte ich ihn, mich zu begleiten.«

»Was?«, brachte Artemi hervor. »Was?«

Jasmin sprach zu Untar und Madeus. »Ich begleite Sie hinunter bis zur Siedlung, für den Fall, dass sich hier irgendwo Komplizen der Entführer und Brandstifter herumtreiben. Dann rufe ich mein Schiff, und wir verlassen Abakus.«

Der verdrießliche Madeus und der gutmütige Untar wechselten einen Blick.

»Wir?«, fragte Artemi zaghaft.

Jasmin sah die Hoffnung in seinen Augen wie ein helles Licht.

»Wir beide. Damit du uns hiermit helfen kannst.« Sie hob die Flasche. »Natürlich zwinge ich dich nicht, mit mir zu kommen. Die Entscheidung liegt bei dir.« Jasmin lächelte. »Du wählst deinen Weg.«

Jasmin, persönliche Aufzeichnungen

Artemi wird nach Abakus zurückkehren, in einigen Monaten oder Jahren. Ich werde ihm andere Welten zeigen und die Saat aufgehen lassen, die seine Lehrer in ihm ausgebracht haben. Wenn er wieder auf seinem Heimatplaneten ist, wird er die Dinge mit anderen Augen sehen, aus einer Perspektive, die weit über Abakus hinausgeht. Gute Voraussetzungen dafür, die Traditionalisten des Südens mit den Modernen des Nordens zu einer neuen Gesellschaft zu vereinen. Und genau darum geht es Omni. Niemand kann mir etwas vorwerfen.

Es ist die beste Lösung für alle Beteiligten, auch für das Wesen in dem versiegelten Gefäß, das einer Flasche ähnelt. Omni wird sehr neugierig darauf sein und hat bessere Möglichkeiten als alle anderen, das Geschöpf zu befreien und mit ihm zu kommunizieren.

Artemi

Das kleine Schiff, wie eine Perle glänzend, schwebte hoch über Abakus, noch höher als die Orbitalstationen der Modernen und die alte Bastion des Quorums.

Jasmin führte Artemi in einen Raum mit transparenten

Wänden und zwei Sesseln. Sie sank in einen davon, und der Sessel kippte nach hinten, sodass sie mehr lag als saß.

»Mach es dir bequem«, sagte sie und deutete auf den zweiten Sessel.

Artemi nahm Platz und bestaunte seine Heimatwelt. Er hatte Bilder von ihr gesehen, aber dies war etwas ganz anderes.

»Ich werde dich mitnehmen nach Omni«, sagte Jasmin. »Du bist jung, wir haben Zeit genug bis zu deiner Rückkehr nach Abakus. Die Wunder des Universums, Artemi. Du wolltest sie sehen, nicht wahr? Ich werde dir kosmische Wunder zeigen, die vor dir nur sehr wenige Menschen gesehen haben. Aber nicht sofort. Zuerst ...«

Das kleine Schiff drehte sich. Der Planet mit seinen Satelliten und Raumstationen glitt nach rechts unten und verschwand.

Sterne erschienen, mehr als Artemi jemals zuvor gesehen hatte.

»Es war doch immer dein Wunsch, die Sterne zu zählen«, sagte die Frau mit den zwei Namen. »Jetzt geht er in Erfüllung. Du nimmst die linke Seite und ich die rechte.«

Artemi begann damit, die Sterne zu zählen.

Kontakt mit dem Autor:

Gerne können Sie zu mir Kontakt aufnehmen:
- Schreiben Sie eine E-Mail an autor@andreasbrandhorst.de
- Besuchen Sie meine Webseite www.andreasbrandhorst.de
- Besuchen Sie mich bei Facebook. Meine Autorenseite ist auch für diejenigen unter Ihnen zugänglich, die keinen eigenen FB-Account haben: https://www.facebook.com/andreas.brandhorst.autor
- Besuchen Sie mich bei Instagram: https://www.instagram.com/andreas.brandhorst/

Ich freue mich, von Ihnen zu hören.